高飛びレイク【全】

火浦　功

SONORAMA NOVELS
ソノラマノベルス

本書は、早川書房から刊行された『宇宙カジノ略奪作戦』（一九八二年）、『99％のトラブル』（一九八四年）、『ファントム・レディ』（一九八五年）を加筆・修正の上、書き下ろし一編を加えた二〇〇六年版です。

第一部　イントロダクション

1　前触れ

アンティーヴ・午前零時

夜はまだ始まったばかりだった。

店の入り口を覆っている、薄汚れたカーテンが、微かに動いて、二人の男を店内にそっと吐き出した。

よく似た二人連れ——背格好から服装、そして全身に漂わせている荒涼とした雰囲気までが、コピーしたみたいにそっくりだった。とりわけ、男たちの冷たい鋼色の瞳が、雄弁に彼らの職業を物語っていた。

二人は、その場に立ち止まって、喧噪に満ちた小暗いフロアを、ゆっくりと見回した。

そこは、享楽の星アンティーヴでも、最低の酒場だった。飲んだくれた男どもが、てんでに喚き声を張り上げ、饐えたような臭いと、得体の知れぬ麻薬の煙が、青く淀んでいた。

一糸まとわぬ女たちが数人、テーブルの間を行き来してグラスを運んでいる。いずれも極端に局部を強調したボディ・ペインティングを、体にほどこされ、酔漢のちょっかいにも表情一つ変えず、されるがままになっていた。薬で情動を制御されているのだ。

二人連れの片方が、床にぺっと唾を吐いた。

目だけを動かして、何かを捜していたもう一人の男の視線が、店の奥のカウンターでピタリと止まる。

すごいような美男子——という形容は、こういう時のためにあるらしかった。上品で彫りの深い横顔。細い口ひげ。手入れの行き届いたダーク・ブラウンの髪が、額の上でゆるやかに波打っていた。三十をいくつか越えたあたりだろうか。年齢がそれ相応の渋さを加え、美貌が嫌味に感じられる一歩手前で、彼を救っていた。所在なげな表情で、目の前のグラスを、ぼんやり眺めている。

二人の男は、軽く目くばせを交わして、歩きだした。

バーテンの視線で、くだんの男が彼らの方を振り返った時には、二人はもうすぐそばまで近づいていた。

片方が言った。硬い声だった。

「ブラムだな?」

「ブラムなら?」

男は微笑の下に警戒心をうまく隠して、訊き返した。

「伝言がある」

もう一人の男が、ポケットに手を突っ込んだ。

ほとんど同時に、ブラムの左手に小型の短針銃が魔法のように出現した。ブラムは左利きだった。

「動くな! ちょっとでも妙な真似をしたら、容赦なく撃つ」

言葉とは裏腹に、落ち着いた声でブラムは言った。世間話でもしているような調子で続ける。

「私を呼び出したのは、あんたたちか。よし。右手をゆっくりポケットから出すんだ。言っておくが、こいつには針と一緒に、速効性の神経毒がたっぷり詰まっている。おまけに、飛散パターンは全開だ。それを、よく頭に入れておいてもらおう」

しかし、ニーダーを突きつけられても、二人の顔色はまるで変わらなかった。初めに声をかけた方が、冷静に言った。

「言われたとおりにしろ。ミゲル」

ミゲルと呼ばれた男は、右手をゆっくりと引き抜いた。その指先に、二つ折りにした小さなカードがつままれていた。レース模様のふちどりのついたやつだ。

ブラムの唇が、口笛を吹く形にすぼめられた。

「とんだ誤解をしたようだな。悪く思わんでくれよ」

と言いながらも、左手のニーダーは微動だにしない。右手でカードを受け取り、無表情で突っ立っている二人に、チラリと目をやる。

「よく似てるな、あんたたち。兄弟なのかい」

石のような沈黙が返ってきただけだった。

微かに肩をすくめて、ブラムはカードを開いた。

何も書いてなかった。

白紙のままだったのだ。

「おい。こりゃあ一体――」

どういうことだと言おうとして、舌がもつれた。

カードの白さが、頭の中いっぱいに侵入してきて、意識がホワイト・アウトした。


ブラムの手から、ニーダーがすべり落ち、床の上で乾いた音を立てた。

そのあとから崩れ落ちるブラムの体を、二人の男が、がっちりと両側から支えた。空気に触れたとたんに、瞬間的に気化する強力な催眠薬のマイクロ・カプセルが、カードの内側に仕掛けられていたのだ。

正体をなくした酔っ払いを介抱しているような要領で、二人はブラムを引きずって店を出ていった。

彼らが入ってきて、ほんの一分足らずの出来事だった。

店の客誰一人として、注意を向けた者はなかった。床に転がったブラムのニーダーを拾って、自分のポケットに入れたバーテンが、何事もなかったような表情で、再びグラスを磨き始めていた。

店の外で、イオノクラフトを発進させる音がした。

後部座席(シート)に寝かされたブラムの顔を、ルームランプが一瞬だけ照らして消えた。

「ブラム・ルーイー。連邦手配クラス－Aの職業的犯罪者。第一級の詐欺師(ペテン)。変装と体術のエキスパート。——OK。間違いないわ」

女の声が、闇に甘く響いた。

イオノクラフトは速度を上げて、アンティーヴの宇宙港(スペース・ポート)へ、一直線に進んでいった。

ビッグ・アップル・午前十一時

「畜生(ジーザス)！　ついてないぜ」

バックビュー・モニターの中で、赤い回転灯を光らせた高速エアパトの姿が、みるみるうちに大きくなってきた。

ボビー・ハートは舌打ちをして、しぶしぶ燃料(フューエル)ペダルから足を離した。法定速度を、ほんの二十キロばかし上回るスピードで走っていた彼の改造エアカー(GEV)は、空気抵抗によって、たちまち速度を殺される。ブレーキを踏むと、減速フラップが立ち、同時に逆噴射装置(スラスト・リバーサー・オン)が作動。車体に強制動がかかる。

ボビーは、車をスーパーウェイ・258号線の退避路(パニック・アレイ)に寄せて、停めた。

その前を斜めにふさぐ形で、警察のエアパトが急停止する。

ボビーは、六点式フルハーネスのシートベルトを外しながら、ため息をついた。いつもの彼なら、こんなにあっさりと諦めたりはしない。エンジンはメルセデス社製のSSS(スリー・エス)。それをチューンして優に八百馬力は出るように改造してあったし、他にも秘密装備をいくつか。——たとえば、交通管制局の強制的な電波コントロールをカットするシステムとか、ビーコンをごまかす偽のシグナル発振器とか、まあそんなところだ。

もちろん、操縦技術(テク)だって負けやしない。今までにもさんざん、お巡(まわ)りのエアパトをまいて遊んだものだ。

　しかし、今はまずい。仕事を明日にひかえて、警察（サツ）といざこざを起こすのは賢明なやり方じゃない。それに書類なら、ちゃんとしたやつが一式、グローヴボックスの中に揃っていたし、恐れることは何一つなかった。

　ボビーはサイドウィンドウの開閉スイッチに手を伸ばした。

　エアパトから二人の警官が降り、もったいぶった足取りでやってきた。パトカーには、もう一人誰か乗っているらしく、暗色の風防ガラスの向こうで、人影が動いていた。

「やあ、どうもすみません。ちょっと急いでたもんで、うっかり出しすぎちゃって」

　ボビーは快活に謝った。これ以上はないというくらいに誠実で、善良そうな微笑を満面に浮かべてみせる。

「ライセンス・カードを」

　警官は、無愛想な声で片手を突き出した。

「はい、どうぞ」

　あくまで協力的に、ボビーは振る舞った。さっさと終わらせてしまいたかったのだ。しかし、それにしても、なぜたかが二十キロ程度の違反で……？

　ボビーは不審に思った。今時、彼の肌が黒いからという理由だけで、いやがらせを仕掛けてくる警官など、一人もいないはずだった。ましてや、ここは連邦首府のニュー・アース――通称ビッグ・アップルのど真ん中だ。

「ドナルド・ウィッシュボーン？」

　警官は、カードに記載されている名前でボビーを呼んだ。

「ええ、そうです」

「十九キロオーバーだ。制限速度は知っているな。三百キロだ」

「すみません。ちょっと急いでたもので……」

ボビーは、先ほどの言い訳を繰り返し、頭を掻いてみせた。

「ほう。急いでいた」

警官は、冷たい目で、じっと彼を見下ろしながら、繰り返した。軽く頷いて、車の反対側に立っている相棒に声をかけた。

「聞いたかい。ミスタ・ウィッシュボーンは急いでいたそうだ」

「ああ。どうやらそうらしいな。法定速度を十九キロもオーバーして走ってたんだから」

相棒が答えた。ボビーは、二人の警官が、とてもよく似ていることに、その時初めて気づいた。

「しかし、そんなに急いで、ミスタ・ウィッシュボーンは、どこへ行くつもりだったんだろうな」

「どこへ行くつもりだったんです、ミスタ・ウィッシュボーン?」

「あ、ああ、ちょっとダウン・タウンへ……。その、友人たちと待ち合わせてるんだ」

「聞いたか、ミゲル。ミスタ・ウィッシュボーンは、お友達と会いに、ダウン・タウンへ行くところだったそうだ」

「聞いたとも、マイケル。まったく、お気の毒などうじゃないか。ミスタ・ウィッシュボーンに、約束をすっぽかされちまうんだからな」

「ああ。まったくだ」

警官が大きく頷いた。

「ミスタ・ウィッシュボーン。あなたには我々と同行していただく。さあ、車から降りるんだ」

「ちょ、ちょっと待ってくれ!」

ボビーは叫んだ。すっかり取り乱したようなふりをしていたが、左手の指先は素早く動いて、いくつかのボタンを次々に押していた。

「どうしても行かなきゃならない急用なんだ。頼むよ。見逃してくれとは言わない。罰金ならいくらでも払うから――」

「罰金？　罰金だって？」

警官は、鼻の先で笑ったようだった。

「銀行強盗の罰金は、一体いくらなんだい。ボビー・ハート！」

マイケルが麻痺銃を取り出すのと、ボビーがアクセルを踏み込むのとが、同時だった。

車底にセットされた、三基の固形燃料ブースターが点火し、ボビーのＧＥＶは激しいショックとともに、垂直に離陸した。

姿勢制御ノズルを目一杯吹かして、空中で反転。ラジオから飛び出してくる、管制局の警告を無視して、スーパーウェイ・258を逆走し始める。

メルセデス社製の八百馬力が唸り、ＧＥＶは一気に加速した。前から来る車を避けるために、高度をとる。

しかし、そこまでだった。

左のフェンダーがいきなり火を噴いたのだ。マイケルが彼の注意を引きつけている隙に、ミゲルが取り付けた小型時限爆弾だった。

バランスを崩して失速したＧＥＶは、上り車線を斜めに横切って、道路脇のコンクリート製ガード・ブロックに激突して、大破した。

一瞬の出来事だった。

何が起こったのか、ボビーにはまるで分からなかった。ドライバーを事故から守るための、二重三重のセイフティが働き、肉体的には、掠り傷程度のダメージですんだにもかかわらず、ボビーは、それ以上逃げる気すら起きなかった。

道路に横たわっている彼のそばに、三組の足音が近づいてきた。何かを読み上げる調子で、女の声が言う。

「ボビー・ハート。あらゆる種類の乗り物の操縦と、メカニックの専門家。クラス－A。救急車を呼んだけど、どうやらその必要はなさそうね」

逆さまの視界の中を、チラリとプラチナ・ブロンドが掠め通った。死人でさえ棺桶の蓋をぶち破って、飛び出してきそうな、すごい脚の持ち主だった。

マイケルの手の中で、パラライザーがため息をついて、ボビー・ハートはそれっきり気を失ってしまった。

ウェストウッド・午後十時

「う〰〰む」

薄くなり始めた頭頂部を、片手で撫でつけながら、署長のカーンズ警視は、困惑の唸り声を上げげた。机の上の手配書と、目の前の人物とを、交互に見比べて、ため息をつく。途方に暮れたような表情が、まん丸い顔に浮かんでいた。


中央星区から約八百光年。連邦では中堅どころの地方惑星ウェストウッド。その星系首都ブロークン・ヒル29分署に、カーンズが署長として配属されて、もう五年。来年は退職して、のんびりと年金生活を楽しむ予定だった。——この五年間、決して平穏無事というわけにはいかなかったが（どこにでも犯罪はある）、さしてややこしい事件が起こったことも、またなかった。たった今、この連中が、妙な事件を持ち込んでくるまでは。

「その情報は、本当に確かなものなんでしょうな。ああ、ミス……？」

「ブラックモアですわ、署長さん。ジェーン・ブラックモア」

「失礼、ミス・ブラックモア。えー、ですから、なんと申しますか、あまりにもその突拍子もないお話ですし、本官としても、えー……」

「信用できない、とおっしゃるのね。無理もありませんわ」

ジェーン・ブラックモアは、少し笑いを含んだ声で言った。

「だけど、確かな根拠もなしに、私たちが動くとお思いになりますの？」

軽く眉を上げ、訊き返す口調は穏やかだったが、その言葉の裏には、有無を言わさぬ強固な意志が感じられた。

「あ、いや、決してそういうつもりでは……」

ちょっと気圧された風に、言葉尻を濁して、カーンズは視線をそらした。その先に、二人の男が扉を守って、うっそりと立っていた。二人とも、同じように濃いグラスをかけていたが、その下に隠された瞳は、カーンズにも容易に想像がついた。——蛇の目。蠍のように危険な男たち。

——気に食わない連中だ。

と、カーンズは思った。押し入るように入ってきた上に、断りもなく扉に鍵をかけたやり方も、気に食わなかった。それに、生意気な口をきく小娘。

カーンズは、女に視線を戻した。

引っ詰め気味に後ろでまとめたプラチナ・ブロンド。猫を思わせる顔立ちには、化粧っ気はまるでない。小柄な体を、地味なスチールグレーのビジネス・スーツに包んではいたが、ボディラインの方は、どうして地味どころの話じゃあなかった。

思い切りよく突き出した胸。ウェストは両手で軽々と握れそうなほど細く、くびれている。そして何よりその脚だ。細すぎず長すぎず、ミニスカートからすらりと伸びた脚は、彼女の事務的で冷たい態度にはそぐわないほどセクシーで、妙にちぐはぐな印象を与えた。

あと十年——いや五年若かったら、カーンズは思わず口笛を吹いていただろう。

「レイク・フォレスト。そして、ジム・ケース。

——この二人が、当市（ブロークン・ヒル）に侵入していることは確実です。彼らの狙いも読めていますし、あとは所轄署のあなた方に協力していただければ、あの悪名高い二人組を捕らえるのは、造作もないことですわ」

「ははあ。《高飛び》レイクがこのブロークン・ヒルにねえ……」

　カーンズは首を振りながら言った。

「確か、あなた方、連邦警察の手配ではクラス－特Aでしたな？　むろん、我々州警察としても、協力を惜しむものではありませんが、当市の出入国管理局の防犯コンピューターが摘発した、ここ半年間の要注意人物（マークト）の中には、それらしい人物は——」

「彼らの宇宙船（ふね）が、ウェストウッド宇宙港の格納庫（ハンガー）に留めてある方に、十対一で賭けるわ」

「あの〈メリー・ウィドウ（陽気な未亡人）〉号が？　あっは、まさか」

「もちろん、船名は別のものに付け替えてあるでしょうし、識別コードもまるっきり違うのを用意してるでしょうけど」

「しかし、税関が——」

「ジム・ケースのあだ名はご存知かしら、カーンズ署長？」

「ゴリラ……でしょう。確か二メートル近い大男だと聞いておりますが」

「私の言ってるのは、もう一つの呼び名の方ですわ。聞いたことございませんか？　ジム・《マイクロハンド》・ケース。彼はエレクトロニクスのプロなの。この世にはコンピューターをごまかす方法が百七通りあるけど、ジムは百八通り知ってるってわけ」

「なるほど。しかしですな、我が市のコンピューターはきわめて優秀な——」

「いい加減にしな、カーンズ」

　それまで一言も喋（しゃべ）らなかった男たちが、その時初めて口を開いた。

「州警は連邦捜査官に協力するよう、義務づけられているはずだ。連邦法第一九九条のa項。忘れたわけじゃないだろうな、カーンズ」

「一体どうしてほしいんだ、カーンズ。連邦首府(ビッグ・アップル)まで戻って、警察長官じきじきの指令書を取ってきてもらいたいのか。それとも、ケツを蹴飛ばされないと、その椅子から立ち上がれないって言うつもりなのか?」

「さっさと、おれたちの言うとおりに、警官隊を配置するんだ、カーンズ。あまり時間がない」

　毒に満ちた二人の言葉に、カーンズの顔が真っ赤になり、ついで彼らの発散している冷えびえとした空気に気づいて、青く変わった。

「分かっていただけまして?」

　ジェーン・ブラックモアが、ニッコリと笑いながら、カーンズの目をのぞき込んだ。

　カーンズはむっつりと押し黙ったまま、インターコムの方へ手を伸ばした。――いいだろう。勝手にするがいいさ。赤恥をかくのは連中の方だ。私の知ったことか。連邦警察と州警察の不仲は、今に始まったことじゃない。連中は地元の都合も考えずにやってきて、あれこれと勝手なことをほざくのだ。いつもそうだ。バッジさえあれば、なんでもできると思い込んでやがる。

　苦虫を噛み潰したような顔で、カーンズは当直の警官に指示を与え続けた。

　その様子を横目にうかがいながら、ジェーンは小声で囁いた。

「ミゲルはジム・ケースを押さえてちょうだい。マイケルはあたしと一緒に来て。――レイク・《マイラウェイ》・フォレスト。彼こそ今度の作戦の要(かなめ)なんだから、失敗は許されないわ」

「OK――。しかし、ミス・ブラックモア、本当に間違いなく、奴を確保できるんだろうな? 何しろ特異能力の持ち主だ。一度逃がしたら、二度とチャンスはないものと思わなければならない」

　マイケルの言葉に、ミゲルが続けた。

「おまけに、タイム・リミットまで、あとわずか二カ月あまり。〈作戦〉はそれまでにどうしても完遂する必要があるのだ。ミス・ブラックモア」

「分かってるわよ。まかせといて。彼(レイク)の一風変わった特技については、とっくに研究ずみよ。――神出鬼没の《高飛び(マイラウエイ)》レイク。でも、その神出鬼没ぶりには、一定の法則があるの。心配しなくっても大丈夫。あたしは、あの二人のことなら、よォく知ってるんだから。フフ……」

　ジェーンは、謎めいた微笑を浮かべて、頷いてみせた。

　数分後――

　29分署の建物から、十数台の要員搬送車が闇の中へと吐き出された。

　明かりもサイレンも殺した車の一団は、ウェストウッド唯一の超高層建造物(オーバー・ハンドレッド)〈メモリアル・タワー・ビル〉に向けて、いっせいに進路をとった。

2　チェシャ猫効果(イフェクト)

「3」

柱の陰にうずくまったレイク・フォレストが、小声で呟いた。

「2、1……」

ぼん！

間の抜けた音を立てて、非常扉のノブが吹き飛んだ。

手早く荷物をまとめて、左手首のＳＥＩＫＯに視線を走らせる。

01:03

スケジュールに狂いなし。これから十七分間が勝負だ。それを過ぎると、赤外線暗視装置(ノクトビジョン)を装備して、二十四時間ブロークン・ヒル上空をパトロールしているヘリが、〈メモリアル・タワー・ビル〉上空に戻ってくる。

屋上の警報装置は、ジムが設計した携帯用電子的妨害装置(ＥＣＭ)で、盲(めしい)になっていた。

風が強い。

点滅している航空灯が、レイクの横顔を赤く照らし出した。

林立するアンテナの一本にザイルを結びつけて壁を蹴る。ひと蹴りごとに三階分を一気に降下する。

革手袋からキナくさい臭いが立ちのぼった。

百八十八階から見下ろすと、地上は遠近法の彼方(かなた)にかすんでしまう。ウェストウッドの二つの月のうち、小さい方のメイスが、片側十車線のメイン・ストリートだけを、白く闇の底に浮かび上がらせていたが、それとて、本当に細いリボンにしか見えない。百八十五……百八十二……百七十九……百七十六……百七十三……。

着実な懸垂下降(アプザイレン)で、百七十階までたどり着く間に、明かりの点いているフロアは一つもない。百五十階から上は、ほとんどが州の公共施設で、百七十階と百七十一階は州立美術館の特別展示ホールとなっていた。そのため、この両階の窓ガラスは二重になっており、夜はその間にハイ・マンガン・スチール製のシャッターが下りていた。

レイクは、ステンレス＝ファイバー・ハニカムの外壁に、分子系の瞬間接着剤でフックを装着し、腰に結んだ命綱を引っかけ終えて、ほっとひと息ついた。額ににじんだ汗をそっとぬぐう。

どちらかといえば小柄な方だろう。一見ひょろりと頼りなく見えるが、しなやかで無駄のない体軀(たいく)。光学迷彩がほどこされたボディ・スーツは今、深いミッドナイト・ブルーに沈んでいる。

黒の巻き毛を額に無造作に散らし、瞳は、つるのない圧着式赤外線バイザー(U・R)で隠されているが、見ようによっては、なかなかの二枚目だと言えなくもない。

窓枠の警報装置を、手際よく解除してから、ハイ・テンション・ガラスに穴を開け始める。出力を抑えたマイクロ・レーザーを使って、火花を散らさないよう、切り屑(くず)を下に落とさないよう、慎重に切断していく。

この作業に約三分。レイクの前に、直径一メートルほどの穴が、ぽっかりと口を開けた。彼が屋上を離れて、すでに五分間が経過していた。——残り時間は、あと十二分だ。

真っ暗なホールに足を踏み入れる。

バイザーを通して、ところどころに薄緑色の輝線が走っているのが見えた。赤外線レーザーの罠(わな)だ。

レイクは、慎重にそれらを避けながら、ホール中央の展示ケースに近づいた。

ハンド・ライトの光の中で、五百万クレジットが燦然ときらめいた。

《凍れるアンドロメダ》――337¾カラット。金星オパールの逸品である。

ニヤリ。

レイクは、ほくそ笑んだ。

重金属を含んだ、ぶ厚い硬質ガラスが切り取られ、残る障害はあと一つ。

レイクは背中にしょっていた、小さなバックパックを下ろすと、中から質量マイクロメーターのついた、特別あつらえのマニピュレーターを取り出した。へしゃげたゴルフ・ボール大の裸石を載せている台座の感知器は、一グラムの増減にも反応して警報を鳴らす。ジムのECMのおかげで、レイクの姿は電子的には不可視となっていたが、こういう機械的な警報システムにはお手上げだった。

レイクは薄い革手袋を脱ぎ、指を屈伸させて身構えた。彼の顔が、今初めて緊張に強張った。

台座を囲むように、素早く三脚を組み立てて、小さなクレーンよろしく、マニピュレーターをセットする。

バイザーも取り外し、二つに畳んでポケットにおさめ、真剣な目でレイクはオパールを見つめた。まばたき一つしない。

繊細な四つの指を持つマニピュレーターを、レイクは細心の注意を払って、操作し始めた。

額に汗が流れた。

水平位置でオパールを軽く摑む。――ゼロ荷重。

マニピュレーターの付属肢から、水銀がにじみ出すようにして、台座に注入される。

その質量に百パーセント対応して、オパールにかけているマイナスの荷重を増やしていくのだ。ミリグラム単位での作業だった。

じりじりと時が流れた。

おそろしく緩慢な動きで、オパールが持ち上げられる。渾身の力を振るって、六十七・五グラムを持ち上げるのだ。

マイクロメーターの表示が、ゆっくりと変わっていく。

六十六・九……六十七……六十七・一……六十七・二……六十七・三……六十七・四……六十七・五……！

レイクの目が、大きく見開かれた。

今、オパールは台座から離れ、完全に宙に浮かんでいた。——まるで、あっけなく。

ちょっぴり震える指で、レイクは《凍れるアンドロメダ》を、マニピュレーターの爪から外した。彼の右手の中で、それは一層輝きを増したようだった。

そうしてようやく、レイクは今まで息をするのを、すっかり忘れていたことを思い出して、大きなため息をついた。

「やったぜ、ジム」

ブロークン・ヒルの安ホテルで、やきもきしながら待っているはずの相棒に、レイクが小さく呟いた。

そのとたんに、天井のスピーカーが、

『OK、レイク。そこまでだ』

声と同時に、展示会場のE・Lが、いっせいに点灯された。

眩しさと驚愕に立ちすくむレイク。

ばん！

三カ所あるホールの入り口の扉が、音を立てて開かれ、青い制服の集団が、どっとなだれ込んできた。

レイクの手から、オパールがすべり落ちた。

彼のスーツだけが、床に敷かれた絨毯のグリーンに反応して、さっそくその色を変え始めていた。

＊

警官について、レイクがたった一つだけ好きなこと——それは、ぶん殴るのに遠慮する必要がないということだ。

一瞬の自失から覚めるより早く、レイクの右手には、長さ二十センチばかりの銀色の棒が現れた。

セヴン・ロッド。

形状記憶合金製の武器で、右手の指輪から発せられる高周波の指令により、七通りに変化するよう、プログラムされている。

レイクがひと振りすると、それは魔法のようにするすると伸びて、先頭の警官の顔面を直撃した。

「ぎゃっ！」

血だらけの口から、折れた歯をまき散らしながら、その大男はぶっ倒れた。——カウント20は堅いところだ。

それを見てたたらを踏む二人目と三人目を、レイクはまとめて横なぐりに吹っ飛ばした。

「さあ、きやがれ！」

両手でセヴン・ロッドを握り締めて大上段に振りかぶり、レイクは大見得(おおみえ)を切ってみせた。

「ヤギュー・シンカゲ流、免許皆伝の腕前見せてやる！」

もちろん、ハッタリである。自慢じゃないが、腕の方はからっきし。もともと、荒事(あらごと)には向いていないのだ。

ところが、レイクを取り囲んだ警官たちは、それを聞くなりゲラゲラ笑いだしたものだ。

いたく心情を害したレイクが、構えを青眼(せいがん)に移して一歩を踏み出した。そして、自分が何を握り締めているのかに、やっと気がついた。

それは、野球のバットだった。

あんぐりと口を開けて、レイクはそれを見つめた。

セヴン・ロッドの第一相はロクシャク・スティックのはずだった。

　レイクは、くっと手首を返してバットを振ってみた。第二相は、蛮刀のはずである。

　ところが――

「アイアンの五番だ……」

　レイクは呆然と呟いた。ぴしゃりと左手で顔を覆う。

　自分が何をしでかしたか、遅まきながらもようやく分かってきたのだ。セヴン・ロッドにはいろいろな種類がある。ナイフやスプーンの食器型。シャベルやツルハシの工具型。どれも第0相は同じ形をしている。彼は武器型と間違えて、スポーツ用品型を持ってきてしまったのだ。――そういえば、彼らの宇宙船（ふね）〈メリー・ウィドウ〉のロッカーは、十年も前に整理が必要なほど、乱雑さをきわめていた。

「なんてこったい……」

　レイクは、力なくゴルフ・クラブを振り下ろした。アイアンの五番は、テニス・ラケットを経て、ホッケー・スティックに変化した。どうやらこれが一番武器として使えそうだった。

　神経鞭（ニューロ・ロッド）を振りかざし、おめき声を上げて、警官隊が再び殺到してきた。レイクはホッケー・スティックを握り直した。

　大乱戦になった。

　警官の大群に対抗して、レイクが力まかせにびゅんびゅん振り回している物が、一本のホッケー・スティックだという点が、妙におかしかった。もっとも、本人にとっては、おかしいどころの話ではないのだろうが。

　それでもレイクは、なんとか八人までは倒した。

　しかし、なんだかんだいっても、しょせんは多勢に無勢だ。

　ホッケー・スティックもどこかに飛ばされ、窓際に追い詰められたレイクは、唇を切り、肩で息をしていた。神経鞭で打たれた左腕は、まるで石のようだった。気迫と負けん気だけが、彼を支えていた。

彼を取り囲んだ警官隊が左右に割れて、貫禄を三十ポンドばかし余分につけすぎた、カーンズ署長が姿を現した。

「ブロークン・ヒル29分署署長のカーンズ警視だ」

もったいぶった口調で、カーンズは言った。

「もう逃げられんぞ、レイク・フォレスト。——出入国法違反、公文書改竄、公共施設への不法侵入、器物破損、公務中にある警官への暴行、並びに窃盗の現行犯で、お前を逮捕する。おとなしく、お縄をちょうだいしろ」

「大時代なセリフを吐きやがって」

レイクは歯を剝き出して、せせら笑った。

「警察学校じゃ、気の利いたセリフの一つも教えてくれなかったのかい」

「残念ながら教官がカタブツでね。しかし、こういう物の扱いなら、みっちり叩き込まれたもんだよ、レイク」

カーンズは、掌の中の小さなスイッチを示しながら言った。

「脳みそ揺すぶり器——君もご存知と思うが、対人用に開発された超音波兵器だ。発振器はホール数カ所に仕掛けられ、君に焦点を合わせている。私の指先一つで、君は地獄の苦しみを味わうことになる。——どうかね、おとなしく降参しては」

「ちょっと待った。——とすると、おれが来ることが、あらかじめ分かってたってことなのか? このビルの警備システムに、そんなダーティ・ウェポンは入ってなかったはずだ。妙に手回しがよすぎるぜ」

「ご想像におまかせしよう。——さあ、おとなしく捕まるか。それとも、気絶してぶっ倒れたところを、引きずっていかれたいか」

「どっちもごめんだね」

ニヤリと笑って、レイクが答える。

「なあ、署長さん。どうしておれが《高飛び》レイクって呼ばれてるか、本当のわけを知ってるかい？ ただ単に逃げ足が速いからだけじゃないんだな、これが」

「ほう、そうかね」

「ああ、そうとも」

カーンズの顔に、ひたと据えられたレイクの瞳が、強く輝いた。

身内の奥底から沸き起こってくる、力の感覚。

これから起こることに備えて、体中の全ての細胞が緊張し、強大なエネルギーを秘めたダイナモのように、七つのチャクラが回転を始めた。

亜空間跳躍の前に必ず訪れる、あの感じだった。

限定されたテレポート能力――それがレイクの切り札なのだ。

「エナジー……」

レイクの唇が自然に開いて、ひとつづりの言葉をつむぎ出そうとした。その刹那――

「気をつけて、署長！ レイクが跳ぶわ！」

若い女の、凛とした声が、ホールに響きわたった。

カーンズの右手の中で、スイッチがカチリと音を立てた。

――ぐっ……!!

ほとんど声にならない呻き声を上げて、レイクが床に崩れ落ちた。

超音波の顎が、たった今、彼の痛覚神経をしっかりと摑んだのだ。

内臓を絞られるような苦痛が、大きなうねりとなって、レイクの全身を震わせた。

気味の悪い汗が、全身をたちまち濡らす。

どうしようもなく震える体に両腕を巻きつけ、口を大きく開けてレイクはあえいだ。

——意識を失ってはいけない！

近づいてくる何者かの足音が、教会の鐘のように響き、鼓膜（こまく）に針を刺されるような苦痛をもたらした。

「さすがのあなたも、この状態で跳躍（ワープ）は無理のようね。フフ……」

面白がっているような声が、頭上から聞こえてきた。かすむ視界の中に、ぼんやりと男と女の二つの人影が、逆さまに映っていた。

「……？」

わずかばかりの意識の中で、レイクはその声に、何か引っかかるものを感じていた。

「しぶとい奴だ。カーンズ、もっと出力を上げろ」

遠くで、冷徹な男の声がした。

——くそっ！　こんなところで……。

くたばってたまるか。レイクは歯を食いしばった。

どこからか冷たい風が吹いてきて、彼の首すじに触れた。

目を上げると、すぐそばに大穴の開いた窓ガラスが、百七十階の夜空に向けて口を開いていた。

ブレイン・シェイカーの作用フィールドから逃れ出るには、これしかない。

最後の力を振り絞って、レイクは窓辺に駆け寄った。——本人は電光の素速さのつもりだったが、はた目にはよたよたと。

「あっ、よせ！　ここは百七十階だぞ！」

人々の口から、驚きの声が上がった。

「まだ、それだけ動けるとはな」

感嘆の口調とともに、パラライザーを取り出したマイケルの腕を、ジェーン・ブラックモアがそっと押さえた。

ブロークン・ヒルの夜景をバックに、レイクはゆらりと立っていた。

ほとんど見えぬ目で、彼を遠巻きにする人々を見回し、ニヤッと笑いかける。

「れあ、みなあん（では、皆さん）」

《高飛び》レイクは胸のポケットから、白い絹(シルク)のハンカチを引っ張り出して、ひらひらと打ち振りながら言った。

「ろきげんよう（ごきげんよう）」

　そのまま後ろのめりに、窓の外へ倒れる。両足がフロアを離れ、彼の体は一瞬、降るような星空と、きらめく夜景のはざまに、静かに浮かび、それからおもむろに落下を開始した。

　白いハンカチが闇に舞った。

「エナジー・イコール（E＝）……」

　まるで嘘のように、レイクの体から苦痛が消え去った。

　耳元で、髪の毛が鋭い音を立て始めていた。

　レイクは落下しながら、精神エネルギーを解放するキー・ワードを完成させた。

「エム・シー・スクエア（MC²）！」

　それによって、彼の脳髄(のうずい)に刻みつけられた、精神集中のための半自動的なメカニズムが、連鎖反応的に作動を開始した。

　心の各層が次々と研ぎすまされ、ドミノ倒しを見るように、精神集中(コンセントレーション)の段階が深化する。——眼識、耳識、鼻識、舌識、身識の前五識(ぜんごしき)から、意識である第六識までの表層六識が透明と化して、レイクの周りから、星空が、ブロークン・ヒルの夜景が、のしかかるようにそびえる〈メモリアル・タワー・ビル〉の威容が消え去り、彼は今、一面灰色の空間を落下していた。

　己の能力を知った時から、レイクはヨーガの教えに沿って、いついかなる時でも素早く心を統一できる鍛練(たんれん)を続けていたのだ。

　心的シークエンスはさらに作動を続け、表層六識に次いで末那識(マナシキ)が、そして最後には全ての力の源泉である阿頼耶識（アーラヤシキ）までが、ついに一つになった。

阿頼耶八識の統一——大円鏡智（だいえんきょうち）の完成である。

灰色の空間に、光の道が見えた！

ジムが待機している安ホテルのコンパート。その室内の様子が、レイクの心の視界の中で、みるみる大きくなっていった。

*

「消えた……」

カーンズは呆然と呟いた。

落下するレイクの体を掴もうと、真っ先に飛び出したのが、彼だった。

その企（くわだ）ては失敗に終わったが、その代わりカーンズは誰よりもはっきりと、レイクの姿を目で追うことができた。

わずか数秒間の軌跡を描いて、レイクの姿は掻き消すように見えなくなってしまった。見間違いでも、見失ったわけでもない。確かに奴は空中で消え失せたのだ——そのニヤニヤ笑いだけを、カーンズの脳裏に残して。

カーンズは思わずぞくりと体を震わせた。額に手を当てて、足元の闇を見つめながら、もう一度呟いてみる。

「消えた。確かに消えた……」

「そう。テレポートしたのよ。連邦警察が彼のために、わざわざファイル・ボックスを新調しなくてはならなかったわけが、これでお分かりでしょ？」

「……………」

まだ夢から覚めやらぬ表情で、カーンズはぼんやりと頷いた。

「だけど、逃がしはしないわよ、レイク。あなたはあたしの掌の中から、マイル・アウェイどころか、一インチだって出られやしないんだから。——カーンズ署長！　ウェストウッド・ヒルトンの方は大丈夫ね？」

「あ、はい。多分、今頃は……」

「OK。じゃあ、別動隊に急いで連絡してちょうだい」

「連絡？　一体何を？」

カーンズは顔を上げて、ジェーンを見つめた。うっとりするような微笑を浮かべて、彼女は答えた。

「救急車を一台、大至急、派遣するように言うのよ」

「救急車？」

「そう。多分、必要になるはずだから」

「……？」

わけが分からんという顔つきのカーンズに、ジェーンはただ一言、

「慣性モーメントよ」

そして再び謎めいた微笑を浮かべ、ウィンクしてみせた。

カーンズ警視は、あっけに取られて、立ち去っていくジェーンの後ろ姿を見送った。――すごく可愛いウィンクだったのだ。

死神のようなマイケルを従えて、ジェーンがエレベーター・ホールに消えてから、初めてカーンズは我に返った。そして急に照れたような大声で、部下を怒鳴りつけ始めた。

3　虚空の檻

ずどーん……！

ウェストウッド・ヒルトン、705号室のベッドが、突然、大音響とともに爆発した。

もうもうと立ち込めた埃（ほこり）が、徐々に静まっていき、その向こうから、ぺちゃんこになったベッドの残骸が姿を現し始めた。

脚は四本ともへし折れ、ヘッドボードはひび割れ、マットレスからはスプリングがいくつも飛び出している。

そして、それらのガラクタの真ん中に、半ば気を失いかけたレイクが、あお向けに転がっていた。

亜空間跳躍は命を削（けず）るかんなである。一度跳ぶと、半日は寝込むほど体力を消耗（しょうもう）する。げっそりとやつれるのが、自分でも分かるほどだ。しかし、彼が今、失神しかけている理由は、それとは別のところにあった。

慣性モーメント。

ジェーン・ブラックモアが言ったように、それが全ての原因なのだ。

ウェストウッドの重力加速度は、毎秒九・〇三メートル。跳躍に移る前にレイクは数秒間、自由落下の状態にあった。これを五秒とみる。そうすると、ワープ・イン直前のレイクの固有運動量は、空気抵抗を考えなければ、時速約百六十二キロメートルにも達していた計算になる。――お分かりだろうか。

当然その慣性モーメントは、ワープ・アウト後も保存されるのだ。

ホテルのコンパート内に出現（テレポート）したレイクは、そのまま時速百六十キロで、ベッドに墜落したわけである。

「また、派手なご帰還だったな」

声のした方を振り返るのに、レイクは大変な苦労をした。首すじが引きつり、背中がぎしぎしと鳴った。

ぼよよ〰〰〰ん！

妙な音を立てて、スプリングがまた一つ飛び出してきた。

その向こうに、ジムの顔がいくつも重なって見えた。

北欧バイキングの血を引くと称するジムは、金髪の巨体を揺さぶりながら、近寄ってきた。エレクトリック・ゴリラの名にふさわしい体つきは、引退して少し肉のつき始めたプロレスラーを思わせる。金色の剛毛がびっしりと生えた太い腕。その無骨な指先で、スーパー・チップのサブミクロン・パターンを操るのだとは、誰にも信じられないだろう。長い付き合いのレイクにさえ、いまだに信じられないくらいなのだ。

「やあ……」

レイクは必死の努力で笑ってみせた。

「大丈夫か？」

たくさんのジムの顔が、いっせいに口を動かす。アンテナの具合がおかしい、立体テレビを見ているような感じだった。

「失敗(しくじ)ったよ……」

掠れた声でレイクは囁(ささや)いた。

「情報が、漏れて、いたらしい……警察(サツ)の手が、回って、いやがった……！」

「あまり、口をきかない方がいい」

心配そうにジムが言う。

「平気さ、これくらいの傷……（アウチ！）……な、なんでもない。それより早く、ここをズラからないと……。わ、罠だったんだ」

「ああ。知っているよ」

「知って、いる？」

レイクは、かすむ目をはっきりさせようと、何度もまばたきをした。

「どうして、知ってるんだ、ジム。ま、まさか……」

「実は、これなんだ」

ジムは両腕を挙げてみせた。その手首には、がっちりと手錠が食い込んでいた。

レイクの顔に、泣き笑いのような表情が浮かんだ。今まで幻覚（ゴースト）だとばかり思っていた人影が、実は部屋いっぱいの警官たちだと分かったのだ。

「なんてこったい」

レイクはそう言って、気を失った。

スプリングが、ぼよよ〰〰んと鳴った。

*

再び目を覚ました時、レイクは一人きりでベッドに寝かされていた。

はっとして起き上がりかけ、（痛っ……！）体中を突き抜ける疼痛（とうつう）に、顔を歪める。気絶している間に手当てを受けたらしい。包帯と貼り薬で、地肌が見えないほどだった。

レイクは、傷を刺激しないように、そろそろとベッドを下りた。公園のベンチよりはましという程度の、簡素きわまりない無愛想なベッドである。それ一つを見ても、ここがどんな場所かよく分かった。

三歩で壁に突き当たる室内を、端から端まで、ゆっくりと歩いてみる。自分の体の具合を確かめるように、手足を慎重に屈伸させる。――左足首は軽いねんざのようだ。プラスチックのギプスで固めてある。肋骨（ろっこつ）にもひびが入っているらしいが、痛みのわりには、傷の程度はたいしたことはなさそうだった。ほとんどが打ち身やすり傷である。二―三日もすれば、十分に動けるだろう。

レイクはうっすらと微笑した。

脱出のチャンスは必ずあるものだ。裁判など待つつもりは毛頭ない。終身刑で監獄星ハーデスのウラニウム鉱山に送られるのは、分かりきっているからだ。夏でも地表の温度がマイナス七十度より上がることのないハーデスは、星全体が一つの牢獄である。監視システムは全て軌道上にあり、地上とは完全に隔絶している。ここに送られてしまえば、いかに《高飛び》の異名をはせるレイクとしても、脱走はまず不可能だった。

——その前になんとかしなければ。

レイクは唇を噛んだ。

まず第一になすべきこと——それは留置場の詳しい内部構造を知ることだった。ジムの独房の在り処も調べなくてはいけない。

彼はベッドに腰を下ろし、殺風景な室内を見回した。

薄緑色に塗られた四方のパネルには、窓すらない。自分がどんな場所にいるのか、それが分からないうちは、むやみとテレポートするわけにはいかなかった。あまりにも危険すぎる。

唯一の扉は、外からしか開錠できない電子ロックだ。ジムなら、ドライバー一本で開けちまうんだが……。

レイクは扉を見つめた。

——あの向こう側が、どうなっているのかさえ分かれば……。

跳ぶためには、目的地を骨の髄から熟知しておく必要があった。これは絶対条件だ。移動できるのは、心理的に〝見える〟範囲に限られていたからだ。

「くそ」

うっかり自分の膝を殴りつけて、レイクがその痛みに飛び上がった時——

シュン！

圧縮(あっしゅく)空気の音とともに、扉が開いた。

廊下に、氷のような目をした男が、けだるそうに立っていた。人殺しはもう飽き飽きだが、お望みとあらばいつでも、今まで見たこともないような方法で、お前を片づけてやる——そう言っている目つきだった。

男は顎(あご)をしゃくって言った。

「来な」

「その声には聞き覚えがあるぞ」

レイクが言った。

「あの時は、ずいぶん世話をかけたらしいからな」

男はうるさそうに、もう一度顎をしゃくっただけだった。

「さっそく取り調べってわけか。弁護士は呼んでもらえるんだろうな？」

レイクの質問は、今度も完全に無視された。今ここで事を起こすつもりはない。レイクは肩をすくめて、外へ出た。とたんに目を丸くする。

「こいつは驚いた」

低く口笛を吹いて、レイクは言った。

「ウェストウッドじゃあ、留置場でも移動歩道(トラヴェレーター)を使ってるのか」

その言葉に、男はチラリと横目でレイクを一瞥(いちべつ)したが、結局何も言わなかった。

二人を乗せたトラヴェレーターはひどく清潔な通路を、静かに流れていった。人っ子一人見かけない。

おまけに——

「隔壁だ」

レイクは口の中で呟いた。それは囚人の暴動に対する備えにしては、ずいぶん大げさな代物だった。規則的に並んでいる。

彼の胸に小さな疑念が育ち始めた。

上層へ向かうターボ・シャフト。

その扉が左右に開いた。

ブリーフケースを小脇にした若者が、入れ違いに降りてきた。その上着の腰のあたりのふくらみを、レイクは見逃さなかった。

自然に体が動いて、左手は若者の首に、右手は上着の下に隠された銃へと伸びていた。

一瞬のうちに、体が入れ替わった。

「動くな！」

氷の目をした男に大声で警告する。

「動くと、こいつの頭をぶち抜くぞ」

「勝手にするがいい」

男――マイケルは、まったく動じる風もなく銃を構えた。

レイクは舌打ちして、若者の体を男の方へ思い切り突き放した。二人がぶつかる。その隙にレイクは、シャフト・ボックスに乗り込み、扉を閉めた。

「こんなつもりじゃなかったんだが……」

レイクは動きだしたシャフト・ボックスの壁に背中で寄りかかって、大きなため息をついた。傷がまた以前にも増して痛み始めた。

この建物には、どこかおかしなところがある。

――彼を予定外の行動に走らせた原因はそこにあった。それがなんなのか、レイクにもはっきりと摑めていたわけではなかったが、妙に心に引っかかるのだ。

シャフトが停まって、扉が開いた。三人の技術者然とした男たちが目をまん丸にして、ミイラ男のできそこないじみたレイクを見ていた。閉ボタンを叩きつけるようにして押す。

シャフトが再び上昇して停まった。――誰もいない。

油断なく銃を構えながら、レイクは廊下を進んだ。一定の間隔でドアが並んでいる。

と、不意に――

ドアの一つが開き、レイクは、中から出てきた男と、鉢合わせしそうになった。白髪を短く刈り込み、鼻の下に見事なひげをたくわえた、初老の男だった。年のわりには、がっちりした体つきで、背すじもぴんと伸びていた。穏やかな目でレイクを見つめている。恐怖の色はまったくない。

「部屋に戻るんだ」

レイクが少し銃を動かすと、男は素直に従った。

「よし。ドアに鍵をかけろ」

「自動なんだ。わし以外の人間には、開けられん」

「信用しよう」

レイクは改めて、男の部屋を見回した。そこは、どうやら執務室らしい。マホガニー製のどっしりとした机の他には、ちょっとしたソファとテーブル、いくつかのキャビネットが置いてあるだけだ。

「あのドアは?」

レイクは、部屋の奥にある、これは木製の扉を指して言った。

「プライヴェート・ルームに寝室だ。誰もいない。ここには、わし一人だ」

そこでいったん言葉を切り、男はこう続けた。

「だから、そんなぶっそうなものは、しまったらどうだね、レイク?」

「……」

目を細めて、レイクは男の顔を見つめた。

「なるほどな」

細かく頷きながら言う。

「何もかもお見通しってわけだ」

「そう言ってもいいだろうね」

「おれのことを知ってるくらいだ。当然、相棒の居場所も知ってるんだろうな、爺さん」

「ジムのことかね。もちろんだとも。だが、わしを銃で脅かして彼のところへ案内させ、一緒に逃げようというつもりなら、無駄だ。悪いことは言わん。

やめた方がいい」

「粋(いき)がると怪我(けが)するぜ、爺さん」

「そうじゃない。お望みなら、喜んで案内しよう。銃には逆らわん主義でな。しかし、どうあがいても、ここから逃げ出すことはできんよ、レイク」

「おれ様を閉じ込めておける檻(おり)は、この地上のどこにもないんだ。そいつを証明してほしいのか？」

男は声を立てずに軽く笑った。

「向こう意気とテレポートだけが取り柄の男か。――噂どおりだな」

「なんだと！」

レイクが頭に血をのぼらせて、一歩踏み出した。

その機先を制して、男は不意に後ろを向き、キャビネットのガラス戸に手をかけた。

「おい、待て。動くな！」

「酒だよ。君もどうかね？」

酒瓶(さかびん)とグラスを手に、男は開けっ広げな笑顔を作って言った。

「いらん！　言っておくが、今度、今みたいな真似をしたら――」

「撃つというのかね？」

男は、ウィスキーを満たしたグラスを、目の高さに持ち上げ、一口すすってから言った。

「君はその銃をどこで手に入れた？」

「どういう意味だ」

「マイケル――君を迎えにいった男だが、彼から奪ったのか？　そうじゃあるまい。通りすがりの職員の腰から抜き取った。違うかね？」

話の要点が掴めないで、レイクは妙な顔をして、あいまいに頷いた。

「教えてあげよう。彼ら一般職員の銃には特殊な安全装置がついていて、第一撃では発射しないようプログラムされている。嘘(うそ)だと思うなら、トリガーを引いてみたまえ。さあ！」

「な、なんだと!」

レイクは一瞬、狼狽(ろうばい)した。無意識のうちに銃口をそらし、トリガーを引き絞る。

カチッ……。

(発射しない!?)

愕然とするレイク。その隙を男は見逃さなかった。彼はグラスを片手にしたまま、スタスタと近寄ってきて、無造作にレイクの手から銃を取り上げてしまったのだ――あっけないほど簡単に。

「修行が足りんぞ、レイク・フォレスト」

残りのウィスキーをひと飲みに干し、ニヤリと笑って銃を構える。銃を扱い慣れている者の仕草だった。

その時になってようやく、レイクは自分が何をされたのか理解した。残念ながら、敵は彼より何倍もしたたかな悪党だったのだ。

「爺い、てめえ!」

「確かに、このタイプのパワー・ガンは、第一撃目では発射しない。しかし、もう一度トリガーを引けば……」

男はソファの一つに狙いをつけ、引き金を引いた。

ぎゅん!

青白い光線がほとばしり、あとに黒焦げのソファの残骸が残った。革の焼ける、いやな臭いが部屋に立ち込めた。

「君にいいものを見せてあげよう。こっちへ来たまえ」

従わないわけにはいかなかった。レイクは歯軋りしながら、男のプライヴェート・ルームに足を踏み入れた。

中は真っ暗だった。

「見たまえ」

背後で、男が何かのスイッチを入れた。微かなモーター音が響いて、目の前の壁が左右に開き始めた。

――いや、壁ではない。窓だ。窓を覆っていたシャッターが開いているのだ。そして、窓の外には……。

レイクの目が、張り裂けんばかりに開かれた。

世の中には、見間違えようのないものもある。

漆黒(しっこく)の空。またたかぬ星。目の下に明るく輝いている半球は、どうやらウェストウッドらしい。二つの月は本星の陰に隠れて、今は見えない。

「あそこへテレポートしてみるかね?」

呆然とその光景を見つめているレイクに、男はのんびりと声をかけた。

「この宇宙船(ふね)は、現在ウェストウッド上空六百キロの周回軌道上にある。秒速は約十五キロ。地上で流星現象が起きるに十分なスピードだ」

男が何をほのめかしているのか、レイクにも痛いほどよく分かった。知らぬうちに握り締めていた拳(こぶし)に、汗がにじんでいた。男は淡々と言葉を続けた。

「裁判は船内で行われる。君を有罪にするための材料なら、馬に食わせるほどある。そいつは君自身が一番よく知ってるはずだ。その後、本船はどこへも寄港せずに、まっすぐハーデスに向かう。――逃げ道はない。年貢のおさめ時だな、《高飛び》レイク」

レイクは発作的に振り返った。

物馴れた手つきで銃を構えている男の、峻厳(しゅんげん)な視線をまともに睨み返す。真っ黒い絶望感が、背中を這い上がってくるようだった。

と、不意に男が表情を和(やわ)らげた。手の中の銃を、さも軽蔑した様子で見下ろして、ぽいとかたわらの揺り椅子の上に放り投げた。

ニヤリと笑う。

「自己紹介しよう。わしの名はグラント。もっとも人は、わしのことをただ《大佐》としか呼ばんがね」

「《大佐》……?」

レイクの硬い表情に、微かにとまどいの色が浮かんだ。

「大佐って、あの《大佐》なのか？」

「ほう。君がわしのことを知っとるとは驚きだな。その若さで」

「ガキの頃、誰かに聞かされたことがある。《大佐》って呼ばれてる、凄腕の強盗の噂をな」

　国の施設を脱走し、スラムで暴れ回っていた悪童時代、レイクは《大佐》の名を人々が半ば畏敬（いけい）の念を込めて口にするのを、何度も聞いたものだ。ほとんど伝説的な犯罪界の大立者（おおだてもの）。数多くの史上有名な事件に関与し、そのことごとくを成功させた男。連邦警察と国税局の執拗な追及にもかかわらず、小指の指紋一つ許さなかった男。――それが《大佐》だった。

「だけど、《大佐》はもう十何年も前に引退したはずだ。少なくともおれはそう聞いている。それが、いつの間に商売替えしたんだ。年を取って涙もろくなって、前非を悔いて改心したってやつかい。はっ！」

「これは手厳しいな。髪は白くなっても、腕に年は取らせていないつもりだが。そうじゃないかね？」

　ニヤニヤ笑いながら《大佐》は、揺り椅子の上の銃に、意味深な視線を走らせてみせた。

「くそったれ（シット）！」

　レイクは吐き捨てるように言った。

「降参だ。まいったよ。ハーデスでもどこへでも送ってもらおうじゃないか。だけど、これだけは言っておくぞ。たとえ本物の地獄（ハーデス）からだろうが、おれは必ず脱走してみせる！　脱走して、あんたの顔に唾を吐きかけて大笑いしてやるんだ。――よく覚えとけ！」

《大佐》はゲラゲラ笑いだした。

「いや、結構結構。その日を楽しみにしとるよ。だが、その前に、君にやってもらわなくちゃならんことがあるんだ。ついてきたまえ。それとも、もう一度、銃を突きつけられた方がいいのかな」

レイクは《大佐》の顔をじっと見つめ、それからゆっくりと頷いた。

「OK。どうやら、ボールはそっちのコートにあるらしいからな」

——しかし、第二セットは、こうはいかないぜ。

《大佐》に促されて部屋を出るレイクの瞳は、そう語っていた。

4　取引

扉が左右にすっと開いた。

円形の会議室には、五人の人間が彼ら二人を待っていた。——同業者（おなかま）だな。レイクは直感した。

一人は黒人だった。クスリの切れかかったジャズ・ピアニストのような顔をしていた。

もう一人は、気障（きざ）な口ひげを生やした色男で、細巻きのシガリロを唇の端っこでくゆらせている。

部屋の両隅には、マイケルとミゲルの二人が、疫神（えきしん）のようにひっそりと立っていた。

そして、残る一人は言わずと知れたジム・ケースだった。

ジムは、レイクの顔を見るなり、大声で叫んだ。

「オーディン！ てっきりくたばっちまったと思ってたぜ、レイク」

「おれはついてない男さ」

レイクは彼の隣に腰を下ろしながら言った。

「旦那のそのまずい面（つら）を、こうしてまた拝まにゃならんとはね。――やれやれ」

「元気らしいな。安心したぜ」

それから急に低い声になって、簡潔（かんけつ）に訊ねる。

「どんな具合だ？」

それが何を意味しているのかは明瞭（めいりょう）だった。レイクは、顔をしかめて囁（ささや）き返した。

「うまくない」

「さて、諸君――」

《大佐》が手を叩いて、全員の目がそっちに集まった。

「本題に入る前に、まずお互いを紹介しておこう。こちらの端から、ボビー・ハート。ブラム・ルーイー。ジム・ケース。それからレイク・フォレスト」

四人はお互いに口の中でぶつぶつと挨拶を交わした。

「なるほど。じゃあ、あんたが《高飛び》レイクなんだな！」

ボビーが真っ白い歯を見せて言った。

「ルディ・ジョーから噂は聞いてるよ。NFNC銀行（ニューヨーク・ファースト・ナショナル・シティ・バンク）の時、一緒に仕事（ヤマ）を踏んだんだ」

「あれはルディの仕事だったのか。道理でえらく手際がよかったと思ったぜ」

「そっちの旦那は、こっちの専門らしいな」

ジムが人差し指で、自分のこめかみをつつきながら、ブラムに笑いかけた。

「昔、サム・マッケイと仕事をしたことがある。奴は元気かい？」

ところがブラムは、何か別のことに気を取られている様子で、シガリロを口から離すと、こう言った。

「何か臭うな」

それを受けて、ボビーが鼻をひくつかせる。《大佐》とジムも、「そういえば」という顔で、あたりを見回し始めた。

やがて全員の視線がレイクに集まった。

自分がなぜ見つめられているのか、わけが分からないという表情で、レイクは五人の顔を順番に見回した。

「一体——?」

レイクが口を開きかけた時、

「一体全体、この臭いはなんなの?」

背後で信じられぬ声がした。

振り返ったレイクの目がまん丸になり、顎がだらりと垂れ下がった。おそらく、ジムもまったく同じ表情をしているはずだった。

「あなたね、レイク。自分じゃ分かんないの? その貼り薬よ。気が狂いそうだわ」

元ジェーン・フォレストは手厳しく決めつけた。

両手を腰に当て、可愛らしい頤(おとがい)をくっと引いて、怖い顔を作っている。

それから急に、ニッコリ笑って彼女は言った。

「お久しぶりね、レイク」

「カ、カ、カラ——」

やっと口がきけるようになったジム・ケースが、震える指先を彼女に突きつけながら、大声で叫んだ。その声は悲鳴に近かった。

「厄病神(カラミティ)ジェーン!」

とたんに、目にも留まらぬ早さでジェーンの右手に、変わった格好をした黒くて大きい銃が姿を現した。——その間わずかコンマ〇一秒。

ズギューン!

とてつもなく大きな音とともに、ジムの頭のすぐ上を弾丸が通過していき、後ろのパネルに大穴を開けた。衝撃波がジムの顔をひっぱたき、彼は派手に引っくり返った。断ち切られた金髪が、何本かふわふわと漂っていた。

「二度とその名前を口に出すんじゃないわよ、ジム。——長生きがしたければね」

ジェーンは銃口の煙をふっと吹き、形のよいヒップの上に横向きにつけられたホルスターに、銃把(グリップ)を上にして差し込んだ。

「S&W(スミス・アンド・ウエッソン)のM29、・44マグナム、8⅜インチバレル——変わった銃をお持ちですな、マドモアゼル」

「さすがね、ミスタ・ルーイー」

ジェーンが笑いかけると、ブラムは気取った仕草で一礼してみせた。ジェーンはますます気をよくした風に、明るい声で言った。

「あたしはジェーン。人は《ガンスモーク・ジェニー》って呼ぶわ。古代兵器の収集(コレクション)が、あたしの趣味なの。もち実益もね。——このM29(モデル)は、つい最近、七万クレジットで手に入れた貴重品ってわけ。お気に入りの一つよ」

「おれの七万クレジットだ」

レイクが陰気な声で言った。

「おれたちの、だろ」

床から起き上がりながら、ジムが訂正した。しきりに頭を振りながら言う。

「より正確に言うなら、おれたちの百万クレジットの一部だ」

「あら」

ジェーンは、しごく無邪気な声で答えた。

「その百万クレジットなら、とっくに使っちゃったわ。中世の先込め式カノン砲を買ったの。——見たい?」

ジムは天井をあおいで嘆息し、レイクの方はといえば、さっきから片手で額を支えて、ゆっくりと首

を左右に振り続けているばかりだった。

三年ばかり前のことだ。レイクとジェーンは二週間だけ夫婦だったことがある。レイクにとっては不幸な二週間だった。

新婚旅行の真っ最中に、花嫁が銀行強盗をおっ始めた揚げ句、パイソン357を撃ちまくって警官隊とわたり合い、ジャージー・タウンをパニックに陥れ、それだけならまだしも、翌朝になったら現金の詰まったスーツケースごと、どこかに消えてしまっていたのだ——一枚の置き手紙だけを残して。

その手紙に書いてあった文句を、レイクは今でもはっきり覚えている。

たった一言——

『バイバイ』

レイクの胸の傷がうずいた。実は、ジムにも内緒だが、その手紙をまだ持っているのだ。

「あたしに会えたのに、あまり嬉しくなさそうね？」

ジェーンが、さりげなく言った。

「《大佐》……」

レイクは弱々しい声で言った。

「なんだね？」

「頼むから、おれをハーデスに連れていってくれ。——お願いだ」

ジェーンは物も言わずに、レイクの左目を殴りつけた。

*

そのあとで起こった、ちょっとした騒動がおさまった時には、誰もがすっかり声を嗄らし、肩で息をしていた。

レイクとジェーンは、机のあっちとこっちで、お互いにそっぽを向いていたし、いつもクールなブラムでさえ、乱れた髪にクシを入れるのを忘れていた。

《大佐》はうんざりした顔で口ひげを引っ張っており、他の二人も大同小異だった。マイケルとミゲルの死神コンビだけが、こんな馬鹿騒ぎには一切関係がないという表情で、一同を冷たく見つめていた。

「旧交を温め合うやり方としては、いささか風変わりな方法だったな」

《大佐》が感想を漏らした。

「この旧交だけは、温めたくなかったものですね」

レイクは、頬の引っ掻き傷を指でそっと押さえながら言った。

「あの時、首の骨を折ってればよかったのよ」

ジェーンが辛辣にやり返した。

「そしたら、どんな旧交だろうと、温める必要もなくなるわ——永遠にね！」

「おいおい。これから一緒に仕事をしようって仲間が、そういがみ合ってもらっちゃあ困るな」

苦笑交じりの声で《大佐》が言った。

「仕事……？」

「仲間……？」

「そいつは一体、どういう冗談なんだ？」

レイクたちは口々に言い立てた。

「罠だ。決まってる。我々を引っかけようっていう、警察の汚い罠だ」

ブラムが吐き捨てるように言った。彼は、アンティーヴの酒場でトリックに引っかかったことを、いまだに自分に対する個人的な侮辱と受け取っていた。

「冗談でもなければ、罠でもない」

《大佐》が落ち着いた口調で言った。机の上で軽く指先を組み、順番に全員の顔を見回す。

「これは取引だ。——諸君が、現在この銀河系社会で望みうる、最高の犯罪者であることは、疑う余地がない。そこを見込んでの頼みだ」

「人にものを頼むにしちゃ、あんたも相当、風変わりなやり方をするもんだな」

レイクが皮肉を言った。

「諸君に集まってもらった方法が、いささか乱暴だったことは陳謝する。しかし非常の場合だったのだ。理解してもらいたい。もちろん私は彼女に、できるだけ丁重にお連れするよう、言ってはおいたのだが……」

《大佐》はチラリとジェーンを盗み見た。

「まあ、なんですって！」

憤然と抗議しかかるジェーンを片手で制して、《大佐》は言葉を続けた。

「ともかく、これは諸君にとって、決して損になる話じゃないと思う。いや、それどころか、今までに見たこともないような大金を稼ぐビッグ・チャンスなのだ。それも、万の単位じゃない。億だ」

「《大佐》、どうやらあんたは、おれたちを誤解しているらしいな」

レイクが言った。

「おれたちが、サッと取引なんぞすると思うのか？」

全員が気難しい顔をして、二人のやり取りを聞いていた。部屋の空気が険悪になっていった。

「まったく、頭の悪い人ってのは、どうしようもないわね！」

ジェーンが呆れたような声で、天井のどこかにいる（らしい）、目に見えない小人たちに向かって話しかけた。大きな青い目をくるくる回している。

「ねぇぇえ、レイク・フォレストさん？　あなた本当に、あたしが連邦ポリス・アカデミーの事前審査に、合格できるとでも思ってらっしゃるの？　——本気？　本気でそんなこと考えたりしちゃったりするわけ？　わーお！」

レイクは、ジェーンと《大佐》の顔を交互に見つめた。《大佐》は落ち着き払っていたし、ジェーンは鼻の先で笑っていた。

「だけどウェストウッドじゃあ、あんたたちは連邦警察のバッジをつけていた」

ジムが、考え込んでいるレイクに代わって、そのことを指摘した。

「そうだ。おれの時は、連邦首府(ビッグ・アップル)のスーパーウェイ・パトロールだった」

ボビー・ハートも口を挟む。

「連邦警察のバッジってこれのこと?」

ジェーンがポケットから、馬鹿にしきった仕草で一個のバッジを取り出した。銀色の盾(たて)の形をしており、裏面にコンピューター照会用のIDコードが、電子的に刻印されている。理論的に偽造は不可能とされている代物だ(そのはずだった)。

ジェーンはそれを無造作に宙に放り上げた。

彼女の右腕が、後ろに回るところを見た者は誰もいない。にもかかわらず、M29は再び火を噴き、空中のバッジを砕いて、天井に大穴を開けた。

凄味のあるマグナム弾の発射音が、狭い部屋の中でわんわん反響し、全員の鼓膜(こまく)を打った。――ただし、経験上、何が起こるかを知って、あらかじめ両耳に指を突っ込んでいたレイクだけは別だ。

耳から指を抜きながら、彼は言った。

「分かった。話を聞こうじゃないか。偽警官を使って、あっちこっちの星から一流のプロばかり掻き集めて、あんたは一体、何をしようとしているんだ?」

「ちょっと待った、レイクさんとやら」

ブラムが声をかけた。

「あなたは、彼らの言うことを信じるのか?」

「誰も信じるとは言ってないさ。だけど、話を聞くだけなら、別に損はないだろう。ケツをまくるのは、それからでも遅くはない」

「私は、ごめんだ。こんなやり方は好きになれない。《大佐》、確かにあなたは大物だ。しかし、それはもう二十年も前の話だ。皆が争ってあなたと組みたがった時代は、とうの昔に終わってるんだ」

ブラムは立ち上がって、全員を見回した。

「私は、降ろさせていただく。あなた方がサッの回し者ではないというのなら、なおさら好都合だ」

「待ちたまえ、ミスタ・ルーイー」

「あなたに、私を止める権利はないはずだ、《大佐》。さあ、私をこの忌ま忌ましい船から下ろしてもらおう」

「どうしても、話を聞いてもらえんのかね」

ブラムは、その質問に答える必要はないと考えたようだ。黙って扉に向かって歩きだした。

「席に戻れ」

静かにマイケルが言った。

「断る」

マイケルとミゲルの手に、パワー・ガンが現れた。

「二人とも銃をしまうんだ！」

《大佐》が鋭く言った。

「顔を見られた。こうして集まっていることを知られた」

抑揚を欠いた声で、マイケルが答えた。

「ここから出すわけにはいかない」

「マイケル！」

《大佐》が大声を出したが、二人の銃口はぴくりとも動かない。

「ミスタ・ルーイー」

ジェーンが口を開きかけた。

「答えはノーですよ、マドモアゼル。レディの前で、こんな言葉は使いたくはないのですが、《大佐》、あなたもあなたの計画も、それからこの人殺し野郎も、みんなまとめてくそくらえと言いたいですな」

ブラムは決然とした目を、マイケルに向けたまま、はっきりと言った。

マイケルの口の端が白くなった。敏感な電子トリガーに指先が触れ――

「ちょいと待った！」

レイクが飛び出してきて、二人の間に立ちふさがったのはその時だ。ブラムの耳に小声で囁く。

「こいつは本気で撃つつもりだぜ。脅しじゃない」

「だから？」

「もっと利口(りこう)になれってことさ。話だけでも聞くふりをするんだ。逃げ出すつもりなら、みんなの力を合わせた方が、うまくいく。チャンスを待つんだ」

「いやだ、と言ったら？」

「《大佐》と組むんじゃなくて、おれと組むんだと思ってくれないか？　実をいうと、次の仕事で腕のいい〝役者〟が一人欲しかったんだ」

レイクは片目をつむってみせた。

ブラムは口をすぼめて、じっと彼の瞳を見つめ返していたが、不意にニヤリと相好(そうごう)を崩(くず)し、《大佐》を振り返った。

「ＯＫ、《大佐》。――で？　我々はどこの銀行を襲うんです？」

《大佐》もまた、ニヤリと笑い返して、快活に答えた。

「そいつをこれから説明しようと思ってたところさ。まあ、座ったらどうだね、二人とも。マイケル、いい加減にそんなものはしまうんだ。ミゲル、ホロのスイッチを入れてくれ」

部屋が暗くなり、円卓の上にレーザーが鮮やかな立体映像(ホログラフィ)を結んだ。

「諸君――」

《大佐》が、思い切りもったいぶった声を出した。

「これが、我々の獲物だ」

じっとその映像を見つめていたレイクが、視線をゆっくりと《大佐》の顔に戻し、事実を告げる口調で、静かに言った。

「あんたの頭はどうかしてるぜ、《大佐》」

5　確率〇・七パーセント

「どうかしてるって？　わしが？」

《大佐》は、クックッという含み笑いを漏らしながら、両手をこすり合わせた。カナリアをたらふく食った猫みたいに、すっかり一人で悦に入っている様子だった。

「さもなきゃ、老いぼれて夢と現実の区別もつかなくなったのさ」

「ちょ、ちょっと待ってよ」

ジェーンが言った。

「一体、どういうこと？　あたしには何がなんだか、さっぱり分からないわ。このホロがなんだっていうのよ。レイク、あなた分かってるのなら教えてよ」

「驚いたな。君は何も知らないまま、《大佐》の手伝いをしていたのか？」

「あたしが知っていることは三つだけ。途方もない大金が手に入るってことが一つ。そのためには、あんたたちの存在が必要だってこと。それから三つ目は、なんたってピストルをいっぱい撃てるじゃない？　もう最高！　あたしの大好きなものばっかし。お金に銃に……。あら、あなたは別よ、レイク。あんたなんか大嫌い。――ジム！　何ニヤニヤ笑ってんの！」

ジェーンの指先がそろりと動くのを見て、慌ててジム・ケースが顔を引き締めた。

「いや、何……（ゴホン！）それよりも《大佐》、こいつは一体なんなんです？　おれにもさっぱり――」

「君にはなんに見えるかね？」

「そうですね。――なんか、馬鹿でっかい岩の塊のように……」

「そう。岩の塊さ。長径が四十七・四キロ、短径が三〇・一キロの巨大な岩だ」

《大佐》が、もっともらしい口調で頷いた。彼らの目の前に浮かんでいるその岩は、西洋なしを斜めに歪ませたような格好をしていた。全体に黒っぽく、表面はでこぼこだ。もっとも、縮尺が大きいためか、細かい部分ははっきりしない。——しかし、だからといって、この岩がどうしたというのだろう。

「だから、この岩がどうしたというんです？」

ボビー・ハートが焦れたような声で言った。

「これが全部、ダイヤモンドでできているとでもいうんですかね」

「九九パーセントは、ただの玄武岩だ」

「見ばえのしない小惑星ですな。とても億単位の稼ぎが隠されているようには、思えませんが？」

新しいシガリロに火をつけながら、ブラムが言った。ボビーが振り返って言った。

「小惑星？」

「そうじゃないかなって、あたしも思ってたわ」

自慢そうに、ジェーンが鼻をうごめかした。

「もちろんそうだ。うかつだったよ。他には考えられないものな。だけど、やっぱり分からねえ。おれたちは鉱山技師じゃない。この小惑星のどこが——」

「残念ながら、そいつは小惑星なんかじゃないんだな、これが」

レイクがけだるそうな声を出した。

「じゃあ、なんだってのよ」

ジェーンが口をとんがらかして言う。

「衛星なんだ」

「同じようなものじゃない」

「ちょっと違う。特に、それが回っている母星が、ローザンヌとなるとなおさらだ」

「ローザンヌ?」

全員が声を揃えた。ジムは立ち上がり、ブラムは上品に眉を吊り上げた。

「じゃあ、あれは——」

「そうさ。ミルザ家のカジノ衛星だよ」

「なんてこったい」

ボビーが目を剝いて天井を見上げ、嘆息した。

「まさか本気じゃないんでしょうね、《大佐》?」

「むろん、本気さ」

「不可能だ」

ジムは、どかりと椅子に腰を下ろしながら、不機嫌に言った。

「なぜ?」

微笑を浮かべながら、《大佐》が訊ねた。

「ねえ、《大佐》。衛星都市ってのは、言ってみれば、宇宙空間に浮かんでいる、でっかい金庫みたいなもんだ。分かるでしょう。大気圏がないから接近はごまかせないし、出入りはエアロックでいちいちチェックされる。おまけに通路は隔壁だらけ。何か事があれば、連中はいつでも好きな時に、おれたちを閉じ込めて、ゆっくり料理できるってわけですよ。言っときますけど、あたしゃ、ゆっくり料理されるのだけは、ごめんですからね。——しかも、ごく普通の、そこらにざらにある衛星都市ですら、そうなんですよ。それが、ミルザ公国となると……」

ジムは表情いっぱいの顔で、肩をすくめてみせた。

「公国?」

ジェーンの不審げな声に、ボビーが答えた。

「正式のものじゃないよ、もちろん。でも、都市内だけで通用する紙幣も発行してるし、半ば治外法権が認められているようなもんさ」

「だけど、どうして初めっから不可能だって決めつけるのよ。やってみなきゃ、分かんないじゃない」

「沸騰しているお湯に手を入れたら火傷する——世

の中には、やってみなくても分かることだってあるのさ」

レイクが気取った口調で言った。ジェーンは、つんと横を向いた。

「レイクの言うとおりだ」

ジムが大きく頷いた。

「ミルザ公国を襲うなんて気違い沙汰だ。気違い沙汰以外の何物でもないね」

「そうかな？」

《大佐》が微笑んだ。

「連邦海軍でも率いているつもりなんじゃないでしょうね、《大佐》。たった八人で一体、何ができるっていうんです？ ご存知ないのなら、お教えしますがね、あそこにゃ一万人からの軍隊もいるんですよ。ミルザ傭兵部隊。荒っぽいことでは、つとに有名でね。そんな連中を向こうに回したくはないですな、あたしとしちゃあ」

「いくじなし」

と、ジェーン。

「お好きなように」

馬鹿丁寧に、ジムがお辞儀をした。

「諸君の感想はよく分かった」

《大佐》が言った。

「わしが現役時代に、この話を聞いていたら、きっと諸君と同じ反応を示しただろう。気でも狂ったんじゃないかと、相手を笑い飛ばしていたはずだ。

——ミルザ公国には金が唸っているぞ。それは、わしの若い頃から、さんざん言われてきたことだ。しかし、あのタイプの宇宙都市——衛星岩塊をくり抜いて造られた——が、最高によくできた、自然の要塞であることも事実だった。冒険心に富んだ何人かの仲間が、ミルザ公国に侵入し、それきり帰ってこなかった」

《大佐》は一瞬遠くを見つめる目になって、言葉を途切らせた。微かな苦渋（くじゅう）の色が、その双眸（ひとみ）の上に表れて、消えた。

「それが、今になって、なぜ急に……？」

ブラムが訊ねた。

「状況が変わった。ミルザ公国は、あと二月（ふたつき）弱で消滅する」

「なんですって!?」

「例のタイム・リミットってやつね？　そうでしょ」

どう、という得意げな顔で、ジェーンが言った。

しかし、すぐにその眉を八の字に寄せて、

「だけど、一体なんのタイム・リミットなの？」

「二カ月先というと……確か連邦の十年期大評議会（デセニアル）が、ちょうどその頃だったはずだ」

ジムが言った。

「だんだん読めてきたぞ」

レイクが頷き返した。

「えっらそーに」

ジェーンが揶揄（やゆ）する調子で言った。しかし、誰も取り合わなかったので、彼女は急に不機嫌になり、ぷっとふくれてM29をいじり始めた。

「どうやら説明の必要もなさそうだな」

《大佐》は、言葉の途中で人差し指を立てて、マイケルに合図を送った。香りの高い紅茶が、全員に運ばれてきた。

「わしには、ちょっぴりブランデーを垂らしてくれ。ああ、ありがとう。さて……」

一口、紅茶をすすって、《大佐》は話し始めた。

「ミルザ公国の成り立ちは、諸君も知っていることと思うが。ジム？」

「もちろん。それに、ミルザ公国が、連邦唯一の個人所有の衛星だってこともな」

「どうして、そんな風になったわけ？」

「γ（ガンマ）-アンブロシアさ」

「γ-アンブロシア？」

「やれやれ」

レイクが言った。

「何よォ」

ジェーンが、ぶんむくれた声を出す。

「γ-アンブロシアってのは、ほら、例の超伝導合金を作る時に使う――」

ブラムが助け舟を出す。

「ああ、あれ」

ジェーンが頷いた。

「ところで、超伝導って何？　――冗談よ。分かったわ。あの、一オンスがン万クレジットもするってやつでしょ」

「そう。バナジウムなぞ、てんで問題にしないくらい高い温度で超伝導効果が得られるから、えらく重宝されている希元素でね。星系（システム）第四惑星ローザンヌの主産物でもある」

「そして、その鉱脈を見つけ出したのが、ミルザ家の初代当主ウーズレ・ミルザだったってわけさ。もう一世紀近く昔の話だけどね」

「ところが、ウーズレ・ミルザは、せっかくの採鉱権を放棄しちまった」

「もったいない！」

「いや、違う。採鉱権を連邦に譲り渡すのと引き換えに、ローザンヌのたった一つの衛星〈ウープス〉を手に入れたんだ。連邦と九十九年間の貸借契約を結んだのさ。当然、γ-アンブロシア出荷の中継基地として、繁栄（はんえい）することを見越してだ」

「つまり、ウーズレ・ミルザはγ-アンブロシアの生産じゃなくて、流通を一手に握る方を選んだんだ。鉱山なら他にも見つかるかもしれん。しかし……」

「ふーん。頭のいいやり方ね」

「まあね。こうしてγ-アンブロシア輸出機構がガッチリでき上がってしまえば、あとはウーズレのしたい放題だ。契約を盾に取って、都市を拡大し、あとはご存知のとおりさ。連邦も下手に手を出せなかったんだ。衛星には経済的価値と同時に、軍事的価値という側面もあったから。それに、ミルザ家には、もう一つとっておきの武器があった」

「なあに？」

「相手が断りきれないほどの、莫大なワイロさ」

「もっとも、γ-アンブロシア自体の生産は、五十年も前にピークを過ぎちまって、今じゃ副業のカジノの方が有名だけどね」

「いや。たいへん結構」

出来の良い生徒をほめる教師のような口ぶりで、《大佐》が言った。

「そこまで分かっているのなら、もはや何も言うことはない。――今だ。今が、チャンスなのだ。この時を逃したら、あの熟れきったリンゴは、二度と手の届かないところへ行ってしまうだろう」

「つまり、契約が切れるんだな？」

「そのとおり」

「だけど、それがどうかしたのかい」

「それがどうかしたのか？」

《大佐》はボビーの言葉を、オウム返しに真似て言った。

「どうしたもこうしたも、そうなったら〈ウープス〉は連邦の管理下に入り、宇宙艦隊の警護を受けるようになる。おまけに、これが大切なのだが、せっかくこの一点に集まった富も、あっちこっちに分散してしまうだろう。もちろん、ミルザ家九代目の当主オーロフ・ミルザが、連邦に契約の更新を迫っているらしいが、受理される見込みはない。当然、オーロフは全ての財産を、持ち出しやすい形に替えて、どこか別の星に引き移るしかないわけだ。分かるかね、わしの言っている意味が。――もう一度言おう。まさに今がチャンスなのだ」

《大佐》は珍しく頬を上気させて言葉を切った。一人一人の顔を、期待のこもった熱心な瞳で見つめる。

黙ってシガリロをくゆらせていたブラムが、思慮深い声で言った。

「どうして、その時まで待たないんです?」

いささか唐突な質問の仕方だったが、《大佐》はすぐにその意味を理解したらしい。

「夢――と答えるには、いささか年を取りすぎたようだ」

《大佐》は、フッと笑った。

「言い換えよう。――意地だ。野心かもしれない。理解してもらおうとは思わんが、ミルザ公国という名は、わしらオールド・タイマーにとって、特別な意味を持っているんだ。金庫破りが金塊貯蔵所(フォート・ノックス)を夢見るように、あの衛星(ほし)は、常に手の届かぬところで輝いているトロフィだった。年寄りのセンチメンタリズムと笑ってくれても構わんよ。正直に言おう。わしにとって、あの要塞から運び出されてしまった財産には、もはや興味も意味もないんだ」

誰も笑わなかった。

何が《大佐》に、十数年間の引退生活にピリオドを打たせたのか? 彼らにも朧(おぼろ)げながら、分かるような気がしたからだ。そして、ミルザ公国は二カ月後に消滅しようとしている。長年の《大佐》の宿敵が、契約という一枚の紙切れの前に屈伏しようとしているのだ。

「もちろん、それだけじゃない。一歩、城の外へ出れば、ハイエナどもが牙を研(と)いで待ち受けていることくらい、オーロフ・ミルザにも分かっているだろう」

「かえって警戒が厳重になるってことか」

レイクが頷いた。

「奴は、あの城の中にいる限りは、絶対に安全だと信じ込んでいる。そこがつけ目だ」

「う～～～～ん」

　期せずして、全員の口から同時に、唸り声が漏れた。レイクは腕を組んで考え込んだ。――確かに魅力的な獲物だ。おそらく空前のスケールの強奪になるだろう。実入りもでかい。だが……。

　レイクは〝蟷螂の斧〟という、古い古い中国の言葉を思い出していた。

「どうだね、諸君」

《大佐》が、考え込んでばかりいるメンバーに痺れを切らして、口を開いた。

「わしの手札はこれで全部さらした。次は諸君の番だ。コールするかね。それとも降りるかね――レイク？」

「あんたの言うことは分かった。口はばったいことを言うようだが、おれたちも本職の強盗だ。一パーセントでも可能性があれば、それに賭けてみるくらいの根性は持っているつもりさ。危険は必要経費のうちだ。だが、今度の件には、その一パーセントも――」

「わしもプロだよ」

《大佐》は言った。

「百パーセント見込みのないバクチを打つと思うかね？」

　レイクは片目をつむって、《大佐》の顔をじっと見つめた。

「忘れてたよ。あんたは《大佐》だったたな」

《大佐》がニヤリと笑った。

「どうやら、何か考えがおありのようですな、《大佐》？」

　ブラムが言った。

「聞きたいのかね？」

　ブラムたちは、お互いに目を見交わした。ややあって、レイクが言った。

「億単位の稼ぎだって？」

「少なく見積もってのことだ。この百年間に、ミルザ家の貯め込んだクレジットは、それこそ天文学的な数字になってるはずだ。想像してみたまえ」

「気閘のチェック・システムってのは、どうなってるんだ?」

ブラムが言った。

「そのへんのところは、自分の目で確かめた方が、よくはないかね」

「通路の隔壁っていうのが気に入らねえな」

ボビーが言った。

「おれは何をすればいいんだ?」

「メカに強い腕を見せてもらうよ。まずは手始めに、現在改装中の〈メリー・ウィドウ〉の整備を手伝ってほしい。もちろん、操縦もだ」

「〈メリー・ウィドウ〉だって? おれたちの宇宙船をどうするつもりだ」

ジムが叫んだ。


「残念ながら、この船を使うわけにはいかんのでね。ちょっと拝借させていただくよ、実はもう当船の格納庫に収容ずみなのだ」

「手回しのいいことだな」

ジムは口の中でブツブツ呟いたが、表立って反対するつもりはないらしかった。

「それで?」

ジェーンが切り口上で訊ねた。

「あたしは、何をすればいいの?」

「君にはもちろん撃ちまくってもらうよ、《ガンスモーク・ジェニー》」

《大佐》が答えた。こう呼ぶとジェーンの機嫌が、たちまちよくなることを、よく知っているのだ。

「だけどその前に、みんなにもう一杯ずつ紅茶をいれてくれないかね?」

「アイアイサー、キャプテン」

ジェーンが快活に席を立った。

その後ろ姿を見送って、レイクが苦笑交じりに言った。

「どうやら、うまく乗せられちまったらしいな」

全員がそれに応えて苦笑を返し、肩をすくめた。一人《大佐》だけが、会心の笑みをティ・カップのふちに隠していた。こうして、レイクを始めとする、正直で善良な悪党たちが、このろくでもないカジノ衛星襲撃作戦に巻き込まれるはめになったのである。

＊

夜になり、四人はそれぞれの個室に案内された。豪華な内装がほどこされた、次の間付きのスイートだ。ソファは総革張り、サイドボードには、色々な種類の酒瓶がぎっしりと詰まっていた。

レイクは、I・W・ハーパーを指二本ぶんグラスに注ぎ、ひと息に飲み干した。

ふかふかの絨毯（じゅうたん）を踏んで、扉を確かめる。鍵（かぎ）はかかっていなかった。レイクは器用に（鏡の前で半年間も練習したのは伊達（だて）じゃない）片方の眉を吊り上げた。少し意外だったのだ。

窓の遮光スクリーンを、暗から明に調節する。すでにウェストウッドは見えなくなっていた。発進をまったく気づかせなかったことといい、〈メリー・ウィドウ〉を収納できる格納庫を有することといい、レイクはこの宇宙船（ふね）の巨大さを想像して息を呑んだ。小型とはいえ、彼らの船〈メリー・ウィドウ〉は四十メートル級の外洋クルーザーなのだ。

星の動きが速い。このぶんならすぐにワープ空間に突入するだろう。

ローザンヌ星系はウェストウッドから渦状腕外縁部の方向へ、さらに三百光年の行程だ。この船が最大速度（マキシマム・ワープ）で跳べば、四日とかかるまい。

レイクの脳裏（のうり）に、ブロークン・ヒル29分署署長の、人の好（よ）さそうな丸顔がチラと浮かんだ。ほんのちょっぴり胸が痛んだ。

ＲＲＲＲ……

ヴィジフォーンの呼び出しブザーが鳴った。

「はい？」

グラスを片手に、レイクは通信スイッチをオンにした。ヒ素－ガリウム系のプレートスクリーンいっぱいに、ジムのニヤニヤ笑いが映し出される。酒の飲めないジムは、手にした齧（かじ）りかけのスモークド・チキンの片足を振ってみせた。

『よお』

「やあ」

『どうだい？』

「いい部屋だな」

レイクは簡潔に答えた。

『確かに悪くない。これですんなりと億万長者になれるとしたら、話がうますぎるくらいのものだ』

「気に入らねーって口ぶりだな。しくじるとでも思ってんのかい、このメンバーで？」

『いや、そうじゃないが、ちょっとな……』

ジムは言葉尻を濁（にご）した。

「旦那（だんな）の心配性に、乾杯」

レイクが、脳天気な声でグラスを挙げた。

『おたくはのん気でいいよ』

「あいにくと、あれこれ悩むのはおれのスタイルじゃないんでね。言葉よりもまず行動。ヘミングウェイもそう言ってる」

『ヘミングウェイって誰だ？』

「誰かさ」

『ずいぶん楽観的なんだな』

ジムが意味ありげに横目を使った。バーボンをなみなみと注ぎながら、レイクが頷いた。

「うん。そう言ってもいいだろうね」

『厄病神（ジェーン）がいるのに？』

「突然、悲観的になった」

硫酸（りゅうさん）でも飲み込んだような表情を作って、レイクが言った。

「この仕事は失敗するぞ。おれたちみんなハーデス送りだ。そうに違いない。この世は闇で、人々は悪意に満ち、朝食のベーコンエッグは生焼けに決まってる。教えてくれ、ジム。人生の意味ってなんなんだ？」

『意味なぞないのじゃ、迷える子羊よ。人生は夜の果ての旅だと、セリーヌも言うておる』

「セリーヌって誰だ？」

『誰かさ』

二人は声を合わせて笑った。少し世間話をして、おやすみを言った。ベッドに飛び込むと、思い出したように、体のあちこちで傷口が、己の存在を主張し始めた。レイクはダブルで三杯、ストレートで一気にやっつけた。

いつの間にか眠ってしまったらしい。夢うつつの中で、レイクはベッドの枕元に誰かが立っているのを、ふと感じ取った。その人影はずいぶん長いこと、そこにそうしていたらしい。朧げな影が不意に動き、ゆらゆらと彼の上に覆い被さってきた。

恐怖も疑惑もなく、レイクの意識はただ完全な空白だった。

彼の唇の上に、柔らかい唇が一瞬だけ重なり、つと離れた。――微かにディオリッシモが匂った。

人影は物音一つ立てず、彼の部屋から消えた。まるで最初からそこにいなかったかのように。

レイクは、眠りの底にたちまち引き込まれ、翌朝には何も覚えていなかった。

*

ローザンヌまでは一週間かかった。〈メリー・ウィドウ〉の改装並びに、船内での打ち合わせ（ブリーフィング）のためである。ミルザ公国――特にその私有区域（プライヴェート・エリア）――

について分かっていることは、あまりなかった。限られた情報の中で、論議が行われ、それぞれがそれぞれの専門的立場から意見を出し合った。あらゆる可能性が、最後の一ミリまで検討されたことは言うまでもない。

次々と攻略の案が出され、たちまち破棄されていった。ミルザ家の防衛システムは巧妙をきわめていた。白熱した議論が夜遅くまで続けられ、ジェーンは美容に悪いと文句を言った。

大量のコーヒーと煙草が消費されたあと、ようやく作戦が一つにまとまった。船のビッグ・コンピューターは、〈作戦〉の成功率を〇・七パーセントと弾き出した。

「ゼロよりはましだな」

レイクが言い、ジェーンと七人の悪党どもを乗せた〈メリー・ウィドウ〉は巨大宇宙船を離脱、一路ローザンヌへと向かった。

第二部　〝木馬〟作戦

1 スペンサー伯爵夫妻

発進時から続いていた体感Gが、ふっと途切れた。禁煙、並びにシートベルト着用のサインが消え、乗客の間に、微かなざわめきが起こった。

「このたびは、当M・T・I社の連絡船をご利用いただき、まことにありがとうございます」

ぴったりとした銀色のコスモドレスに身を包んだミルザ・トランスポート・インコーポレイションのキャビンアテンダントが、通路の前に立ち、にこやかな笑みを浮かべながら一礼した。

「本船は十三時ちょうどローザンヌ宇宙港（スペース・ポート）発、十七時四十分ミルザ宇宙（スペース）ドック着の、M・T・I第162便〈スター・ファイヤー〉号でございます。現在、本船はローザンヌを巡る自由落下軌道にありますが、五分後には計器チェックを終え二次加速系に点火、一路ミルザ公国へと向かう予定でございます。しばらくの間、皆様には無重量状態と、地上の景色をお楽しみいただきたく存じます」

それからキャビンアテンダントは、万一の場合に備えて、救命具の使い方を説明し始めたが、誰も彼女の言うことを聞いていなかった。ある者は窓に駆け寄り、ある者はシートの上に浮かんで歓声を上げた。が、しかし、大半の乗客は、そんなものには飽き飽きという顔で、煙草に火をつけたり、別のキャビンアテンダントが配っているスコッチをすすったりし始めた。

もちろん、ブラムとてその例外ではない。落ち着き払って内ポケットから薄いシガレット・ケースを取り出すと、細巻きのシガリロを口にくわえ、ケースと対（つい）になっている純金のライターで火をつけた。

由緒あるスペンサー家の紋章が刻み込んである代物だ。

目を細めて煙を吐き出しながら、ブラムは船内をのんびりと見回した。

ローザンヌの首都バハ・シティで、チームは二手に分かれたのだ。ブラム、ジェーン、そしてミゲルの三人が、『スペンサー伯爵夫妻とその秘書』という触れ込みで、まずミルザ公国に客として乗り込む。その間、他の五人は地上で襲撃のための最終的な準備を進める。——それが《大佐》の決めた作戦だった。

ブラムはライターの蓋をパチリと閉めた。これで、船内の写真が同時に三つのレベルにわたって記録されたことになる。可視光線レベル、赤外線レベル、そして電磁波のレベルだ。壁などに巧妙に隠されている探知システムを発見するために、ジムが細工をしたのだが……。

——それにしても、ライターにカメラとはあんまりだ。

ブラムは、いささか気恥ずかしさを覚え、そそくさと金色のそれを、ポケットに落とし込んだ。船が再び加速を始めたらしく、弱いGが戻ってきていた。

『君の美意識はよく分かった。だけど、これは必要なことなんだよ、ミスタ・ルーイー。とても大切なことなんだ。分かってくれたまえ』

《大佐》の声が思い出された。

ブラムは肩をすくめ、通路を回ってきたキャビンアテンダントから、スコッチを受け取った。ニコリと笑って言う。

「どうも、ありがとう、お嬢さん」

非の打ちどころのない伊達男ぶりだ。

「あら。いえ。どういたしまして。あの……」

まだ新米らしいそのキャビンアテンダントは、顔を赤らめて、へどもどしてみせた。眩しそうにブラムの笑顔から目をそらし、通路を二―三歩進んでから、そっと振り返る。

ブラムはグラスを挙げて、軽くウィンクしてみせた。

キャビンアテンダントは、もう少しで失神しそうな表情になり、他の客の膝に、トレイの上のグラスをみんなぶちまけてしまった。大慌てでタオルを取りに走る。

その様子を見送っていたブラムが、フッと片頬で笑って、スコッチに口をつけた時、ジェーンが窓際から帰ってきて、隣のシートにどすんと座った。口を尖らせて言う。

「ローザンヌって、ちっともきれいじゃないじゃない。砂漠ばっかり」

ジェーンは、うっすらと化粧をし、髪もふわりと肩に散らしているせいか、まるで別人のようだった。身動きするたびに、裾からオレンジ色の炎を燃え上がらせているように見える、黒のフレア・ドレスが、ぴったりと似合っている。これが、あのトリガー・ハッピーの山猫娘とは、とても思えないほどだ。

――これで、口さえ開かなければ、どこから見ても立派な淑女（レディ）なんだが……。

また別のキャビンアテンダントから、スコッチのお代わりをせしめているジェーンを横目に、ブラムはそっとため息をついた。

「やっぱり、バーボンの方がおいしいわね」

三杯目のスコッチを、生（き）のまま飲み干したジェーンが、きわめて断定的にのたまわった。早くも、うっすらと目のふちを染めている。

「我々は、仕事で来てるんですよ。マドモアゼル」

ブラムが囁いた。

「分かってるわよ。スペンサー伯爵」

ジェーンは、首すじの首飾り（チョーカー）に指先を触れながら言った。黒いシルク・ヴェルヴェットにダイヤを散らしたもので、これにもジムの手が加えられている。

「空港で五枚、船内でも二枚撮ったわ。まかせといてよ。こーゆーことなら慣れてんだから。それより、あたしたちは夫婦って触れ込みなのよ」

ジェーンは酔眼を、ひたとブラムの顔に据えて言った。

「キスぐらいしないと、不自然だと思わない？」

「え？　ちょっと待って下さいよ」

ブラムは、心持ち体を引きながら答えた。チラと、通路をへだてた隣の席に座っているミゲルを見る。ミゲルは我関せずという顔を、まっすぐ前に向けたまま、石像のように座っていた。

「これは仕事よ、スペンサー伯爵。それに、あんた、とってもハンサムだと思うわ」

膝を乗り出すようにして、ジェーンが確信ありげに頷いた。

「し、しかしですね、あなたにはミスタ・フォレストが——」

「ふん！　何よ、あんな奴！」

ジェーンは憤然として叫ぶと、シートにどさっと座り直した。前の席の背もたれを、十五センチのヒールで蹴っ飛ばす。

前の客が、呆れ顔で振り返った。ブラムは肩をすくめて、力なく笑ってみせた。

ジェーンは委細構わず、通りがかった不幸なキャビンアテンダントを相手に、再びごねていた。

「ねえ、バーボンは置いてないの？　オールド・フィッツの二一一九年ものか、でなけりゃ、テンハイとか」

「さあ。当船には、そのようなお酒は……」

「ジャック・ダニエルズでも構わないのよ」

「はあ、しかし……」

「何かあるでしょ。I・W・ハーパーはどう？」

「さあ……」

その様子を横目に、ブラムはこの仕事の先行きに、漠然とした不安を感じ始めていた。

*

ミルザ大トンネルの景観——こればかりは、ちょっと口で言い表せるものではない。

衛星(ウープス)の自転軸に沿って、レーザーでぶち抜いた直径三キロのスペース・ドックだ。青や赤の標識灯(シグナル)の他に、内壁に向かって開いた居住区の窓から漏れる、幾千万の光点が、めくるめくイルミネーションとなって、見る者を感動させずにはおかないのである。さらに宇宙船誘導用のガイド・ホログラフィが、空間に幾本ものグリーンやオレンジの軌線を描き、美しさに、一層の趣(おもむき)を加えていた。

乗客たちの間から、いっせいにため息が漏れた。

幾台もの商船や巨大なタンカーが出入りする中をM・T・I第162便はゆっくりと航行し、所定の座標で正確に停船した。

ドックから支持架が伸びてきて船体を固定し、エアロックが接続される。

人々はぞろぞろと税関へのトンネル——各種センサーが、あらゆるスペクトル帯で各人の体を走査(スキャン)するための、長いトンネルを歩いていく。

——銃を持ち込むとなると、相当うまくシールドする必要があるな。

ブラムはひそかに思った。しかし、彼らの荷物は、無事に検査を通過したらしい。さすがジム・《マイクロハンド》・ケースだ。ブラムは内心、舌を巻いた。

そこを抜けると、通関手続きそのものは、おそろしく簡単だ。ミルザ公国へのパスポートは唯一、金。いくつもの銀行が支店を出しているから、クレジット・カードも通用する。

ただし、並大抵の額ではダメだ。衣食住に必要な資材を、全て輸入に頼っているミルザ公国の物価は、おそらく銀河一高いからだ。

スペース・ドックのロビーから、直通のターボ・シャフトを抜けると――

いきなり目の前に、ネオンのきらめく大歓楽街が出現する。

「小アンティーヴってとこだな」

ブラムの呟きを聞きつけたジェーンが、いささか呂律の回らぬ口調で、

「違うとこっていえば、天井があることとくらいのものね」

その天井も、圧迫感を与えないよう、色と高さが配慮され、夜の闇にすっかり紛れてしまっている。

ここミルザ公国は、常に夜であり、カジノにしろ酒場にしろ二十四時間営業しているのだ。――人工的な夜の中の人工的な不夜城。それがミルザ公国だった。


けばけばしいネオンの下を、店から店へ、ひっきりなしに人々が通りすぎる。

カジノが大小合わせて百軒以上。それに付随して、ホテル、レストラン、宝石店などが妍を競い、淫売屋や麻薬酒場の呼び込みもかまびすしい。

「ホテルに行く前に、ちょっとだけ運試ししてかない？」

ジェーンが一軒のカジノを指さしながら言った。

『ディノ』という店だった。

「仕事――」

「あんたって、ほんっとに仕事熱心な悪党ね！」

「今時、自分の職業に誇りを持ってるのは、私たちくらいのもんだからな」

ブラムがニコリともせずに言った。そのあとで、ニヤリと笑って続ける。

「しかし、人間たまには息抜きも必要だ」

「そういうこと！」

パチンと指を鳴らしたジェーンが、先に立って弾むような足取りで、店の門をくぐる。そのあとにブラム。そして、例によってミゲルが目を半眼にしたまま、うっそりとついてきた。

『ディノ』は、どうやらかなり高級な店だったらしい。ふかふかのエンジ色の絨毯を踏んで奥に入ると、豪勢なシャンデリアの下で、カクテルグラスを片手にした紳士淑女たちが、お上品に昔ながらのクラップ賭博（とばく）や、バカラ、ルーレットなどに打ち興じていた。もちろん、ディーラーたちは、皆人間だ。コンピューター仕掛けのナンバーズやら、スロットマシンは一台も見かけない。

ジェーンはさっそく、ブラック・ジャックのテーブルに取りついて、にぎやかな嬌声（きょうせい）を上げ始めていた。

両替所（キャッシャー）は店の出入り口と、部屋の奥の二カ所か。ドライ・マティニを片手に、ブラムの目は自然と店の内部を観察していた。身についた職業意識がそうさせるのだ。この店を襲うとしたらどうするだろう。おそらく、あの鏡は隠しドアになっているのだろうし、客に交じってガードが何人かうろついている。

となると……？

そこまで考えて、ブラムは眉を吊り上げた。国を襲う下見にやってきたっていうのに、こんな店一軒のことで、真剣になるなんて。

ブラムはマティニを飲み干すと、自分もクラップの台へと向かっていった。その途中でチラと、ジェーンと目が合った。ご機嫌な様子で手を振ってよこす。彼女の目の前には最高額である金色のチップが、山のように積まれていた。ディーラー嬢は青い顔をして汗をかいている。

——やれやれ。

半ば称賛の苦笑いを浮かべながら、ブラムは首を振った。そして、どうやらこの仕事は、自分一人でやることになるらしいと、覚悟を決めた。

クラップで適当に損をしたあとで、ブラムはそっと『ディノ』を抜け出した。

＊

ミルザ公国の、大まかな構造を知るのに二日かかった。

決して警護が厳しかったからではない。それほどこの衛星都市は巨大だったのだ。ブラムは写真を撮りまくった。

もちろん一般の観光客は立入禁止（オフ・リミット）というエリアも、かなり存在する。というより、公国中心部の歓楽区以外は、ほとんどがそうなのである。しかし、素早い視線と機敏な動作、それに百クレジット紙幣の二〜三枚もあれば、たいていのことは分かるものだ。

『くしにお団子を三つ刺したみたいな形ね』

と、ジェーンが都市の断面図を見て言ったとおり、ミルザ公国は宇宙（スペース）ドックを中心とする円環構造をしている。三つのドーナツ・ユニットはそれぞれ、居住区、歓楽区、そしてミルザ家の私有区となっており、前者二つはお互いに融合していて、出入りも活発だが、問題は私有区だ。都市部とは完全に独立した構造になっており、宇宙船ゲートも、別に専用のものがドック内に設（もう）けられている。もちろん、一般人の使用は厳禁だ。ミルザ邸と都市部をつなぐ唯一の接点は、中央大通りウーズレ・ブールバードだが、それとて通常はぶ厚いシャッターが下ろされ、内部をうかがうことすら許されない。

ブラムの記念アルバム制作は、そこで行き詰まってしまった。

「浮かない顔してるわね、あなた？」

深夜（ローザンヌ時間で）ホテルに戻ってきたブラムを、珍しくジェーンが出迎えた。連日遊び歩いていて、めったに顔を合わせることもなかったのだ。

「悩み事があるんなら、お利口ジェニーちゃんに打ち明けてみたら？」

脳天気な顔で笑う。例によってかなり入っているらしい。ソファの足元に、オールド・フィッツの三角ボトルが転がっていた。

「ミゲルはどうした？」

ブラムは渋い顔で言った。

「秘書は次の間へ下がらせましたわ」

おつに気取ってジェーンが答える。ブラムはそっちのドアへと足を踏み出した。その背中に、

「あたしじゃあ、話にならないっていうわけ？　ずいぶんじゃなーい、役者さん。そう見捨てたものじゃないわよ。こう見えたって、あたしもプロなんだから」

「しかし、君はずいぶん酔っているようだ」

「誰が、酔ってるって？」

ジェーンは急にしゃんと背すじを伸ばすと、ぶっ殺しかねない目つきで、ブラムを見据えた。

「OK。じゃあ言おう。実は――」

たいした期待もせずに、ブラムは事情を説明した。

「なーんだ。そんなこと」

馬鹿にしきった様子で、ジェーンはケラケラと笑った。

「簡単じゃない」

「どう簡単なのか、後学（こうがく）のために聞かせてもらえるかな？」

ジェーンはそれには答えず、黙ってクッションの谷間から一通のメッセージ・リーフレットを取り出して、ひらひらと振ってみせた。金地にプラチナでミルザ家の紋章が象嵌（ぞうがん）してある。

「それは？」

「開けてみたら？」

ブラムはジェーンが投げてよこしたリーフレットを、なんともいえない表情で見下ろした。ジェーン

が促した。

「どうしたのよ」

「この手の伝言には、ちょっといやな思い出があってね」

苦笑交じりに、ブラムは金のリーフレットを開いた。内蔵されたマイクロ・フォイル・コンピューターが、若い女の声で喋りだした。

『慎んで、スペンサー伯爵様に申し上げます。明晩、当邸内において、ささやかなる晩餐会を催したいと存じますが、ご高名なる伯爵御夫妻のご来駕を賜りますれば、これにまさる幸福はございません。ご多忙のこととは存じますが、何とぞご出席下さいますよう、伏してお願い申し上げます。――草々頓首。スペンサー伯爵様。あなたのしもべ、オーロフ・ミルザ拝』

「どお？」

ブラムの反応を楽しむように、ジェーンが言った。

「どうやって手に入れた？」

「どうやってだと思う？」

思わせぶりたっぷりなウィンク。

「ご高名なる伯爵御夫妻だって？」

「ミルザ公国のナンバー・ワンを、カードで軽くひねっちゃった、たおやかなる美しき伯爵夫人の評判を、あなた聞いたことがなくって？」

眉を上品に吊り上げて、ジェーンが言う。

「なるほどね」

ブラムは頷いた。

「確かに、君はプロだ」

「勉強せいよ、スペンサー」

そう言ってジェーンは、けたたましく笑いだした。

その様子を横目で眺めていたブラムも、やがて釣られて笑いだし、二人は声を合わせて笑い続けた。

2　ミルザ邸

明けて翌日の午後遅く——

二人を迎えにきた車は、幌を外したデューセンバーグ・SJだった。排気量六八〇〇cc、スーパーチャージャー付きの直列八気筒DOHCエンジンは、軽く三二五馬力をひねり出す。優美なシルエットに似合わず、凄まじいパワーを秘めた名車中の名車だ。

もちろん複製品なんかじゃないことは一目で分かった。こういう閉鎖系都市で、ガソリン内燃機関を搭載した車を走らせるという行為自体、ミルザ家の底知れぬ経済力を見せつける結果となっていた。

「失礼ですが、そちらのお方は……？」

制服姿のショーファーが、帽子を胸に礼儀正しく訊ねる。

「ミゲルは私の秘書だ」

「左様でございましたか。まことに失礼いたしました。では、こちらへどうぞ……」

うやうやしくデューセンバーグ後席の扉を開ける。美術商がひびの入った壺を扱うような手つきだった。車そのものに対する、心からの敬意（決してスペンサー伯爵とかいう、どこの馬の骨とも分からぬ連中に対するそれではなく）が、ショーファーの仕草の一つ一つから、はっきりと見て取れた。

四人を乗せたデューセンバーグは、ウーズレ・ブールバードをしずしずと走っていった。いくつもの世紀を経てきたエンジンは、奇跡のように静かで、なめらかに回転していた。

ふと気づくと、他にも何台もの車（どれもこれも美術品的クラシック・カーばかり）が、着飾った男女を乗せて、同じ方向に走っていた。ブガッティ・

ロワイヤルが、タルボ・ラーゴが、メルセデス770が、そしてもちろんロールスロイスが、揃って大ゲートをくぐって消えていった。

「ずいぶん長いトンネルだな」

ブラムが呟いた。大ゲートを入ってから、すでに五分近く走っていた。ミルザ家の私有区域が一般都市部といかに隔絶されているかが、実感として感じられた。

「見て！　出口よ」

唐突にジェーンが叫んだ。眩しい光の壁が急速に接近してきた。

そしてデューセンバーグ・SJは、いきなり陽光の降り注ぐお花畑に取り囲まれていた。

「こいつはすごい……」

ようやく声が出せるようになったブラムが、目にしみるような青空をあおいで、感嘆の叫びを上げた。

――太陽。白い雲。全て本物そっくり、いや本物以上に美しい空だった。

「ホログラフィ？」

「だろうな。これだけの奥行きを出すには、天井高が三百や四百じゃ利かないぞ。――おや、鳶が飛んでる。それとも鷹かな？　なかなか凝った映像だな」

「あれは本物の鳶でございます、お客様。宮殿の裏の森に、もう何年も前から住み着いておりまして」

「森だって？　ホログラフィじゃないのか？」

「外から数十万トンの土を運び込みましてね、完全な森の生態系を、そっくり再現したものでございますよ。先々代様の時でございましたか、およそ三千エーカーほどございますようで……」

もはやブラムもジェーンも、言うべき言葉を失って、ただただ呆然と走り去る景色を眺めていた。

ゆるやかな起伏を持つ丘の上を、あるいは見事なヒマラヤ杉の木立の間を、デューセンバーグは走り続けた。バラ、キンポウゲ、ヒナゲシ、クローバーなどさまざまな植物が、ごく無造作に花をつけ、風に揺られていた。車の前を、シマリスが横切っていった。

――砂漠化の進んでいるローザンヌとは、なんて違いだ。

ブラムは舌を巻いた。

やがて木立の向こうに、壮麗としか表現のしようのない、広大な建物が見えてきた。

「あれが本物のベルサイユ宮殿だとしても、私はちっとも驚かないけどね」

ブラムが、ジェーンの耳に囁いた。

「そうね」

熱に浮かされたような表情で、ジェーンは頷いた。

「きっと、あたしも驚かないわ。きっとね」

車はバラ園を抜けて、正面車寄せに停まった。

黒のお仕着せの執事が、ブラムたちをホールに案内した。少なく見積もっても五百人の人間が、ゆったりと立ち話をしていた。カルテットが、ヴィバルディを静かに演奏している。

「ささやかな晩餐会ね」

「予想はしていたことだけどね」

出入り口近くにいた客たちが、「ほう」という表情で、二人を振り返った。

超絶的二枚目のブラムと、どこか野性的で、それでいてコケティッシュな魅力がいっぱいのジェーンのコンビは、いやでも人目を引いた。

窓の外では、空が紫色から茜色へと変化しつつあった。

今宵(こよい)のジェーンは、『ブルー・ミスト』で盛装していた。体の周りに張り巡らした弱い力場(フォース・フィールド)で、プラスチックの微粒子を浮揚させるドレスだ。まるで青い霧をまとっているように見えるから、この名がある。歩くと、本人の動きにつれて長い尾を曳(ひ)くが、決して落下することはない。力場励起装置（フィールド・ジェネレーター）は左腕のブレスレットに内蔵されている。

　鮮やかなブルーの軌跡を曳きながら、ジェーンは人々の間をすり抜けて、ホール中央へ進んでいった。

「当主のオーロフって、どこにいるのかしら？」

　あちこちに会釈（えしゃく）を返しながら、ジェーンは口の端っこでブラムに囁いた。

「さあね。だけど、真打ちは最後にもったいぶって登場するものと、昔から相場は決まってるからな」

　ボーイが手にしたトレイから、シャンパンのグラスを二つ受け取りながら、ブラムが訊き返した。一つを彼女に手渡しながら言う。

「お願いですから伯爵夫人、間違ってもバーボンの話はしないようにして下さいよ」

「やーねえ」

　ブラムはシガリロをくわえて火をつけると、真顔になって言った。

「ちょっとの間、おとなしく待ってて下さい」

「お仕事？」

「チャンスは最大限に生かさないとね」

「がんばってね、あなた（ダーリン）。――チュッ♡」

　投げキッスにウィンクで応えて、ブラムはぶらぶらとホールの隅へと移動していった。


　ギッ……

　背中で扉を押して廊下に出る。

　誰もいない。まっすぐな廊下だ。飾りのついた柱の列が、えんえんと続いており、田園風景を織り込んだタペストリーが、壁を隠していた。普段使われることはないらしい。微かに淀んだ空気の臭いがした。

　――何かあるとしたら、地下だな。

　ブラムは、カツラと眼鏡で簡単な変装をすませ、ゆっくりと廊下を歩きだした。

＊

中世ロココ調の世界から、一気に十数世紀を飛び越えて、金属とプラスチックの殺風景な通路に出る。Ｅ・Ｌの明かりが、白々と無人の通路を照らし、不気味な静けさが、あたりを支配していた。

KEEP OUT

の赤い標識が目立つ。

ドアをいくつか試してみるが、むろん開くはずもない。おそらく個体識別錠（パーソナル・キー）。

注意深く先へ進む。パネルの裏に隠された非常階段を、ブラムは足音を殺して下りていった。

不意に話し声がした。

とっさに身を隠したブラムの前を、暗色のコンバット・スーツに身を固めた、一個小隊ほどの男たちが通りすぎていった。足音はまったくしない。全員、ハイパワー・レーザー・ライフルを肩にしている。重装備だ。ミルザ傭兵部隊（マークス）の連中に違いなかった。

——どうやら警備の交代時間らしい。この先に、傭兵部隊の兵舎があるのだろう。

ブラムは一時、迷った。が、すぐに心を決めて、傭兵たちとは逆の方向へと、小走りに走りだした。

——連中が何を警備していたのか？　それが知りたかった。

いくつかのコーナーを曲がると、廊下に格子が下りている関所のような所に、ぶち当たった。格子の中と外、それぞれ衛兵たちが微動だにせず立っている。

——オーロフ・ミルザの私室か、金庫室。おそらくはその両方。

ブラムは直感した。

いかにも場違いな金ピカのライターを取り出し、何枚か写真を撮る。

ミルザ側は、都市そのものの要塞性と警備システムに、よほど絶大な信用をおいているらしい。どう見ても、邸内の警備状況は、外敵の侵入に対するものというより、むしろ味方に向けられたものだからだ。大ゲートのぶ厚いシャッターを思い出しながら、ブラムは考えた。金持ちの悲劇というやつだ。

ひと仕事終え、ブラムは引き揚げにかかった。衛兵たちの動きから目を離さないよう、そろそろと後ずさりする。

と、

「こんなところで、何をしておいでですか。お客様？」

言葉は丁寧だったが、態度の方はその正反対だ。背中に押しつけられた、硬い銃口が何よりの証拠だった。

ブラムは両手を挙げながら、言った。

「道に迷っちゃってね」

「左様でございますか」

まったく信用していない声が返ってきた。

ブラムは一つ深呼吸して、いきなり振り向いた。左腕を振り下ろすようにして、銃口を横に弾く。回転のスピードを利用して、揃えた指先を相手の喉笛のすぐ下に突き入れた。衝撃で眼鏡が飛び、カツラの位置もずれたが、そんなことに構っている暇はない。

「ぐえっ……！」

黒のお仕着せがまるで似合っていない、一目で保安要員と分かる大男が、舌を突き出しあえいだ。

ブラムは間髪を入れず、鉄芯入りの爪先を男のみぞおちに蹴り込み、同時に、両の手を合掌（がっしょう）の形にして、うつむきかけた男の首すじに叩きつけた。

男は床に崩れ落ちる前に失神していた。

「最初から撃つつもりがないのなら、不用意に相手に近づきすぎないことだ」

ブラムは、教訓を垂れた。

衛兵たちに気づいた様子はない。ブラムは男を物陰に引きずっていき、相手のネクタイと靴ひもで厳重に縛り上げ、さるぐつわを嚙ませた。床に落ちていたパワー・ガンを拾い上げる。案の定、安全装置がかかったままだった。ブラムは鼻で笑って、それを手近のダスト・シュートに放り込んだ。カツラと眼鏡も処分する。ブラムは元来た道を、急ぎ足に戻り始めた。

ジェーンとミゲルに、早く知らせないと……。ブラムは考えた。作法には反するが、早々にここを退去した方が無難なようだ。

ところが、パーティ会場でも、さっそくトラブルが巻き起こっていたのである。

＊

「なんですってえ！」

ホールに足を踏み入れるなり、ジェーンの引っかかるような声が、一際高く聞こえてきた。

遠目にも、凄まじく怒っているのがよく分かった。相手はどうやら、でっぷり肥ったハゲ親父らしい。

「もう一度言ってごらん。その口を引き裂いてやるから！」

「何も、そう怒ることはないじゃないか。なあ、姐ちゃん」

明らかに酔っ払っているらしいその男は、ジェーンによたよたと近寄った。

――まずい！

ブラムは走りだした。が……。

一足遅かった。

ジェーンは、いきなりかがみ込むと、ハイヒールを脱ぎ、鋭く尖った十五センチのヒールを振りかぶって、くだんの男の頭を思い切りぶん殴ったのである。

「大臣……！」

「ネビア通産大臣！」

床に倒れた男の周りを取り囲んだ客たちが、口々に叫んだ。

その声を聞いて、ブラムは絶望感に襲われて立ちすくんだ。よりによって、またなんてことをしてくれたんだ？

「さわんないでよ！」

腕を押さえようとした男に向かって、ジェーンが嚙みついていた。

「どうか、お気を静めて下さい、マダム」

客に交じっていたタキシード姿の、どうやら保安要員らしいその男は、大きな掌を上下させ、ジェーンをなだめようと必死だった。

ブラムは完全な興奮状態にある彼女を、抱き抱えるようにして、その場を離れようとした。

「落ち着くんだ、ジェーン。計画をぶち壊したいのか？」

鋭く囁く。

「あの馬鹿デブが、あたしになんて言ったか分かる？　いくらだって訊いたのよ。このあたしに向かって！　ぶっ殺してやるわ」

「気持ちは分からんでもないがね。とにかくこの場は私にまかせて、君は――」

「この、すべた……！」

二人の背中に、明瞭としない罵声が飛んできた。

血だらけの口で、大臣が拳を振り上げていた。

あっという暇もなく、ジェーンは再びブラムの腕から飛び出していった。そして、目を覆うべき、決定的な一撃！

ホール中が騒然となり、あちこちでグラスの割れる音がした。

いきなりテーブルの上に飛び乗ったジェーンが、保安要員の顎を、伯爵夫人にあるまじきやり方で、蹴り上げた。

誰かがテーブル・クロスを引っ張った。

オードブルを載せた皿が床に散乱し、フルーツを浮かべたパンチが、滝のように流れ出した。

どこからか、サラダボウルが飛んできて、ブラムの顔を直撃した。

「この……！」

へばりついたレタスを払い落として、ブラムは目の前にいた、また別の保安要員をぶん殴った。その男は、はずみで十メートルも吹っ飛び、グラス・テーブルに激突した。にぎやかな音がして、およそ五十本分の最高級シャンパンがダメになった。

「きゃっほ〜〜〜ッ！」

どこかの肥った夫人がティ・ワゴンにまたがって、ブラムの目の前を、凄まじいスピードで横切っていった。

そこいら中で、わけの分からない殴り合いが始まっていた。


「失礼……」

「いや、こちらこそ」

ブラムにぶつかった銀髪の紳士が、丁寧に詫び、再び乱闘のど真ん中へ、ステッキを振りかざして飛び込んでいった。

ジェーンはテーブルの上を飛び回って、客たちの頭上に、カナッペの雨を降らせ続けていた。

その足首を掴もうとした保安要員が、ローストビーフに足を取られて、キャビアの壺(つぼ)に顔を突っ込んだ。

ホールは阿鼻叫喚(あびきょうかん)の巷(ちまた)と化していた。

揺れ動く人波の中に、ブラムはミゲルの顔を見つけ出した。群衆を掻き分けて進む。

「ミゲル！」

「あんたか！　一体この馬鹿騒ぎはなんなんだ！」

さしものミゲルも、冷静さを失っているようだった。髪の毛がぐっしょりと濡れ、強烈なブランデーの匂いが、ぷんぷんしていた。興奮した声で言う。

「だいたい、おれは初めっから、あんな女を使うのは反対だったんだ。きっと何かやると思ってた。こうなることは分かってたんだ！」

「今は、そんなことを言ってる場合じゃない！」

　ブラムも怒鳴り返した。

「それより、こいつを頼む。《大佐》に連絡してくれ。実は地下でちょいとしたもめ事があって、保安要員を一人のしちまったんだ」

「あんたもか。なんてこったい」

「とにかく、このままですむはずはない。せめて情報くらいは地上に送らないといかん。分かったな」

「分かった。あんたはどうする」

　ミゲルは、手渡された金色のライターを、ポケットに落とし込みながら訊ねた。

「あの闘いの女神（ミネルバ）を、なんとかしなきゃあな。おたくは先に行ってくれ。今がチャンスだ。うまくいけば、私たちもあとを追う。——さあ、行くんだ。《大佐》によろしく！」

　そう言ってブラムは、横から殴りかかってきた男に足払いをかけ、尻を蹴飛ばした。ミゲルが言った。

「一応、幸運を祈っとくぜ」

「ああ。そっちもな」

　ミゲルはまるで実体を持たない影のような身のこなしで、人々の間をすいすいとくぐり抜けて見えなくなった。

「さあ、これるもんならきてみなさいよ。臆病者！」

　テーブルに仁王立ちになったジェーンが、喚いていた。

　その背後から、テーブルに這い上がろうとした保安要員が、あっという間に他の客たちの手で、引きずり下ろされた。

　栓を抜いた酒瓶が、何本も宙を飛び交っていた。

そのうちの一本が、天井の豪勢なシャンデリアにぶつかって、青白いスパークの炎を上げた。

雨のように火花が降り注ぐ。

「きゃあっ！」

ジェーンが悲鳴を上げて、髪の毛を押さえた。

ばしっ！

低い放電音とともに、『ブルー・ミスト』の力場がショートした。

ばさり。

微かな音を立てて、青い霧が落下した。

その音がはっきり耳に届くほど、ホールは静まり返っていた。

そして、テーブルの上には、正真正銘のミネルバが、青いスキャンティ一枚で、呆然と突っ立っていた。大理石のような裸身が汗で光り、形のよいバストの上で、ちょっぴりロンパリ気味のバラ色の乳首が、静かに息づいていた。

ホールにいた全員の目が、釘付けになるほど、それは美しい光景だった。

誰かがため息をついた。

ジェーンは目をパチパチさせて、自分の姿を見下ろした。みるみるうちに頰に血がのぼってきた。

ジェーンのヌードに見とれている客たちを掻き分けて、動いているのはブラム一人だった。ひらりとテーブルに飛び上がり、無言で上着を着せかけてやる。

いつの間にか数を増やした保安要員たちが、じりっと包囲の輪をせばめてきた。ブラムは、不利な戦いに備えて緊張した。

人々がざわめいた。その視線の方向から、衛兵たちがホールになだれ込んでくるのが、テーブルの上の二人にはよく見えた。衛兵たちに交じって、両脇を支えられた例の保安要員の姿があった。

「万事休す……」

ブラムが呟いた。

3　ローザンヌにて

VOOOOO……！

マキシマム五万回転のタービンが、ローザンヌ中央大荒原を揺るがせて、エグゾーストノートの雄叫びを上げる。

茜色に染まった空。三百六十度、見渡せる地平線。――ローザンヌは、国土の九〇パーセントまでが、赤茶けた砂漠で覆われている。かつて森と湖で有名だった美しい惑星が、このようなむごたらしい姿に変わるまで、四半世紀とかからなかった。無論、γ-アンブロシア採鉱のためである。当局の努力にもかかわらず、現在もローザンヌの砂漠化は進む一方だという。

真っ赤に焼けた鉄が溶け落ちるような、雄大で美しい砂漠の落日。

その巨大なパノラマを背景(バック)に、一台のデューンバギーが、凄まじく慌てた様子で、突っ走ってくる。もうもうたる砂煙を巻き上げ、いくつもの小ジャンプを繰り返しながら、六輪駆動車は、ますますタービンの唸りを高めていくようだった。

無蓋(むがい)のコクピットでは、旧式のゴーグルと防塵(ぼうじん)マスク代わりの派手なバンダナで顔を覆ったボビー・ハートが、マシンのコントロールに懸命だ。

急な斜面を横すべりしながら駆け下り、ガレ場を乗り越え、やがて前方にドーム型のテントが見えてくる。レイクたちの仮設ベースである。

ボビーは、車体を真横にドリフトさせながら、テント脇ギリギリに停車した。車が完全に停まりきらないうちに、コクピットから飛び降りる。むしり取るようにしてゴーグルを外し、バンダナを首の位置まで押し下げた。くっきりとゴーグルの形が黒いだけで、あとは全身真っ白に埃を被っている。

ひと足ごとに大量の埃をまき散らしながら、ボビーはテントに駆け込み、叫んだ。

「ジェーンたちが取っ捕まったって、本当なのか？」

《大佐》、レイク、ジム、そしてマイケルの四人が、のろのろと振り返った。それぞれ、これ以上はないというくらい渋い顔をつくっている。重っ苦し〜〜い雰囲気だ。

誰も口をきこうとはしなかった。

《大佐》は、眉間(みけん)に深い縦じわを刻み、口ひげを引っ張っていたし、ジムは腕組みをして、自分の爪先を、まるで親の仇(かたき)か何かのように、じっと睨みつけていた。

「どうやら本当らしいな」

ボビーが、最高に深刻な声で言った。

レイクの、への字に曲げた唇の端が、びくっと引きつった。よく見ると、肩のあたりが、小刻みに震えている。

「クッ……！」

妙な声を出して、レイクがうつむいた。

ジムの顔がみるみる紅潮していく。まるで息を止めている時のような表情——とたんに、

「ブハハハハハ——」

堪えきれなくなったジムが、ついに噴き出した。それをきっかけに、全員が大声で笑い始めた。あのマイケルでさえ、ニヤリと片頬を歪めたものだ。

ジムが機敏に立ち上がって、アイス・ボックスから冷えた缶ビールを取り出し、四人に放り投げてよこした。自身はジンジャー・エールの栓を抜く。

「とりあえず、これで〈作戦〉の第一段階は成功したわけだ」

乾杯のあとで、《大佐》が言った。

「そう。成功と言っていいだろう。こちら側の人間を、やり方はどうあれミルザ邸内に、送り込めたんだから」

「だけど、もう少し穏やかな方法はなかったのかねえ。本人たちは知らないんだろ？　気の毒に」

口元を袖（そで）でぬぐったために、まだらになった顔で、ボビーが言った。

「時間がなかったし、これが一番、手っ取り早い方法だった。諸君も賛成したことだ」

「確かに、トラブルを起こすことにかけて、あいつ（ジェーン）の右に出る者はいない。その意味じゃあ、あんたの人選はドンピシャリだったな」

レイクが、感慨深げに言った。

「彼女は期待に応えてくれたよ。ま、わしとしても、彼らに囚人（しゅうじん）としてより、できたら客人として、邸内にとどまってほしかったのだが」

「無理だね」

即座にレイクが否定した。

「それより、これからのことだ。ぐずぐずしてると、二人の命がやばいぜ。なんせ連邦警察も手が出せない場所だからな。法律の通用する相手じゃないし」

「分かってる。さっそくフェーズ・2に入ろう。ミゲルの送ってきた情報の分析はもうすんだのかね、ジム？」

「問題ない。要塞ってのは、外側の守りは気違いじみて厳重だが、かえってそいつがあだになるんだ。牡蠣(かき)みたいなもんさ。殻(から)は固いが中身は柔らかい。少し出力を上げたECMをレイクに持たせよう。それで邸内の監視システムはパーだ。ちょろいもんよ」

ジムは、コンピューター解析ずみのアウトプット写真の束を、手の甲でパンと叩いてみせた。いささかあっけなさすぎて、物足りないという口調である。

「となると、残りは宇宙ドック出入り口を固めているミルザ空軍だな。最新鋭の戦闘機がそれぞれ三十機ずつ、地上基地でスクランブルの態勢をとっている。もちろん、大出力のレーザー砲も睨みを利かせてるし。〈メリー・ウィドウ〉の装甲なんか、ひとたまりもない」

ボビーが言った。

「撃てない状況にしちまえばいい」

レイクが答えた。

「撃てない状況って、どんな……？」

「そいつは、まかせといてくれ。おたくは戦闘機の心配だけしてりゃあいい。ミルザ空軍のパイロットは、腕がいいって評判だからな」

「へっ」

ボビーは鼻を鳴らした。

「一万人の傭兵部隊ってのは、どうなったんだ？　見たところ、誰も気にしていないらしいけど、おれは根が繊細にできてるもんでね。ドンパチはあまり好きじゃないんだ」

肩の筋肉を、もりもりと動かしながら、ジムが言った。

「そういう連中とは、顔を合わせないようにすればいいんだ。――簡単なことだよ」

《大佐》が、短いブライヤーのパイプに火をつけながら答えた。マッチを使っていた。パイプ煙草のすごくいい匂いが、テントの中いっぱいに広がった。

「顔を合わせないように……」

「違ってるかね？」

「いや……」

何か釈然（しゃくぜん）としない表情で、ジムが呟いた。

「結構――！ 他に〈作戦〉について疑問な点はないかね？ これから先は、ディスカッションなぞ、している暇はないだろうからな」

ぐるりとメンバーたちを見回す。

「よろしい。――では最後に、もう一度だけ全体の計画を復習してみよう。いいかね？ ミルザ公国時間で、明後日の午後六時に、ヴァレンシア船籍の小型貨物船（カーゴ）〈ポインター・Ⅷ〉が到着する。ワインを満載してな。最終ワープの前の定時連絡がその五時間前」

「そいつを、おれたちが途中でインターセプトする」

ジムが言った。

「〈ポインター・Ⅷ〉とミルザ公国の管制局を結ぶ線上に、我が〈メリー・ウィドウ〉を乗せて、超波をわざわざ中断して差し上げるって寸法だ」

全員が笑った。

「そのとおり。五時間ばかり早く着きすぎた〈ポインター・Ⅷ〉は、荷役待ちのためドック内で待機を余儀なくされる。だいたいこの位置だ。ミルザ家の専用ゲートは、この逆方向――ここだ。ドック内での不審な動きは、即攻撃のまとになる。チャンスは一度だけ。ボビー、君の腕の見せどころだ」

「ちょいと運転が荒っぽくなるぜ」

　ボビーが白い歯を見せて言った。

「まかせるよ。ただし、いいかね、五時間後にはワープ・アウトした本物の〈ポインター・Ⅷ〉が定時に入港してくる。それを忘れちゃいかん」

「中継地点からの移動時間。内側からゲートを開けるための時間。管制局が怪しみ始めるまでの時間。──実質、三時間勝負だな」

「それまでに全てが終わっていることが望ましい。少なくとも〝侵入〟は入港から二時間以内に行われないと、この仕事は失敗すると言っても過言じゃない。レイク、責任は重大だぞ」

　レイクは黙って頷いた。珍しく真剣な面持ちだ。

「それを過ぎると、どうなるんだい？」

　と、ボビー。口を開きかけた《大佐》に手を振って、

「いや、返事をしないでくれ。本気で知りたいわけじゃないんだ。それに、だいたいの見当はついている」

「いいだろう。他に不明瞭な箇所は？　──ないな？　ＯＫ。ところでボビー、例の品は、ちゃんと届けてくれただろうね？」

「ああ」

　ボビーが、さもおかしそうにクスクス笑いながら頷いた。

「小荷物のカウンターに、おれが例の物を持ち込んだ時の、連中の顔ったらなかったぜ！　目玉がおっ飛び出しそうな面になりやがった」

「その気持ち、分からんでもないがね」

　ジムが言った。

「あんなものを運ぶのは、Ｍ・Ｔ・Ｉの連中も初めてだろうからな」

「あの運賃に、一体いくらかかったと思う？　十九

万八千クレジット、プラス二〇パーセントの重量税！　ヒュ〜〜〜ッ」

ボビーが口笛を吹き鳴らした。

「重さ×縦横長さの合計で決まるからな。だが、それだけの値打ちは十分ある」

「しかし――」

レイクが、ふと顔を曇らせて言った。

「本当に、あの二人のところまで届くかな」

「必ず届く」

《大佐》が確信ありげに答えた。

「そのための布石は、ちゃんと打ってあるのさ」

「布石……？」

「呼び水と言ってもいいがね。ブラムたちに持たせてある……」

「ブハハハハハ――」

急にジムが笑いだした。声を引きつらせながら、切れ切れに言う。

「あの、ラ、ライター……。そうか。そういう意味が、あったのか。ワハ――」

ライターを手渡した時の、ブラムのなんともいえぬ表情を思い出し、ジムはまた噴き出した。取り残されたレイクとボビーは、お互いの顔を見つめながら、くそ真面目な声で、

「ライター？」

「金色のライターだ」

「金色のライター……」

「カメラが仕掛けてある」

「カメラ付きのライター……」

「カメラ付きの金色のライターだ」

「……」

「くそっ。一体何がそんなにおかしいんだ！」

レイクが頭にきた表情で喚き散らした。ジムが引っくり返って笑い始めた。

「つまり、発見されるための仕掛けなんだよ、レイ

ク」

《大佐》が、穏やかな声で解説した。

「カメラ付きのライター、あるいは首飾り（チョーカー）。他にもいくつかの秘密装備を、あの二人がトランクに隠して、ミルザ公国に持ち込んだのは知っているだろう?」

「ああ」

「もちろん、それらはすごく巧妙に隠してある。しかし、オーロフは必ず見つけ出してしまうだろう」

「少し分かってきたぞ」

レイクが言った。《大佐》は頷きながら、

「陳腐（ちんぷ）な仕掛けを見破って得意になっている心理状態――そこへ例の物が届く。どうなると思うね?」

「どうしたって自分で調べたくなる……。なるほどねえ」

「ところが、それにはなんの仕掛けもない」

「ふーっ……」

レイクは大きく息を吹き出した。感服したという表情で、首を振りながら、

「あんたが、なぜ《大佐》って呼ばれ畏（おそ）れられてたのか、今、ようやく分かったような気がするよ」

《大佐》は、ニヤッと笑って、レイクの称賛の言葉を受け止めた。

「《大佐》、そろそろ……」

マイケルが呼びかけた。《大佐》は、自分の腕時計をチラリと見て頷いた。

「そうだな。明日は朝が早い。そろそろお開きにしよう。各自、十分に休養を取っておいてくれたまえ。明朝、日の出とともにフェーズ・2を発動する。ジム、レイクと一緒に装備を点検しておいてくれないか。ボビー、明日は頼むよ。くれぐれも探知網に引っかからないように、中継地点まで飛んでくれ」

「まかしといて下さいよ。ローザンヌの裏側から、恒星をバックに発進すればいい。もうコースは考え

てあるんだ」

「それじゃ諸君――」

《大佐》は立ち上がり、パイプを口から外して言った。

「今夜はこれで解散。成功を祈ろうじゃないか。――おやすみ」

＊

しばらくして、テントの明かりが消えた。

砂漠はすっかり夜になっていた。地表の温度は急速に下がっていき、満天の星々が、凍りつきそうな光を放っている。その中を、一際明るく輝きながら、ミルザ公国がゆっくりと横切っていった。

星の動く音すら聞こえそうな、そんな夜だった。

薄青い闇の中で、レイクが寝返りを打った。

「気がついたか?」

マイケルの囁きが、低く聞こえてきた。

「ホーバー・ジープ?」

「ああ。遠くで乗り捨てたつもりだろうが、ちょっとばかり不十分だったようだな」

うっすらと笑みを浮かべて、マイケルはパワー・ガンを枕の下から引っ張り出した。レイクの視線に気づいて、言った。

「足音を殺してる。――目的は一つしかないだろう」

レイクは黙って簡易ベッドから足を下ろした。吊るしてあるホルスターに手をかけ、素早く身に着けて立ち上がる。

「何人?」

「エンジン音は一つだった。多くて七－八人というところかな」

「手伝おう」

「いや、あんたはいい」

「なんだって!?」

レイクが意気込んだ声を出した。

「落ち着け。あんたに万一のことがあったら、この〈作戦〉はパーだ。忘れたのか？」

「しかし――」

「それに、これがおれの仕事だ。あんたは《大佐》たちを起こしてくれ」

「わしなら、その必要はないよ」

　すっかり身なりを整えた《大佐》が、テントの奥から姿を現した。

「どうだねマイケル。一人で大丈夫か？」

「一人だって!?」

　レイクが目を剝いて叫んだ。マイケルは薄い唇を歪めて、ニヤリと笑った。

「言ったろう。これがおれの仕事だって。――それより《大佐》、念のために発進のスタンバイを……」

「分かった。ボビーを起こそう。さあレイク、君も来るんだ」

「しかし――」

「彼は戦闘のプロだ。まかせておきたまえ。わしがスカウトする前は、ファミリーの暗殺要員（ヒットマン）だったんだ。腕は信用できる」

「ミゲルも？」

「ミゲルは彼の弟子だよ」

「兄弟じゃないのか？」

「顔のことか？　整形だよ。ファミリーの伝統さ。さあ、行こう」

《大佐》に促され、レイクはしぶしぶと動きかけた。首だけ振り返ってマイケルを見る。マイケルはテントの側面、ちょうどデューンバギーが駐車してある側を、ナイフで切り開いているところだった。金属繊維製のシートを、特殊鋼のナイフは音もなく切り裂き、十文字の口を開いた。

　マイケルはナイフを横ぐわえに、腹這いになると、慎重にあたりをうかがいながら、そっとテントから出ていった。まるで影がにじみ出していくような印象があった。

間髪を入れずに、テントの外で、押し殺した呻き声が一つ、二つ、微かに聞こえてきた。どうやら、ナイフがさっそく役に立ったらしい。

「あっ、待ちたまえ！」

呼び止める間もあらばこそ、レイクが飛び出していった。


——できるだけ視点を低く保ち、敵の姿を夜空にすかして発見すること。それが夜間戦闘の基本だ。

マイケルは地面にぴったりと体を伏せ、目だけを光らせていた。息遣いを聞かれないよう、口を開けてゆっくりと呼吸する。すでに敵の正体は分かっていた。——ローザンヌ鉱山局のパトロール隊。ほとんどミルザ公国のお先棒担ぎに近い連中だ。鉱区の保全や、鉱脈探しの入植者たちの監督が本来の職分だが、夜盗追いはぎまがいの真似も、平気でやる奴らが大部分だ。——しかし、それにしても、いきなり襲ってくるとは。マイケルは微かに眉をしかめた。

ミルザ側に情報が漏れたのだとしたら、襲撃が小規模すぎる。どうやら、レベル・D鉱区に入植登録したのが裏目に出たらしい。人目を避けるため、もはや誰も掘ろうとはしない〝死んだ土地〟を選んだのだが、かえって注目を集める結果になったようだ。おまけに、レベル・Dへの入植者にしては、彼らの装備はあまりにもよすぎた。

——金の匂いを嗅ぎつけた、ハイエナどもめ。

マイケルは腹の中で、せせら笑った。

その時——

ヒュウウウ……ン！

タービン・エンジンの始動音とともに、乱暴にクラッチをつながれたデューンバギーが、いきなり前へ出た。

物音に驚いて立ち上がった敵のシルエットが、星空を背景にくっきりと浮かび上がって見えた。

マイケルがわずかに肩を浮かせた。流れるようなアンダースロー。すでに二人の血を吸っているナイフが、敵の喉に突き刺さった。声もなく倒れる。

そこへデューンバギーが突っ込んだ。

コクピットにしゃがみ込んだレイクが、でたらめにステアリングを操作しながら、パワー・ガンを撃ちまくっている。

マイケルは半ば呆然と呟いた。

「なんて下手くそなんだ……」

いっそ見事と言えるほど、レイクの銃はまとを外していた。

しかし、敵の目を引きつける役目には、それで十分だ。デューンバギーの動きに目を奪われ、応戦し始めた敵の姿は、マイケルの位置から丸見えだった。

マイケルは、教科書どおりの伏せ撃ちの構えを作り、慎重に狙いを定めて、トリガーを引いた。射的のまとを撃つようなものだった。

マイケルの銃が六回火を噴いた。応戦がやんだ。レイクが車を停め、スポットを点灯した。青白い光が、あたりの惨状をくまなく照らし出した。マイケルが立ち上がったのは、それから優に三分間は経ったあとだった。

右手にパワー・ガンをぶら下げたまま、マイケルはぶらぶらとデューンバギーに近寄ってきた。その途中で、死体を一つ一つ確認することも忘れない。正規のパトロール隊員制服を着ている者は、ほんの二－三人だ。

腹を撃たれて呻いている男のそばで、マイケルは立ち止まった。レイクも黙ってそのそばに立つ。

ひげ面のこの男は、山賊か反政府ゲリラかという出で立ち（い）をしていた。肩から、ぶっ違いにかけた線源（カートリッジ）ベルト。腰には手榴弾（パイナップル）をぶら下げ、ベルトにパワー・ガンをぶち込んでいる。マイケルは男のそばにしゃがみ込み、手際よく武装解除した。

「畜生……畜生……畜生……」

男はうわ言のように呟き続けていた。

「おい！　聞こえるか。おれの質問に答えるんだ。そうしたら傷の手当てをしてやる。お前たちは鉱山局のパトロールだな？　なぜおれたちに目をつけた。おい。聞いてるのか？　なぜ、おれたちを襲った。答えるんだ」

マイケルは男の襟を摑んで、乱暴に揺さぶった。

「くそったれ……てめえら一体、何者だ……こんな死んだ土地で……悪魔め……何を企(たくら)んで……畜生、畜生、畜生……」

「おい、しっかりするんだ。すぐ病院に運んでやる。だから答えろ。なぜおれたちを襲った。誰かに命令されたのか？」

「畜生……命令なんか、知るもんか。金回りのよさそうなキャンプだったから……くそっ！　てめえら一体……。畜生、痛え。痛えよォ」

男は激しく咳き込み、大量の血を吐いた。

「痛え、おっ母ァ——おっ母ァ、心配いらねえよ。たんまり稼いでくるからよ。それまで達者で……うっ！」

男は不意に目を見開いた。そして、びっくりするほどの大声で、

「くそ〰〰っ！」

と、喚いた。

「おい！」

マイケルが揺さぶった時には、すでに男は事切れていた。

「ふ〰〰っ」

マイケルが立ち上がって、ため息をついた。

「片づいたらしいな」

《大佐》が、背後から呼びかけた。いつの間に出て

きたのか、ボビーとジムも一緒だ。

「ひでえもんだな」

　ジムが周りを見回して、顔をしかめた。マイケルがチラリとジムを見て、それからレイクに向き直った。冷たい目つきだった。

「悪かったよ。だけど、じっとしてられなかったんだ」

　レイクが言い訳がましい口調で弁解した。

「そんなに睨まないでくれったら。反省してるんだ」

「………」

「分かったよ。今度から勝手な手出しはしない。言ってくれ、何に誓えば信じてくれる？　──おたくのへその緒とか──」

「人数も少なかったし、訓練されてない連中だから助かった」

　マイケルが静かに言った。

「兵士として正規の教育を受けている相手だったら、あんたは確実に死んでいたろう。そして、これから戦わなきゃいけない相手というのは、そうした訓練をみっちり受けてきた連中なんだ」

「悪かったよ」

「あんたの生命（いのち）がどうなろうと知っちゃいないが、そのせいで全体の作戦が──」

「分かってるって言ってるだろ！」

　レイクがたまりかねて悲鳴を上げた。マイケルはニヤッと笑った。

「しかし、とにかく助かったよ。礼を言っとこう。──ありがとう」

　レイクは一瞬ポカンとした表情になり、それから大きくニヤリと笑った。

「連中のジープを始末してこよう」

　マイケルは、また元の事務的な口調に戻って、パトロール隊員から奪ったテルミットの手榴弾（パイナップル）をいくつか拾い上げた。

「手伝うよ」

レイクが言った。

「それとも、やっぱり素人は邪魔になるかい？」

「バギーを運転してくれ」

しばらく黙っていたあとで、マイケルが言った。

レイクは片目をつむって、親指を上に突き出す合図をした。コクピットに飛び乗る。マイケルが助手席に座るのを待って、デューンバギーを発進させた。

「ドライバーはおれじゃなかったのか」

ボビーがぶつくさと呟いたが、もちろん本気で言ってるわけではない。

「やっぱり、墓くらい掘ってやるべきなんだろうな」

ジムが言った。

敵のジープは、五百メートルほど離れた岩陰に停めてあった。

「あれだな」

レイクは無造作にステアリングを切った。

「待て。ひょっとしたら、敵が残ってるかもしれん」

レイクは言われるままに、車速を落とした。

「あそこの、くぼ地に入れよう」

「ＯＫ」

デューンバギーが方向を変えた。その瞬間を待っていたかのように、一条の光線がジープから放たれ、コクピットを擦過していった。フロントの小さな風防ガラスが、一瞬にして蒸発し、レイクの眉を焦がした。反射的に首をひねり、地面に飛び降りる。強烈なイオン臭。ハイパワーのレーザー・キャノンに違いなかった。

マイケルも反対側へ飛び降りたのだろう。無人のバギーが、惰性でのろのろとレイクの目の前を通過していった。そのボディを、二回三回とぶち抜いて、青白い光の刃が頭上を通過していく。

レイクは、いくつか手渡されていた小型テルミットの安全ピンを引き抜くと、掌でタイミングを取った。

『ワン、ツウ……』

で、力一杯、放り投げる。空中でレバーが跳ね飛び、信管を撃発する。テルミットはガスヴェントから白い煙を吐き出しながら、どんぴしゃり、ジープの真下に届いた。

目のくらむような閃光。

十万度の光球が、ジープとジープの操縦員を一瞬にして焼き払った。

「やったぜ」

レイクは指を鳴らした。妙に高揚した気分。戦いの余韻が、体の中に残っているようだった。

「マイケル？」

レイクは跳ね起きて、あたりを見回しながら呼びかけた。どこかそのへんに伏せているはずだが……？　いや。ひょっとしたら、怪我でもして。

「おーい。大丈夫か？」

レイクは少し心配になって、声を大きくした。ずん、と腹にこたえる爆発音がして、ジープが一際高く燃え上がった。燃料タンクに引火したらしい。真昼のような明るさだ。

「おっと……」

何かにつまずいて、レイクは体を泳がせた。

――石ころか？

足元を見下ろしたレイクは、喉の奥の方で妙な声を出した。それはマイケルの左腕だった。

蒼白な顔をして、レイクはデューンバギーを振り返った。もう動いていない車に、ぎくしゃくと近づく。遠くからだと、確かに助手席は空に見えた。だが……。

奇跡的にコクピットは無傷に近かった。ホールドのよいバケットシートに、マイケルの下半身が静かに座っていた。

レイクはその場にしゃがみ込み、激しく吐いた。

＊

『確かに、こいつは甘くない』

G・シートに座って、レイクは唇を噛み締めていた。

マイケルの無惨な、そしてあっけないほどの死にざまが、ほとんど即物的な強烈さで、この仕事がまさに命がけの大博打だということを、彼に改めて思い知らせたのである。それは、他のメンバーたちとて同様だった。

レイクは、下腹の奥の方が、ぎゅっと引き締まるように感じた。

「さあ、そろそろ行こうぜ！」

湿りがちな空気を吹き飛ばすように、ジムが叫んだ。《大佐》が頷き、ボビーは主操縦席で座り直し、前を見つめた。

「ジェネレーター・オン。メインリング・オープン――。ブースト。――出力上昇。二百。二百五十。三百。三百五十。四百。――三十秒後に発進、カウント・ダウン。――エンジン最終チェック。ワン、スルー・フォー。――オール・クリアー。――十秒前――」

巨大なパワーを秘めた量子エンジンが、次第にその唸りを高めていった。ハム音がブリッジ全体を覆い、全員が緊張に身を硬くした。ボビーの声が、単調に響く。

「五、四、三――エンジン、コンタクト。OK。レッツ・ゴー！」

一瞬、砂漠が大きく波打ったように見えた。

爆発的な勢いで砂塵が吹き上げられ、地中から

〈メリー・ウィドウ〉が姿を現した。獲物目ざして急降下する隼（はやぶさ）を思わせるフォルムだ。昇ったばかりの朝日が、銀色の船体の上できらめいた。耳をつんざくような金属音が轟きわたる。

〈メリー・ウィドウ〉は、一回だけ砂丘の上空を旋回したあとで、急上昇し、まだ濃紺に近いローザンヌの空へと姿を消した。

十一本の十字架だけが、その後ろ姿を見送っていた。

4 オーロフ登場

縦十メートル、横七メートルのコートの中で、二人の男が交互にラバーボールを壁に向かって打ち合う。スカッシュ場の中は、せわしないボールの反射音で、うるさいほどだった。

プレーヤーの片方はまだ若い。二十歳をいくつか越したあたりだろう。機関銃弾のように素早いスカッシュのボールの動きに、ついていくのが精一杯らしく、肩で息をしていた。

それに引き換え、もう一方のプレーヤーは、髪に白いものが交じり始めている年頃にもかかわらず、十分な余裕を持って球を追っていた。息も上がっていないし、足元もしっかりしている。どうやらスコアも一方的らしい。

先ほどから続いていたラリーが、初老の男の強烈きわまりないスマッシュで終わった。若い方は、そのボールをバックハンドで受けそこね、そのまま床にへたり込んだ。

『ゲーム・セット』

天井のスピーカーから、審判の声がした。

両手両膝をつき、あえいでいる相手に、初老の男はいきなり手にしたラケットを投げつけた。

「それでも地区チャンピオンか！」

癇性な怒鳴り声。こめかみに血管が浮き出していた。ヘアバンドをむしり取り、これも床に叩きつける。

「このわしに一セットも取れないとは、どういうことだ。それとも相手がオーロフ・ミルザだと知って、おじけづいたか。勝ったら殺されるとでも怯えたか。この腰抜けが！」

オーロフは男にジロリと冷たい視線をくれると、昂然と肩をそびやかして、大股でスカッシュ場を出た。外はちょっとしたアスレチック・ジムになっていて、各種のトレーニングマシンが整然と並べてあった。

扉のすぐ外に、かしこまってひかえていた執事の一人に、

「あのくそ野郎を、この国から放り出せ」

と言い捨てて、オーロフは、ジムの中をスタスタと歩いていった。執事はその背中に黙って頭を下げた。オーロフの身の回りの世話をする、数名の小姓（こしょう）たちが、慌ててあとを追った。

広い室内プールのそばまで来ると、オーロフは、さっさと素っ裸になった。年のわりに、ぜい肉の類はどこにも見られない。ふてぶてしいほどの筋肉が、張り詰めた皮膚（ひふ）の下で動いていた。床に散らばったウェアを、小姓たちが掻き集めた。

軽く手足を振ってスタート台に立ったオーロフは、きれいなフォームでプールに飛び込んだ。力強いゆったりとしたクロールで、五十メートルを何度も往復し始める。化け物のような体力だった。先ほどのスカッシュも、別段チャンピオンが遠慮したというわけでもないのだろう。

最後の百メートルをバタフライで泳ぎきったオーロフは、さすがに息を切らして水から上がってきた。その肩に小姓がローブを着せかけた。

デッキチェアに腰を下ろす。サイドテーブルで、別の小姓がグラスを用意していた。背の高いタンブラーに、よく冷えたミルクを注ぐ。その途中、どういう気まぐれか、ミルクが一滴はねて、オーロフの左腕に引っかかったのだ。小姓の顔が蒼白になった。ほとんど同時に、オーロフが左腕を振るった。当たったのは手の甲だったが、その少年は優に五メートルは空中を吹っ飛んだ。鼻と口から血を流して、気絶する。オーロフは一顧だにしない。落ち着いた表情で、ミルクを飲み続けた。

「オーロフ様……」

秘書の一人が、ジムの扉を開けて入ってきた。秘書とはいえ、オーロフに負けないほどの巨漢で、俊敏そうな身のこなしをしていた。黒のお仕着せが、びっくりするほど板についている。

「なんだ、ハンス。昨日の仇討ちにでも来たか」

グレコ・ローマンのマットを顎で示しながら、オーロフが言った。

「いえ」

ハンスは、慇懃に頭を下げた。チラと小姓たちを盗み見る。

オーロフは振り向きもせずに言った。

「下がってろ」

小姓たちが、ジムを出ていった。オーロフに殴られた少年も、担ぎ出された。扉が閉まると、オーロフは訊ねた。

「何事だ」

「この間の一件ですが」

「スペンサーとかいうヨタ者の件か」

「は」

「どうした」

「実は……」

ハンスは上体をかがめて、オーロフの耳に何事か囁いた。黙って聞いていたオーロフが、不意に眉根を寄せた。困惑したような、妙な表情になる。

「ちょっと待て」

オーロフは考え込んだ。しばらく経って、

「本当なのか?」

「あそこのホテルの支配人は、信用できます」

「ふーむ。——ドレスだって?」

「ドレスが二十着です」

「それと応接セット……」

「ネオ古典派調の長椅子と安楽椅子、それと対になっている足置き台、並びにバーボンのぎっしり詰まったキャビネット、自然木のテーブル、それから、ドレスを吊るすための糸杉でできたハンガー・ボックスと、等身大の姿見が各一。最後に、ヴェネシア・グラス製の水差しと花瓶——と、こうなっております」

「注文主は?」

「ジェーン・スペンサーとなっておりますが」

「なぜそんな物が必要なんだ?」

「さあ、やはりドレスですから——」

「わしが言っているのは、仕事中の強盗が、どうしてドレスなんかを必要とするのかってことだ! ——おまけに応接セット! あいつらは救いようのない馬鹿なのか? なぜそんな物が必要なんだ? なぜだ!」

オーロフは立ち上がった。ハンスは何も言わず、オーロフが歩き回るのを見つめていた。

「連中のトランクは調べただろう?」

「は」

「何があったか、もう一度言ってみろ」

「特殊なカメラを仕掛けたダイヤの首飾り(チョーカー)。同じくライター。どちらも記憶(メモリー)は消去されていましたが。それから、電子錠用のピック・ガン一丁。盗聴用ピック・アップが五本。連中が〝髪の毛(ヘアー)〟と呼んでいる品です。受信用ハイバンドラジオ一台。変装用具が一式。偽造とおぼしきクレジット・カードが数枚。練り歯磨きのチューブの中に、液化TNT炸薬。ヒューズはトランクの取っ手に隠されていました」

「みろ!」

と、オーロフは空中に指を突きつけた。

「そんな奴らだ。——それがドレスだと? 応接セットだと?」

「はあ」

「よし。何があるのか、この目で見てみたい。ブールバードのゲートを開け。こっちに運び込ませるんだ」

「はっ」

ハンスは頭を下げ、出ていった。広いジムに一人残ったオーロフは、デッキチェアに腰かけ、どこか遠くの方を見つめながら、ミルクをチビチビと飲んだ。

*

「くそっ」

ブラムが床に空(から)のチューブを叩きつけた。洗面台の上には一本ぶんの練り歯磨きが、うずたかくとぐろを巻いていた。

「連中、気がつきやがった。わざわざ同じメーカーの歯磨きを、トランクに入れて返してよこしたんだ。くそっ。私たちを、嘲笑(あざわら)ってやがるに違いない」

「せっかく荷物が戻ってきたのに、逃げ出す方は、あまり期待できそうもないわねえ」

　ミルザ側が貸してくれた、白の単純なミニドレスを着たジェーンが、両手を腰に、ため息交じりの声で言った。

「誰かが助けてくれるのを待つしかないだろうな」

　ソファに寝そべったミゲルが、投げやりに言った。彼は公衆ウルトラ・ボックスから圧縮コードで地上に連絡をし、ホテルに戻って首飾り（チョーカー）の記憶装置をショートさせているところを、ミルザ傭兵部隊（マークス）に捕まったのだ。

「いつまで、こんなところにいなきゃならないの？」

「永久にじゃないことを祈るよ」

　ミゲルが答えた。

「その誰かさんとやらは、うまくやってるかしら」

　会話をモニターされてないとも限らない。《大佐》の名前を出すわけにはいかなかった。ミゲルは気のない調子で言った。

「うまくやってることを祈るよ」

「あんたが、そんなに信心深いとは知らなかったわ！」

「祈る以外に、おれたちに何ができるっていうんだ？　――あやとりか？」

　ジェーンはため息をついた。

「M29を置いてくるんじゃなかったわ」

「大臣を撃ち殺すためかい？」

と、これはブラム。ハンカチで手を拭きながら言った。

「それとも、退屈しのぎにロシアン・ルーレットでもやって遊ぶとか」

「分かったわよ！」

　ジェーンはぷいと横を向いてふてくされた。顔にかかった金髪を、左手で邪険に振り払う。

　彼らのいる部屋は、西洋風の座敷牢（ざしきろう）とでも呼べばいいのだろうか。必要最小限の家具だけが、それもボルトで固定されて置いてあった。床や壁は剝き出しのままだ。扉には格子がはまっていて、廊下には兵士がくそ真面目な顔をして立っていた。

「いずれにしても、逃げ出すという考えは論外だ」

とブラムが言った。

「宇宙都市そのものが、二重三重の檻になってるし、開けなければならない扉が多すぎる。宇宙船もない。それに第一、逃げるという根性が気に食わない」

天井を見上げたままの体勢で、ミゲルがニヤリと笑った。ジェーンが振り向いた。

「何が言いたいのよ」

「逃げるのは好きじゃないんだ。君もそうだろ?」

少し考えて、ジェーンはニッコリと笑って頷いた。

「そうね。あたしも、逃げるのは好きじゃないわ」

「OK。そうと決まれば話は早い」

「どうするの?」

「こうする」

言うやいなや、ブラムはジェーンを抱きすくめた。ジェーンは悲鳴を上げた。

「な、何すんのよ!」

「分からないほど、ネンネじゃないだろう? え? ベイビー」

唇を押しつける。

「きゃあああああ〜〜〜ッ!」

ジェーンはブラムの腕の中で暴れ回った。相手を思い切り突き飛ばして、部屋の隅に逃げる。ブラムは頰の引っ掻き傷を指先で撫でながら、じわりと彼女に近寄った。

「そう逃げることはないだろう、子猫ちゃん」

ニヤニヤ笑いながら、ブラムは言った。

「来る時のシャトルの中じゃ、まんざらでもないって風だったじゃないか。さあ、いい子だから、おとなしくしな」

ブラムはさっと手を伸ばした。

「いや!」

ジェーンはその下を掻いくぐって、テーブルの向こうへ回り込んだ。ブラムは右へ左へフェイントをかけながら、捕まえるチャンスを狙ってテーブルの周りを、ぐるぐると回りだした。

「ちょっと! いい加減にしてよ」

ジェーンは厳しい調子で決めつけたが、せっかくの威厳も、語尾が震えていてはあまり効果はなかった。次第にベソ声になりながら、

「ねえ、やめてったら。ほんとに。——きゃっ。どうしたっていうのよ。お願いだから、そばに来ないで。——いやっ。お願いよ。ミゲル、なんとかして! 彼を止めてちょうだい。ミゲル! ——きゃあ」

またも捕まえそこなったブラムが、

「ミゲル。誰も来ないいように見張っててくれないか?」

「分かった」

それを聞いて、ジェーンは再び盛大に悲鳴を上げ始めた。どたばたと部屋中を逃げ回る。白いドレスのあちこちにカギ裂きができ、ひどい格好だ。そして、ついに捕まった。

「さあ、もう逃げられないぞ」

ブラムは、彼女の手首をしっかりと掴んで言った。

「誰か助けてえ〰〰〰ッ!」

ジェーンが声を限りに絶叫した。

部屋の扉が開き、二人の兵士がライフルを構えて入ってきた。

「そらきた、間抜け野郎」

ドアの陰からミゲルが、後ろの兵士に手刀を振り下ろした。とっさに振り返ったもう一人の兵士は、三歩で飛んできたブラムが片づけた。

武器を取り上げて、縛り上げる。まったく無駄の

ない、てきぱきとした動きだ。その二人の行動を、床の上にぺったりと尻をつけ呆然と見守っていたジェーンが、

「そういうことだったの」

静かに呟いた。

「悪く思わんでくれ」

ブラムが振り向いて、片目をつむった。ジェーンの顔に、みるみる血がのぼってきた。眉が吊り上がる。

「人を馬ッ鹿にしてぇッ！　もおっ。あんたたち二人とも、きっと張り倒してあげるからねぇ。そこに並びなさい！」

「お仕置きはあとにしてくれないか」

ブラムが、ライフルを片手に近づいてきた。パワー・ガンを手渡しながら、

「これから、ちょいと忙しくなる予定だから」

「どうするの」

「ミルザ公国を乗っ取る」

「ええっ？」

「オーロフを人質に、都市機能のコントロール中枢を押さえちまえば、こっちのもんだ」

「簡単に言うけどねー」

ジェーンが呆れ顔で言った。

「簡単にいくとは思っちゃいないさ」

「こっちの用意はいいぜ」

ミゲルが、後ろ手に縛った兵士の一人に、ライフルを突きつけていた。もう一人は、さるぐつわを噛まして、床に転がしてある。

「OK。それじゃあ行こうか。さあ、立って。どうしたんだい？」

真っ赤になったジェーンが、やけくそのような大声で答えた。

「腰が抜けちゃって立てないのよ！」

＊

「こんなことをしても無駄だぜ」

ライフルを突きつけられると、まだ若いその兵士は言った。

「お前が心配する必要はないんだ」

ミゲルが、血も凍るような目つきをしてみせた。

兵士は口ごもって視線を外した。

「なんて名前だ？」

ブラムが訊ねた。

「おれたちに、名前なんかない」

「粋がるんじゃないよ。なんて名前だ？」

「ジョー」

「まさか、相棒はマックっていうんじゃないだろうな？」

ミゲルが、からかうような口調で言った。

「いや、レオナードだけど……」

意味の分からないらしいジョーは、けげんな表情で答えた。ブラムが言った。

「ＯＫ、ジョー。オーロフ・ミルザの居所を知ってるか？」

「知るもんか」

「嘘のつき方が下手だぞ、ジョー。そんなことじゃ出世しない」

「余計なお世話だ。それに知ってたって――」

「おいおいジョー。まさか教えないって言うんじゃないだろうな？」

ミゲルが口を挟んだ。

「お前は教えるよ、ジョー。そうだろ？　教えたくなってきたんじゃないのか、ええ、ジョー？」

「分かったよ。あんたたちはタフだ。だけど途中の検問をどうやって抜けるつもりだ。死ににいくようなもんだぜ。それに、その前にきっと捕まる」

「能書きはいいから、最初の質問に答えろ。オーロフの居所を知ってるんだな?」

「ああ。ああ。知ってるよ」

「どこだ?」

「今時分なら、多分ジムだろうと思うけど——本当に無駄だよ。そこまで行きつけっこない。聖域(サンクチュアリー)の守りは固いんだ」

「聖域か。へっ!」

ミゲルが馬鹿にしきった風に、鼻を鳴らした。

「交代はいつだ、ジョー」

「えっ? なんの?」

「お前と、レオナードの交代時間だ」

「八時までだけど」

「よし。時間はあるな。じゃあ、その制服を脱いでもらおうか」

ジョーは諦めたように立ち上がった。

「あたし、後ろを向いててあげるわ」

気を利かせたつもりで、ジェーンが言った。


着替えがすむと、ブラムはジョーに略図を描かせた。部屋の反対側では、ミゲルがレオナードを脅していた。二人の言うことは、合致(がっち)していた。どうやら嘘はないらしい。下着姿で震えている二人を、再び厳重に縛り上げ、トイレに押し込めた。

「悪く思うなよ」

トイレのドアを閉める時、ブラムが笑いながら無理な注文を出した。

外をうかがっていたミゲルが、顎をしゃくった。

三人は廊下に出た。

ジェーンの両脇を挟むように、制服姿のミゲルとブラムが歩く。

時々、兵士や、技術者らしき人物の一団とすれ違ったが、ジェーンの姿に好奇の目を向ける程度で、誰もとがめ立てようとはしなかった。

「そこを右だ」

いくつ目かのコーナーを曲がると、長いまっすぐな通路の向こうに、検問所が見えてきた。聖域に通じる全ての通路に、こうした検問所が設けられているのだろう。いつぞやブラムが見たのとは別物だった。

全部で八人の兵士たちが、二重の金属格子を守って立っている。こちら側に四人、内側にも四人。通関者は、いったん外側の格子を開けてもらい、格子と格子の間で立ち止まる。外側の格子が閉まると、初めて内側の格子を開けてもらえる仕組みだ。

八人の兵士たちは、近づいてくるブラムたちを、身動き一つせずに、じっと見つめている。

ブラムの背中を自然と冷たい汗が流れた。

ひと足ごとにからみつく彼らの視線が、動作をぎこちなくさせているような気がした。わあっと叫びだしたくなるような、息詰まる緊張感が通路を支配していた。三人の靴音だけが、虚ろに反響した。

「止まれ」

軍曹の肩章（けんしょう）をつけた男が片手を挙げた。

「なんの用だ？」

さすがに、どこへ行くとは訊かない。行く先は決まっているからだ。

「オーロフ様が、この女を連れてこいとの命令で」

ブラムが答えた。軍曹はブラムからジェーンに視線を移し、またブラムに戻して言った。

「例の囚人の一人だな」

「はい」

「ふん」

軍曹は近づいてきてジェーンの顎（おとがい）に手を当てて、上向かせた。ニヤリと笑って言う。

「なかなかいい女だ。目にちょっと険があるが、そこがまたいい」

ブラムは黙っていた。軍曹は同じ格好のまま、背後の兵士たちに命令した。

「開けてやれ」

第一の格子が横に開いた。

「じゃあ……」

ブラムがジェーンの肘に手をかけて、引っ張った。三人の背後で、格子が閉まった。その間中、軍曹のねっとりとした視線は、一時たりともジェーンから離れようとしなかった。ブラムの緊張は痛いほどだった。もし、このまま閉じ込められたら……？

ブラムはギュッと奥歯を嚙み締めた。

しかし、次の瞬間には、三人の危惧をよそに、第二の格子が縦に開き、三人はあっけなく〝聖域〟の中に足を踏み入れていたのだ。

背中に突き刺さる視線を感じながら、最初の角を曲がるまで、三人は息を詰めて歩き、それからようやく安堵のため息を吐き出した。

「やけに簡単だな」

ミゲルが呟いた。

「おたくもそう思うか？」

「簡単すぎる」

「考えすぎじゃないの？」

ジェーンが脳天気な声を出して、振り返った。逆向きに歩きながら、

「検問なんて、どこでもあんなもんよ。一日に何十回となく開く扉を、いちいち念入りにチェックしてる馬鹿はいないわ。特にこんな要塞の中の要塞みたいな場所じゃ、今までに一度だって、あの人たちが緊張するような事態が起こったとは信じられないし、いきおい、検査もおざなりになろうってもんよ。

——じゃない？」

「おかしいな」

ブラムが言った。

「どこがおかしいのよ！」

「三叉路になってなきゃいけないんだ」

「へ？」

ブラムは、ジョーの描いた略図と、彼らの前に続

いている通路を見比べながら、首をひねった。その通路は単に直角に左に折れているだけだ。

「記憶違いじゃないの？」

相変わらず後ろ向きのまま、ジェーンが言った。

三人はコーナーを曲がった。

膝（ひざ）撃ちの体勢をとっている者が前列に十名、その後ろに、立ち撃ちの体勢で十名、合わせて二十のレーザー・ライフルの銃口が、彼らを静かに待ち受けていた。全員、ライフルを肩つけした姿勢のまま、ぴくりとも動かない。まばたきしない確かな目が、照星越しに三人の姿を捉えていた。

時間が凍りついたようだった。

さすがのミゲルも、歩きかけた姿勢のまま、凝固していた。

ブラムが、ゆっくりと首だけ回して、元来た通路を見た。壁に秘密の通路があったらしい。ライフルを構えた兵士たちが、たった今、二列横隊の銃列を敷いたところだった。どの方向からも、背後は壁、完全な銃殺陣型だった。

黒いベレーを被った隊長（コマンダー）が、列の後ろで、腕組みをほどき、言った。

「撃て！」

三人の姿を、四十本のビームが覆い隠した。

通路に、ジェーンの悲鳴が反響した。

同じ頃、頭上のミルザ宇宙（スペース）ドックでは、五時間ほど早く到着した〈ポインター・Ⅷ〉が、繋留（けいりゅう）を終えていた。

5 逆転

テニスコートほどもある執務室だった。

片側には、刻々と移り変わる景色を映した窓。

——今はどこかの海底風景らしい。テーブルサンゴの間を、色とりどりの熱帯魚が遊泳していた。この窓を背に、頑丈(がんじょう)さだけが取り柄のような、ステンレス製の両袖机が置いてある。

オーロフは、机の上に靴のかかとを載せ、パイプ製の椅子にふんぞり返っていた。くだけた服装で、ボタンを外したシャツの間から、濃い胸毛がのぞいていた。そのかたわらには、影のようにハンスが寄り添って立っていた。

「語るに落ちたというところだな。え、スペンサー伯爵?」

オーロフは嘲笑いながら言った。

部屋の中央には、しおたれた格好のブラム、ミゲル、ジェーンの三人が、数名のコマンドたちに銃を突きつけられていた。ミルザ傭兵部隊(マークス)の精鋭中の精鋭——ブラック・ベレーである。

あの瞬間——

ビームはどれ一つとして、三人に掠りもしなかった。彼らの体から、わずか一センチほどの空間を、微かな熱とイオン臭を残して掠めていったのである。最初の一連射で、ブラムとミゲルの手からライフルを吹き飛ばし、背後の壁にくっきりとした人形(ひとがた)の弾跡を刻んだものだ。

そののちも、二撃三撃とビームは連射され、ブラムたちの服を焦がした。射撃の腕は正確をきわめ、三人は身動き一つできなかった。

叫びだしたい衝動を押し殺すのに、ブラムはありったけの自制心を動員した。すぐ鼻の先を三十万度の熱線が擦過していく。火を怖がる野生動物のそれにも似た、原始的で根源的な恐怖の感情が、じわじわとブラムたちの心に浸透していった。

「もうやめて〜〜〜」

さしもの気丈なジェーンが頭を抱え、床にしゃがみ込んで泣きだした。

ブラムは一瞬ハッとしたが、射手たちは楽々とその動きに対応した。

ビームの命中する壁が赤変し始め、あたりの空気は熱とイオン臭で息苦しくなってきた。

――くそっ。絶対に目はつむらないぞ。

ブラムが歯を食いしばった。

不意に、まったく不意に、一切の射撃がやんだ。

気の遠くなりそうな安堵感。崩れ落ちかける足元を、それでもブラムは必死で踏ん張った。とはいえ、ブラムにしてもミゲルにしても、ほとんど立っているだけで精一杯だった。

コマンドたちがゆっくりと近づいてきた。ミゲルが一瞬、抵抗の気配を見せたが、たちまちライフルの台尻で叩き伏せられてしまった。

完全な敗北。これほど効果的な示威行為もなかったろう。屈辱感に打ちひしがれた三人は、なす術もなくオーロフの前に連行されたのだ。

「言ってみろ」

オーロフは顎を上げ、軽蔑しきった表情を作ってブラムに言った。

「何を企んでたんだ？　こういうガラクタを持ち込んで。え？　おままごとでもやるつもりだったのか？」

机の上には、例のライターを始めとする、いわゆる秘密装備の数々が並べてあった。ジェーンの瞳がカッと燃え上がった。

「何よう、このオタンコナス！」

と、彼女は息巻いた。

「余裕あるふりなんかしちゃって、いけすかないったら。でもね、そうしてられんのも今のうちだけよ。見てらっしゃい、今にあんたんとこの金庫が、空っぽになるから。その時になって泣き顔見せても、だーれも同情なんかしてくれないわよ！　はん！」

「これはこれは」

オーロフがゲラゲラ笑いだした。

「大層なタンカを切ったもんだな。このわしに向かって、そういう口をきいた奴は、男でもいたためしがないぞ。なんともはや、呆れ返った娘っ子だ。

——惜しいな。実に惜しい。こういう特異な人格が、この世から消えてなくなるとは」

オーロフはわざとらしく嘆息した。ジェーンの表情が、心持ち強張った。

「どうして殺さなかった」

ブラムが硬い声で訊ねた。

「言ったろう。何を企んでるのか、それを知りたかったんだよ」

「話すと思うのか？」

「話すに決まってるさ」

オーロフは笑った。さりげなくつけ加える。

「そのご婦人が、生きたまま皮を剝がれるところを見たくあるまい？」

ジェーンが喉の奥で妙な音を立てた。ブラムは彼女の肩にかけた手に、力を込めた。微かな震えが伝わってくる。——精一杯強がってはいても、やはり女の子であることに変わりはない。ブラムは改めて思った。この娘を殺させるわけにはいかない。なんとか切り抜けるんだ。

「ＯＫ。あんたの言うとおりだ。私たちは強盗だよ。名にしおうミルザ家の金蔵を狙って、失敗した。それだけだ。他に何が知りたい」

「仲間たちはどこにいる？」

「なんのことだ」

オーロフが人差し指を、ぴんと立てた。ブラムのすぐ後ろにいたコマンドの一人が、ライフルの台尻を振り下ろした。呻き声を上げ、床に片膝をついたブラムに、

「正直に答えろ。二度は言わん。——仲間たちはどこにいる」

「知らん」

また台尻。

「くそ。人の頭だと思ってポンポン殴りやがって。知らんと言ったら、知らんのだ。こっちが知りたいくらいだよ」

「どういう計画だったのだ？」

「知ら——ちょっと待て」

再びライフルを振りかぶったコマンドを、手で制してブラムは言った。

「本当に知らないんだ。信じてくれ」

「何も知らされていないのかもしれませんな、この連中」

ハンスが言った。

「じゃあ、あれをどう説明する。——おい」

オーロフが合図すると、一方の壁が割れ、今まで隠されていたスペースが露（あらわ）になった。ズタズタにされた応接セットが、乱雑に置いてあった。ローザンヌから届けられた、あの応接セットに違いなかった。クッションや詰め物の類は、全て切り裂かれ、バーボンも一本残らず、叩き割ってあった。長椅子は、明らかに一度バラバラにして、再び組み立てたに違いなく、二十着のドレスは床に散乱し、ハンガー・ボックスの扉は半開きになって、微かに揺れていた。それらはたった今まで、念入りな検査が続いていたことを思わせた。もちろん、何も発見できなかっただろうが……。

「あの銀狐のコートには見覚えがあるわ」

ジェーンが、こっそりブラムに囁いた。

「あれ、あたしのよ。間違いないわ。それを、あんな風に……。ひどいわ！」

ブラムにも見覚えがあった。ドレスではない。応接セットの方だ。どこかで見たことがある。あのネオ古典派調の悪趣味な……。

「宇宙船だ」

ブラムは思わず口に出して呟いた。

「なんですって？」

「いや、なんでもない」

ブラムは、目まぐるしく考えた。

——あれは、あの巨大な宇宙船——彼らを〈メリー・ウィドウ〉ごとウェストウッドからローザンヌまで運んだ——あの宇宙船の調度類だったはずだ。それが、こんなとこにある。どういうことだ？

「さあ。なぜ黙っている」

オーロフがイライラしたような声で言った。

「地上に問い合わせたんだ。一人の黒人がこのガラクタを持ち込んできて、しかも現金で運賃を払っていったってな。貴様たちの仲間に違いあるまい？　さあ、どうなんだ。この目的は一体なんなんだ!?」

——《大佐》が無意味なことをするはずがない。これにはきっと理由があるはずだ。

ブラムは言った。

「旅行中は応接セットを一式持ち歩くのが、私たちの趣味なのさ」

「笑えないジョークだな」

ガスッ！　強烈な台尻がきた。よろけながら立ち上がりかけたところへ、もう一発。部屋がぐるぐる回り始めた。

「ブラム！」

ジェーンが思わず本名を口走った。気遣わしそうに手を貸しながら、

「大丈夫？」

「なんとか」

「ブラムというのが、君の本名かね？　それじゃあブラムくん、もう一度だけ訊く。いいかね、今度、納得のいく返事をしなかったら、君たちの命は、確実に失われる」

コマンドたちがライフルを持ち直した。自然と同士撃ちを避ける位置に動いていた。彼らの射撃の腕はよく分かっている。どんなに三人が素早く動いたとしても、彼らの銃口から逃れうる手段はないだろう。それに、今の三人の状態では、素早く動くことすら不可能に近かった。

「さあ」

と、オーロフは言った。

「これはなんの真似だ？　――答えたまえ」

底冷えのするような静けさが、部屋を満たしていた。

三人は言葉を失い、次の瞬間に訪れるであろう死を、九九パーセントまで覚悟した。

その時――

「そんなに知りてーんなら教えてやらあ」

全員が、ひっぱたかれたように声の方向を振り向いた。

驚愕のあまり、そのままの姿勢で石と化す。誰一人、身動きしない――いや、できないのだ。特に、ミルザ側の人間に対して与えた効果は、著しかった。

最初に反応を起こしたのは、ジェーンの涙腺だった。溢れ出るような感じで、涙がポロポロと頬にこぼれ落ちた。ジェーンは、泣き笑いの表情で言った。

「レイク……おお、レイク……」

「おれって、そんなに二枚目かね？」

ハンガー・ボックスのへりに背中で寄りかかったレイク・フォレストは、ニヤリと笑って片目をつむってみせた。手にはちょっとしたバズーカ砲並みの銃身を持つ、レミントン・プラズマ・ショットガンを構え、ぴたりとオーロフを狙っている。

「メトロポリタン劇場で、スポットライトを浴びてるみたいだ。実にいい気分だ」

脳天気な声で、レイクは言った。やっと声を出せるようになったブラムが不平を言った。

「遅かったじゃないか」

「主人公(ヒーロー)は最後に登場するもんさ」

レイクは、ハンガー・ボックスから出てきながら、ブラムとミゲルにそれぞれパワー・ガンを、そして、ジェーンにはおなじみのM29をガンベルトごと放ってよこした。

「いいことを発見したよ。君は泣くとすごく色っぽくなるんだ。知ってたかい?」

「レイク……」

ジェーンは涙で顔をくしゃくしゃにして、彼に抱きついた。左手で彼女の背中を優しく撫でながら、右手の太い銃口をひょいと動かして、

「さあ、全員銃を捨てて、床に腹這いになるんだ。頭の上で指を組み合わせろ。妙な真似をすると、てめえらの親玉が玉なしになっちまうぜ。さあさあ、やったりやったり」

まだ驚きから覚めやらぬコマンドたちは、ほとんど唯唯諾諾(いいだくだく)と指示に従う。その彼らを、ブラムとミゲルが手際よく縛り上げていった。

「跳躍者(リーパー)がいたのか……」

気味悪いほどしわがれた声で、オーロフが言った。目は完全に虚ろだった。よほどこたえたらしかった。

全員を縛り終えたブラムがニヤニヤしながら、抱き合っているジェーンとレイクに近づいてきた。

「いいかな」

ジェーンが慌てて離れた。照れ笑いをしながら、両頰の涙のあとを、手の甲で一生懸命こすり始める。その様子を、ブラムとレイクが微笑みながら見守った。

「しかし、こういうこととは知らなかったな」

と、ブラムは言った。レイクは肩をすくめた。

「要するに〝トロイの木馬〟だよ。ただ、この場合は、木馬は無人のまま送り込まれる。違いはそれだけかな」

「あの応援セットは、目くらまし？」

「ああ。木馬であるハンガー・ボックスだけを、送り届けるわけにもいかなかったもんでね。知ってるか？　おれがローザンヌで今日まで何をしていたか。——毎日毎日あの狭っ苦しいハンガー・ボックスの中にず～～～っと座ってたんだ。なんのためか分かるかい？」

「おおよそね」

ブラムは頷いた。

「大変だったわね」

ジェーンも頷いた。

「なーに。分かってもらえりゃあ、それだけで、苦労したかいもあったってもんさ」

レイクは鷹揚に笑ってみせた。

「だけど、それにしてもまた、ちょうどいい時にテレポートしたもんね。グッド・タイミングだったわ」

「だろ？」

レイクは得意げに鼻をうごめかせた。

「いやー、実は一時間くらい前からハンガー・ボックスの中にいたんだけど、一番劇的な効果を狙おうと思ってね——ずうっとチャンスをうかがってたんだ」

「じゃあ、何？　あたしたちがここへ連行されてきた時から、あの中にいたっていうの？」

ジェーンの声が、突然冷ややかな調子に変わった。

「当たり」

レイクが言った。

ばあん。

小気味のよい平手打ちの音が、部屋中にこだました。

「痛えなあ」

左の頬を押さえながら、レイクがブツブツ言った。

「事情も分からないのに、いきなり出ていくわけにはいかないだろう？　それに空間跳躍は疲れるんだ。注射(ショット)を利かす時間くらい、くれたっていいじゃないか」

「賦活剤(ブースター)？」

ブラムが眉をひそめた。

「あまり使いたくなかった手だが……」

仕方ないさという風に、レイクは肩をすくめてみせた。

「言っときますけどね。あたしは恩(おん)になんか着ませんからね！」

ジェーンが後ろ向きのままで言った。

「恩に着せるつもりで、危険を冒したわけじゃないさ」

「危険？　一体どんな危険があるってのよ。あたしたちがひどい目に遭ってる間、あんたたちは船の中でのんびり、お喋(しゃべ)りでもしてればよかったんじゃない」

「まあね。——でも、ローザンヌじゃ、ちょっとした撃ち合いもあったし、せっかくの木馬がここへ届いてない可能性とか、あるいは一万人の敵兵の真っただ中にテレポートしてくる可能性もあった。もっと悪いのは、ドレス・ボックスを叩き壊されて、目的地のないワープをやらかした場合だ。どうなるかは知ってるだろう？　亜空間で迷子になった上、ジェーン、君の命も救えなくなってしまう……。こいつは最悪だ」

君の、というところで、ジェーンの表情が微妙に変化した。しかし、相変わらず後ろ向きのまま、彼女は言った。

「とにかく、恩になんか着ないわよ。絶対に！」

ブラムとレイクは、お互いに苦笑交じりの目くばせを交わした。

「撃ち合いだって？」

ブラムの問いに、レイクは手短な説明を与えた。そして、

「ミゲル……？」

レイクは沈鬱な声で、一人見張りの役を引き受けていたミゲルに呼びかけた。ミゲルが振り向いた。その目をまっすぐに見つめながら、レイクは静かに言った。

「マイケルが死んだよ」

ミゲルの頬の線が、一瞬鋭く浮き出した。ジェーンが息を呑む音がした。まばたきを二－三回するくらいの間があって、ミゲルは口を開いた。

「どうして、おれに教える」

普段と変わらぬ声だった。こいつには感情ってものがないのか、とレイクは疑った。それとも、鉄のような自制力を身につけているのだろうか。レイクは少し口ごもりながら答えた。

「いや。おたくたちは、仲がいいみたいだったし……。余計なことだったかい？」

「余計なことだ」

ミゲルは言った。

「それより時間が惜しい」

ちょっと鼻白んだ表情になって、レイクは肩をすくめた。

「分かったよ。それじゃあさっそく、フェーズ・3に取りかかろう。専用ドックを開けるんだ。コントロールはどこにある？」

セリフの後半は、銃口と一緒にオーロフに向けられたものだ。

一時的なショック状態から立ち直り、すでに冷静さを取り戻していたオーロフは、口元に不敵な笑み

を浮かべながら言った。

「これで勝ったつもりか？」

「こっちの質問に答えろ。コントロールはどこにある」

「無駄だよ。諸君は何も手に入れられん」

「命が惜しくないようね」

ジェーンが言った。腰のあたりにさまよわせていた右手を、ぴくりと動かす。

「知ってる？　これで撃たれると、すごーく痛いのよ」

「いいだろう。わしも馬鹿ではない。コントロール・セクションは、レベル・２にある。立ってもいいかね？　案内しよう」

オーロフは妙にそわそわと立ち上がった。

レイクは、第六感にぴんとくるものを感じた。オーロフは、デスクの横を不自然に遠回りして、こちらへ歩いてくる。レイクとデスクを結ぶ線上には、ブラムとジェーンが立っていたし、デスク脇のハンスのそばには、ミゲルが目を光らせていた。全員がほぼ一つの帯の上に位置していた。その帯から、オーロフ一人だけが外れようとしている。

「みんな伏せろ！」

レイクは、ショットガンを構えながら叫んだ。全員がとっさに床に身を投げた。その頭上を、七十万度の熱線シャワーが、空気を焦がしながら通過した。

デスクの向こうで海中風景を映していた装飾ガラスが、一瞬のうちに砕け散った。その背後に隠れていた数名の狙撃手たちも、同じ運命をたどった。レイクは素早くリピーターを作動させ、新しい線源（カートリッジ）を薬室（チェンバー）に送り込んだ。普通のパワー・ガンなら十六時間は使えるカートリッジが、すっかり空になってエジェクターから排莢（はいきょう）され、床に転がった。ショットガンを腰だめにしたまま、レイクは気配をうかがった。反撃のくる様子はなかった。

グワーン！

いきなりM29の凄まじい発射音が耳を打ち、レイクの後ろで、どさりと誰かの倒れる音がした。コマンドの一人、隊長格の男だった。手首の骨を外して、いましめをほどいたらしい。どこに隠していたのか、細身の飛び出しナイフが、死体のそばに転がっていた。

レイクはヒュウと口笛を吹いた。もう一度振り返ってみると、まだ銃口から煙の出ているM29を、両手でしっかりと握ったジェーンが、伏せ撃ちの体勢のまま、こちらを見上げていた。

「サンキュー」

「これでおあいこよ」

ジェーンは立ち上がりながら答えた。

「まずいことになったな」

と、ミゲルが言った。

「誰か怪我でもしたのか？」

驚いたようにレイクが振り返った。

「そうじゃないんだ」

と、ブラムが答えた。

「オーロフがいないんだ」

＊

「鼻がなくなったら、さぞかし不便だろうぜ」

ミゲルがそう言いながら、飛び出しナイフの刃先をチラつかせると、立派な体格をしたハンス・チューリング第一秘書は、よよと泣き伏した。大きな体を小さく縮め、必死に命乞いを始める。あまりにも怯えたその様子に、しまいにはレイクの方が罪悪感を抱き、懸命になだめなくてはならないほどだった。

「どうやら、オーロフの愛人もかねていたようだな」

打ち震える広大な背中を見下ろしながら、ブラムが言った。レイクの方は、酢を飲んだような表情だ。

「オーロフがどこへ逃げたか分かるか?」

ミゲルの仮借ない声が続く。ハンスの答えはいかにも弱々しい。

「わ、分かりません、僕」

「推理しろ! 真っ先に奴の行きそうな所はどこだ」

「そんなこと言ったって、ここにはあのお方しか知らない、秘密の抜け穴や設備が、たくさんあるから」

「やっかいだな」

「とにかく、当初の予定どおり都市機能中枢を押さえちまおう。コントロールはどこだい、ハンス坊や」

「ここです」

「ここ?」

「ええ。この部屋がそうです。そこのデスクの上にスイッチが……」

ブラムが言われたとおりにタッチ・キーを操作した。微かなモーター音とともに、反対側の壁に隠されていた、巨大なマルチ・スクリーンとコンソール群が出現した。装置は生きており、大小のスクリーン上には、都市内各所の光景がそれぞれ映し出されていた。そのうちの一つに、宇宙ドックの映像があった。

「操作の仕方は分かるか」

「え、ええ、なんとか」

「よし。ドックをメインに転映してくれ」

「はい」

「待った。その前にやることが一つある」

ブラムがハンスを制した。レイクに向き直って、

「予備の変装用具を持ってきてくれたかい」

「ちょっと待ってな」

レイクは、ハンガー・ボックスの中に放置したままの、大きなバックパックに歩み寄った。中には、

あらゆる場合を考えて、各種装備が目一杯詰まっている。しばらく手さぐりしていたレイクが、

「あった。これだろ?」

アタッシェケースを半分の大きさに縮めたくらいのカバンを取り出した。

「こっちへ貸してくれ」

ブラムはケースを開け、後ろ向きになって三十秒ばかりゴソゴソやっていた。

「どうだね?」

ブラムが振り向いた。全員が息を呑んだ。ブラムの顔は、すっかりオーロフに変わっていた。

「時間があれば、もっと似るんだがな……」

手鏡をのぞきながら、ブラムは少し不満そうな口ぶりで呟いた。

「驚いたね……」

レイクが正直な意見をのべた。

ブラムはニヤリと笑って、コンソールに歩み寄り、マイクを手に取った。少しの間、左手で喉を撫でながら、発声練習をしていたが、いきなり非常警報(レッド・アラート)のガラスを叩き割って、中の赤いボタンを押し込んだ。

耳をふさいでもなお聞こえてくる、低周波の警報がウォーンと鳴り始めた。おそらくミルザ邸全域に、この警報は鳴っているのだろう。

「な、何をするんですか」

ハンスが弱々しく抗議した。

「うるさい。馬鹿者。今は確かに非常事態だろうが」

完全にオーロフの声になって、ブラムが言った。

「驚いたね……」

もう一度、レイクが呟いた。

「傭兵(マークス)たちの配置はどうなってる?」

「二千人単位の五師団構成になってます」

と、ハンスが早口で答えた。

「そのうちの一個師団は空軍で、大部分が地表基地

に詰めてます」

「残るは四個師団か。聖域の中のブラック・ベレーってのは？」

「あれは、各師団から選りすぐった精鋭で、三十人単位の小隊が確か九つか八つあったと思います。彼らは聖域の中に常駐することを許されている、いわばあのお方の親衛隊なのです」

「ということは、ちょっとやそっとのことじゃ、連中は聖域を動きそうにないな」

「もちろんです。彼らはあのお方に身も心も全て捧げ尽くした、忠実な兵士たちですから」

ハンスは意気込んで答えた。ブラムは苦笑交じりに、肩をすくめながら言った。

「結構なことだ。——よし。各師団長を呼び出せ。わしがじきじきに命令を伝える」

言われるままに、ハンスが操作パネルを操った。四等分されたスクリーンに、それぞれの師団長の、いささか緊張した顔が映し出された。一番年かさの男が、口を開く。

『オーロフ様。これは一体、何事でございますか。臨時の特別演習ならば、事前に連絡をいただければ——』

「馬鹿者！」

ブラムは大喝した。

「暴動だ！　居住区で大規模な暴動が発生した。カジノが次々に略奪されているという情報も入っておる！　貴様たちは何をやってたんだ？　昼寝でもしてたのか、この穀潰しども！」

暴動と聞いて、四人の顔にさっと緊張が走った。

『し、しかし、都市部のパトロールからは、なんの連絡も——』

片方の目に黒い眼帯をした、太っちょの将軍が言った。

「阿呆！　そのパトロールどもが先頭に立って、カジノを襲っておるわ！　あれは貴様のところの兵か？」

　ブラムは――つまりオーロフは、冷酷な表情になって、スクリーンを睨みつけた。将軍の顔色が青く変わった。ブラムは内心ニヤリとしながら、さらに語調を強めて言った。

「いいか。第一師団第二師団は、ただちに全部隊を招集して、カジノ地域を制圧しろ。暴徒どもは一人残らず生かしておくな。第三師団第四師団は、居住区に向かえ。ミルザ公国全土に戒厳令を敷く！　分かったな？　分かったら、わしに尻を蹴飛ばされる前に、とっとと出動しろ！　五分経って、まだ一人でも残っているようなら、その時は貴様ら全員、銃殺だと思え！」

『はっ、たっ、ただちに……！』

『かしこまりましたっ！』

　口々に叫びながら、三人の師団長は慌ててスクリーンから消え失せた。一人残ったのは、そげたような頬をした、鋭い顔つきの将校だけだった。

「なんだ、さっさと行かんか」

　ブラムは相手を睨みつけた。しかし男はたじろぐ様子もなく言った。

『お忘れですか？　我が第四師団は、いかなる事態が起ころうとも、当屋敷の周りを固守するよう、おおせつかっております』

「う……。わ、忘れたわけではない」

　ブラムは内心大いにうろたえながらも、表面は威厳を取りつくろいながら答えた。

「しかし、今度は特別だ。この屋敷を守っても、都市が全滅してはなんにもなるまいが。それに、当邸なら、ウーズレ・ブールバードのゲートを閉めておけば、守りは万全だ。心配はいらんから、さっさと行け。行って第三師団に協力しろ」

『はあ、しかし――』

「貴様、わしの命令がきけんというのか!?」

ブラムは大声で怒鳴りつけたが、はた目にもさして効いているようには見えなかった。男は表情を崩さないまま、冷静に言った。

『決してそういうわけではございませんが、いつもとご様子が、あまりに違うようにお見受けいたしますので、つい……』

「なんだと……?」

『去年まで親衛隊隊長だった私を、まさかお忘れになられたわけでもございますまいに、今日に限って一度も名前を呼んでいただけませんのは、どうしてでございますか。いえ、もちろん暴動で気が動転なさっておられることは、お察しいたしますが、いつもはあれほど親しくしていただいている私めとしましては、いささか……』

腑に落ちぬ——そう言いたげな目で、その将校はブラムを見つめた。

——名前だと? 親しくだと? 元・親衛隊隊長だと?

ブラムは棒立ちのまま、言葉を失った。頭にカッと血がのぼり、脇の下を冷たい汗が流れた。カメラから外れた位置で、固唾を呑んでいたレイクたちも、思わず拳を握り締めた。——盗みの本番はこれから、だっていうのに、敵に回す相手が二百名か二千名かでは、えらい違いだ。ただでさえ、腕利きばかりの親衛隊を持てあまし気味だってのに……。

『どうなさいました、オーロフ様?』

スクリーンの中で、将校が目を細めた。

「う……」

ブラムが微かに呻いた。

その時、

——名前はブッカー・ヴァンケル。愛称はブッチ……。

ハンスだった。ハンスが前を見つめたまま小声で囁いたのだ。

「どうもせんさ、ブッチ」

ブラムはオスカーものの微笑を作って言った。

「ただ、ちょっと気が立っておってな。いや、すまなかったな」

『いえ。そのような』

ブッカー・ヴァンケルはかぶりを振り、それからパッと敬礼しながら言った。

『第四師団、ただちに居住区に向かいます。失礼しました』

映像がプッンと切れた。

「ふ〜〜〜っ！」

大きなため息を吐き出しながら、ブラムが床に座り込んだ。精根尽き果てたという様子で、変装をむしり取る。それまで息を詰めて事の推移を見守っていたレイクたちも、それぞれ胸を撫で下ろした。

「今、第三師団が出ていきました」

モニター群を見上げながら、ハンスが言った。

「しかし、早くもカジノ地区で、指揮系統に混乱が起こってるようです」

「当たり前だな。暴動のぼの字もないんだから。とにかく、第四師団が出ていったら、大急ぎでゲートを閉めちまえ」

ブラムの代わりに、レイクが答えた。

「分かりました」

ハンスが頷いた。

「どうしてだ？」

と、ブラムが言った。

「なぜ助けてくれた」

「ブッチは、かつてあのお方の愛人でもあったのです」

苦いものでも飲み込むような顔つきで、ハンスが言った。

レイクたちは顔を見合わせた。

その場の沈黙を打ち破るような明るい声で、ジェーンが言った。

「さあ！　早くしないと、誰かさんが待ちくたびれちゃうわよ！」

「そうだった。今頃ブーたれてやがるだろうな、連中。よし、ハンス、頼むぜ」

メイン・スクリーンに、宇宙ドックの様子が大きく転映された。

モニター・1。モニター・2。モニター・3……。

カメラ位置が次々と切り替わる。

「いたぞ！　〈メリー・ウィドウ〉だ！」

巨大な宇宙タンカーの噴射ノズルの陰に隠れるようにして、〈メリー・ウィドウ〉は停泊していた。

ジェーンたちは、特別の感慨を持って、その姿をしばらくの間、見つめていた。

「ゲート・オープン！」

レイクが凛（りん）とした声で宣言した。

円い専用ドックの入り口が、ゆっくりと十文字に開き始めた。

第三部　ヒット&ラン

1　激突！

「くそっ。いつまで待たせるんだ、レイクの奴」

主操縦席で、イライラと貧乏揺すりを続けていたボビーが、これで何十度目かの呪いの言葉を吐き散らした。

「落ち着けよ」

ジムが副操縦席から声をかけてよこした。彼の横のディスプレイには、〈作戦〉のタイム・テーブルが映し出されていた。それは刻々とグリーンからオレンジへと色を変えつつあった。

《大佐》は後ろのパッセンジャー・シートで瞑目したまま、さっきから一言も口をきかない。

「手間取ってるのかもしれないいな」

ジムが呟いた。

「どうして、おれたちもレイクと一緒に行けないいんだ？」

「テレポートするって意味か？　そういえば五年くらい前だったかな、レイクと一緒に跳んだ奴がいたっけ。追われてね、どうしようもなかったんだが……」

「どうなったんだい？」

「死んだよ。気が狂ってね」

ジムは淡々と答えた。

「どうも、亜空間ってところは、普通の人間には精神的にも生理的にも、耐えきれない場所らしいんだな。レイクが一度跳ぶとあんなに疲れるのも、実はそれなんだ。神経系が極限まで緊張を余儀なくされるからさ——どこでもない場所を落ちていくという〝恐怖〟を、抑え込むために」

「ふ〜〜っ」

ボビーは、ため息を吐き出しながら首を振った。

操縦桿を手で触りながら、

「やっぱり、おれはこっちの方がいいや。安心できる」

ジムが、そうだなという風に笑った。

ビ――――ッ！

専用ドックを監視(モニター)していたセンサーが、警告音を発した。

「来たぞ！」

宇宙船(ふね)のシステムが全て自動(スリーパー)から手動(マニュアル)に切り替わった。

操縦桿に、ずしりとした手応えが戻ってくる。

「コンプレッサー・ON！　補助エンジン点火――」

「待った！」

ジムが大声で制した。

「どうした」

「ミルザ空軍のパトロールだ」

後方モニターのスクリーンに、接近してくる三機編隊の戦闘機(コンバット・モジュール)が映し出されていた。アクロバティックな動きで、停泊中の巨大な宇宙船の合間を、縫(ぬ)うように飛行している。黒一色に塗られた機体と、それに不釣り合いなほど大きなノズル。短いガル・ウィングの下には、各種レーザー砲、ミサイル群が目白押しにぶら下がっていた。

「定時パトロールの時間じゃないぞ」

「まずいな。ゲートが開いてるのを気づかれちまう」

ミルザ家専用ドックは、今も刻々と開きつつある。

ボビーは操縦桿の上で、両手を握ったり開いたりした。三人は息を詰めて、スクリーンを見守った。

急速に接近してきた三機のC・M(コンバット・モジュール)は、〈メリー・ウィドウ〉の周りで、それぞれ別個のスパイラル軌道を描きながら、船体ギリギリのところを掠め飛んでいった。いったん崩した編隊を、〈メリー・ウィドウ〉の鼻先でピタリと組み、そのまま飛び去っていく。合計六つの、青白いイオン・エンジンの噴射炎が、たちまち小さくなっていった。

「くそっ。遊んでやがる！」

ボビーが口汚く罵（ののし）った。ジムが、そっとため息をついた。エア・コンディションは完全なはずなのに、いつの間にか脇の下に冷たい汗をかいていた。

「そろそろ、いいだろう」

《大佐》が言った。ボビーが黙ってスラスト・レバーを押した。〈メリー・ウィドウ〉がゆっくり動き始めた。とたんに、

『〈ポインター・Ⅷ〉！　〈ポインター・Ⅷ〉！　こちら管制局（タワー）。貴船は座標からずれ始めています。ただちに所定の座標に戻って下さい。〈ポインター・Ⅷ〉！　聞こえますか？　応答して下さい』

「どうします？」

「切っちまえ」

『〈ポインター・Ⅷ〉！　聞こえますか？　現在の座標をキープして下さい。それ以上外れると、撃墜される場合があります。これは警告です。〈ポインター――』

ジムがスピーカーをオフにしながら、

「やばいぜ。さっきの戦闘機が反転した」

「距離は？」

「六万！」

「時間がないな。少々荒っぽくなるぜ」

ニヤッと笑って、ボビーがスラスト・レバーを全開の位置に押し込んだ。

強烈な加速Gが、ジムと《大佐》をシートに叩きつけた。

前方スクリーンの中で、コンテナ船がみるみる大きくなってきた。

「ぶ、ぶつかる……！」

Gに顔面を引きつらせながら、ジムが叫んだ。操縦桿を力一杯ひねりながら、ボビーが叫び返す。

「前のことは、おれにまかせとけ！ それより後ろだ！ 戦闘機は？」

「三万、いや二万九千、八千、七千——どんどん追いつかれてるぞ！ もっとスピードは出ないのか！」

「無理を言うんじゃねえ。メイン・エンジンが使えねえんだ！」

〈メリー・ウィドウ〉は、二台並んだ貨客船(ハーフ・カーゴ)の間を、六G加速のまますり抜けた。

「よし。これで邪魔物はなくなったぞ！」

ミルザ宇宙(スペース)ドックの、ゆるく湾曲した内壁が、すごいスピードで後方へ流れ去っていく。〈メリー・ウィドウ〉は、その表面を這うように飛び続けていた。

「後ろへつかれた！」

ジムは絶望的な声で叫んだ。

「距離一万！ 射程に入る！」

「すぐ目の前が入り口だい！」

「どうやって減速するつもりだ!? このままじゃ激突する！ いや、行きすぎちまう。早くスピードを落とせ！ いや、落とすな、追いつかれる！ いや——」

「うるせえ。黙ってろ！ 舌を噛むぞ！」

ボビーは噴射を切った。〈メリー・ウィドウ〉は慣性でそのまま飛び続ける。メイン・スクリーンに、専用ドックの青い標識灯が大映しになった。ボビーは操縦桿に被さるようにして、前方を見つめながら、小声で呟いていた。

「まだだ……まだだぞー……もうちょい……」

「行きすぎちまう！」

ジムが叫ぶのと、ボビーが操縦桿をいっぱいに引くのが同時だった。〈メリー・ウィドウ〉は専用ドック手前でくるりと反転した。

ぐわっ!!

メイン・エンジンが咆えた。推力は補助エンジンの三百倍強。がん！　という急制動の衝撃がブリッジを揺らし、一瞬全ての明かりが消え、赤い非常灯が点滅した。きっかり三秒間、最小限度の噴射で〈メリー・ウィドウ〉は速度を殺し、専用ドックに飛び込もうとした。レイクが中から操作しているのか、ドック入り口は、閉じつつあった。しかしその時、すでに三機のC・M（コンバット・モジュール）は〈メリー・ウィドウ〉の真っ正面に迫っていたのだ。

「だめだ！　間に合わん」

スクリーンに大写しになった敵戦闘機を見て、ジムが叫んだ。

三つのガル・ウィングの下から、青い二条の光線がほとばしった。六本の光線は、〈メリー・ウィドウ〉の上で一つになった。

目もくらむような白い光球が出現した。

その上空を、C・M（コンバット・モジュール）が猛スピードで、通過していった。

三機はゆっくりと反転にかかる。

*

「やられた！」

手に汗握って、モニターを見つめていたレイクたちが、思わず絶望の叫び声を上げた。ジェーンなどは、両手で顔を覆ったものだ。爆発こそしなかったものの、航行不能に陥っていることは確実だろう、とレイクは思った。

「いや！　ちょっと待て」

ブラムが遮った。ハンスの肩越しに、モニターを切り替える。ドック内を、静々と進入してくる〈メリー・ウィドウ〉が、正面から映し出された。

「見ろ！　無事だぞ！」

「死ぬほど心配させやがって、あん畜生めら！」

顔をほころばせながら、レイクが大声で言った。

「喜んでる場合じゃない。早くゲートを閉めるんだ。戦闘機が入ってくる」

ミゲルが冷静に言った。

自分たちの失敗に気づいた三機のC・M(コンバット・モジュール)は、今や急速に閉じつつあるゲートに向かって、全速力で突っ込んできた。

「馬鹿な。間に合わんぞ！　反転しろ！」

思わずレイクは叫んでいた。

まるで、この声が届いたかのように、まず二番機が、次いで三番機が鋭く身をひねって上昇していった。残るは一番機のみ。おそらく編隊のチーフだろう。ゲート越しに見える外の景色は、まるで細い十字架のようだった。そして、その中央にガル・ウィングの黒いシルエット。凄まじい勢いで突っ込んでくる。

「いかん。入られるぞ！」

「ぶつかる！」

レイクたちは口々に叫んだ。

コンマ数秒という差だった。あるいはガル・ウィングでなければ、すり抜けていたかもしれない。モニターの中央に、くっきりと白熱の十字架を刻みつけ、一番機は粉みじんに吹き飛んだ。しばらくは残像が脳裏(のうり)から消えないほどの、強烈な爆発シーンだった。

レイクたちは、しばらく声もなく佇(たたず)んでいた。

「世の中にゃ、見上げた戦闘機乗りもいるもんだ」

妙にしみじみと、ミゲルが言った。

ビープ！

インターコムから、ボビーの声が飛び出してきた。

『ハロー、木馬ちゃん。電波(こえ)が届いてたら、返事をしてくれないか』

「こちら木馬。三年は寿命が縮まったぞ、こん畜生。

おかげで生命保険の掛け金が高くなっちまったい。どうしてくれるんだ」

『その声は《高飛び》の旦那だな。おたくが生命保険に入ってるなんて知らなかったぜ』

「これから入るのさ。この仕事でたんまり稼いだら、足を洗って、どこぞの保養惑星でのんびりと、ね」

『その前に、生きてここを出る心配をした方がよさそうだぜ。連中かなり手強い』

「見てたよ。てっきりイカれちまったと思ったがね。どういうトリックを使ったんだ？」

『メタル・パラソルだ。知ってるだろ、射出式のレーザー防御盾さ。ミサイルみたいに飛び出していって、発振波に向かって傘を開く。レーザーがぶち当たる。蒸発する。その間にこっちはトンズラを決め込む。例のパワー・アップ装備の一つだよ。こっちが、ただの貨物船だと思って甘く見てたんだな。

――それより、おたくたちはどこにいるんだ？　できたら、ミルザ邸をガイドしていただけると、ありがたいんだがね』

「直通のかなり広い地下通路がある。車が四‐五台並んで走れるくらいのやつだ。すぐ分かる。そいつをたどってくれ。直接、聖域の真下に通じてるんだ。緊急避難用らしい。地上を通るよりは安全だろうし、たぶんミルザ傭兵部隊とも、出くわさないと思う」

『思うってのが泣かせるね』

ジムの声が割って入った。

『大好きだよ、おたくのそういう無責任なとこ』

「馬鹿言ってないで、さっさと入ってきな。あんたの恋人が待ってるぜ。C・C・ロック付きの大金庫だ」

『そいつは、嬉しいね』

さして嬉しそうでもない声で、ジムが言った。

『これから出る。祈っていてくれたまえ』

《大佐》の声がした。

「宝物室は、通路の一つ上のレベル中央です。ここからは一つ下。そこで落ち合いましょう。神とともにあらんことを」

『アーメン』

通信が切れた。

どうする？　という表情で、レイクはみんなを振り返った。——確かにここまでは、危なっかしいながらも、なんとか順調にきた。ついていたともいえる。しかし、この幸運が最後まで続くかどうか。それに、姿を消したオーロフのことも気にかかった。時間もあまりない。敵が態勢を整えないうちに、仕事を終えてしまわないと、ミルザ側がその気になれば、宇宙ドックを完全に閉鎖するのもたやすいことだ。——どさくさに紛れること。レイクたちが生き残るには、それしかなかった。

「行動は迅速に」

ブラムが、信条の一つを披露した。

「そういうことだな」

ニヤリと笑いながら、レイクが頷いた。

「問題は、ここをどうするかだ。——破壊しちまうか、それとも誰か残るか……」

「誰か残るってのは、賛成できんな。今はやけに静かだが、このへんにゃまだ三百人からの親衛隊がうろちょろしてるはずだし」

「OK。じゃあ、こうしよう」

レイクは腰のパワー・ガンを引き抜くと、コンソール目がけて引き金を引いた。小さな爆発音とともに白煙が立ちのぼり、青白い火花が盛大に飛び散った。ゲートの開閉スイッチのあった部分が、黒焦げのスクラップと化した。

「これで少しは時間が稼げるだろう」

「じゃ行こうか」

ミゲルを先頭に、ハンス、ジェーン、ブラム、そしてレミントン・プラズマ・ショットガンを抱えたレイクが続いた。バックパックはブラムが背負った。

廊下は不気味なほど静まり返っていた。

五人は息を殺し、ひと足ごとに四方をうかがいながら、慎重に進んでいった。

極度の緊張に、後頭部の髪の毛がちりちりと逆立つようだった。

明るいE・Lの光が広い廊下を白々と照らしている。遮蔽物のまるでないここで、万一狙い撃ちにでもされたら、逃れようがない。――自分たちの姿が、剝き出しになっているという感覚が、どうしようもなく五人にのしかかっていた。自然と中腰になり、壁に背中をこすりつけるようにして進む。物音一つしなかった。

――こんなところで、ちょっとでも動くものを見かけたら最後、それが自分のお袋だって撃っちまうぞ。と、レイクは思った。もっとも、お袋の面なんざ知らねえから、撃ったって分かりゃしねーがよ。

――レイクは声を出さずに短く嗤った。

ミゲルが止まれという合図をした。――最初の四つ角だ。

もう一つ先のコーナーを右に曲がった突き当たりが、下のレベルに下りる非常階段になっていた。もちろん、執務室の真ん前に専用のターボ・シャフトもあったが、さすがにそれを使う気にはなれなかった。

ミゲルは手の合図だけで、ブラムとレイクに、援護を頼むという意味を伝えた。レイクは廊下の反対側へ走り、ブラムはミゲルの直後でライフルを構えた。

床に腹這いになったミゲルは、コーナーぎりぎりまで、肘で這っていった。じっと気配をうかがう。その姿は、死んだマイケルを思い出させた。

今にも壁の陰から、死が現れそうに思え、レイクは唾を呑み込んだ。ブラムも同じ思いらしい。喉仏が大きく動いた。

カシャーン……!!

ミゲルがいきなりライフルをすべらせた。ライフルは軽い音を立てて、床に転がった。しかし、他の四人の耳には、それは爆弾が落ちたほどにも感じられて、思わず飛び上がりかけた。

廊下は相変わらず、死のように静まり返っていた。

ミゲルは後ろの二人に目で合図を送り、思い切り前に飛んだ。同時に、ブラムとレイクが、壁際でそれぞれ逆の方向へ銃口を向けて身構えた。ミゲルは受け身の要領で一回転し向こう側の廊下にすべり込んだ。——手にはしっかりとライフルを摑んでいる。

予想された銃撃戦は、なかった。

廊下はどの方向とも、まったくの無人だった。安堵のため息を吐く前に、レイクたちはお互いに目を見交わした。——この静けさはキナくさかった。

次の四つ角まで、五人はほとんど一センチ刻みで進んでいった。レイクはさっきよりも頻繁に、後ろを振り返った。

再びミゲルが一行を止め、同じ手順が繰り返される。——こんなコーナーがあと五つもあったら、宝物室へ着く前に胃潰瘍でくたばっちまうぜ。と、レイクは考えた。

非常扉までは、ほんの二十メートル足らずだ。レイクたちは、そのままコーナーに残り、ミゲル一人が扉を確かめに赴いた。万一の場合、犠牲になるのは一人でたくさんだ。それが彼の信念だった。

——畜生！　本当に胃が痛くなってきやがった。

そろそろと扉を開けているミゲルの後ろ姿を見守りながら、レイクは顔をしかめた。ジェーンも色が変わるほど強く唇を嚙み締めている。ブラムが神経質そうに首を回し、三本の廊下を見渡した。気分が悪いのだろう、ハンスは真っ青な顔をしていた。

扉の向こうに姿を消していたミゲルが、再びこっちに顔をのぞかせ、右手を大きく振ってよこした。

レイクを残して、まず三人が走り、それからレイクが後ろ向きのまま続いた。

彼が非常階段に飛び込むのと同時に、ブラムが扉を閉じた。ミゲルはナイフで自分のブーツの底を削っていた。

「……?」

目顔で問いかけるレイクに、ちょっと笑ってみせ、ミゲルは扉の下に即席のくさびを押し込んだ。——なるほどね。という顔のジェーンたちに、ミゲルは初めて声に出して、言った。

「行こう」

踊り場も含めて十三段。縁起の悪い、薄暗い階段を下り、レイクたちは扉の内側にぴたりと身を寄せた。ミゲルが手招きでハンスを呼び寄せて言った。

「この外はどうなってる? 上と同じ構造か?」

「いいえ。この階は、フロアのほとんどが宝物室で占められてますから。この扉は確か三叉路になっている通路の、ちょうどこの部分に開いていたと思います」

ハンスは胸のポケットからボールペンを取り出し、簡単な略図を描いて説明した。

「右の方向は、すぐ行き止まりですが、正面と左の通路は長く延びてます。正面の通路は片側が倉庫で、もう一方の側が、宝物室の側壁にあたります。宝物室の入り口は、左の通路を、二百メートルほど行ったところ。入り口の前は、少し広くなっています」

「そこへ行くまでの間に、横へ抜ける道とか扉はいくつある?」

「さあ、正確には……。何しろ、めったに開けることのない部屋ですし、実のところ、僕もまだ一度も中を見たことはないわけでして……」

ハンスは首をひねった。ミゲルは片手で口を覆って、考え込んだ。ややあって、

「まあいい。イチかバチかやってみよう。——なんだ？」

「手榴弾。ローザンヌの山賊からぶんどってきたやつだ」

レイクは、ブラムの背負ってきたバックパックから、手榴弾をいくつか掴み出しながら答えた。

「《大佐》の話によれば、レーザー・ライフルで投擲できるタイプの物らしい。何かの役に立つだろう」

「OK。三つずつ持とう。まずおれが出る。その次にブラム、あんたが出てくれ。最後がレイク、あんただ」

「ちょっと待って。あたしはどうするのよ」

ジェーンが口をとんがらかして言った。

「こう見えたって、レイクなんかより、よっぽど腕は確かよ」

「何も置いていくって言ってるわけじゃない。あんたはその大砲で、ここからおれたちを援護してくれ。——OK？」

「まかしといて」

「よし。じゃあ行くぞ」

扉に向かいかけたミゲルに、レイクが後ろから呼びかけた。

「ミゲル……？」

ミゲルは黙って振り返った。レイクは親指を突き出すポーズをしながら、片目をつむってみせた。ミゲルはフッと笑って、同じ仕草を返してよこした。

ジェーンが叫んだ。

「戦闘開始！」

細めに開けた扉の隙間から、ミゲルが手榴弾を転がした。

耳を聾する爆発音を合図に、戦いが始まった。

＊

多勢に無勢という言葉がある。

いかにミゲルが超人的な戦闘能力を持っていたとしても、いかにジェーンのM29が破壊的な威力を誇っていたとしても、三百対四ではとうてい勝ち目はない。おまけに、彼らはオーロフの親衛隊が作っていた包囲陣の、ど真ん中に出ていってしまったのだ。

始めのうちこそ、手榴弾を使って派手に進撃できたものの、たちまち正確無比な集中砲火を浴びて、身動きとれなくなってしまったのである。

「くそっ！　こんなことなら、ミサイルでも持ってくるんだったぜ！」

遮蔽盾の向こうで、ひょいと首を出した敵兵目がけて、ショットガンをぶっ放しながら、レイクが喚いた。熱線の大部分は、盾の力場(フォース・フィールド)によって散乱させられ、あまり効果がない。むしろ、ジェーンの原始的なM29が威力を発揮していた。

「今さら言ってなんになるのよ！」

叫び返しながら、反対方向からレイクを狙っていた敵を、一撃で打ち倒す。レーザーを跳ね返すセラミック防御盾も、・44マグナムにはウェーハースほどの役にしか立たないのだ。凄まじいマグナム弾のトルクが、盾ごと敵兵を吹き飛ばした。

一瞬、穴の開いた包囲網に、なんとか突破口を作ろうと、ミゲルとブラムがライフルを撃ちまくるのだが、いかんせん、敵はあっという間に補充をつけてしまう。

「いかんな。線源(カートリッジ)も少なくなってきた。このままじゃジリ貧だ！」

ブラムが叫んだ。左腕に服を破いて作った包帯を巻きつけている。

「ミゲル！　何か手はないのか!?」

「ない！」

額のあたりを血だらけにしたミゲルが、切迫した声で叫んだ。

「がんばって持ちこたえるんだ！」

「一体、いつまでよ！　——きゃっ！　まさか死ぬまでなんじゃないでしょうね！」

レーザーが頭上を掠め、首をすくめながらジェーンが言った。弾倉をスウィング・アウトし、新しい弾丸を、もどかしげに詰め込んでいる。

「援軍が来るまでだ！」

「援軍ですって？　お馬に乗った騎兵隊が、ラッパを吹きながら駆けてくるのを待つっていうの？」

「《大佐》だ！　《大佐》たちがこっちへ向かってるはずだ。忘れたのか？　——危ない！」

顔を上げかけたハンスを、床に引きずり倒しながら、レイクが言った。

「忘れたわけじゃないけど、《大佐》たちもあたしたちと同じように、連中と一戦交えてたらどうするの？　助けになんかこられないわよ！」

グワン、グワーン！　続けざまにマグナムの咆哮を響かせながら、ジェーンが言った。髪はくしゃくしゃだし、鼻の頭には煤がこびりついていた。その顔をじっと見つめながら、レイクが頷いた。

「もっともな話だな」

「おさまってる場合じゃないってば！」

ジェーンが金切り声を上げた。

「あーん、こっちも弾切れだわ。もう弾倉に残ってるぶんしかないわよー」

「こんな時に、こういうことを言うのはどうかと思うけど……」

レイクは、頭上をレーザーの輝線が交錯している下で、くそ真面目な声を出して言った。

「何よ！」

ジェーンが喚いた。

「ひょっとして、これが最後になるかもしれないから、言っちゃうけど……」

「だから何よ！」

「——愛してる。今でも」

唖然（あぜん）としした表情で、しばらく絶句していたジェーンが、突然頬に血をのぼらせて叫んだ。

「馬鹿っ！」

「真面目なんだ」

「大馬鹿……」

「ジェーン」

「底なしの馬鹿だわ……」

ジェーンは泣いていた。そして笑おうと努力していた。レイクは微笑みながら言った。

「あいにく、レイクは生まれてくる時に〝底〟というものを、どこかに落っことしちまったらしくてね」

ジェーンが、ぐすっと鼻を鳴らした。

「こんな時に、冗談を言ってるなんて……」

「笑いながらあの世に行くんだ。——昔からそう決めてたんだ」

「レイク……」


「よりを戻すのは、これが片づいてからにしてくれないか、お二人さん」

ブラムが後ろも見ずに言った。レーザーの飛び交う中では、望みうる限り最上級に近い、穏やかな口調だった。

「いやなことを思い出した」

ミゲルが、最後の線源（カートリッジ）をライフルにぶち込みながら言った。

「なんだ？」

「距離だ。専用ドックからここまで、直線距離で十キロ近くある。どんなに急いでも一時間はかかるだろうし、《大佐》たちはおそらく警戒しながら来るはずだ」

「どうするんだ？」

全員が顔を見合わせた。ミゲルが言った。

「白旗の用意をした方がいいかもしれんな。もっとも、連中にそれが通用するかどうかは疑問だがね」

親衛隊の攻撃は、ここを先途と苛烈さを増してきていた。レイクたちが、あまり撃ち返してこないのを見て、かさにかかって攻めてきたのだ。包囲網がじりじりとせばめられた。

「もうダメだ」

ハンスが半泣きで頭を抱え込んだ。

「しっかりしなさい。男でしょ！」

「ちょっと待て。あれはなんだ？」

ブラムが、ライフルの照門から顔を上げ、ふと耳をすますような表情になって言った。

「あれって、どのあれだ？」

「ほら。あの音だ」

「音……？」

レイクたちも耳をすませた。宝物室前の通路は、喚声や呻き声、レーザー・ライフルの疑似発射音などで、わんわんと音がこもっていた。しかし、確かにそのどれとも違う種類の音が、通路の向こうの方から聞こえてくるようだった。ジェーンが頷いた。

「あたしにも聞こえるわ。――でも、なんの音かしら」

「おれの耳が、どうかしてるんでなけりゃあ」

と、レイクが言った。

「ありゃあ、車のクラクションの音だ」

突然、敵陣の背後で混乱が巻き起こった。盾の向こうにいたブラック・ベレー・コマンドたちが、慌てふためいて振り返り、応射を始めた。

「何が起こったんだ？」

思わず棒立ちになったブラムたちの目に、敵兵を景気よくはね飛ばしながら、広い廊下をこちらに向けて疾走してくる、ロールスロイス・シルバーゴーストの姿が映った。ボディはピカピカの銀メッキ。ボンネットの下におさまっているエンジンは、職工が一つ一つインゴットから削り出した部品で組み立てられている。とびきりのヴィンテージ・カーだ。

ステアリングを握っているのは、言わずと知れたボビー・ハート。白い歯が見えるのは、笑っているらしい。立て続けにホーンを叩いている。幌を外したシルバーゴーストに仁王立ちになっているのは、ジム・ケース。それに《大佐》もだ。パワー・ガンを撃ちまくっている。ジムなどは膂力（りょりょく）に物を言わせ、そのたくましい腕にそれぞれ一丁ずつライフルを持ち、拳銃（ハンド・ガン）を扱うような気楽さで、敵を撃ち倒していた。まるで、北欧神話に出てくる軍神（トゥール）を思わせる姿だった。敵は算を乱して、逃走し始めた。

シルバーゴーストは、レイクたちの目の前で、タイヤを軋（きし）ませながら横向きになって停まった。呆然としている五人に、ボビーが笑いかけた。

「やあ。生きてたか」

真っ白な歯がこぼれる。

半ば虚脱状態にあったレイクは、まずボビーを、次いで《大佐》、そしてジムと視線を移して、ため息交じりに言った。

「今日ほど、おたくの顔を懐かしいと思ったことはなかったぜ」

「ドックの出口で、ちょいとした小競（こぜ）り合いがあったもんでな。しかし、間に合ってよかったよ」

《大佐》が言った。

「一体、どこからこんな代物を引っ張り出してきたんだ？」

「あの専用ドックから、客を招き入れる場合もあるんだろう。よだれの出そうな年代物の車が、ズラリと並んでいやがった。ちょいと壮観だったね」

ボビーが目をキラキラさせながら喋った。

「でしょうな。私も覚えがありますよ」

ブラムが深く頷いた。

「さて、どうするかな」

手ひどいありさまの通路を見回しながら、レイクが呟いた。潮が引くようにいなくなった親衛隊隊員たちは、負傷者は当然として、仲間の死体まで一つ残らず持ち去っていた。まるで、さっきまでの死闘が嘘のように、通路はガランと静まり返っている。ロールスロイスの静かなアイドリング音だけが、妙に響いた。

景気をつけるように、ボビーがホーンを高らかに打ち鳴らした。

「さあ！　ぐずぐずしてないで、早いとこお宝とご対面といこうぜ！」

「いよいよ、おたくの出番だな、大将」

レイクが、ジムのぶ厚い胸板を、拳で殴りながら言った。

「乗ってくれ。行くぞ」

ジェーンとハンスを座席に押し込み、他の連中はサイド・ステップにすがりついた。シルバーゴーストは、軽々と発進した。

「強盗はロールスロイスに乗って……」

ミゲルが、映画のタイトルのようなセリフを、ボソリと呟いた。彼のすぐ前に乗っていたレイクは、笑いを堪えるのに、ひどく苦労した。

2　最後の対決

全員が固唾を呑んで、ジムの指先を見つめていた。

幅は約十メートル、高さは五－六メートル。厚さに至っては、どれほどあるのか見当もつかない、チタニウム合金製の巨大な一枚扉。その圧倒的な重量感の前に、さしものジム・ケースも、まるでひ弱な子供のように見えた。

ジムは、携帯用の電子解錠装置――スーツケースほどの大きさで、もちろんジム自らが設計製作した物――を、慎重にシルバーゴーストから下ろして、扉の脇に運び、これから難しい手術を行う外科医のような手つきで、解錠の準備を進めていた。

ヘッド・セットを身に着け、スーツケースの中の電子装置に、プラグを差し込む。ケースの蓋の部分には、マルチ・ディスプレイがわけの分からない波形や記号を、ひっきりなしに映し出していた。装置の調整が終わったらしい。ジムは、これもプラグで接続されている、先の丸い聴診器のようなセンサーを引っ張り出した。扉を開閉するコントロール・パネルにあてがう。まるで本当に何かの音を聴いているようだ。二カ所、三カ所と場所を動かしながら、ジムは左手で装置本体のタッチ・キーを操作していた。

『コンピューターを手なずけるには、まず相手の論理構造を熟知すること』

昔、ジムが言ってた言葉を、レイクは思い出していた。

『それから、奴が言うことを聞くまで、プログラムをくすぐってやればいいんだ。女を扱うように、慎重に、優しく、しかし、断固として』

だが、ジムの表情は……。

少し離れたところで、心配そうに見守っている七人を、ジムは一度だけ振り返った。——何か具合の悪いことでもあるのだろうか。全員が不安に胸を締めつけられる思いだった。

ジムは口をへの字に曲げて、ヘッド・セットを取り外した。そして、せっかく取り出して、きれいに床に並べたコード類や、光ファイバー接続子（コネクタ）などを、元のケースに戻し始めたのだ。

「どうしたんだ？」

レイクがおそるおそるという口調で訊ねた。

「うまくいかないのか？」

「その逆だ」

ジムは憮然として答えた。

「というと、もう開いたのかね！」

《大佐》が目を丸くして叫んだ。驚きと称賛が、半々の声だった。バタンとケースの蓋を閉めて、ジムは立ち上がった。黙って操作ボタンを押す。

ごうん……。というような、重々しい音を立てて、扉はゆっくりと上がり始めた。

「すごい……！」

「天才……！」

一同が感嘆の声を上げた。それに応えて、ジムは吐き捨てるように言った。

「そうじゃないんだ。初めっから、鍵なんざかかってなかったんだ。——馬鹿馬鹿しい！」

真っ先に、その言葉に反応したのはミゲルだった。これが罠である可能性が多分にあった。一瞬遅れて、レイクたちも横に動いた。扉の両脇にぴたりと身を寄せて、銃を構える。

レイクは、ごくりと唾を呑み込んだ。

扉は厚さ一メートルほどのチタニウム合金を、四重に重ね合わせた途方もない代物だった。一枚目の扉が半分ほど上に開くと、次の扉がゆっくりと左へすべり始めた。同じ要領で三基目の扉が右へ開き、そして最後の扉が床下に収まった。——ミルザ公国宝物室の扉は、今、レイクたちの前に完全に開かれた。（BGM『交響曲第9番』ベートーベン作曲）

「こ、これは……！」

驚きとも呻きともつかぬ声が、全員の口から上がった。

内部は体育館ほどの大きさがあった。高い天井に取り付けられた無数のスポットが、場内を明るく照らし出している。それはレイクたちに、一瞬全ての警戒心を忘れさせるほどの眺めだった。

「ミケランジェロだ……」

ブラムの口から呟きが漏れるのをレイクは聞いた。

広いフロアには、適当な間隔をおいて、数十体の彫刻——いわゆる〝地球時代〟の逸品ばかりが展示してあった。ブロンズあり、大理石あり、中には純金でできた等身大の仏像もあった。どうやって運び込んだのか、大昔の複葉機までが何機か置いてあるのには、さすがのレイクもびっくりした。

そして、壁にかかったおびただしい絵画の列。

「あれと同じような絵を、連邦の美術館で何枚か見たことがある」

ボビーが、入り口近くにかかった、顔が二つある女の絵を指さしながら言った。その女は正面を向いて座っているにもかかわらず、同時に横顔まで描いてあるのだ。レイクが言った。

「妙な絵だな」

「だから覚えてたのさ」

「おかしなバリヤーの類はないようだ」

左手首に着けた探知機をいじくっていたジムが、ミゲルに頷いてみせた。ミゲルはハンスを振り返って言った。

「ここには、美術品しか置いてないのか？」

「いえ、あの奥に——」

と、ハンスは正面奥の壁を指さした。彫刻に半ば隠れるようにして、別の扉が見えていた。

「展示に適さないような物は、あの分室に保存されています」

「たとえば、現金とか……？」

「まあ、そういったものです」

《大佐》が言った。

「万が一ということもある。誰かがここに残った方がいいだろう」

「私が残りましょう。レイク、あんたのショットガンを貸してくれ」

ミゲルが言った。

「あそこまで、ロールスを着けちまった方が早いだろう」

ボビーが運転台に飛び乗った。レイクとブラムが徒歩で先導した。一つ一つの彫刻の陰を確かめながら、突っ切っていく。

「ロールスロイスじゃなくて、トラックが欲しいとこだ」

ブラムがため息交じりに言った。

「これだけの美術品を残していくなんて」

「諦めるんだな。こういった代物は、さばき方が難しいんだ。まともにゃ売れっこないし、闇だと買い叩かれる。おまけに、ルートをつけるまでに、いくつも密告の危険を冒さにゃならん。引き合わないよ」

ライフルを腰だめに、注意深くあたりを見回しながら、レイクが答えた。

「それは十分、分かっているが、しかし惜しいな。何しろ――」

「ちょっと待った」

レイクが片手でブラムを制した。

「どうした」

ブラムは、レイクの視線をたどってギクリと足を止めた。

　——人がいる！

「散って！」

　ボビーたちもロールスを飛び降りて、車体の陰に身をひそめた。

　こちらに背を向けて、彫刻の一つをじっと見上げていた男が、ゆっくりと振り向いた。口元に皮肉な微笑を浮かべながら、その男は言った。

「ようこそ、強盗諸君。——待っていたよ」

*

「オーロフ！」

　レイクが叫んだ。

　オーロフ・ミルザは一人きりだった。

　無造作に垂らした右手に、螺鈿（らでん）飾りのついたパワー・ガンをぶら下げている。

「武器を捨てろ！」

　レイクの声を全く無視して、オーロフは言った。

「ハンス。どこにいる。出てくるんだ」

　ジムの横にいたハンスの顔色が、紙のように白くなった。

「馬鹿っ。出るんじゃない！」

　ジムの制止の声も聞こえないかのように、ハンスはふらふらと立ち上がった。顔は恐怖で引きつっているのに、足が勝手に動いている——そんな様子だった。

「そうか。そこにいたのか。ハンス」

　オーロフは、妙に優しげな声で言った。

「オ、オーロフ様……」

　あえぎにも似た声が、わなわなと震える唇の間から漏れた。

　オーロフはいきなり撃った。止める暇もなかった。

　パワー・ビームを至近距離で胸に受けたハンスは、五メートル近く吹き飛んだ。ほとんど即死の状態に近かったろう。ぶ厚い胸板には、洗面器ほどもある穴が、大きく口を開いていた。

「武器を捨てろ!」

レイクがもう一度、怒鳴った。

オーロフは、さも馬鹿にしたような顔を、そちらに向けて言った。

「冗談じゃない。武器を捨てるのは諸君の方だ」

壁に背中で寄りかかり、煙草を口の端にくわえて廊下を見張っていたミゲルは、はっとして振り返った。

——今の物音は……?

ミゲルは煙草を吐き捨て、ショットガンを振り回した。宝物室の中から聞こえてきたあの音、あれはパワー・ガンの発射音に間違いなかった。

ミゲルは宝物室に足を踏み入れた。

そのとたん、ミゲルは背後から何者かに殴られ、昏倒(こんとう)した。

「武器を捨てるのは我々の方だと? 強がるのもいい加減にしろ、オーロフ」

ライフルを腰だめにしたブラムが、大きな声で言った。

「たった一人で何ができるっていうのよ!」

ジェーンがM29の狙いをつけながら叫んだ。

「一、人だと?」

オーロフはゲラゲラ笑った。

「本当にわしが一人きりだと思うのかね?」

「なんだと?」

レイクは突如として不安に駆られた。思わず周囲を見回してみる。しかし、どう見ても、ここには、彼ら六人とオーロフ、そして数十体の彫刻しか存在していなかった。

——まさか、この彫刻……?

レイクは、手近の一つに目を寄せた。一メートルほどの台座に載った、ブロンズ製の胸像だった。台座は大理石で、プラチナのプレートがはまっていた。もう少し近づこうとして、レイクは胸に何か硬いものが当たるのを感じた。レイクは、それをじっと見下ろした。妙な話だが、どう見てもそれはレーザー・ライフルの銃口としか見えなかった。

「だけど、レーザー・ライフルの銃口が、どうして大理石から突き出てるんだろう?」

レイクはひとりごちた。

ジェーンが悲鳴に近い声で叫んだ。

「この彫刻、ホログラフィだわ!」

とたんに、一切の幻影が消え失せた。

そして彼らは事実と直面した。自分たちが、敵にすっかり取り囲まれているという、恐ろしい事実に。

*

二人のコマンドが、気を失っているミゲルを引きずってきた。

「これで全員かね? ふうむ、わずかこれだけの人数で、よくここまでやれたものだ。まさか諸君が、この部屋まで生きてたどり着けるとは、思ってもみなかったよ」

オーロフは言った。そして、《大佐》をまっすぐに見つめ、

「さすが、というべきかな。――グラント」

レイクたちは驚いて、《大佐》とオーロフを交互に見つめた。

「《大佐》……」

黙ったまま、鋭い目でオーロフを睨み返している《大佐》に、レイクが声をかけた。

「その男は跳躍者(リーパー)だったな」

オーロフがレイクに冷酷な視線を移して言った。

「また跳ばれるとやっかいだ。眠らせてしまえ」

コマンドの一人が動いた。

ライフルの台尻でこめかみを殴られ、レイクは呻き声一つ上げられずに失神した。

「なんてことするのよ!」

床にぶっ倒れたレイクに、覆い被さるようにしてジェーンが泣き喚いた。

「鬼! 人でなし! 畜生!」

オーロフは、まるで耳のないような表情で《大佐》をじっと見つめていた。

「どうした、グラント。絶望して口もきけなくなったか」

「わしは、どんな時にも絶望だけはしない。少なくとも今生きている以上、希望は常に存在する」

「どんな希望が存在するというのだ?」

オーロフはニヤニヤ笑いながら言った。

「あまり苦しまずに死にたいという希望か? 残念ながら、その希望をかなえてやるほど、わしは慈悲深くないぞ」

「勝ち誇っていられるのも今のうちだけだぞ、オーロフ」

「ワハハ。これは面白い。こんな面白い冗談は初めて聞いた。——分かってないようだから言ってやる。いいか、貴様たちに望みはひとかけらもない! 今、ブラック・ベレーの別動隊が、ブールバードのゲートを開けにいっている。そこに倒れているうすら馬鹿が、コントロールを破壊したもんだから、わざわざトンネル出口まで、非常開放のスイッチを動かしにいかねばならなかったのだ。しかし、それも時間の問題だ。今頃はゲートが開いて、八千の兵たちがこちらに向かっている。それがどういうことか、分からん貴様でもあるまい、グラント。——はっきり言ってやろう。貴様の負けだ!」

オーロフは、人差し指を《大佐》に突きつけ、激しい調子で言った。《大佐》の口の端が、ぎゅっと白くなった。二人ともすごい形相で睨み合っている。

その時――

「アーハハハハハ」

突然ジェーンが笑いだした。発狂したのかと疑うほど、明るく、屈託のない笑い方だった。全員が、ぎょっとしたように彼女を見た。

「勝ったの負けたのって、馬鹿馬鹿しいったら。――そうすると、なーに？　ミルザ家の財宝って結局はただのホログラフィだったってことなの？」

ジェーンは、つかつかとオーロフに近寄り、くっと胸をそらして挑発するような口調で言った。

「え？　どうなのよ。なんとかおっしゃいよ。――いばりくさった口ばっかりきいてさ。気に食わないったらありゃしない。ほらほら、どうしたのよ？」

オーロフの鼻先で右手をひらひらさせながら、ジェーンは彼の周りをぐるぐると飛び回った。

「狂ったか、女！」

オーロフは、邪険に彼女を突き飛ばした。床に倒れたジェーンは、大胆なポーズであぐらをかくと、キッとオーロフを睨みつけながら言った。

「何すんのよ。ド助平！」

「馬鹿め。これだから女は馬鹿だというのだ。貴様、上の屋敷で一体何を見ていた。ここにあった彫刻も絵も、全て屋敷に飾ってあるものばかりだ。わしには美術品を死蔵する趣味などないわ。――下らぬ！」

「絵なんか見てる暇なかったんだから、しょうがないじゃないの！」

ジェーンが口をとんがらかせて言った。

「それに、なんだってこんなややこしい真似すんのよ！」

「貴様たちのような間抜けな泥棒を、罠にかけるためさ。ワハハ」

オーロフは嘲笑を、ジェーンの顔にまともに吐きつけた。

「なんですってェ?」

ジェーンがヒス声を出した。オーロフの笑い声がますます高くなった。

——妙だな。

さっきから、ジェーンの振る舞いを、じっと観察していたブラムが、ふと顔を曇らせた。——確かに、いくぶんか常識外れのところのある娘だが、これはあまりにもひどすぎる。まるでわざとやってるとしか見えない。しかし、なぜ……?

ジェーンの奇行の目的が摑めず、ブラムが頭を悩ませている時——

バタバタバタバタ……!

宝物室入り口のあたりで、慌ただしい足音が起こった。

「何事だ!」

オーロフが険しい声で振り返った。

息せき切った様子のブラック・ベレー・コマンドが数人、転げるようにして駆け寄ってきて、オーロフの足元に片膝ついた。ひどい戦闘をしてきたあとらしく、制服は泥だらけだった。血を流している隊員もいた。

「申し上げます!」

先頭の男が、肩で息をしながら言った。

「援軍は来ません! 現在、公国都市部は未曾有の大混乱に陥っています!」

「なんだと? どういうことだ貴様!」

オーロフは、その士官の胸ぐらを鷲摑みにして、揺さぶった。

「ぼ、暴動鎮圧のため出動した第一、第二師団の、血気にはやった下士官たちが、無実の住民を撃ち殺したのが原因で、本当に暴動が起こった模様です。カジノ地区では、すでに三分の一の建物が倒壊、もしくは炎上中! 我が方にもいくつか略奪の側に回る部隊も出ており、現在、ブッカー・ヴァンケル将軍率いる第四師団との間で、激しい戦闘が行われております。なお、我がブラック・ベレー本隊も、当邸内になだれ込まんとする反乱軍と、ゲート付近で激しく交戦中！」

「なんと……！」

オーロフは、くわっと目を見開いたまま絶句した。握り締めた拳が、ぶるぶると震え、こめかみに太い血管がみるみる浮き出した。

「しょせんは金で傭われたゴロツキの集まり。いざとなれば、己の利益しか考えぬ輩ばかりだ。――飼い犬に手を噛まれたな、オーロフ！」

《大佐》が叫んだ。

「貴様〰〰〰ッ！」

ギリギリと食いしばった歯の間から、オーロフが声を絞り出すようにして言った。全身の筋肉が、怒りでふくれ上がったかのように見えた。

怒りに燃え狂ったオーロフの視線を、《大佐》は真正面から受け止めた。

「殺してやるぞ、グラント」

一語一語を、岩に刻みつけるような口調で、オーロフは言った。

「貴様だけは、わしがこ、、、この手で八つ裂きにしてやる！」

両手をかぎ爪のように開いて、オーロフが一歩を踏み出した。

そして、全ての照明が消え失せた。

3　ミルザ公国・崩壊

真の闇だった。

「な、なんだ。どうした？」

「落ち着け。すぐ非常灯が点く！」

コマンドたちが、互いに呼び交わす声を、ブラムは聞いた。明かりが消えるのと同時に、ブラムは床に伏せ、耳をすまして敵の動きを捉えようとしていた。

「うぎゃ〰〰っ！」

明らかに、断末魔の叫びと分かる声が、闇のどこかで上がった。

いくつかのレーザーの輝線が、頭上を交錯した。

「馬鹿者！　撃つな！」

「同士討ちのおそれがある。発砲は禁ずる！」

ブラムは声のした方へ、素早く動いていった。

「着剣（チャージ・ベイアネット）！」

その人物がまた叫んだ。闇の中から、コマンドたちが、銃剣を装着する音が聞こえてきた。ブラムは無言で男に襲いかかった。

背後から相手の喉を左手で鷲摑みにする。暴れる男の肘が肋骨（ろっこつ）に当たり、ブラムは小さく呻いた。しかし、左手の力はゆるめない。右掌で男の背中に軽くさわって、ツボの在り処を確かめてから、ブラムは渾身（こんしん）の力を込め逆貫手を、相手の後三枚（うしろさんまい）に突き入れた。電撃に触れたように、男が硬直した。

「隊長！」

「大丈夫ですか、隊長！」

異変を感じた隊員たちが、口々に叫ぶ。ブラムは静かに男を横たえ、腰のパワー・ガンを引き抜いた。

宝物室は相変わらず闇の中だ。目を凝らしても、自分の掌さえ見えない。——せめて、もう一度、誰かが撃ってくれれば……。ブラムは中腰のまま、耳をすませた。押し殺した、いくつもの息遣いだけが、どこからともなく聞こえてくる。すぐ近くで、微かな衣ずれの音がした。敵か味方か分からない今、うかつに撃つわけにはいかなかった。衣ずれの音はしばらく続いて、不意にやんだ。ブラムは緊張して、銃把を握り締めた。その時だ。

　シルバーゴーストのヘッドライトが、突然、点灯された。さっきの衣ずれはボビーだったのだ。ライトは点けられたのと同時に、消されたが、その光に一瞬浮かび上がったコマンドたちの姿は、ブラムの網膜に赤い残像となって残っていた。

　ブラムは続けざまに撃った。三発は命中した自信があったし、残りの三発も致命傷とは言わないまでも、相当のダメージを与えたはずだった。

　ブラムの左手の方でも、誰かが撃っていた。確実にコマンドの位置を掴んでいる撃ち方だった。ジェーンか、あるいはミゲルが気絶から覚めたのかもしれない。

　コマンド側からの応射は、見当外れの方向に数発あっただけだった。

「た、助けてくれ〜〜〜っ！」

　誰かが泣き喚いた。その声をきっかけに敵はすっかりパニックに陥った。指揮官を失い、この闇の中で、仲間たちの絶叫や呻き声を聞いているうちに、次第に戦意を喪失していったに違いない。ライフルを放り出して、でたらめに走り回り、仲間とぶつかって気絶する奴。床の上で頭を抱えて小さくなる奴。中にはライフルをむやみと乱射し始めた奴もいたが、たちまちブラムともう一人の射手に撃ち倒された。

　宝物室内は、すすり泣きと呻き声で満たされた。

　頃合いはよしとみたか、ボビーがもう一度シルバーゴーストのライトを点灯した。数条のビームが、車体を掠めた。ブラック・ベレーの名に恥じぬ強者が、幾人か残っていたのだ。しかし、今や、ジムも、ジェーンも銃を握っていた。遮蔽物のない室内では、ロールスの周りに陣取っていたブラムたちに、かなうはずもなかった。——彼らは室内を再び制圧した。全員を縛り上げる。

シルバーゴーストのボンネットの上で、あたりを睥睨していたジェーンが、胸の間から小さなペンダント・ウォッチを取り出して言った。

「そろそろ時間だわ」

「時間？」

ブラムが不審げな顔を上げた。

天井のスポットが、いっせいに点灯した。どういう加減か、彫刻のホログラフィまでが再び現れた。ブラムは、眩しさに目をしばたたいた。思わずくしゃみが出そうになる。

「どうなってるんだって訊かないの？」

ジェーンが面白そうに言った。

「どうなってるんだ？」

「誰か足りないと思わない？」

「そういえば……」

周囲を見回すまでもない。こんな芸当のできるのは、《高飛び》レイク以外に、いるはずがなかった。気絶したと見せかけたレイクは、ジェーンとひそかに謀って、とっさにこの計画を実行したのだった。ジェーンがなぜ異様に騒いだのか、そのわけもやっと解ける。ブラムは言った。

「すると今、レイクは？」

「上。コントロール室」

「行ってやった方がいいかもしれないな。いくら賦活剤を打っていても、今頃はフラフラだろう。一日に二度もテレポートするなんて、限界に近いはずだ」

「その必要はない」

「レイク！」

「よお」

　レイクはニヤリと笑って、二本指の敬礼をしてよこした。とたんに、足元がふらつく。

「あっ……」

　ジェーンが駆け寄るより速く、そばにいたミゲルが、がっしりとレイクの左腕を摑んでいた。

「サンキュ。ちょっと、まだ頭がはっきりしないもんで。何、すぐ元に戻る」

「レイク！　あんたまた賦活剤（ブースター）を打ってきたのね！」

　ジェーンが叫んだ。

「打ちすぎると、あれは逆に心不全を起こす原因になるのよ！　分かってるの？」

「大丈夫さ。おれの心臓はチタニウム合金製だ。それより《大佐》は……？」

「《大佐》……？」

　ジェーンたちは、ハッとしたようにお互いを見つめ合った。そういえば、明かりが点いた時から、《大佐》の姿はすでになかったようだ。

「オーロフもいないぞ！」

　改めて周囲を見回していたジムが叫んだ。

「あそこの扉！　ほら、開いてるわ！」

　ジェーンが、宝物室奥の扉を指さして言った。ボビーが、真っ先に駆けだした。

「行こう」

「ちょっと待った！」

　ミゲルの腕を借りる必要のなくなったレイクが、大きな声で言った。

「全員が行く必要はないだろう。《大佐》はおれとミゲルで捜しにいく」

「あとの者はどうするんだ？」

「おれたちが、なんのためにここに来てるのか忘れたのか？　ハンスの話じゃ、その中は金（クレジット）がぎっしり詰まってるそうじゃないか」

「OK。すっかり忘れるところだった。こっちはまかせてくれ」

ジムが、力瘤を作ってみせた。

レイクは、もう一度あの二本指を額の前でぴっと小さく振る合図をよこすと、ミゲルとともに扉の奥へ、急ぎ足に消えていった。

＊

「あの時、貴様を殺していれば、こんなことにはならなかった」

パワー・ガンを構えたオーロフは、片方の手で壁についた暗号キーを操作しながら言った。鋭い視線は《大佐》から片時も離さない。

ここは、金庫室最奥部——天井近くまで積み上げられた、純金のインゴットが、狭く小暗い通路を造り出している——そうした一画だった。

壁が音もなく横にすべり、階上の執務室をそっくり小さくしたような、殺風景な部屋が現れた。オーロフは、その中央にあるスチール製の机に歩み寄りながら、話し続けた。

「貴様は、傭兵に化けて聖域に忍び込んだところで捕らえられた。もう三十年以上前のことだ。今思えば、わしもずいぶん慈悲深かった」

「体中の骨を叩き折られた上に、ボロ屑のようにローザンヌの砂漠に捨てられた。あそこから脱出するのに三年かかった。わしの唯一の失敗だ」

《大佐》が硬い声で言った。オーロフは嘲笑った。

「その恥を、三十年経ってそそぎにきたか、グラント」

「それもある。しかし、もう一つ貴様に用件があった」

「なんだ。言ってみろ」

「巡洋艦〈ハーミット〉だ。こう言えば分かるだろう」

「な、なんだと……！」

オーロフの顔色がにわかに変わった。

「なんで貴様が、それを知っている」

「連邦を強請るとは、馬鹿な真似をしたもんだな、オーロフ」

《大佐》が静かな声で言った。

「貴様、じゃあ連邦の……？　すると、あの噂は本当だったんだな。引退したはずの貴様が、ここ二〜三年、連邦情報部の非合法活動にたずさわっているという噂は」

信じられぬという風に、オーロフは首を振った。

「どういう心変わりだ、グラント。貴様あれほど連邦を嫌っていたはずなのに。一体どんな餌を見せられて尻尾を振った？」

「黙れ！」

苦しげな表情をうつむかせていた《大佐》が、一喝した。オーロフは意地悪くニヤリと笑った。

「そうか。貴様は情けない奴だな、グラント。連邦の犬になり下がったというわけか。——ほれ、貴様の欲しがっているものならここにある」

オーロフは、机の引き出しから、小さな電子装置の部品のようなものを取り出した。

「ワンと鳴いてみろ、グラント。そうすれば、こいつを返してやろう」

「貴様！」

怒りに目を燃え上がらせて、《大佐》はオーロフに摑みかかった。

——ギュン！

オーロフのパワー・ガンが火を噴いた。

「銃声だ！」

レイクとミゲルは顔を見合わせた。

「この奥だ」

二人は、ほとんど同時に駆けだしていた。明かりの漏れている通路があった。人の話し声も聞こえてきた。レイクたちは、銃を構えてその部屋に飛び込んでいった。

「オーロフ！」

「《大佐》！」

床に倒れた《大佐》にパワー・ガンを向けていたオーロフが、顔だけ振り向かせて、ニヤリと笑った。その目には狂気じみた光が宿っていた。

「《大佐》！　大丈夫ですか！」

レイクが大声で呼びかけた。

《大佐》は、おびただしい量の血溜まりの中で、懸命に立ち上がろうともがいているところだった。下腹を撃たれていた。食いしばった歯の内から、呻き声が漏れ、《大佐》は再びどうと倒れた。

「《大佐》！」

レイクがもう一度叫んだ。

「お前たち、いいところへ来た」

口元に笑いをこびりつかせたまま、オーロフが言った。

「この男が苦しみ抜いて死んでいくさまを、ゆっくりと見物していくがいい。ワハハ――」

真っ赤な口を開けて、オーロフが高笑いした。

「くそ！」

レイクがトリガーに指をかけた。

「撃つか？　わしを撃つか？」

オーロフは、異様に顔を輝かせながら言った。

「撃ってみろ。遠慮はいらんぞ。貴様らはわしの国を滅ぼした。わしも一緒に滅ぼすがいい。ミルザ公国はもう終わりだ。最後の頼みの綱も今切れた。さあ撃ってみろ！　その代わり貴様らも道連れにしてやる。この国と一緒に貴様らも滅びるのだ。さあ、撃て！」

オーロフが銃口を向けた。ミゲルとレイクが同時に撃った。オーロフの胸板に二つの赤い花が咲いたようだった。彼の手から銃がすべり落ちた。

「フ……。馬鹿め。これで貴様らも終わりだ……」

オーロフは机に片手をつき、そのままずるずると床に崩れ落ちた。

「《大佐》――！」

「しっかりして下さい！」

レイクが助け起こすと、《大佐》は蒼白な顔で微かに微笑んだ。顔面に脂汗（あぶらあせ）をびっしょりと浮かべ、呼吸は浅く早い。下腹部に拳の入るくらいの穴が開き、背中へ抜けていた。レイクは唇を嚙んだ。

「こりゃあひどい。すぐに宇宙船（ふね）に運ばないと」

肩を貸して立たせようとするレイクに、《大佐》は言った。

「ま、待て、レイク。――わしはもう助からん」

「なんですって！」

「いいから聞け。時間を無駄にするな。さっきのオーロフの言葉が気にかかる。一刻も早くここを立ち退（の）くんだ」

「しかし、あなたを置いていくわけには――」

「冷静になるんだ、レイク！　宇宙船（ふね）までの距離を考えろ。わしはそんなに長くは保（も）たん。動けばおそらくすぐにも死んでしまうだろう」

「《大佐》……」

「そこに転がっているそれを取ってくれ」

ミゲルが黙って床に落ちている電子部品を拾って、手渡した。

「これを持っていけ、レイク。何かの役に立つかもしれん。これから君が――いや君たちが生き残るためには、こいつが必要だ」

「それは一体、どういう意味なんです？」

その時、天井についていたスピーカーから、優しい女性の声が流れだしてきて、三人をギョッとさせた。

『お知らせいたします。こちらは自動報復システム管制コンピューター〈ネメシス〉です。お知らせいたします。――連邦標準時間〇二二九・〇七一三。十五時四十七分〇九秒。被走査対象の心音停止を確認しました。――体表面温度低下。――神経細胞パルス頻度低下。**シークエンス作動**。脳波停止による〈完全死〉を確認ののち、**最終プログラム**が発動されます』

コンピューターは淡々と言葉を続けた。

「最終プログラムだって？」

レイクたちは顔を見合わせた。

「いかん！　おそらくオーロフの奴、こういう場合を見越して、コンピューターにおかしな遺言を残しておいたに違いない」

激しく咳き込みながら《大佐》が言った。オーロフの死体を調べていたミゲルが、左腕のつけ根に埋め込まれているセンサーを見つけ出した。

「よせ。下手にいじると、どうなるか分からん。それより、早く行け！　オーロフめ、ミルザ公国そのものを自分の棺桶にするつもりだ」

「しかし――」

レイクはためらった。

「馬鹿者！　何をぐずぐずしている。早く――」

《大佐》は再び咳き込み、大量の血を吐いた。

『ただ今、被走査対象の脳波停止を確認しました』

うっとりするような美しい声で、コンピューターが告げた。

『**最終プログラム発動**。全てのステップはロックされました。繰り返します。全てのステップはロックされました。**シークエンス続行**。ファイナル・ステップまで、マイナス一千秒のカウント・ダウンを行います。――最終プログラム・ファイナル・ステップまで、マイナス九九七秒、九九六、九九五、九九九四、九九三、九九二――』

「冗談じゃない。あと十五分ちょいしかないぞ」

呆然としている二人に、《大佐》は厳しい口調で命じた。

「行け！　これは命令だ！」

声そのものは弱々しかったが、決して逆らえぬ何かが、その言葉には込められていた。

「《大佐》……」

レイクは頬を濡らしながら言った。ミゲルが思い切ったように立ち上がった。

「《大佐》。失礼ですが、拳銃は必要ですか？」

それが何を意味しているかは明確だった。腹を撃たれた者の苦しみは、尋常のものではない。しかし、《大佐》は首を振った。微笑みさえ浮かべながら、《大佐》は言った。

「いや。大丈夫だ」

ミゲルがレイクの肩に手をかけた。レイクも立ち上がった。レイクは無理やりニヤッと笑って言った。

「ひょっとしたら、地獄で再会ってことになるかもしれませんね、《大佐》」

「そうならないよう、祈っとるよ」

「じゃあ、《大佐》……」

レイクとミゲルは、その場で挙手の礼をした。《大佐》が微かに頷いた。二人は背を向け、走り去った。その背中に、《大佐》が消え入るように呟いた。

「さらばだ、諸君。わしを許してくれ……」

次第に足音が小さくなっていき、《大佐》は瞼を閉じた。その目が開くことは二度となかった。

『九四一、九四〇、九三九、九三八——』

コンピューターのカウント・ダウンの声だけが、動く者とてない部屋に、単調に響いていた。

4 脱出

『最終プログラム。ファイナル・ステップまで、マイナス九百秒。――全市民は速やかに退去して下さい。繰り返します。最終プログラムが発動されています。全市民は速やかに退去して下さい。なお、これは訓練ではありません。――**シークエンス続行中。**マイナス八八八秒。八八七、八八六、八八五、八八四、八八三――』

報復コンピューター〈ネメシス〉の声は、どこまで走っても追いかけてきた。おそらくこれはミルザ公国全土にも流されているのだろう。宇宙都市の例として、当然ここにも、大規模緊急避難（LEES）システムは完備しているはずだ。――が、しかし。とレイクは考えた。こんな内乱状態で、しかもこの短時間で、一体どの程度の人間が、安全な距離まで逃げられるだろうか？

「早く早く！」

金庫室の出口で、ジェーンが手を振っていた。腕に着けた、すかし彫りのプラチナ製のブレスレットを見せびらかしながら、

「どう、見て。あっちのロッカーで見つけたの。きれいでしょ？」

「ああ。とてもよく似合うよ。だけど今はとにかく走ってくれ」

レイクは息を切らしながら答えた。

金庫室の外では、ボビーがシルバーゴーストのエンジンを空吹かししながら待っていた。どこで見つけてきたのか、大きな台車が後ろのバンパーにくくりつけてある。台車には戦利品が山のように積まれていた。

「遅かったな」

と、ジムが言った。

「あの妙な放送が始まったんで、心配してたんだ」

「《大佐》は……？」

ブラムが訊ねた。レイクは無言で首を振った。

「そうですか……」

誰もが一瞬、言葉を失った。

どこか遠くの方で、何かが爆発する音がした。ごうっというような地響きとともに、いくつもの銃声が伝わってくる。

「あれは？」

「反乱軍だわ！」

「馬鹿な！　連中、あの放送が聞こえないのか？」

大ゲートを武力で突破した反乱軍は、元雇い主の屋敷に火を放ったのだ。

青空を映し出していたホログラフィが消え、白いドーム天井が剝き出しになった。凄まじい勢いで噴き上がる黒煙が、そのみじめな姿を、たちまち覆い隠していった。人工森林を棲み処としていた野生動物や鳥たちが、慌てふためいたように暴走を始めていた。どこへも逃げ場のない暴走と知らずに。

火炎は地下にも飛び火し、あちこちで誘爆を引き起こした。よく刈り込まれた芝生の庭が、手入れの行き届いたバラ園が、なんの前触れもなく爆発し、炎を噴き上げた。

破壊と混乱は、ミルザ邸だけでなく、カジノ地区にも、居住区にもおよんでいた。ミルザ公国のどこもかしこもが、有形無形の『火』に包まれていた。誰も彼もが大声で泣き喚いていた。そうした中で、一人〈ネメシス〉だけが、冷静な声で都市を滅亡に導く数字を読み上げていた。

『八三二、八三一、八三〇、八二九、八二八、八二七――』

「とにかく急ごう」

と、レイクが言った。レベル・2にある宝物室にも、うっすらと煙が漂い始めていた。

「あの数字がゼロになった時、どんなことが起こるのか知らんが、できるだけ遠くに離れていたい。それに、今なら宇宙ドックはてんやわんやだろう。混乱に乗じて脱出すれば、地上の管制局にも気づかれずにすむ」

「だけど、これでちゃんと走るのか？」

ミゲルが、ロールスを見て疑わしげな声を出した。

「大丈夫。まかせときなって。ボディにゃいくつか穴を開けられたし、エンジンもシリンダーが一つ二つ死んじまってるけど、応急処置はしておいた。それに、こいつはロールスロイスだぜ」

ボビーが胸を叩いて言った。

「まあ、あんまり重いものを積んでいないしな」

と、ジムも応えた。いささか無念そうな声でつけ加える。

「プラチナのインゴットとか、腐るほどあったんだが……」

「さあ、乗ってくれ！」

ボビーが叫んだ。

「いっちょうぶっ飛ばすぜ！」

高らかなホーンを残して、シルバーゴーストは走り去った。

人気のなくなった廊下に、どこからか濃い白煙が忍び寄ってきた。空調システムはとうにその機能を停止していた。レイクたちのあとを追って、白い煙は床面すれすれを、まるで生き物のようにすべっていった。

『八〇七、八〇六、八〇五、八〇四、八〇三、八〇二、八〇一——最終プログラム・ファイナル・ステップまで、マイナス八百秒。**シークエンス続行中**』

突然——

秒読みを続ける〈ネメシス〉の声を、掻き消すような勢いで、火災報知器が喚きだした。狼の遠吠えにも似たその音は、高く低く、そのフロア全域に鳴りわたった。白煙は急速にその濃度を増し、宝物室前のターボ・シャフトがいきなり火を噴き、爆発した。

今や廊下は火の海だった。センサーと連動した消火メカニズムが、忠実に機能した。すなわち、それ以上の延焼を防ぐための隔壁閉鎖である。

レベル・2の全ての隔壁が、重々しい音を立てて、ゆっくりと下がり始めた。

そして、火の手はレベル・3へと、着実に伸びていった。

*

すでに秒読みは十分を切り、〈ネメシス〉は五百番台の数字を呟き続けていた。レイクたちは、その行程のやっと半分を消化したところだった。

ロールスロイスは精一杯のスピードで走っていたが、ミルザ公国はあまりにも広かった。えんえんと続くナトリウム灯の列が、ゆるやかなカーヴの向こうに消えていた。出口は、なかなか現れなかった。

『五七三、五七二、五七一、五七〇、五六九、五六八、五六七——』

後ろから、じわじわと追い立てるような〈ネメシス〉の声が、レイクたちに次第に重くのしかかってきた。

「もっとスピードは出ないのかよ！」

たまりかねたように、レイクが叫んだ。

座席に腰かけている者など、一人もいなかった。全員が身を乗り出すようにして立ち、前を見つめていた。一人ボビーだけが、すっかりくつろいだ様子で、ハンドルを握っていた。

「この車が何年前に造られたか知ってんのかい？」

と、ボビーは鼻唄交じりの声で言った。明らかに、彼はこのドライヴを楽しんでいた。クラッチを踏みギアを入れる。そんな操作の一つ一つが、楽しくてたまらないという様子だった。

「そいつは、こっちも重々承知だがね」

と、レイクは言った。

「どうも、あの〈ネメシス〉の声がカンにさわってしょうがないんだ」

「心配いらないって。ここまで来たら、もう成功したのと同じさ。そうだな……」

ボビーは腕時計を見ながら、

「あと二分ってとこかな。来る時はもう少し速かったんだが、何しろ大荷物を抱えてるから」

バックミラーの片隅に、盗品を山積みした台車が見え隠れしていた。宝石と現金がほとんどで、円筒形の金属ケースに入った、γ-アンブロシア結晶も数本あった。時間さえ許せば、何往復もして根こそぎ掻っさらうのだが、しかし、現在のぶんだけでも、軽く十二桁はいっている計算だ。一人頭、約二百億クレジット！　――豪勢なもんだぜ。

ボビーは口笛を吹いた。

――無事に帰れたら、こんな車を買うのもいいな。

と、彼は考えた。

しかし、次の瞬間――

そんな夢想を吹き飛ばすような大音響が、衝撃波（ソニック・ブーム）となって地下通路を揺るがしたのだ。

「な、なんだあの音は!?」

誰もが後ろを振り返った。

「何かが爆発したような音だな」

ミゲルが言った。

「レベル・3にまで火が回ったんだろう。ぐずぐずしてたら、おれたちも危なかった。――ほら、警報が鳴りだした」

台形状の断面をした通路の天井で、赤い警告ランプが点滅を始めた。二百メートルおきに設置されている隔壁が、警告ブザーを断続的に鳴らしながら、ゆっくりと降下を開始する。

「なんの音かしらね」

ジェーンが高い天井を見上げながら、いぶかしげに呟いた。その隣では、レイクが同じように首をかしげながら、

「さあ……」

真っ先に、事実に気づいたのは、バックミラーにふと目をやったボビーだった。

火災発生の場合、隔壁は火元に近いものから順に閉鎖される。それが常識だ。

ボビーは、目ン玉をひん剝いて、ぎゃっと叫んだ。

「かっかっ隔壁が……追いかけてくる！」

レイクたちは、慄然として振り返った。後方の隔壁ほど、はっきりそれと分かるくらい下降していた。一番遠く見えるそれは、もうほとんど閉じかけている。

一瞬にして事態を悟った五人は、いっせいに前に向き直って、最終コーナーを回ったジョッキーよろしく、ボビーにムチを入れ始めた。

「速く！　速く！　速く！　速く！　もっと速く！」

ジェーンが喚き散らした。

「くそ！　この鈍足！　ぐずぐずするな！」

前席の背もたれを、ぎゅっと握り締めながら、レイクが罵った。

ブラムとミゲルも歯を剝き出して、前方を睨みつけている。まるで、そうしていれば、少しでも早く出口にたどり着けるとでも考えているみたいに。

「ボビー！　アクセルを踏んでるのか！」

ジムが怒鳴った。ボビーも怒鳴り返す。

「これ以上踏めるもんか！　床を踏み抜いちまう！」

「構うことはねえ。ブチ抜いちまえ！」

「とにかく、これで精一杯だ。耳元でがなるのをやめてくれ！」

ハンドルに被さるように、顎を突き出してボビーは懸命にステアリングを操っていた。

今や、彼らの前方にある隔壁も、はっきりと下がっていることが見て取れた。

後ろからは、隔壁が床に落ちる時の、ずしんという重々しい振動が、次第に大きくなりながら伝わってくる。

シルバーゴーストは、エンジンを苦しげに唸らせながら、それでも精一杯のスピードで走り続けた。

彼らの背後で、隔壁は次々と閉まっていった。

後ろを振り向いたジェーンが、卒倒しそうな表情で、金切り声を張り上げた。

「もう、そこまで来てるわ！」

五つ後ろの隔壁が閉まったところだった。


「もっと頭を低くしろ！」

レイクがジェーンの肩を押さえつけた。

シルバーゴーストが、次の隔壁を通過した時、四つ後ろの隔壁が閉まった。

その次を通過！

——三つ後ろの隔壁が閉まった！

そのまた次！

——今度は二つ後ろ！　閉まった！　ずしん！

その次！

——閉まった！　すぐ後ろ！　距離は二百メートル！

また隔壁！　通過！

——距離百五十メートル！　通過する前に後ろが閉まっちゃう！

「あーん。追いつかれるぅ！」

ジェーンが泣き声を出す。

距離はどんどん縮まった。隔壁は今にも、シルバーゴーストのお尻を食いちぎらんばかりに、ギリギリのところを落下し続けた。

頭上を通過する隔壁の基底部は、そのたびごとに低くなっていき、レイクたちは身をすくめ合った。

「出口だ！」

ボビーが血走った目を輝かせて叫んだ。

「本当か!?」

思わず全員が首を伸ばして、前方を見た。

残る隔壁は、わずか二つだけ！

「やったー！」

ジェーンが万歳をした。慌ててレイクが彼女を引きずり倒す。

ガシッ……！

シルバーゴーストのフロントグラスが、根元から吹っ飛んだ。

あと一つ！

「みんな、できるだけ前に来てろ！」

ボビーが叫んだ。ハンドルだけを固定して床に身を伏せる。レイクたちがその上に折り重なった。

最後の隔壁は、ほとんど閉じかけていた。

シルバーゴーストは、針の穴をくぐり抜けようとするラクダのように、その隙間目がけて、がむしゃらに突っ込んだ。

ぐわっしゃ〰〰ん！

凄まじい衝撃が、車の前席で四つ折りになっていたレイクたちの体を突き上げた。歯の浮くような金属音が、それに続いた。

ボンネット上部が吹き飛び、剝き出しになったエンジンをカタカタ言わせながら、ロールスは惰性で走っていた。

前から見ると、妙に車体がかしいでいるように思えたが、例の特徴的なフロントグリルだけは、なんとか無事に残っており、それがシルバーゴーストであることを最後まで主張していた。

徐々に速度が落ちていき、人が歩くほどのスピードになったロールスは、気閘室の壁にぶつかってやっと停まった。ショックは軽かった。

しばらくは、誰も前席から顔を上げようとしなかった。レイクたちは息を詰め、体を硬くして、じっと動かなかった。

まずジムが、そーっと首を伸ばし、あたりをこわごわと見回した。

その巨体の下から、レイクが、次いでジェーンが顔をのぞかせ、まるで長いこと水の中にもぐっていたみたいに、プハーッと息を吹き出した。

ミゲルとブラムも身を起こした。

「うーっ、死ぬかと思った」

最後にボビーが、ぶつぶつ言いながら現れた。

ロールスは、気閘室入り口の二メートルほど横にぶつかって停まっていた。

六人は首を揃えて、扉の上の『エアロック』という表示を見上げていた。口を開き、呆然とした表情で。

これで自分たちが助かったのだと気づくまで、六人はそうしていた。

「助かったの……？」

果たしてそれが本当に自分の言いたい言葉かどうか、確かめるように、ジェーンが小声で言った。それから、ようやく大きな声で、

「助かったんだわ！　助かったのよ、あたしたち！　レイク！」

「ああ……」

レイクは頷いた。

「どうやら、そうらしいな」

ようやく、レイクの顔に笑いが浮かび、それはどんどん大きくなった。どうしようもなく笑えてくるという表情で、ブラムを、ジムを、ボビーを、ミゲルを、そしてジェーンの顔を見回す。彼らも満面に

笑みを浮かべ、レイクを見つめ返した。レイクは大きく息を吸い込み、叫んだ。

「やったぜ！」

六人はお互いに肩を叩き合い、ゲラゲラ笑いだした。ジェーンは全員に祝福のキスを贈った。もちろん、レイクにはたっぷりと濃厚なやつを！

ニヤニヤ笑いながら、その様子を眺めていたボビーが、ホテル支配人の口調を真似て言った。

「お二人のご都合さえよろしければ、ボーイに、荷物をハネムーン・ルームの方へ運ばせたいと存じますが、いかがでしょう？」

二人は慌てて飛び離れた。レイクがどもりながら言った。

「わ、忘れてたよ。戦利品を船に積み込まなくちゃ」

「いや……」

ジムが言った。おそろしく平板な声だった。

「どうも、その必要はなくなったみたいだ」

「なんだって？」

レイクが振り返った。さっきまで、あんなにはしゃいでいたブラムや、ミゲルも、硬い表情をして突っ立っていた。レイクはさらに首をねじ曲げて、彼らの視線をたどった。

ロールスロイス・シルバーゴーストには、後ろ半分がなかった。

＊

『ファイナル・ステップまで、マイナス三百秒。——最終プログラムが発動されています。各人は退去を急いで下さい。——システム・リンケージ終了。**シークエンス続行中。**マイナス二八一秒、二八〇、二七九、二七八、二七七、二七六——』

〈ネメシス〉の声だけが聞こえていた。

レイクたちは、隔壁の前に呆然と佇んでいた。

押し潰されたシルバーゴーストのボディが、プレスにかけられたスクラップのような感じで、はみ出していた。そのせいで、隔壁は完全には閉まりきらず、下にほんの十センチくらい隙間を残していた。

「これ以上は無理だな」

床に腹這いになって、隙間に手を突っ込んで中をさぐっていたボビーが、膝を払って立ち上がった。右手に、数枚の千クレジット紙幣を握っていた。

「トランクが開いちまったらしいな。あれだけのスピードで台車がぶつかったんじゃ、仕方ないけど」

「たったそれだけ？」

ジェーンが、力のない声で訊ねた。

「隔壁の厚さは一メートル以上あるんだよ」

レイクが代わりに答えた。魂の抜け殻みたいな顔をしていた。紙幣を数えていたボビーが、努めて明るい声を出した。

「ちょうど六枚。六千クレジットだ」

「一人頭、たった千クレジットか……」

「そんなにガッカリすることはない」

ボビーが無理に笑ってみせた。

「ないよりはましだ」

「すごくなぐさめになる考え方だな」

虚ろな目をして、レイクは頷いた。ボビーはそれぞれの分け前を分配した。ジムもブラムも、手の中のたった一枚の千クレジット紙幣を、情けなさそーな目で見下ろしていた。ブラムが呟いた。

「こんな大金、どう使えばいいのか、さっぱり分からんよ」

いつでも立ち直りの早いミゲルが、紙幣をくしゃっとポケットに突っ込んで言った。

「使い途なら、ここを無事抜け出してから、ゆっくり考えるんだな。――さあ！　もう時間がない」

「そうだな」

レイクたちは紙幣を丁寧に折り畳んで、胸のポケットに大切そうにしまい込み、上からボタンをかけた。

〈ネメシス〉が残り時間四分を告げた。

「よし。引き揚げだ！」

六人は駆けだした。

エアロックまで来ると、レイクが立ち止まって言った。

「みんな先に行ってくれ」

「どうしたんだ？」

「中央コントロールがオシャカになっちまったから、あのゲートを開くには誰かが内側から、手動バルブを操作するしかないんだ」

「反対だな。おたくは今日、二度も跳んでるんだ」

ジムが言った。ジェーンも真剣な顔で頷く。

「他人(ひと)の心臓を心配してくれるのはありがたいが、跳ぶ必要はないんだ。どうせドック内の空気(エア)を抜いてる時間もないし、ロックを開けっ放しにしておけば、スイッチを押して〈メリー・ウィドウ〉まで走って十分間に合うよ」

「それなら、おれが代わろう」

と、ミゲルが言った。

「おたくより足は速いし、耐真空訓練も受けている」

「議論してる暇はない。こいつはおれがやる。こういう場合、最も安全係数の高い者が危険を引き受けるべきだ。そして、それはおれだ。いざって時にゃ、もう一度跳べばいい。心配はいらないよ。これがおれの仕事なんだ。それより、早く行ってくれ！　三分を切ったぞ！」

「分かった」

「レイク……」

ジェーンが言った。レイクは笑いながら、彼女のヒップを平手で叩いた。

「ここから見てるよ。さあ、走って！」

〈メリー・ウィドウ〉は、巨大な宇宙船ドックのほぼ中央に着陸していた。エアロックからは直線距離で百メートルといったところか。レイクは、ミゲルたちが走り去っていくのを見送っていた。

最後にジムの大きな体が、低い梯子(ラダー)を上って、ハッチ内に消えた。

船体底部や翼端についている識別灯が点灯し、ほぼ同時に補助エンジンが始動。金属的なノイズがいったん高まり、スロットルが絞られて低くなる。

ハッチのところで、ジムが大きく身を乗り出して手を振ってよこした。その横にジェーンのものらしい、白い顔も見えた。

レイクも手を振って合図を返し、制御盤の前に引き返した。緊急事態(エマージェンシー)の赤い蓋を開けて、内部のコックに手を伸ばす。

『ファイナル・ステップまで、マイナス百二十秒』

〈ネメシス〉が告げた。

レイクはコックを思い切りひねり、身をひるがえして走りだした。警報(アラート)が鳴り始め、専用ドックの外部ゲートが、ゆっくりと口を開けた。

エアロックを駆け抜けたあたりから、レイクは気流を感じた。

それは次の瞬間には、凄まじいまでの突風となって、レイクを打ち倒した。レイクの体は、床の上をずるずるとすべった。ほとんど目など開けていられない。それほど風の勢いは強かった。爆風という言葉を使った方が適切だろう。

レイクは懸命になって、己の体をコントロールしようとした。このまま押し流されては、ラダーを行きすぎてしまう。しかし、この風に逆らって立つことはおろか、一つ位置に停止していることすら不可能に近かった。

レイクは呟いた。

――エナジー・イコール・エム・シー・スクエア。

しかし、亜空間への道は開かなかった。それは彼自身、うすうす感じていたことでもあった。二度の跳躍で、彼は過放電（ディスチャージ）の状態になっていた。跳ぶためには、今しばらくの充電時間が必要だった。そして、それは賦活剤注射（ブースター・ショット）などでは決して得られない種類のエネルギーなのだ。

レイクの体は、〈メリー・ウィドウ〉へのコースをどんどんずれていった。

——真空の中で、破裂してくたばるなんて、死にざまとしちゃあ最低に近いな。

レイクがふと考えた時、左足が何か硬いものにぶつかった。

「レイク！　大丈夫か！」

頭のすぐ上から、ジムの怒鳴り声が聞こえてきた。半分風に吹き消されているが、幻聴などでは決してない。レイクは目を上げた。〈メリー・ウィドウ〉は移動していた。ボビーの絶妙なスロットル・ワークで、レイクをキャッチできる位置まで動いて、彼を待っていたのだ。

レイクは歯を食いしばり、ラダーを支えに身を起こした。

上ではジムが、ハッチから可能な限り身を乗り出して、たくましい腕を彼の方へ伸ばしていた。

レイクの耳元を、何かがバサバサと飛び去っていった。宇宙船ドックの中は、千クレジット紙幣の吹雪（ふぶき）だった。開け放しのエアロックから、紙幣はいくらでも吐き出されてきた。

千クレジットが乱舞する中を、レイクはじわじわとラダーを上っていった。少しでも油断すると、体を風に持っていかれそうだ。——くそ。指が痺れてきたぞ。ハッチはまだなのか？　薄く片目を開けて、上をあおぎ見たレイクに、千クレジット紙幣が強烈な平手打ちを食らわせた。

「うわっ！」

思わず体がラダーから引き剝がされそうになった時、ジムの右手がレイクの腕をがっしりと摑んだ。まるで起重機（クレーン）のような力で、レイクの体が引っ張り上げられる。さらに数本の腕がハッチの中から伸びてきて、彼を船内に引きずり込んだ。背後でハッチが閉まり、ごおっという風の音を遮断した。〈メリー・ウィドウ〉は、ただちに離陸した。

数十万枚という紙幣が、噴水のように専用ゲートから噴き出していた。

それは大変美しい眺めだった。――宇宙空間にその花弁を開きつつある、巨大な一輪の花のようにも見えた。

〈メリー・ウィドウ〉は、無数の花びら――千クレジット紙幣でできた、銀河一高価な花びらを蹴散らしながら、姿を現した。

港内に残っている船は、ほとんどいなかった。積み荷を捨て、人命救助のためにギリギリまで残っていた高速貨物船（カーゴ）や、中距離クリッパーが、最後の一便だった。それぞれ足には自信があるらしい。目一杯エンジンを吹かして、トンネルの中を吹っ飛んでいった。

背骨の折れそうな緊急加速を行った〈メリー・ウィドウ〉は、船団の後ろにぴたりとくっついて、ミルザ宇宙（スペース）ドックから脱出した。

それから十八秒後に、衛星《ウープス》は大爆発を起こし、四散した。

質量の大部分は、白熱したガスとなって消え失せたが、それでも主星ローザンヌは、一カ月にわたって激しい流星現象に見舞われ、多大の被害を出した。

5　罠

見ていられないほどに、白く激しく輝いていた後方モニターが、ようやく元の視界を取り戻した。

難民救出の商船グループが、ローザンヌ本星の影に回り込むコースをとったのに対して、〈メリー・ウィドウ〉は一直線に、星系離脱コースをひたすら突っ走ってきたのである。途中で、ミルザ空軍残党のC・M（コンバット・モジュール）が数機、攻撃を仕掛けてきたが、外洋での絶対スピードにおいて〈メリー・ウィドウ〉の敵ではなかった。ボビーはメタル・パラソルをいくつかばらまいただけで、C・M（コンバット・モジュール）を楽々と振り切った。

システムを自動（スリーパー）に切り替え終えたボビーが、主操縦席の背もたれに、どさっと体を預けて、長いため息を吐き出した。隣の席からジムが笑いかけた。

「お疲れさん。――船長（キャプテン）」

ボビーは黙って笑い返した。ブラムが、ミルザ公国を出て初めてのシガリロに火をつけ、天井に煙を吹き上げた。

「やっぱり祝杯を挙げるべきなんだろうな」

レイクが冗談を言った。疲れきった表情でだらしなく手足を投げ出して、G・シートに座り込んでいた。

「こういう時のために、特別に用意しといたシャンパンがあるわ」

ジェーンが機敏にブリッジを出ていった。その後ろ姿を目で追っていたレイクが、ふと思い出したように、ポケットに手を突っ込んで言った。

「ジム、ちょっと見てもらいたいものがあるんだ。脱出のドサクサで、すっかり忘れてたが、《大佐》

が持っていけって……。これなんだが、なんだと思う？」

「ふーむ」

レイクから電子部品を受け取ったジムは、少しの間それを手の中でいじくり回していたが、

「こいつは、何かの記憶中枢(メモリー・コア)だな。形式番号から見ると、かなり古いタイプのもんだが、これがどうかしたのか？」

「分からん」

レイクは肩をすくめた。

「何か重要なものらしいんだけど」

「ふーん。再生してみれば何か分かるかもしれんが……」

「やってくれ」

「無理だよ。言ったろう、古いもんだって。特別の再生装置が必要なんだ」

「作れないのか？」

「再生装置を？　――おれ様に作れないものはねーよ。でも、ちょいと時間はかかるが」

ジムがニヤリと笑った時、

「お待ちどおさまー」

ジェーンが、アイス・バケットとグラスの載ったワゴンを押して戻ってきて、その話はそれっきりになった。

ぽん！

景気のいい音を立ててコルクが飛び、六つのグラスにペリニヨンの七一年物が満たされた。

「六千クレジットの収穫を祝って」

レイクがグラスを挙げながら、気のない声で言った。

「乾杯(チェリオ)！」

全員が唱和して、グラスを合わせた。しかし――せっかくのシャンパンだったが、結局、彼らの口には一滴も入らない運命だった。

誰も手を触れないのに、〈メリー・ウィドウ〉の操縦桿が、いきなり大きく左に動いたのだ。グラスに口をつけようとしていたレイクたちは、揃って床に投げ出され、悲鳴を上げた。

「な、なんだ、一体どうなってる！」

引っくり返ったままジムが喚いた。

「ボビー！」

「自動操縦なんだ！　勝手に動くはずがない。障害物なら、その前に警報が鳴るようになってる」

「じゃあ、これはなんだ！」

起き上がりかけたところへ、今度は反対に右へ揺すぶられ、レイクたちは床の上をゴロゴロと転げ回った。

「くそ！　早くなんとかしてくれ。アザだらけになっちまう！」

大揺れに揺れるブリッジを、シート伝いにボビーは主操縦席までたどり着いた。システムを手動に切り替えようとするのだが、

「だめだ！　まるで制御不能だ。航行コンピューターの気が狂ったとしか思えん！」

「なんだと？　そんな馬鹿なことがあってたまるか！」

ボビーのあとを追ってきたジムが喧嘩腰に言った。

「この船のコンピューターは完全だ。おれが保証する。このおれが言ってるんだ。それともお前、おれを疑うのか？」

「このままの状態じゃ疑いたくもなるわよ！」

ジェーンが後ろから叫んだ。

「今すぐなんとかしないと、撃ち殺すわよ！」

ジムは顔色を変えて、プログラム・チェックを始めた。〈メリー・ウィドウ〉は、まるでそれ自体が一つの意思を持っているかのように、勝手にコースを変更し、加速を続けた。

「ワープしちまう！」

ボビーが引きつった声で言った。

「分かったぞ！」

ジムが船のコンピューターにつなげたキーボードを叩きながら言った。

「どうした？」

「どっかのくそ野郎が、ソフトウェアに細工をしやがったんだ。船が自動になったら、全ての指令系統を乗っ取るような仕掛けをもぐり込ませてたに違いない」

「じゃあ今、船は——」

「そいつの入力したプログラムどおりに動いてる」

「誰が一体、そんなことを？」

「知らん！——だけどプロだ。それも相当腕の立つ野郎だ。ウイルスを仕掛けられたことを、船がおれたちに教えなかったくらいだからな」

「感心している場合じゃないってば！」

「おれたち、どこへ連れていかれるんだ？」

「分からん。船に訊いてくれ」

「もうだめだ……。船がワープ態勢に入った。間に合わん……」

勝手に明滅しているディスプレイを、おろおろしながら見つめていたボビーが、絶望的な声を出した。

〈メリー・ウィドウ〉の周りで風景が跳んだ。

ワープ・アウト。

メイン・スクリーンに映る星々の形は、そこが通常の航路から外れた、未知の空域であることを示していた。そしてもう一つ。スクリーンの中央には、彼らを待ち受けていた者の姿が、くっきりと映し出されていた。

「なるほど。こういうことだったのか……」

レイクが低い声で呟いた。

全長はおそらく二キロ近くあるだろう。白く輝く巨大な三角錘——その宇宙船は確かに彼らをウェストウッドからローザンヌ近傍まで運んだ、あの宇宙船だった。

減速を始めた〈メリー・ウィドウ〉の通信機が、勝手にONになった。

年齢の見当がつけにくい顔つきの男だった。どこか東洋系の血を引いているらしい。半分閉じたような瞳は、どこを見ているのか掴みどころのない印象を与えた。

しかし、レイクたちの目を釘付けにしたのは、もっと別のものだった。その男の背後の壁に、麗々しく飾られている二種類の旗——向かって左に連邦旗、そして右側には……。

「海軍旗だ……」

ブラムが呆然と呟いた。ジェーンが振り返った。

「じゃあ、あれは……宇宙戦艦?」

青年の顔をした男は、ゆっくりとブリッジを見回すと、薄い唇の両端を吊り上げて微笑った。

『お待ちしておりましたよ、皆さん』

*

声も出せずに突っ立っているレイクたちに、男はもう一度、微笑みかけた。目のふちに笑いじわができた。——ひょっとしたら、結構年を食ってるのかもしれない。とレイクは思った。妙に人なつこい笑顔は、愛敬のあるガラガラ蛇を連想させた(仮に、そういうものがいたとしての話だが)。

『とりあえず、ご成功おめでとうと申しておきましょう』

と、彼は言った。

『正直言って、これほどうまくいくとは、私どもも考えていなかったのです。いや、あなた方の卓越した犯罪的手腕には、ほとほと感服いたしました』

「何が言いたい」

ミゲルが凄味のある声を出した。男はぬけぬけと答えた。

『別に他意はありません。純粋な称賛の言葉と受け取って下さい』

「ご苦労さんなことだな。わざわざそれを言うために、こうやって待ってたのか？」

レイクが皮肉った。

「それとも、感謝状でもくれようって肚なのかい」

『これは面白いことをおっしゃる』

いかにも面白くなさそうに、男は笑ってみせた。

『感謝状で思い出しましたが、あなたたちの第一級逮捕状が出ていますよ。連邦警察としては、異例の早さですな。どうやってミルザ公国襲撃犯人全員の名前を掴んだのか、不思議なことです』

「おれたちを、どうするつもりだ」

『どうしますかな』

猫が鼠をいたぶるように、男はスクリーンの中で首をかしげてみせた。

「とぼけるのは、やめてもらおう」

レイクが決めつけた。

「おたくに、おれたちを連邦警察に突き出す気のないことは、分かってるんだ。さっさと用件に入ったらどうだ。――何が狙いだ？」

『なるほど、なるほど』

さも嬉しそうに、何度も頷きながら、

『それでは単刀直入に申し上げましょう。こちらに引き渡していただきたいものが、二つあります』

「断ると言ったら？」

『連邦警察が喉から手が出るほど知りたがっていることを、教えてやるまでです。あなた方はここで身動きできないでいる。連中、喜んで飛んできますよ』

「そうなったら、おたくもまずいんじゃないか。たとえば、今度の件に、どうして宇宙戦艦が関わっていたのか、知りたがる奴も大勢いるだろうぜ」

『誰があなた方の言葉を本気にします？　いやたと

え、万一、本気にする者がいても――』

半眼の目が不意に光を帯び、男の声に、じわりと凄味がかかった。

『彼はそう長くは生きていられないでしょう。問題を起こすほど長くはね』

ブリッジを、しんとした静寂が支配した。

男の言葉が、単なる脅しやハッタリでないことは、疑いようもなかった。まるで抜き身の刀に触れたように、レイクたちはひやりとした寒気を覚えた。にこやかな微笑の裏に隠された、男の真の姿をかいま見たようだった。その様子を満足げに眺め回していた男が、ニヤリと笑って言った。

『ではお望みどおり、本題に入りましょうか。ミスタ・フォレスト。《大佐》から預かった物がありますね。それをこちらに引き渡していただきたい』

「なんのことだ」

『おやおや。今度はそちらがおとぼけですか? ブリッジでの会話は全てこちらがモニターしていたのですよ。それでなくとも、あの男の性格は計算ずみです。今度の件で、プロの犯罪者を使うことを提案したのも、元はといえば、あの男の下らぬ感傷癖から出たこと。あれをあなたに託すなど、まさにあの男のやりそうなことですな』

「待て。それはどういう意味だ。まさか《大佐》が――」

『おや。まだ気がつかなかったのですか?』

男は嘲笑った。

『あなたたちも、意外とお人好しらしい』

「嘘よ！ 《大佐》があんたたなんかとグルだったなんて！」

ジェーンが叫んだ。涙声になって言う。

「そんなこと、信じられないわ……」

「それで?」

レイクは、ジェーンの肩を抱いてやりながら、言った。

「もう一つの狙いはなんだ」

「そんな奴の言うこと聞くことないわ！　《大佐》からの預り物って、あの電子部品でしょ？　壊しちゃえばいいのよ！」

ジェーンがヒステリックに喚いた。

『そうしていただけると、こちらの手間も省けて、大変助かりますな、お嬢さん。元々そのつもりでおりましたので』

男は皮肉な感じで一礼してみせた。

「ＯＫ、分かったよ。おたくの方が一枚上手らしい」

「レイク！」

（――しっ。この場は奴の言うなりになるしかない。様子を見るんだ）

レイクが囁いた。

『分かりの早いのは結構なことです』

男はニヤニヤと笑った。

『もうすぐ、両艦はドッキングします。そうしたら、ミスタ・フォレスト、あなたがそれを持って、こちらに乗り移っていただきたい』

「なんだって！」

ブラムたちが、いっせいにレイクを振り返った。レイクは、じっとスクリーンを見つめながら、抑えた声で言った。

「つまり、二つ目は、このおれってわけか？」

『そうです』

「なぜ？」

『お答えできません』

「馬鹿な！　そんな要求が呑めると思ってるのか！」

ジムがいきり立って言った。男は、それをまったく無視して、レイクに話しかけた。

『いかがです？』

「仲間たちの安全は保証してくれるんだろうな」

「レイク！」

ジムが振り返って、レイクの腕を摑んだ。

『もちろんです。他の方々に用はありません』

男は頷いた。

『ただし、すぐに我々を追いかけられても困りますので、ここで一月ほど足止めを食っていただきますが』

「足止め？」

『そちらの航行関係コンピューター群に仕掛けられたウイルスを除去するのに、それくらいの時間がかかるということです。何しろ当方のハッカーが、五人がかりで一週間もかけたプログラムですから。下手な外し方をすると、船が爆発するようになっていますので、お気をつけ下さい、ミスタ・ケース』

ジムは真っ赤な顔をして、歯軋りをしていた。

――おれのせいだ。と彼は思った。おれが〈メリー・ウィドウ〉を改装する時、しっかり見張っていなかったから……。ジムは掌に爪が食い込むほど強く、拳を握り締めた。

『では、お待ちしておりますよ、ミスタ・フォレスト。念のために申し添えておきますが、くれぐれも妙な真似はなさいませんように。こちらは、いつでもその船を爆破できるということを、お忘れなく。

――では』

映像が消えた。ほとんど同時に、ドッキングの際の、軽い衝撃（キック）がブリッジまで伝わってきた。

「レイク……」

ジェーンはもちろん、ブラムたちも沈痛な表情で、彼を見つめていた。

「行くことないわ、レイク。行っちゃダメ。――行かないで、お願いだから」

「大丈夫さ、ジェーン。奴らも、おれを殺すつもりはないらしいし」

「でも……もう二度と会えないような気がして……」

しゃくり上げながら、ジェーンが言った。レイクは何も言わずに、彼女を抱き締めた。

「レイク……」

ジムが何か言いかけて、口を閉じた。

「あとのことは頼んだぞ、旦那」

「分かった」

「じゃあみんな――また会おう」

レイクは軽く笑って背を向けた。ブリッジの扉が、圧縮空気の音とともに閉まり、ジェーンが泣き崩れた。

数分後、二つの船は切り離され、〈メリー・ウィドウ〉は置き去りにされた。

スクリーンの中で、みるみるうちに小さくなっていく宇宙戦艦の姿を、五人は呆然と見送るしかなかった。

6　明日へのプロローグ

四日が経とうとしていた。

どこへ連れていかれるのか、あれ以来ずっと部屋に閉じ込められっ放しのレイクには、推測のしようもなかった。

キャビンは彼が以前使っていたスイートで、食事も豪華なメニューが三度三度、用意された。しかし、いくら待遇がよくても囚人であることに変わりはない。窓のスクリーンも扉も閉じたままだった。

レイクはソファに腰かけ、じっと自分の掌を見つめていた。続いて、手の甲を見つめる。

「爪が伸びてるな」

退屈しきった声で呟くと、レイクはごろりとソファに寝転がった。頭の後ろで手を組み、天井を見上げる。

とにかく――。と、レイクは考えた。――今まての疑問も、軍がからんでいるということで全て氷解する。たとえば、ジェーンがウェストウッドで使った、連邦捜査官の偽バッジ。絶対に偽造が不可能だと言われてるけど、冗談じゃない。あれは偽物なんかじゃなかったんだ。でなきゃ、どうして所轄の署長が一発で信用する？　他にもそう考えると、納得できることがたくさんあった。機動力にせよ経済力にせよ、とても《大佐》個人の力とは思えないスケールだ。しかし……。

と、レイクはソファの上で寝返りを打った。――しかし、分からないこともたくさんある。どうして軍が、ミルザ公国襲撃の後押しをするのか？　しかも、連邦警察を蚊帳の外に置いてまで？　おまけに《大佐》の件だ。一体《大佐》はどうしちゃったんだろう？　なぜ連邦側に回ったんだ？　そして、例の電子部品――ジムは何かの記憶中枢だって言ってたけど、あれは一体……？

レイクは、むくっと身を起こすと、サイドテーブルの上のヴィジフォーンに手を伸ばした。

「おい、誰かそこにいるか？　お客様が退屈してるってのに、ここにはマンガの一冊も置いてないのか？　いくら軍艦の中だって、レクレーション・テープくらいあるんだろう。おれは歴史物が好きなんだ。十数えるうちに持ってこないと、まずこのヴィジフォーンをぶっ壊す。それからサイドボードの中の酒瓶を一本残らず叩き割って、その次に――」

死んだようになっていたヴィジプレートに、突然、映像が入った。

「よお、あんたか」

『どうやら、ご退屈な様子で』

「よく気がついたな」

レイクが、いかにも驚いたというような顔をした。

男はメフィスト面を歪めて苦笑いしながら言った。

『どうしろとおっしゃるのですか、ミスタ・フォレスト』

「いつまでおれを閉じ込めておくのかってことさ。行き先くらい教えてくれたって、罰は当たらないと思うがね」

『なるほど』

「なるほどじゃねーよ。いいか、おれの頭の中は今、いろんな疑問でいっぱいなんだ。分かるだろ。気が狂いそうだよ。いや、事によると本当に狂っちまうかもしれねー。そうなると、おれはちょいと扱いにくくなるぜ。どれくらい扱いにくくなるか、おたくには見当もつかないくらいだ」

レイクは恫喝的な笑いを、ヴィジフォーンに吹きつけた。

『いいでしょう』

予想に反して、男はあっさりと折れた。

『いずれあなたには、我々に協力していただかねばならないのですから。ちょうどよい機会です。現在、補給のための入港準備に追われておりますので、そうですね……』

男は、画面の外にあるものを少し見つめ、言った。

『二時間後に迎えをやりましょう』

「入港だって？」

『残念ながら、軌道補給だけで、着陸するわけではありませんがね、ミスタ・マイラウェイ』

意味ありげな笑いを残して、映像は切れた。

きっかりその二時間後、六人の衛兵がレイクを迎えにやってきた。

「ご大層なことだ」

突きつけられた六つの銃口を見て、レイクはこっそり呟いたが、あえて文句をつける気にはなれなかった。

ターボ・シャフトの最上階。そこに男の部屋はあった。六人の衛兵を下がらせると、彼はレイクにお茶をすすめた。

「変わった味だ」

「銀針白毛茶（インジエンバイマオチャー）。古くから伝わる中国茶の最上級品です。お気に召しましたか」

青磁（せいじ）の急須（きゅうす）で茶をいれながら、男が微笑んだ。

「そういえば、おたくの名前をまだ聞いてなかったな」

「申し遅れました。楊（ヤン）と申します。トーマス・楊。どうぞよろしく」

楊はテーブルの向こうで一礼した。

「OK、ヤンさんよ、おたく一体、何者なんだ? 見たところ軍人とも思えないが」

「軍は今度の件では、単に輸送力を提供しただけにすぎません。私は、そう、連邦上層部における、ある高度な意志を代表する者——そうお考え願えればよろしいかと」

「えらくもったいぶってるじゃないか。まあいい。おおよその見当はつく。ただ、高度の意志を代表してるおたくが、どうしておれたちのような人間を使って、ミルザ公国を潰させたのかってことだ」

楊は、例の電子部品を取り出してきて、テーブルの上に置いた。

「ミルザ家と我が連邦が交わした契約のことはご存知ですね。オーロフ・ミルザは、これを材料にして、連邦に契約の無期延期を迫ったのです。俗っぽく言えば、強請（ゆすり）にかけたというわけです」

「無期……?」

「そう。もっとも、それだけなら連邦としては、譲歩しても構わなかった。事実、契約の延長を認める方針は、すでに評議会上部でも固まっていたのですから。ところが、あの男はやりすぎた。愚か者は、いつでもやりすぎる。中庸（ちゅうよう）という言葉を知らないらしい。――オーロフは、ローザンヌ星系そのものまでも要求してきたのです」

「それで、犯罪者を駆り集めたわけか。だけど、連邦にもその道のプロが、いくらでもいるだろうに。たとえば《大佐》のような」

「いかなる形であれ――」

楊は気取って、人差し指をピンと立ててみせた。

「この件に関しては、連邦が直接動くわけにはいかない理由があったのです。高度に政治的な配慮と申しましょうか、あくまでも、市井(しせい)の無頼漢の手によって、ミルザ公国は壊滅させられる必要があった。そこで、あなた方の間で受けのよい、あの男の名前を利用することにしたのです。――結果はご覧のとおり」

「それにしても、なぜ《大佐》が……？」

楊は不思議な微笑を浮かべて言った。

「あの男にも妻子(さいし)はあった。――それだけ言えば十分でしょう」

「汚ねえやり方だ」

「否定はしません」

「だが、どうやって《大佐》を罠にかけた。連邦警察がさんざん――」

「あの連中など、我々から見れば、交番ごっこに興じている子供の集まりにすぎませんな」

楊は鼻を鳴らした。

「連邦警察は出し抜けても、我々の追及から逃れることはできませんよ、ミスタ・フォレスト。それはあなたもよくご存知のはず。我々がどうやってあなた方一人一人の所在を、突き止め得たと思います？」

レイクは黙り込む外なかった。彼の目の前で、にこやかな微笑みを仮面のように顔に張りつけているこの男――トーマス・楊が、謀略の専門家(エキスパート)であることは確かだった。それもとびきり優秀な。

楊の背後で、執務机の上のヴィジフォーンが小さな呼び出し音を立てた。

「失礼……」

楊は立って机のところまで行き、二言三言話してから、こちらに向き直って言った。

「ご覧になりますか？　懐かしい眺めですよ」

一方の壁を覆っていたカーテンが、さっと左右に分かれ、スクリーンに一つの惑星が映し出された。

「ウェストウッド？」

「第七宇宙艦隊の補給廠の一つが、ここにあるのでね。これから少し長い旅をしていただかねばなりませんから」

「おれを、どこに連れていく気だ？」

「とある惑星としか言えませんな。そこで、軍の特殊戦部隊に加わっていただきます。階級は少尉ですが」

「冗談じゃないぞ！」

レイクは立ち上がって喚いた。

「軍隊なんざまっぴらだ！　第一おれは、人にあれこれ命令されるのが、大っ嫌いでね。気をつけ、頭右！　将軍閣下に敬礼！　――ハッ！」

レイクは額のあたりで、右手をパッと開いてみせた。楊が静かに言った。

「連邦が、敵に脅かされていても……ですか？」

「敵……？」

思わずレイクは真顔になって振り返った。

「ちょっと待った。連邦軍がどこかと戦争しているなんて、聞いたこともないぞ」

「そう。確かにそれが公式の見解です。しかし、もし――」

楊はレイクの瞳を、まっすぐに見つめた。ほとんど催眠的ともいえる力を持つ、不思議な瞳だった。目が離せなかった。レイクは掠れ声で訊き返した。

「もし……？」

楊はフッと笑って、自ら視線をそらした。そして、テーブルの上から例の電子部品をつまみ上げ、掌の上でもてあそびながら言った。

「ミスタ・フォレスト。これが何かお分かりになりましたか？」

――はぐらかされた!?　と、レイクは感じた。

「何かの記憶中枢（メモリー・コア）だということ以外は……」

レイクは肩をすくめた。

「これは星図（スター・マップ）ユニットです」

「星図って、あの――？」

「そう。九年ほど前に廃艦処理された、巡洋艦〈ハーミット〉の航法装置の一部です。これが、どういう経路でオーロフの手に渡ったのか、今もって不明なのですが、おそらくジャンク屋あたりから――」

「そんなことはどうでもいい。なんで星図が強請のネタになるんだ？　そんなもの、どの宇宙船（ふね）にだって積んであるぜ」

「もしもですよ、公式の星図には載っていない――いや、あってはならない星の位置が、この記憶中枢（メモリー・コア）に記録されていたとしたら、どうです？」

「なるほど。だんだん読めてきたぞ」

レイクは頷いた。

「連邦軍の秘密基地の在り処でも記録してあったってわけだ」

突然、楊は大声で笑いだした。ダーティ・ビジネスの世界に、頭の先までどっぷりと浸かって生きてきた彼のような男が、こんな笑い方をするとは――レイクは少し意外に感じた。

「いや、失礼……」

楊はまだクスクスやりながら頭を下げた。

「あなたの想像力には、まったくかぶとを脱ぎますよ、ミスタ・フォレスト。驚いた想像力だ」

「馬鹿にしてるな？」

「とんでもない」

楊は大仰にかぶりを振った。

「感心しているんですよ。そういう考え方もありましたね。すっかり忘れていた。〈消された星〉のことだけで、頭がいっぱいだったものですから」

「〈ヴァニッシュト〉……?」

謎めいた大きな微笑を浮かべ、楊は口を閉じた。瞳には再び薄い膜が張ったようになり、レイクは何も読み取ることができなかった。

「お茶、もう一杯どうです?」

急須の蓋を取りながら楊が言った。

「二杯目のお茶は、もう帰れというサインだそうだな。確かおたくたちの方の諺だと思ったが」

楊は笑って答えなかった。レイクは肩をすくめ、自分の掌に視線を落とした。くるりと返して手の甲に目をやる。そのままの姿勢で、レイクは言った。

「なあ、ヤンさんよ。出航はいつだい?」

「八時間後です。それが何か?」

「これだけでかい船だと、発進準備だけでも、相当時間がかかるだろうな」

「そうですね。休息中の兵員再配備、機関点検、再始動……。戦時は別ですが、こういう通常任務の場合ですから——」

「三十分?」

「まあ、それくらいは」

「それだけあれば十分だな」

「何に十分なんです?」

楊は不思議そうな顔をした。レイクはニヤリと笑って、テーブルの上の星図ユニットを取り上げた。右手で空中に投げ上げながら、

「ハイポダミック・ディスプレイって知ってるかい?」

「皮下ディスプレイ……?」

レイクは左手の甲を楊の方に向けた。翼を広げた鷲の紋章が、くっきりと青く浮き出していた。

「刺青(いれずみ)ですか？」

「その一種さ。ある特定の周波数にだけ反応して発色する。おれの場合は、特殊変調されたニュートリノ通信波(ウエーヴ)が、励起キーになってる。——もちろん、発振源は〈メリー・ウィドウ〉のコクピットだ」

楊の顔色がさっと変わった。

「まさか……」

ニヤリと笑ってレイクは立ち上がった。

「こいつは、もらっていく」

「馬鹿な！　ここは軌道上ですよ。自殺するつもりですか」

「残念ながら、おれは自殺なんて言葉から最も縁遠い人間でね。——じゃあ、あばよ。ヤンの旦那。達(たっ)者(しゃ)でな」

「衛兵！」

楊が叫んだ。

「エナジー・イコール——」

レイクは落ち着いて呟いた。

「エム・シー・スクエア」

＊

「ずいぶん早かったな」

と、ジムが言った。

「よお」

レイクはニヤッと笑って、二本指の敬礼をしてよこした。ミゲルが、目だけで笑い返してきた。

「ひょっとしたら、次の寄港地あたりかと思ってたんですが、ここで跳べたのは幸運でしたね」

自分のシートから振り返りながら、ブラムが言った。

「まさか、おれもこんなに早く、おたくたちが追いついてくるとは思ってもみなかったさ」

「さすが連邦の専門家が仕掛けただけのことはある。ずいぶんてこずらせやがったよ。しかも汚ねえことに、ウイルスは一つだけじゃなかったんだ。一つを除去して、そのまま喜んでワープしたら最後、もう一つのウイルスが発動してそれっきりになるところだった。奴ら最初からおれたちを殺すつもりだったんだ」

「だろうな……」

レイクは、楊の顔を思い浮かべながら頷いた。

「で、どれくらいかかったんだ、外すのに」

「十五分」

「それはまた、ずいぶん時間を食ったな。居眠りでもしてたのかい」

レイクはニヤニヤ笑いながら言った。ジムもニヤニヤ笑った。

「ぐずぐずしてられねえぞ。宇宙戦艦に本気で追いかけられたら、逃げきれるもんじゃねえ」

ボビーが主操縦席から声をかけた。レイクと目が合うと、真っ白い歯をこぼした。

「まあ、お互い無事で、めでたいことだ」

「同感だね」

ボビーは前に向き直り、操縦桿を握り締めながら叫んだ。

「さあ、ぶっ飛ばすぜ！」

それまで、ウェストウッドの裏側を、宇宙戦艦の固有ベクトルに同調しながら巡航していた〈メリー・ウィドウ〉は、コースを離脱して外宇宙へと鋭く身をひねった。そのままぐんぐん加速していく。

「短距離ワープの三段跳びで、航跡をごまかす！しっかり掴まっててくれ」

ボビーは船のコンピューターに、ぎっしりと集約された航行プログラムを叩き込んだ。

「OK。しっかり掴まっとくよ」

レイクが答えた。

「ねえ、レイク……」

今まで何も言わなかったジェーンが、その時、初めて口を開いた。

「なんだい、ジェーン？」

満面を笑み崩れさせて、レイクが振り返った。ジェーンはM29の撃鉄(ハンマー)を上げながら、静かな声でこう言った。

「いい加減に、あたしの膝の上から下りてくれない？」

〈メリー・ウィドウ〉は、心持ち斜めにかたむきながら、ワープ空間に飛び込んだ。

WANTED

高飛びレイク・シリーズ番外篇

100,000,00

エナジー・イコール……

1　とんでもない出会い

銀行を襲うには、それなりのコツがある。

準備は入念に。

行動は迅速(じんそく)に。

そして、これが一番重要なポイントだが、現金を扱っている銀行を選ぶこと。

銀行が札束で溢(あふ)れ返っていたのは、古き良き時代の話だ。今じゃ、コンピューターと抽象的な数字の羅列(られつ)が、それに取って代わっている。

――やりにくい世の中になったものだ。

道端に停めた、ちっちゃなエア・ビートルの助手席で、レイクはため息をついた。この男、本名(フルネーム)はレイク・フォレスト。ちょいとした特技の持ち主で、犯罪者社会ではもっぱら《高飛び》レイクで通っている。

レイクは居心地悪げに、もぞもぞと体を動かした。どうやら、ヒップ・ホルスターに差し込んである、大きなパワー・ガンが痛いらしい。

「そろそろ時間だな」

相棒のジム・ケースが、計器板(イン・パネ)のデジタル時計を見つめながら言った。

どちらかといえば小柄なレイクとは対照的に、ジムの方は二メートル近い巨漢だ。大きな背中を丸め、ハンドルを抱え込むようにして座っているのが、いかにも窮屈(きゅうくつ)そうだ。

レイクは、ウィンドシールド越しに、その建物を眺めた。

天然の大理石をふんだんに使った、ネオ古典派調の建築様式。青銅に刻まれた『エメラルド自由市民銀行』の看板の上に、意匠(いしょう)を凝らした古めかしい大時計があり、二本の針はもうすぐ十二時ちょうどを指そうとしている。――三十万、いや五十万クレジットは堅いだろう。さして大きくはないが、〈エリノア〉系第四惑星の星系首府マウンテン・ビューでは、堅実なことで定評のある商業銀行だ。

「鳴るぞ」

ジムがドアを開けながら言った。せいせいしたように背中を伸ばす。レイクも反対側のドアから歩道に足を下ろした。そうやって肩を並べると、二人の体格の違いが一際強調されるようだった。

二人はゆっくりとエメラルド自由市民銀行に向かって歩き始めた。

ウィークデイのこんな時間だ。さして人通りは多くない。

十二時の鐘が、あちこちのビルで、いっせいに鳴り始めた。

「鳴った」

レイクが呟いた。

ジムが左手首に巻きつけた電子的妨害装置(ECM)のスイッチを入れた。

銀行の入り口を覆っていたシールドが、その瞬間、音も立てずに〈死んだ〉。レーザーガン等が常に発している微電流をキャッチして、武器の持ち込みを阻止する防犯システムの一つだが、電子工学の学位を六つ持っているジム・《マイクロハンド》・ケースにとっては、オモチャ同然の代物でしかない。

ジムは、レイクに一歩先んじて入り口に立つと、左手を胸に当て、気取った仕草で一礼しながら、

「ささ、どうぞお通り下さい、お客様」

「よく訓練されたゴリラだな」

レイクは、さも驚いたような顔をした。

「あとで、ご褒美(ほうび)にバナナを買ってやるぞ」

その時――

銀行の建物から、誰かが飛び出してきて、振り向

きかけたレイクと、まともにぶつかった。

「うわっと！」

二人の体は、もつれ合ったまま二－三歩、奇妙なステップを踏み、どうにかバランスを取り戻した時には、その人物はレイクの腕の中に、すっかり体重を預ける形で抱き抱えられていた。

「どこに目をつけてんのよ、唐変木（とうへんぼく）！」

彼女は、すごい剣幕でレイクを怒鳴り上げた。

「道の真ん中に、ぼやーっと突っ立ってるんじゃないわよ、このうすらトンカチ！　間抜け！　ドジ！　低能！　スカタン！」

腕の中でキンキラ声を張り上げている娘の顔を、レイクは口を半開きにして、ぼんやりと見つめていた。実のところ、自分が目一杯罵られていることすら、気がついていなかった。

ダイナマイト・プロポーション！　加えるに絹のようなプラチナ・ブロンド。まるで絵に描いたような、おあつらえ向きの可愛い娘ちゃん（チーズケーキ）——それも超ド級の——だった。

パンツをカットオフした銀色のジャンプスーツから、形のよい脚がすらりと伸びて、これまた銀ラメの十二センチヒールにつながっている。フロントのジッパーは大胆な位置まで下げられており、レイクの頭の中では、特大のピンク色をした花火が爆発し続けた。

ひと通りレイクをこき下ろし終えると、娘は朱（あか）い唇をつんと尖（とが）らせて、挑発的に言った。

「ちょっと！　黙ってないでなんとか言ったらどお？　あんた耳がないの？　それとも脳ミソが腐ってんの？」

「はい（イエス）……」

上（うわ）の空でレイクが答えた。娘はいったん開きかけた口を中途で閉じ、まじまじとレイクの顔を見つめた。——少し足りないのかしら？

「水を差すようで申し訳ないが――」

やってられないという表情で、ジムが言った。

「一体いつまで、そうやっているつもりなんだ？」

その言葉で、二人は我に返った。そしてお互いの位置関係を、改めて認識した。娘の反応は激しかった。

「痛えなあ……」

掌の形が、くっきりと浮き出た左頬を押さえながら、レイクは口の中で呟いた。

「ちょっと待った、お嬢ちゃん」

ぷりぷりしながら足早に立ち去ろうとする娘に、ジムが声をかけた。

「忘れもんだよ」

ジムの左手には、レイクたちがぶつかった時に、娘の手から飛んだバッグがぶら下げられていた。

彼女はつかつかと近寄ってくると、首をそらして、何さという表情でジムの顔を見上げた。何さ、でっかい図体しちゃって。ちっとも怖くないわよ！　とでもいうところだろうか。ジムは苦笑した。

「ふーんだ」

礼を言うでもなく、娘はバッグをひったくった。ジムの手の中にある時は小さなハンドバッグくらいにしか見えなかったが、彼女が持つと、それは大きなショルダーバッグになった。

彼女はもう一度ジムを見上げ、レイクに目をやると、つんと顔をあさっての方に向けて歩き始めた。そして、歩道の少し先に停めてあった、真っ赤な98年式のフリートウッド・コンバーティブル（GEV仕様）に乗り込み、エンジンをかけた。一際高くタービンを唸らせて、彼女は二人の視界からたちまち消え去ってしまった。一度も振り返らなかった。特有の金気くさい排気ガスだけが、あたりに立ち込めていた。

「電話番号を訊くのを忘れた」

レイクが言った。腕時計を見ながら、ジムが渋い顔をして言った。

「三分間のロスだ」

「三分間……？」

レイクが、ぼんやりと振り返った。ジムは辛抱強くレイクを見つめた。レイクはようやく『エメラルド自由市民銀行』の看板に気づいて、「ああ……」と言った。

2　リプレイ

「強盗だ。金を出せ」

パワー・ガンを突きつけられた時、出納係がぼそりと漏らした言葉を、レイクは一生忘れないだろう。

四十年配の貧相な小男は、まず最初に、とても信じられない、という顔でレイクを見つめ、次に、口元に奇妙な薄笑いさえ浮かべながら、こう言った。

「またか……」

レイクの表情が、心持ち強張った。

「全員その場で伏せるんだ」

背後から、ジムの命令する声が聞こえてくる。客も他の行員たちも、妙にむっつりと押し黙ったまま、指示に従っている。従順というより、むしろ投げやりな態度だった。

——何か変だ。

ジムもレイクも、ほぼ同じ違和感を感じ取っていた。いつもの緊迫感がまるでないのだ。全員が白けた目をして、二人を眺めている。

レイクは、右手のパワー・ガンを少し動かしながら、もう一度繰り返した。

「おい、金だ。さっさとしろ」

左手でポケットから、ポリエチレンのゴミ袋を取り出して、カウンターの上に載せる。

出納係はそれを見て、ふんと鼻を鳴らし、どさっと椅子の背もたれに体を預け、言った。

「やってられないね」

「おい……」

今度はレイクの方がうろたえる番だった。

「何をふてくされてんだ。金だよ。命が惜しくないのか」

「金か……」

出納係は歪んだ笑いを浮かべた。

「金は、ない」

「ないはずはないだろう!」

レイクは思わず大声を出した。異常を感じたジムが、さりげなく近寄ってきた。その二人に向かって、出納係は言葉を続けた。

「ないって言ったらないんだよ、強盗の旦那方。ついさっきまでなら馬に食わせるほどあったがね。今はもうない」

「どういうことだ」

と、ジム。その時、レイクが何か思いついたような表情になって言った。

「おれたちが入ってきた時、あんた確か、またかって言ったよな。まさか……」

レイクと出納係は、しばし見つめ合った。

「そ、そんな馬鹿な……」

引きつったような笑顔を浮かべて、レイクが呟いた。

「お昼の鐘が鳴るちょっと前だった。銀ピカの格好をした小娘が入ってきて、いきなり拳銃をぶっ放した。ありゃあ、火薬を使う大昔のリボルバーだったなあ。うちのひい爺さんが使ってたような、でっかくて黒いやつだ。みんな金縛りに遭ったみたいに動けなくなっちまって、その間にあの娘は悠々と金を搔っさらって出ていった。そしたら、入れ違いに、あんたらが入ってきたってわけさ」

出納係は淡々とした口調で説明した。ジムとレイクは、お互いに顔を見合わせた。

「銀ピカの女だって？」

「おれたちは今世紀最大の間抜け山羊だ」

「同感だね」

ジムが頷いた。

「これからどうする？」

「どうしようがある？」

レイクが訊き返した。

「もっともな意見だが、いつまでもこんなとこで漫才をやっているわけにゃいかんぞ」

レイクはため息をついた。認めたくはなかったが、確かにジムの言うとおりだ。

床に伏せたまま、死んだ鯖みたいな目で二人を見つめている客たちに向かって、レイクはおずおずと微笑んだ。

「どーも、皆さん。お騒がせしました」

もちろん、誰一人それに応えようとする者はいなかった。モーレッツに気まずい雰囲気だった。

右手にパワー・ガンを油断なく構え、口元には卑屈な愛想笑いを浮かべながら、レイクとジムはゆっくりと後ずさって銀行を出ていった。

玄関まで後ろ向きのままでやってきた二人は、冷たい凝視の放列から解放されて、ほっとしたように表を振り返った。

すぐ目と鼻の先に、数えきれないほどの銃口が、ずらりと列を作って並んでいた。

エメラルド自由市民銀行前には、二百名近い警官隊が半円状にびっしりと立ち並び、各々の銃の狙いを、ジムとレイクの二人にぴたりとつけて、身じろぎ一つせずに待ち受けていたのである。

あ、という表情のまま、その場で凍りついていた二人の手から、パワー・ガンがすべり落ち、石畳の上で乾いた音を立てた。

3　脱獄は派手に

銀行から強奪された金額は、七十万クレジットにのぼっていた。それを二人は留置場の中で知った。ごく普通のサラリーマンの平均年収が一万七－八千クレジットというところだから、相当の額である。

「とにかく、一つだけはっきりしていることはだ――」

鉄格子越しに、レイクは言った。

「あれは、おれたちの七十万クレジットだってことだ。そうだろ？」

「そうだな」

隣の独房から、ジムが答える――襲撃に至るまでの、長く退屈な、それでいて何一つ見逃せない注意力を必要とする、下調べの日々が脳裏に去来した。二人は三カ月も前から〈エリノア〉に潜入し、安宿に泊まり、よそ者に向けられるうさんくさい目に悩まされながら、準備を進めてきたのだ。この日のためだけに。

「それなのにどうだ。え？　苦労の末におれたちの得たものときたら、一体なんだ？　金か？　とんでもない。嘲笑と鉄格子、それだけだ」

「的確な表現だな」

ジムが言った。

「詩的ですらある」

「悔しくないのかよ、旦那は！」

レイクがイライラしたような声を出した。少し声が高すぎたのか、向かいの独房の男がいやな目つきでこっちを見た。質の悪いアル中らしく、看守が廊下を通るたびに、アルミ製のコップで鉄格子を叩いては、シットだのファックだのと喚き散らしている男だ。

　レイクは声を低めて言葉を続けた。

「なあ、こいつは最高に質の悪い冗談だぜ。おちょくられっ放しってのは、我慢できない。どんなことがあっても、あの女を取っ捕まえてやる。そして、おれたちの七十万クレジットを取り返すんだ」

「それだけか?」

「なんだって?」

「いや、なんでもない。だけどこの星は広いぜ。下手すると、もう他の星系に逃げてるかもしれないし、第一、警察だって血眼で追っているはずだ」

「警察にあの女は捕まえられないね。モンタージュ・ホロを見たろ。ひどい出来だ。心理スキャナーで目撃者全員の深層心理までサルベージしたそうだが、出てきたものは銃声と銀ピカって印象だけだった。考えたもんだよ。しかも、頼みの防犯カメラは真っ先に銃でぶっ壊されていたし、玄関前のモニターは、おたくのECMで真っ白だった。あの女がどんな顔をしてたのか、どんな車に乗って、どっちへ向かったのか、警察の連中には何一つ分かっちゃいない——しかし、おれたちは別だ」

「一歩リードしてるってわけか。頼りない一歩だがな」

　壁の向こうでジムが肩をすくめる様子が、レイクには手に取るように分かった。

「まあ、それはいいとして、せっかくのリードも、鉄格子の中にいたんじゃ役に立たないぞ」

「もうすぐ消灯だ。そしたら、おれはすぐに消えるよ。準備しなくちゃいけないこともあるし、そうだな、真夜中すぎには迎えにこれるだろう。ちゃんと目を開けて待っていてくれよ、旦那」

「分かった」

　ジムが頷き、脱獄の打ち合わせはこれですんだ。

いつものことながら、簡単なものだ。

やがて消灯時間。

レイクは、妙な臭いのする硬いベッドに横たわり、天井を見つめていた。廊下の常夜灯だけが点いている。強力な光を放つ懐中電灯で、独房を一つ一つ照らしながら、看守が通りすぎていった。

レイクは身軽にベッドから飛び下りると、枕と毛布を使って、いかにも人が寝ているような擬装をほどこした。

その一部始終を、向かいのアル中男が、薄青い闇をすかして、じっと見つめていた。焦点の定まらぬ目を、一心に凝らす。

と、レイクが床に座り込んだ。足を組み、目を閉じる。人差し指と親指で軽く輪を作り、掌を前に開く形で両膝あたりに垂らす。深呼吸を一回、二回。

アル中は眉間にしわを寄せた。――この若ェのは、一体何をやってやがるんだ？　彼の耳に、レイクの呟きが、微かに伝わってきた。

「エナジー・イコール――」

と、その声は聞こえた。

「エム・シー・スクエア」

どこかで聞いたような文句だ。と、かつてはインテリだったその男は、アルコールで濁った脳髄の片隅でチラリと考えた。

しかし、次の瞬間には、そんな想念など百万光年の彼方へぶっ飛んでしまった。

レイクの姿が、まるで闇に溶けるように、すうっと消えてしまったからだ。

「あ、あ、あ……」

男の口から、驚愕とも恐怖ともとれる呻き声が漏れた。男は掌で顔をこすり、何度もまばたきして、空っぽの独房を見つめた。――いや。おれは酔っちゃいねえぞ。男はがくがくと震えながら、懸命に自分自身に言い聞かせた。事実、二十年来の二日酔いは、彼の体からきれいさっぱり退散していた。洗い立てのシーツのように爽やかに、とはいかないまでも、絞ったばかりの雑巾並みにはスッキリとした頭で、彼は考えた。——消えた。人が一人。おれの目の前で。確かに消え……。

「うわ——っ！」

男は突然、大声で叫び始めた。

アルミコップで鉄格子をめちゃめちゃに乱打しながら、消えた消えたと、のべつまくなしに喚き散らす。

あちこちの独房で、囚人たちが目を覚ます気配がした。看守が二人、慌てて飛んできた。

「静かにせんか！　何時だと思ってる。懲罰房に放り込まれたいのか」

「だ、旦那——」

男は今にも泣きだしそうな顔で言った。

「消えたんだ。おりゃあ見たんだ。こ、この前の独房の若ェのが、おれの見ている目の前で、すうっと消えちまったんだ！」

二人の看守は、したりげな顔を見合わせて、頷き合った。片方がこめかみのあたりで指を回してみせる。男は必死に言いつのった。

「う、嘘じゃねえ。ほんとなんだ。なあ、ちょっとでいい、そいつのベッドを確かめてみてくれよ。そうすりゃ、すぐ分かる。信じてくれよ。消えちまったんだ。こんな妙なポーズをとってよ——」

「そうかそうか。よく知らせてくれたな」

鬼瓦のような顔をした看守が、鍵を開けながら優しく言った。もう一人の方は、気のない様子でレイクのベッドを照らし、ふんと鼻を鳴らした。

「頼むから、中へ入ってきちんと調べてくれよ。なあ、おい、ほんとなんだったら！」

「ああ、分かった分かった。お前の言いたいことはよく分かったよ。さ、だから、別の部屋で、ゆっくり話を聞こうじゃないか」

「ちょ、ちょっと待ってくれ。おい。ちょっと待てったら。——おい！」

　叫び続ける男を、二人の看守は引きずるようにして連行していった。いくつもの目が、鉄格子の内からその様子を見守っていた。

　男の声は次第に小さくなり、やがて長い廊下の彼方に消え失せた。留置場に、また元の静けさが戻ってきた。ジムは、自分のため息が他の囚人に聞こえはしなかったかと、一瞬ひやりとした。

＊

　時計の針が午前〇時を回り、囚人たちもすっかり寝静まった。

　ジムは全身を耳にして、ベッドに横たわっていた。どこか別の階を歩く看守の靴音が、コンクリートの壁を通して、微かに伝わってくる。


　——もうそろそろだな。

　ジムは思った。レイクとは長い付き合いだ。ジムには、レイクの行動が手に取るように分かった。

　レイクの能力(タレント)は、かなり特殊だ。本人はそれを単に〝位置づける力〟と呼んでいる。あるいは〝ハイパー・ロケーション〟と。『ある別の場所を熱心に思い浮かべることは、すなわちその場所にいるということに他ならない』——それがレイクの口ぐせだった。

　だから必然的にレイクが移動できるのは、心理的に〝見える〟範囲に限られてくる。全く知らない場所へは〝跳べない〟わけだ。

　おそらくレイクは、二人が今までアジトにしていたダウンタウンの賃貸し共同住宅(フラット)に、自分の存在を〝位置づけ(ロケイト)〟したはずだ。あとは、精神エネルギーを一度に解放するための、後催眠暗示の引き金を引くだけでいい。キー・ワードは、この宇宙の根本原理ともいえる公式、E＝MC^2だ。

賃貸しフラットは、おそらく警察の手によって、徹底的に捜査されたあとだろう。もちろん何も見つかるはずはないが。

レイクはここで、少しの間〝回復〟を待たなければならない。空間跳躍はひどく疲れる代物なのだ。場合によっては、気を失うこともある。

フラットの出入り口には、警官の張り番が立っているかもしれない。しかし、レイクはきっとうまくやるだろう。身軽さにかけては、猫と対等に張り合える男だ。

通りへ出たレイクは、物陰を選びながら、ミッドタウンの貸ガレージへ向かう。そこには二人があらかじめ用意しておいた、乗り換え用の車——黒のプリモス・GEV——が置いてある。ガレージの料金は一年ぶん前払いしてあるから、犯行に使ったエア・ビートルが見つかるのは、うんと遅れる計算だ（今となっては、どうでもいいことだが）。

プリモスのトランクには、万一に備えて予備の武器弾薬や医療キット（メディ）などが隠してある。レイクは、それを使って今頃は……。

その時、ジムはふと、どこか遠くの方で車のクラクションが鳴らされる音を、聞いたように思った。

ジムは、はっと身を起こした。

次の瞬間——

どっかーん！

凄まじい轟音と衝撃が、ジムをベッドから放り出した。何がどうなっているのか、考えるゆとりさえ与えぬまま、二撃、三撃と爆発は続いた。

留置場全体が小舟のように揺れていた。鳴りわたるサイレンの音、囚人たちの喚き声。さながら戦場のような騒動だった。

天井の漆喰（しっくい）や、壁のコンクリート片が雨のように降り注ぎ、床に這いつくばったジムは、両手で頭を覆った。——これは死ぬに違いない。ジムは半分覚悟した。

不意に爆発音がやんだ。

ジムが、おそるおそる顔を上げた。

独房はひどい有り様だった。鉄格子はひん曲がり、壁には大穴が開いていた。

そして、もうもうと立ち込める埃の向こうから、レイクが現れ、ニヤニヤ笑いながら、こう言った。

「お待ちどおさま」

4　インタールード

「また、派手に載ったもんだな」

プリモスの助手席でテレニュースのプリントアウトを眺めながら、ジムが不平がましい声で言った。

一面トップ。全段ぶち抜き。一ブロック向こうからでも見えそうな、どでかい活字で、

留置場に対戦車砲!!

——未決囚三十七名逃亡!!——

「もう少し穏やかな方法はなかったのかい。おれたちは銀行強盗にやってきたんだぜ。戦争をしにきたんじゃない」

「派手な方がいいんだよ」

レイクが前を向いたまま答えた。今日は彼がステアリングを握っている。

「そのぶん警察(サツ)の目がそっちへ向く。おれたちの金を取り戻すまでは、彼女に捕まってもらいたくないからな」

「結構な話だ。これで、まんまとあの娘に逃げられたら、結構すぎて涙がこぼれる。一体おれたちはどこへ向かってるんだ? 当てがあるんだろうな、レ

イク。今日は朝から、どこかへ行ってたみたいだったけど」

ジムは、窓の外を流れ去っていく景色に、チラと目をやった。

ところどころに灌木(かんぼく)の茂みが点在するだけの大草原(プレーリー)の中を、道はどこまでもまっすぐに続いている。時々、人口二－三百人程度の、中西部風の小さな町を通り抜けることもあったが、総体としては、死ぬほど単調な眺めの連続だ。ラジオから流れるエリック・サティ。アコースティック・ピアノのひなびたような音色(ねいろ)が、BGMにぴったりだった。

すでにマウンテン・ビューからは、三百キロ近く離れている。

レイクは前方を凝視したまま、ポケットから一枚の紙切れを引っ張り出すと、ジムの鼻先でそれをひらひらさせた。

「なんだ?」

「まあ、見てみろよ」

ジムは紙切れを受け取った。

「ナンバー登録の写し(コピー)じゃないか。どうやって手に入れた」

「今朝、旦那が寝てる間に、ちょいと陸運支局までね」

「こいつは部外秘のはずだぜ」

「千クレジット紙幣に逆らえる奴は、そう多くはないよ」

レイクはチラッと笑った。

「銀行強盗(しごと)を前にして、女の車のナンバーをメモするのは、おたくくらいのもんだろうな」

ジムは苦笑を返して、再びその紙片に目を落とした。

「マダム・ルシール……フィ……フィ……」

「フィティフィッティハウゼン」

「これがあの女の名前なのか?」

「まさか。〈エリノア〉じゃ有名な金持ちだよ。地方名士ってやつ。マウンテン・ビューの郊外に、でかい屋敷を持ってる。旦那は中央星区じゃ二流のケツってところの政治家で、年に一－二回しか帰ってこない。それをいいことに奥方はやりたい放題。ちなみに今は、つい一月ほど前に知り合った二十も年下のスペイン人と一緒に、〈ニュー・アフリカ〉のどこかで河馬を撃ってるはずだ」

「それも陸運支局で調べてきたのかい」

「受付の女の子が、結構ゴシップ通でね」

レイクは片目をつむってみせた。

「もう一度訊くけど、おれたちは一体どこへ向かってるんだ？」

焦れたような声で、ジムが言った。レイクは簡潔に答えた。

「プードル・スプリングスだ」

「プードル・スプリングス……」

「そうさ」

たっぷり二十キロは走ったあとで、ジムが静かに口を開いた。

「なあ、レイク。おれが床にひざまずいて、プリーズって言うまで教えないつもりか？」

レイクは噴き出した。

「冗談だよ。〈エリノア〉のリゾートなんだ。鱒釣りのシーズンになると、この星の人口の半分が集まってくるそうだ」

「今がシーズンなのか？」

「オフだ。キャンピング訓練中のボーイスカウトくらいは、いるかもしれんがね」

「じゃあ――」

「あの時、彼女の車はまっすぐ北へ向かってた。おれはずっと見てたんだ。〈エリノア〉宇宙港へ行くんなら南だ。まあ警察だってまんざら馬鹿じゃないから、真っ先に税関を封鎖するだろう。チェックも厳しくなる。自分の宇宙船を持ってない限り、おいそれとこの星から脱出はできない。となると、あのブロンドはどうすると思う?」

「ほとぼりがさめるまで、どこかでじっとしてるだろうな。雌鶏(めんどり)みたいに七十万クレジットをあっためながら」

「プードル・スプリングスには、マダム・ルシールの別荘があるんだ。身を隠すには絶好の場所だよ」

レイクは前方を見つめながら、強く頷いた。ジムが言った。

「本当に、そこへ行ってるかな?」

「神に祈るんだな、ジム。それに、他にどんな手がかりがある?」

確かにレイクの言うとおりだ。ジムには返す言葉もなかった。彼は言った。

「返す言葉もないよ」

「そう言うだろうと思ってたぜ」

二人は顔を見合わせて笑った。

「ところで、あとどのくらいかかるんだ?」

ジムが、シートをリクライニングさせながら訊ねた。

「三時間とちょい。夕方までにゃ着けるよ。明るいうちに着かないと、別荘を捜すのが大変だからな」

「三時間か……」

ジムは窓の外に目を向け、顔をしかめた。

「景色は死んでるし、それまで何をしてりゃいいんだ?」

「二十(ツエンテイー)の扉(クエスチヨン)でもやるかい?」

レイクが快活な声で答えた。

「それは〝動物〟です」

やがて、地平線の彼方に、山影が蒼く見えてきた。そのふもとにプードル・スプリングスはある。二人を乗せた黒のプリモスは、次第に濃くなっていく植物相の中を、ひたすら走り続けた。

5 チェックメイト

「あれだ。間違いない」

闇の中で囁く声がした。

「確かさっきも、そう言ったよな。あれだ、間違いない」

こちらも囁き声だが、調子はかなり辛辣だった。

「今度こそ大丈夫だよ。話に聞いてたとおりの大きさだし、明かりも点いてる」

「そう願いたいもんだね」

下生えの茂みがガサガサと動いて、大小二つの人影を吐き出した。

中天には二つの月がかかり、青い光を投げかけている。

太い針葉樹の林をすかして、湖が銀盤のように輝いているのが見えた。別荘は、湖のほとりに建てられていた。ちょっとした邸宅並みの造りだ。湖面に張り出したテラスの下に、専用の船着き場も備えてあるらしい。

ジムとレイクは足音を殺し、木から木へ伝わるように、別荘に近づいていった。

全ての窓に皓々と明かりが点いているのだが、人の気配がまるで感じられない。微かに波の音だけが、耳に届く。ちょっと不気味な雰囲気だった。二人はパワー・ガンを取り出し、油断なく身構えた。

テラスには小さなテーブルと椅子が一組出してあって、背の高いタンブラーが空になったまま、放ってあった。底で氷が溶けかかっている。

「バーボン&ソーダだ」

レイクが、グラスの匂いを嗅いで言った。――バーボンだって？　ジムが太い眉を吊り上げた。レイクがニヤリと笑った。

「口紅の跡も残ってる。どうやら本命らしいぜ」

二人は開け放しのフランス窓から、建物の中に入った。

だだっ広い居間の中央には、大きな炉が切ってある。冬になったらこの周りでパーティをやるんだろう。本物の薪をじゃんじゃんくべながら。——豪勢なもんだ。

「こっちの部屋は、ビリヤード・ルームだ」

ドアの一つを開けて、首を突っ込んでいたジムが振り向きながら言った。

レイクがもう一方のドアを開けた。

二人は静まり返っているホールに出た。

「二階は客用の寝室らしいな」

「旦那は下を回ってくれ。おれはちょっと上を見てくる」

「OK。気をつけてな」


レイクは、ハリウッド式にゆるく湾曲した幅広の階段を、一歩一歩上っていった。後頭部の毛がチリチリと逆立つようだった。

上りきったところで、いったん立ち止まってあたりを見回す。廊下の両側には、いくつものドアが並んでいた。

レイクは一番手近のドアの前で立ち止まり、じっと耳をすませた。——物音一つしない。

ノブに手を伸ばし、そっと回してみる。鍵はかかっていなかった。レイクはドアをごく細く開け、隙間から内部をうかがった。ベッドの一部と、書き物机が見える。——ごく普通の寝室のようだ。

レイクはするりと中に入った。無人である。天井のE・Lはもちろん、机やベッドサイドのスタンドまで点いているのが、異様だった。レイクは首をひねった。

ゴーッ……

微かな物音が聞こえてきたのはその時だった。

レイクは身を硬くした。じっと聞き耳を立てる。

——どこか別の部屋だ。

廊下は少し先で直角に曲がっており、別のウイングへと続いていた。

レイクは足を止めた。

その扉だけ、半開きになっていた。

壁に身を寄せ、一つ深呼吸してから、レイクは室内に飛び込んだ。左手を支点に、空中でふわりと一回転。半分ひねりを加えてあるため、部屋の奥に着地した時には、こちらに向き直っている。もちろん右手は銃を構えたままだ。ほとんど音らしい音もさせない。

片膝をついて室内を見回す。誰もいない。主人夫婦の寝室なのだろう。他の部屋と比べると広々としていて、調度も豊富だ。部屋の中央にでんと置かれた天蓋(てんがい)付きのベッドが、マダム・ルシールの趣味の悪さを雄弁に物語っていた。

鼻先にしわを寄せ、ベッドから目をそらそうとしたレイクが、ぎくりと視線を戻した。

——金だ！

緑色のシーツと見えたのは、ベッドの上一面に敷き詰められたクレジット紙幣だったのだ。そばに、どこかで見たようなショルダーバッグも転がっている。

レイクは音を立てずに口笛を吹いた。

コトン……

レイクは、飛び上がるようにして振り返った。いや。人はいない。続き部屋に通じているらしいドアが、ひっそりと立っているだけだ。銃を握る手に、じっとりと汗がにじんできた。

パシャッ……

また聞こえた。レイクはドアの前で右足を上げると、思い切り蹴飛ばした。

ばーんというものすごい音がして扉が開いた。

中にいた人物が驚いて立ち上がる。

「動くな！」

両手でしっかりと構えたパワー・ガンを突きつけながら、レイクが叫んだ。

そして二人は、お互いを見つめ合ったまま、凝固した。——そこは浴室だったのだ。

レイクの顎が、だらりと垂れ下がった。

バスタブの中で立っている彼女の姿は、海の泡から生まれたといわれる、ビーナスもかくやと思わせる美しさだった。お湯にほてった肌が桜色に上気し、体のあちこちにくっついたシャボンの泡が、妙になまめかしい。

——邪魔な泡だ。

レイクは、その泡を心の底から憎んだ。

永遠とさえ思える時間が流れた。

最初に反応を起こしたのは、彼女の毛細血管だった。頬に血がのぼり、みるみるうちに真っ赤になっていく。

「きゃっ……」

小さな悲鳴を上げ、胸を両手でかばいながら、彼女はバスタブの中に大急ぎでしゃがみ込んだ。水面の泡から首だけのぞかせて、

「な、何よ！」

精一杯、虚勢を張った声で叫ぶ。

「あんた、何よ！　ひ、他人ん家の、それもバスルームに——」

「あ、う……」

カラカラに干上がった口の中で、舌がもつれた。

その様子を見ていた娘の顔に、ぱっと理解の色が広がった。

「あんた、あの時の……！」

彼女は小さく叫び、それからクスッと笑った。

「そうなの。じゃあ、夕刊に出てたドジな強盗って、

あんたたちだったのね」

　レイクの自尊心はいたく傷つけられた。

「でも、よくここが分かったわね。脱獄までしてご苦労さんなことだわ。あたしに一体なんの用？」

「あの時、渡しそこねたラブレターを届けにきたって言ったら、信じてもらえるかい？」

　彼女は鼻の先で笑った。

「イマイチ決まんなかったみたいね。声が掠(かす)れてたわよ。――本当になんの用？」

　一つ咳払いして、レイクは言った。

「おれたちの金を取り戻しにきた――それだけだ。あんたを傷つけるつもりはない」

「あんたたちのお金って、どういうことよ」

「おれたちは、三カ月も前からあの銀行にしるしをつけてたんだ」

「そう。そうなの。それはお気の毒。だけどそれがどうしたってのよ。おいしい獲物は早い者勝ちよ。出し抜かれる方が馬鹿なんだわ」

「それは違うね」

　レイクは口の端で不敵に笑った。

「おいしい獲物は、その時、銃を持ってる奴のもんさ。昔からそう決まってるんだ」

　娘は不意に黙り込み、唇を噛んだ。

「ま、そういうわけだ。悪く思わないでくれよ、小猫ちゃん」

「ちょっと待ってよ」

　出ていきかけたレイクを呼び止めて、彼女は言った。

「ねえ……」

　腰椎(ようつい)のあたりに、ずしっと響く甘い声だった。バスタブのふちから、レイクの顔にひたと据えられたグリーンの瞳が、妖(あや)しい光を放ち始めた。レイクは急に落ち着かない気分になった。

「ねえ、あんた。名前はなんていうの？」

「レ、レイク……」

「レイク――何？」

「レイク・フォレスト。人は《高飛び》レイクって呼ぶよ」

「そう。レイク。素敵な名前だわ」

バスタブの中で、彼女はゆっくりと身動きした。

「あたしはジェーン。ジェーン・ブラックモア。ジェニーって呼んでもいいわよ。それともう一つ、いいこと教えてあげましょうか。よく見ると、あんたってちょっとイカしてるわ。ほんとよ。ウフ♡」

ジェーンは天使のように可愛らしく微笑んだ。レイクが掠れ声で言った。

「あ、ありがとう。き、君も……だよ」

「あら！　初めて意見が一致したわね。ね、レイク。あたしたち、うまくやってけるような気がしない？　隣の部屋には七十万クレジットあるわ。思いっ切り豪華なハ、ハ、ハネムーンができるわよ」

「つまり……職場結婚？」

「そうよ！　毎日、二人で仲良く銀行を襲いながら、楽しく暮らしていくの。なーんて素敵な生活でしょ！　そうじゃなくって？」

「そう言われると、なんとなくそんな気が――」

「嬉しいっ」

ジェーンはバスタブから勢いよく飛び出してきて、泡だらけの体でレイクに抱きついた。柔らかい唇を押しつけてくる。

「ジェーン……♡」

頭に血が上り、レイクは夢中で彼女を抱き締めた。

「気をつけろ、レイク！」

背後からの声で、レイクは、はっと目を見開いた。

ジェーンが、飛び離れた。

レイクのすぐそばにあった棚から抜き取ったものらしい。右手に黒くて不格好な拳銃を構え、左手は喉の下あたりで、バスタオルを支えている。グリーンの瞳が、豹（ひょう）のように輝いた。

「殺してやる！」

ジェーンがヒステリックな声で喚いた。

レイクは呆然と突っ立っているだけだ。

「逃げろ、レイク！」

ジムの声とともに、浴室の戸口から一条の光線が天井のE・L目がけて発射された。

ぼんという軽い爆発音がして、浴室が真っ暗になる。

レイクはとっさに、体を後ろに投げ出した。

ジェーンのリボルバーが火を噴いた。闇の中でオレンジ色の火線が一メートルも伸びる。

連続後転で浴室を飛び出たレイクのそばを、熱い鉛（なまり）の弾が何発も掠めていった。

「こっちへ！」

ジムがレイクの腕を摑み、ドアの陰に引きずり込んだ。

ベッドの上に散らばっていたクレジット紙幣はなくなっていて、その代わりに、ジムは例のショルダーバッグを手にしていた。

「金は集めた。すぐ逃げよう」

「ハネムーンが――」

「阿呆！　殺されたいのか。さあ、来るんだ！」

二人は寝室から駆けだした。

体にバスタオルを巻きつけたジェーンが、廊下の先を転げるようにして走っていく二人目がけて、膝撃ちで二－三発ぶっ放した。古代兵器のコレクションを趣味とし、《ガンスモーク・ジェニー》の異名をとる彼女にとって不幸だったのは、それが銃身の短いコルト・コブラだったことだろう。この手の拳銃は護身用で、遠距離射撃にはまるで向いてない。

――せめて今ここに、M29（モデル）かスーパーブラックホークの八インチバレルでもあれば……。

ジェーンは唇を嚙み締めた。

――でも、勝負はこれからよ。

6　ベイ・シティへの長い道

レイクたちは、フリーウェイを西へと向かった。

海岸沿いのベイ・シティを目指す。

地道に悪事で稼いだ金で、ついこの間、中古屋から買ったばかりの〈メリー・ウィドウ〉が、この近郊に隠してあった。オンボロだが、超光速の出せる外洋クルーザーだ。

二人は交代で仮眠をとり、夜を徹してプリモスを走らせ続けた。

『ベイ・シティまで百キロ』

という標識を通りすぎるあたりで、夜が明けてきた。

「やっと終わったな」

首すじを手刀で叩きながら、ジムが呟いた。

「ここまでくれば、もう安心だ」

「ベイ・シティに着いたら、どこかのレストランで祝杯を挙げよう。自動販売機のハンバーガーは、もううんざりだ」

片手でステアリングを支えながら、レイクは煙草に火をつけた。ジムも大きく頷く。

「まったくだ。おれはどうせなら、魚料理がいいな。あそこはカマスがうまい。ソフト・シェル・クラブって手もある。小エビのコキーユとか――」

「ちょっと待った」

「どうした。おたくが肉料理の方がいいってんなら、おれは別にどっちでも――」

「違う！　あれを見ろ！」

フリーウェイ前方の退避路に、数十台のパトカーが、鼻先を揃えて整列していた。

「検問か？」

「いや。そうじゃないみたいだが」

「心配いらんさ。この車のことは警察にはバレちゃいないんだから」

黒のプリモスは、ずらりと並んだパトカーの前を、猛スピードで通りすぎた。

その直後、赤と青の回転灯をきらめかせて、数十台のパトカーがいっせいにスタートした。

バックミラーをのぞいていたレイクは、ぎゃっと叫んだ。道幅いっぱいに広がったパトカー軍団は、けたたましいサイレンの音を喚かせながら、みるみる近づいてくる。

レイクは煙草を投げ捨て、両手でステアリングを握り締めた。

燃料ペダルを床まで踏み込む。巡航速度を保っていたプリモスが、ぐっと前へ出た。

「どうなってんだ、こりゃあ！」

ジムが叫んだ。

「あの女だ！」

レイクが叫び返した。

「ジェーンだよ。密告込んだに違いない」

「なんてこった。あともう少しってとこで」

フロントグラスの向こうには、灰色にかすんだベイ・シティの街並みが、ぼんやり見え始めている。

レイクが言った。

「町中に入っちまえば、こっちのもんだ。それまでなんとか保たせるんだ。このままじゃ追いつかれる！」

「なんとかっていっても、対戦車砲はトランクだし、パトカーの外装はパワー・ガン程度じゃびくともしないし……」

風景が絵の具のように流れ出し、後ろへ飛び去っていく。すでに時速三百キロを超えていたが、パトカー軍団はじりじりと差を詰めてきていた。レイクが前を指さした。

「トラックだ」

フリーウェイの真ん中を、大型の浮揚式トラックが、やはりベイ・シティに向けて走っていた。長距離らしい。

ジムは、助手席側の窓を細く開けた。風切り音が凄まじい。パワー・ガンを突き出してタイミングを計る。

レイクは一気にトラックをパスして、その鼻先へプリモスのテールを振り込んだ。トラックが腹に響くようなホーンを喚かせた。

ジムが、トラックの車体底面から突き出している安定板（スタビライザー）を、パワー・ガンで撃ち抜いた。

バランスを崩してトラックは巨体を揺らめかせた。

そこへパトカーが接触した。

あとは見るまでもなかった。よける間もなく、後続のパトカーが次々に追突し、フリーウェイ上にスクラップの山を築き上げた。

「やったぜ！」

ジムが叫んだ。

プリモスはベイ・シティに入った。

そろそろ通勤ラッシュの始まる時間帯だった。レイクは少しスピードを落とした。交差点にバリケードが築かれていた。

「くそ！」

車体をほとんど真横にロールさせながら、カーヴを切る。ビルとビルの間から湧き出るように、パトカーが次々と走り出してきて、プリモスのあとを追い始めた。

時ならぬカーチェイスに、会社へ向かうサラリーマンやOLたちが、目を丸くして立ち止まっている。ビルの窓にも人の頭が鈴なりだ。

前の信号が赤になった。

レイクは全制動（フル・リバース）をかけ、プリモスを歩道に乗り上げた。蜘蛛(くも)の子を散らすように、通行人が逃げまどう。

「うわ――、ぶつかる!」

ジムが悲鳴を上げた。

ガラスとプラスチックをふんだんに使った近代建築のビルに、プリモスはまともに突っ込んだ。

白いしぶきのように、強化ガラスが砕け散った。ノーズをへこませたプリモスは、ビルの中を、別の出口を求めて走り回った。

レイクは立て続けにホーンを鳴らした。

人々は手にした書類やら鞄やらを放り出し、慌てて壁に張りついた。幸いそのビルの内部の通路は、車が十分通れるだけの幅があった。

プリモスは、ビルの反対側から、再びガラスを突き破って現れた。

そこには、先回りしたパトカーがバリケードを作って待ち受けていた。プリモスは八台のパトカーをぶっ壊し、そこで力尽きて停まった。

手に手にパワー・ガンを振りかざし、警官たちがどっと駆け寄ってきた。

ノーズは完全に潰れ、窓ガラスも大半が割れ落ち、見る影もないプリモスを、警官隊は十重二十重(とえはたえ)に取り囲んだ。

そのうちの一人が銃を突き出しながら、へっぴり腰でドアを引き開けた。

プリモスには誰も乗っていなかった。フューエル・ペダルの上に、ぶ厚い辞書が針金でくくりつけられているだけだったのだ。

7 エナジー・イコール……

レイクは、一人でぼんやりと海を眺めていた。足元には金の詰まったショルダーバッグが、無造作に転がしてある。

時期外れのパーム・ビーチは、ひっそりと静まり返り、波の音だけが単調に聞こえてくるだけだ。

レイクとジムは、パニック状態のベイ・シティからやすやすと抜け出し、地下鉄と無人バスを乗り継いで、〈メリー・ウィドウ〉の隠し場所へとやってきた、というわけだ。

――遅いな、ジムの奴。

レイクは、砂の中から石ころを拾い出し、沖に向かって思い切り放り投げた。

銃声とともに、小石は空中で砕け散った。

愕然（がくぜん）として、レイクは振り返った。

「どうして、あの時に限って、的（まと）を外したのかしらね」

右手にコルト・コブラを構えたジェーンが、ゆっくりと近づいてきた。遠くに赤いコンバーティブルも見える。

「でも、こうしてまたお会いできてよかったわ。だって、あたしたち、まださよならも言ってないでしょ？」

「ど、どうして、ここが……」

レイクは、はっとしたように足元のバッグを見つめた。

「ご明察。裏地にピン追跡子（トレーサー）が刺してあるの。気がつかなかった？　前の仕事で使った残りなんだけど、こんなところで役に立つとは思ってもみなかったわ。物は大切にしなくちゃ」

ジェーンは、ニッコリと微笑んだ。

裾が、太股のあたりまで達する、大きな焦げ茶のセーターを、ミニドレス風に着こなし、足元はバックスキンのぐにゃブーツ。色っぽいことだけは保証付きだ。

潮風が、彼女の金髪をそっと撫（な）でていた。

「もう一人の、でっかいのはどこへ行ってるの?」

「ちょっと、宇宙船を動かしに」

「あはーん。それでこんな人気のないところに。でも、あたしにとっても、目撃者はいない方が好都合だわ」

　可愛い顔をして、ジェーンは穏やかじゃないことを口走った。レイクは差し迫った危機感に襲われ、唾を呑み込んだ。背中を冷たい汗が流れる。

「さあ」

　ジェーンが一歩詰め寄る。

「あたしのお金を返して下さらないこと、《高飛び》レイクさん?」

「あ、いや、しかし――」

　レイクは口ごもった。とたんにコルト・コブラが火を噴いた。足元の砂が弾ける。レイクは飛び上がった。

　ジェーンは蜜のように優しい声で言った。

「ねえ、レイク。最初はどこを撃たれたい? 足? それとも腕? 耳を片っぽずつ吹き飛ばすなんてのも粋ね。お望みの場所を言ってちょうだい。一ミリの狂いもなく、リクエストにお応えするわ」

　また一歩ジェーンが近づく。レイクは一歩下がる。近づく。下がる、近づく。下がる。

　ジェーンは自分の足元にきたバッグを拾い上げ、肩にかけた。

「ああ……」

　レイクは、情けない声を出した。

「さっき宇宙船って言ったわね。ちょうどいいわ。宇宙港が封鎖されて困ってたのよ」

「な、なんだって。まさか君は――」

「そうよ。どこが悪いの。これからあたしがどうするか教えてあげましょうか。まずここで、あんたと一緒に宇宙船が来るのを待つわ。次に、あんたを殺すって脅かして、あの大男を宇宙船から引きずり出すの。で、その代わりにあたしが乗り込んで、この忌ま忌ましい星から逃げ出すってわけ。どお？　いいプランでしょ」

「君は、宇宙船を操縦できるのか」

「心配しないでちょうだい、なんとかするわ。こう見えても、メカには強いんだから」

ジェーンは艶然(えんぜん)と微笑んだ。それから急に顔を引き締めると、ぴしゃりと言った。

「やめてちょうだい！　そんなつまらない罠に引っかかるあたしだと思ってんの？　わざとあたしの後ろを見つめるふりをして。誰もいないのは分かってるんですからね！」

「あ、いや……」

レイクはためらった。

海岸沿いの木立の中から、続々と現れる警官たちのことを、言った方がいいのか、言わない方がいいのか……。

「何変な顔してんのよ」

ジェーンがとんがった声を出した。レイクは言った。

「あー、ところで君は、跳躍者(リーパー)の存在を信じるかい？」

「突然なんの話よ——跳躍者(リーパー)ですって？」

「そう。そして、このおれが、その跳躍者(リーパー)だとしたら？」

「何よ、バカバカしい……。でも——」

ジェーンは、ふと顔を曇らせた。

「《高飛び》って、まさか……」

「これは親切で言うんだけどね」

レイクは、ゆっくり後ずさりしながら言った。警官隊はどんどん近づいてきている。

「そのバッグを持ってると、今にやばいことになるよ」

「諦めが悪いわね」

「そう思うかい?」

「思うわ」

「最後に一つ、いいことを教えてあげるよ」

「最後にですって?」

「そう。君の後ろに警官がいる。早く逃げた方がいい」

ジェーンは噴き出した。

「何を下らない――」

「おっと、忘れてた。もう一つ。君のおへその形は、すごくチャーミングだったよ。ジェニー」

「レイク……!」

ジェーンの頰に、ぱっと赤味がさした。

「エナジー・イコール――」

レイクは、ジェーンに投げキッスを送った。

「エム・シー・スクエア」

ジェーンは呆然として、今までレイクが占めていた空間を見つめた。足跡だけが、砂の上にくっきりと残っている。――じゃあ、あれは本当だったんだわ。《高飛び》レイク……。とすると……?

ジェーンは、ぱっと後ろを振り返った。先頭の警官とジェーンとの距離は、もう三十メートルもなかった。ジェーンはコルト・コブラを全弾発射した。警官たちがいっせいに伏せる。

彼女は拳銃を投げ捨てると、赤いコンバーティブル目ざして、懸命に走り始めた。

その時、パーム・ビーチの空気が、遠雷のような低周波音で満たされた。

その音は急速に高まり、爆発的な轟音とともに海面を突き破って、純銀色の〈メリー・ウィドウ〉が飛び出してきた。

〈メリー・ウィドウ〉は、いったんそのまま飛び去るかと見えたが、突然、機首を巡らし、パーム・ビーチに戻ってきた。超低空飛行による対地効果のため、海面を真っ二つに引き裂きながら、〈メリー・

ウィドウ〉は警官隊とジェーンのちょうど中間を通り抜けた。

凄まじい砂煙が上がり、何人かの警官は吹き飛ばされ気を失った。

砂のカーテンが消えたあとには、衝撃波の深い溝が横たわっていた。

警官たちは、ジェーンがコンバーティブルにたどり着き、エンジンをかけて走り去るまで、ただ呆然と見送っていた。

突っ走る真っ赤なコンバーティブルの上空を、後ろからゆっくりと追い抜いた〈メリー・ウィドウ〉は、一気に加速してたちまち蒼穹の彼方に見えなくなった。

*

「おたくも甘いな」

星の海を映したスクリーンを眺めながら、ジムが皮肉な調子で言った。

「一度ならず殺されかけた上に、金まで取られた女を助けるなんて。あそこでぐずぐずしてたおかげで、〈エリノア〉の追跡機を振り切るのに、えらい苦労をしたんだぞ」

「今日からおれを、犯罪界のギャラハッドって呼んでくれ」

レイクは、副操縦席から振り返ると、気取った口調で答えた。

「だけど、金まで取られたってのは間違いだぜ――ほら」

レイクはポケットから札束を一つ取り出してみせた。

「おい、レイク」

「こっちにも。ここにもある。ほら、ここにもだ」

レイクは体中のポケットから、次々と札束を取り出して、制御卓の上に積み上げた。

「レイク！　なんて奴だお前は！」

ジムは笑いながら、まいったまいったという風に何度も首を振った。

「どこかの星に着いたら、シャンパンを抜かなきゃあな。七十万クレジットのお祝いに」

「あー、ジム」

「なんだい？」

「七十万じゃないんだ」

レイクは、ちょっと照れくさそうに言った。

「三十五万なんだ。つまりその……」

ジムは大きくニヤリと笑って、レイクの肩をぱんと叩いた。

「OK。三十五万のお祝いだ。ギャラハッド」

少し痛そうに笑い返したレイクが、ふと真顔になって言った。

「うまく逃げたかな」

「あの山猫娘が捕まるはずがない。首をかけたっていい」

ジムがきっぱりと言った。

「そうだな」

口元に不思議な笑みを浮かべながら、レイクは頷いた。

「だけど、ちょっと残念な気もするな」

「何がだ？」

「この先、もう会うこともないと思うとさ」

「ああ、確かにな」

ジムも感慨深げに言った。

「もう二度と会うことはないだろうからな」

もちろん、それがどんなに大きな間違いだったか、その時の二人には知るよしもなかった。

カラミティ・ジェーン

1 狙撃

（ぱりん……）

シャンパングラスの柄が折れるような、小さな乾いた音だった。

安ホテルの一室で、湯上がりのビールを楽しんでいたレイクは、音のした方を、チラリと振り返った。

窓の外には、ニューシカゴの夜景が美しく広がっているだけだ。林立する高層ビルの窓の明かりが、闇を背景（バック）に無数にきらめいている。

——空耳かな？

レイクは軽く肩をすくめて、今時珍しい白黒の立体（3D）ポータブルテレビに、視線を戻した。横縞のノイズが走る画面の中で、敵チーム『テキサス・パイレーツ』のランニング・バックが、三十ヤードを一気に前進（ゲイン）して、ゴールライン（タッチダウン）越えに成功していた。逆転だ。ぶっ壊れかけたスピーカーから、ひずんだ喚声が飛び出してくる。

「ふん」

レイクが鼻を鳴らした。手にしたビールの缶を、投げつけてやりたい心境だった。

（ぱりん……）

とたんに、テレビセットが、ぽんといって爆発した。残骸（ざんがい）から白い煙が立ちのぼった。

レイクは二‐三度、目をパチパチさせ、手の中の缶ビールと、壊れたテレビセットを、交互に見つめた。

「まだ投げてないのに……」

レイクは、呟いた。

（ぱりん……）

今度は、奥の壁にかかっていた安っぽい複製画が、ガシャンと床に落っこちた。額縁のガラスが粉々になって、ベッドの上に散らばった。

「な、なん――!?」

レイクは、弾かれたようにソファから腰を浮かせ、きょろきょろとあたりを見回した。何がどうなっているのか、さっぱり分からなかったが、とにかく、この部屋の中で何か異常なことが起こっているのは確かだった。

(ぱりん……)

左手の缶ビールが、激しい衝撃とともに吹っ飛ばされ、レイクの顔を泡だらけにした。

レイクは反射的に、窓の方を振り返った。

初めの時は気づかなかったが、ぶ厚い強化ガラスに、点々と白い四つの穴が開いているのが見えた。

「穴が開いてる……」

レイクは、淡々とした口調で、事実をありのままに表現した。それから、不意に眉を寄せると、首をかしげながら、言った。

「だけど、なんで穴なんか開いてるんだ?」

とたんに、

(ぱりん……)

窓ガラスに、もう一つ白い点が増え、テーブルの上の花瓶が、砕け散った。

「なるほど」

レイクは、妙に冷静に頷いた。

「つまり、こういうことだ。どっかの誰かが、窓の外から熱くてちっちゃい鉛の弾を、ご丁寧にも、おれの部屋に配達して下さっている――要するに、おれはさっきから射的のまとになってたんだ。――ハハハ」

レイクは乾いた声で笑った。そして叫んだ。

「冗談じゃねえ!」

急に慌てふためいて、床に身を伏せる。

(ぱりん……)

その上空を、銃弾がひゅんと通りすぎ、カーペットにめり込んだ。

レイクは、そうっと手を伸ばして、枕の下をさぐった。指先に、パワー・ガンの銃把(グリップ)が触れる。

（ぱりん……）

枕が跳ねた。激しい着弾のショックで、中に詰まっていた羽毛(うもう)が、ぶわ〜〜〜っと天井近くまで舞い上がった。レイクは夢中でパワー・ガンを摑むと、床の上をごろごろと転がった。

（ぱりん……）

銃弾はレイクを追うように、次々と撃ち込まれた。そのたびに、部屋の調度類に穴が開き、見るも無惨に破壊されていった。

「くぬやろ！」

レイクは歯を食いしばり、天井のE・Lに向けて、パワー・ガンの引き金(トリガー)を引き絞った。

青白いスパークが飛び散り、蛍光ガラスの破片が、ばらばらと頭上に落ちてくる。

室内が真っ暗になり、同時に、射撃もやんだ。

さっきまでの騒ぎが、まるで嘘だったように、部屋がしんと静まり返った。べたっと床に伏せて、目だけを光らせているレイクの上に、羽毛が雪のように音もなく降り注いだ。銃弾を浴び、針金一本でかろうじて下がっているナイトランプの残骸が、壁際でゆらゆらと揺れていた。

レイクは動かなかった。

自分自身の鼓動の音だけが虚ろに響いた。――銃声がまったく聞こえなかったところをみると、かなりの距離から撃ったのだろう。おそらく、四－五百メートル。横風も結構あるし、尋常の腕ではない。赤外線スコープを使っているとしたら、明かりを消しただけでは、まだまだ油断できなかった。

五分間がじりじりと過ぎていった。

レイクは、ほんのわずかずつ、ドアの方へ移動し始めた。

その時、
RRRRRR……

電話のベルが、たまげるほどの大きな音で鳴りだした。レイクはギクリと動きを止めた。心臓が、喉元までせり上がった。

ベルは執拗に鳴り続けた。

レイクは芋虫のように、ずりずりと這いずって、映像受話器を取り上げた。ヴォイス・オンリーで、映像は出ていない。しかし、その声を聞いたとたん、レイクは相手が誰なのか、すぐに分かった。

声の主は、含み笑いをしながら、言った。

『さあ、レイク。やっと見つけたわよ』

2 追ってきた女

「ジェ、ジェーン……！」

レイクが引きつった声で叫んだ。思わず受話器を取り落としそうになる。

『あら。覚えていて下さったの。嬉しいわ。〈エリノア〉では、ずいぶんお世話になったわねぇ、レイク。今のは、あたしからの、ほんの心ばかりのプレゼント。気に入っていただけた？　うふ♡』

受話器の向こうで、ジェーンが艶然と微笑む様子が、手に取るようだった。レイクは、背すじを這い上がってくる寒気に、ぞくりと体を震わせた。不吉な予感がした。

「ど、どういうつもりなんだ？」

『さあ。どういうつもりかしら？』

猫が鼠（ねずみ）をいたぶるように、ジェーンは楽しげな声で応えた。

「ＯＫ、ジェーン。話し合おうじゃないか。君は何か誤解してるんだ。今どこにいる？　会って話し合えば、きっと分かる——」

『何が、分かるっていうの？　レイク。あたしの三十五万クレジットを持ち逃げした上、あたしを〈エリノア〉に置き去りにしたってこと？』

ジェーンの口調が、とたんに冷たいものに変わった。レイクは慌てて口ごもった。

「あ、いや。だから、それは、つまり——」

ガッチャーン！

受話器を叩きつける音が、レイクの鼓動を突き刺した。耳がキーンと鳴った。接続の切れた受話器を、レイクは渋い顔で見下ろした。

——やばい！

それが、レイクの正直な感想だった。

——むちゃくちゃ、やばい！

レイクは受話器を戻すと、真っ暗な部屋の中を、動物園の熊よろしく、うろうろと歩き回り始めた。

——あの、跳ねっ返りが、どうやっておれたちの居所を突き止めたのかは知らないが、とにかく、これは一大事だ。あんなぶっそうな女と同じ町に——いや、同じ惑星上にいることすら、災いの元だ。まったく、あいつってば……。

レイクは、髪の毛を掻きむしりながら叫んだ。

「厄病神（カラミティ）ジェーンだぜ！」

その時、ドアに軽いノックの音がした。

レイクはパワー・ガンを握り直すと、慎重（しんちょう）な足取りで、ドアに近づいた。壁に背中をつけて、押し殺した声で言った。

「合言葉は……？」

ドアの向こうから、相棒ジム・ケースの、のんびりした声が聞こえてきた。

「なーに言ってんだ、レイク。合言葉なんて一度も決めたことないくせに。ふざけてないで、さっさとここ開けろよ」

レイクは、ほっと肩の力を抜き、ドアを開けた。

ジムはレイクの顔を見るなり、満面に喜色をたたえて、いきなり喋り始めた。

「準備完了だ、レイク。輸送経路が分かった。乗り換え用の車の手配もすんだ。それから、こいつが――」

と、ジムはポケットから、鉛筆くらいの太さの金属棒を取り出して、

「現金輸送車に仕掛ける、例の装置だ。警備会社のガレージってのが、どれくらいお粗末なガードシステムを使ってるか、驚くほどだぜ。おたくなら、忍び込むのは簡単だ。現金を積んでない現金輸送車ってのは、要するに、ただのトラックだからな。誰も注意してないってわけさ。――それで、明日の段取りだが――」

「取りやめだ」

いきなり、レイクが言った。口元に笑いを凍りつかせたまま、ジムが訊き返した。

「なんだって?」

「取りやめだって言ったんだよ、ジム。明日の襲撃計画は、御破算だ。すぐに、ホテルを出るんだ」

「おいおい、レイク。そいつは一体、どういう冗談なんだ?」

レイクは無言で、ジムを部屋の中に引っ張り込んだ。薄闇の中に、めちゃめちゃになった室内の様子が、ぼんやりと浮かんでいる。ジムの顎が、だらりと垂れ下がった。

「これが冗談だと思うかい、ジム?」

「レイク……」

半ば呆然とジムが振り向いて言った。

「おたく、この部屋で何をやってたんだ？　牛と相撲でも取ってたのか？」

「まあ、似たようなもんだな。実際は牛じゃなくて、馬が相手だったが」

「馬って……？」

「ジャ、ジャ、ジャ馬さ」

「おい！」

ジムの頬が、ぴくっと引きつった。

「おい、まさか、レイク……」

レイクは、何か重い定めを背負った殉教者さながらの、厳粛な面持ちで、ジムの瞳をまっすぐに見つめたまま、ゆっくりと頷いた。そして、とどめを刺すような感じで言った。

「ジェーンが、来た」

二人の心理的背景に、『鬱』という文字がどーんと大写しになった。

ジムはどこか虚ろな視線を、荒れ果てた室内にさまよわせ、窓ガラスに開いた、十数個の弾痕を認めた。ジムの脳裏に、自分自身の射殺体のイメージがオーバーラップした。掠れ声で囁く。

「どうする？」

「逃げよう」

レイクが即座に答えた。

「この町から？」

「この星からさ」

「ちょっと待てよ、レイク。いくらなんでもそいつは無茶だぜ。せっかく準備した仕事の方はどうなるんだ？」

「ジム……」

半ばため息交じりの声で、レイクが静かに言った。

「金と命と、どっちが大事だ？」

薄暗い部屋の中央で、二人はしばし無言で見つめ合った。唐突にジムが口を開いた。

「仔牛のステーキ」

「そうさ」

「『ヴィリエ・ド・リラダン』の鴨のオレンジ煮」

「あれは絶品だったな」

レイクが頷いた。ジムは熱っぽく続けた。

「キャヴィアをたっぷり載せたトースト。パテ・ド・フォアグラ。舌平目のムニエル・プロヴァンス風。ペキンダック。うずらのワイン蒸し、マクドナルドのハンバーガー！」

「OK。決まったようだな」

レイクが言った。

二人は、さっそくにそのホテルを引き払うことにした。幸い、他の部屋の客は、寝静まっていて、騒ぎに気づいた様子はない。こんな時間だ。フロントも無人だったが、レイクはちゃんと正規の料金を（チップまで含めて）置いていくのを、忘れなかった。

「妙なところに律義なんだよな、おたくは」

ジムが言った。

「タダ逃げは、悪いことだもんな」

レイクは、大真面目に答えた。――洒落や冗談じゃなく、本気でそう思っているのだ。その代わり、銀行や現金輸送車を襲うことは、ちっとも悪いことだとは思っていないのだから、不思議な道徳感覚をしているといえるだろう。

「そっちはどうだ？」

「人影はないようだな」

二人は、目くばせを交わし合って、ホテルの裏口から、素早く駆けだした。ビルとビルの間の、暗い裏通りを通り抜ける。二人ともラバーソールの靴を履いているから、足音はほとんどしない。

いくつ目かの角を曲がったところで、先頭を走っていたジムが、いきなり立ち止まった。勢いあまったレイクが、ジムの背中にぶつかって、文句を言った。

「痛えなあ。どうしたってんだよ、旦那」

でくのぼうみたいに突っ立っているジムが、どこからか空気の漏れているような声で言った。

「ない……」

「あ？」

レイクは、ジムが呆然と見つめている場所に、目をやった。夜露に濡れた石畳に、パーキングメーターの明かりが、淡く反射している。

「一体、何がないってんだ、ジム」

「車だ……」

途方に暮れたような表情で、ジムが呟いた。

「確かに、ここに置いておいたのに」

「なんだって!?」

レイクは愕然と、ジムの横顔を見上げた。

「盗まれちまった」

ジムは、信じられないという風に、力なく首を振りながら言った。

「おれたちの車が……」

「本当に、ここなのか、ジム。どこか別の場所と勘違いしてるんじゃないだろうな」

「間違いない。あの壁の落書きを、はっきり覚えてる」

ジムは、カラースプレーで汚されたレンガ塀を指さした。あらゆる種類の四文字言葉が書きなぐられている。

「くそ！」

さっそく、レイクがそのうちの一つを口にした。

「なんて世の中だ！　油断も隙もあったもんじゃない。乱れきっとるぜ、ったく！」

「おい、ちょっと」

さかんに憤慨しているレイクを制して、ジムはパーキングメーターに顔を近づけた。

「なんだ、こりゃ」

メーターの頭部に、一枚のカードがテープで留めてあった。レイクは、ハッとした。――まさか？

大急ぎでカードを引っぺがす。

カードには、こう書いてあった。


親愛なるレイク様――

車はお金のカタにいただいていくわ。

悪く思わないでね。

ガンスモーク・ジェニー♡

レイクは二度読み返し、署名の下につけられた、朱いルージュの跡を、じっと見つめた。指先がぶるぶる震え始める。
「あンのやろ～～～！」
カードを地面に叩きつけた。

「何が悪く思わないでね、だ。取っ捕まえて、いやってほどお尻を叩いてやるぞ！」

「それはいい考えだな」

ジムが身をかがめて、カードを拾い上げながら言った。

「どっちにしても、あの車を取り返さない限り、この星(イリノイ)からは出られないんだし……」

今度はレイクが顔色を変える番だった。

「もう一度言ってくれないか、ジム。あの車を取り返さないと、どうだって？」

「この星から出られない」

カードを指の間でもてあそびながら、ジムがあっさりと答えた。

「なぜ！」

「実は、新品の空間歪曲(ディストーション)コイルが、トランクの中に入ったままなんだ」

「それがないと飛べないのか？」

「飛ぼうと思えば、飛べないことはないさ。——ただ、ワープができない」

「〰〰〰」

レイクは、ぴしゃりと片手で顔を覆った。この世に神はないということを、はっきりと思い知らされたような気分だった。

「うちの宇宙船（ふね）のワープエンジンは、相当ガタがきてたからな。なんせ中古だし。空間の歪曲（ディストーション）が甘くなってて、ノッキングしたり、立ち消え（エンスト）現象を起こしたり。知ってるだろ？」

「ああ。よーく知ってるよ」

レイクは苦い顔で頷いた。ワープエンジンがノッキングを起こすと、宇宙船は通常空間と亜空間を、痙攣（けいれん）的に出たり入ったりし始め、その結果、乗っている人間は、手ひどい船酔いを起こすというわけだ。

「〈メリー・ウィドウ〉の古いコイルを六本とも、ニューシカゴのブラックマーケットに下取りに出して、新品を買った。こないだ〈エリノア〉で稼いだ三十五万が、一クレジット残らず、吹っ飛んだ」

「そいつが全部、あの車のトランクに入ってるってわけか？——最悪だな」

「最悪だ」

「これ以上はないってくらい最悪だ」

レイクは、両手をジェスチュアたっぷりに振り回しながら、言った。ポケットから小銭を掴み出し、掌の上で数えてみる。

「これじゃ、レンタカーも借りれやしない」

情けなさそうな表情だ。

「まあ、当面の問題を片づけてから、対策を練るしかないだろう」

ジムが言った。レイクは小銭から顔を上げて、訊き返した。

「当面の問題？」

「このカードの裏側、読んでみたかい？」

ジムが、カードをひらひらさせながら訊ねた。レイクは、きょとんとして、首を振った。

「追伸が書いてある。――このあたりは、もうすぐ警官の海になるそうだ」

レイクは、ジムの手からカードをひったくった。
P.S.には、その情報とともに、
『早く逃げた方がいいわよ』

とあった。ジェーンの皮肉っぽい微笑が、目に浮かぶようだった。

「う〜〜〜っ！」

レイクは頭に血をのぼらせて、カードを粉々に引きちぎった。

「〈エリノア〉のお返しってわけか。たいした女だぜ」

ジムが言った。

サイレンの音が、急速に接近してきた。それも、おびただしい数の蝟集を感じさせる禍々しい響きだった。

レイクが口を歪めて言った。

「ジム。ニューシカゴに、どれくらいパトカーがあるか知ってるかい？」

「いいや」

「じゃあ、今夜は知るチャンスだぜ。数えてみるといい。あの様子じゃ、一台残らず集まってきてるに違いないからな。――ほら、まず一台！」

けたたましいサイレンの音を喚かせながら、パトカーが裏通りに突っ込んできた。建物の角にボディがこすれて、夜目にも鮮やかな火花を散らす。

「さあ、どうしますかね」

ジムが、面白がっているような声で言った。――おそろしく緊張している証拠だった。レイクもまた、同じような口調で、

「車がない以上、方法は一つしかないだろうな。――鬼さんこちら作戦」

レイクは、ニヤッと笑って、片目を閉じながら、

「だな」

ジムが、ニヤリと笑って頷いた。

道の反対側からも、パトカーが次々と現れる。ヘッドライトが二人を捉えた。

「走れっ！」

レイクが叫び、二人は狭い路地に夢中で駆け込んだ。路地の前に、無数のパトカーが、ひしめき合うようにして停車した。要員搬送車も数台交じっていた。

そのブロック一帯は、たちまち警官たちの大群で埋め尽くされ、レイクたちは完全に包囲されてしまった。

3 警官がいっぱい

「賊はどこだ」

「あっちだ」

「こっちだ」

「いや、向こうだ」

「静かにしろ！」

トレンチコートのポケットに両手を突っ込んだままの、やたらと背の高い男が、大声で怒鳴った。

「いいか、第一分隊から第三分隊までは、ここら一帯を包囲しろ。アリ一匹這い出させるな。第四、第五分隊は、おれについてこい。路地を組織的に捜索する。物陰一つ見逃すんじゃないぞ」

「フクダ警部。奴は一体、何者なんでありますか」

「《高飛び》レイクとかいう、札つきの悪党だそうだ。市民からの通報でな。連邦警察からも手配が回ってきている。武器を携帯していることが考えられる。万一の場合は射殺しても構わん！」

――おやおや。ぶっそうな話だ。

ゴミ缶の陰で、レイクが片方の眉を吊り上げた。

フクダ警部は、両切りの紙巻き煙草にジッポで火をつけると、ひと息大きく吸い込んだ。警官たちを見回し、ゆっくりと煙を吐く。そして言った。

「かかれ！」

警官の大集団が、どっと動いた。

レイクは、路地の少し先で待機しているジムに、目で合図した。

（いくぜ、旦那）

ジムが、親指を立てて応える。

レイクは、警官隊の真ん前に飛び出して叫んだ。

「やっほー。こっちだこっちだ」

「いたぞ！」

「捕まえろ！」

「こっこまで、おいで♪」

右手の親指を鼻の頭につけ、残りの指をひらひらさせながら、レイクが言った。そして、くるりと後ろを向いて駆けだした。

「待て！」

「止まれ！」

「止まらんと撃つぞ！」

口々に叫び交わしながら、警官たちもあとを追う。

レイクは、あっという間に、路地の角を曲がって、見えなくなった。

「急げ！」

「見失うな！」

警官たちが、その角に達した時、レイクはすでに、次の角を曲がりかけていた。

「右に曲がったぞ！」

先頭の警官が叫んだ。

人が並んで二人通れるくらいの路地を、警官たちは色めき立って駆け抜けていった。しかし彼らのうち、誰一人として、両方の壁に手足を突っ張ったジムが、上から自分たちを見下ろしていることに、気づこうとしなかった。

*

警官隊の最後尾が、眼下を通過する瞬間――

ジムの巨体が、音もなく襲いかかった。列の後ろをヨタヨタ走っていた足の遅い二人の警官が、不運な犠牲者となった。

ジムは、両方の腕で、それぞれ二人の胸ぐらを摑み、目よりも高く差し上げて、壁に叩きつけた。警官は、声を出す暇もなく気絶した。実際、二人は、自分たちの身に何が起こったのかすら、分からなかっただろう。いきなり目の前に、黒い影が降ってきたかと思うと、次の瞬間には気を失っていたのだ。

ジムは、壁に二人を押しつけたまま、素早く路地の奥に目をやった。警官たちは、レイクを追うのに夢中で、異変に気づくこともなく、角を消えていく。

ジムは、ほっとため息をつき、両腕の力を抜いた。二人の警官が、どさどさっと地面に落ちて、平べったくなる。

「さあ。これからが、問題だ」

ジムは腕時計を確認すると、大急ぎで二人の制服を脱がせ始めた。

*

一方、レイクは警官隊の三十メートルほど先を、懸命に走っていた。路地が入り組んでいるため、警官たちも銃を使うチャンスを見い出せないでいる。

――というより、むしろ、銃の存在なんか、すっかり忘れているのだ。狩人（かりゅうど）の本能。鬼ごっこの快感だ。

「待て〜〜、この野郎〜〜〜！」

　後ろから聞こえてくるフクダ警部の怒鳴り声が、心なしか少しばかり近づいてきたようだった。

「疲れるぜ」

　レイクは額の汗をぬぐいながら、小声で呟いた。左手首のＳＥＩＫＯに、チラリと視線を走らせる。

「あと、三分……」

　肩越しに振り返ってみると、道幅いっぱいの警官隊が、歯を剝き出し、すごい形相で追ってくる。紺の制服集団の中で、一人フクダ警部の長身が、頭一つ飛び抜けて目立っていた。バーバリーの裾をひるがえしながら、口を限りにレイクの悪口雑言（あっこうぞうごん）を、喚き散らしている。

「止まるんだ、この野郎！　止まれッ！　止まれって言ってんのが、分かんねえのか、こん畜生！」

「冗談ぽいぽい」

　レイクは、あかんべをして、さらにスピードを上げた。

＊

　さて、こちらはジム・ケース。彼もまた、別の敵と懸命に闘っていた。

「うっ、くそっ……このっ……」

　顔を真っ赤にして力を入れるのだが、制服のボタンが、どうしてもかからないのだ。下着姿の警官二人は、ベルトと靴ひもで縛り上げ、さるぐつわを噛ませて、別の路地に放り込んであった。

「くっ……」

　ジムは、思い切りおなかをへこませ、口をへの字にして、制服を引っ張った。

　ボタン穴のところの布地が、極限まで引き伸ばされ、金色のボタンに……。

「このっ、このっ、このっ……！」

——はまった。

「はまったあ……」

ゆるみきったような声で、ジムが言った。全精力を使い果たしたという感じの表情だ。

ジムは、おそるおそる息を吸い込んでみた。ボタン穴が、今にも弾けんばかりに引きつれ、背中など、ぱんぱんに張っていた。が、

「なんとか大丈夫のようだな」

自分でも、とうてい信じられないというような目を向けて、呟いた。

時間を確認する。——もうそろそろ、レイクがこのあたりを一周して、帰ってくる頃だ。ジムはもう一組の制服を拾い上げ、最後の仕上げにかかった。

*

——もうそろそろだな。

息を切らしながら、レイクは考えた。肺が破裂しそうだ。時々、ふっと足の力が抜けそうになる。今、道に小石一つでも転がっていたら最後、他愛なく引っくり返ってしまうに違いなかった。

しかし、

——今、捕る（コケ）わけにゃ、いかないんだ。

レイクは歯を食いしばって、ラストスパートした。

「警部。奴はまた右に曲がりました」

「なんだとォ。それじゃ、元の場所へ、戻っち、まうぞ。あン の野郎、おれたちを、おちょくって、やがる、のか！」

フクダ警部は、走りながら、あえぎあえぎ言った。汗だくだ。前を開けたトレンチコートの裾が、ばさばさと音を立てているが、始めほどの勢いは、さすがにない。

「どういたしましょう。隊員たちも疲れておるようでして……」

「阿呆！　ちったあ、頭を、使え！　第四分隊を引

き返させろ。挟み撃ちに、するんだ」

呼吸を整えるために、少し言葉を切ってから、警部は続けた。

「まったく。能なしが揃ってやがるぜ。お前たちは、なんだって、いつまでも馬鹿みたいに、あいつのあとを走ってやがるんだ」

「はっ。しかし、警部が追いかけろとおっしゃったものですから――」

「口ごたえするな!」

「はっ……」

ワトキンス巡査部長は、後ろを振り返って大声を出した。

「第四分隊、停止! 元来たところへ引き返す! 回れ、右ッ! 駆け足、始めッ!」

半数の警官たちが、げんなりした顔で、引き返し始めた。お世辞にも、足取り軽くというわけにはいかない。すかさず、フクダ警部の怒鳴り声が、その背中に浴びせかけられた。

「てめーら! 命が惜しかったら、さっさと走るんだ! ぐずぐずしてる奴は、おれが撃ち殺してやるぞ!」

とたんに、第四分隊全員が、尻を蹴飛ばされたみたいに、ぴょんと飛び上がって、あたふたと走り去っていった。

「ふん」

フクダ警部は鼻を鳴らして見送ると、第五分隊のあとを追った。

*

――あと五十メートル!

路地の入り口に、白いハンカチが落ちているのが、目に入った。

レイクは、最後の気力を振り絞って、警官隊を引き離し、路地に飛び込んだ。

ゴールイン！

ジムがニヤリと笑って、出迎えた。

「お疲れさん。さあ、着替えだ。早くしろよ」

「この中でかい？」

「そうさ」

ジムがニヤニヤと頷いた。

レイクは、二つ並んだ特大のゴミ缶を、渋い顔つきで見つめた。

＊

「馬鹿め。罠に飛び込みやがったぞ」

フクダ警部が、勝ち誇ったような声で叫んだ。

「袋の鼠だ。それ急げ！」

警官たちも、わっと喊声を上げて、路地に殺到した。

それと、ほぼ時を同じくして、第四分隊ももう一方の入り口にたどり着いていた。

路地の両方の口から、血気にはやった警官たちの群れが、どっとなだれ込んだ。

ところが——

あいにくなことに、路地の入り口付近には、ジムがそこら中から掻き集めた、ゴミ缶だの枝きれだの段ボールだのが、山と積み上げられていたのである。

おまけに、ご丁寧にも、その手前に針金が張り渡してあったものだから、たまらない。

「わわっ。と、止まれッ」

障害物に気づいた先頭の警官が、叫ぶと同時に、針金に足を取られて転倒した。まともに、頭からガラクタの山に突っ込む。

ぐゎらんぐゎらんぐゎらん！

続いて、二番手、三番手と、同じ運命をたどる。

どわっしゃーん！　ぐわっしゃーん！

いやもう、そのにぎやかなこと。うすら寂しい路地裏には場違いなほどの、けたたましさだ。騒ぎは連鎖反応式に、次々と他の警官を巻き込んで、拡大していった。

いくら自分一人が止まろうと思っても、勢いがついている上に、事情の分からない後続の連中が、例の大音響を、犯人と格闘する音と勘違いして、我先にと押し寄せるものだから、止まれようはずがない。あわあわ言ってるうちに、引っくり返ってしまうという寸法だ。

蹴つまずいた奴に蹴つまずいて、こける奴。それをよけようとして、かえってバランスを崩し、自滅する奴。ゴミ缶を蹴飛ばしそこねて、引っくり返る奴。バケツに両足を突っ込んで、顔面から着地する奴。

ほとんど一瞬のうちに、路地の中は、折り重なった警官たちの山と化した。路地のほぼ中央では、第四分隊と第五分隊の先頭同士が、顎を突き合わせるようにして、仲良く伸びていた。

「この、ド阿呆ども！」

山の中腹あたりにうずまったフクダ警部が、拳を振り回しながら、真っ赤になって喚いた。

「さっさと、おれの上からどかんか！」

体のあちこちを手で押さえながら、警官たちがざわざわと立ち上がった。

「どこだ！　《高飛び》レイクを捕まえた奴はいないのか。あいつは、どこにいった」

きょろきょろとあたりを見回す警官たち。しかし、その狭い路地には、自分たちと、地面に転がったガラクタの他には、何者も存在していなかった。警官たちは、自分たちも、そのガラクタの一つになったような気がして、うつむいた。

「ここには、我々の他には、誰もいないようですが……」

額にでっかいたんこぶを作ったワトキンスが、おずおずと報告した。

「な・ん・だ・とおおお〜〜〜」

地獄の底から聞こえてくるような声で、フクダ警部が言った。ワトキンスの顔が、さっと青ざめた。全員が、カミナリに備えて、首をすくめた。と——

「いました！　奴らです」

路地の向こう端で、一人の警官が興奮しきった様子で叫んだ。

「なんだと！」

全員が色めき立った。

「あそこです。怪しい人影が二つ、たった今、あの角を曲がるのを見ました。《高飛び》レイクとやらに、間違いありません。急いで！」

「そうか、二人だったんだ。——くそ。まんまと一杯食ったぞ。——追いかけろ！」

警官たちは、スーパーチャージャーのスイッチを入れられたレーシングカーのように、路地を飛び出していった。


「どこだ。どの道へ入った」

「あそこです。あの茶色いビルの——」

「それっ」

どどどどどっ、というような擬音がぴったりくるほどの勢いで、全員がいっせいに進路をとった。——いや、正確には、二人をのぞく全員が、だ。そのうちの一人は、確かに、さっきまで道案内を務めていた、あの警官だった。

「走れ走れ走れえ〜〜〜っ。今度こそ取っ捕まえるんだ！」

フクダ警部の声を遠くに聞きながら、レイクとジムの二人の偽警官は、そっと列を離れて、一目散に反対方向へと逃げ出した。

「旦那」

走りながらレイクが呼びかけた。

「なんだ」

「こんな時に、こんなことを言うのは、どうかと思うんだが……」

「だったら、言わなきゃいい」

「だけど気になるんだ」

「走りながら喋ってると、舌を嚙むぞ、レイク。——あ痛っ」

ジムが顔をしかめた。舌を嚙んだのだ。

しばらく二人は無言で走り続けた。前方に検問が見えてきた。ニューシカゴ市警の大包囲網だ。

二人は物陰から、様子をうかがった。不意にジムが口を開いた。

「レイク」

「なんだ」

「さっき何を言おうとしてたんだ?」

レイクが、面白がってるような視線を向けた。

「聞きたいかい」

「いや、まあ、なんていうか……。ちょっと、な」

ジムが、いかにも何気なさそうなそぶりで、肩をすくめる。レイクは噴き出す寸前の顔をして、言った。

「おたくのズボンだけどな、ジム、尻のとこが破れてるぜ」

「レイク!」

ジムが思わず大声を出した。レイクは立ち上がって言った。

「さあ、行こうぜ、ジム。これから、もうひと芝居打たなきゃならん」

「気が重いぜ」

「堂々としてりゃ大丈夫さ。だけど、いいか、ジム。その後ろ姿だけは、見られるんじゃないぞ」

「バレるからか?」

「いや。みっともないからさ」

「レーイク!」

レイクはゲラゲラ笑いだした。そのまま表通りに駆けだしていく。ジムも、慌ててあとを追った。

検問の警官たちが振り向いた。レイクは、とたんに表情を取りつくろった。

「止まれ！　どうしたんだ」

レイクは、肩で息をしながら、悲痛な声を絞り出して答えた。

「フクダ警部が撃たれた！」

「なんだと!?」

警官たちが、ざわついた。

「犯人たちは、この先の廃ビルに立てこもっている。パトカーを貸してくれ。SWAT（スワット）の応援を呼ぶんだ。州兵にも出動を要請する。長官と州知事にも連絡しなきゃならんし、おまけに、こいつのカミさんが産気づいてる。急いでるんだ」

レイクは一気にまくし立てた。明らかに動揺しているらしいその警官は、釣り込まれたように、頷いて言った。

「分かった」

レイクたちは、包囲網からの脱出に成功した。

4　ボーイ・ミーツ・ガール

夜が明け始めていた。

道路には、車一台走っていない。大都会ニューシカゴが、この時間にだけ見せる、安息に満ちた素顔だった。

十車線道路のど真ん中を、レイクたちは無言で、パトカーを走らせていた。

道は郊外へと延びていたが、二人には行く当ても何もなかった。

「ふう……」

助手席のレイクが、これでもう数十ぺん目のため息を吐き出した。

「疲れたのか？」

ステアリングを握っているジムが訊ねた。

「ああ。それもあるがな……」

「景気づけに、いっちょうサイレンでも鳴らすか？」

「どうするかな」

レイクは呟いた。もちろんサイレンのことなんかじゃない。これから、どうするかだ。

「いつまでも、この車に乗ってるわけにはいかない。もうそろそろ、トリックがばれてるところだからな」

「船に帰ったところで、ディストーション・コイルなしじゃ、大気圏を出たところで、取っ捕まるのがオチだ。第一、〈メリー・ウィドウ〉の隠し場所まで、ここから直線でも優に、七百キロは離れてるからな、まともな車なしじゃ、そこまでたどり着けるかどうかすら、怪しいもんだ」

「手詰まりだな」

「お手上げだ」

ジムがステアリングから両手を離して、バンザイをしてみせた。

道路にペイントされた白いマーカーが、流れるように、車体の下に吸い込まれていく。その様子を、襟に顎をうずめ、じっと見つめていたレイクが、突然、がばと身を起こして叫んだ。

「これだ！」

「どれだ？」

「カラミティ・ジェーン」

「まあ、確かに、厄病神だってことは認めるがね。それがどうしたっていうんだ？」

「おれたちに今必要なものはなんだ、ジム？」

「多くは望まないね。車（あし）とディストーション・コイル。それに少々のお金と、わずかばかりの希望ってとこかな」

「車とコイル。二つとも、ジェーンが握っている。

違うか？」

「いいや。それにおたくの言いたいことも、よく分かるよ。つまり、ジェーンを捕らえようっていうんだろ？」

「ああ。そして、お尻を百回ばかし、ひっぱたいてやるんだ。単純明快だろ？」

「確か（シュア）にね。だけど（バット）、どうやって（ハウ）？　ワシントン・ポストの尋ね人欄に、広告でも出すつもりか？　手がかりは何一つないんだぞ」

「いや」

レイクは、ニヤッと笑って首を振った。

「手がかりなら、あるさ」

「なんだって？」

「ジム。まだ例のアレ、持ってるか？」

「ああ。ここに……。もう、いらなくなっちまったけどな」

ジムは、ポケットから、あの時の金属棒を取り出した。それを、レイクがひょいと奪い取る。

「これが、手がかりさ」

ジムは、とうとう車を止めてしまった。体ごとレイクに向き直って訊ねる。

「どういうことだ？」

「いいか、ジム。おれたちは、何もこっちからジェーンを捜す必要はないんだ。その逆さ。ジェーンにおれたちを捜させればいいんだ。——これを使ってね」

ジムは、ぴくっと眉を上げた。分かりかけてきたらしい。

「僕たちは、これから現金輸送車を襲いにいきます。明日の朝刊に、一面トップで出るでしょう。ジェーンがそれを見ます。さあて、彼女は一体どうするでしょう？」

「でかい餌だな。——だが、食いついてこなかったらどうする」

「おいおい、ジム」

レイクがニヤニヤ笑った。

「それならば、こっちも願ったりかなったりじゃないか。ディストーション・コイルなんざ、何十本だって買える。何しろ、年に一回のアストロ・ボウルだ」

ジムも、大きな笑顔を作って言った。

「OK。そうと決まれば――」

ジムはギアをリバースに入れて、バックスピンターンを鮮やかに決め、ニューシカゴに向けて一気に加速した。

*

シカゴ・セキュリティ・サービス(CSS)は、市内警備会社の最大手だ。

レイクは、その地下ガレージにいた。

ニューシカゴ市警の検問手前で、パトカーと制服を捨て、ジムとは、そこで分かれた。ジムは新しい車(あし)の確保に向かい、レイクはというと、朝早いミルク屋のトラックの屋根に便乗して、市内(ここ)までやってきたのである。

レイクは、ガレージの入り口で、少しの間、様子をうかがった。明るくて広いガレージに、車輌は三分の一程度入っているだけだ。小型のスキャナー・グラスで、ひとわたり見回してみる。――異常反応ナシ。

「これで最大手かね」

レイクは、肩をすくめた。

ガレージの出入り口にいる、管理人の爺(じい)さんは居眠りしてるし、あとは、天井のところどころについている、閉回路監視カメラだが、これはエレクトロニクスのプロ、ジム・《マイクロハンド》・ケースお手製の、ECMで白痴になっている。ECMを作動させた瞬間の映像信号だけが、回路をぐるぐる回り続けているはずだった。

レイクは、周囲の気配をさぐり、ガレージ内に足を踏み入れた。陰から陰へと走るような真似はしない。足早に、目的の現金輸送車まで一直線に近づいていく。

と――

不意に、レイクが立ち止まった。

呆然とした表情が、その顔に浮かぶ。

ガレージの最奥部に、装甲車に似た現金輸送車が、二台並んで停まっていた。

「二台……？」

半開きになったレイクの唇の間から、ほとんど声にならない声が、漏れ出た。

――二台あるなんて……。

「インチキだー」

レイクは輸送車の前で、立ちすくんでいた。

その時――

「右側の車よ。左側のは、今日オーバーホールに出ちゃうから」

ゼンマイの壊れた人形みたいな感じで、レイクがぎこちなく首を回した。目が大きく見開かれる。

「ジェ、ジェーン……？」

ＣＳＳの制服に身を固めた、ジェーン・ブラックモアが、大口径のショットガンを構えて立っていた。

「こんなところで会うなんて、意外ねえ、レイク？」

いたずらっぽく微笑んだ。

「ま、まさか――」

不吉な予感がした。

「き、君も、今日のアストロ・ボウルを狙って……？」

「うふ♡」

「そうか。それで、おれたちを追っ払おうとしたんだな。だけど、どうしておれたちがニューシカゴに来てることが分かったんだ?」

「自惚（うぬぼ）れないでね、レイク。何も、あんたたちを追ってきたんじゃないんだから」

つんと、おすましして、ジェーンが言った。

「あんたたちを見つけたのは、単なるぐーぜん。あのホテルの警備も、うちの会社でやってるのよ」

「なんてこったい」

レイクは思わず天をあおいだ。

「さあ、レイク」

さりげなく銃口を動かしながら、ジェーンが言った。

「あなたを、どうすればいいのかしらねえ?」

レイクの頭の中で、ジェーンの天使のような笑顔が、ぐるぐる回り始めた。足元が、がらがらと崩れていくようだった。

＊

「遅せえなあ」

ジムは、待ち合わせ場所に停めた車のそばで、腕時計をしきりと気にしていた。

そろそろ街に現れ始めた通行人が、ジロジロと見ていくので、きまり悪くてしょうがないのだ。

「何やってんだ、レイクの奴」

ブツブツ言いながら、ジムは、また腕時計をのぞき込んだ。

若いOLの三人連れが、道端で停まっている、でっかい霊柩車と、そのそばで、イライラしている大男を、不思議そうに見て通りすぎていった。

ジムは気にしないふりをしながら、一人呟いた。

「しっかし、遅せえなあ」

＊

「一つ、訊いてもいいかな」

両手を挙げたままの格好で、レイクが言った。

場所は、ニューシカゴ最大手の警備会社、ＣＳＳ本部ビルのエレベーターの中だ。

「一つだけならね」

ショットガンを腰だめに、ゲージの壁に背中で寄りかかったジェーンが、余裕たっぷりに頷いてみせた。

「おれを、どこへ連れていくつもりなんだ？」

「行けば分かるわ」

ジェーンの答えはそっけない。

「警察に突き出すつもりなのか？」

「あたしは、一つだけって言ったはずよ」

ジェーンはにべもなく言った。

「ジェーン……」

レイクが口を開きかけた時、エレベーターが停まった。ドアが開く。ジェーンが銃口を軽く振った。

「さ、降りて」

「おおせのとおりに」

レイクは、芝居がかった仕草で、軽く一揖（いちゆう）すると、廊下に足を踏み出した。ぴかぴかに磨き上げられた、リノリウム張りの廊下を、Ｅ・Ｌの明かりが、白々と照らしだしていた。人の気配はない。

二人は無言で歩いた。ジェーンのヒールの音だけが、コツコツと天井に反響した。

いくつ目かのドアの前で、ジェーンが言った。

「いいわ。そこで止まって」

レイクは、ドアに書かれた表示を見て、ジェーンを振り返った。

「資材室？」

「そう」

「どういうことなんだ？」

ジェーンが、ニッと笑った。

「あなたに、チャンスをあげようってわけ。忘れちゃいないでしょうね。あなたは、あたしに三十五万の借りがあるのよ。――それとも、今すぐ警察を呼んでほしい?」

　レイクは正直に首を横に振った。

「でしょ?　だったら、あたしに協力することね。それに、あなたたちは、ひょっとしたら、これが必要なんじゃなくって?」

　ジェーンは、ポケットから、小さなキーホルダーをつまみ出して、チャラチャラと振ってみせた。

「それは、おれたちの車の……?」

　にんまりと笑って、頷く。

「そうよォ。——不用心だったわね、レイク。泥棒のくせに、車をあんなところに、放り出しておくなんて」

　彼女はどこまで知ってるんだ?　レイクは素早く考えた。トランクの底の、秘密の隠し場所に気づいただろうか?　そこには、予備の武器などの他に、この星からの脱出にどうしても必要な、ワープエンジン用の空間歪曲(ディストーション)コイルが隠してあるのだ。

　レイクは、チラとジェーンの顔色をうかがった。

——感づいてない?　ジェーンは、優位にある者に特有の微笑を浮かべて、レイクを見つめ返している。

——どうやら、感づかれてはいないらしい。ならば、まだチャンスはある。

「OK」

　レイクは言った。

「どうやら、そっちの方が、一枚上手らしい」

*

　その頃、CSS本部ビルから、ほんの数ブロックしか離れていない、ニューシカゴ・17分署の一室では、フクダ警部が、盛大に部下を怒鳴り飛ばしていた。

「まだ、奴らは見つからんのか!」

　室内だというのに、トレンチコートを脱ぎもせず、イライラと煙草を吹かしながら、大股に歩き回っている。――一晩中、ダウンタウン一帯の路地という路地を、いもしない相手を捜して、ぐるぐる走り回らされたのだ。機嫌のよかろうはずがない。ただでさえ口の悪いのが、一層ひどくなって、地獄の鬼でさえ耳をふさぎそうな悪口雑言を、のべつ喚き散らしている。

「ええい、揃いも揃って、役立たずのムダメシ食いどもが！　警察は、能無しの救済施設じゃねーんだ。脳みそが、ひとっかけでもあるんなら、ちっとはそいつを使ってみろ！　頭は帽子かけじゃねーんだぞ、こん畜生！　だいたい、お前たちはだなあ――」

「あのー、フクダ警部……」

ワトキンス巡査部長が、おそるおそる後ろから声をかけた。額に、大きな絆創膏（ばんそうこう）を貼りつけている。

「なんだっ！」

すごい剣幕でフクダ警部が振り返った。目が血走っている。

「えーと、そのォ……」

思わず、たじたじとなるワトキンス。

「さっさと用件を言わんか！」

「はっ！」

と、直立不動になって、

「パトロール隊からの報告が入っておりまして……連中が逃走に使ったとみられるパトカーを、ロンパート街の外れで発見したとのことです」

「それで？」

「は？」

「間抜け！　手がかりの一つでもあったのかって、訊いてるんだ」

「はっ、いえ、その、手がかりらしいものは、指紋、遺留品を含めて、一切見当たらずとのことで」

フクダ警部は、世にも罰当たりな言葉を、さんざん吐き散らしたあとで、ワトキンスに言った。

「パトロール隊全員に伝えろ。《高飛び》レイクを発見した、という報告以外は、聞きたくないってな！　分かったか！」

「はっ！」

ワトキンスは、かしこまって敬礼した。行きかけて、ふと立ち止まり、戻ってくる。

「なんだ。まだ何かあるのか」

「えー、実は、もう一件、妙な報告が入っておりまして」

「どうせロクでもない報告だろう。言ってみろ。大笑いしてやる」

「はあ。えーと、これは交通課の方から回ってきた盗難届なんですけど……なんでも霊柩車が一台盗まれたとかで」

「馬鹿野郎!!」

フクダ警部は、青すじを立てて怒鳴った。

「下らん報告を持ってくるな！　おれたちは兇悪犯を追ってるんだぞ！　霊柩車の一台や二台どうなろうと、おれの知ったことか。そんなことは、窃盗係へ言え」

「はっ。ただ――」

「ただ、どうした」

「霊柩車には、そのォ、棺桶が積み込んであったそうで」

「お前は、まるっきり馬鹿なのか、ワトキンス」

「は？」

「霊柩車だろう。当たり前じゃねーか」

「はあ。確かに、当たり前なのですが、ただ、その棺桶に入っていた死体が問題で……」

「なんだと？」

「実は、ネロ・サルバトーレの死体が、入ったままなんだそうです」

「ネロ・サルバトーレ……」

フクダ警部が、ぴくっと眉を動かした。

「あの《キング》ネロか？」

「はあ。報告によりますと、病院の駐車場で、原因不明の小爆発があり、関係者が、そっちに気を取られている隙に、盗（や）られたものらしいとのことです。取り巻き連中も、誰一人、現場を見た奴はいないそうで」

「へっ。とんまな連中じゃねえか」

「同感です。おかげで〈シンジケート〉は蜂の巣をつっついたみたいな、大騒ぎですよ」

「同情したいとは思わんね。ちったあ、この街もきれいになろうってもんだ」

「どうしましょう？」

「何をだ？」

「パトロール隊に、一応、指示しときますか？」

「ほっとけ！　それとも何か、お前。〈シンジケート〉の捜し物に義理立てしなきゃならんような、後ろ暗いことでも、してんのか？」

　フクダ警部は、いやな目つきをしてワトキンスを睨みつけた。

「と、とんでもない！」

　ワトキンスは、真顔になって、ぶんぶんぶんと力一杯、首を振った。フクダ警部は、喉元に指を突っ込んで、ぐいとネクタイをゆるめると、唇の端っこに薄笑いを浮かべて、言った。

「しかし、よりによって、死体（ホトケ）入りの霊柩車を盗むたあ、間の抜けた泥棒もいたもんだ。いっぺん、そいつの面（つら）あ見てみたいもんだな」

「はあ。まったくです」

　ワトキンス巡査部長は、額ににじんだ冷や汗をそっとぬぐいながら、頷いた。

5　やっかいなお荷物

「っくしょん！」

ジムは、くしゃみをした。なんとなくあたりを見回して、首をかしげる。

「誰か、おれの噂でもしてやがるのかな？」

とたんに、

「もっとましな車はなかったの!?」

ジムは、まるで、ひっぱたかれたみたいに、振り返った。

手に、何やら大きな荷物を抱えたレイクと、ショットガンを手にしたジェーンの顔が、そこにあった。

ジムは、あんぐりと口を開けた。目玉が今にも落っこちそうになる。

「レ、レイク……」

ジムは、ジェーンの横で、厭世的な気分にひたっているレイクに、かろうじて目を向けた。――一体どうなってるんだ？　というような目つきだった。

レイクは、力なく笑って、小さく肩をすくめてみせた。ご覧のとおりさ――という意味の、どことなく投げやりな肩のすくめ方だった。

ジムが、微かに首を振った。――なんてこったい。彼は、その動作一つで、明日への希望を失った、善良で正直な強盗の絶望感というものを、ほぼ完璧に伝えることに成功していた。

レイクが、眉の微妙な動きで、それに心から賛同するニュアンスを、表現した。

「さあ、あんたたち！」

ジェーンが、ぴしゃりと決めつけた。

「いつまでも、ぼさーっと突っ立ってないで、さっさと車を出すのよ。こんなところで、ぐずぐずしてたら、目立つじゃないの」

レイクとジムは顔を見合わせ、同時にため息をついた。

のろのろとした動作で、ジムがハンドルの前に座り、レイクとジェーンも、助手席側から続いて乗り込んだ。霊柩車は、フルサイズのキャデラックを改造したもので、前の席に三人が楽々と並んで腰かけられた。

ジェーンは、膝の上でショットガンを構え、銃口をレイクとジムに、ぴたりと向けていた。許可なく小指一本でも動かしたが最後、ずたずたのひき肉にされるのは、間違いなさそうだった。

ジムは、ハンドルの間に、もう一度ため息を吐き出し、それから、ジェーンに物問いたげな視線を向けた。

「どうしたっていうのよ」

ジェーンが、とんがった唇を出す。

「何ぐずぐずしてんの！」

「行き先を、まだ聞いてないんですがね、お客様」

「決まってるでしょ」

ジェーンは、軽く笑って言った。

「リンカーン・スタジアムよ」

星間フットボール・リーグ（IFL）のイースト・ブロック決勝戦『アストロ・ボウル』は、年一回、ニューシカゴ郊外のリンカーン・スタジアムで開催される。全天候型のドーム競技場で、収容人員（キャパシティ）は十八万人。連邦第三位の規模を誇るスタジアムに、この日集まるクレジットは、当日売りだけで、軽く二百万を超える。

「そういうことなのか？」

ジムが、レイクを振り返って言った。

「そういうことに、されちまったんだ」

レイクが、げんなりした声で答えた。チラリと、ジェーンの持つショットガンを横目にする。

「そういうことに、しちゃったの。――うふ♡」

　ジェーンが、真珠のような歯並びを見せて、可愛らしく微笑んだ。それから一転してガラリと口調を変えると、

「分かったら、さっさと車を出すのよ！　――今日を、あんたの命日にしたくなかったらね！」

　ジムは、まだ今日を自分の命日には、されたくなかった。そこで彼は、まっすぐ前に向き直ると、大急ぎでギアを入れ、霊柩車を発進させた。

　まだ朝も早いというのに、スタジアムへ向かう道路には、かなりの量の車が見受けられた。このぶんだと、試合が終わったあとのラッシュは、想像を絶するものになるだろう。

　三人は、しばらく無言で車を走らせた。

　不意にジェーンが身動きした。体を伸ばして、座席の後ろにある仕切りカーテンを開けて、中をのぞき込む。もちろん、右手の指先は、しっかりショットガンのトリガーにかかったままだ。

　薄暗いラゲッジルームには、やたらゴテゴテと飾り立てられた、高価そうな棺桶が、でんと置いてあった。――大昔のドラキュラ映画にでも出てきそうな、ご大層な代物だった。

　ジェーンが言った。

「棺桶が積んであるわ」

「霊柩車だからね」

　レイクが、まことに至極ごもっとも的な意見を吐いた。ジェーンは、ゆっくりと首を回して、レイクを見つめた。それこそ穴の開くほど、レイクの横顔を見つめたのだ。

　レイクは、急に落ち着きを失い、シートの上で、もじもじと体を動かした。チラチラと、横目でジェーンの様子をうかがう。ジェーンは沈黙したまま、それはそれは冷たい目つきで、レイクの方を睨んでいた。

「えーと……」

気まずい雰囲気に耐えきれなくなったレイクが、口を開きかけた時、ジェーンが、百年の復讐を誓う時のような、おそろしく物静かな口調で言った。

「そうやって、いつもいつも気の利いたことばかり言ってるとね、レイク……」

優しく言い聞かせながら、ジェーンはショットガンの銃口を、レイクの侯元に、ぐいと押しつけた。

「今に、舌を引っこ抜かれるような目に遭うのよ。――分かって?」

レイクが、ぎくしゃくと頷く。

その時――

「お取り込み中、申し訳ないんだがね……」

ジムが、のんびりと口を出した。

「何よ」

「検問らしいぜ」

レイクとジェーンが、さっと緊張した。

カーヴの向こうに、ニューシカゴ市警特有の、青色回転灯が、小さく見えていた。道路脇にパトカーを停め、数人の警官が、道行く車を一台一台、臨検している。十台近い車が列を作って並んでいた。

ジムは、霊柩車の速度を、心持ち落としながら、言った。

「どうやら、おたくたちは、後ろに隠れてた方がいいらしいな」

「後ろって、ジム――」

奇妙に歪んだ笑顔を作って、レイクはラゲッジルームの棺桶を振り返った。

「まさか、あれの中に入ってろっていうんじゃあ……」

「他に、どこか隠れるところがあるっていうんなら、話は別だがね」

ジムは、ステアリングを握ったまま、器用に肩をすくめてみせた。レイクは、ため息をつき、ジェーンに向き直った。ジェーンが、一言の下に否定した。

「いやよ」

「ジェーン？」

「い・や。冗談じゃないわ。誰があんたなんかと」

「そんなこと言ってる場合じゃないだろ？」

レイクが、近づいてくるパトカーに、チラリと目をやった。ジェーンは唇を噛んだ。一瞬、すごい目つきで、レイクを睨みつける。レイクは、これ以上はないというくらい誠実そうな笑顔を作ってみせた。ジェーンは、警官たちの姿と、レイクとを交互に見比べていたが、しぶしぶ現実を認めることにしたらしい。

「いいでしょ」

上目遣いに、こっくりと頷いて、ジェーンは言った。

「だけど、ちょっとでも変なことしたら――」

「神に誓うよ」

レイクは、右手を挙げ、大真面目な顔つきで宣誓した。

「急いでくれ」

ジムが言った。

「これ以上、スピードを落とすと、不自然に見える」

まずレイクが、ラゲッジルームに消え、ジェーンが続いた。

ジムは片手で、内ポケットから、眼鏡のケースを取り出した。大きな黒ぶちの眼鏡をかけると、びっくりするくらい人相が変わった。別に、変装用に持ち歩いているわけではなく、細かい電子部品をいじくる時のためのものだ。ちなみに、ジムは外見に似合わぬインテリで、電子工学の学位を六つも持っている。

ジムは、ブレーキペダルの上に、軽く足を乗せた。検問所が、みるみる近づいてきた。

＊

（車が停まったわ）

薄暗いラゲッジルームの中で、ジェーンが囁いた。

（早く、蓋を開けなさいよ）

（ちょっと待ってくれよ。これ、結構重いんだ）

レイクは囁き返して、両腕に力を込めた。

ギッ……。

蓋が開いた。

レイクは、凝固した。

かくん、というような音を立てて、レイクの下顎が垂れ下がった。

（どうしたのよ！）

ジェーンが鋭く囁いた。

（何、ぐずぐずしてんの！）

レイクは、のろくさと首を回して、ジェーンを見つめた。目が虚ろだった。

（一体、何をやって……）

回り込んできたジェーンが、棺桶の中を一目見るなり、きゃっと悲鳴を上げかけ、慌てて自分の口を両手で覆った。

（ジムの奴、中身を確かめもせずに、かっぱらいやがったな）

レイクが口の中で、ぶつぶつと呟いた。棺の中には、痩せこけた老人が、花に埋もれて横たわっていた。鷲のくちばしのような鼻をしていた。生きていた時の、鋭い眼光が想像できそうな顔つきだった。

『やあ、何かあったんですか？』

運転席から、ジムの能天気な声が聞こえてきた。

薄ぼんやりと、お互いを見つめていたレイクとジェーンは、その声ではっと我に返った。

（どうするの？）

（どうするったって……）

レイクは、途方に暮れたような表情で言った。

（どうすればいいんだろう？）

（しっかりしなさい！）

ジェーンが、レイクの向こうずねを、思い切り蹴飛ばした。レイクは、「いっ」という形の口をして、痛みをかろうじて堪えた。

外では、警官とジムが、何事かやり取りしている。

『……後ろは何を積んでるんだね？』

『何って、そりゃあ、霊柩車ですから……』

『一応、見せてもらうよ』

『ごゆっくりどうぞ。死んだ奴は、急ぎゃしませんからね』

レイクは、慌てた。

（こうなりゃ、やけくそだ）

棺のふちに足をかけて、よじのぼる。レイクは、死体に向かって、いんぎんに話しかけた。

（おやすみのところ、申し訳ありません。ほんのちょっとの間ですから、窮屈でしょうが、気にしないで下さい）

そして、ポケットからハンカチを取り出すと、爺さんの鷲鼻を覆い隠した。爺さんの体は、死後硬直で、カチンカチンに硬まっている。レイクは、その上に、そうっとあお向けに寝転がった。首すじに、爺さんの鷲鼻が当たる。

（ぞっとしないね）

レイクは顔をしかめ、ジェーンを振り返った。

（さあ、早く）

ジェーンは、生真面目（きまじめ）な顔つきで、一つ唾を呑み込むと、目をしっかり閉じたまま、棺の上に這い上がった。

とたんに、手がすべり、

「きゃっ……」

ジェーンは、レイクの腕の中に、頭から落っこちた。バタンと蓋が閉まる。

『今何か聞こえなかったかね？』

『さあ』

『女の悲鳴が聞こえたような気がするんだが……』

『脅かさないで下さいよ、旦那。仏が生き返ったとでもいうんですかい』

そう言うジムの声に続いて、リアゲートを開ける音が聞こえた。レイクは、息を殺して、暗闇の中に横たわっていた。ぴったりと押しつけられた、ジェーンの柔らかい感触が、妙になまなましい。頬に、ブロンドの絹のような肌ざわりが感じられた。すごくいい匂いがした。レイクは、思わず我を忘れそうになった。

（ちょっと……）

ジェーンが耳元で囁いた。温かい息遣いが、レイクをくすぐった。ボーッとなったレイクが、上の空で返事をする。

（なんだい？）

ジェーンが硬い声で言った。

（手をどけてよ）

（手だって？）

（あんた、さっきから、あたしのお尻をさわってるわ！）

（そんなこと言ったって、狭いんだからしょうがないじゃないか！）

（大きな声出さないでよ！）

（そっちこそ、耳元で喚かないでほしいね）

『豪勢な棺桶じゃないか』

突然、頭の真上で警官の声がした。二人は思わず、ぎゅっと抱き合った。

コンコン……。

警官が、棺の蓋を叩いているらしい。レイクは、今「わあっ」と言って出ていったら、どうなるだろうなどと、取り留めもないことを、考えていた。

警官が歩み去る気配がした。

レイクは、ほっと腕の力を抜いた。右手の甲を締めつけていた蓋の圧力が、少し軽くなったようだった。レイクは（よせばいいのに）、隙間から手を抜き出そうとして、ほんとに何気なく、右手を動かした。ジェーンのミニスカートがめくれ上がった。すごく薄くて、ちっぽけな布地が、掌に触れた。

ジェーンは、レイクの耳に思い切り嚙みついた。

「……！」

＊

ステップを下りかけていた警官が、ふと動作を止めて、棺桶の方を振り返った。首をかしげて、棺桶を見つめる。

「どうしました、旦那」

内心、気が気ではないジムが、あくまでののんびりと訊ねた。

「ん？　ああ……いや。あんた、今――」

「はあ……？」

ジムは、さも不思議そうな顔をして、警官の顔を、穴の開くほど見つめた。オスカーものの演技だった。

「い、いや、なんでもない」

警官は、きまり悪げにうろたえて、首を振った。車を降りながら、口の中でブツブツとひとり言を言う。

「どうも、疲れがたまってるらしいな。昨日も、犯人を追いかけて、一晩中走り回ってたし……。年金が下りるのも、もうすぐなんだ。無理をしないように、体に気をつけなきゃ。棺桶の中から、助けてくれなんて声が聞こえるようになっちゃ、おしまいだ……」

「あの、旦那？」

警官は、上の空で、ジムに向かって、行っていいという風に、片手を振ってみせた。

「じゃ、どうも。お勤めご苦労様です」

ジムは、飛び跳ねたい気持ちを懸命に抑えながら、運転席に乗り込み、霊柩車を発車させた。

バックミラーの中で、まだ何か考え込んでいる警官の姿が、次第に小さくなっていった。

ジムは口笛で『スウィート・ホーム・シカゴ』を吹きながら、車を走らせた。

やがて前方に、濃い緑の木立が見えてきた。リンカーン・メモリアル・パークだ。ちょっとした湖まである、この広大な公園のほぼ中央に、リンカーン・スタジアムは建っている。

ジムは、途中で横道にそれた。林の中の、曲がりくねった狭い未舗装道路を、ゆっくりと進んでいく。道はどんどん細くなり、茂みの中に消えていた。ジムはそのまま、車を茂みに乗り入れた。灌木の枝や下生えがボディをこする音が、かしましく響く。

ジムは車を停めた。エンジンを切って外に出る。急に静寂が押し寄せてきた。木々の緑の間から、リンカーン・スタジアムの通用門が、びっくりするくらい近くに見えた。正面入り口間近には、もう気の早いファンが列を作り始めている頃だろうが、こっちは静かなものだ。

ジムは、ニンマリと笑って、車の後ろに回り、リアゲートを開いた。

蓋の開いた棺桶を真ん中に、右と左にそれぞれレイクとジェーンが、お互いそっぽを向いて座り込んでいた。ジムは二人を、交互に見つめ、それから、レイクに訊ねた。

「どうしたんだ、その面（つら）」

レイクの顔面は、無数の引っ掻き傷で、碁盤目（ごばんめ）状になっていた。

「下らない質問をするのはやめてくれ、ジム」

レイクは不機嫌な声で応じた。

「それより、説明してもらいたいな。あれは一体なんなんだ?」

肩越しに親指で、背後の棺桶を指さしながら、レイクが言った。

ジムは不審げな面持ちで、ラゲッジルームに足を踏み入れ――

絶句した。

6 インタールード

「知らなかったんだよ」

ジムは、無実を訴えるように、両手を大きく広げて言った。

「そうだろうとも」

レイクが、うんざりと頷いた。厄病神のジェーン、それに加えて、見も知らぬ他人の死体までしょい込んでしまったのだ。おまけに、頬のみみず腫れはヒリヒリするし……。今日は厄日に違いない。レイクは暗澹たる気分で、地面に座り込んでいた。

「だけど、これどうすんのよ」

ジェーンが、誰にともなく言った。

「そこらへんに、放り出しとくわけにゃいかんだろうな、やっぱり」

ジムが答えた。できるだけ明るい口調で続ける。

「それに、うまく使えば、さっきみたいに絶好の隠れミノになる。まさか、強盗が死体を抱えてうろついてるなんて、誰も思わないだろうからな」

「確かにね」

苦々しげに、レイクが言った。

「世の中に、そんな間抜けな強盗がいるなんて、誰も信じようとしないだろうよ。おれだって、できることなら、信じたくないからな」

ジムは何か言おうとして口を開きかけたが、結局、思い直してまた閉じた。片手で顎を撫でる。それから、棺桶の方に目をやると、ふと眉を曇らせて、

「しかし、あの爺さん。どっかで見たことがあるような気がするんだがな……」

と、ひとり言を言った。

ジェーンが不意に立ち上がった。彼女は、何かに踏ん切りをつけるように、ショットガンのフォアエンドを、ガシャッとスライドさせると、(まるで照れ隠しのように)ことさら居丈高(いたけだか)な命令口調で、言った。

「さあ、二人とも、いつまで、こんなとこに座り込んでるつもりなの。——とにかく、仕事よ。あんたたちは、あたしに三十五万の借りがあるんだってことを、忘れないようにね！」

「やれやれ」

と、ジムが立ち上がった。

「ショットガンで脅かされて強盗をやるってのも、そういえば、生まれて初めてだな」

ジェーンは、ジムの言葉を無視して、ポケットから、リンカーン・スタジアムの略図を取り出すと、二人の前に広げてみせた。

「いいこと。よく聞いてちょうだい。スタジアムの開場が午前十時。試合開始(キックオフ)が午後一時。全部で六カ所ある入場門で集められた現金は、いったん、ここの管理事務所で仮集計が行われるの。現金輸送車は、その前に到着して、事務所の戸口で待機しているわ。ここんとこね。現金輸送車の警備態制は、多分あんたたちも知ってると思うけど……？」

ジムが、あとを引き取った。

「CSSのガードマンが運転席に二人、後ろに四人。それに護衛のパトカーが前後に一台ずつつく。何か異常があれば、ヘリが一分で飛んでくるって寸法だ」

「そう。だいたい合ってるようね。で、どうなの？　あんたたちは、どうやるつもりだったわけ？」

「レイクに持たせた例の仕掛けは、特殊な発煙弾でね」

ジムは、軽く肩をすくめながら言った。

「現金輸送車が市内のチェース・マンハッタン銀行に向かう途中に、決まってウォルポール橋（ブリッジ）を通るんだ。その時に、誘導信管のスイッチを入れる。――そりゃあもう、たまげるくらいの煙が出るんだ。車が停まれば、あとは昔ながらのホールドアップさ。臨機応変にね。奪った現金は、橋の下へ落っことす。橋げたにスキューバの装備を隠してあるから、あとは運河をもぐって、トンズラを決め込むばかりってわけさ」

「悪くはないわね。単純だけど」

「シンプルなやり方が好きなんだ。駅馬車の時代から受けつがれてきた、正直でまっとうな方法だよ」

「それは認めるわ。だけど、ずいぶん危ない橋を渡ることになるわよ」

「この世に、安全確実な強盗なんてありえないよ」

「ところがあるのよ」

「なんだって？」

レイクが顔を上げた。二人の目が合った。ジェーンは妙にうろたえて、レイクの碁盤目顔から視線をそらし、もっぱらジムに向かって喋った。

「その発煙弾は使わせてもらうわ。だけど、あたしの狙いは、現金輸送車なんかじゃないのよ」

「そいつは意外だったな。現金輸送車じゃないとすると、一体なんなんだ？」

ジェーンはすまして答えた。

「現金よ。――輸送車抜きの、ね♡」

二人はちょっとの間、パカンとした表情になった。やがてジムが言った。

「分かったよ」

二‐三度頷く。

「つまり、あんたは、金が輸送車に積み込まれる、**その前に**、いただこうってんだな？」

「そういうことね」

「だけど、スタジアム内でやるとなると、かえってやばいんじゃないか？　場内整理の警官がうじゃうじゃいやがる上に、CSSのガードマンも加えたら、おそらく千人を超えるはずだ」

「だから、そのための準備をしてきたんじゃない。――レイク？」

ジェーンは、できるだけレイクの方を見ないように努力しながら言った。

「例の物を、持ってきてくれない？」

レイクは、無言で立ち上がると、霊柩車から、荷物を取り出してきた。茶色い紙包みを開くと、中から小ぶりのトランクが三つ出てきた。銀色をしている。

ジムが、言った。

「なんなんだ、こりゃ」

「現金輸送に使うジュラルミン・ケース」

ジェーンは、ほれぼれするような笑顔を作って、答えた。

「CSSの資材室から持ってきた本物よ」

ジムとレイクは、お互いの顔を見合わせて、同時に言った。

「なるほどね」

＊

「強盗だ。手を挙げろ」

拳銃を手にした三人を見て、その宿直の親父は、持っていたモップを、パタンと床に落っことした。目がまん丸になる。

「何かの間違いじゃねえのか？」

ゴマ塩頭を短く刈った、初老の用務員は、とても信じられないという風に、呆然と首を振りながら言った。

「ここにゃ、金目のものなんぞ、一つもねえぞ」

「そんなこたあ、あんたが心配しなくてもいいんだよ、とっつぁん」

相手を落ち着かせるための、営業用の微笑を満面に浮かべて、レイクが話しかける。その間に、ジムがさっそく管理人室を調べ始めた。レイクは言った。

「おとなしくしてれば、何もしやしないよ。年寄りを痛めつける趣味はないんだ。あんたも、もう英雄になりたがるって年でもないだろ?」

「ああ。もちろんさ。もうじき下の娘のとこに孫が生まれるんだ。馬鹿な真似はしねえよ。約束する」

男は熱心に請け合った。

「OK。いい心がけだ。長生きできるぜ、とっつぁん」

「あったぞ、レイク」

ジムが、部屋の角から声をかけてきた。

「間違いない。事務棟の配電盤だ。火災報知器のマスター・スイッチも一緒だぜ」

「そいつは、いい。——じゃあ、とっつぁん、年寄りにこんなことをするのは、気が進まないんだが、おれたちの立場も分かってくれるだろ?」

「な、何をしようっていうんで……」

男は、一瞬、怯えを見せて後ずさった。

「たいして難しいことじゃない。おれたちの用事がすむまで、ちょっとの間、どこかでのんびり休んでくれればいいんだ。そうだな、うん、あのトイレん中がいい」

「わ、分かった。分かったよ、若いの」

男は、レイクが強制するまでもなく、自分からトイレに入って、便器に座った。両手を行儀よく膝の上に置いて、かしこまっている。レイクは思わず苦笑した。

「なあ、とっつぁん。二つばかり約束してくれないか? 大声を出さない。逃げ出さない。——そうしてくれるんなら、おれも、あんたを縛ったりする手間を、かけなくてもすむんでね」

「あ、ああ。ああ、もちろん、約束するとも。マリヤ様に誓って」

男は、首が落っこちそうな勢いで、がくがくと頷いた。

「じゃ、ちょっとの間の辛抱だからな。まあ、退屈だろうから、これでも読んでるこった。一服してる間にゃ、片づいてる」

レイクは、テーブルの上にあった朝刊を男に手渡して、トイレのドアを閉めた。強力な粘着テープで、外側から戸締まりする。配電盤をいじくっているジムに、

「旦那。ここはまかせたぜ」

「OK」

ジムが親指を立てた。同じ合図を返して、管理人室を出た。

スタジアム開場までは、まだ一時間近くあった。

事務所の職員たちは、チケットの手配などに出払っていて、事務棟は無人に近い状態だった。もちろん、現金が持ち込まれる前に集計室を見張ろうという、仕事熱心なガードマンなど、一人もいない。

レイクは、誰にも見られることなく、楽々と事務所に入り込んだ。二階の集計室には、ジェーンが先に来て、両手を腰に、室内を見回していた。レイクの気配に振り返って、片手を挙げる。

「ハイ」

「やあ。どんな具合だい?」

ジェーンの隣に立って、レイクも集計室を見回した。さして広くもない部屋の中央に、大きなテーブルが置かれている。この上に現金を積み上げて、計算するわけだ。壁際には、ロッカーだの、事務机だの、コンピューターの端末機だのが並べられている。ごく普通の事務室といった感じだ。違っているところといえば、窓が防弾ガラスで、扉がぶ厚いスチー

ル製になっていることとくらいだろうか。

「ん。あそこがいいわ」

ジェーンは、ドアの横に置いてある、大きなファイル・キャビネットに目をつけた。扉を開けると、中は、端が黄色くなったような書類でいっぱいだ。

「何、ぼさっと突っ立ってんの」

ジェーンは背後のレイクに声をかけた。

「手伝ってよ。中身を全部外へ出すんだから」

「OK」

二人はせっせと書類をダストシュートに放り込んだ。仕切り板の類も、全部外してしまうと、中に人一人くらい入れるスペースができ上がった。

「これでいいわ」

「どうするんだい?」

「あなたが入るのよ」

「おれが?」

「そう」

「この中へ?」

「そう」

「一人っきりで?」

ジェーンの頬に、微かに赤味がさした。

「また、引っ掻かれたいの?」

と、目を光らせた。レイクは黙ってキャビネットの中にもぐり込んだ。膝を抱え、横向きになる。ジェーンを見上げて、

「さあ。入ったぜ」

「じゃ、これ」

と、ジェーンは、レイクに、空の現金ケースを手渡した。膝の上に積み重ねる。キャビネットの中はモーレッに窮屈になった。

「うまくやってよ。チャンスは一度だけなんだから。間違っても居眠りなんかしちゃダメよ。マスクは持ってる?」

レイクは、上着のポケットから、O_2マスクを引っ

張り出してみせた。

「発煙弾は、そうねえ……。この端末機の後ろに入れておくわ。OK?」

「OK」

ジェーンは腕時計を見て言った。

「そろそろ開場だわ」

キャビネットの扉を閉めかけて、また開けると、レイクを怖い目で睨んで、言った。

「ドジなんかしたら、承知しないわよ!」

そして、細い隙間を残して扉を閉めると、集計室を出ていった。キャビネットの中に、レイクが一人残された。

そうして、全ての準備が完了した。

7 襲撃

今年のアストロ・ボウルは、五年ぶりに地元シカゴ・ベアーズの登場とあって、スタジアムは開場一時間にして、すでに超満員となっていた。

グラウンドでは、ブラスバンドやチアガールたちによるアトラクションが、華やかに繰り広げられ、試合が始まってもいないというのに、スタンドのあちこちでは、ビールの缶が乱れ飛ぶという有り様だ。

やがて『ミネソタ・ヴァイキングス』、『シカゴ・ベアーズ』の両チームが登場。お互い、敵チームのメンバーの似顔絵が描いてある、薄いプラスチックボードを突き破って、グラウンドに駆け込むと、盛り上がりは最高潮に達した。

午後一時Just、試合開始(キックオフ)！

リンカーン・スタジアムは、これから約二時間、やむことのない喚声に包まれるのだ。

その模様を、五つのネットワークが、八つの星系に宇宙中継していた。推定三億以上の人々が、テレビセットの前で、野次(やじ)を飛ばしながら試合を楽しむことになる。もちろん、地元ニューシカゴでは、おそらく市民の八割以上が、この時間、画面にへばりついていることだろう。市長も、知事も、肉屋も、パン屋も、先生も、生徒も。

そして、もちろん警官も。

「何をやっとるか〜〜〜っ、貴様ら〜〜〜〜！」

フクダ警部の怒鳴り声に、受付のテレビの前に集まっていた十人ばかりの警官たちが、弾かれたように飛び上がった。

「はっ、あっ、これは、フクダ警部」

「ワートキンス」

フクダ警部は、怒った顔よりも三十倍おっかないと噂される、兇悪な笑顔を見せて言った。

「お前も、なのか？」

何か、楽しんでいるような口調である。

「はっ、いえ、これは、その、たまたま通りかかると、この者たちがテレビなぞにうつつを抜かしておりましたので、少し説教なぞを、と思いまして、つまり——」

「一時間ほど、姿が見えないと思ったら、こんなところで、フットボール観戦とは、いいご身分だな、え？　ワ〜〜〜トキンス」

フクダ警部は、ワトキンスの言い訳など、頭から無視して、言った。ワ〜〜〜トキンスは、うつむいて黙ってしまった。

「ふん」

フクダ警部は、鼻を鳴らして、画面をチラリと一瞥(いちべつ)した。黒いユニフォームを着けた選手が、ボールを持ってすごい勢いで走っていた。『ゴー、ゴー、エマーソン！』というようなかけ声が聞こえてくる。その選手は、しかし、途中で青いユニフォームの選手に、タックルで潰されてしまった。歓声がどよめきに変わる。自慢じゃないが、フクダ警部はフットボールは、まるで分からない。

「おい」

「はっ」

ワトキンスが、今度は何を言われるのかと、びくびくしながら顔を上げた。

「あれ、どっちが勝ってるんだ？」

「はっ、それがですね、警部！」

ワトキンスは、ここを先途とばかりに、目を輝かせて解説を始めた。

「現在、第三クォーターが始まったばかりでして、あっ、ご存知かどうか知りませんが、フットボールというのは第四クォーターまでありまして、攻撃は交互に、それぞれ四ダウンずつ行いまして、あっ、それで四ダウンで十ヤード以上ボールを進めますと、フレッシュダウンと申しまして——」

「おれは、どっちが勝ってるのかって訊いてるだけだ。お前の講釈なんぞ聞きたくない」

「あっ、はい、そうでした。えー、まことに残念ながら、ベアーズはただ今のところ、三二対一八で負けております」

ワトキンスは、本当に悔しそうな顔をしてみせた。

「しかしっ、まだまだ、これからです。たかが一四点の差など、二回のタッチダウンとフィールドゴールで、あっという間に追いつきますから、どうぞご安心を」

「誰が安心するか、馬鹿野郎。——ふん、そうか、シカゴが負けてるのか」

「あのー、失礼ですが、警部はフットボールは……？」

「おれは、昔っから野球のファンだ」

フクダ警部は、胸を張って答えた。また、チラリと画面を見つめる。何かが心の隅に引っかかった。

フクダ警部は、ふと視線を宙にさまよわせた。

「アストロ・ボウルか……」

もう一度、テレビを見つめる。ヴァイキングスの選手が、目の覚めるようなパントキックを決めたところだった。

その時、脳裏を稲妻が走った。

「ワトキンス!!」

警部は、画面を見つめたまま、大声で叫んだ。

「はっ」

「全移動に緊急連絡！　出発の準備だ！　リンカーン・スタジアムに急行させろ！　《高飛び》レイクは、あそこにいるんだ！」

「はっ、しかし――」

「つべこべ言うな！　さっさとしろ！」

「はっ！」

ワトキンス巡査部長は、敬礼して、あたふたと無線室に駆け込んでいった。

フクダ警部は、テレビを睨みつけながら、ギリギリと歯噛みをしていた。――あん畜生、このおれ様をコケにしやがって、ただじゃおかねえぞ。どうするか見てやがれ！

＊

ぞくっと、背すじを悪寒が走った。

狭っ苦しいキャビネットの中で、レイクはすでに四時間近く、じっと耐えていたのだ。

――風邪でもひいたかな？

レイクは、音を立てないように、わずかずつ、足の位置を置き直した。――今、くしゃみでもしたら、何もかもぶち壊しだ。

キャビネットの扉の隙間から見えるものといえば、

CSSのガードマンのものらしい、巨大な尻だけだ。

集計の方は、もう終わりかけていて、三つの現金ケースのうち、二つまでが紙幣でいっぱいにされて、手押しカートの上に、きちんと並べて置いてあった。一つ百万見当だ。レイクは、ニンマリとほくそ笑んだ。

「ん?」

レイクは、ふとガードマンの足元に、何か光るものを見つけた。百クレジット銀貨だ。手を伸ばせば、すぐにでも届きそうな距離だ。

レイクは少しの間ためらってから、一ミリずつ、キャビネットの扉を開け始めた。十センチほどの隙間を作って、集計室の様子をうかがう。銀行から派遣されてきた出張員を除いて、四人のガードマンやスタジアムの職員たちの目は、壁にかけられたテレビスクリーンに釘付けになっていた。

——しめた!

レイクは、そうっと右手を伸ばし、人指し指と中指で人の形を作ると、抜き足差し足で、銀貨に近づいていった。

——あと一歩。

というところで、ガードマンが急に足を組み替えた。重いブーツのかかとが、もろにレイクの指先を踏んづけた。

いっ……!

レイクは、左手で自分の口を押さえた。顔色が、まず赤へ、それから青に変わった。目尻に涙がにじんできた。よく肥ったガードマンは、試合に夢中で、まるで気づいていない。それどころか、選手の動きに合わせて、『それいけ』とか『そこだ』とか叫びながら、左右に体を揺するのだ。そのたびに、激痛がレイクの体を走り回った。

——わっ。ぎゃっ。うぎゃっ。

レイクは、歯を食いしばり、脂汗を流しながら、声を立てずに絶叫していた。——くそっ。どけったら、どけ！　この野郎！

　レイクは、思い切り腕を引っ張った。ガードマンがまた足を踏み替えた。レイクは、勢いあまって、あやうく後ろに引っくり返りそうになった。慌てて扉を閉め、指先を口にくわえる。

「あれ？」

　ガードマンが、自分の足元を見下ろして首をひねった。

「なんか、踏んだかな」

　そして、百クレジット銀貨を見つけた。身をかがめて拾い上げ、銀行員の方に差し出しながら、

「ヘイ、銀行屋さん。一枚落っこちてたぜ。さっきから捜してたやつじゃないのかい？」

「ありがたい！　これで計算が合ったぞ！」

　銀行員は、歓声を上げて、銀貨をケースに放り込むと、パチンと蓋をして、椅子ごとテレビに向き直った。一心不乱に画面を見つめ始める。試合の方は第三クォーターが終わって、四九対三八。相変わらず、ベアーズは負けている。じんじんしている右手を空中で振り回しながら、レイクは左手を使って、ポケットから発煙弾のマイクロ・スイッチを引っ張り出した。首からぶら下げていたO_2マスクを口にくわえ、赤外線ゴーグルを下ろした。

　——見てろ、この野郎。

　レイクは、若干の個人的な恨みを込めて、発振器のスイッチを押した。

　ぼん！

　端末機の後ろで、発煙弾が爆発した。
猛烈な量の、刺激性の黒煙が噴き出した。同時に、火災ベルが鳴り始めた。ジムが配電盤に細工をしたので、鳴っているのはこの部屋だけだ。続いて、スプリンクラーまで作動を始める。

「うわっ。なんだ、どうした」

「火事だ！　端末機が火を噴いたぞ！」

　レイクは、キャビネットから忍び出た。

「煙で何も見えんぞ。ゴホゴホゴホ……」

「窓を開けろ！　消火器を持ってこい！」

　職員やガードマンが、慌てふためいて右往左往する中を、レイクはすり抜けた。

「火事だ火事だ」

　と喚きながら、まっすぐカートに駆け寄る。三つのジュラルミン・ケースを、手早くキャビネットの中に運び込む。一つ。二つ。

「なんか様子がおかしいぞ！」

　ガードマンの一人が叫んだ。

「現金ケースに気をつけろ！」

　レイクが叫び返した。腹の中で舌を出しながら、最後のケースをキャビネットに放り込み、代わってカートの荷台に、空ケースを載せた。キャビネットの扉を音を立てないように閉めて、レイクは廊下に飛び出した。行きがけの駄賃に、例の太っちょのガードマンの尻を、いやってほど蹴飛ばすことも忘れなかった。

「いてえっ！」

「誰かが、逃げていったぞ！」

「警察に連絡しろ。こいつは、ただの火事じゃない！」

「ケースは無事か？」

「ちゃんとあるぞ、早く輸送車に運び込むんだ。ここに置いといちゃ危ない」

　レイクを追っていった残りの職員たちが、ケースを載せた手押しカートの周りを、ぐるりと取り巻いて、ぞろぞろと集計室を出ていった。全員、煙のために、目を真っ赤に腫らしていた。すっかり気が動転していた彼らは、カートが異様に軽いことにすら、気がつかなかった。

　あとには、水びたしになった集計室が、がらんとしたまま残された。煙はすでに消え、スプリンクラーも止まっており、天井からしずくが垂れているだけだ。

と、

集計室の隣の部屋のドアが開き、ジェーンが、ひょっこりと首を突き出した。

「みんな行っちゃったわね」

ジェーンは、クスッと笑って、集計室に歩み入った。内側から、しっかりと鍵をかけた。空ケースは、輸送車に積み込む時になれば、いやでも正体がバレてしまう。ぐずぐずしている暇はなかった。

キャビネットから、ずっしりと重いケースを取り出して、窓際に運ぶ。建物の角を曲がって、ジムがゴミ収集用のトラクターで現れるところだった。管理人室の裏手にある、補修車用のガレージから持ち出してきたものだ。後ろに載せているのは、大きな金網製のかご(ケージ)で、その中には、枯れ草がいっぱいに詰まっていた。

「いくわよー」

ジェーンは手を振って、ケースをケージの中へ放り投げた。ジムが、その上に、申し訳程度に、枯れ草を被せた。

廊下が急に騒がしくなった。空ケースに気づいた職員たちが、戻ってきたらしい。ジェーンは、チラッと左手首の内側につけた腕時計を見た。

「予想より、三十秒早いわ。CSSのガードマンも、まんざら低能揃いってわけじゃないみたいね」

ジェーンは、ひらっと窓枠を飛び越えると、自分も枯れ草の山の上に着地した。

「大成功♡」

手を打って、はしゃぐ。

「それじゃ、ぼつぼつ、引き揚げますかね」

ジムが、トラクターを出しながら言った。

「ちょっと待って」

ジェーンは、機敏に地面に降り立った。運転台のジムを見上げて、

「あたしは、もう少し、ここで様子を見ていくわ」

「レイクのことなら、心配ないよ。こういうことには慣れてる」

ジムが、余計なことを言った。

「誰が、あんな人のことを心配してるって言ったのよ！」

ジェーンは、キッとジムを睨みつけると、むきになって言い張った。

「あたしは、ただ何か役に立つ情報が仕入れられるかもしれないから、残るって言っただけよ。どうせ非常線が敷かれるんだし、この制服を着てると、警察筋（サツすじ）の情報ってのは、耳に入りやすいの。ただそれだけのことよ。分かって!?」

「ああ」

ジムが、厳粛な顔つきで頷いた。

「分かったんなら、いいのよ。じゃ、あっちの方は頼んだわよ」

ジェーンは、スタジアムの方へ戻っていった。その後ろ姿を、しばらく見送ってから、ジムはたまらず噴き出した。――何も、あそこまでむきにならなくたって、よさそうなもんだがな。ジムは、懸命に笑いを噛み殺しながら、霊柩車が置いてある茂みに向けて、トラクターの進路をとった。

8 ロンゲスト・ヤード

木の葉を隠すなら森の中。人を隠すなら人の中。

レイクは、十八万人の大観衆の中に、紛れ込んだ。彼を追ってきた集計室の連中は、しきりにきょろきょろしながら、観客席の間を駆け回っていたが、十

八万人の中からたった一人を見つけ出すことなど、できるはずがない。ましてや、煙で、レイクの姿をはっきりと見た者など、誰一人いないのだ。

レイクは、売り子から、シカゴ・ベアーズの紙製帽子(キャップ)と、ポップコーンを買い、何食わぬ顔でガードマンたちを見送った。唇の端でそっと笑って、逆方向へと歩きだす。

試合は終盤で、ベアーズが四点差に追い上げていた。ちょっぴり残念な気もしたが、現場にぐずぐずしていると、ロクなことにはならない。それは、レイクが一番よく知っていた。

レイクは、少し足を速めて、出口に向かった。

ゲート付近の通路は、完全な無人だった。それも当然の話で、こんな時間に席を立つ客など、いるはずもない。場内の喚声が、遠いどよめきとなって聞こえてきた。

レイクは、慎重にあたりの気配をうかがいながら、ゲートをくぐり抜けた。

とたんに、足が凍りついた。

とてもじゃないけど、自分の目が信じられなかった。

長身。

トレンチコート。

あの時の警官に間違いなかった。

ゲート前の広場に突っ立って、スタジアムの建物を、眩しそうに目を細めて見上げている。遠くの駐車場に、ヘリが停まっているのが見えた。ブレードが完全に停まりきっていない。たった今、着いたばかりらしいが、それにしても——

「なんで、あいつがこんなとこにいるんだ……?」

レイクは、呆然と呟いた。ありえないことだった。事件の通報を受けた警察が、どんなに急いでやってきたとしても、十五分やそこらはかかるはずだった。

——手回しがよすぎる。レイクは、混乱しきった頭で考えた。

その時だ。

まるで悪魔に囁かれたみたいに、フクダ警部が、ほんとに何気なく、ひょいとこっちを振り返ったのだ。二人の視線が、三十メートルほどの距離をおいて、バッチリ合った。

驚いたのは、フクダ警部も同様だろう。しばらくは、二人ともその場に凝然と立ちすくんだまま、ポカンと口を開けてお互いを見つめ合っていた。息をすることとさえも忘れていた。

ちょうど口のあたりへ持ってきていた、フクダ警部の指先から、煙草がポロリと落ちた。

「きっ……貴様は……」

異様にしわがれた声が、警部の口から漏れた。レイクの頭の中で、赤ランプが点滅した。——逃げろ！

レイクは、くるりと背中を向けると、スタジアムの中へ、一目散に駆け込んだ。

「待て、この野郎！」

フクダ警部は、コートの下からパワー・ガンを引っこ抜くと、ゲート目がけて二-三発ぶっ放した。

「いたぞ！　奴だ！　ワトキンス!!」

大声で叫ぶのと同時に、フクダ警部も駆けだした。

スタジアムの警備主任に、事情を訊いていたワトキンス巡査部長が、事務所を飛び出してきた時には、二人の姿は、もうどこにも見えなかった。

どこをどう通ったのか、レイクはまるで覚えていない。

広大なスタジアムの、迷路じみた通路を、やみくもに走り回ったのだ。ただ、その途中で、『関係者以外立入禁止』という札のぶら下がったロープを、飛び越えたことは、覚えていた。

それから、手近のドアを開いて、何やらロッカールームみたいなところを駆け抜けたような記憶もあった。と同時に、誰かの制止の声を聞いたような気もした。

そして、次に気づいた時——

レイクは、十八万人の大観衆に囲まれた、明るいグラウンドの上に、呆然と立ち尽くしていたのである。

わあっという喚声が耳を打った。人で埋め尽くされたスタンドを見上げると、目がくらみそうだった。まるで、サラダボウルの底に落っこちた、アリになったような気分だった。

「どこへ行った〜〜〜！」

フクダ警部の大声が、通路の奥から響いてきた。

「今度こそ逃がさねえぞ、この野郎〜〜〜！」

すっかり頭に血がのぼっているらしい。レイクはちらっと後ろを振り返り、それから、慌てて逃げ場を探した。スタンドによじのぼるのはどう見ても不可能だった。引き返すこともできない。となると……。

レイクは、グラウンドの反対側にあるミネソタ・ヴァイキングスのベンチに目をやった。方法は一つしかなさそうだった。

「そこか！」

フクダ警部が、猛然と通路を走ってきた。

レイクが、弾かれたようにスタートした。——中央突破（センタープランジ）。試合をやっている真っ最中のグラウンドを、突っ切ろうというのだ。

フォーメーションを組んでいた両チームの選手たちが、何事かと顔を上げた。

「そいつを捕まえろ！　犯罪者だ！」

グラウンドに飛び出してきたフクダ警部は、左手にバッジをかかげながら、右手のパワー・ガンを天井に向けて発射した。ドーム天井に穴が開き、構材のプラスチック・フォームの破片が、ばらばらと落下してきた。スタンドが騒然となった。

もはや試合どころではない。選手たちは、わけが分からないまま、レイクに飛びかかった。全員、超百キロ級の巨漢揃いだ。まともに闘って勝てる相手ではない。レイクは、持ち前の身の軽さと、すばしっこさをフルに活躍させた。

「この野郎！」

ヴァイキングスのレフト・エンドが、歯を剝き出して、摑みかかってきた。レイクはその腕の下を掻いくぐって、コート中央に達した。

何を勘違いしたのか、ベアーズのクォーターバックが、レイクにボールをパスした。ボールを小脇にしたレイクは、突如、方向を変えて、ゴール目がけて走りだした。次々に襲いかかってくるヴァイキングスのタックルを、あるいは身をひねり、あるいは足の間をくぐり抜け、はたまた、相手の体によじのぼって、かわしていった。二十ヤード、三十ヤード。

「ブラボー！」

観客は、小山のようなプロ選手の間を、ちょこまかと走り回るレイクに、やんやの喝采を送った。

「彼と契約しろ！」

ベアーズの監督が、思わず立ち上がって叫んだ。

テレビカメラが、レイクの姿を、真正面からどアップで捉えた。

アナウンサーが、興奮しきった声で喋りまくる。

『おおっと、これは大変なことになりました！　突然、グラウンドに現れた闖入者が、ボールを持って走りだしたのです！　あっ。また一人抜かれました。独走！　独走であります！　闖入者、ヴァイキングスのラインをものともせず、突っ走ります！　どうなってるのか事情はさっぱり呑み込めませんが、とにかく、これはすごい！　いや、面白い！　十八万人の大観衆も熱狂しています！　この歓声をお聞き下さい！』

さて一方——

その頃、現金を棺桶の底に隠し終えたジムは、シートをリクライニングさせて、ラジオで試合を楽しんでいた。そこへこの放送だ。ジムは、フロントグラスをぶち抜きそうな勢いでシートを起こし、ラジオを見つめた。しばらくは、じっとアナウンサーの声に耳を傾けていたが、呆然と呟いた。

「レイクだ……」

信じられないという風に首を振る。

「あいつに、間違いない……」

『四十ヤード！　五十ヤード！　速い速い！　ヴァイキングスの選手、まったく追いつけません！

——タッチダウン!!　ベアーズ、逆転です!!』

(何が逆転だ、あの馬鹿！)

ジムは、大急ぎでエンジンをかけると、フューエル・ペダルを床まで踏み込んだ。

茂みの中から、霊柩車が飛び出した。

「ブラボー！」

「ブラボー！」

観衆の声援に、レイクは手を振って応えた。

やっと追いついてきたヴァイキングスのバックスが、その彼をぐるりと取り巻いた。

「くるか！」

レイクが身構えた。

その時、観客の歓声が、一際大きくなった。スタンドから、もう一人、誰かがグラウンドに飛び降りて、走りだしたのだ。——ジェーンだった。

ジェーンは、制止に入った敵のラインバッカーを、銃身を逆さに持ったショットガンで、思い切りぶっ飛ばした。

「彼女とも契約しろ！」

ベアーズの監督が、また叫んだ。

「ジェーン！」

レイクが、顔を輝かせた。

「何やってんのよ！」

ジェーンが髪を振り乱して、ヒステリックに喚いた。

「一体、どこまで間が抜けてれば気がすむの!!」

今にも、ショットガンでぶん殴られそうなすごい剣幕だった。レイクは、たじたじとなった。

ジェーンは、ショットガンを普通に構え直すと、二人を取り囲んだヴァイキングスの選手を、キッと睨みつけた。

「そこ、おどき！」

選手たちが、思わず後ずさった。

ジェーンは、背中合わせのレイクに、囁いた。

「市警の応援部隊が、たった今、到着したわ。入場門は全部封鎖されて、もうすぐここにも押し寄せてくるはずよ」

「そいつは、まずいな」

「まずくしたのは誰よ！」

「反省してるよ。で、どうすればいいんだ」

「あんたの正面に、鉄格子でふさがれてるゲートが見えるでしょ」

「ああ」

「グラウンド補修車用の出入り口よ。地下を通って、裏手のガレージまで続いてるわ。あたしが合図したら、あそこまで突っ走るのよ。いい？」

「分かった」

「そいつらを逃がすな！」

それまで、どうにも手が出せずにいたフクダ警部が、コートを横切って駆けつけてきた。

ジェーンは、人垣の間から、警部の足元目がけて、ショットガンをぶっ放した。警部が引っくり返った。選手たちが、慌てて身を伏せた。

「今よ！」

二人は、選手たちの体を踏んづけて、走りだした。

しかし、今一歩のところで間に合わなかった。

スタンドに現れた警官たちが、続々とグラウンドに飛び降りて、二人の行手を遮ったのだ。二人は立ち止まって、周りを見回した。どこもかしこも警官でいっぱいだった。完全に包囲されていた。レイクが、ギリッと奥歯を噛み締めた。次の瞬間——

どーん、という腹に響く大音響が、スタジアム中に轟きわたった。

警官たちの背後にあった鉄格子の門扉が、弾け飛んだ。

「なんてこった。霊柩車だぞ」

地面に膝をついたままで、フクダ警部が呟いた。

霊柩車は、激しくテールを振りながら、警官たちを蹴散らして、レイクたちの前に横向きに急停車した。

「早く！」

ジムが運転席から怒鳴った。二人がドアに飛びついた。車が発進した。

「撃て！」

フクダ警部が叫んだ。

走り去る霊柩車目がけて、警官たちがいっせいに発砲した。

リアゲートの窓ガラスが砕け散り、ボディに点々と弾痕が刻まれた。飛び交う火線の中を、霊柩車は、あっという間に地下道へと姿を消した。

「くそっ！」

警部が銃を地面に叩きつけた。

「お怪我はありませんでしたか、警部」

ワトキンス巡査部長が、駆け寄ってきて言った。

「ない！」

フクダ警部が、噛みつくように言った。コートについた砂を、邪険に払いながら、

「表の連中に連絡しろ！　奴らは黒塗り霊柩車で逃げた。すぐに追うんだ！」

「はっ。――しかし、霊柩車ですって?」

「あいつらだったんだよ! 《キング》ネロの霊柩車をかっぱらいやがった馬鹿は!」

「はあ。そうすると、連中、分かってるんですかね。自分たちが、どんなにヤバい死体（ホトケ）を抱えているのか。シンジケートの目に入ったら、ただじゃすみませんよ」

「奴らが心配しなきゃならんのは、シンジケートのことなんかじゃない。それよりも、このおれに捕まったら、一体どんな目に遭わされるのか――それさえ心配してりゃいいんだ。分かったか?」

「はっ、完全に納得しました」

ワトキンスが敬礼して言った。フクダ警部は、霊柩車が消え去った補修車用の出入り口を、すごい目つきで睨みながら、きっぱりと呟いた。

「見てろよ、レイク。貴様だけは、おれが、この手で取っ捕まえてやるからな」

9　新たな敵

コロコロコロ……

マホガニー製の、どっしりした机の上で、装飾だらけの大時代な電話器が、可愛らしい音を立てた。受話器を掴み上げた指には、五本とも悪趣味な指輪が、はめられていた。

「はい」

『アルか? おれだ』

ドスの利いた、低い声が流れてくる。

『テレビを見たか?』

「ああ」

『どうする。警察（サツ）の連中に《キング》の死体を渡すわけにゃいかないぞ。分かってるんだろうな』

「ビクビクするんじゃねえ」

アルと呼ばれた男は、右手をぴんと伸ばして、きれいにマニキュアされた爪を見つめながら、悠然と答えた。

「もう手は打った」

電話の向こうで、ホッとしたようなため息が聞こえた。

『そうかい。まあ、あんたのことだ。間違いはねえと思うが』

「もちろんさ。ニュースに注意してるこった。もうじき、おれからのプレゼントが、奴らのとこに届くはずだからな」

クックッと含み笑いを漏らして、

「《高飛び》レイクとかいうお調子者には、ことさらよく似合うだろうぜ。——セメントのジャケットがな」

『それを聞いて安心したぜ、アル』

「他に用がねえんなら切るぜ。これから、市長のパーティに出掛ける用意をしなきゃいかん」

『分かったよ、アル。じゃあな』

「ああ」

シンジケートの二番目の実力者《完璧（パーフェクト）》アルは、受話器を戻すと、椅子の背もたれにゆったりと体を預けた。

そして、これからレイクたちの身の上に起こる事態に思いを巡らせ、ニヤリと笑った。

＊

地下の傾斜路を駆け上がり、整然と並んだ補修車の間を抜けて、霊柩車はガレージから飛び出した。

ジムは、ただちに茂みの中へとハンドルを切った。

広大なリンカーン・メモリアル・パークの林道を、木の枝をへし折りながら、ぶっ飛ばす。凄まじい揺れ方だった。

「GE機構（サス）はついてないの!?」

ジェーンが悲鳴を上げた。

「霊柩車に、そんなものがついてるわけないだろ！　スポーツ・カーとは違うんだぜ！」

レイクは喚いた。そのとたんに、霊柩車はくぼ地に突っ込み、大ジャンプ。レイクとジェーンは、天井にしたたか頭をぶつけた。

「どうして、もっとまともな車を盗まなかったのよ！」

「他に見つからなかったんだよ！　仕方ないだろ？　近くには、これしかなかったんだ」

ジムが、必死の形相（ぎょうそう）でステアリングを操りながら、叫び返した。ジェーンも負けじと、

「とにかく、もう少し静かに運転してよ！　アザだらけになっちゃうわっ！」

「そんなこと言ってる場合じゃないだろ！」

「あら。女は、どんな時でも美容に気を遣うものなのよ」

ジェーンが、取りすました声で答えた。ジムは思わず、ステアリングの上で果てた。

「うわ〰〰っ、ジムっ！」

レイクが大声で叫んだ。目の前に、でっかい針葉樹の幹が立ちふさがっていた。ジムは慌てて、ステアリングをぶん回した。霊柩車は、幹にボディをこすりつけるようにして、かろうじてその横をすり抜けた。

強烈な横Gがかかり、レイクはジェーンの膝の上にずっこけた。

「何すんのよっ！」

すかさず、ジェーンの平手打ちが飛んだ。

「いてぇなあ」

——何も本気で殴ることはないじゃないか。車が揺れただけだってのに、ブツブツ……。小声で呟きながら、レイクが身を起こした。

と、同時に、ジムが今度は逆の方向へ急カーヴを切った。

「きゃあ……！」

ジェーンが小さく叫んで、レイクに寄っかかった。二人はもつれ合って、車の床に落っこちた。

「離してよ！　離してってば！　離しなさいって言ってんのが、分かんないの！　撃つわよ！」

足をバタバタさせながら、ジェーンが喚く。

「しがみついてるのは、君の方だと思うけど？」

下になっているレイクが、冷静に指摘した。ジェーンは、一瞬ポカンとレイクの顔を見つめた。レイクは、『だろ？』って感じで、片方の眉を吊り上げてみせた。

なるほど、レイクの言ってることは正しい。だけど、ジェーンはその事実を認めるのは、死んでもいやだったので、

「っさいわね！」

と、邪険にレイクの体を突き飛ばし、シートに座り直した。樹々の小枝がフロントグラスを激しい勢いで叩く。

ジェーンは、八つ当たりの矛先をジムに向けた。

「一体、いつまでこんな森の中を走ってるつもりなの！」

「森がなくなるまで」

ジムが、簡潔に答えた。

「ジム？」

ジェーンが、底意のある言い方をした。瞳が兇暴な光を帯びる。レイクが代わって答えた。

「まともな道を走ってたんじゃ、パトカーとは勝負にならないだろ？　何しろ、こっちは鈍重で足ののろい霊柩車なんだ。あっという間に追いつかれる」

「それとも一つ」

ジムが口を挟んだ。

「この、リンカーン・メモリアル・パークの森をま

っすぐに横切っていくのが——おっと！」

ジムは、倒木を避けるために、霊柩車をドリフトさせた。アクセルの方は、終始一貫してべた踏みのままで、ブレーキなど申し訳程度にしか使わない。

「森を横切っていくのが、どうしたってのよ」

ジェーンが、焦れたような声で言った。

「最短距離なんだ」

「最短距離って、どこへの？」

「ニューシカゴ」

「ニューシカゴですってェ!?」

気でも狂ったの？　とでも言いたげな目で、ジェーンはジムとレイクを、交互に見比べた。

「今から、あんな街になんの用があるっていうの？　あんたたち、確か宇宙船を——」

「持ってるよ」

レイクが頷いた。

「じゃあ、なんで？」

「そうだな、理由は二つある。——一つは、〈メリー・ウィドウ〉まで、この車で行くのは無理だってこと。遠すぎる。サン・バレーに隠してあるんだ。足も遅いし、こんな目立つ車じゃ、インターステートを一マイルも行かないうちに、軽く百万人は目撃者が出るぜ。なんせ宇宙規模でテレビ中継されちまったんだ。でっかいネオンサインつけて走ってるみたいなもんだ」

「そんなこと、車を替えればすむじゃない。どこかそのへんを走ってる車と、交換してもらえばいいわ。——これでね」

ジェーンは、ショットガンの銃把を叩いてみせた。

「そうしたいのは、やまやまなんだけどね」

レイクは、ため息をついた。

「どうしても、ニューシカゴに行かなきゃならないわけってのがあってね」

「もったいぶってないで、さっさと、その二番目の理由ってのを喋ったらどう?」

「まあ、仮に君の言うとおりにして、〈メリー・ウィドウ〉までたどり着けたとしよう。だけど、そこまでだ」

「どういう意味?」

「あの宇宙船(ふね)は、飛べないんだ」

「……」

沈黙。

ジェーンの表情が微妙に変化した。

彼女は、囁くような声で言った。

「なんですって?」

「飛べない」

「どうしてよ!」

急に声が高くなる。レイクは、何やら意味深な目つきで、ジェーンをチラリと見た。

「何よ、その目」

「あー、つまり……」


レイクは、言いにくそうに口ごもりながら、事情を説明した。——ジェーンが、借金の形(かた)と称してレイクたちから巻き上げた車の中に、ワープエンジン用の空間歪曲(ディストーション)コイルが置いてあったこと。ワープのできない宇宙船で逃走するのは、ドラム缶で海を渡るようなもんだってこと、などなど。

「本当なの、ジム?」

「ああ。あればかりは、他の部品で代用するってわけにはいかないんだ」

ジムが、前を向いたまま、大きく頷いた。ジェーンは唇を噛んで、黙り込んだ。

——反省してるのかな?

レイクは、ジェーンの横顔を、そっと観察した。ジェーンは、うつむいて、自分の爪先のあたりを、じっと見つめている。何か考え込んでいるらしく、深刻そうな色が、その顔に浮かんでいた。——どうやら、反省してるらしい。よしよし。

レイクは、心の中でニンマリと笑って、鷹揚（おうよう）な口調で言った。

「ジェーン。君がそんなに責任を感じることはないさ。まあ確かに、知らなかったとはいえ、君のやったことで、僕たちは非常に困難な立場に追い込まれてる。だけど、過ぎたことはもう水に流そうじゃないか。なーに、ちょっと寄り道をすると思えばいいんだ」

「誰が責任を感じてるなんて言ったのよ」

ジェーンは、ジロリとレイクを睨みつけた。

「車の中に、そんな大事な物を置いとく方が馬鹿なんじゃない。冗談は、日曜と祭日だけにしといてほしいわ」

ふん！　てな感じで、ジェーンは昂然と胸をそらした。

——甘かった。

レイクは、力なく首を振った。

「まあ、君が素直に謝るとは思ってなかったけど、それじゃあ一体、何を考え込んでたんだ？　おれたちの車はどこにある？」

「それが、ちょっとね……」

ジェーンは口ごもった。

「ちょっと？」

ジェーンは、エヘッと首をすくめて、言った。

「売っ、ちゃっ、た、の、よ」

「売ったァ!?」

レイクとジムは、同時に素っ頓狂（すっとんきょう）な大声を張り上げた。

「売ったって、一体誰に!?」

「スクラップ屋」

事もなげに、ジェーンは答えた。ジムとレイクは、呆然と顔を見合わせるしかなかった。彼らの車が、彼らの空間歪曲（ディストーション）コイルが、巨大なカークラッシャーの中で、ぺちゃんこにされる情景（シーン）が、二人の脳裏を掠めた。

「なんてことをしてくれたんだ」

ジムが、弱々しく呟いた。

「ほんと、馬鹿だったわ」

ジェーンが頷いた。

「そんなものが入ってると知ってたら、もっと高く売れたのにねえ。どう見ても二百クレジットじゃ安かったわ」

「二百クレジット……」

完全に打ちひしがれた声で、ジムが言った。

「一本五万はするコイルが、たったの二百クレジット……」

レイクが、ジムの肩をぽんと叩いて言った。

「落ち込んでる時じゃないぞ、ジム。車が潰される前に、コイルだけでも取り返さないと、それこそおしまいだ。ジェーン、そのスクラップ屋の場所は!?」

「ダウンタウンの外れにある、なんとかって店よ」

「OK。ジム、急ぐんだ」

「間に合えばいいがな」

「間に合わせるんだよ。何がなんでも」

ジムは、ふーっと大きく息を吐き出して、ハンドルを握り直した。

森も終わりに近い。木もだんだんまばらになって、車は比較的スムースに走ることができた。

と——

『……レイク……』

「なんだ?」

「なんだって、何が?」

「今、おれを呼んだろう」

ジムは妙な顔をして、首を振った。

「ジェーン?」

「知らないわよ」

「変だな、確かに聞こえ——」

『……レイク……だ！』

「ほら、また聞こえた」

「聞こえなかったわよ。気のせいじゃないの?」

「いや、気のせいなんかじゃないぞ！」

フェンダーミラーのリモコンを操作していたジムが、顔色を変えて叫んだ。

「ヘリだ！」

「ええっ?」

レイクは、窓から顔を出して、上空を見上げた。樹々の梢を通して、青空にポッンと小さな点が見えた。警察のヘリコプターだ。ぐんぐん近づいてくる。

『レイク！《高飛び》レイク！』

機体の下についた拡声器から、フクダ警部の怒鳴り声が、地上目がけて、まるで硫酸雨のように降ってきた。

『どこにいる、レイク！お前はもう逃げられん！公園は包囲した。ざまァみろ！今度こそ、貴様も最後だ！今のうちに、とっとと武器を捨てて出てきやがれ！』

『警部、あまり犯罪者を挑発するような言葉は――』

『うるせェ！お前は黙ってろ、ワトキンス。――レイク！聞いてるか！そこにいるのは分かってるんだぞ！』

拡声器からは、機内のやり取りが筒抜けに聞こえてくる。

レイクは、げんなりした表情で言った。

「また、あの警部だ」

「どうする」

「やりすごしましょ。あの木の陰へ――」

「いや無駄だ。警察のヘリには、赤外線センサーが装備されてる。エンジンの熱で感づかれる。――突っ走るんだ、ジム！」

「OK」

霊柩車が、ぐんと加速した。

「でも、包囲したって言ってたわよ」

「ハッタリさ。パトカーは大回りしてこなくちゃならないんだ。おれたちより早く着けるはずがない」

突然、頭上の爆音が大きくなった。

『わーははは。とうとう見つけたぞ、レイク』

10　強行突破!

「愛してるわ、エドワード」

「僕もさ、リタ」

ひと組のアベックが、川沿いの堤防道路にバイクを停め、愛を語らっている。二人の眼前には、オールドコート河（リバー）がゆったりと流れ、その対岸にはニューシカゴの摩天楼（まてんろう）群がそびえていた。

二人は道路脇の、少し小高くなった草原（くさはら）の上に腰を下ろし、べったりと寄り添って、そういった風景を眺めていた。

「エド……」

女が瞳を閉じて、そっと顔をあお向かせた。男は静かに女を抱き寄せた。

二人の唇が、触れようとした、まさにその瞬間——背後の茂みをぶち破って、黒塗りのでっかい霊柩車が、まるでロケット弾のような勢いで飛び出してきた。

霊柩車は、抱き合ったまま呆然と目を見開いている二人の頭上を飛び越えて、堤防道路に大音響とともに着地した。

激しい衝撃に、いったん蛇行（だこう）した霊柩車は、すぐに姿勢を取り戻して、これまたすっ飛ぶようなスピードで走り去った。

ウォルポール橋（ブリッジ）に向けて小さくなっていく霊柩車

を見送りながら、二人はごくりと唾を呑み込んだ。

とたんに――

『待ちやがれ、レイク！　逃げても無駄だぞ！』

茂みを真っ二つに引き裂くほどの、超低空飛行で、ヘリコプターが森の奥から現れた。叩きつける風圧に、二人は思わず身をすくめた。

ヘリは、堤防道路の上空で、ホバリングしながら、機体をぐるりと回した。

『おい、そこの二人！』

スピーカーが、喚いた。

『霊柩車が出てきただろう。どっちへ行った？』

男が、どこか虚ろな表情で、機械的に腕を伸ばして、方向を指さしてみせた。

『馬鹿め。罠にはまったな、レイク！　ウォルポール橋（ブリッジ）は封鎖した。お前は袋の鼠だ！　わーははは』

高笑いしながら飛び去っていくヘリを、二人は、ただ呆然と見送った。

*

「追いついてきたわ！」

後ろを見張っていたジェーンが、大声で叫んだ。

右に左に機体を揺らしながら、ヘリはぴたりと霊柩車のあとを追尾してくる。

「あれをなんとかしないと、どうにもならんな」

ジムが言った。レイクが頷いた。

「そうだな。――オールドコート河（リバー）で水浴びをしていただくってのはどうだい？　ちょいと時季外れだが」

「それいってみよう」

ジムがニヤッと笑った。レイクもニヤリと笑い返すと、棺桶の置いてあるラゲッジルームにもぐり込みながら、ジェーンに呼びかけた。

「一緒に来てくれ」

ジェーンは、散弾銃を手に取り、黙ってついてきた。

　ガラスの割れ落ちたリアゲートの窓から、ヘリを観察しながら、レイクが言った。

「ジェーン。君の腕を見せてもらうよ」

「どうしようっていうの？　この距離からじゃ、ヘリの装甲を破るのは無理よ」

「子供の頃やらなかったかい？　トンボ取りの要領さ」

　レイクは、ポケットからハンカチを取り出して、その端を歯で引き裂いた。

「君、ハンカチ持ってない？」

　ジェーンは軽く肩をすくめ、自分のハンカチを差し出した。レースのふちどりのついた、ちっちゃくて可愛いハンカチだ。

「いい匂いがする。なんて香水使ってるんだい？」

「どうだっていいでしょ。あなたに関係ないわ」

「残念だな。誕生日にでもプレゼントしようと思ったのに」

「つまんないこと言ってないで、なんだか知らないけど、とにかくそれを早くしたらどう？」

「分かったよ」

　レイクはため息をついた。

「じゃあ、そのごっついショットガンを貸してくれ」

「いやよ」

「実包が必要なんだよ」

　ジェーンは、ちょっと小首をかしげ、それから、ショットガンのフォアエンドを素早くスライドさせた。六発のショットシェルが、ラゲッジの床にこぼれ落ちた。

「もっと持ってない？」

「予備が、あと八発あるけど……？」

　レイクが、無言で片手を突き出した。ジェーンは、腰のベルトにつけたケースから残りの予備弾を取り出して、レイクの掌に載せた。レイクは、そのうちの一発をジェーンに返して言った。

「装弾しといてくれ」

ジェーンは、ぶっといショットシェルを薬室に放り込んだ。

「いいわよ。どうするの?」

「さてお立ち合い」

レイクは、合計十三発のショットシェルを、六発ずつの二組に分けて、ハンカチの上に載せた。残りの一発はケースを砕いて、内部の炸薬を、それぞれの山の上に振りかけ、ハンカチでくるんだ。二つの包みを、布の端を引き裂いて作ったひもで、しっかりとゆわえつける。

黙々と作業を続けるレイクを、じっと見守っていたジェーンが、ポツリと言った。

「ディオリッシモよ」

「え?」

「香水」

レイクの顔に、大きな微笑が浮かんだ。ジェーンは、ぷいと横を向いて言った。

「訊きたがってたから、教えてあげただけよ。別に意味はないんですからね。誤解しないでちょうだい」

「ああ。分かってるよ」

「だったら、いつまでも馬鹿みたいにニヤニヤ笑ってないで、さっさと始めたらどうなの。準備はできたんでしょ」

「ああ」

レイクは、急に顔を引き締めて言った。

「チャンスは一回きりだ。外さないでくれよ」

「あたしが外すとでも思ってるの?」

「いいや」

レイクは、運転席に向かって怒鳴った。

「ジム! こっちはOKだ。いつでも始めてくれ！」

ジムは、フェンダーミラーの中のヘリの動きに注意しながら、慎重にタイミングを計った。心持ち速度を落とす。

――近づいてこい。もっと近づいてこい。

ヘリは、相変わらず地上、二－三メートルのところを、埃を巻き上げながら飛んでいた。

ジムの目が輝いた。

前方に、オールドコート河をまたぐハイウェイの高架が、堤防道路の上を横切っていた。

「いくぜ、レイク！」

霊柩車は、立体交差の下に入った。

上を飛び越すかと思っていたヘリも、続いてトンネルのような高架下に、突っ込んできた。神技的なテクニックだ。

――いい腕をしてる。

ジムは、軽く口笛を吹いた。

――だけど、そいつが命取りだ。

高架の出口が、ぐんぐん近づいてきた。ジムは、思い切りブレーキペダルを踏みつけた。

タイヤから白煙を上げて、霊柩車が急減速。

勢いあまったヘリが、車の屋根ギリギリのところを、きわどく掠め飛ぶ。

「今だ！」

レイクはリアゲートを開けて、原始的な飛び道具を、真上に投げ上げた。

二包みのハンカチは、くるくる回りながら、ヘリのテールローター付近にからみついた。

霊柩車とヘリコプターは、ほとんど同時に高架の下から出た。

危険を感じたヘリが、一気に急上昇する。

屋根の上に身を乗り出すようにして、ジェーンがショットガンを構えた。

ヘリの轟音の中で、銃声は頼りないほど小さかった。

ぽん！

ヘリのテールローターあたりで、小爆発が起こった。白い煙が、風でたちまち吹き飛ばされる。ヘリは、少し先へ行ってホバリング、こちらに向き直った。

――失敗か!?

レイクは、ぎゅっと拳を握り締めた。

と、空中に静止していたヘリが、ぐらりと姿勢を崩した。主ローターを中心に、機体がぐるぐる回り始める。

ヘリは、そのままよたよたとオールドコート河の上空に漂い出て、唐突に落っこちた。

川面に、高々と水しぶきが上がった。

「やったぜ！」

レイクは、パチンと指を鳴らした。

「よし、ジム。すぐに引き返すんだ」

「なんですって？　どうしてよ、せっかくここまで来たのに」

「百パーセント、ヘリから連絡がいってるはずだ。ウォルポール橋は、お巡りでびっしり埋め尽くされてると考えた方が、無難だろうな」

車の向きを変えながら、ジムが答えた。レイクが、あとを引き取った。

「連中に、おれたちが引き返したと分かる頃には、こっちは一つ下流のセント・ジョージ橋を渡って悠悠ニューシカゴに入ってるって寸法さ。――OK？」

「OK」

霊柩車は、タイヤを鳴らして発進した。

途中で、さっきの場所を通った。例の二人は、レイクたちがそこをあとにした時と、寸分変わらぬ格好で抱き合ったまま、ボーゼンの続きをやっていた。

霊柩車の窓からレイクが手を振ると、二人はぎくっと体を硬くした。それから顔を見合わせ、はっとしたように立ち上がると、あたふたとバイクに駆け寄った。

「あの二人、すっ飛んでいったぜ」

バックミラーを見ていたジムが、笑いを含んだ口調で言った。

「事故でも起こさなきゃいいがな」

のんびりとレイクが頷いた。

「そんなに落ち着いてていいの?」

ジェーンが、横から口を出した。

「通報されたわよ。あたしたちのこと」

「もう遅い。すぐにセント・ジョージ橋(ブリッジ)だ。あのあたりはダウンタウンに接してて、横丁も多い。倉庫や廃ビル、車を隠す場所はいくらでもある。スクラップ屋からコイルを取り返したら、夜を待って脱出する。簡単なもんさ」

「そうでもないみたいよ、レイク」

「どういうことだい?」

「ほら、あれ」

ジェーンが前方を指さした。橋の手前の道を、二台のパトカーが鼻先(ノーズ)を突き合わせるようにして、ふさいでいた。他にも数台、路肩に停まって、回転灯を光らせている。道路封鎖のために駆り出されたのだろうが、さして警戒している風には見えない。レイクたちは、ウォルポール橋(ブリッジ)に向かったと知らされているからだ。フェンダーに寄りかかって、のんびり煙草を吹かしている警官もいた。

「さて、どうするかな」

ステアリングから離した両方の掌を広げてみせながら、ジムがレイクを振り返った。

「ここは、おたくにまかせるよ」

レイクは、リラックスしたポーズで言った。

「それじゃあまあ、お二人さん。できるだけ頭を低くして、何かにしっかり掴まっててくれよ。少々荒っぽいことになるぜ」

二人が言われたとおりにするのを見て、ジムは、ギアをサードに落とした。タコメーターの針が一気にレッドゾーンまで上り詰め、霊柩車はウイリーしかねない勢いで、ダッシュした。

ようやく気がついた警官たちが、慌ててパトカーの後ろに回り込み身構えた。

十分にスピードの乗った霊柩車を、ジムはごく無造作に、二台並んだパトカーの間に突っ込ませた。

ぐわっしゃ〰〰ん！

体が浮き上がるような衝撃がきて、レイクは思わずシートから放り出されそうになった。

ぶつけられた二台のパトカーは、コマのように回転しながら両脇に弾け飛び、一台は河に落ちた。霊柩車はその間隙（かんげき）を、ほとんどスピードを落とすこともなく、走り抜けた。

警官たちは、残ったパトカーに飛び乗って、ただちに追走に移った。サイレンの禍々しい音が、いっせいに沸き起こる。

ジムは、片輪を浮かせる急カーブで、セント・ジョージ橋（ブリッジ）に入った。これを渡りきればニューシカゴ市内だ。

封鎖されていた堤防道路と違い、こっちの道は、他の車も走っている。

ジムは、警笛を鳴らしっ放しにして、それらの車の間を右に左に、片っ端から追い抜いていった。そのあとから、六‐七台ほどのパトカーが続く。

慌てて道路脇に車を停めた人々が、何事かというように、窓から首を突き出して、この異様な追跡劇を見送った。

橋を渡った最初の交差点。信号が、黄色から赤に替わった。ジムは委細構わず、突っ切った。ここで、最後尾のパトカーが、他の車と接触して脱落した。

残りは……？　後ろを振り返っていたレイクが、言った。

「あと五台だ」

「早いとこ、まいちまわないと、応援を呼ばれたらやっかいだな」

ジムは、狭い路地を選んでハンドルを切った。でたらめに右折と左折を繰り返す。

また一台、運転を誤って、フルーツパーラーに突っ込み、自滅した。

だが、残りの四台は、執拗に食いついてきた。ジムはバックミラーを見て、顔をしかめた。

「まずいな。時間がかかりすぎてる」

「一つだけ、あいつらを振り切る手があるんだけど、どうする?」

「どんな?」

ジェーンが言った。レイクは、親指でラゲッジルームの棺桶を指さしながら、

「あれを、先頭のパトカーの前に落っことすんだ。車が一台しか通れないような、狭い道でね」

「だめ!」

言下にジェーンが否定した。

「そう言うと思ったよ」

「とにかく、お金を捨てるなんて問題外よ。絶対許しませんからね!」

「だから、もちろんその前に、中の金は出しておくんだ。——これならどう?」

「まあ、それならね。でも、あたしは二度と死体にさわるのなんかごめんよ」

「よし、決まった」

レイクがシートから腰を浮かしかけた時——

いきなりビルの陰から、でかいトレーラートラックが出てきたのだ。

「うわっ、たっ!」

ジムは、その鼻先をかろうじてすり抜けた。

先頭のパトカーも難を逃れた。しかし、残りの三

台は、トレーラーの横っ腹に激突して、炎上した。

「トレーラーの運転手に感謝するよ」

レイクが言った。

「あと一台だ。軽い軽い」

「いや、ちょっと待て。レイク。妙だぞ」

「妙って何が？」

「今のトレーラー、わざとおれたちを通すような妨害の仕方をした。ひょっとしたら、こいつは――」

と言いかけたジムは、唐突に急ブレーキをかけた。

罠。

路地をいっぱいにふさぐような格好で、二台のトレーラートラックが、尻(テール)をこちらに向けて停まっていた。

一台だけ残ったパトカーが、斜めに急停車して、霊柩車の退路を絶った。いつの間にか、サイレンも消している。

両脇のビルには、人の住んでるような気配はなく、窓には板が打ちつけてあった。どこか荒涼(こうりょう)とした雰囲気の裏通りだった。

レイクたちは逃げ場を求めて、きょろきょろとあたりを見回した。

「だめだ。完全にふさがれてる」

「見て！」

ジェーンがトレーラーを指さした。後部扉が開いて、中から数人の男たちが降りてきた。

全員、まるで判で押したように、地味なスーツをぴしっと着込み、頭にボルサリーノを載せていた。ただし、手にしているのは、トンプソン・マシンガンではなく、最新式のレーザー・ライフルだ。

男たちは無言で、霊柩車を取り囲んだ。

「奴ら、何者なのかしら？」

ジェーンが囁いた。

「私服にしちゃあ、ガラが悪すぎるな」

レイクが囁き返した。

「お前たち！」

パトカーから二人の警官が降りてきて、大声で呼びかけた。

「鬼ごっこは、これでおしまいだ。武器を捨てて、おとなしく出てこい！」

レイクたちは、お互いの顔を見つめ合った。ジェーンは唇を噛み、ジムは肩をすくめた。レイクは、大きなため息を吐き出して、叫んだ。

「分かった。武器は持ってない」

三人は、両手を挙げて、車を出た。――丸腰ではどうにもしょうがない。おまけに、連中の持っているライフルは、霊柩車のボディなど、薄紙のように貫くほどの力を持っていた。

でっぷり肥った警官が、くちゃくちゃガムを噛みながら近づいてきた。口元に卑しいニヤニヤ笑いを浮かべながら、

「手をかけさせてくれたなァ、おめえたち。だけど、これで終わりだ。おめえたちは、死ぬんだ」

そして、スーツ姿の男たちに、

「霊柩車をトレーラーに積み込んでくれ。本部にゃ、見失ったって連絡しておいた。さあ、おめえたちも、あのトレーラーに乗れ。妙な真似だけはしねえこった。ただでさえ残り少ねぇ命が、よけい短くなるだけだぜ」

「おれたちを、どうしようってんだ。あんたは警官じゃないのか」

「警官だよ。おめえたちは逮捕に抵抗して、おれ様に射殺される段取りになってる。だが、その前に……」

「その前に？」

警官は、ニタリと笑って、スーツ姿の男たちに顎をしゃくった。

男たちは、ライフルの銃口で三人を追い立てた。

レイクたちは、しぶしぶ従った。

レイク、ジム、そしてジェーンが乗り込むと、不吉な音を立てて扉が閉められた。内部は真っ暗になった。

暗闇の中で、ジェーンが無言でレイクの腕を摑んできた。レイクは、しっかりと肩を抱いた。

「あの音はなんだ?」

ジムの声がした。

音……?

レイクも耳をすました。

どこからか、蛇(へび)の這うような音が微かに聞こえてきた。

――ガスだ!

レイクの意識は、次の瞬間、唐突に途切れた。

11　待ち受けていたもの

ひどい頭痛とともに、目が覚めた。

レイクは、頭をぶるんと振って、周囲を見回した。

地下室のようだった。剝き出しのコンクリートの床は、壁からしみ出した水分でじめついている。天井の近くに、鉄格子のはまった、小さな空気抜きの窓が開いており、そこから射し込む青い月の光が、部屋の中をぼんやりと照らしていた。――もう夜になってしまったらしい。

暗さに目が慣れてきて、少し離れたところに、ジェーンとジムが倒れているのも見つけた。

レイクは、手と膝を使って二人のところまで這っていき、肩を揺さぶった。

「ジェーン！　ジム！　おい、しっかりしろ」

「う〜〜〜っ、ひでえ目に遭ったぜ」

ブツブツ言いながら、ジムはむくっと体を起こした。片手で後頭部を押さえて、顔をしかめる。

「ガスで二日酔いってやつだな。まだズキズキしやがる」

「ここ、どこなの？」

ジェーンが、ぼんやりした表情で、室内を見回しながら訊ねた。

「どこかの地下室らしいんだけどね」

レイクが答えた。

「奴ら何者なんだろうな。どう見ても、まともな人間にゃ見えなかったが」

「すぐに分かるさ。――ほら」

レイクは、一方の壁についた鉄製の扉を、目で示しながら言った。

扉の向こうから、数人の靴音が聞こえてきた。

鍵が差し込まれる音がして、扉が開いた。眩しい光が、地下室の中に射し込み、レイクは左手を顔の前にかざして、目をかばった。

男の姿が、戸口のところに黒いシルエットになって浮かび上がった。その背後にも二－三人、銃を持った男たちが立ち並んでいるようだった。男が言った。

「出な。ボスが、おめえたちに話があるとよ」

「そのボスってのは誰なんだい」

レイクが言った。

「おめでたい奴らだぜ。何も知らねえのか」

男は、喉の奥でクックッと笑った。

「おめえたちがかっぱらったのは、ネロ・サルバトーレの死体よ。これで分かったかい」

「思い出した！」

ジムが叫んだ。不審な面持ちのレイクとジェーンに、早口で説明する。

「どっかで見たことのある爺さんだと思ってたんだ。《キング》ネロだったのか。二－三年前、一度、脱税の容疑で取り調べを受けて、その時、新聞に顔写真が出たはずだ。ニューシカゴ・マフィアの大ボスだよ。——だけど、ネロが死んだとすると——」

「お喋りは、そのくらいにしとくんだな。うちのボスは、待たされるのが大層お嫌いなんだ。早くしろい！」

男が戸口からさがると、銃を持った男たちが、どかどかと部屋に踏み込んできた。

ずらりと並んだ銃口を見つめながら、レイクが肩をすくめた。

「どうやら、ご招待は辞退しない方が、賢明らしいな」

「まさに、そのとおりさ」

男が、ニヤリと笑って言った。

＊

レイクたちが連れていかれたのは、屋敷の一画にある礼拝室だった。

祭壇には棺桶が安置されている。

男が一人、祭壇の前にひざまずいて、指を組んでいた。低い祈りの声が聞こえてくる。

彼のかたわらには、例の二人組の警官と、もう一人、骸骨のように痩せた背の高い男が所在なげに突っ立っていた。初めて見る顔だ。

三人は振り返って、近づいてくるレイクたちを、いやな目つきでじいっと見つめ続けた。警官の一人が、意味のないニヤニヤ笑いで、口元を歪めてみせた。

「……アーメン」

祈りが終わったらしい。ひざまずいていた男が、十字を切って、ゆっくりと立ち上がった。こちらに向き直り、レイクたちの顔を順々に見回して、言った。

「これはこれは。ようやくお目覚めですか、皆さん方」

アルカイック・スマイルとでもいうのだろうか。まるで顔面に刻みつけられたような微笑が不気味だった。指には、いくつもの指輪が光り、一分(いちぶ)の隙もない身なりをしてはいたが、この世で一番最低のろくでなしであることに、間違いなかった。

「アルバート・ルカ。通称、《完璧(パーフェクト)》アル。なるほどね。あんただったのか」

ジムが吐き捨てるように言った。

「ほう。私を知ってるらしいな」

「業界内部の情報には、いつも耳を傾けるようにしてるおかげでね。あんたの噂は、他の星でもしょっちゅう聞いてたよ」

「ほう？」

アルは、さも面白そうな顔をして、眉を吊り上げてみせた。

「どういう噂だね」

「ニューシカゴのブタ野郎だとさ」

アルの頬がぴくっと引きつった。用心棒の一人が、懐に右手を突っ込んだ。

「待て。ここでは殺(や)るな」

アルが、片手で制した。

「お前たちに、一つ訊きたいことがある。どういうつもりで、ネロの遺体を盗んだ？」

「訊きたいのは、こっちの方さ」

ジムが言った。

「あんたこそ、どうして、そこまで熱心に彼の遺体を取り戻したがったんだ？　警官まで抱き込んで、あれほど大がかりな網(あみ)を張るほどの、どんな理由があったんだ？」

「何を馬鹿な」

アルは短く笑った。

「当然のことだよ。ネロは偉大なリーダーだった。その遺体を、コソ泥風情に辱められて、黙っていられると思うのか。第一、部下たちにも示しがつかない」

「違うね。あんたは打算的な人間だ。死んだ奴がどうなろうと、指一本動かすようなタマじゃない。それが、死者の魂の安息を願い、盛大な葬式をとり行うために、大金をかけて遺体を取り戻したっていうのか？　あんたが？　《完璧》アルが？　ハッ！　冗談にしても、ひどすぎるぜ」

「貴様、何が言いたい」

「あんたが、ネロの遺体を取り戻したがったのは、あの遺体を誰かに調べられたら困るからさ。特に、警察にだけは、どうしても渡すわけにはいかなかった。おれたちが捕まったら、当然、そういうことになるからな。——違ってるかい？」

「だから？」

アルは微笑を浮かべたまま、不気味なほど穏やかな声で訊き返した。

ジムは、アルの目をまっすぐに見つめながら、言った。

「《キング》ネロの、本当の死因は、なんだったんだい、アル」

とたんに、アルの隣にいた骸骨面の男が喚きだした。

「こいつは危険だ、アル！　今すぐ殺してしまうべきだ！」

「落ち着け、カルロス。何をびくついてやがる。死人も同然の奴が何をほざこうが、気にするこたぁねえんだ」

「カルロス……カルロス・ガリヤーノか？　面白い組み合わせだな。〈シンジケート〉のナンバー・ツウとナンバー・スリーが、夜中に仲良く密会とは」

アルは、用心棒たちに顎をしゃくってみせた。

「連れていけ。もう用はない」

「どう処分しますか、ボス」

「そうだな。コソ泥には、コソ泥にふさわしいやり方がある」

アルは、レイクたちの方に向き直って、楽しげに頷きながら言った。

「少しは感謝してもらいたいものだな。お前たちのために、わざわざ、特別あつらえの樽とセメントを用意させるんだ」

「ちょっと待ってくれ。それじゃ約束が違う！」

警官が、慌てた様子で口を挟んだ。

「こいつらの処分は、おれたちにまかせてくれるはずじゃなかったのか。おれたちも、ここらで点数を挙げねぇと、クビにかかわるんだ」

「うるせェ！　てめえは黙ってろ！　貴様は言われたとおりに、情報を流してりゃいいんだ。このシラミ野郎め」

アルは表情を一変させて、警官を怒鳴りつけた。額に血管がふくれ上がり、鬼のような形相だった。

「ああ、そうかい。分かったよ」

「誰に向かって口をきいている！」

アルは、警官の頬を、手の甲で力一杯はたいた。指輪の金具で皮膚が裂けて、血が流れた。

「すっ、すいません。ミスタ。これから気をつけますから、かんべんして下さい」

警官は、みっともないほど卑屈(ひくつ)になって、ぺこぺこ謝った。

アルは、荒い呼吸をようやく静めると、手下に向かって、

「今はまだ、警察(サツ)も血眼になって、こいつらを捜してるだろうが、朝になれば奴らも交代する。そうしたら、トレーラーごと、オールドコート河(リバー)に沈めてしまえ！」

「お言いつけのとおりに」

「それじゃ諸君、おやすみ。河の底はとても静かだ。きっといい夢が見られることだろう。しかし、どうしても長生きがしたいのなら――」

アルの顔に、また元の微笑が戻った。

「しっかりと鼻をつまんでおくことだな」

「悪党！」

高笑いしながら礼拝室を出ていくアルに、ジェーンが叫んだ。

「豚！　人でなし！」

アルは、礼拝室の入り口で立ち止まると、大声で言った。

「ああ、それから、君たちが盗んだ金は、《キング》ネロへの香典として、代わりに私が受け取っておいた。君たちは死者に功徳をほどこしたんだ。きっと天国へ行けるぞ。ワハハ――」

「死んじまえ！」

アルは、ますます大きな声で笑いながら、姿を消した。そのあとをカルロスが、せかせかした足取りで追っていった。

ジェーンは、歯軋りしながら、二人を見送った。

用心棒たちが、ずいと包囲の輪をせばめた。一人が言った。

「というわけだ。準備ができるまで、もう一度、地下室でおとなしくしていてもらおうか。――おっと、頼むから、抵抗しないでくれよ。死んだ奴を樽詰めにするんじゃ、面白くないからな」

＊

「なんて奴らなの！」

地下室の扉が閉まったとたんに、ジェーンが喚きだした。

「どいつもこいつも、ろくでなし揃い！　あんな奴らに、いいようにあしらわれて、手も足も出ないなんて！」

憤懣やる方ないという口ぶりだ。

「同感だね」

ジムが、のんびりと頷いた。背中を壁にもたれかけさせて、床に座り込む。

「あーゆー連中は、一人残らず銃殺にすべきよ。そう思わない？　レイク」

「思いますねえ」

これまた気のない声を返して、レイクもジムの隣に腰を下ろした。

「なーによ、あんたたちっっ！」

ジェーンは腰に両手を当てて、男どもをはったと睨みつけた。

「あんなことされて悔しくないの!?　頭にこないのっ!?」

「君の言うとおりだ、ジェーン。こっちはガスのせいで、頭がガンガンしてるってのに、奴ら頭痛薬一つよこさなかった。実にけしからん！」

「冗談言ってる場合じゃないでしょってば！」

ジェーンは、悲鳴に近いような声で叫んだ。

「おい、うるせえぞ。静かにしろ！」

扉の外から、張り番がダミ声で怒鳴った。

「なんですってェ！　文句があるんなら、こっちに入ってきなさいよ。首をねじ切ってあげるから！」

「落ち着けよ、ジェーン」

「そうさ。喚いても、声が嗄れるだけ損だぜ」

「じゃあ何？　このままおとなしくセメント詰めにされるのを待てっていうの？」

「そうじゃない。冷静になれって言ってんの」

レイクが、笑顔を見せて言った。

「もちろん、おれたちだって頭にきてる。だから、考えてるんだよ」

「何を？」

「連中を、ギャフンと言わせる手」

「問題は、ここを脱け出したあとだな」

ジムが言った。

「礼拝室の位置は、覚えたかい？」

「ばっちり」

「一体なんの話をしてるのよ、二人とも。脱出したあとって、どういうこと」

「忘れてもらっちゃ困るな、ジェーン」

レイクが、気取った声を出した。

「おれが、なんで《高飛び》レイクって呼ばれてるのか」

ジェーンの顔に、ぱっと理解の色が広がった。〈エリノア〉のパーム・ビーチでの出来事を思い出したのだ。

「そうだったわね。すっかり忘れてたわ。あなたは……跳躍者(リーパー)だった」

「そういうこと。ただ、行く先をしっかり覚えてなきゃいけないのが、難点でね」

「そういえば、礼拝室で、あなた一言も口をきかなかったわ。妙だと思ってたんだけど、そのせいなの？」

「亜空間で迷子にはなりたくないからね」

レイクは頷いた。ジムが言った。

「大丈夫か？」

「何が？」

「ガスだ。悪い影響が残ってなきゃいいがな」

「やってみれば、分かる」

レイクは、足を組み姿勢を正した。どこか不安げなジェーンに、片目をつむってみせ、

「心配いらない。すぐに迎えにくる」

「ええ」

ジェーンは生真面目な表情で頷いた。

「それじゃ」

レイクは、目を閉じ精神を集中させた。ジムは慣れたものだが、ジェーンの方は興味津々(しんしん)といった感

じで、固唾を呑んでレイクを見守った。

身体の奥から、力が湧き上がってくる感覚があった。――このぶんなら大丈夫だろう。レイクは思った。その時、ジェーンが心配そうに話しかけた。

「ねえ、レイク。平気？　テレポートできそう？」

「ああ。多分ね」

目を閉じたまま、レイクが答えた。

「だけど、心配だわ。本当に、ちゃんと覚えたの？」

「ああ」

「すごいのね。あんな短時間で。あたしなんか、昨日あったこともすぐ忘れちゃうのに」

「コツがあるんだ」

「へえ」

「……」

「汗が出てるわよ。ふいてあげましょうか？」

「いや、大丈夫」

「あたし、なんだかわくわくしてきちゃった。だって、こんな近くで見るの、初めてなんですもの」

「そうだね」

「レイク。左の瞼が引きつってるわよ？」

「そ、そうかい……？」

「あら、ごめんなさい。話しかけたりしちゃいけなかったのよね。もう黙ってるから、がんばってね」

「ありがと」

「……」

しばらく、そのままの状態が続いた。

レイクは、再び力を感じた。

ジェーンが、ものすごくちっちゃな声で、遠慮がちに訊ねた。

「もう、精神集中した？」

レイクは思わずため息をついた。

目を開けて、ジェーンに向き直る。ジェーンは真剣な面持ちで、レイクを見つめていた。そのかたわらで、ジムが噴き出す寸前の顔をして、細かく体を震わせていた。懸命に笑いを堪えているらしい。

「ありがたいね」

レイクが言った。

「こんなにうるさくて、どうやって精神集中すればいいのか、分からないよ。ジム！　いい加減に笑うのをよせ。それから、ジェーン。頼むから、ちょっとの間だけ黙っててくれないか？」

「まかしといて」

ジェーンが張り切って答えた。

レイクは再び目を閉じた。

ジェーンは真一文字に口を引き結び、穴の開くほどレイクの横顔を凝視した。――視線が気になった。

左頰がむずむずするような感じだった。レイクは、そっと薄目を開いてみた。ジェーンの顔が間近にあった。彼女は、不思議そうな顔をして言った。

「あたし、何も言ってないわよ」

レイクは天をあおいで嘆息した。

二、三度、深呼吸を繰り返して、気を取り直す。

――必死だった。

いつもの倍の時間がかかった。

レイクは、ようやく力（パワー）を摑まえることに成功した。

「エナジー・イコール……」

自然と口から、キー・ワードが漏れ出た。

「エム・シー・スクエア」

12　ブロウ・ザ・ナイト

一瞬、レイクはパニックに陥りそうになった。

自分がどこにいるのか、とっさには理解できなかったのだ。

こんなことは、かつてなかったことだ。――ガスの後遺症!?　レイクは慄然とした。『亜空間で迷子になる』ついさっきジェーンに言ったばかりの、自分自身の言葉が脳裏をよぎった。

しかし——と、レイクはすぐに思い直した。跳躍中に感じる、あの無限の失墜感は消えている。亜空間からワープ・アウトしていることだけは確かだ。

レイクは、とたんに冷静になって、周囲の状況を把握した。——暗くて、狭い……。

危うく、レイクは大声で笑いだしてしまうところだった。なんのことはない。そこは、例のおなじみの場所——《キング》ネロの棺桶の中だったのだ。

ガスの影響で、目的地の位置づけが不十分だったためだろう。より印象の強烈な方へと、無意識のうちに体が流されてしまったらしい。

——確かに、あの経験は強烈だったものな。

レイクは、この中でジェーンと抱き合った数分間、そしてそれに続く大騒ぎのことを思い出して、苦笑した。

レイクは、棺桶の蓋をほんの少しだけ持ち上げて、外の様子をうかがった。

礼拝室の出入り口のところで、下っ端らしいのが一人、張り番をしていた。ぼんやりした顔つきで、煙草を吹かしている。

——どうやらご退屈の様子らしい。

レイクは、ニヤリと笑った。——さあ、目を覚ましてやるぞ。

「う……ああ……」

レイクは、低い声で苦しげに呻いた。

張り番が、ぎくりと振り返った。半開きの口から、ポロリと煙草が落ちた。なんとも言えぬ表情が浮かんでいた。

「まさか……。そんな馬鹿な」

引きつった笑いを浮かべて首を振る。無理やり、自分を納得させようとする口調で言った。

「空耳だ。そうに決まって――」

「ううっ……！」

下っ端は、まるでひっぱたかれたみたいに、上体をのけぞらせた。顔をそむけるようにして、目の端っこで棺桶を凝視する。喉仏が、ごくりと動いた。

「う……ぐ……っ」

また聞こえた。下っ端は、泣きそうな表情になった。誰かに助けを求めるみたいに、あたりを見回した。礼拝室に、死体と二人っきりだという事実が、改めて重くのしかかってきた。

逃げようかどうしようか。さんざ迷った揚げ句、下っ端は心を決めた。ホルスターから銃を抜き出し、そいつをお守りみたいに後生大事に握り締めて、こわごわと棺桶に近づいてきた。

体をいっぱいに伸ばして、棺桶の蓋に手をかける。指先が、どうしようもなく震えていた。

ギ……ッ。

蝶番が、いやな音を立てた。

蓋が少しずつ開き始めた。下っ端は、目を細めて、隙間から内部をのぞき込んだ。

その瞬間――

棺桶の中から、青白い腕が、ぶら〜〜〜んと飛び出した。

「ぎゃ〜〜〜っ！」

冷たい手に頬を撫でられた下っ端は、ものすごい悲鳴を上げると、一目散に駆け出していった。ひょっとしたら、音速を超えていたかもしれない。

レイクは棺桶から素早く抜け出して、遺体の形を整えた。

「たびたび、お世話になりまして」

軽く頭を下げ、蓋を閉める。心から《キング》ネロの冥福を祈りたい気分だった。

レイクは、さっきの下っ端が放り出していった銃を拾い上げた。

「馬鹿野郎！　なんて声を出しやがるんだ！」

廊下の方から、誰かの怒鳴り声が聞こえてきた。こっちへ近づいてくるようだ。

レイクは、開きっ放しのドアの後ろに、身を隠した。

「だけどよォ、兄貴ィ。ほんとなんだ。ほんとに動いてたんだ。気味の悪い呻き声を上げてよォ、おれのほっぺた撫でやがったんだってば。信じてくれよォ」

「おおかた寝惚けて夢でも見てたんだろう。死んだ奴が生き返るかよ」

兄貴分らしい男が、ずかずかと礼拝室に入ってきた。そのあとを、および腰の下っ端が、びくびくしながらついてきた。

「さっさと来な！　そんな度胸のねえことでどうするんだ」

「あ、ああ、分かったよ、兄貴」

「よく見てろ」

兄貴分の男は、棺桶の蓋を無造作に開けた。

「見ろ。ちゃんと死んでるじゃねえか」

「へんだなァ」

二人のやり取りを後ろに聞きながら、レイクは、そっと礼拝室から抜け出した。

背中で壁をこするようにして、長い廊下を注意深く進んでいく。天井が馬鹿高く、家というより、ちょっとした城だ。

途中、ドアが開きっ放しになっている部屋があった。中から明かりと話し声が廊下に漏れている。地下室に行くには、その前を横切らなくてはならない。

レイクは、ドアの横にぴたりと体を押しつけ、片目だけのぞかせて、室内の様子を観察した。

十人ほどの用心棒たちが、二つのテーブルでポーカーをやっていた。上着を脱ぎ、シャツの袖をまくり上げ、それでもなぜか、帽子だけは被っている。

ショルダー・ホルスターに差し込んだパワー・ガンの銃把が、脇の下からのぞいて光っていた。ビールの缶を手元に置いている者も、数人いる。

ゲームに熱中しているらしく、誰もカードから顔を上げようとしない。

レイクは、タイミングを見計らって、ドアの前を、すうっと横切った。

「おい！」

突然、部屋の中で声がした。レイクは、ぎくっと立ち止まった。

「今、そこを誰か通らなかったか？」

どうやら、連中の中にも、勘のいい奴がいたらしい。レイクは体を硬くして、会話に耳をすませた。

「見なかったな」

別の声が答えている。

「気のせいだよ、レフティ。さあ、ゲームを続けよう。あんたの番なんだぜ」

——そうだ。ゲームを続けるんだ、レフティ。

レイクは、心の中で相槌を打った。

「いや。ちょっと見てくる。待っててくれ」

椅子を引く音がした。

レイクは、慌てた。走れば気づかれる。かといって、身を隠せるような場所は、その長い廊下のどこにも見当たらなかった。

重々しい足音が近づいてきて、ジムに負けないほどの大男が、ぬっと首を突き出した。

右を見て、左を見る——誰もいない。

念のために、ドアの裏側ものぞき込む。——やっぱり誰もいない。大男は首をかしげた。

「誰かいたかい、レフティ」

「いや、妙だな、確かに何かの影を見たんだが……」

「おいおい。あんたまで、チコの野郎みてぇなことを言いだすんじゃねぇだろうな。死体が動いてるなんてよ。——さあ、ゲームを続けようぜ」

「ああ。今行く」

大男は、もう一度、廊下を見回して、奥へ引っ込んだ。

——やれやれ。

レイクは、額ににじんだ冷や汗を、手の甲でぬぐった。そのとたんに、バランスを崩しそうになる。何しろ幅三センチほどの扉板の上に、かかしみたいな格好で爪先立ちしているのだ。身の軽いレイクにしかできない芸当だった。

レイクは、ことりとも音を立てずに、廊下に飛び降りた。

部屋の中では、再び勝負が始まっていた。

レイクは忍び足で、その場を離れた。

*

「レイクは、うまくやってるかしら?」

地下室をうろうろ歩き回りながら、ジェーンが言った。

「多分ね」

くつろいだ格好で、床に座り込んでいるジムが、あっさりと頷いた。それから、ひとり言みたいな感じで、ポツリと呟いた。

「あと一回で、ちょうど四十回だな」

「何が四十回なの?」

ジェーンが、立ち止まって訊ねた。ジムは空中で右手をあいまいに動かしながら、のんびりした口調で説明した。

「おたくが『レイクは、うまくやってるかしら?』って訊ねる。おれが『多分ね』って答える。で、またしばらくすると、おたくが『レイクは、うまくやってるかしら?』って——」

「分かったわよ!」

ジェーンが、たまりかねたように叫んだ。

「だけど、遅すぎると思わない？　あの人がテレポートしてから、もう三十分以上経つわ。一体どこで何をやってるのかしら？　ひょっとして、捕まったんじゃ……」

「捕まったにせよ、そうでないにせよ、いずれにしても、またここへ帰ってくることに間違いはないよ。──座って待ったらどうだい。疲れるだろ？」

「よく、そんな風に落ち着いてられるわね」

「こういうシチュエーションには、慣れてるんでね。それに、レイクのことだ。礼拝室から、まっすぐここに来るとは限らないさ」

「どういうこと？　お散歩でもしてるっていうわけ？　あたしたちを放っておいて？」

「いや。そうじゃなくて──」

　ジムは不意に言葉を切り、耳をすませた。口元に微笑が浮かぶ。ジェーンを見上げて、

「どうやら、お待ちかねの人物のご登場らしいぜ」

「思い切り文句言ってやるわ！」

　ジェーンが、息巻いた。

『おい。待て。なんだてめえは』

　扉の外から、張り番の声が聞こえてきた。

『なんだってことはないだろ？　交代の時間だぜ』

　──レイクの声だわ！

　ジェーンは思わずジムを振り返った。ジムは黙って、頷いてよこした。

『交代？　そんなこと聞いてねぇぞ。だいたい、てめえあんまり見ない顔だな。一体──あっ！　てっ、てめえは──!!』

　張り番の驚愕の叫びと同時に、何か激しく物のぶつかる音がした。続いて、どさっと誰かが倒れる音。

　ジェーンは、固唾を呑んで聞き入った。

　扉の外が静まり返る。

　最高に気を持たせる数秒間が過ぎてから、ようやく鍵穴に鍵が差し込まれる音が響いた。

扉が開き、レイクが顔を出して、言った。

「お待たせ」

「お待たせしすぎよっ！」

ジェーンの強力びんたが、レイクの笑顔に炸裂した。

「なんで殴んだよー」

左頬を押さえながら、レイクが泣き事を言った。

「今まで、どこをほっつき歩いてたのよ！　さんざん心配したのよ！　捕まったんじゃないかって」

「そんなに、僕のことを気にかけてくれてたってわけ？」

レイクが、急に嬉しそうな声を出した。

「べ、別にそういう意味で言ったんじゃないわよ」

ジェーンは、ややうろたえ気味に答えた。

「それより、これからどうするの？　こんなところに、いつまでもぐずぐずしていたくないわ」

「もちろんさ。やることをやったら、すぐにでも出ていくさ」

「やることとって？」

「三百万クレジットを置いていくつもりかい？」

「とんでもない！」

ジェーンは、飛び上がって叫んだ。

「そうよ。あのお金は、絶対に取り返さなきゃ。あれだけ苦労したんですもの」

「で、段取りの方はどうなってる？」

ジムが言った。

「三分間、待ってくれ。すぐに、ちょ、っ、と、し、た、騒ぎになるから、それを合図に行動を起こすんだ」

「金は？」

「ルカの部屋にあるって考えるのが、一番自然だろうな。二階の右翼だ」

「どうして知ってるの？」

と、ジェーン。

「屋敷の構造を、ひと通り調べてきたんだ。色々と準備もあったしね」

「そうだったの?」

「そうだったんだよ」

ジェーンは、ちょっと唇をとんがらかせて、ぶっきらぼうに言った。

「さっきは、ぶって悪かったわ」

「どういたしまして」

レイクは、お上品に会釈を返した。

「そろそろじゃないのか、レイク」

「ああ。そろそろだ」

レイクが、腕時計を見ながら、頷いた。

「一体、何が始まるの?」

「すぐに分かるよ。——ジム」

レイクは扉の方に、首を傾けてみせた。二人は、気を失って倒れている張り番を、部屋の中に引きずり込んだ。手際よく縛り上げ、持っていたレーザー・ライフルと、パワー・ガンを奪う。

「これは、君が持ってた方がいいだろう」

レイクは、ジェーンにライフルを手渡した。

その時、夜のしじまを破る、おびただしい数のサイレンの音が、遠く聞こえてきた。ルカ邸目ざして、みるみる接近してくる。

レイクは、時計をチラッと確認して言った。

「きっかり三分。なかなか優秀だな」

ジェーンが、呆れた口調で言った。

「レイク、あなた——」

「警察を呼んだのね!」

「うろついてる途中で、電話を見かけたもんでね。ついタレ込んじまったんだ。《高飛び》レイクの隠れ家を、ね」

そう言って、レイクは片目をつむってみせた。

表門の方から、どーんという腹に響く衝撃音が聞こえてきた。パトカーが邸内に突っ込んだらしい。

屋敷内が騒然となった。

13　シカゴ・シンドローム

銃を手にした用心棒たちが、殺気立った表情で廊下を駆け抜けていった。

その姿が完全に見えなくなるのを待って、レイクは物陰から飛び出した。姿勢を低くして、階段を駆け上がる。

どうやら建物の外では、銃撃戦が始まったらしい。激しい銃声が、断続的に耳を打った。

「ここだ」

背の高い、両開きの扉の前で、レイクが立ち止まった。

「そこ、どいてて」

ジェーンが、ライフルを構えた。

「誰も、言い訳なんか聞いてないぞ、署長。《高飛び》レイクだと？　いいや、知らん！　そんな奴、見たこともない。いいか、すぐに警官隊を引き揚げさせろ。——できない？　それはどういう意味だ。これは明らかに不法侵入だぞ！」

《完璧（パーフェクト）》アルは、電話の送話口を片手でふさぎ、そばでおろおろ歩き回っているカルロス・ガリヤーノを、怒鳴りつけた。

「少しはじっとしてねえか！　——ガタついてる暇があったら、下へ行って、手下どもに撃つのをやめろと言ってこい。これ以上、怪我人を出したら、まとまる交渉も、まとまらなくなる」

「あ、ああ。分かったよ、アル」

カルロスは、青い顔をして頷いた。アルが、再び電話に向かって脅し文句を並べ始めた時——

突然、扉の鍵が吹っ飛んだ。

ドアを蹴破るような勢いで、レイクたちが現れる。

「お、おめえたちは……」

指輪だらけのアルの手から、受話器がすべり落ちた。

ジェーンが、物も言わずに、いきなりライフルをぶっ放した。デスクの上の電話器が、壁の時計が、天井のシャンデリアが、次々と撃ち抜かれ砕け散った。素晴らしい早撃ちだ。

ひとしきり銃声が続き、ようやく気のおさまったらしいジェーンが、銃口を下げた時には、部屋の中に満足な形をした調度は、まるで残っていなかった。

アルは、額に脂汗を浮かべ棒立ちになっていた。カルロスの方は、床にへたり込み、ズボンにしみを作っていた。

レイクが言った。

「おれたちの金を返してもらおうか、ミスタ」

「おめえたち、一体、どうやって……」

呻くように、アルが言った。

「あんたの知ったこっちゃないわ。さあ、お金はどこ?」

「き、金庫の中……」

「よし。開けろ」

レイクが、パワー・ガンの銃口を軽く振ってみせた。

アルは、のろのろとデスクの前を離れると、壁の隠しボタンに手を触れた。寄せ木模様の壁板が、すっと開いて、金庫が現れた。頑丈そうな、大型のものだった。よほどあくどいことをしない限り、こういう金庫は必要ない。

アルは、チョッキのポケットからキーを取り出し、鍵穴に差し込んだ。それから、扉の中央に右手を強く押し当てた。カチッと、ボルトの外れる音がした。扉が開く。

「さあ、君たちの金だ。受け取りたまえ」

扉の内側に手を突っ込みながら、アルが言った。

その手を、ジェーンが無造作に撃った。

「うっ……！」

アルは、右手首を押さえて、うずくまった。床の上に、小型のパワー・ガンが落ちた。金庫の中に隠してあったものだ。

「撃ち殺してあげてもよかったのよ。だけど、あんたには監獄星（ハーデス）のウラニウム鉱山の方が、お似合いよ」

「いやーあるある」

金庫の中をさぐっていたレイクが、歓声を上げた。

「これが裏帳簿だろ？　こっちは麻薬取引のメモ。非合法カジノ。売春。手形のパクリ。この写真（ホロ）は、どうやら強請（ゆすり）のネタらしいな。買収した政治家や警官のリストまである。こいつはいいいや」

アルが顔色を変えた。

「待て、それをどうするつもりだ」

「使い途（みち）は色々ある。たとえば、一万部ずつコピーをとって、街中にばらまくとか」

「やめろ！　やめてくれ。頼む。金ならいくらでも出そう。そうだ、金（きん）のインゴットはどうだ？　ダイヤもある」

アルは金庫の中から、そういったものを掴み出してきて、両手でレイクの方に差し出してみせた。

「おれたちゃ貧乏性でね。自分たちで稼いだ三百万で、十分満足してるよ。残念だったな」

「待ってくれ。それじゃ、こうしよう。取引だ。あんたたちは、ニューシカゴから出たいんだろう？　だけど、警察（サツ）の連中も、今度ばかりは本気だ。ニューシカゴから出る道は一本残らず押さえられてる」

「だから？」

「だから、おれが逃がしてやろうってのよ。組織の力を使えば、包囲網を抜けるのは簡単だ。情報も正確だし、危ない目に遭うこともねえ。どうだい、悪い話じゃねえだろう？」

アルは、こずるそうな目を光らせながら、熱心に言った。口元に下卑た笑いが浮かんでいる。爬虫類が、もみ手をしながらすり寄ってくるような印象があった。

レイクが、ニッと笑った。その笑いを誤解したアルは、耳まで裂けそうな愛想笑いを満面に浮かべてみせた。

レイクは、その顔のど真ん中を、力一杯ぶん殴った。

床の上で伸びてしまったアルに、レイクは穏やかに言って聞かせた。

「おれは、なんにせよ組織ってやつが大っ嫌いでね。せっかくだけど、答えはノーだ。悪いね」

「さてと、それじゃあ、いただくものだけいただいて、引き揚げるとするか」

ジムは言った。ジェーンのライフルで、ズタズタになってしまったカーテンの隙間から、外の様子をうかがいながら、

「アルの手下たちが、警官を引きつけている間に、屋敷を抜け出さないと、やっかいだからな」

「どんな様子だ?」

「最高潮だね。盛り上がってるよ」

「チャンスだな。よし」

レイクは、部屋の中を見回して言った。

「何か、金を入れる物が必要だな」

「あたし、探してくるわ」

ジェーンが機敏に、部屋を出ていった。

「レイク、ちょっと来てみろよ」

ジムが窓際で、手招きした。なぜか、ニヤニヤ笑っている。

「なんだ?」

レイクは、ジムの隣に立って、言われるとおりの方向に目をやった。

屋敷を包囲している警官たちの後方に、見覚えの

ある長身痩軀の男の姿があった。包帯だらけの体の上に、相変わらずトレンチコートをはおっていた。右手の松葉杖を振り回しながら、しきりと何事か喚いている。もちろん、声がここまで届くはずもないが、何を怒鳴っているのか、おおよその見当はついた。

　レイクとジムは、顔を見合わせて、苦笑いした。

「あの旦那も、よくやるよ」

「あったわよ！」

　ジェーンが、大きなスーツケースを引きずりながら、入ってきた。

「この先の納戸で見つけたの」

「OK。それじゃ、さっそく始めよう」

*

「っくしょん！」

「大丈夫でありますか、警部？」

「ああ。ただの風邪だ——っくしょん！　それより、報告を続け——っくしょん！」

　フクダ警部は、コートのポケットからティッシュペーパーを引っ張り出して、鼻をかんだ。警部の足元には、丸めて捨てられたティッシュが、山のようになっていた。

「えーと、どこまでいきましたっけ？」

　右腕を包帯で吊っているワトキンス巡査部長が、やりにくそうにメモ帳をめくりながら、言った。彼も、オールドコート河で水浴びをした口だ。

　フクダ警部は、ワトキンスの顔をつくづくと眺めて、言った。

「お前は風邪をひかんな」

「はい。子供の頃から、体だけは丈夫でして」

　ワトキンス巡査部長は、胸を張って答えた。

「しかし、それが何か……？」

「気にするな。それより、報告はどうした」

「あ、はい。えー、レイク・フォレスト一味の逃走経路ですが、ただ今判明している事実を総合しますと、賊は建物裏手の窓から、ロープを使って地上に降り立ち、闇に乗じて植え込み伝いに敷地内を移動、脱出したものと考えられます。といいますのも、敷地内に点々と、原因不明の打撲によって失神していた警官が発見されておりまして、これを結んでいくことによって、賊のたどった道すじが、明らかになると、こういうわけであります。何ゆえに、賊が発見されなかったかと申しますと、これは隊員たちの注意が全て、《完璧（パーフェクト）》アルの手下どもに向けられておったためかと、推測される次第であります。えー、そののち、賊は事件に集まった報道関係者の車を奪って、逃亡したものと——」

「もういい」

うんざりした表情で、フクダ警部が片手を振った。

「お前は、そういう回りくどい喋り方しかできないのか、ワトキンス。銃撃戦のどさくさに紛れて逃走した——一言ですむだろうが」

「はあ」

「それで、奴らが盗んだ車は、見つかったのか?」

「まだですが、ダウンタウン付近での目撃情報が、いくつか本部の方へ寄せられておるそうで、その方面に、パトロールカーを大量投入して捜索しておりますます。発見は時間の問題でしょう。車種も分かっておりますし」

「フクダ警部！」

別の警官が近づいてきて、敬礼した。

「なんだ?」

「行方不明だったアルバート・ルカを見つけました」

「どこにいた」

「礼拝室です」

「礼拝室に隠れていたのか」

「いえ。隠れていたというよりは……。ま、とにかく、こちらへ」

フクダ警部は、不器用に松葉杖を使いながら、その警官のあとについていった。

「ここです」

《キング》ネロの棺桶に、二人の男がぐるぐる巻きに縛りつけてあった。その周りに、たくさんの書類やディスクの類が、散乱している。二人とも口にさるぐつわをはめられ、真っ赤な顔をして呻いていた。

見張りをしていた警官が、警部を振り返って敬礼した。

「さっきから、この調子で呻いてるんです。どうも、さるぐつわを外せと言ってるらしいんですが、何ぶん言葉がはっきりと聞き取れないもんで」

そう言って、若い警官はニヤリと笑った。

「アルバート・ルカ。それに、こいつはどうだ、カルロス・ガリヤーノじゃねえか。何をやってるんだい、こんなところで?」

フクダ警部は、二人の顔を交互にのぞき込みながら、嘲った。唸り声がさらに高くなった。二人を縛っているロープに、ピンで白い紙が留めてあった。

それには、こう書いてあった。

『謹呈——レイク・フォレスト』

裏を返すと、

『《キング》ネロ殺しの真犯人——二匹』

フクダ警部は、頰をすぼめてカードに見入った。

「こいつはすごい!」

床に散らばった書類を調べていた、ワトキンス巡査部長が、感嘆の叫び声を上げた。

「これだけの証拠が揃っていれば、〈シンジケート〉を壊滅に追い込むことだってできますよ、警部!」

フクダ警部は、ワトキンスが手にしている帳簿類と、今は青い顔をしている二人の男を順々に眺め回すし、最後に手の中のカードに目を落とした。

『謹呈――レイク・フォレスト』

フクダ警部は、口元をニヤリと歪めて、呟いた。

「あの野郎」

14　エピローグ

「ここよ」

ジェーンが言った。

レイクとジムは、フェンスにかかっている、薄汚い看板を見上げた。

『カークラッシュ・アンディ』

まだ朝も早いというのに、内部からは車が押し潰される時の轟音が聞こえてくる。ここの持ち主は、騒音防止条例の存在など、まるで気に留めていないらしい。


ジェーンを先頭に、三人は広い屑置き場(ジャンクヤード)に足を踏み入れた。廃車処分にされる車が、あちこちに高々と積み上げてあった。先端に鉄の爪をつけたクレーンが、一台一台摑み上げて、油圧クラッシャーの中に放り込んでいく。車は、ほんの数分で一辺八十センチほどの四角い金属の塊に押し潰されて出てくる仕組みだ。

「誰かいませんかあ」

掘っ立て小屋のような事務所に、ジェーンが声をかけた。返事がない。

「あのう、すいませーん」

「なんの用かね、あんたら」

いきなり後ろで声がした。レイクたちは、慌てて振り返った。

オーバーオールを着た、白髪、赤ら顔の小柄な老人が、両手をポケットに突っ込んだまま、眩しそうな目をしてこっちを見ていた。

「アンディさん？」

「ああ。わしがアンディだが？」

「あの、あたし覚えてません？　ほら、おとつい、ここで車を売った……。これが、その時の領収書ですわ」

ジェーンは一枚の紙切れを老人に差し出した。アンディ爺さんは、腕をいっぱいに伸ばして、領収書を見つめた。ジェーンの顔と見比べる。

「どんな車だっけかな？」

「91年式のシボレー。色はブラウンメタ」

レイクが、横から答えた。

「ブラウンメタのシボレー……。ああ、思い出した。だけど、あの車が、どうかしたのかね？」

「買い戻したいんだ。今すぐ」

「買い戻すって、あれをかい？」

「そう。もちろん元値のままでなんてことは言わない。いくらでもいい。言い値で買うよ」

「うちとしちゃ、元値のままでも別に構わんがね」

「決まり！　ところで、一体どこにあるんだ、おれたちの車は？」

「あんたの後ろにあるのが、それだよ」

突如襲ってきた、不吉な予感に怯えながら、レイクはゆっくりと振り向いた。

一辺八十センチの立方体。

レイクは、思わず片手で顔を覆った。

「どうかしたのかね？」

「実は、大事な荷物を、中に置きっ放しにしてたんだ。それを急に思い出してね。だけど、もうだめだ。潰れちまった。ぺっちゃんこだ」

レイクは、うわ言のように呟いた。

すっかり打ちのめされた様子の三人に、アンディは、さりげなく訊ねた。

「どうやら、その荷物ってのは、よほど大切なものだったらしいな？」

「ああ」

レイクは、力なく頷いた。

「トランクの中に入っていたのかね?」

「ああ」

「ひょっとしたら、そいつは、これっくらいの、黒い革ケースのことを言ってるのかね?」

指先を、空中で四角く動かしながらアンディが言った。

レイクたちは、はっと顔を見合わせた。次の瞬間、まるで獲物に襲いかかる狼みたいな勢いで、アンディに詰め寄った。

「そうだよ。それだよ!」

「見たのか!?」

「どこにあるの!?」

「ちょ、ちょっと待ってくれ。そう一度に訊かれたんじゃ、返事のしようがねぇ」

アンディは、両手を前に突き出しながら、後ずさった。

「いや。悪かったよ。つい興奮しちまったもんで」

呼吸を整えながら、レイクは言った。

「頼むから質問に答えてくれないか。——あんたあれを見つけたんだな?」

「ああ」

「今、どこにあるんだ?」

「事務所に置いてあるよ」

「助かった!」

三人は、手を取り合って歓声を上げた。

「まったく、あんたの銅像を建てたいくらいだよ」

ジムが言った。

「いやいや。それほどのことじゃねえ。車を潰す前には、必ずトランクの中のものを外へ出すってのが決まりでね。——ところで、あれをあんたたちに返す前に、一つ訊きたいことがあるんだが」

「なんだい?」

「あんたたちと、前にどこかで会ったことがなかったかな?」

「いや」

レイクは、不思議そうに首を振った。

「彼女は別だが、おれたちは初対面だぜ」

「そうかい? 妙だな。確か、どっかであんたたちの顔を見たことがあるんだが……新聞だったか、テレビだったか……」

いやな予感がした。

「き、気のせいじゃないのかな。世の中にゃ似た顔ってのは、いるもんだし……」

レイクは、軽く笑い飛ばしてみせた。頬が微かに引きつっていた。

「そうか。気のせいか」

アンディは、あっさりと頷いた。

「とすると、あのトランクの中に、ケースと一緒に入っていた、銃や爆薬なんかも、やっぱり、わしの気のせいなのかな?」

アンディは、レイクたちの顔を順にのぞき込みながら、言った。

「いや、あれはつまり……」

「別に、わしはなんとも思っちゃいないんだよ。車のトランクに何を入れようと、そいつは個人の自由ってもんだ。そうだろ?」

「そ、そう。そうだな」

「そうとも。で、話は変わるんだが、あんたたち、昨日のアストロ・ボウルは観たかい? いやあ、実に面白い試合だった。第四クォーターだったかな。観客席から――」

「あ、あの! アンディさん?」

ジェーンは、思わず声を高めて、アンディの言葉を遮った。

「申し訳ありませんけど、あたしたち少し急いでますの。それで、できれば早くケースを返していただきたいんですけど。もちろん、お礼の方は十二分にさせていただきますわ」

「そうかい。そいつはすまねえなァ」

アンディは、ちっともすまなそうにない声で言った。

「うちの設備も、すっかり古くなっちまって、新しいのを買おうと思っていたんだが、ここんとこ不景気でねぇ」

レイクたちは、『ぶっ殺すぞ、このー』というような気持ちを、硬直した笑顔の下に隠して、アンディの言葉に、いちいち頷いてみせた。

「それじゃ、まあ、あんまり引き留めても悪いし……」

アンディは、いったん、事務所へ戻りかけて、ふと立ち止まった。レイクたちを振り返って言う。

「あんたたち、急いでるっていうんなら、わしの車に乗っていいかないかね？　ちょうど市外へ出る用があってね。中古車の陸送だよ。ほら、あそこに見えてるだろう」

アンディはジャンクヤードの隅に駐車してある、車輛運搬車（モーター・キャリアー）を指さした。上下二段になった荷台には、すでに数台の車が載せてあった。

「上の段の車、あそこに乗ってりゃあ、居眠りもできるし、もちろん、あんたたちには関係ないことだろうが、検問でうるさいことを言われる心配もない。——ただ、ああいう中古車ってのは、最近じゃあまり売れなくてね」

アンディは、わざとらしくため息をついてみせた。チラッと横目でレイクを見る。

「分かったよ。一台買おう」

こうなったらやけくそだ。レイクは思った。

「どうせ、車を替えるつもりだったんだ」

「そうこなくっちゃ！」

アンディは、上機嫌でレイクの肩をぽんと叩いた。

レイクは不機嫌に言った。

「いくらだい？」

「そうさなァ」

アンディは、ポケットから電卓を引っ張り出した。

口の中でぶつぶつ呟きながら、キーを押していく。

「塗装はやり直したし、バッテリーは新品。オイルはサービスだ。それと、運送料を加えて、と。――ああ、あんたたち、あの銃や爆薬はどうするね？」

「そっちで処分してくれ」

「プラス処分料」

アンディは、さっそく数字をつけ加えた。

「これに、さっきのケースの保管料と礼金をプラス。最後に税金を一〇パーセント」

アンディは、ニコッと笑って、電卓を差し出した。

「ちょうど、これだけになる」

その金額を、一目見て、レイクたちは絶句した。

あんまりだ、と思った。

しかし、レイクたちに、他の道を選んでいる時間はなかった。サイレンの音はすぐそこまで近づいている。

アンディが、ニタリと笑って言った。

「毎度ありがとうございます。《高飛び》レイクさん」

*

レイクたちが、無事ニューシカゴを脱出して半年後、『カークラッシュ・アンディ』のあった場所に、近代的な大工場が完成していた。

総工費は、およそ三百万クレジットだったということだ。

99%のトラブル

1　間違った場所

「計画は完璧だった」

と、レイクは、言った。

じろっ。

ジェーンが、バシリスクみたいな、凄まじく険呑(けんのん)な目つきで、レイクを睨みつけた。

もしも、この場に、レイクをフライにしちまう電気椅子(いす)のスイッチがあったら、間違って生き返ったりしないように、念を入れて三回はボタンを押しそうな、そんな目つきだった。

レイクは慌てて目をそらした。

助けを求めるような視線を、ジムに向ける。

ジムは、コンクリートの床にぽっかりと開いた、大きな穴のそばに、ぼんやりと座り込んでいる。

途方に暮れたような表情だった。

レイクは、天井を見上げて、ため息をついた。

左の頬に、ジェーンの鋭い視線が、はっきりと感じられる。

レイクは、横目でこっそりとジェーンを盗み見た。

薄闇の中で、ジェーンの緑色の瞳が、兇悪な光を放っている。

レイクは、ジェーンと目を合わせないように、必死で何気ない風を装いながら、もう一度、言った。

「計画は、完璧だったんだ」

「確かに、そのとおりよね！」

ピストルの台尻で、ぶん殴るみたいな、そっけない口調で、ジェーンが応える。

レイクは、ジェーンの言葉に込められた、死ぬほどの皮肉には、気づかなかったふりをして、

「そうなんだ」

と、大真面目に頷いてみせた。

「計画は、完璧だった。——ニューシカゴで、あれだけの大騒ぎをやらかしたあとだけに、あんまり派手なホールドアップはできない。だから、おれたちは、銀行の金庫室までトンネルを掘ることにした」

レイクは、床に開いた穴を指さした。

「事実、トンネルは、完成した」

「二週間もかけて」

と、ジムが言った。

「泥まみれになって」

と、レイクも頷き返す。

「おかげで、あたしは、三回も髪の毛をダメにしたわ」

ジェーンが冷たくつけ加えた。

「せっかく、きれいにセットしたばかりだったのに」

レイクの顔に、しまったという表情が浮かぶ。余計なことを思い出させちまったようだ。

「そのままでも、君は、十分きれいだよ。ジェーン」

と、お愛想を言う。

「ヴァレンチノの店で、千クレジットもかけたのよ」

と、ジェーン。どうやら、あまり効果はなかったらしい。

レイクは、さりげなく話題を、そらすことにした。

「狙いだって、間違ってなかった。グリンバーク&サンライズ信託銀行は、小さいけれど、この星で一番の老舗（しにせ）だ。あそこの貸金庫には、金持ち連中が脱税目的で預けてる、宝石だの有価証券だのが、ごっそり眠ってる。そうだろ、ジム?」

「闇で叩き売っても、一億や二億は下らないはずさ」

と、ジム。

「一億だぜ」

と、レイクは、ジェーンに、そこんとこを強調してみせた。

ジェーンは、両足を踏ん張り、腕組みをして、レイクを睨みつけている。絶対にだまされないぞと、固く決意している目の色だ。

ブレーキに欠陥のあるスポーツ・カーを懸命に売りつけようとしている、中古車のセールスマンにでもなったような気分だ——と、レイクは思った。

「とにかく」

レイクは、舌の先で唇をなめて、言葉を続けた。

「トンネルは、めでたく完成して、土曜の夜になった。おれたちは、銀行の床をぶち抜いて、金庫室に忍び込み、あとは、土曜日曜と二日がかりで、貸金庫の中味を、洗いざらいいただいて、銀行が開く月曜の朝には、この町(テンスリープ)から何百マイルも離れた別の町で、のんびり札を数えてるって寸法だ」

「完璧だ」

と、ジムが言った。

「完璧さ」

と、レイク。

「一つ忘れてやしない？」

自画自賛し合っている二人に、バケツの水をぶっかけるような調子で、ジェーンが言った。

「ここ、金庫室じゃないわ」

ジムは、どこかあさっての方向を見つめながら、低く口笛を吹き始めた。

レイクは、生まれて初めて見た、とでもいうような顔つきで、バカ熱心に自分の掌を、観察している。

「ついでに言わせてもらえば、銀行ですらないわ」

と、ジェーン。

二人は、相変わらず、必死でとぼけている。

ジェーンは、ゆっくりと腕組みをほどくと、優しく呼びかけた。

「ねえ、レイク?」

「なんだい」

と、振り返ったレイクの顔が、たちまち引きつった。

まっすぐレイクの鼻先に突き出されたジェーンの右手の中で、デリンジャーが銀色に光っていた。

——レミントン・ダブルバレル・デリンジャー。二連発で、おもちゃみたいに小さいが、・45の弾丸は、大の男を二メートルも吹っ飛ばす力を持っている。

レイクは、高々と両手を挙げて言った。

「撃たないでくれ」

ジェーンの瞳の色を見て、慌ててつけ加える。

「お願いだから」

「説明してもらいたいわね」

ジェーンは、殺意を押し殺した声で、低く訊ねた。

「ここは、どこなの? 銀行は、どこへ行ったの?」

「引っ越しちゃったのかな」

アハハと、レイクは力なく笑った。

ジェーンは、デリンジャーの銃口を、意味ありげに、ぐいっと動かしてみせた。

レイクは、笑顔を引っ込めて、唾を呑み込んだ。

両手を挙げたまま、左右を見回す。

どこかの地下室であることには、間違いなかった。

打ちっ放しのコンクリート。剝き出しの梁。床には、十数体のマネキン人形が、無造作に転がしてある。

ひょっとしたら、ブティックか何かの地下倉庫なのかもしれない。

天井近くに造られた、明かり取りの小窓から、街灯の光が射し込んでおり、裸のマネキンたちを、白く不気味に照らし出していた。

認めたくないことだが、少なくとも、グリンバーク&サンライズ信託銀行の金庫室でないことだけは、確かだった。

レイクは、ため息をついた。

肩をすくめた。

そして、言った。

「どうやら、道に迷ったらしい」

2　地下室で拾ったもの

ジェーンは、まじまじと、レイクの顔を見つめた。

ジェーンは、つくづくと、レイクの顔を見つめた。

ジェーンは、穴の開くほど、レイクの顔を見つめた。

見つめ続けた。

レイクは、足元に開いた穴の底に横たわって、上から土をかけてもらいたくなった。

ジェーンが、ようやく口を開いた。彼女は、思いっ切り辛辣（しんらつ）な口調で、一言、こう言った。

「かんぺきな、けーかく」

「多分、トンネルの角度が悪かったんだ。——と、彼は小声で呟いた」

レイクは、ひとり言のように、言った。

「誰にともなく」

とたんに、ジムが噴き出した。

ジェーンが、ものすごい目で、ジムを睨みつける。

「あ、いや……」

ジムは、慌てて表情を取りつくろった。

「とりあえず、一度、地上に出て、銀行の位置を再確認した方が、いいんじゃないかって、言おうとしたんだ」

「嬉しいこと。初めて聞く、建設的な意見だわ」

ジェーンが、皮肉っぽく、眉を吊り上げてみせた。

「ひょっとしたら、このまま一生、地下室で漫才をやってるつもりなのかって、不安に思い始めてたとこよ」

「その前に、この穴を、なんとかしないと。誰かに見られたら、まずいことになる」

と、レイク。

「あのマネキンを使おう」

ジムが、片隅のマネキンの山を、顎で示しながら、応えた。

「見たところ、この地下室も、あんまり使われてる様子はないし、二‐三日は、ごまかせるだろう」

「いっちょ、やりますか」

レイクは、マネキンに近づいて、その中の一つを、抱え上げた。

使い古しのマネキン人形は、どれ一つ、完全なものはなく、手や足が折れていたり、顔に穴が開いていたり、ひどく傷んでいた。

「ぞっとしないね」

レイクは、顔をしかめながら、マネキンをジムに手渡した。

「まったくだ」

ジムも顔をしかめ、マネキンを、穴のそばへ並べて置いた。

「ほい、お次」

「あいよ」

レイクからジムへ。マネキンのリレーが続いた。手や、足だけのこともあった。

マネキンの山が、三分の一ほど穴の周囲に移動し終えた。

「こんなもんかな」

マネキンは、穴の存在を、ほぼ覆い隠している。

「あと、二‐三体――」

「OK」

レイクは、次のマネキンに手をかけた。

そのまま、動かない。

「どうした?」

ジムが、レイクの背中に声をかけた。

「ジム……」

レイクは、向こう向きのままで、妙にくぐもった声を出した。

「ここに、一つだけ、服を着たマネキンが交じってるんだが……」

「マネキンだろ? 服着てたって、おかしかないぜ」

「ああ。だけどな――」

と、レイクは、首だけを振り向かせて、言った。

「手足を、テープで縛られてるマネキンって、あると思うかい?」

「なんだって?」

ジムは、レイクの背中越しに、彼の手元をのぞき込んだ。ジェーンも顔を出す。

ずいぶん小さなマネキンだ。

白いワンピースを着て、頭に袋が被さっている。

レイクは、ジムとジェーンの顔を、順々に見回した。

「それに、もう一つ。このマネキン、あったかいんだ」

ジムが、手を伸ばして、袋を結んでいるひもを、ほどいた。

袋を、取り去る。

ジェーンが、はっとしように、息を呑んだ。

レイクとジムも、思わず顔を見合わせた。

「なんてこったい」

せいぜいがとこ、小学校に上がったばかりって年頃の、女の子だった。

きれいな黒髪のショートカットで、実際、どのマネキンよりも整った顔立ちをしていた。――無残に口をふさいでいるテープがなければ、もっと可愛らしく見えただろう。

額に汗を浮かせて、ぐったりしている。

レイクが、口を開きかけたとたんに、ジムが言った。

「おれに、訊くな」

「なんだって?」

「おたく、今、こいつは、どういうことだって訊こうとしただろ?」

「よく分かったな?」

「だから、言ったんだ。訊くなって。——おれにも、さっぱりだ」

「あんたたち!」

ジェーンが、イライラと叫んだ。

「何、のんびりお喋りしてんのよ! そこおどき!」

乱暴に二人を押しのけて、少女の横にひざまずく。

「ちょっと痛いけど、がまんしてね」

ジェーンは、少女の口に貼られたテープを、一気にひっぺがした。

少女は、微かに呻いた。

レイクとジムが、それぞれ手足のテープを切り放した。

「ちょっと、あんた!」

ぴしゃぴしゃと、ほっぺたを軽く叩きながら、ジェーンは少女の体を揺さぶった。

「大丈夫? ほら、しっかりしなさいってば!」

「旦那……」

レイクは、ジムに目くばせした。

少し離れたところで、ひそひそ話を始める。

「どう思う?」

「誘拐——だろうな。他に考えられん」

「まいったね」

「まいった」

「ジェーンと一緒にいると、まったく奇想天外な目に遭わせてくれるんで、おれは嬉しいよ」

「だが、あの子、どうしたもんかね」

「どうって、ほっとくわけにゃいかんだろうな」

レイクは、少女の方をチラリと見て、言った。

「それに、おれは誘拐ってやつは好きになれない。特に、あんな可愛い子を……」

「まったくだ」

と、ジムも大きく頷く。

「どこのどいつか知らんが、悪党の風上にも置けない畜生野郎だぜ」

「明日の朝、家へ連れて帰ってやるさ。あの年なら、自分の家くらい、分かってるだろう」

「だけどな、レイク」

ジムは、一層声を低めた。

「なんて説明する気だ?」

「説明?」

「家の人にさ。——まさか、銀行強盗の途中、入るところを間違えて、偶然、お嬢さんを見つけました、なんて言えっこないぜ?」

レイクは、額に片手を当てて、言った。

「こいつあ、一本取られちゃったな」

「冗談言ってる場合じゃないぞ、レイク。こないだは死体で、今度は女の子だ。女の子と一緒に銀行強盗やるのだけは、ごめんだからな」

ジムは、本気で心配していた。——まあ、無理もない。ジェーン一人でさえ、手を焼いているのだ。

レイクは、軽く笑って、言った。

「大丈夫だよ、ジム。説明なんか、どうにでもなるもんだ。心配いらないさ」

「だといいがな」

ジムは、不安そうな視線を少女に移した。

その時、少女が目を覚ました。

長いまつげにふちどられた、大きな瞳を、いっぱいに開いて、ジェーンの顔を見上げる。心配そうなレイクとジムの顔も、それに加わる。

徐々に焦点が合ってきたのか、不意に少女の唇が、悲鳴を発する直前の形に開かれた。

ジェーンが、とっさに口をふさいだ。

暴れようとする少女を押さえながら、鼻先がくっつかんばかりに顔を近づけて、真剣な目で少女の双眸をのぞき込む。

緑色の瞳が、焦げ茶色の瞳と、ほんの十数センチの距離で相対する。

ジェーンは、鋭く囁いた。

「落ち着くのよ、可愛い娘ちゃん。あんたが誰で、どんな理由があろうと、あたしたちは、あんたの味方よ。これからの女はね、こんなことくらいで、いちいち悲鳴を上げてちゃ、生きていけないんだからね。あんたも気をしっかり持って、強くならなきゃだめよ。分かった？　冷静になって、よく考えるの。あたしの言ってることが分かる？」

「ジェーン。そんな小さい子に、何言ってるんだ」

「男は黙ってて！　これは、女同士の問題なんだから」

レイクは、やれやれという風に、首を振った。

「さあ、手を離すわよ？　いい？」

ジェーンの掌の下で、少女が、微かに頷いた。

ジェーンは、そうっと手を離した。

四人全員の口から、それぞれ意味合いは違うが、ほうっというため息が、同時に漏れ出した。

レイクが、少女の前にしゃがみ込んで、優しく声をかけた。

「お嬢ちゃん？　名前はなんていうんだい？　おうちは、どこ？　おいくつ？」

「……」

「あのね、お嬢ちゃん？　お兄ちゃんが、おうちに連れて帰ったげるから。教えてくれないかなあ、なんて名前なの？」

「……」

「あのね、お嬢ちゃん。お願いだから、口をきいておくれ。あの、つまりね――」

レイクが、困り果てている様子を、さもおかしそうに見ていたジェーンが、横から口を出した。

「あたしの名前は、ジェーン・ブラックモア。ジェーンって呼んで」

ジェーンは、ほとんど信じられないくらい優しい笑顔で、少女に話しかけた。

「で、あなたのことは、なんて呼べばいいの？」

少女は、しばらくためらった揚げ句、蚊の鳴くような声で、言った。

「……ジンジャー……」

「ジンジャー、何？」

「ジンジャー・ベイカー」

どおって顔で、ジェーンは、レイクとジムを見回した。

二人は、お互いの顔を見合わせた。

レイクが、片方の眉を吊り上げて、言った。

「伴天連の妖術だ」

3 ジンジャー

「お姫様は、もう寝たかい？」

ソファに、だらしなく寝そべったレイクが、寝室から戻ってきたジェーンに声をかけた。

コーヒーテーブルの上には、数本の缶ビールが並んでいる。

ジェーンは、レイクに一つ頷いてみせて、ビールを一本取った。

床の上に、ぺたんとあぐらをかいて、缶を開ける。

一口、美味そうに飲んで、

「ぷふ〜〜〜っ」

ここは、レイクたちが今回の仕事のために用意した、レントハウスのリビングルームだ。台所には半地下式の物入れがついており、トンネルへはそこから自由に出入りできるようになっていた。

「なんか、分かったかい?」

「あんまり」

と、ジェーン。

「相当まいってるみたいね。無理もないわ。あんな小さい子が、一晩中――」

レイクは、ニヤッと笑って言った。

「しかし、意外だったな」

「何が?」

「君が、あんなに子供の扱いがうまいなんてね。――いい奥さんになれるよ」

「その年で、総入れ歯になりたいの?」

ジェーンは、握り拳を固めながら、低く囁いた。

「お望みなら、ご自慢の白い歯を、一本残らず叩き折ってあげるわよ」

「そいつは、今度の仕事が終わってからにしてほしいね」

と、レイク。

「おれは、健康保険に入ってないんだ」

ジェーンは、じろりとレイクを横目で見て、もう一口、ビールを飲んだ。

「あの子は――ジンジャーは、先月、七つになったばかりで、その時のお祝いにもらったぬいぐるみの熊が、一番のお気に入りで、ウィルソン地区のどこだかに住んでて、両親はいないのか、別居してるのかよく分からなくて、乳母(ナニー)と一緒に散歩に出たところを、さらわれたらしい。――聞き出せたのは、こんなとこ」

「ウィルソン地区ってのは?」

「テンスリープの高級住宅街ね。あの子、わりと、お金持ちのお嬢さんらしいわ」

「だろうね」

レイクは、頷いた。

「さっき、食事をさせた時も、お祈りを忘れなかったものな」

ちっちゃな両手を組み合わせて、無心にお祈りしているジンジャーの姿は、やけに可愛らしく、見てると、なんとなく胸の奥が、あったかくなってくるような情景だった。

「あの年頃の女の子ってのはね――」

ジェーンが、やけにきっぱりと断言した。

「全世界に対して、大声で幸せを要求できる権利を持ってるのよ。幸せでなきゃいけないのよ」

レイクは、無言でジェーンの横顔を見つめた。

ジェーンは、黙ってビールを飲んだ。

レイクも、黙ってビールを飲んだ。

その時、

「分かったぞ。レイク、ジェーン」

夜の街へ調査に出ていたジムが、大声で喚きながらリビングに駆け込んできた。

レイクとジェーンが、同時に唇に指を当てた。

「分かったよ」

ジムは、声を落として言った。

「おれたちは、通りを一つ越えちまってたんだ。グリンバーク&サンライズの金庫は、三十メートルほど手前だったんだ」

「そいつは、よかった」

あまり気のない様子で、レイクが言った。

「ああ、今度こそ、バッチリいただきさ」

ジムは、喜色満面である。

「明日の朝、おたくがあの子を家へ送り届けて、それから始めても、十分だろう。たいして、でかい金庫じゃないからな。全部運び出すのに、そんなに時間はいらないはずだ」

「ねえ」

「なんだい、ジェーン？」

「あたしたちが、間違って入っちゃったとこ、あれ、なんだったの？」

「なんとかって、オートクチュールの店だったよ。ティオ・ペペとかいったかな。大笑いさ」

ジムは、大笑いした。

レイクとジェーンが、再び唇に指を当ててみせた。

ジムも、同じように指を当てた。

「悪かったよ。つい嬉しくてな。ここんとこ、ドジ続きだったろ？　久々に、うまくいきそうだと思うとね。——これで、〈メリー・ウィドウ〉のローンも払えるし」

「まだ、残ってたのか？」

「たっぷりとね」

ジムは、ニヤリと笑ってみせた。

「だけど、あと半年も悪事に精出して、真面目に稼げば、それで終わりだ」

「半年ね」

「さーてと」

ジムは、大きく伸びをした。

「ひと眠りする前に、一つ、お姫様の寝顔でも拝んでくるか」

「起こしちゃだめよ」

ジムは、分かってるという風に手で合図をして、足音を忍ばせ寝室に入っていった。

その後ろ姿を見送って、レイクとジェーンは、なんとなく視線を交わして、クスッと笑った。

二人が、それぞれのビールを飲み干すほどの時間が経った。

ジムが、狐につままれたみたいな顔をして、出てきた。

「どうしたの？」

「いない」

ジムは、ぼんやりした口調で、呟いた。

「なんだって?」

「いないんだよ、どこにも」

レイクとジェーンが、同時に腰を浮かせた。

寝室に飛び込む。

ベッドは、もぬけの殻だった。

ジェーンが、窓に駆け寄った。いっぱいに押し開く。

「ここから、出てったんだわ!」

悲鳴に近い声で、叫んだ。

「一人で、うちへ帰るつもりなのよ!」

「なんてこった」

すっかり酔いの吹き飛んだ顔で、レイクが呻いた。

「まだ、そんな遠くへは行ってないはずだ。――捜すんだ!」

三人は、ろくすっぽ身じたくもせずに、夜の街へ飛び出した。

「おれは、こっちを捜す。旦那は、向こうを捜してくれ」

「OK」

「あたしは、ウィルソン地区の方へ、道を遡ってみるわ」

三人は、それぞれの方角へと、走りだした。

テンスリープは、さして広い都市ではない。しかし、その中から、たった一人の女の子を見つけ出すとなると……。

レイクは、まだ皓々と明かりの点いている、ダウンタウンに向けて、走り続けた。

物陰。

路地。

一つ一つ、確かめながら、レイクは走った。

汗が流れ落ち、息が苦しくなってくる。

人通りが多くなってきた。

ダウンタウンには、どこの星でも同じようなものだが、深夜営業の店が集中している。

酔客が、わけの分からないことを、大声で喚いている。

ミュージック・ボックスのリズムに乗って、路上で踊り狂っているティーンエイジャーたち。

レイクの腕を摑んで離そうとしないポン引き。

建物の壁に寄りかかって、虚ろな視線を宙に投げているジャンキー。

「女の子を見なかったか?」

レイクは、通行人の誰彼なく捕まえて、激しく詰問した。

「女を探してんなら、いい店があるぜ」

「七つの女の子だ。背はこれくらいで、白いワンピースを着ている」

「なんだ、そっちの趣味かい」

レイクは、下卑た笑いを響かせる男を、思い切り殴りつけた。

「ジンジャーッ!」

人の流れに逆らいながら、レイクは進んでいった。

何が、そうさせたのだろう。

レイクは、確かに、この喧噪の中で、ジンジャーの悲鳴を聞いたように思った。

「ジンジャー!」

振り返ったレイクの目に、一台の車が飛び込んできた。

閉じようとしているドアの陰に、チラリと白いものが見えた。

車が走りだす。

レイクは、あたりを見回した。

少し先の車道に、数人の暴走族が集まっていた。

レイクは、一瞬も迷わなかった。

やたら豪傑笑いを連発しているリーダーらしいひげ面の男を、バイクから引きずり下ろす。

「な、なんだ、てめえ!」

「ごめんよ! 急いでるんだ」

レイクは、大排気量のバイクにまたがると、一気にスロットルを開いた。

マフラーを取り去っているらしい、そのバイクは、凄まじいエグゾースト・ノイズを残して、赤いテールランプの流れに、姿を消した。

「待ちやがれ、こん畜生！」

ひげは、すぐそばにいたメンバーを、バイクから叩き落として、自分がまたがった。

「逃がさねえぞ。おれ様をコケにしやがって」

ひげのバイクは、後輪から白煙を巻き上げ、アスファルトにブラックマークをつけながら、急発進した。

4 追撃

VOW！

夜気を震わせて、エンジンが吼える。

周りの景色が、絵の具のように溶けて後方へ流れ去った。

まるで停まっているかのように見える、他の車の間を、レイクは稲妻のように走り抜けた。

バイクをフルバンクさせるたびに、ステップがアスファルトに触れて、鮮やかなオレンジ色の火花を散らした。

たちまち車の集団から抜け出したレイクは、さらにアクセルをあおった。

体が置いていかれそうな、強烈な加速Gだ。

前方はるかに、さっきの車（黒のビュイックだった）のテールランプが小さく見えてきた。追われているとは知らないために、法定速度でゆっくり流しているようだ。みるみる近づいてくる。

その時、手元のリアビュー・ミラーが、ぎらっと輝いた。

振り返ったレイクに、ひげが、歯を剝き出して、ニヤリと笑った。左手に、でかいレンチを握っている。

「やれやれ」

レイクは、うんざりと呟いた。

ひげは、一気にレイクに並びかけてきた。

左手のレンチが一閃する。

レイクは、とっさにタンクに身を伏せて、打撃をかわした。

二回、三回。

ひげは、馬鹿みたいなニヤニヤ笑いを浮かべたまま、執拗に攻撃を繰り返す。

片方のミラーが、異音を発して吹っ飛んだ。

「言っとくけど、こいつは、お前のマシンなんだぜ」

時速百二十キロ近いスピードでは、何を言ったって聞こえるはずもない。――もっとも、言って聞くような相手でもなかったが。

コントロールを失いかけるマシンを、必死に立て直しながら、レイクは、目の隅で、ビュイックの赤いテールランプが、左に曲がるのを見逃さなかった。

「お兄さんは、忙しいんだ」

レイクは、左から右へ素早く体重を移動させ、ハングオン・スタイルをとる。雷光のような、切り返しの速さだった。

ひげのバイクの直前に、斜めに交差して、軽くブレーキング。

ひげの右側に、同速で並ぶ。ハンドル・バーが、触れ合わんばかりの近さだ。

レンチを振り上げたひげに向かって、レイクは、ニヤリと笑いかけた。

「今度、ゆっくり遊んでやるよ。それまで、元気にしてるんだぜ」

そう言うと、レイクは、ひょいと左手を伸ばして、ひげのバイクのキーを抜き取った。

とたんに、ひげの姿は、後方へ吹っ飛ばされたみたいに、レイクの視界から消え去った。

ひげのバイクは、完全にコントロールを失って、明かりの消えた商店のショウ・ウィンドウに飛び込んでいった。打ち上げ花火みたいに、派手な音がした。

「まあ、あの体なら、死ぬこともないだろう」

左へウィンカーを出しながら、レイクは軽く肩をすくめた。

ジンジャーを乗せた黒のビュイックは、どうやら運河に向かっているようだ。

道の両側には、倉庫が立ち並んでいる。

レイクは、少しアクセルを開けて、ビュイックをゆっくりと追い抜いた。チラリと車内をうかがう。

男が三人――前に二人、後ろに一人。いずれ劣らぬ悪党面ばかりだ。後部座席の男は、ジンジャーを横抱きに抱え込んで、片手でその口を押さえていた。

ジンジャーの目が、大きく見開かれる。――レイクの姿を認めたのだ。

これだけ分かれば十分だ。

レイクは、ジンジャーに、そっとウィンクして、ビュイックを抜き去った。次の交差点まで先行。そこで待ち伏せて、再び、あとを尾けて始めた。

気づかれないように、距離をとる。ライトも消している。

ビュイックは、やがて一つの倉庫の前に、ゆっくりと停車した。

レイクも、物陰に寄せてバイクを停めた。

ジンジャーを取り囲むように、三人の男が降りてくる。

レイクは、ギアをローにぶち込んだ。エンジンの回転を四千まで上げて、クラッチをミートさせる。と同時に、ライトをHiに。

後輪から白煙を上げて、バイクは突進した。

何事かと振り返った男たちが、慌ててパワー・ガンを取り出した。

「ジンジャーッ」

レイクは、大声で叫んだ。

「車に戻るんだ！　早く！」

ジンジャーは、男の手を振りほどくと、ビュイックに飛び乗った。

パワー・ガンの火線が、空気をイオン化させながら、レイクのすぐそばを擦過していく。

レイクは、狙いを定めて、バイクを自ら転倒させた。自身は、体を丸めてアスファルトに転がる。

十分スピードに乗ったバイクは、アスファルトの上を、そのままの速度で横すべりしていき、男たちをボウリングのピンのようになぎ倒した。

開きっ放しになっていたビュイックのドアが一枚、巻き添えを食って吹っ飛ぶ。

「ストライク！」

レイクは、素早く立ち上がって、運転席に体をすべり込ませた。

「シートに伏せてろ！」

と、ひと声叫んで、燃料ペダルを踏みつける。

走りだしたビュイックに向けて、よろよろと立ち上がった男たちが、数発、パワー・ガンを発射した。リア・ウィンドウが砕け落ち、トランクが口を開けた。

しかし、次の瞬間には、ビュイックはきわどくコーナーを曲がって、男たちの前から姿を消した。

「くそっ」

男たちは、口々に罵(ののし)った。

「なんなんだ、あの男は」

「とんでもねえ邪魔が入りやがったもんだ」

「スティーヴ。すぐに、ボスに連絡だ」

「OK。ブラッド」

スティーヴと呼ばれた男は、小走りに建物の中へ消えた。

レイクたちの逃げ去った方向を、じっと見つめているブラッドに、もう一人が、いぶかしげな声で訊ねた。

「どうしたんだ、ブラッド」

「あの男……」

ブラッドは、闇を見すかす時のような目つきになって、呟いた。

「どこかで見た顔だがな……」

＊

「ここまで来れば、もう大丈夫だろう」

もう一度、バックミラーを確認して、レイクは車を停めた。

高架下のトンネルで、人目につくおそれはなさそうだった。

レイクは、サイドブレーキを引き、後ろの席を振り返った。

何も言わずに、ジンジャーを見つめる。

ジンジャーは、目を伏せて小さくなった。

それから、蚊の鳴くような声で、言った。

「ごめんなさい」

レイクは、ふうっと息を吐き出した。

ジンジャーを抱え上げて、助手席に座らせる。

「ジンジャー？」

うつむいていたジンジャーが、おずおずと顔を上げて、レイクを見た。

レイクは、彼女のマシュマロみたいに柔らかいほっぺたを、ちょんとつっついて、大きな笑顔を浮かべた。

「無事でよかった」

ジンジャーの瞳に、みるみる涙が溢れてきた。

次の瞬間、ジンジャーは、レイクの胸にしがみついて、激しく泣きじゃくっていた。まるで、今まで、堪えに堪えていた感情を、一時に解き放ったかのような泣き方だった。

しきりにしゃくり上げるジンジャーの小さな背中を、優しく叩いてやりながら、レイクは、ふと思った。——ひょっとしたら、ジンジャーが泣いているのは、誘拐されて、怖い目に遭ったからという理由だけじゃないのかもしれない。何か、もっと……。

レイクは、首を振った。

そんなことは、どうでもいい。

今は、この小さな女の子が、すっかり落ち着くまで、安心して泣かせてやることが、おれの仕事だ。

やがて、ジンジャーは泣き疲れたのか、レイクの腕の中で、すやすやと寝息を立て始めた。

レイクは、彼女を起こさないように細心の注意を払って、そうっと腕を引き抜いた。上着をかけてやる。

それから、ジェーンたちが待っているレントハウスに向けて、ゆっくりと車を走らせ始めた。

5　フレーム・アップ

夜が明けると、レイクはジンジャーを連れて、ウィルソン地区に車を走らせた。

朝もやの残る閑静（かんせい）な高級住宅街。

日曜日ということも手伝って、人通りはまったくない。

レイクは、助手席のジンジャーに、ちらりと目をやった。

＊

『あたし、もう少し、ここにいちゃだめ？』

食事がすんだあとのことだ。

レイクたちは、テーブル越しに、お互いの顔を見つめ合った。――なんて説明すりゃいいんだ？　これから金庫泥棒で忙しくなるからとは、まさか言えやしない。

ジェーンが、ジンジャーの手に自分の手を重ねながら、言った。

『とりあえず、今日はお帰んなさい。おうちの人も、心配してるわ。――あたしたち、これから、どうしてもしなきゃなんない、お仕事が残ってるの』

『じゃあ、それが終わったら、また会いにきてもいい？』

『そうね。ほとぼりがさめ――』

レイクが、さりげなく咳払いをした。

『……つまり、えーと、そう、こっちから会いにいくわ。少し、時間がかかるかもしれないけど。必ず』

『ほんと？』

『女同士の約束よ』

ジンジャーは、レイクとジムを順々に見た。二人も、それぞれ頷いた。

ジンジャーは、それで納得したらしく、すっかり安心したように、はればれとした表情を作った。

＊

「今、なんか言ったかい？」

レイクは、回想を中断して、ジンジャーを振り返った。

「ここ……」

「え？」

「あたしの、おうち」

レイクは、ジンジャーが指さす窓の外に目をやった。

背の高い鉄柵が、通りをどこまでも続いている。手入れのよく行き届いた庭木の梢（こずえ）を通して、白い建物が遠く見えていた。

「ここ？」

自分でも、声が上ずっているのが、分かるほどだった。

「うん」

レイクは、もう一度、首を回して、窓の外を眺めた。鉄柵は、どこまでいっても、途切れる様子がない。

「てっきり、公園だと思ってたよ」

レイクは、小声で呟いた。

ウィルソン地区の一等地。それも一区画がまるごと、ベイカー家の敷地なのだ。

意匠を凝らした造りの、巨大な門の前で、レイクは車を停めた。

敷地の中へとドライヴ・ウェイは、曲がりくねって、木立の向こうに消えている。

門は、閉じられたままだ。

エンジンを切ると、静寂（せいじゃく）が、改めてあたりを押し包んだ。

レイクは、ジンジャーを連れて、車を降りた。

よく見なければ分からない位置に、呼び鈴のボタンがついていた。ほとんど使われることもないのだろう。

レイクが、ボタンに指を伸ばした、その瞬間である。

「よし、動くな！」

鋭い警告の声が、レイクの耳を打った。

レイクは、そのままの姿勢で、首だけをゆっくりとねじ曲げて、声のした方を見やった。

信じられないという表情が浮かぶ。

パワー・ガンを、両手でしっかりと構えた、制服警官だった。それも、一人や二人ではない。

十人――いや、二十人。

門が開いて、木立の陰に隠れていた警官たちが、続々と姿を現して、レイクを取り囲んだ。

「レイク・フォレスト。お前を、幼児誘拐の現行犯で逮捕する！」

「ちょ、ちょょっと待ってくれ」

レイクは、大いに慌てた。

「誤解だ。おれは、ただ――」

「うるさい！　壁に手を置くんだ。少しでもおかしな真似(まね)をしたら、その場で射殺する！」

警官は、目を吊り上げて怒鳴った。

どこかでジンジャーの悲鳴が聞こえた。

数人の警官たちに囲まれたジンジャーが、その手を逃れようと、必死で抵抗していた。

「違うのよっ」

ジンジャーは、泣き叫んだ。

「その人じゃないわっ。レイクは、あたしを助けてくれただけよっ。その人じゃない――」

「分かった、分かった」

ジンジャーの腕を摑んでいる警官が、なだめすかすような口調で言った。

「分かったから、おとなしくしておくれ、お嬢ちゃん」

「分かってないわっ。その人は違うんだってば！」

警官は、同僚に目くばせした。

「ちょっと混乱しているようだ。ドクターに精神安定剤を頼んできてくれ」

「ＯＫ」

ジンジャーは、絶望的な気持ちになった。警官たちは、彼女の言うことなど、これっぽちも信じていないのだ。

その時、警官たちを掻き分けるようにして、屋敷の方から、一人の男が現れた。

「ジンジャーッ」

取るものもとりあえずといった風情で、ジンジャーに駆け寄ると、その体を抱き上げて言った。

「よかった。心配してたんだよ。どこにも怪我はないね？」

「叔父様……」

ジンジャーは、目に涙を浮かべて懸命に訴えた。

「お願い。お巡りさんたちに言ってあげて。あの人は、違うんだって。あの人が、あたしを助けてくれたのよ。あの人じゃないわ」

ジンジャーの叔父――ブルックス・ブラザーズの商品見本のような格好をしていた――サミュエル・ベイカーは、かたわらの警官に、もの問いたげな視線を投げかけた。

「よくあることです」

肥った警官は、器用に肩をすくめながら、言った。

「誘拐された側が、誘拐犯と感情的なつながりを持ってしまうんですな。お嬢さんのような年少者の場合は、その傾向が強いんですよ。誘拐犯を友達だと思ってしまうんです」

「そうじゃないわ」

ジンジャーの声には、まるで取り合わず、警官は言葉を続けた。

「何、一時的なものです。すぐに落ち着かれるでしょう。今、ドクターを呼びにいってますから」

「なんにしても、ジンジャーが無事で、よかったよ。私は、それだけで満足だ」

「そうじゃないって言ってるのにっ」

ジンジャーは、小さな拳を固めて、サミュエルの体をぽかぽか叩きながら、言い張った。

「レイクは犯人じゃないわ。あたしを助けてくれたのよ」

「ジンジャー……」

サミュエルは、気遣わしげな目で、ジンジャーの顔をのぞき込みながら、言った。

「そんなことは、もう忘れるんだ。あの男はね、ジンジャーの考えてるほど、いい人間じゃないんだ。犯罪者なんだよ」

「そんなことないわっ」

「いいや。よくお聞き。あの男は《高飛び》レイクっていってね、有名な銀行強盗なんだ」

「嘘よ」

「嘘じゃない。家に、お巡りさんの持ってきてくれた、ニューシカゴの新聞がある。ちゃあんと、それに載ってるよ」

「嘘よっ!」

ジンジャーは、激しく首を振った。

犯人護送車が到着した。

パトカーも次々と集まってくる。

アリのように群がった警官たちに、半ば埋もれるようにして護送車に連行される、レイクの後ろ姿が目に入った。

「レイクーッ!」

ジンジャーは、ありったけの大声で叫んだ。

護送車のステップに足をかけたまま、レイクは、こちらを振り返った。

その目は、何も心配いらないとでも言いたげに、笑っているようだった。

レイクは、警官に促されて、護送車の中へと消えた。

ぶ厚いドアが、バタンと閉まった。

護送車は、数台のパトカーに取り囲まれて、走り去った。

「レイク!」

ジンジャーは、叔父の手を逃れようと、激しく身動きした。

警官が、医者を連れてきた。

「お願いしますよ、ドクター」

サミュエルは、苦笑交じりに、ジンジャーを医者の手に預けた。

「さあ、お嬢ちゃん。自分の部屋へ行こうね。お薬をあげるから、今日は、ゆっくり眠ることだ」

「違うのに……」

屋敷の中へと運ばれながら、ジンジャーは小声で呟いた。

「あの人じゃないのに……」

その後ろ姿を、ほっとしたように見送っていたサミュエルに、私服の警官が近づいてきて言った。

「ベイカーさん。本部長が、一応、事情をうかがいたいと……」

「すぐに行くと伝えてくれ」

「は……」

戻りかける警官を、サミュエルは呼び止めた。

「ああ、ちょっと……」

「何か？」

「その、ジンジャーへの事情聴取は、しばらく待ってくれないか？　あのとおり、かなり混乱してるようだし、少なくとも、あの子が落ち着くまで」

「ご心配には、およびませんよ。最初からそのつもりです。――かわいそうに」

警官は、首を振りながら、歩いていった。

じっと立ち尽くしていたサミュエルを、木々の間をぬって射し込んできた朝日が、不意に照らし出した。

心なしか、その顔には笑いが浮かんでいるように見えた。

6　インタールード

「遅すぎるわ」

ジェーンは、壁の時計を見上げて、イライラと呟いた。

レイクたちが出かけて、すでに三時間以上経っていた。

「ジム！」

「なんだい？」

ソファに寝そべって雑誌を読んでいたジムが、のんびりと返事をする。

「レイクは、一体どこで何をしてるの!?」

「さあねえ」

ジムは、肩をすくめて言った。

「ひょっとしたら、道に迷ってるのかもしれない」

「あー、そーよね。お得意だもの」

ジェーンの皮肉を、ジムは聞き流した。

ジェーンは立ち上がって、居間を行ったり来たりし始めた。

「いくらなんでも遅すぎるわ。砂浜に落っことしたイヤリングを捜しにいったのならともかく、たかだか家一軒見つけるのに、何をぐずぐずしてるのかしら。――早く仕事を始めないと、月曜になっちゃうわよ」

「月曜になっても、銀行はどこへも行きゃしないよ」

「トンネルが見つかったらどうするのよ！」

「見つからないように祈るしかないだろうな」

「あーっ、もうっ！」

ジェーンは、両手を振り回した。

ジムは、雑誌をテーブルに放り投げて、のそのそとテレビの前まで歩いていって、スイッチを入れた。

新聞を片手に、チャンネルを切り替え始める。

ジムの大きな背中を、ジェーンは、ものすごい目つきで睨みつけた。

「ジェーン……」

「何よっ」

喧嘩腰で、ジェーンが応える。

「レイクの居場所が、分かったよ」

「なんですって?」

ジムが脇へどいて、テレビの画面がジェーンの視界にも入ってきた。

そこに、レイクの顔が大写しになっていた。

『ベイカー家の令嬢、ジンジャー・ベイカー誘拐事件の犯人が、今朝早く、ベイカー邸前で逮捕されました』

アナウンサーが、淡々とした口調で喋っている。

「どういうことよ、これ」


ジェーンは、呆然とした顔で、言った。

「レイクは、あの子を送っていっただけなのよ?」

「なんか、どえらく誤解されちまったらしいな」

と、ジム。

「冗談じゃないわよ!」

ジェーンは怒り狂っていた。

「なんで、あの人は本当のことを言わないの? ちゃんと説明すれば、分かるはずよ」

「そいつは、どうかな」

ジムは、首をひねった。

「仮に、トンネルのことを、うまく伏せておけても、レイクがお尋ね者だってことにゃ、変わりないんだ。

——この誤解を解くのは、かなり難しいぞ」

「そんなこと言ったって……どうすんのよ」

ジェーンの瞳に、兇悪な光が宿った。

「警察に殴り込みかける?」

「いや」

と、ジムは、かぶりを振った。

「その気なら、とっくに脱獄してきてるはずさ。奴の特技は知ってるだろ？　おとなしく捕まったってのも変だ。おそらく、何か考えがあってのことだろうが……」

ジムは、テレビ画面の中のレイクに目をやって、心の中で呟いた。

――レイク。何を考えている。

＊

同じ頃、遠く離れた別の星系で、一人の男が、口に含んだコーヒーを、派手に噴き出していた。

「なんだと、もう一度言ってみろ！」

コーヒーを、まともに顔に噴きかけられたワトキンス巡査部長は、ハンカチを使いながら、報告した。

「えー、ですから、テンスリープの警察から、超回線を使ったテレックスで公報が送られてきまして――」

「それは聞いた。それでっ！」

「はあ。なんでも、レイク・フォレストが、挙げられたとか……」

「容疑は？」

「それが……営利誘拐なんです」

「営利誘拐……」

「はい。ベイカー家ってのは、テンスリープの中でも、一、二を争う富豪でして、そこの七つになる一人娘を、誘拐したとかしないとか……」

ワトキンス巡査部長は、突然、黙り込んでしまったその男――夏だというのに、トレンチコートを常に持ち歩き、口の悪さでは、ニューシカゴ市警一というその男を、いぶかしげに見つめた。

「あの、どうかしましたか、フクダ警部」

「何をしている」

フクダ警部は、床の一点を睨みつけたまま、押し殺した声を出した。

「は?」

「何をしている!」

フクダ警部は、突然立ち上がって、怒鳴った。ワトキンス巡査部長は、きょとんとした表情だった。

「さっさと、宇宙船(ふね)のチケットを手配してこんか!」

「ど、どこへ行かれるのでありますか」

「阿呆、テンスリープに決まってるだろうが」

「しっ、しかし……管轄が違って——」

「うるせェ。四の五のぬかすんじゃねえ。レイクの奴は、この町(ニューシカゴ)で、あれだけの騒ぎを起こしてるんだ。調書を取りに、捜査官が派遣されても、おかしくあんめェが」

「そ、そんな無茶な……。第一、署長の命令だってないのに」

「なあ、おい、ワトキンス?」

フクダ警部は、ワトキンス巡査部長の肩に片手を回して、不気味な猫撫で声で言った。

「お前、おれの命令が聞けないっていうつもりじゃねえだろうな? お前んとこのカミさんが産気づいた時、パトカーを回してやったのは誰だった? 公務車輛を私用で使うことは、許可されてたっけ? え? ワトキンス?」

「わっ、分かりました。分かりましたよ。だけど、署長にはなんて言って報告すれば——」

「休暇を取ったとでも、盲腸で入院したとでも、好きなように言っとけばいいだろう。おれはテンスリープへ行く」

「はあ」

ワトキンス巡査部長は、重いため息をついた。

——なんで止めなかったと、署長に責められるのは目に見えている。

「そんなとこで、辛気くせえため息なんかつくんじゃねえ。分かったんなら、さっさと宇宙港に電話しろ。一番早い便だ。忘れるな」

「イ、イエッサー」

ワトキンス巡査部長は、力なく敬礼して、刑事(でか)部屋を出ていった。

フクダ警部は、煙草をくわえ、ジッポを鳴らして火をつけた。

「待ってやがれ、畜生め」

煙の行方(ゆくえ)を目で追いながら、フクダ警部はひとり言を言った。

「今度こそ、片をつけてやる。——あの男が、誘拐なんて真似、するはずがねえんだ」

7　尋問、その傾向と対策

> 娘は、預かっている。
> 使い古しの小額紙幣で、一千万クレジット用意しろ。
> 警察に知らせると、娘の生命は保証しない。
> 連絡を待て。
>
> 《高飛び》レイク

新聞の活字を切り抜いて作った、脅迫状だった。

刑事は、透明なセロファンの袋に入ったそれを、レイクの鼻先に突きつけて、勝ち誇った口調で言った。

「いい加減に、吐いたらどうだ？　こうやって、はっきりした証拠も挙がってるんだ」

――どこの世界に、脅迫状にてめえの名前を書くバカがいるかよ。

レイクは、内心の思いを、押し隠して、言った。

「文体が気に入らないな。趣ってもんがない」

「ふざけるなっ！」

刑事は、テーブルを叩いた。

「お嬢さんがさらわれる前日に、お前の姿を、屋敷の近くで見たっていう目撃者も出てるんだぞ」

「誰だい？」

「答える必要はない」

「ご立派なことで」

「それに、脅迫電話の声を、ベイカー氏が確認している。間違いなく、お前の声だったってな」

「電話？」

「そうだ」

刑事は、手元の調書にチラリと目を落として、言った。

「昨夜遅く、ベイカー氏に電話があり、『表門の郵便受けを見ろ』とだけ言って切れたそうだ。ベイカー氏が、門のところへ行ってみると――」

「その手紙があった」

レイクは、からかってるような口ぶりで、言葉を続けた。

「ベイカー氏は、大いに慌てふためいて、警察に連絡した。警察は、すぐさま屋敷の周りに警官隊を張り込ませた。そこへ、間抜けな誘拐犯が、よりによって誘拐した娘と手をつないで現れた」

「よく分かってるじゃないか」

刑事は、レイクに顔を近づけて、ニヤッと笑った。

「当然だよな。お前が、やったんだからな。――そうなんだろうっ！」

レイクは、顔をしかめた。飛んできた唾をぬぐい

ながら、

「ジンジャーは、なんて言ってるんだ？」

「かわいそうに、お嬢さんは精神的なショックで寝込んでるそうだ」

刑事は、この人非人めという目で、レイクを睨みつけた。

取り調べは、深夜にまでおよんだ。

数人の刑事たちが、入れ代わり立ち代わり、レイクを尋問した。

脅したり、すかしたり。あるいは、『君のお母さんは泣いているぞ』式の泣き落としにかけたり、刑事たちは、ありとあらゆる手を使って、レイクの口を割ろうとした。

テーブルの灰皿には、吸い殻が山盛りに溢れ、コーヒーがポットで何杯も刑事たちの胃袋に消えていった。

同じところを堂々巡りするばかりで、まるで進展しない取り調べにイライラをつのらせ、誰もが怒りっぽくなっていた。

喚きすぎて、声を嗄らしてしまう刑事もいた。

一人、レイクだけが平然としていた。

レイクは、たくみに言葉を重ねて、刑事たちから、逆に多くの情報を訊き出すことに成功していた。伊達や酔狂で、おとなしく捕まったわけではないのだ。

大声を出すことにくたびれ果てた刑事たちは、尋問を明日に延ばし、レイクを独房に叩き込んだ。

「やれやれ」

レイクは、硬いマットレスの上にあお向けに横たわって、大きく伸びをした。

「留置場ってのは、どこも同じような臭いがするもんだな」

レイクは、汚れた天井を見上げながら、ぼんやりと物思いにふけった。

ジンジャーを狙ってるのが誰にしろ、レイクを誘拐犯に仕立てたがってるのは確かだ。ということは逆に、レイクが留置場にいる限り、ジンジャーに表立って手を出すことはできない計算だ。犯人が捕まったのに、また誘拐されたりしたら、いくらトンマな警官でも、変に思うはずだ。

――少しの間、くさい飯に付き合うしかないか。

レイクは、微かな苦笑を、口元に浮かべると、一つ寝返りを打って、眠りについた。

*

翌朝――

レイクは、誰かが大声で喚き散らしている声で、目が覚めた。

「うるせえってんだ。話(ナシ)は通ってんだよ。ニューシカゴとここの署長の間でな! 何、聞いてねえだと? おれの知ったことか。おおかた、どこかの税金泥棒が、お役所仕事を決め込んでやがんだろうよ。――とにかく、そこを開けろ。開けろって言ってんのが聞こえねえのか、この野郎!」

声は、留置場の入り口の方から聞こえてくる。

――あの声には、聞き覚えがある。

レイクは、うんざりした表情で、首を振った。

「元気そうだな?」

鉄格子の向こうで、フクダ警部がニヤニヤ笑いながら立っていた。

唇の端に、煙草をくわえ、両手をトレンチコートのポケットに突っ込んでいる。――いつもながらのスタイルだ。

「お前が捕まったって聞いたんでな、一つ、しおたれた顔でも見て、大笑いしてやろうと思って来てやったんだ。定期便じゃ一週間もかかるってんで、わざわざ高速艇をチャーターしたんだ。ありがたく思いなよ」

「結構な話だ」

フクダ警部は、やけに嬉しそうに笑った。

それから、不意に真顔に戻って、言った。

「誘拐だって?」

「おれは、無実だ」

「そりゃあ、そうだろう」

フクダ警部は、あっさりと頷いた。

「そうでなきゃ、おれが困る。せっかく、お前が釈放されたら、すぐさまニューシカゴにご招待申し上げようと思って、テンスリープくんだりまで来たんだ。なんといっても、お前は、こっちの方が先客だからな。こんなとこで、あっさり終身刑を食らってもらっちゃ困るんだよ」

「ご親切なことだ」

「そのとおりさ。ついでにもう一つ。ニューシカゴの刑務所は、こないだ新築したばかりだ。嬉しいだろう?」

レイクは、物を言う気にもなれなかった。

「しかし、どういう事情か知らんが、まんまと濡れ衣を着せられるとは、ドジを踏んだもんだ」

「好きで着てるんだ。あんたの、そのコートと一緒さ」

「へっ。まあいい。おとなしく首を洗って待ってな。すぐに、ここから出してやる」

「何をする気だ」

「知れたことよ。真犯人を挙げるのさ。テンスリープ署のボンクラども相手じゃ、何年かかるか分かったもんじゃねえからな」

「ちょっと待て」

「ニューシカゴ刑務所が、お前を待ってるぜ」

フクダ警部は、ニヤリと笑って、そう言うと、来た時と同じように、さっさと姿を消した。

――なんて奴だ。

レイクは、信じられないという面持ちで、ベッドに座り込んだ。

警察機構は、星系ごとに、まるで違っている。ニューシカゴ市警のバッジなど、この星(テンスリープ)ではブリキのおもちゃと同じ程度の効力しかないはずなのに……。

「ハッタリだけで、押し通すつもりなんだ」

レイクは、ふと眉を曇らせた。

「まずいな。放っておくと、何をしでかすか分からん男だ。こんなところで、のんびりしてる場合じゃ——」

その時、刑事が二人、独房に現れて、言った。

「出るんだ、レイク・フォレスト。取り調べを再開する」

8　マシンガン・レディ

「とうとう、帰ってこなかったわ。あのスカタン！」

一晩、まんじりともせずに起きていたジェーンは、完全に頭に血がのぼっていた。

「ジム！」

「あー？」

寝惚け眼(まなこ)で、返事をするジム。

「あたし、行くわよ！」

「行く？　行くって、どこへ？」

「殴り込み！」

ジェーンは、クローゼットから自分のトランクを引きずり出しながら、叫んだ。

「止めたって、ムダだからね！」

トランクの二重底を開くと、グレネード・ランチャー付きのコルト・M‐16A1自動小銃が、分解された状態で入っていた。

M‐16を手際よく組み立てながら、

「あたしはね、自分でドアを開けなきゃ気がすまない性質なのよ。たとえ、そこに何があろうと、ドアが開くのを待ってるなんて、がまんできないわ」

ジェーンは組み立て終えたM-16を手に立ち上がった。予備の弾倉と40ミリ榴弾の入ったズックの袋を、肩から斜めに下げる。

遊底をガチャッとスライドさせて、ジェーンはジムを振り返った。

「どうするの?」

「お供しましょ」

仕方がない、という風に首を振りながら、ジムは自分のパワー・ガンをベルトに差し込んだ。

カタ……。

ドアの外で、物音がした。

「誰!?」

M-16の銃口を振り向けながら、ジェーンが鋭く訊ねた。

おずおずとドアが開いて、黒髪のショートカットが顔を出す。

「ジンジャー」

ジェーンは、慌てて銃口を下げた。小走りに駆け寄って、その顔をのぞき込む。ジンジャーは、目に涙をいっぱいにためていた。

「どうしたの? 何があったの?」

「お兄ちゃんが――レイクが捕まっちゃったの。あたしのせいで。あたし、違うって言ったのに、一生懸命言ったのに、誰も聞いてくれなくて――」

「泣かなくていいのよ、ジンジャー。あんたのせいじゃないんだから」

「だけど……」

「大丈夫。それに、レイクは必ずあたしたちが助けてくるから、心配しないで」

「ほんと?」

「もっちろん」

ジェーンは、M-16の銃身を、軽く叩いてみせた。

ジンジャーが、ぱっと瞳を輝かせた。

「あたしも連れてって!」

「ジンジャー。これは、とても危険な仕事なの。お姉さんたちにまかせて、あなたは、ここで――」

「お姉ちゃん、女は強くならなきゃダメだって言ったじゃない。あたし強くなるっ。だから、お願い、一緒に連れてって」

ジェーンは、ジムと顔を見合わせた。

「あたし、ほんとは、すぐに知らせにくるつもりだったのよ。だけど、叔父様が、外に出ちゃ危ないって、ドアに鍵をかけちゃうし。それなのに、しつこく、ここの場所を聞いたわ。だけど、あたし、がんばって何も喋らなかったの」

「じゃあ、家から逃げてきたってわけなの?」

「うん。鍵が開いてたから、こっそり……」

ジェーンの頭の中で、何かが警告を発した。

（ジンジャーが、尾けられた……!?）

はっとして、入り口を振り返る。

異音を発して、ドアが打ち破られた。

パワー・ガンを手にした、数人の男たちの姿が目に入る。

「伏せて!」

ジェーンたちの頭上を、幾本もの青白いパワーボルトが通過していく。

ジェーンは、M‐16をフルオートでぶっ放した。

凄味のある連射音が、大気を震わせ、大人の握り拳ほどもある弾痕が、蛇のように壁を這っていく。

男たちが、慌てて身を隠した。

「ジム、ジンジャーを頼むわ」

フルオートでは、数秒間で空になってしまう弾倉を、素早く取り替えながら、ジェーンが怒鳴った。

「トンネルを使うのよ」

「OK」

自らも、部屋の入り口目がけて、パワー・ガンを発射しながら、ジムは、片手で軽々とジンジャーを抱き上げた。台所に駆け込む。

男たちは、物陰からパワー・ガンだけを突き出して、でたらめに乱射してくる。

ジェーンは、数発ずつ点射しながら、後ずさった。

「ジェーン！」

床の揚げ蓋を開いて、ジムが必死で手招きした。

ジェーンは、かつてドアのあったあたり目がけて、グレネード・ランチャーのトリガーを引き絞った。

M−16の銃身の下に取り付けられた太い金属製の筒から、鈍い音とともに40ミリ榴弾が発射された。同時に、ジェーンはトンネルに飛び込んでいる。

床が、一瞬、大きく波打ったように感じられた。

爆発の衝撃波で、壁や天井に、いくつもひびが入った。無論、部屋はめちゃめちゃに壊れ、男たちも何人かが負傷して、戦闘不能に陥った。

「ショーティ。メジャース。それと、リーの三人は、負傷者を連れていけ。ブラッドさんに連絡するのを忘れるなよ。あとの者は、おれに続け！」

グループのリーダーらしい若い男が、てきぱきと指示を与える。

名前を呼ばれた三人は部屋を出ていき、残りの男たちは台所の床に口を開けたトンネルに足を踏み入れた。

＊

「早く、早く」

手掘りの狭いトンネルを抜けると、巨大な下水管に突き当たる。――第48号幹線水路だ。これが、グリンバーク＆サンライズ信託銀行のすぐそばを通っていることを、レイクたちはテンスリープ市庁の土木課に忍び込んで確かめたのである。

水路の脇に造られた作業用の通路を、ジェーンたちは小走りに進んでいった。

後方から、時々、パワー・ガンが発射されると、ジェーンも振り返ってM－16を点射する。闇の中で、オレンジとブルー、二つの火線が、色鮮やかに交錯する。

慣れていないためだろう、男たちの足は遅い。ジェーンたちは、どんどんリードを広げていった。

「ここだ」

ジムは立ち止まった。ちょっと見ただけでは分からないように、巧妙にカモフラージュされた横穴が、口を開いていた。

内部は、再び狭い手掘りのトンネルである。

出口をふさいでいるマネキン人形の山を崩して、まずジムが地下室に姿を現した。

穴の底からジンジャーを、続いてジェーンを助け上げる。

三人とも、息を切らしていた。

お互い、泥まみれの顔を見交わして、クスッと笑った。

「ちょっと、下がってて」

ジェーンがグレネード・ランチャー（これは、単発式だ）に、新しい40ミリ榴弾を詰め込みながら、言った。

「この穴を、ふさいじゃうから」

その背中に、何か硬いものが押しつけられた。

「それにはおよばないよ、お嬢さん」

声の主は、低く、含み笑いを漏らした。

「まったく、ぶっそうなお嬢さんだ。さあ、そいつを床に落とせ。そこのでかぶつもだ」

ジェーンは、言われたとおりにした。ジムも、しぶしぶ両手を挙げる。

待ち伏せしていた男たちの一人がジンジャーにもパワー・ガンをぴったりと押しつけているのを目の前にしては、従うしかなかった。

「いい子だ。お次は、ゆっくりと、こっちを向くんだ」

「あたしたちを、どうするつもり」

ジェーンが、硬い声で言った。

その男——ブラッドは、嘲るような口調で言った。

「どうすると思うね？　え？　お嬢さん」

9　交錯

一方、その頃——

銃撃戦で、めちゃめちゃになったアジトに、レイクが忽然（こつぜん）と姿を現した。

とたんに、レイクは激しい目まいを感じて、思わず片膝をついた。頭の奥が、ジンと痺れていた。

部屋の様子が、記憶とあまりに違いすぎていたために、空間跳躍における自己定位に失調をきたしたのである。——要するに、もう少しで亜空間で迷子になるところだったのだ。

レイクは、ぶるんと頭を振って、よろよろと立ち上がった。

部屋はすでに部屋の形をなしていなかった。まるで、爆弾でも落っこちてきたかのような荒れ方だ。

（確かに、似たようなものなのだが）

レイクは、呆然として呟いた。

「一体、何があったんだ？」

ふと、足元に目をやる。

床に、金色に光る小さな物体が、いくつも散らばっていた。

レイクは、その中の一つを拾い上げた。——M-16の空薬莢（からやっきょう）だ。

「ジェーン……」

薬莢を、じっと見つめていたレイクが、突然、はっと耳をそばだてた。

遠く、パトカーのサイレンが聞こえてくる。消防車のそれも、混じっているようだ。

レイクは、もう一度、あたりを見回した。

ガリガリと頭を掻く。

台所をのぞいてみると、床の揚げ蓋が、開きっ放しになっていた。

——ここから逃げたのか。

背後のサイレンは、どんどん近づいてくる。

——何が起こったのかは分からないけど、とにかく、あとを追ってみるしかねーな、こりゃ。

レイクは、トンネルの中へ入って、揚げ蓋をバタンと閉めた。

*

「ちょっと、やめてよ。だいたい、あんたたち、一体どういうつもりで——」

さかんにまくし立てるジェーンの口に、ぺたりとテープが貼りつけられた。

ジェーンは、モゴモゴ言いながら、なおも相手に突っかかっていこうとするが、スティーヴの手によって、すぐ後ろに引き戻される。

「気の強いお嬢さんだ」

ブラッドが、ニヤニヤ笑いながら、言った。

両手を後ろで縛られ、口にテープを貼られたジェーンたち三人に、地下室のドアを銃口で示して、

「さあ、行くんだ。楽しいドライヴが待ってるぜ」

スティーヴを先頭に、ジェーンたちは地下室を出た。

ブラッドは、床に転がっているジェーンのM-16を拾い上げ、そのあとに続いた。右手では、油断なくパワー・ガンを構えている。

商品の搬入通路を通って、『ティオ・ペペ』の裏口へ向かう。

裏口には、扉を開いた小型のパネル・トラックが、

壁ぎりぎりのところまで車体をつけて、停車していた。

そのそばで、三人組のもう一人の男が、外の様子をうかがっている。

男が合図した。

誰もいない、という意味だろう。

ジェーンたちは、ブラッドとスティーヴにせき立てられ、トラックの荷台に詰め込まれた。どうやら、これも商品を運ぶ時に使うものらしく、荷台の中にはキャスター付きのハンガーが、数組残っていた。

扉が閉じられると、内部は真っ暗になった。

暗闇の中で、ジンジャーのくぐもった悲鳴が聞こえた。

それは、ジェーンの胸にも、ジムの胸にも、鋭い痛みとなって届いた。

ジェーンは、ぎりぎりと歯噛みをした。

両腕に思い切り力を入れてみるが、両手首をガッチリ拘束しているテープは、ゆるぐ様子もない。

待つほどもなく、エンジンの震動が伝わってきて、トラックが動きだした。

絶望的な気分が、あたりの暗闇から、じわじわと体の中に、しみ込んでくるようだった。

トラックは、『ティオ・ペペ』の建物の脇から本線上へ飛び出した。

歩道に、ぼんやりと突っ立っていた男が、慌てて飛びのいた。

「馬鹿野郎！　気をつけやがれ」

男が、両手を振り回して怒鳴る。

荷台に『ティオ・ペペ』の飾り文字の入ったパネル・トラックは、スピードを上げ、あっという間に遠ざかっていった。

「てめー！　月夜の晩ばっかりじゃねえんだぞ。玄関に猫の死体を放り込まれてーか、この野郎！」

男は、トラックに向かって、さんざん毒づいた。

それから、ようやく落ち着きを取り戻し、

「ふん」

と鼻を鳴らした。

煙草をくわえ、ジッポを鳴らして火をつけた。

振り返って、『ティオ・ペペ』の建物を見上げる。

「ここか……」

男は、トレンチコートの裾を、ひらひらさせながら、大股で『ティオ・ペペ』に入っていった。

*

地下室は、もぬけの殻だった。

レイクは、床に散乱しているマネキンを、ぼんやりと眺めた。

一度はここへ現れているはずだが、そのあと、どこへ行ったのか……。

手がかりは、プッツリと切れていた。

レイクの胸に、不安感が、どんどんふくれ上がってくる。

――ジェーン。どこにいる。

レイクは、心の中で呼びかけた。祈るような気持ちだった。

――とにかく、じっとしていても仕方がない。

レイクは、地下室のドアを開けた。

コンクリートの階段を、忍び足で上ると、搬入通路に出た。

裏口が開きっ放しになっている。

レイクが、そちらに向かおうとした時、表の店の方が、何やら騒がしいことに気づいた。

レイクは、少し後戻りして、店内に通じるドアを開いた。

従業員の更衣室を通り抜け、目隠し用のぶ厚いカーテンの隙間から、そっとのぞいてみる。

全体をシックな色調で統一し、広いフロアのところどころに、ソファが配置されている。マネキンは申し訳程度に立っているだけで、ちょっと見ただけでは、高級サロンと間違えそうな感じだった。

そして、店の雰囲気に、まるでそぐわない男が、フロアの中央で支配人の胸ぐらを摑んで、揺すぶっていた。

「さっさと喋っちまったら、どうなんだよ、ええ？」

「あっ、あっ、お客様。そんな乱暴な――」

「うるせーんだよ。てめーは訊かれたことに答えりゃいーんだ。だいたい、おれは、こーゆー気取った店を見ると、火をつけてやりたくなんだよ。火をつけられたくなかったら――」

と、そこまで一気にまくし立てた男が、不意に黙り込んだ。

口が、ぽかんと開き、（例によって）煙草が下唇にぶら下がる。

ありえざるものを見たという表情で、目がまん丸になった。

そして、それはカーテンの陰から顔を出している方にしても、ご同様だった。

二人は、ほぼ同時に、お互いを指さして叫んだ。

「あ〰〰〰っ!!」

レイク。フクダ警部。運命の再会（であい）であった。（どーん！）

10　ハンド・イン・ハンド

「なんで、お前がここにいるんだ！」

「なんで、あんたがここにいるんだ！」

二人は、これまた同時に叫び、同時に黙り込んだ。

数秒間の沈黙ののち、フクダ警部がニヤリと笑って頷いた。

「よし分かった」

懐からパワー・ガンを取り出して、ぴたりとレイクに狙いをつける。

「脱獄しやがったな、この野郎。どうやったのか知らねえが、テンスリープ署の連中も、ヌケサク揃いだぜ。しかし、まあ、自分からおれの前に現れるとは、いい心がけだ。このまま、ニューシカゴに連行してやる」

フクダ警部は、パワー・ガンの銃口を、軽く振って、言った。

「逃げようなんて思うんじゃねえぜ。両手を挙げて、ゆっくりこっちへ歩いてきな」

「その前に、一つ条件がある」

「条件なんか出せる立場だと思ってるのか？　——まあ、いい。なんだ」

「なんで、あんたがここにいるんだ？」

「今朝、留置場で言ったろうが。誘拐事件の捜査だよ。テンスリープ署の調書にはざっと目を通したが、一応ベイカー家に関係のあるところは、ひと通り聞き込みに回ってるんだよ」

「ベイカー家に関係あるって、なんのことだ？」

「知らねーのか？」

フクダ警部は、鼻の先で笑った。

「この店も、ベイカー家の経営なんだぜ？　代表取締役はサミュエル・ベイカー。さらわれた娘の叔父貴だあな」

「サミュエル・ベイカー……」

レイクは、虚ろな声で、呟いた。

「なんてこった」

レイクの頭の中で、全てのパズルの断片が一つに組み合わさった。

どうして、誘拐されたジンジャーが『ティオ・ペペ』の地下室に監禁されていたのか。どうして、ありもしない脅迫電話の声を、レイクのものだったなどと、見えすいた嘘をついたのか。精神的ショックなどというでたらめな理由で、ジンジャーの証言を封じてしまったのは、なぜなのか。

おそらくは、あの脅迫状も、自分ででっち上げたものに違いない。しかし、なぜレイクの名前を、前もって知ることができたのだろう……？

「そうか。あの時の三人組だ」

あの中の誰かが、レイクの正体に気づいたのだ。だから……。

レイクは、愕然とした。

ジンジャーの叔父サミュエルと、三人組はつるんでいやがるのだ。つまり、レイクは、よりによって、猛獣の檻の中に、ジンジャーを連れ戻してしまったのだ。

「ジンジャーが、危ない」

レイクは、思わず大声を出した。

「なんだって？」

「ジンジャー・ベイカーだ。おれが誘拐したことになってる女の子だよ」

「ああ」

フクダ警部が、のんびりと頷く。

「また、いなくなったそうだ」

「いなくなった？」

「こっちへ来る前に、屋敷に顔を出してきたんだ。なんでも、自分で家を抜け出したらしくてな。えらい騒ぎだったよ。どこへ行ったのか分からんといって、召使い連中が、青い顔をして捜し回ってたぜ」

「どこへ行ったのかは、分かってるよ」

レイクが、モノトーンな声で言った。

ジンジャーが家を抜け出してまで行くところといったら、一つしかない。そして、その場所は、銃撃戦によってめちゃめちゃになっていた。ということは……。

「どうした。顔色が悪いぜ」

フクダ警部が、いぶかしげな表情で、言った。

レイクは、かたわらで、ぼんやりと二人の様子を眺めている支配人に向き直って、言った。

「なあ、あんた。こういう男を知らないか?」

レイクは、あの時の三人組の人相を説明した。

「ああ。ブラッドさんでしょう」

支配人は、すぐに気がついて、頷いた。

「よくは知りませんが、時々、社長のお使いで、ここへも何度かみえたことがありますよ」

「そいつなら、おれも見たぜ」

フクダ警部が、横から口を出した。

「どこで!　いつ!」

レイクは、今にもフクダ警部の胸ぐらを摑まんばかりの勢いで訊ねた。

「ついさっきだ」

気圧(けお)されたように、一歩後ろへ下がりながら、フクダ警部は答えた。

「そこの路地から飛び出してきたトラックに乗ってやがった」

「確かか?」

「誰が忘れるもんか。このおれ様を、もうちょっとでひき殺すとこだったんだ!　ありゃあ、この店のトラックだったぞ」

フクダ警部は、じろりと支配人を睨みつけた。

「それだ!」

レイクは、ひと声叫ぶやいなや、フクダ警部を突き飛ばして、表通りへ飛び出した。

「あっ、待て、この野郎!」

慌てて、フクダ警部もあとを追った。

店先の歩道で、きょろきょろしているレイクの前に立ちふさがり、パワー・ガンを突きつけながら、

「わけの分かんねーこと言って、逃げるつもりなんだろうが、そうは問屋がおろさねーぜ。頭を消し炭にされたくなかったら——」

「どっち へ行った⁉」

「あー？」

「そのトラックは、どっちへ行ったんだ⁉」

「お前、おれの言うことを、まるで聞いてねーな？」

「頼むから、早く答えてくれ。ジェーンたちが危ないんだ。それに、おそらくジンジャーも一緒だ」

フクダ警部は、しばらくの間、レイクの真剣な顔を、じっと見つめていた。

そして言った。

「どうやら、わけありらしいな」

レイクは、手短に事情を説明した（もちろん、例のトンネルの一件については、巧妙に話をそらして）。これが、ジェーンとジムだけなら、そう簡単にやられたりはしないだろうが、ジンジャーも一緒だとなると、話は別だ。三人まとめて、どこかへ連れ去られたに違いない。


フクダ警部は、まったく表情を変えずに、レイクの話を最後まで聞き終えた。

それから、手錠（てじょう）を取り出して、言った。

「腕を出せ」

レイクは、微かに口元を歪めて、言った。

「あんたが、そういう人間だとは思わなかったよ」

「おれは、こういう人間だ。おとなしく腕を出した方が、身のためだぜ？」

レイクは、両腕を突き出した。

冷たい金属音がして、レイクの右手首に手錠がかかった。

フクダ警部は、もう片方を自分の左手首にかけて、ニヤリと笑った。

「この瞬間を、夢にまで見たぜ。さあ、行こうか」

フクダ警部は、パワー・ガンをしまって、歩きだした。レイクも無言で続く。

少し先の消火栓の前に、ハーツのレンタカーが停めてあった。

ワイパーに、駐車違反のキップが挟んである。

「ふん」

フクダは鼻を鳴らして、キップを破り捨てた。

ポケットから、車のキーを取り出して、レイクに手渡す。

「ほらよ」

「?」

「お前が運転するんだ。オートマチックだから、片手で十分だろう」

フクダ警部は、そっぽを向いて、言った。

「トラックは、あっちへ行ったぜ」

レイクの顔に、理解の色が広がった。

「助かったよ」

「礼を言われる筋じゃあねーよ。テンスリープ署の間抜けどもには、お前をまかせておけねえってだけの話さ。それに、悪党を取っ捕まえるのが、おれの仕事だからな。強盗だろうが、誘拐犯だろうが、変わりはねえ」

相変わらず、そっぽを向いたまま喋っていたフクダ警部が、レイクの方を向き直って、大声で言った。

「いつまでも馬鹿みたいにニヤニヤ笑ってんじゃねえよ! さっさと、車に乗るんだ!」

「へいへい」

二人は、手錠でつながったまま、苦労して車に乗り込んだ。オートマチックだから、セレクトレバーを、Dレンジに入れておけば、あとはアクセルを踏むだけでいい。

車が走りだすと、フクダ警部が言った。

「ところで、当てはあるんだろうな?」

「一つだけ」

左手でハンドルを操りながら、レイクが頷いた。

「奴らは、おれが脱獄したことを知らないはずだ。だとすれば、可能性はある」

「それだ」

助手席のフクダ警部が、レイクを振り返って言った。

「さっきから訊こうと思ってたんだが、お前、どうやって脱獄したんだ?」

レイクは、ニヤッと笑って、言った。

「ジェーンたちを無事に助け出すことができたら、教えてやるよ」

「ふん」

フクダ警部は、窓の外に視線を移して、口の中で、ぶつぶつと呟いた。

「テンスリープ署の阿呆どもが」

*

で、その頃、テンスリープ署の阿呆どもが何をやってたのかというと——

取調室横のトイレのドアの前で、刑事が二人、ぼんやりと顔を突き合わせて、

「遅いですな」

「長いトイレだ」

と、頷き合っていたという、まことに心暖まる情景が、繰り広げられていたのであった。

11 仮面の下の顔

「ご到着だぜ」

荷台の扉を開けたブラッドが、ニヤつきながら言った。首をぐいと横に倒して、

「出な」

ジムを先頭に、三人はトラックを降りた。ジンジャーは、心細げにジェーンのそばに、ぴったり寄り添っている。

トラックは、巨大な建物の中に、直接乗り入れてあった。長らく使われていない倉庫らしく、妙にがらんとして、荒廃した雰囲気が漂っていた。

パワー・ガンを構えた数人の男たちが、三人を取り囲んだ。——今朝、ジェーンたちを襲撃した連中だった。

カツーン。

靴音が、高い天井に反響した。

倉庫の奥から、ゆっくりと歩いてくる。

人垣が割れ、男はジェーンたちの前で立ち止まった。

大きく目を見開いているジンジャーに、サミュエル・ベイカーが悲しそうな表情を浮かべて、言った。

「こんな形で出会いたくなかったよ。ジンジャー」

「う〰〰〰〰っ！」

ジェーンが、顔を真っ赤にして、唸った。口にテープを貼られているので、何を言っているのかはっきりしないが、その目の色から、おおよその見当はついた。

サミュエルは、チラリとジェーンを見て、ブラッドに目くばせをした。

一つ頷いて、ブラッドが、ジェーンのテープをひっぺがした。

「人でなし！　悪魔！　鬼！」

いきなり、ジェーンの罵声が飛び出してくる。

「あんた、ジンジャーの叔父かなんかでしょ。どういうつもりよ、自分の姪を、こんな目に遭わせるなんて！」

「株で、一千万ほどの欠損を出してしまいましてね」

サミュエルは、軽く肩をすくめながら、言った。

「もちろん、私としてはベイカー家のために、ひいてはジンジャーのために、よかれと思ってやったことですが、私は彼女が成人するまでの、単なる後見人にすぎない。来月の会計監査で、それが発覚すれば、私は背任罪で告発されるでしょう。もちろん後見人の役も下ろされ、無一文で刑務所行きです。——私は、これまで、よくやってきた。それが、たった一回の思惑違いで、ベイカー家から追放されてしまうなんて、そんな不条理な話はないじゃありませんか」

「要するに、使い込みがバレそうになったんで、その穴の言い訳に、狂言誘拐を仕組んだんでしょ。きれい事言うんじゃないわよ！」

「そういう物の見方も、あるのでしょうな」

サミュエルは、動じる様子もなく、平然として言った。

「うまくいくと思っていたのですよ。身代金は無条件に経費として認められますからね。あなたたちが、つまらぬ邪魔をしなければね。おかげで、狂言が狂言でなくなってしまった——いたましいことです」

「あたしは、あんたをぶっ殺したくなってきたわ」

ジェーンは、食いしばった歯の間から、言葉を絞り出すようにして、言った。

「狂言であろうがなかろうが、そんなことして、ジンジャーが傷つかないとでも思ったの？」

「幼い頃の記憶など、すぐ忘れてしまうものです」

サミュエルは、薄く笑った。

「それに、私が刑務所へ行ったら、ジンジャーはひとりぼっちですよ？　早くに両親を亡くし、肉親と呼べる者は、私しかいない。こんな小さな女の子を、ひとりぼっちにできますか？」

「偽善者！」

ジェーンが、鋭く叫んだ。

「あんたなんかと一緒にいる方が、ジンジャーは、よっぽどひとりぼっちだわ！」

「やれやれ」

サミュエルは、ゆっくりと首を振った。

「私のように、神経の繊細な者には、ちょっとした悪口や中傷でも、こたえるものです。――ブラッド、あとのことは頼んだよ。自分の可愛い姪が、兇悪な誘拐犯に殺される光景など、私には耐えられない」

サミュエルは、くるりと踵を返すと、倉庫の出口に向けて歩きだした。

「そういうこと?」

後ろから、ジェーンが叫んだ。

「後見人じゃ飽き足らなくなって、ベイカー家を完全に自分のものにしようってわけ? ご立派な叔父さんだこと!」

サミュエルは、顔だけ振り向かせて、ニタリと笑った。

「感謝してますよ。きっかけを作って下すって」

見張り役の男が、倉庫の扉を開けた。うやうやしく頭を下げる。

サミュエルは、軽く頷いて、出ていった。

鉄製の巨大な扉が、重い金属音を響かせて、再び閉じられた。

ブラッドが、三人を振り返り、サメのような笑いを浮かべて、言った。

「さて……」

＊

「出てきやがったぜ。サミュエル・ベイカーだ」

「やっぱり、ここだったな」

向かいの建物の陰で、フクダ警部とレイクが、互いの顔を見合わせ、頷き合った。

サミュエルは、倉庫の前に停めてあったGEV仕様の白いベンツ・SLCを、自分で運転して、どこかへ走り去った。

その行方を、じっと目で追っていたレイクが、フクダ警部を振り返って、言った。

「ほっとくのかい?」

「ほっとくのさ」

「なるほど」

「行くぞ」

「その前に、一つ頼みがあるんだがな」

「手錠を外せってんなら、答えはノーだぜ」

「……」

「うらめしそうな目で見るんじゃねえーよ。さあ、行くぞ」

「行くぞって、何か作戦はあるのかい。向こうにゃ人質が――」

「お前、おれを、よっぽどの馬鹿か無鉄砲だと思ってんだろ？　ちゃんと考えてんだよ」

フクダ警部が動きだしたので、手錠でつながれているレイクとしても、一緒にくっついていくしかなかった。

フクダ警部は、倉庫の外壁についている非常階段の前で足を止めて、言った。

「足音させんじゃねーぞ」

そろそろと、赤錆の浮いた階段を上り始める。倉庫は、ビルの三階程度の高さだ。屋上には、採光のための天窓が、規則的に並んでいる。

「まず、内部の様子を知らねえことには、作戦の立てようもねえからな」

フクダ警部は、どうだ、という顔をしてみせた。

二人は、下の連中に気づかれないよう、抜き足差し足で、天窓に近づいていった。

＊

「お別れだな、姐（ねえ）ちゃん」

ブラッドは、右腕をまっすぐに伸ばし、パワー・ガンの狙いを、ぴたりとジェーンにつけた。

「ブタ！」

「ふん」

ブラッドは、片頬で笑ってみせた。

　スティーヴが、トラックの運転席から、黒い革のケースと、小さな金属製の箱を持ち出してきて、ジェーンたちの足元に置いた。

「こいつは強力な爆薬でな、ラジオ・コントロールで爆発させることができる。あんたたちは、仲間の仇を討とうとして、娘をもう一度誘拐し、身代金も奪ったが、運悪く警官隊に包囲され、あえなく失意の自爆をとげるって筋書きさ。娘と、新聞紙ででき一千万クレジット道連れにな。――おっと。心配しなくても、その前に殺してやるよ」

「人非人！」

「あばよ、姐ちゃん」

　ブラッドの瞳に、氷の刃が表れた。

　その時――

　どこか上の方で、『おわっ』とか『うわっ』とかゆーような声がした。

　同時に、パラパラと、天井板のかけらが落ちてくる。

　思わず天井を振りあおいだ男たちの目に、天井から人の足が一本突き出して、バタバタ動いている光景が飛び込んできた。

　見ている間に、足の数は二本になり、三本になり、そして……。

「おわ〰〰〰〰っ!!」

　大量の埃とともに、手錠でつながった男が二人、手足をバタバタさせながら降ってきて、ブラッドを直撃した。

12　破　局

　人の輪のど真ん中に、いきなり落っこちてきたレイクとフクダ警部を、男たちは、呆然として見つめるだけだった。

ブラッドは完全に気を失っていた。二十メートル近いところから、大の男二人が頭の上に落っこちてきたのだ。無理もない。

フクダ警部も、目を回していた。二十メートル近いところから、落っこちたのだ。無理もない。

レイクだけが、かろうじて意識を保っていた。

レイクは、必死で上半身を持ち上げながら、ジェーンたちに微笑みかけた。

「助けに、きたぜ」

「どこが助けにきたってゆーのよ」

ジェーンが、呆れ果てたという口ぶりで言った。

この、ほんの一時のチャンスを、ジムは見逃さなかった。

「むっ……！」

ジムは、両手を拘束しているテープに、全身の力(パワー)を集中した。

顔が紅潮(こうちょう)し、肩の筋肉がふくれ上がった。

ぶちっ！

テープが、弾け飛んだ。

「や、野郎……」

男たちが色めき立つ。

ジムは、左の手刀を鋭く振り下ろして、ジェーンのテープを叩き切った。自らの口をふさぐテープをひっぺがし、言った。

「さあ。久しぶりに思い切り暴れられるぜ」

口元に、兇悪な微笑が浮かぶ。

「う、撃て撃て〜〜〜っ」

スティーヴが、泡を食って叫んだ。

「うお〜〜〜〜っっ！」

ものすごい雄叫(おたけ)びを上げて、ジムが突進した。

男たちは、完全に動転して、パワー・ガンの狙いも定まらない。

掠め飛ぶ火線の下を掻いくぐって、ジムが強烈なショルダーブロックを決めた。男たちが、まとめて五－六人吹っ飛んだ。蒸気機関車を素手で止める方が、まだ簡単だっただろう。

「や、野郎……！」

スティーヴが、ジムの背中にパワー・ガンを向けた。

ぱん！

乾いた銃声が、がらんとした倉庫に響きわたった。

スティーヴの右手が血にまみれた。

ジェーンの手の中で、ちっちゃなダブルバレル・デリンジャーが、銀色に輝いていた。

他の連中は、一人残らず、床の上で平べったくなっている。

振り返ったジムが、大きな笑顔を作って言った。

「助かったよ」

「どういたしまして」

ジンジャーのテープを優しく剝がしてやりながら、答える。

「後学のために、一つ訊ねてもいいかな？」

「何？」

「そいつを、どこに隠してたんだ？」

ジェーン、ウフッと笑って、デリンジャーを襟元から豊かなバストの間に落とし込んだ。

「特製のホルスターよ」

「なるほどね」

ジェーンは、折り重なって倒れているレイクたちを、笑顔で見下ろして、言った。

「ほんとに、しょうのない人ね」

「レイク。だいじょおぶ？」

ジンジャーが、ジェーンを見上げて言った。

「大丈夫よ。これくらいで、くたばるよーなら、可愛げもあるんだけどね」

ジェーンは、軽くウィンクしてみせた。それから、不意に顔を曇らせて、ジンジャーの体を抱き締めた。

「つらかったでしょうね」

ジンジャーの体は、小刻みに震えていた。込み上げてくる嗚咽を、懸命に堪えているようだ。

「強くなったわね、ジンジャー」

ジェーンが、優しく微笑んで言った。

「だけど、こういう時は泣いていいのよ」

ジンジャーが、目にいっぱい涙をためて、ジェーンの胸に飛び込んだ。

その様子を、腕組みをして見つめていたジムが、ポツリと呟いた。

「さーて。この決着は、どういう風に、つけてもらうか……」

＊

三十分後。

サミュエルの通報で駆けつけた警官隊が、倉庫を遠巻きに包囲した。

『誘拐犯に告ぐ。貴様らは、完全に包囲された。武器を捨てて、おとなしく出てこい』

スピーカーが、喚く。

そのとたん。

倉庫は、凄まじい火柱を噴き上げて、爆発した。

＊

「すると、身代金は、お一人で運ばれたわけですか？」

「はい。電話がかかってきた時、警察に連絡すべきかとは思いましたが、金であの娘が帰ってくるなら と……」

記者の質問に、サミュエル・ベイカーが、しおらしく答えている。

テンスリープ署の特別室では、今しも、緊急記者会見の真っ最中である。マイクの立ち並んだテーブルの向こうには、真ん中にサミュエル、その隣にテンスリープ署の署長、並びに捜査部長が座っている。

サミュエルが、ハンカチを目に当てるたびに、無数のフラッシュが点滅した。テレビカメラも、その悲しみの表情を、アップで捉える。

「差し支えなければ、お教え願いたいんですが、身代金は、いくら払われたんですか?」

「一千万クレジットです」

百名近い報道陣の間から『お～～～～～っ』という、ため息とも喚声ともつかぬ声が上がる。

「しかし!」

サミュエルは、芝居がかった仕草で、記者団のざわめきを抑えた。

「たとえ一千万が一億だろうと、そんなことは問題ではないのです。あの娘を返してくれるなら、私はベイカー家の全財産だろうと投げ出していたでしょう。それなのに……」

「えー、今もなお、倉庫付近は延焼中とのことで、お嬢さんの、えー、死亡が確認されたわけではないのですが、その点については、いかが思われますか」

「もちろん、私だってジンジャーが、まだどこかで生きていると思いたい。無事に助け出されたあの子を、この腕で抱き締めてやりたい。ああ、可愛いジンジャー。なぜ、こんなことに――!」

サミュエルは、髪の毛を掻きむしった。

「くさい芝居だな、サミュエル。鼻がひん曲がりそうだぜ」

突然、記者団の後ろから、嘲るような声が飛んだ。

場内が、ざわついた。

人々の目が、後ろのドアに集中する。

ジンジャーを左腕で抱えたレイクと、フクダ警部の姿がそこにあった。レイクとフクダ警部は、手錠でつながったままだ。

記者たちが、いっせいにどよめいた。

三人は、記者たちの間を、ゆっくりとサミュエルに近づいていった。

サミュエルは、顔面蒼白で、がたがた震え始めた。たちまち額に、脂汗が浮かんでくる。

「あ。わ……。そ、そんな……馬鹿な……。ブ、ブラッドは――」

「残念だったな、サミュエル」

レイクが、言った。

「お前の部下どもなら、表のトラックの中でおねんねしてるぜ」

「サミュエル・ベイカー」

フクダ警部が、ずいと前に出て、言った。

「お前を、誘拐並びに、殺人未遂の共同正犯で、逮捕する」

13 二つの別れ

記者団の質問攻め。

それに続く、テンスリープ署の事情聴取。

てんやわんやの一夜も、やがて明けた。

レイクは、フクダ警部とともに、取調室を出た。

やけに、ひっそりと静まり返っている長い廊下を、肩を並べて歩く。

「この野郎」

前を向いたままで、フクダ警部が、ぼそりと言った。

「え？」

「あの二人を逃がしやがったろう」

「できれば、おれも逃げたかったんだけどね」

と、レイク。

「あんたが、あんまり気持ちよさそうに眠ってたから、起こすのも悪いと思ってね」

「ふん」

フクダ警部は鼻を鳴らした。

「まあ、いい。おれの目的は、あくまでも、お前をニューシカゴに連行することだからな。覚悟しとけよ。たっぷり二十年は、食らい込ましてやる」

「けっこーな話だ」

レイクは、片方の眉を吊り上げて、言った。

と、
フクダ警部が、不意に歩みを止めた。

視線の先に、ジンジャーがいた。テンスリープ署の署長も一緒だ。

「レイクくん」

と、署長は言った。

「彼女が、お別れを言いたいっていうんでね。それに、私からも、一言、礼を言っておきたかったんだ。——よくやってくれた」

レイクは、無言で肩をすくめた。

「レイク……」

ジンジャーが、近寄ってきて、レイクの顔を見上げた。

何度か口を開きかけ、さんざんためらった揚げ句、やっと、こう言った。

「また、会えるわよね?」

「もちろんさ」

レイクは、隣のフクダ警部をチラリと見て、それからニッコリと笑って言った。フクダ警部は、どこかあさっての方を向いて、目に見えないラクダか何かを数えていた。

「いいかい、ジンジャー」

レイクは、ジンジャーの前にしゃがみ込んで、言った。

「何か困ったことがあったら、ギャラクティック・ニューズか、ユナイティッド・ポストに広告を出すんだ。三行広告でいい。銀河系のどこにいようと、おれたちは、きっと駆けつけるさ」

「うん」

ジンジャーは、こっくりと頷いた。

レイクは、微笑んだ。

かたわらの署長を見上げて、

「頼んだぜ」

署長は、厳粛な面持ちで、大きく頷いた。

「行こうか」

フクダ警部が、遠慮がちに促した。

レイクは、立ち上がった。

片手を、ついと伸ばして、ジンジャーの頬を軽くつまんで、言った。

「元気で」

「はい」

「いい女になるんだぜ」

「ジェーンみたいな？」

「うーん、まあ、そうだなー」

レイクは、思わず言葉を濁した。

「えーと、とにかく元気で」

「はい」

「じゃ」

行こうとするレイクに、ジンジャーは必死の表情で、再び言った。

「また、会えるわよね？」

「いつでも会えるさ」

レイクは、軽く手を振りながら、言った。

ジンジャーも、それに応えて、右手をほんの少し持ち上げて、言った。

「さようなら」

「ああ。また会おう」

遠ざかっていくレイクたちの後ろ姿を、ジンジャ

ーは、じっと見送った。

玄関のところで、レイクは一度振り返って大きく手を振った。

そして、二人は見えなくなった。

署長が、ジンジャーの肩を、二ー三度、ぽんぽんと叩いた。

ジンジャーは、ありったけの大声で叫んだ。

「レイクー！」

＊

「もうちょっとは、感動的なセリフが吐けんもんかね」

テンスリープ署を出たとたんに、フクダ警部が言った。

空が、少し白んできている。道に人影はない。

「おれは、どうも、さよならを言うのが苦手でね」

と、レイク。

「だけど、あんたになら、喜んで言ってやるよ」

「なんだと？」

フクダ警部が立ち止まる。

「あんた、前に訊いたろ。おれが、どうやって脱獄したか」

「ああ……」

フクダ警部は、どこか警戒するような表情になって頷いた。

「それを、教えてやろうってのさ」

「できるもんなら、やってみな」

レイクは、ニヤリと笑った。

右手首にカッチリはまっている手錠を、左手で軽く覆う。

あっけなく手錠が外れた。手品を見ているようだった。

「あっ。てめー！」

「手錠くらい、簡単に外せないようじゃ、プロの銀行強盗は務まらないよ」

笑いを含んだ声で、レイクが言う。

フクダ警部は、懐からパワー・ガンを抜き出して構えた。

「絶対に逃がさねえぞ」

「じゃあ、これでお別れだ」

レイクは、一歩、後ろへ下がった。

「動くな！」

フクダ警部が叫んだ。

「あばよ、フクダの旦那」

レイクは、笑いながら言った。

「エナジー・イコール――」

手を振りながら、レイクは、キー・ワードを完成させた。

「エム・シー・スクエア」

フクダ警部の顎が、だらりと垂れ下がった。

何度も目をこする。

レイクの立っていた空間を、片手でなぎ払う。

フクダ警部は、呆然と呟いた。

「消えやがった……」

14 エピローグ

テンスリープ市内の、某高級料理店。

窓際の席で、向かい合っているのは、フクダ警部とテンスリープ署の署長である。

「人間が、消えたりできるわけがない」

フクダ警部は、相手にというより、自分自身に言い聞かせるように言った。

「なるほど」

いささか、うんざりした様子で、署長が相槌(あいづち)を打つ。

「だから、どこかに仕掛けがあるはずだ」

「ごもっとも」

「くそー。時間があれば、もっと念入りに調べてやるんだが、これ以上、テンスリープでうろうろしてたらクビだって、ニューシカゴから言ってきやがった」

「残念ですな」

まるで残念だと思っていない声で、署長は頷いた。いささか苦々しい気持ちで、テンスリープ署前の歩道に掘られた無数の大穴を思い浮かべる。——パワーショベルまで動員して、フクダ警部が掘り返したのだ。

「一体、どんなトリックを使いやがったんだ、レイクの奴め」

その時。

フクダ警部の足元あたりに、微妙な震動が伝わってきた。

「なんだ、地震か？」

思わず、フロアを見下ろすフクダ警部。

その目の前で、レストランの床が、いきなり丸く陥没（かんぼつ）した。——超音波による震動破砕駆動で、コンクリートが砂のようにぐずぐずになっていた。

フクダ警部は、ぽかんと口を開けて、その穴を見つめた。

まずジムが、続いてレイク、ジェーンが顔を出して、あたりをきょろきょろ見回し始める。

そして三人は、上から見下ろしているフクダ警部の存在に気づいて、一様に絶句した。

フクダ警部も絶句したままだ。

数秒——いや、数十秒。彼らはお互いを、ただ呆然と見つめ合った。

ジェーンが、ゆっくりと首を回して、ぶっ殺しかねない目つきで、レイクを睨みつけた。

レイクは、もう一度、レストランの中を見回し、それから口元に照れ笑いのようなものを浮かべて、言った。

「計画は、完璧だった」

ジェーンは、レイクをぶっ飛ばした。


ブラッド・マクガハンは、営利誘拐、殺人未遂などの罪で有罪を宣告され、懲役三十年。サミュエル・ベイカーは、その共同正犯として、同じく有罪。懲役三十五年。

その他の関係者も、それぞれ十年から二十年の刑を宣告され、現在も連邦刑務所に服役中である。

ファントム・レディ

1

その男は、アフリカ象ほど大きくはなかった。

事実、マウンテン・ゴリラよりも、いくぶんかスマートであると言ってもいいくらいだ。

しかし、である。

But、である。

ガラス面積が大きく、内装もパステル調できゃぴきゃぴに統一された、この馬鹿明るいフルーツ・パーラーの中では——その男は、やはり、アフリカ象と同じか、あるいは、それ以上に浮き上がって見える存在であることに、かわりはなかった。

黒革のボマー・ジャケットに、ブルー・ジーンズ。加うるに、濃いレイバンのサングラス。

口ひげこそ生やしてなかったが、カウボーイ・ハットでも被せれば、よく似合いそうなタイプである。

おまけに、二メートル近い巨体だ。

パーラーの店内が、一瞬、しんと静まり返ったのも、まあ、無理からぬ話だろう。

男は、ためらうこともなく、店の奥へと大股に足を運んだ。

壁を背にして、出口を見通せる席を選んで、腰をかける。——意図的にやっているわけではなく、無意識のうちに、体がそういう風に動いてしまうのだ。

常に背中に気を配っていなければならない者の習性である。

「いらっしゃいませ」

ミニスカートのウェイトレスが、テーブルに水を置いた。

「なんに、いたしましょう」

男は、その体格にふさわしい低い声で、ぼそっと言った。

「チョコレート・パフェ——ダブルだ」

（ぷ）

ウェイトレスは、噴き出す寸前みたいな顔を、慌ててメニューで隠した。

「か、かしこまりました。……ぷぷ」

クスクス笑いを漏らしながら、足早に戻っていくウェイトレスの後ろ姿を、男は無表情に見送った。

厨房の方で、どっと笑い声が起こった。

男は、軽く肩をすくめた。

こんなことには、もう、すっかり馴れっこになっているらしい。

別に、気にも留めていない様子だ。

男は、左腕の時計に、ちらりと視線を走らせた。

それから、窓の外の風景に目を移した。

濃いスモークのグラスの下で、男の目が、微かに細まった。

男は、誰にも聞こえないような小さな声で、呟いた。

「五年か……」

男の名前は、ジム・ケースといった。

＊

〈メサ＝2〉恒星系の星系首府、アンヴィル。

人口は一千万を超える。

パーラーの窓から見えるのは、お定まりの『大都会』ってやつだ。

まだ、三時を回ったばかりだというのに、林立する超高層ビルの谷間には、ひと足早い黄昏が訪れようとしていた。

何かに追い立てられるように、足早に行き交う人々。

イエロー・キャブの、傍若無人な警笛の響き。

いくつも新しいビルが建ち、一方通行の道路ばかりが、やたら増えてはいるものの、基本的な街の表情は、五年前と少しも変わっていない。

五年前――

レイクと初めて顔を合わせたのが、このアンヴィルだった。

それ以来の、くされ縁というわけだが……。

――いろんなことがあった。

ジムが、思わずしみじみしていると、

「お待たせしましたァ」

大盛り（ダブル）のチョコレート・パフェが、どんとテーブルの上に置かれた。

縦長のガラス容器の中で、カロリーの塊（かたまり）が、うずたかくとぐろを巻いていた。

――明日の朝は、二十マイルは走らなきゃいかんな。

ちょっと首をかしげて、ジムはスプーンを手に取った。

――それも、いつものジョギングじゃなくて、全力疾走で、だ。

ジムは、店内の注目を一身に集めながら、考え深げな表情で、生クリームをひとさじすくって、おもむろに口に入れた。

熊が、背中を丸めてチョコ・パフェを食ってるような印象があった。

その場に居合わせた人たちは、当分の間、話題に事欠かずにすむだろう。

結構なことだ。

ジムは、ゆっくりとスプーンを運びながら、ぼんやりした視線を、窓の外へと放った。

その目は、時間を遡（さかのぼ）って、五年前のアンヴィルの街並みを見つめていた。

2

電話が鳴っていた。

鳴り続けていた。

白いシーツが、もぞもぞと動いた。
電話は、鳴りやまない。
シーツの下から、太い腕が伸びて、サイドボードのあたりを、うろうろした。
指先が、コードに触れる。
そのはずみで、電話が床に落っこちて、派手な音を立てた。
受話器が外れて、声が微かに聞こえてくる。
『おい！　どうしたんだ？　今の音はなんなんだ。おい！』
腕は、床に転がった受話器を、手さぐりで捜し当て、再びシーツの中へ戻っていった。
『おい！　ジム。聞いてるのか？』
「ああ？」
『ジムなんだろ？』
「ええ？」
『ジム・ケース——じゃないのか？　ジム・《マイクロハンド》・ケース』
「誰だ？」
『おれだ。ベイリーだ』
「ベイリー？」
『おい。ジム、忘れたのか？　《情報屋》のベイリー・カーだよ』
ジムは、シーツから顔をのぞかせた。
目をしばたたきながら、サイドボードの時計を見る。
午前四時だ。
（やれやれ）
ジムは、首を振った。
皮肉たっぷりの声で、
「ベイリー。今、何時だと思ってるんだ？」
『え？　今か？　ちょっと待ってくれよ。時計をどこに置いたかな……』
受話器の向こうから、がさごそポケットを捜すような音がした。

『あったぞ！　お袋の形見の懐中時計なんだ。失くしちまったら、えらいことだぜ。——ああ、時間だっけな。えーと、今、午前三時五十二分だな。秒も言おうか？　三十七秒、三十八秒、三十九、四十、四十一——』

ジムは、ため息をついた。

「ベイリー」

『四十二、なんだい、四十四』

「あんたの時計は、七分遅れてるぜ」

『四十五。——えっ？』

「七分遅れてる」

『そうか？』

「ああ」

『じゃあ、さっそく、直しとかなきゃな』

「そうだな」

『何しろ、もう古いからな。しょっちゅう遅れるんだ。ゼンマイを取り替えた方がいいと思うかい？』

「その方がいいだろうな」

『そうするよ』

「ああ」

『何しろ、「電子工学の専門家が言うことだからな」

電子工学じゃ、ゼンマイは扱わないぜ？』

『だけど、おれなんかより、詳しいだろ？　言うとおりにするよ』

「ああ」

『ところで、ジム？』

「なんだ」

『どうして、時間なんか訊いたんだ？　——約束でもあるのかい？』

ベイリーは、基本的には、いい奴だ。

時として、いい加減な情報を持ってくることもあるし、金には汚いが、決して悪い男ではない。

犯罪界では、むしろ、誠実な部類に入るだろう。

ジムにも、それは、よーく分かっていた。分かっていたが、ジムは、この時、ベイリーのひょうろく首に、電話のコードを巻きつけて、思い切り絞め上げたい衝動に駆られた。

「ベイリー」

『なんだい?』

「おれは、時間を訊いたわけじゃないんだ」

ジムは、押し殺した声で言った。

「あんたには、分からないだろうが、皮肉を言ってみただけなんだ」

『皮肉だったのか』

「そうだよ」

『じゃあ、ひょっとして、まだ寝てたのか?』

「普通の人間はな」

と、ジムは、噛んで含めるような口調で、言った。

「午前四時には、ぐっすり眠ってるもんなんだ」

『そいつは、起こしてすまなかったな』

ベイリーは、本当にすまなそうに、言った。

『明日の朝、もう一度、連絡するから、寝てくれよ』

「すっかり、目が覚めちまったよ」

ジムの機嫌は、もう元に戻っていた。

「なんの用だい?」

『いい話だ』

「ほーお」

『ジム。あんた、宝探しに興味あるか?』

「宝探し?」

『そうさ。あんたの腕が必要なんだ。うまくいけば、一生遊んで暮らせるだけの金が手に入る』

「ベイリー。辞書で〈宝探し〉の項を引いてみろよ。〈眉唾(まゆつば)〉の同義語って書いてあるぜ?」

『確かな話なんだ』

「そうだろうとも」

『なあ、ジム。おれの情報が、一度でも間違ってたことがあるかい?』

「三度ある」

ジムは、きっぱりと答えた。

「アームズ美術館の一件。ウェストフィールド銀行の一件。それに、こないだのマンハッタン銀行の一件。――おれは、あんたから四回情報を買ってるけど、打率二割五分じゃ、メジャー・リーグなら、とっくにトレードに出されてるぜ?」

『今度は、大丈夫だ。おれが請け合うよ。な、ジム。話ぐらい聞いても、無駄にはならないだろ?』

今のところ、仕事の予定は入ってない。

どうせ、ろくでもないヨタ話だろうが、ルーキーだって、ホームランをかっ飛ばすこともある。

ジムは、言った。

「OK。――場所はどこだ」

『アンヴィルのヴァンドーム、知ってるか?』

「八番街の?」

『そう』

「知ってる」

『明日の夕方。726号室だ』

「分かった」

『気をつけてくれよ。このネタを狙ってる奴が、どこかにいないとも限らんからな』

「ああ。分かったよ」

『ドアをノックする時は、最初に二回。間をおいて一回。そして、最後に三回だ。忘れないでくれよ?二、一、三だぜ?』

ベイリーの声は、真剣そのものだ。

相手が、あんまり真剣だと、笑うわけにもいかない。

仕方がないので、ジムも真面目な口調で、言った。

「二、一、三」

『そう。二、一、三だ』

「分かった」

「ああ。二、一、三だな」

『じゃあ、明日。ヴァンドームで』

「ああ」

『726号室』

「OK」

『夕方』

『二、一、三だ』

「覚えたよ」

『じゃあ、明日』

「ああ、明日」

『起こして悪かったな』

「気にしないでくれ」

『ゆっくり寝てくれよ』

「そうするよ」

『じゃあ』

「ああ」

『おやすみ』


「ああ」

電話が切れた。

ジムは、もう一度、ベッドにもぐり込んだ。

なぜか、疲れきっていた。

*

夕方。

ジムは、約束どおり、八番街のヴァンドーム・ホテルを訪ねた。

726号室の前に立つ。

いささかの気恥ずかしさを覚えつつ、二、一、三とノックした。

ドアが細く開いた。

「誰だ？」

ベイリーの声だった。

「おれだ」

ドアが大きく開いた。

「よく来てくれたな、ジム。さあ、入ってくれ、入ってくれ」

ベイリーは、ジムの肩を抱き抱えんばかりにして、部屋に招き入れた。もっとも、ベイリーの背は、ジムの脇の下あたりまでしかなかったから、実際に肩を抱くことなど不可能だったが。

部屋には、ベイリーの他に、三人の男がいた。

「さあ。これでチームが全員揃ったわけだ」

ベイリーは、両方の掌をすり合わせながら言った。いかにも、嬉しくてたまらないといった様子だ。学芸会で、主役を引き当てた小学生みたいに、うきうきしていた。

「みんな聞いてくれ。これが昨日話してた、ジム・《マイクロハンド》・ケースだ。電子工学の専門家」

三人の中の一人が、軽口を叩いた。

「電気屋さんか。こいつァ、驚いた。てっきり、ニッポンのスモウ・レスラーだと思ってたぜ！」

ゲラゲラ笑った。

それが、レイクだった。

3

——まったく。

チョコ・パフェの中身を、スプーンで掻き混ぜながら、ジムは苦笑いを漏らした。

——昔っから、口の減らねえ奴だったからな、あいつ（レイク）は。

もっとも、あとで聞いた話によると、レイクはレイクで、ジムのことを、

『なんて鈍（トロ）そうな大男だ』

と思ってたそうだから、お互い様ってところではあるが……。

とにかく、ジムにとって、レイクの第一印象は、決してよい方ではなかった。

実際のところ、その場の顔触れを一目見た瞬間、ジムは、このまま帰ってしまおうかと思ったくらいだったのだ。

生意気な高校生みたいな口をきく若造――レイクのことだ。

短身猪首で赤ら顔。ハゲ隠しに、部屋の中でも帽子を被っている太っちょ――ベイリーだ。

そして、あとの二人。

片方は、皮膚の下で骸骨がすけて見えそうなくらいガリガリに痩せた男で、何を喋っても葬式の悔やみを言ってるようにしか聞こえない、陰気な声の持ち主――確か名前は、ガーシュとかいった。

それと、Tシャツの上に着けたホルスターから、大口径のパワー・ガンをこれ見よがしにのぞかせて、やたらタフぶっている男。目尻のところに小さなキズがあって、笑顔がサメに似ていた――あれは、ボリス。

まあ、どっちにしても、ろくでもなさそうなメンバーだった。

おまけに、ベイリーの情報ってのが、いかにもうさんくさい『宝探し』ときている。

ほとんど最悪に近い。

どうして、そのまま部屋を出ていってしまわなかったのか、自分でも分からないほどだ。

ジムは、時々、考えることがある。

――もしも、あの時、そうしていたら……？

もちろん、レイクとコンビを組むこともなかったろうし、ジャジャ馬のジェーンと知り合うこともなかったろう。

その代わり……？

ジムの想像は、いつも、そこでプツリと停止してしまう。

ジムは、パフェをひとさじ、口に運んだ。

適度に混じり合ったチョコレートと生クリームが、

舌先に冷たく触れ、絶妙の味わいを醸し出した。

うまい。

ジムは、思った。

――結局、おれはそうしなかったし、それでよかったのだ、と。

＊

「ガーシュだ」

「よろしく」

「おれは、ボリス。覚えといてもらおう」

「どうも」

「レイクってんだ」

「ああ」

「さっきは悪かったな」

「え？」

「スモウ・レスラーなんて言っちまってさ」

「ああ。いや、気にしちゃいないさ」

「悪気はないんだ」

「分かるよ」

「くせみたいなもんでね」

「ああ」

「単なる冗談さ」

「分かってる」

「誰も本気で、あんたのことをスモウ・レスラーだなんて、思っちゃいないんだ」

「なるほど」

「ただ――」

と、レイクは言った。

（そらきた）

と、ジムは思った。

「ただ、一つだけ気になることがあったんでね。

――答えてくれるかい？」

「なんだ？」

「最近の電気屋ってのは、いつも、そんな風に両手にグローヴをはめてるのか?」

ジムは、無意識に自分の両手を見下ろした。

確かに、ごつい手だし、太い指だ。

ジムは、言った。

「こっちにも、一つだけ気になることがあるんだがね」

「ほう?」

レイクは、片方の眉を上げてみせた。

「なんだい?」

「付き添いの先生は、どこにいるんだ?」

レイクは、一瞬、ポカンとした表情になったが、すぐにその意味を理解したらしい。

ニヤリと笑って、言った。

「言うねー、おたく」

やけに、嬉しそうな笑顔だった。

「さあさあ。挨拶はそのくらいにして——」

二人のやり取りを、ハラハラしながら聞いていたベイリーが、ホッとしたような声で、言った。

「とりあえず、乾杯といこうじゃないか。酒は、たっぷり用意してあるんだ」

「乾杯? なんに乾杯するんだ?」

ボリスが、言った。

「前祝いだよ。前祝い」

キャビネットから、バーボンを取り出しながら、ベイリーが答えた。

「これから大金持ちになる、五人の前途を祝ってさ」

「酒はいい」

もともと、酒の飲めないジムが、ぴしゃりと言った。

「それより、話だ」

他の三人も、同時に頷いた。

「あ、ああ……」

ベイリーは、未練たらしく酒瓶を抱えたまま、戻ってきた。

自分を、じっと見つめている四組の鋭い視線に、少したじろいだ様子で、口ごもった。

「あー、つまり……」

「どうした。早く話せよ」

と、ボリス。

「それとも、またガセなのか?」

「そんなことはない。今度は絶対だ」

ベイリーは、胸を張った。

「ガセだったら、ぶっ殺してやる」

ボリスは、剣呑(けんのん)な口調でのたまった。

ベイリーは、落ち着かなげに、足を組み替えた。

そして、話し始めた。

「このアンヴィルの街が、どうしてできたか知ってるかい?」

ジムたち四人は、一様に首を振った。

「少しは、歴史を勉強するこったな。——いいか。百八十年ばかし昔の話だ。宇宙開拓時代初期の頃さ。〈パブロ・ピカソ〉号って船が、この近くで事故を起こした。船は、適当な避難場所を求めて、〈メサ=1〉系内に進入したが、そこで力尽きて、どこかの惑星に墜落しちまった。数年後、連邦軍の巡視船が、宇宙空間を漂っている一台のライフ・ポッドを発見した。あまり性能のよくねえポッドだったが、中にいた女は、まだ生きてたんだ。その女の名前が、アンヴィルって名前だった」

「それが、どうしたってんだ?」

ボリスが凄んだ。

「町の名前の由来が、今度の仕事と、どんな関係がある——」

「まあ、最後まで話を聞けって。肝心なのは、これからなんだ」

ベイリーは、言葉を続けた。

「助けられた女も、結局は、すぐ死んじまったらしいが、その前に、情報だけは残してるんだ。――〈パブロ・ピカソ〉号は、〈メサ＝1〉の第二惑星の海に不時着しようとして、失敗した。そのまま、沈んじまったらしいんだな。百名の乗員と、一トンのプラチナを積んだまま。海の底、深く。ブクブクブク」

「プラチナだと?」

「一トン?」

「そう。――おれの言ってる意味が、分かってきたかい?」

「だいたい」

「で、まあ、その話を伝え聞いた連中が、あっちこっちから押し寄せてきた。ゴールド・ラッシュってやつさ。もちろん、〈メサ＝1〉にゃ、人の住める星はないから、連中は、この〈メサ＝2〉を前進基地として使った。人が集まりゃ、町ができる。酒場や女郎屋も次々にオープンして、町はどんどんでかくなった。やがて、〈パブロ・ピカソ〉号の話は忘れられていったが、一度できた町は、そのまま存在を続けた。それが、この――」

「アンヴィルだってわけか?」

「大昔のカリフォルニアみたいなもんだな」

「まあ、そうだ」

「で?」

と、レイクが訊ねた。

「船は見つかったのかい?」

「それだよ。女の話から、船が不時着した座標ってのも、おおよそ推測できたし、かなり広範囲にわたって、それこそ海の水をバケツで一杯一杯掻い出すくらいの調子でやったらしいんだが――」

ベイリーは、両方の掌を上に向けて、肩をすくめてみせた。

「船は、どこにもなかった。消えちまったんだ。――もちろん、プラチナも一緒にな」

「その話なら、おれも聞いたことがある」

それまで、黙って耳を傾けていたガーシュが、陰気な声で言った。

「だけど、ありゃあ、ただの伝説にすぎないって話だったぜ?」

「伝説?」

ボリスが、目を光らせた。

「ベイリー。てめぇ、やっぱり――」

「ま、ま、待ってくれ」

ベイリーは、慌てて言った。

「嘘じゃねえ。――〈パブロ・ピカソ〉号は、確かに存在したんだ。軍の記録にも、ちゃあんと残っている」

「じゃあ、どうして、今まで見つからなかったんだ?」

「簡単なことさ」

ベイリーは、四人の顔を順々に見回して、ニヤリと笑った。

「間違った星を捜していたんだ」

四人は、お互いの顔を見つめ合った。

レイクが、言った。

「そりゃあ、どういう意味だ?」

「どういう意味もこういう意味も、文字通りの意味さ」

「〈メサ=1〉じゃなかったってことか?」

「今は、言えないね」

ベイリーは、チェシャ猫そっくりのニヤニヤ笑いを、満面に浮かべてみせた。

「それより、今度は、こっちが訊ねる番だ。この仕事に、乗るのか乗らないのか……。レイク?」

レイクは、あっさりと答えた。

「乗った」

「ガーシュ?」

「ああ」

「ボリス?」

「見つからなかったら、ただじゃおかねえぞ」

「ジム?」

ジムは、素早く考えた。

もったいをつけてはいるが、ベイリーのことだ。

確率は、半々か、四分六ってところだろう。

しかし。

——なければないで、ベイリーの奴を大笑いしてやればすむことだし、万が一にも、本当に見つかったら、こいつは、また別の意味で、大笑いだ。

それに、大昔の難破船を捜しにいくのに、さして危険があるとも思えない。

ジムは、言った。

「OK」

「これで決まった!」

ベイリーは、ぱんと手を打って、立ち上がった。

「じゃあ、一つ、作戦の成功を祈って、今度こそ乾杯といこうか」

「おい、おい、おい」

ボリスが、言った。

「まさか、こんなしけた部屋で、飲もうってんじゃねえだろうな?」

「なんだって?」

「アンヴィルにゃ、楽しめる場所もたんとあるだろうが。ええ? ベイリーさんよ。——ちょうど、頃合いもよし。豪勢に、どこかへ繰り出そうじゃねえか」

「賛成っ」

レイクが、片手を挙げて、叫んだ。

「おれは、どっちでも……」

ガーシュが、ぼそぼそと呟いた。

ベイリーは、なぜか、急にうろたえたような表情になった。

「いや。そうだな。——まあ、それもいいだろうが……しかし——」

「何言ってんだよ。さあ、行こうぜ」

ボリスは、ソファの背に引っかけてあった、自分のジャンパーを持って、立ち上がった。

袖に手を通しながら、さっさと先に立って、ドアを開ける。

ボリスは、ノブを握ったままの格好で、中の四人を振り返り、首をぐいと横に倒して、言った。

「早くしな」

四人はぞろぞろとボリスのあとに従って、部屋を出ていった。

エレベーターが来るのを待つ間、ボリスは調子っ外れの口笛を、ずうっと吹いていた。

ジムは、表示板（インジケーター）を、イライラしながら見つめた。

口笛が、どうこういっているのではない。

調子っ外れなのが、神経にさわるのだ。

チン！


ベルが鳴って、ケージの扉が左右に開いた。

三方がガラス張りのエレベーターで、中からは、暮色に包まれたアンヴィルの街が、よく見渡せた。

ジムたちの他に、客は誰もいない。

全員が乗り込むと、ボリスが一階のボタンを押した。

扉が、閉まる直前のことだ。

一人の男が、扉の外に、いきなり現れた。

廊下の角あたりにでも、隠れていたものらしい。

男は、白い歯を見せて、ニッコリと微笑んだ。

そして、扉の隙間から、何か黒くて丸いものを、放ってよこした。

ケージの中央にいたベイリーが、それを何気なく両手で受け止めた。

扉が閉まった。

ベイリーは、眉を寄せて、言った。

「なんだ、これ」

ジムは、彼の手の中にあるものを見て、卒倒しそうになった。

「しゅ、しゅ――」

声が、うまく出ない。

代わりに、ボリスが大声で叫んだ。

「手榴弾だっっ!!」

4

「お客様?」

「え?」

突然、現実に引き戻されて、ジムはびくっと顔を上げた。

ウェイトレスが、不思議そうな顔で、ジムを見下ろしていた。

「ああ。なんだい?」

「あのう。お下げして、よろしいでしょうか?」

空になったパフェの容器のことを言っているらしい。

「ああ」

「失礼しまーす」

「ちょっと」

ジムは、ウェイトレスを呼び止めた。

「コーヒーを頼む」

「かしこまりましたぁ」

ウェイトレスは、伝票を摑んで、戻っていった。

「ふう」

ジムは、なんとなく、ため息を吐き出した。

――まったく、あの時の騒ぎときたら……。

今となっては笑い話だが、その時は、まさに。

パニック!!

そのものだった。

とにかく、狭いエレベーターの中だ。

逃げる場所も、手榴弾を投げ捨てる場所もない、絶体絶命だ。

あれ以来、ジムはエレベーターを、なるべく使わないよう心がけている。階段の方が安全だし、第一、運動にもなる。

「お待たせしましたァ」

コーヒーが来た。

ジムは、砂糖壺に手を伸ばしかけて、やめた。

ブラックで、一口すすって、顔をしかめた。

やけどしそうな熱さだった。

*

「十秒以内になんとかしろっ!!」

誰かが叫んだのを覚えている。

レイクと、そして、意外にもガーシュが、とっさに反応した。

レイクは、ベイリーの手から手榴弾を摑み取った。

ガーシュは、ボリスの脇の下からパワー・ガンを引っこ抜いた。

その間、約〇・一秒。

ボリスのジャンパーが、ふわっと動いたかと思ったら、もうガーシュの手の中に、銃が握られていたのだ。

常人の目には、銃が瞬間移動したようにしか見えなかったろう。

「どっちだっ」

レイクが叫んだ。

「外っ!」

叫び返すと同時に、ガーシュがパワー・ガンをぶっ放した。

ケージの強化ガラスが、粉々に砕け散った。

レイクは、できるだけ高く、手榴弾を放り投げた。

一つタイミングをおいて、手榴弾は空中で爆発した。

「エレベーターを停めろ!」

レイクが叫んだ。

ジムは、次の階でエレベーターを停めた。

ガーシュが、パワー・ガンを構えた。

扉が開く。

フルムーンらしい老夫婦が、目を大きく見開いて、突っ立っていた。

「早く！」

ガーシュが先に出て、皆を手招きした。

ケージの床に座り込んでいるベイリーを引きずるようにして、ジムたちはエレベーターを降りた。

廊下に面したドアが、いくつも開いており、そこから、一体何事かというような顔がのぞいていた。

「階段は？」

「あっちだ！」

ジムたちが走りだすと、ドアは、慌てて閉じられた。

「ち、地下の駐車場に――」


ベイリーが、肩で息をしながら、言った。

「く、車が停めてある」

「OK」

男たちは、非常階段を駆け下りた。

ベイリーの車は、フォードのステーション・ワゴンだった。

かなりくたびれている。

全員が乗り込む間、ジムが、ボンネットの中、足回りなどを、一応、チェックした。

OK。

どこにも、いじくられたような痕跡はない。

ジムが、最後に乗り込む。

と同時に、ワゴンが走りだした。

ハンドルは、ボリスが握った。

ステーション・ワゴンは、スロープを駆け上がり、ジャンプしかねない勢いで、夜の街へと飛び出していった。

一分と走らないうちに、サイレンを鳴らしてヴァンドーム・ホテルへ駆けつけるパトカーと、すれ違った。

ステーション・ワゴンのスピード違反になど、目もくれずに遠ざかっていく。

車内の男たちの間に、ほっとした空気が流れた。

*

「ありゃあ、一体なんだったんだ!」

ボリスが、片手をぶんと振り回して、叫んだ。

「さあね」

レイクは、軽く肩をすくめてみせた。

ガーシュは、無言。

ジムは、へたり込んでいるベイリーを、じっと見つめている。

男たちは、途中で車を乗り捨て、とりあえず、ベイリーの知っているバーに腰を落ち着けた。

地下にある、あまり上等とはいえない安酒場だ。表のシャッターには、臨時休業の看板が、かけられている。

店には、男たちしかいない。

「くそ! あの野郎、今度どこかで見かけたら、ただじゃおかねえ!!」

ボリスは、一人で息巻いている。

レイクはガーシュを振り返って、言った。

「たいした腕だな」

「いや……」

ガーシュは、目を床に落としたままで、低く呟いた。

その声を聞きつけて、ボリスが文句を言った。

「自分の銃くらい持ってねえのかよ、え、ガーシュ。てめえのおかげで、おれ様の出番が、なくなっちまったじゃねーか」

「ああ……」

ガーシュの声は、さらに低くなった。

そういったやり取りを聞いてか聞かずか、ベイリーは、ここに着いてから、一言も発していない。

ジムが、言った。

「ベイリー」

ベイリーは、びくっと体を震わせた。

「説明してもらいたいな。——どういうことなんだ?」

「な、なんのことだか、おれには、さっぱり——」

「白(しら)を切る気か?」

「おい、おい、おい」

ボリスが割り込んできた。

「さっきの爆弾魔ってのは、こいつの知り合いなのか?」

「仲のいい友だちってわけじゃないだろうがね……」

ジムは、ベイリーから一時も目を離さないで、言った。

「どうなんだ、ベイリー」

「お、おれは何も知らん!」

ベイリーは、泣き叫ぶように言った。

「本当だ。信じてくれ!」

「ベイリー……」

「本当なんだ、ジム。おれにゃ、まるで身に覚えがないんだ!」

「いつ頃から狙われてるんだ、ベイリー」

「一カ月——いや、二カ月くらい前からかな……」

ベイリーは、考え考え喋り始めた。

「最初のうちは、そんなでもなかったんだ。夜中に、無言の電話がかかってきたり、玄関に猫の死体が投げ込んであったり……ほら、分かるだろう? おれも、初めは悪質なイタズラくらいにしか考えてなかったんだが……最近になって、二度も続けて——」

「今日で、三回目というわけか」

「この野郎！」

ボリスが、ベイリーの胸ぐらを摑んで、無理やり立ち上がらせた。

「てめぇ……てめぇ、自分が狙われてるのを知ってて、わざとおれたちを巻き込みやがったな！　難破船の財宝だとかうまいこと言って、おれたちを、体のいいボディガード役に仕立てるつもりだったんだろう!!」

「ま、待ってくれ――」

がくがくと、前後に揺すぶられながら、ベイリーは懸命に言いつのった。

「ご、誤解だ。〈パブロ・ピカソ〉の話は嘘じゃない。だいたい、おれが狙われ始めたのは、今度の、このネタを摑んでからなんだ」

「ふーむ」

ジムは腕を組んで考え込んだ。

「けっ。馬鹿馬鹿しい。おれは、降ろさせてもらうぜ！」

ボリスは、床に唾を吐いた。

「こんな茶番に、付き合っていられねえからな！」

「ちょっと待ってくれ」

声をかけたのは、ジムだった。

「なんだよー。止めても無駄だぜ。あるかどうかも分からねえ財宝のために、手榴弾食らってちゃ、わりが合わねえからな！」

「いや、ある」

ジムは、きっぱりと断言した。

「財宝までは、どうか知らんが、少なくとも、船が、そこに沈んでるのは、確かだろう」

「なんでだよ」

「おれもそう思うな」

バー・カウンターの上に腰かけてるレイクが、足をぶらぶらさせながら、言った。

「ベイリーが狙われてるってことは、逆に、ベイリ

ーの摑んでる情報が、正確だからってことだから
な」
「そんなこと、分かるもんかよ。ひょっとしたら、
こいつのガセネタ摑んで、頭にきた野郎の仕業かも
しれないんだぜ」
「かもしれない」
「へっ。とにかく、おれは抜ける。文句はねえだろ
うな?」
「抜けるのは勝手だけどね」
レイクは、のんびりと答えた。
「もし、おれとジムの考えが正しかったとしたら、
おたくも狙われるよ」
「そりゃ、どういうことだ。このガキ」
「しるしがついたってことさ。おたくも、ベイリー
の話を聞いちまったんだからな。狙ってる奴としち
ゃ、こんな事情は分かってないだろうから……」
「ええい、くそ!!」

ボリスは、やけのようになって、喚き散らした。

今にも壁を駆け上がるんじゃないかというような怒
り狂い方だった。

ベイリーを、凄まじい目つきで睨みながら、ボリ
スは、一語一語、岩に刻み込むように言った。

「これで、もし船がなかったら、覚えてろよ、ベイ
リー。生きたまま皮をひん剝いてやるからな」

本気でやりかねない目の色をしていた。

「さーて。どうしますかね」

脳天気な声で、レイクが言った。

誰に話しかけてるのでもない。ジムに話しかけて
いるのだ。

ジムは、ベイリーに顔だけ向き直って、言った。

「出発の準備の方は、できてるのか。ベイリー」

「ああ。いつでも飛べるようにしてある」

ベイリーの瞳の中に、光が戻ってきた。

「一緒に行ってくれるのか?　ジム」

「もう一度、決を採ろう」

ジムが言った。

「ガーシュ?」

「ああ……」

「ボリス?」

「行くしかねーだろう。くそったれ」

「レイク?」

「エレベーターのないところなら、どこにだって行くよ」

「OK」

ジムは、ニヤリと笑った。

「そういうわけだ、ベイリー」

「あ、ありがとう、ジム。恩に着るぜ」

「プラチナで返してもらうさ」

と、ジムは言った。

レイクが、カウンターから、勢いよく飛び下りた。

「そうと決まったんなら、早い方がいい」

「レンタカーを借りてこよう」

ひとり言のように呟いて、ボリスが階段を上っていった。

「レンタカー?」

レイクは、眉を上げながら、ジムを振り返った。

ジムが、応えた。

「ボリスにとっちゃあ、道を走ってる車は、みんなレンタカーなんだ」

数分足らずして、ボリスは戻ってきた。

ぴかぴかのリンカーンが、バーの前に停めてあった。

「どうしたんだい、これ?」

レイクが、目を丸くして、訊ねた。

「その先を走ってたから、ちょいと訳を話して、貸してもらったのさ」

ボリスは、人差し指で、顎の先をポリポリ掻きながら、言った。

「わりと、素直に貸してくれたぜ」

ジムが、レイクに目くばせして、言った。

「な？」

5

「何、一人でニヤニヤしてんのよ。——ジム」

目を上げると、窓ガラスにジェーンの笑顔が映っていた。

「やあ」

ジムは、サングラスを外して、ちょっと眩しそうに笑った。

腕時計に、チラッと目を落として、

「早かったな」

「まァね」

ジェーンは、もこもこした毛皮のハーフ・コートを脱ぎながら、頷いてみせた。高価そうなシルバー・フォックスで、その下は、ごくシンプルな白いシルク・シャツと黒いスリムパンツという軽装だ。アクセントに、男物のネクタイを、ゆるく締めていた。

ジェーンは、コートをごく無造作に椅子の背に放り投げ、ジムの正面に腰を下ろした。

近寄ってきたウェイトレスに、

「あ。あたし、ミルク・ティちょうだい。うーんと熱いやつ」

と、微笑みかけて、ジムを振り返った。

テーブルに身を乗り出すようにして、低い声で訊ねる。

「レイクは？」

「まだだ。——そっちは？ うまくいったのかい？」

「バッチリ」

ジェーンは、片目をつむってみせた。

それから、普通の声に戻って、

「ねえ、ジム」

と、切り出した。

「なんだい?」

と、ジム。

ジェーンは、いたずらっぽく瞳を光らせて、言った。

「チョコレート・パフェは、おいしかった?」

ジムの口が、ポカンと開いた。

ジェーンが、クスクス笑った。

「ど、どうして、それを――!?」

愕然とした口調である。

ジェーンは、さりげなく指摘した。

「口の端に、チョコクリームがついてるわよ」

「えっ? あっ」

ジムは、慌ててハンカチを引っ張り出した。ごしごしこする。

その様子を見ながら、ジェーンが言った。

「ジム。さっきは、何笑ってたの?」

「え?」

「窓から何か面白いものでも見えた?」

「いや。ちょっと、昔のことを思い出してね……」

「?」

「レイクの奴と、初めて顔を合わせたのが、この――」

「まさか、このフルーツ・パーラーだったなんて、気色の悪いこと言うんじゃないでしょうね」

「違う、違う」

ジムは、笑って首を振った。

「アンヴィルだったってことさ」

「仕事?」

「五年も前のことだけどね」

「ふーん。――銀行か何か?」

「いや。そういうんじゃなくて……」

ジムは、掻いつまんで話して聞かせた。

その途中で、ジェーンのミルク・ティがきた。

「へーえ」

ジェーンは、ティ・カップを手に取って、頷いた。

「おかしな仕事だったのねー。あんたたちにふさわしいわ」

一口飲んで、

「それで？　船は見つかったの？」

「ああ。それがね——」

＊

アンヴィルを飛び立つまでは、一瞬たりとも気が抜けなかった。

いつ、どこから、手榴弾の雨が降ってくるとも限らないからだ。

宇宙船が大気圏を脱出すると同時に、男たちの間に、安堵の空気が流れた。

操縦桿は、ジムが握った。

副操縦士は、レイクが務めた。

どこから、どうやって調達してきたのか知らないが、結構な宇宙船だった。

キャビンも広い。

ジムは、後席のベイリーを振り返った。

目を閉じ、歯を食いしばって、肘かけを力一杯握り締めている。

宇宙船が——というより、空を飛ぶ物全てが嫌いなのである。

「いつまで、そうやっているつもりだ？　ベイリー」

ジムが、からかうような口調で言った。

ベイリーは、片方の目を、うっすらと開けて、ジムを見た。

「もう、着いたのか？」

「着くも何も、どこへ向かって飛べばいいのかすら、おれは聞かされてないんだぞ」

「ああ」

ベイリーは、自分のポケットを、がさがさと手さぐりした。

一枚の紙切れを、ジムの方へ差し出して、

「この座標だけど、分かるか？」

ジムは、紙切れを受け取って、そこに記されている数字を、眺めた。

眉を寄せて考える。

「こりゃ、どこなんだ？　――〈メサ＝1〉のどこかだってことは、分かるけど。こんなところに、惑星があったか？」

「いいから」

ベイリーは、しっかりと目を閉じたままで、片手を振って、言った。

「そいつを、セットしてくれ」

「ＯＫ」


ジムは、肩をすくめて、コンソールに向き直った。

航法管制関係のコンピューターに、データをインプットする。

ワープ・ＩＮ！

あとは、オート・パイロットの仕事だ。

「さあ。みんな、シートベルトを外して、楽にしてくれ」

「やれやれ」

ボリスが、真っ先にＧシートから立ち上がった。

大きく伸びをしながら、

「さっき、ちらっと見たけど、キャビンに酒があったな。一杯やらねえか、ガーシュ？」

「ああ……」

「おめえたちも、どうだい。景気づけに」

「おれは、いい」

ジムが、前を向いたままで、答えた。

「あとで行くよ」

と、レイク。

「ベイリー。おめえは?」

「ああ。そうだな……」

ベイリーは、不器用そうな手でベルトを外しながら、頷いた。ようやく、顔色も元に戻ってくる。

「ジム。到着予定時間は?」

「巡航速度で、三十時間後ってとこだな。飛ばせば、もっと出るが……」

「いや。いい」

ベイリーは、あくび交じりの声で、言った。

「酒でも飲んで、ひと眠りすることにしよう」

「おやすみ」

「ああ。それじゃ……」

三人は、ぞろぞろとコクピットを出ていった。

ジムとレイクだけが残った。

ジムは、レイクの方を、ちらりと見て、さりげなく訊ねた。

「行かないのか?」

「ああ」

「もう、コ・パイのやることは、残ってないぜ」

「それを言うなら、おたくだって、そうだろ」

レイクは、シートから体ごと向き直って、言った。

ジムは、けげんな顔をして、レイクを見つめ返した。

レイクは、ニヤリと笑って、言った。

「おたくが、ここに残って何をするつもりなのか、興味があったんでね」

一瞬の間があって、ジムは大声で笑いだした。

——たいした玉だ。

「何が、おかしいんだ?」

と、レイク。

「いや、別に」

ジムは、笑いを噛み殺しながら、答えた。

「だけど、別に大層なことをやろうってわけじゃないんだ。――ただ、ちょっと気になることがあったんでね。そいつを確かめてみようと思っただけさ」

「気になること?」

「ああ。見てろよ」

ジムの指先が、コンソールの上を素早く動き回った。

メイン・ディスプレイに、メモリーから〈メサ＝1〉の星系図が呼び出されてくる。

中央に、主星の〈メサ＝1〉。

その周りを、七つの惑星が回っている。

外側の三つは、ガス巨星だ。

「いいか。これに、船のコースを描いてみるからな」

ジムが、どこかのスイッチを入れると、星系図にオレンジ色の輝線が描かれ始めた。

ピッ、ピッ。

電子音が響き、オレンジ色の線は、〈メサ＝1〉系内へと、一直線に伸びていった。

ピッ!

「なんだ、こりゃあ」

思わず、レイクが大声を出した。

オレンジ色の線は、第一惑星と第二惑星の間――つまり、何もない空間で、ぴたりと止まってしまったのだ。

「やっぱりな」

ジムの声に、レイクが振り向いた。

「どういうことなんだ?」

「おれは知らんね」

ジムは、肩をすくめて、言った。

「ベイリーに、何か考えがあるんだろうさ。ただ少なくとも、一つだけ言えることは、おれたちの行く先に、惑星はないってことだ」

ジムは、パイロット・シートから、ゆっくりと立ち上がった。

「ふーん」

「なんだ。その目は」

「いや。諺にも、例外ってのは、あるもんだと思ってさ」

「諺？」

「大男――」

「分かった。その先は言わなくていい」

ジムは、片手を振って、言った。

「なるほど。言われ慣れてるってわけかい？」

「そういうわけだ」

「しかし――」

レイクは、ディスプレイを見上げて、首をひねった。

「こいつは、どうしたもんかな。ベイリーを締め上げてみるかい？」

「そんな必要はないだろう」

ジムは、あくびをした。

コクピットを、ゆっくりと出ていきながら、

「三十時間後には、はっきりする。――それまで、ゆっくり休息でも取るさ。――おやすみ」

ジムは、まだ考え込んでいるレイクを一人残して、コクピットを出た。

キャビンの方からは、ボリスの傍若無人な笑い声が聞こえてくる。

ジムは、微かに首を振って、自分用の寝室に入っていった。

*

三十時間後。

船は、何事もなく、〈メサ＝1〉に到着した。

*

「うー。頭いて」

後ろで、ボリスが、唸っている。

二日酔いらしい。

「ワープ空間を抜けるぞ」

ジムが、全員に声をかけた。

と、同時に、
ワープ・OUT。

メイン・スクリーンに、リアル・タイムの宇宙の光景が戻ってくる。

右隅で、黄白色に輝いているのが、主星の〈メサ＝1〉だ。質量は、ソル16。主系列に属するF型の恒星である。

そして、船の正面には……？

ジムとレイクは、思わず、お互いの顔を見合わせた。

あるはずのない惑星が、確かにスクリーンに映し出されているのだ。

あまり大きな星ではない。

直径は、二千キロメートル以下といったところだろうが、それにしても、惑星であることに、間違いなかった。

ジムは、無言でベイリーを振り返った。

「どうだい、ジム」

ベイリーは、鼻をうごめかせて、言った。

「おれの言ったとおりだろう？」

「なんだ、ありゃ」

我ながら、間の抜けた質問だとは思ったが、ジムは、そう訊かずには、いられなかった。

「あれが――」

と、ベイリーは、体をそっくり返らせて言った。

「あれこそが、〈メサ＝1〉の、真の第二惑星――〈ファントム・レディ〉さ」

「幻の女（ファントム・レディ）？」

「そうさ、ジム。――彼女は、一世紀にたった一度だけ、主星（メサ＝1）の近くに姿を現す、幻の惑星なんだ」

ジムは、改めてスクリーンに映る〈ファントム・

レディ〉を見つめた。

徐々に大きさを増してくるそれは、全体的に白くけむっているように見えた。反射能は高そうだが、取り立てて、おかしなところはない。ごく普通の惑星だ。消えたり現れたり、そんな器用な星とは、とうてい考えられなかった。

と、その時——

ジムの脳裏に、何かひらめくものがあった。

「そうか……」

簡単なことだ。

ジムは、ベイリーを振り返って、言った。

「長楕円軌道」

「そういうことだ」

6

「どういうことよ」

ジェーンが、けげんそうな顔をしてみせた。

「軌道が、異様に長っ細いんだよ、〈ファントム・レディ〉ってのは。——ほら、彗星みたいなもんさ。これだけの質量を持つ惑星には、珍しいんだけどね」

ジムは、内ポケットからボールペンを取り出して、紙ナプキンの上に、簡単な図を描いてみせた。

「ほら。こういうこと」

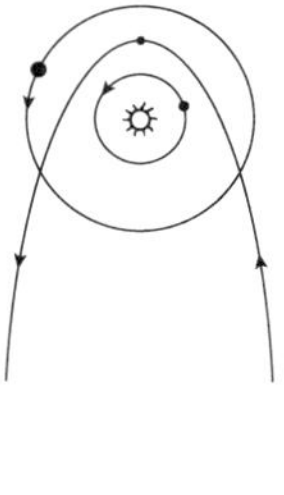

「あっ。なーるほどー」

「まあ、こんなに極端なカーヴじゃないけどね。

——とにかく〈ファントム・レディ〉ってのは、百年くらいの周期で、長楕円軌道を回ってて、近日点が第二軌道の内側にあるんだ。だから、その間ってのは一時的に、彼女が第二惑星になってしまう。――〈パブロ・ピカソ〉号が事故を起こしたのは、ちょうど、その頃だったんだ」

「見つかりっこないわね」

「ああ。宝探しの連中が血眼になってる時、第二惑星ってのは、はるか外宇宙をうろついてたんだからな」

「こういうのを、本当に、巡り合わせが悪いっていうんだわ」

「まあ、そういうことだな」

　ジムは、コーヒーの最後の一滴をすすり込んで、カップを置いた。

「だけど、本当に大変だったのは、それからだったんだ」

*

〈ファントム・レディ〉の表面は、そのほとんどが、ぶ厚い氷の層で覆われている。

　普段は、大気すらも凍りついている、完全な死の星だ。

　それが、恒星に近づくにつれて、凍結していた大気や氷が溶けだし、近日点を通過するごく短い期間、〈ファントム・レディ〉に広大な〈海〉が出現する。

　百年に一度訪れる、わずか数週間の夏。

　作業は、その間に終わらせる必要があった。

　それを逃せば、海は再び凍りつき、〈パブロ・ピカソ〉号は、岩よりも固い氷の底深く、封じ込められてしまう。

　そうなったら、もはや個人の手による捜索は、不可能だ。

　上空からのレーザー探査ののち、男たちは、これはと思われる場所に船を着水させ、水中に長い探知ケーブルを下ろして、反応を待った。

そして、数時間後――

男たちは、思ってもみなかった敵に、苦しめられていた。

＊

「まだ、反応はないか、ジム」

青い顔をしたベイリーが、探知装置の前に座るジムの背中に、弱々しい声をかけた。

ジムは、振り向きもせずに、答えた。

「ない」

「本当に、このへんに沈んでんのかよ、ベイリー。――ガセだったら、てめえ、生きちゃいねえぞ」

ボリスの恫喝（どうかつ）も、いつもほどの迫力はない。

「それにしても、よく揺れるな」

船をコントロールしているレイクが、ひとり言のように呟いた。

「こう、揺れると――」

「その先を言うんじゃないぞ、レイク」

前を向いたままで、ジムが言った。

額に、脂汗が浮かんでいた。

「人がせっかく、忘れようと努力してるとこなんだから」

とたんに、
それまで、自分の席で、ぐったりしていたガーシュが、急に立ち上がった。片手で口を押さえて、慌ててコクピットを飛び出していく。

その後ろ姿を見送ったレイクが、ゆっくりと首を振りながら、言った。

「船が見つかるのが早いか、おれたち全員、船酔いでくたばるのが早いか――」

「ちょっと待て」

その時、ジムが緊張した声を出した。

レシーバーに耳をすます。

男たちが、固唾を呑んで、注目した。

何度も唾を呑み込んで、ベイリーが、囁くような声で、言った。

「ジム……？」

ジムは、レシーバーを外して、男たちを振り返った。

そして、ニヤリと笑って、叫んだ。

「とうとう見つけたぞ。くそったれ！」

コクピットの中は、ちょっとしたお祭り騒ぎだった。

ジムたちは、お互いに肩を叩き合って、喜んだ。

「おれは、どこか田舎（いなか）の星に牧場を買うんだ」

ベイリーが、笑いが止まらないって顔で、言った。

「こんなヤクザな商売からは足を洗って、羊でも飼ってのんびり暮らすよ」

「てめえなんぞ、羊と一緒にくたばっちまえ！」

ボリスが陽気に笑いながら、言った。

「おれは、アンティーヴあたりの一等地に、大邸宅を構えるんだ。ばーんとしたやつさ。それに、酒と女もたっぷりとな。——こたえられないぜ」

「何か、あったのか……？」

コクピットへ戻ってきたガーシュが、相変わらず陰気な声で、言った。

「何かじゃねえや。間抜けめ。見つかったんだよ、お宝の船が！」

「ああ……。そうか」

「この野郎。もうちったあ、嬉しそうな顔ができねえのか！」

ボリスは、ガーシュの顎を、拳固（げんこ）で殴る真似（まね）をして、大笑いした。

ガーシュが、言った。

「プラチナは、本当にあるのかな……」

「プラチナ？」

ボリスは、はっとした表情になって、言った。

「そうだ。プラチナだ。そいつを確かめねえことにゃ、どうしようもねえぜ」

「まったく同感だね」

ジムが、立ち上がりながら、言った。

「ベイリー。潜水の用意は？」

「ああ。セラミック製の装甲耐圧服が、四着用意してある。六〇〇〇気圧まで、大丈夫なやつだ」

「四着？」

「そうさ」

ベイリーは、椅子の上で短い足を高々と組み、ふんぞり返って、言った。

「おれは、作戦司令官だからな。当然、本部に残ってなきゃいかんだろ？」

ジムたちは、お互いに顔を見合わせ、同時に言った。

「よく言うよ」

＊

水は冷たく、すんでいた。

二百七十フィートの海底に、〈パブロ・ピカソ〉号は、船首を上にして斜めにかしいだ格好で、横たわっていた。

船尾部分は、泥に埋もれているが、見たところ、どこにも損傷の跡らしいものはない。百八十年も昔の船だとは、とうてい思えないほどだった。

生物のいない海底には、色というものが一切なかった。

グレー系統を中心にした、完全なモノトーンの世界だ。

周りを見回すと、レイクたちの黒い影が、薄暗い灰色の世界を、ゆらゆらと音もなく動いている。まるで幽霊のようだ。

まさに、難破した宇宙船が眠るにふさわしい、墓場といえよう。

『どんな様子だ？』

ヘルメットに内蔵されたインコムから、ベイリーの声が聞こえてきた。

『ぞっとしないね』

ジムは、答えた。

『これから、船の中に入ってみる』

『OK。——気をつけてくれ』

ジムは、フェイス・シールドの集光効率を、目盛り二つぶん上げて、〈パブロ・ピカソ〉号に近づいた。

その時、

『ジム！』

レイクの声だ。

『なんだ？』

『反対側さ。来てみろよ』

ちょうど、船体の中央部付近だった。

半分ほど泥に隠されていたが、そこから船尾の方向へ向けて、長く大きな裂け目が走っていた。

『こいつは、内側から爆発した跡だな』

外へめくれた裂け目のへりを指さして、ボリスが言った。


『入ってみよう』

レイクが、先頭に立った。

船の中は、真っ暗だ。

男たちは、それぞれの装甲服の肩にあるライトを点灯した。

『こいつは……！』

男たちは、一瞬、立ちすくんだ。

そこは、〈パブロ・ピカソ〉号の、メイン・ホールらしかった。

隅の方に、バー・カウンターもあった。

そして、ホールの中央には、天井近くまで達する、巨大なクリスマス・ツリーが、そびえていた。

もちろん、本物のモミの木ではなく、プラスチック製だ。パイプで床に固定してある。

飾りつけの類(たぐい)は、ほとんど残っていなかったが、それがクリスマス・ツリーだということは、すぐに分かった。

壁際に、テーブルが、いくつか横倒しになっていた。皿やグラスの残骸も、見つけることができた。

『クリスマス……だったんだな』

レイクが、ポツリと呟いた。

何が起こったのか、今となっては知るよしもない。

しかし、推測することはできる。

クリスマスの夜。

パーティの真っ最中だ。

なんらかの爆発事故が起こって、船体を切り裂いた。

おそらく、ひとたまりもなかったろう。

それまで、ホールで笑いさざめいていた乗客たちは、一瞬のうちに宇宙空間に吸い出されたに違いない。

そして、かろうじて生き残った者たち——主に船の乗務員だろうが——の命も、そう長くは続かなかった、というわけだ。


そして、今。

プラスチック製のクリスマス・ツリーだけが、色あせもせず、百八十年を経過して、ジムたちを出迎えたのだ。

ジムは、ゆっくりとツリーに近づいた。

その根元に、小さな金属のプレートが埋め込んであった。

> 当社の人工植物は、特殊加工により、どんな環境のもとでも、決して色落ちしません。自然そのままの瑞々(みずみず)しい緑を、いつまでも、あなたのお手元に。
> 百年間保証付。
> エヴァグリーン商会謹製(きんせい)
> No.９８０３８６

男たちは、言葉を失くしたように、ツリーの周りに佇み続けた。——その姿は、死者に対して、黙禱を捧げているかのようにも見えた。

レイクが、床にしゃがみ込んで、灰色の塊の中から、何かを拾い上げた。

それは、半分崩れかけた、テディ・ベアのぬいぐるみだった。元は、クリスマスのプレゼント用に、きれいに包装されていたに違いない。何かの拍子に、吸い出されずに、引っかかっていたものらしい。

三人が見つめる中、ぬいぐるみはレイクの手の中で、ぼろぼろと崩れていき、針金細工の骨組みだけが、あとに残った。

レイクは、ゆっくりと掌を傾けた。

骨組みは、静かに沈んでいった。

レイクが、唐突に言った。

『やめた』

『なんだって?』

『やめたって言ったんだよ。おれは、抜ける。あとは好きにやってくれ。とにかく、おれは降りた。ごめんだね』

レイクは、片手を振って、そう言うと、いきなり踵を返して、引き返し始めた。

『ちょっと待て、レイク』

『止めたって無駄だぜ。ジム』

『誰が止めるって言った?』

ジムは、装甲耐圧服の下で、軽く肩をすくめて、言った。

『実は、おれも急に気が進まなくなっちまったんでね』

ヘルメットのシールドを通して、レイクが白い歯を見せたのが、分かった。

『へっ。だらしのねえ奴らだ』

ボリスが、嘲った。

『せっかくのお宝を目の前にして、引き返すだと? 何を考えてるんだ? 死人は何も気にしやしねえ

ぜ』

『死人は、気にしないだろう』

と、ジムが言(い)った。

『だけど、おれが気にする。――まだ、自分を嫌いになりたくないんでね』

『へっ！』

ボリスは、舌打ちした。

『勝手にしろ！』

『そうさせてもらう』

ジムは、インコムに話しかけた。

『ベイリー。聞こえるか？　ベイリー！　二人ほど、上がるぞ。おい、ベイリー！　聞いてるのか？』

『………』

『ベイリー!!』

『ベイリーは、外出中だ』

聞いたこともない、男の声だった。

船には、ベイリー以外、誰もいないはずなのに

……？

『だっ、誰だ、てめえはっ!!』

ボリスが、怒鳴った。

『クックック……』

男の含み笑いが聞こえた。

『何が、おかしい』

『諸君とは、一度、お会いしてるはずだがね。――ヴァンドームのエレベーター・ホールで』

『てっ、てめえは、あの時の、手榴弾野郎！』

『手榴弾野郎はないだろう。私には、ビック・ヘイズという、れっきとした名前がある』

『ヘイズ？　シラミ野部の、あのヘイズか？』

『覚えていてもらえたとは、光栄だな』

『てめえの汚ねえやり方は、三歳の子供(ガキ)でも知ってらあ。悪党仲間に爪弾き(つまはじ)にされて、今じゃ、誰も組む奴がいねえってこともな！　――人の獲物を横取りすることしか能のねえ、ハイエナ野郎め!!』

『私は頭脳労働者なんだ』

ヘイズは、ぬけぬけと言った。

『力仕事は、他人にまかせることにしているのさ。──今回は、道案内、ご苦労さんだったたね。諸君』

『ベイリーを、どうした』

と、ジムが言った。

『ベイリーの仕事は、終わった』

ヘイズが、冷淡な口調で言った。

『殺したのか？』

『まだ、殺してはいない。ただ──』

と、ヘイズは、ちょっと言葉を切った。

『ただ、諸君の出方次第では、今すぐにでも死ぬことになるだろうな』

『どういう意味だ、そりゃあ』

ギリギリと歯嚙みをしながら、ボリスが唸った。

ヘイズが、言った。

『諸君には、もうひと働きしてもらわなくちゃならんってことさ』

『なんだと？』

『プラチナだ。──プラチナを引き揚げて、私の船に積み込んでほしい』

『いい気ンなるなよ、ヘイズ』

ボリスの目が、殺意でギラギラ光りだすのが、シールド越しにでも、分かった。

『人質を取った気でいるんなら、とんだ、お門違いだぜ。──こっちは四人だ。てめえ一人で、どう戦う？』

『おや。そうかな？』

露骨に馬鹿にしている声で、ヘイズが言った。

『ぶっ殺してやる!!』

ボリスが、パワー・ガンを引き抜いた。

青白い閃光が走った。

ボリスの手から、パワー・ガンが弾かれた。

ジムが、レイクが、そしてボリスが、呆然とした顔で振り返った。

小型のパワー・ガンを構えたガーシュが、皮膚の下で骸骨をガサゴソさせて、言った。

『悪いな。――こういうことなんだ』

7

「それで？」

ジェーンが、身を乗り出して、言った。

話に夢中になっていて、冷えきったミルク・ティの存在など、すっかり忘れている。

「どうなったの？」

「どうもこうも」

ジムは、しかめっ面をして、首を微かに振ってみせた。

「ベイリーはともかく、船まで押さえられてるから、こっちも下手に手出しできないんだ。その気になったら、〈ヘイズはいつでも、おれたちを〈ファントム・レディ〉に置き去りにできるんだからな。――おまけに、後ろから銃を突きつけられてるっていう、三重苦だ」

「その、ガーシュって男。かなりの使い手のようね」

「おたくほどじゃなかったがね」

「あら」

ジェーンは、クスクス笑った。

「だけど、プラチナってのは、本当にあったたわけ？」

「あった」

ジムは、大きく頷いた。

「船尾近くの船倉に、そっくり残ってた。不時着の衝撃で、バラバラに飛び散ってたけどね。――インゴットが五百本。確かにあった」

「ひゅ〜〜〜」

ジェーンが、低く口笛を吹き鳴らした。

「頭が、ハレーション起こしちゃいそう。――だけど、それって、一体なんのお金だったのかしら?」

「ある移民団の資本金だったんだ。新しい植民星を開発するためのね」

「なるほどねー」

ジェーンは、ちょっぴり、しんみりした口調で、言った。

「百八十年前。ついに生まれることのなかった植民星が、一つあったってわけね。――なんだか、ちょっと切ないわね?」

「ところが、もののあわれってやつを解さない連中ってのも、世の中には多く存在してやがるわけでね」

ジムは、話を続けた。

＊

ベイリーの船の隣に、それより、ひと回り大きなヘイズの船が、ぴったりと寄り添うように着水していた。

船腹の扉が開いて、そこから水面下にワイヤーが伸びている。

ワイヤーの先には、小型のバケットが吊り下げられ、ジムたちが〈パブロ・ピカソ〉号から運び出したインゴットを、自動的に船倉に送り込んでいた。

ジムたちは、常に三人一組で行動させられた。後ろにはガーシュが、油断なく銃を構えて、付き添ってくる。

お互い同士、話もできない状態が続いた。

暗い通路を通り、インゴットを、二つか三つ抱えては、船腹の裂け目まで運ぶという作業の繰り返しだ。泥のため船倉のハッチが動かないから、こうするしかないのである。

ジムは、イライラした。

積み込みが終わった時、自分たちに、どんな運命が待ち受けているか、分かりすぎるほど分かっているからだ。

それまでに、なんとか作戦を立てて、逆襲に転じないと、〈パブロ・ピカソ〉号とともに、この〈ファントム・レディ〉に骨を埋めることになりかねない。

いや、その確率は、刻一刻と高まっているのだ。

内心の焦りについていえば、ボリスにしたところで、同じことだったろう。

ただ一人、レイクだけが、いつもと変わらぬ顔つきで、黙々と作業を続けていた。

——こいつにゃ、神経ってもんがないのか？

ジムは、一瞬、疑った。

しかし、それが大きな間違いだったことは、すぐに証明されたわけだが……。

やがて、船倉に散らばるインゴットの数も、残り少なくなってきた。

『ガーシュ先生。あと、いくつ残ってるんだ？』

レイクが、不意に訊ねた。

ガーシュは、カウンターをチラリと見下ろして、言った。

『二十二個』

『このへんにしといたらどうだい？　あとはいろんな所へ飛び散ってて、捜すのが、えらく骨だぜ』

レイクは、乱雑に荷物が折り重なっている広大な船倉を、ぐるりと指さして、言った。

『一つ残らずだ!!』

ヘイズの大声が、割り込んできた。

レイクは、チラッと笑って、言った。

『あんまり欲張ると、元も子もなくす破目になるぜ。イソップ物語を読んだことないのかい？』

『黙って捜せばいいんだ！』

『OK』

レイクは、ゆっくり肩を振りながら、船倉の奥へと歩いていった。

ガーシュは、船倉の唯一の出入り口に、がんばって、鋭く目を光らせている。

巨大なコンテナの前にしゃがみ込んでいるジムのそばに、レイクは、さりげなく近づいた。

コンテナの陰をのぞき込むふりをして、レイクは、床にうっすらと積もった埃の層に、指で文字を書いた。

――時間をくれ。

ジムは、それを見て、微かに眉を上げた。

――どのくらい。

と、訊ねている表情だった。

レイクは、指を一本立ててみせた。

――一分。

ジムが、それと分からないくらい、小さく頷いてみせた。


レイクは、ボリスの方へ、目で合図を送った。

――ボリスにも、伝えておいてくれ。

そういう意味だ。

ジムは、立ち上がって、ボリスの方へ近づいていった。

レイクは、何気ないふりを装って、コンテナの後ろに回り込んだ。ガーシュからは死角となる位置だ。

ジムのインコムに、微かな呟きが伝わってきたのは、その時だ。

『エナジー・イコール――』

ジムは、けげんな表情で、振り返った。

『エム・シー・スクエア』

すでに、レイクの姿は、なかった。

ジムは、首をひねった。

――まさか、消えたってことは、ないよな……?

ジムが、レイクの能力を、はっきり認識するのは、もっとあとのことだ。

だから、その時は、何か考えがあるんだろう、くらいにしか思わず、ジムは一分間が過ぎていくのを、その一秒一秒まで、くっきりと感じながら、待っていた。

『おい……』

ガーシュが、ものうげな声で言った。

『レイクは、どこだ?』

ジムは、知らん顔をした。

ガーシュの顔色が、微かに変化した。

『レイク! 返事をしろ!!』

船倉に一歩、踏み込んでくる。

ジムは、その時、ありうべからざるものを見たと思った。

ガーシュの背後から、黒くぼんやりした人影が、ゆらゆらと近づいてくる。

レイクだった。

頭上に、一抱えもあるような金属コンテナを、両手で差し上げている。

ガーシュが、船倉を見回しながら、

『レイク。何を企んでるのかは知らんが――』

ガーシュの言葉は、そこまでしか続かなかった。

＊

「ガーシュ! おいガーシュ! 返事をしろ!」

コンソールのマイクを鷲摑みにして、ビック・ヘイズが喚き散らしていた。

そして、椅子の足元に、ベイリーがぐったりと横たわっている。

「何があったんだ! ガーシュ!!」

「何があったか、そんなに教えてほしいのか?」

ヘイズの表情が、凍りついた。

「お、お前らは……!」

コクピットの入り口に、ずらりと並んだ、レイク、ボリス、ジムの三人を、目ン玉を落っことさんばかりにして、見つめる。

ジムは、肩に担いでいたガーシュの体を、どさっと、床に投げ出した。

「だから、言ったろ?」

レイクが、気軽な調子で話しかけた。

「あんまり欲張りすぎると、元も子もなくすって」

「う、うるさいっ!!」

ヘイズは、顔を真っ赤にして怒鳴った。

「お、お前ら、一体、どうやって——!?」

「んなこたあ、どうだっていい!」

ボリスが、パワー・ガン片手に、凄んだ。

「よくも、おれたちをコケにしてくれたな。——さあ、約束どおり、ぶっ殺してやるから、覚悟しな。おれは、昔っから、言ったことは、きちんと実行しねえと、気がすまねえ性質(たち)なんだ」

ヘイズは、追い詰められた獣(けもの)みたいに、目をきょろきょろと動かした。

「観念しな。どこにも逃げ場はねえ」

ボリスが、口元に兇悪な微笑を浮かべて言った。夢見ているような目つきで、ヘイズの胸板に銃の狙いをつけた。

「まっ、待ってくれ!」

ヘイズが、いきなり土下座した。

「お、おれが悪かった。許してくれ。頼む。なんでもする。命だけは助けてくれ。死にたくない。お願いだ!」

ヘイズは、泣き喚いた。

ジムたちは、お互いの顔を見合わせた。

「ウウ……」

ベイリーが、呻いた。

後頭部を押さえながら、上半身を起こす。

「おー、いて。ズキズキしやがる」

ぶるんと頭を振って、ヘイズに気がついた。

ベイリーの顔に、みるみる血が上ってきた。

ハゲ隠しの帽子は、どっかに吹っ飛んでいるので、頭のてっぺんまで真っ赤になるのがよく分かった。

ベイリーは、いきなりヘイズの胸ぐらを摑んで、怒鳴った。

「お前か！　いきなり後ろから、おれをぶん殴りやがったのは！」

「た、助けてくれ。別に悪気はなかったんだ」

「うるせェ。帽子を被ってなかったら、今頃は、あの世行き、だっ、た……」

ベイリーの声が、途中で力を失った。

ヘイズの顔に、狡猾な表情が表れた。

どこから取り出したのか、右手にナイフが光っていた。

ヘイズは、ベイリーの喉笛に、ぴたりとナイフを突きつけて、ゆっくりと立ち上がった。

ベイリーも、それに連れて立ち上がる。

「勝負ってのは、最後まで、分かんねえもんだよなァ！」

ヘイズは、大口を開けて笑った。

「ガーシュ、起きねえか。おい、ガーシュ」

「……う」

ガーシュが、虚ろな目つきのまま、よろよろと起き上がった。

「しっかりしねえか、この馬鹿！」

ヘイズは、頭ごなしに、叱りつけた。

それから、ジムたちに目を針付けにしたまま、横歩きに、コクピットの壁沿いを、出口に向かって、じりじりと回り込んでいった。

ガーシュも、ヘイズに従う。

「ヘヘッ」

ヘイズは、男にしては、やけに赤い唇をなめて、言った。

「悪いが、プラチナは、おれがいただいていくぜ。苦労したかいがあったよなァ。――ベイリー、てめえが、でかいネタを摑んだことは、半年も前から、分かってたんだ。——いつ動きだすか待ってたが、一向に動こうとしねえ。——プラチナが見つかったのも、おれが陰ながら、応援してやったおかげなんだぜ?」

「じゃあ、あのいやがらせも、やっぱり——!」

「そうよ。へへッ」

ヘイズは、落ち着かなげに笑った。

「おかげで、踏ん切りがついたろうが、ええ、ベイリー。てめえ、慌てふためいて、仲間を集めやがった。ガーシュの素性も、よく調べないでな! ——全て、おれ様の計算どおりよ」

ヘイズの後ろで、ガーシュがエアロックの扉を開けた。

「追いかけても無駄だぜ。おれの船は特別製だ。この船じゃ、絶対に追いつけねえ。——じゃあな、あばよ。もう、会うこともないだろうがよ!」

ボリスも、レイクも、無表情にヘイズを見つめているだけだ。

ジムが、重々しく頷いて、言った。

「ああ。もう会うこともないだろう」

「ヘッ」

ヘイズは、ベイリーをジムたちの方へ向かって思い切り突き飛ばすと、身をひるがえして、エアロックの中へ駆け込んだ。

「どうした。追いかけねえのか?」

ベイリーが、喚いた。

「逃げられちまうぞ!!」

「いいや。連中は逃げられない」

ジムが、表情を和らげて、言った。

「あいつらの船倉に、ちょっとした仕掛けを、しておいた」

コクピットが、大きく揺れた。

スクリーンに、発進するヘイズたちの船が、大写しになった。

「見てな」

ボリスが、楽しそうに言った。

「ちょいとした見ものだぜ」

ヘイズたちの船は、大きなうねりの筋を二本、後ろに曳きながら加速した。

やがて、船底が水面を離れる。

船は、急角度で上昇し、そして爆発した。

「プラチナ一トンぶんの花火だ」

ボリスが、つくづくと言った。

「豪気なもんだぜ。いい供養にならあ」

それを聞いて、ベイリーが顔色を変えた。

「なんだって？　ま、まさか、あの船に――？」

ベイリーは、救いを求めるような目つきで、ジムを、レイクを、ボリスを見つめた。

男たちは、同時に、ゆっくりと頷いた。

ベイリーは、気を失った。

8

「もったいないことしたわねー」

ジェーンが、ため息をついた。

「だけど、なんとなく、分かるような気がするわ」

「それからが、えらい騒ぎさ。ベイリーが自分でもぐるって言い出してな」

「フフッ」

ジェーンは、可愛く笑った。

「ところで、爆発したのは、なんだったの？」

「〈パブロ・ピカソ〉号が、泥に完全に埋まっていた場合のことを考えて、かなりの量の爆薬を持ってってたんだ。そいつを、ちょいちょいとね」

「へええ。いきなり波瀾万丈だったわけね、あんたたちって」

「まあ、そうかな」

ジムは、首を傾けて、言った。

「結局、〈ファントム・レディ〉がきっかけで、コンビを組むようになったんだからな」

「他の人は、どうしたの?」

「ベイリーは、引退したよ。どこか郊外に、小さいけど牧場を買ったそうだ。よっぽどショックだったんだろう」

「ちょっと気の毒な気もするわね。――ボリスって人は?」

「三年ほど前に、ノルディで警官隊と撃ち合って死んだそうだ」

「そう……」

ジェーンは、すっかり冷えきったミルク・ティを、スプーンで、いたずらに掻き混ぜた。

ジムは、窓の外に目をやった。

アンヴィルは、すっかり夕闇に包まれていた。

高層ビルの頂上付近にだけ、まだ微かに陽(ひ)の光が残っている。

ジムは、時計を確認した。

――そろそろ、時間だ。

ジムは、パーラーの出入り口を見つめた。

自動扉が、左右に開いた。

レイクが、ズボンのポケットに両手を突っ込んで立っていた。

店内を見回すまでもない。

一目で、ジムとジェーンを見つけたレイクは、ニコニコ笑いながら、テーブルに近づいてきた。

「よっ。お待たせ」

陽気に言って、ジェーンの隣に腰を下ろした。

ジムが言った。

「すぐ出るか?」

「コーヒー一杯くらい飲む時間はあるさ」

レイクは、ウェイトレスを呼んで、注文した。

それから、ジムの方に向き直ると、妙に勢い込んだ口調で、こう言った。

「おい、ジム。今、そこで誰に会ったと思う？　聞いて驚くなよ」

ジムとジェーンは、なんとなく顔を見合わせた。

二人は、声を揃えて、言った。

「ベイリー・カー」

レイクは、ぽかんと口を開けた。

ジムを見て、ジェーンを見た。

そして、言った。

「どうして、分かったんだ？」

二人は、同時に噴き出した。

けげんな表情のレイクに、ジムが言った。

「それで？　ベイリーは、何をやってたんだ？」

「何って、決まってるだろ。《情報屋》さ。他に、あいつに何ができる？」

「五年前に、引退したはずじゃなかったのか？」

「半年と保たなかったそうだ。――もう少しで、三百年ほど前に行方不明になった、なんとかって船の情報を売りつけられそうになったよ。おっさん、自分で捜しにいくのは、あれ一回で、こりごりしたらしい」

「やれやれ」

レイクは、腕時計を確認した。

五時十分前だ。

コーヒーを、ひと息で飲み干し、立ち上がる。

「時間だ」

「OK」

ジェーンは、むくむくのコートを肩に引っかけて、言った。

「行きましょ」

三人は、パーラーを出ていった。

*

その日。

チェース・マンハッタン銀行アンヴィル支店が、三人組の強盗に襲われた。
翌日付の朝刊によれば、被害総額は、八十万クレジットにのぼったという。

ウェンディ——増殖する迷惑——

教訓その一

『銀行強盗の敵は、
警察だけとは限らない』

ジェーンが、いきなりぶっ放した。

ドラム弾倉を備えた、トンプソン・サブマシンガン――俗にシカゴ・タイプライターと呼ばれ、往年のギャングたちが愛用した、由緒正しい軽機関銃だ。集弾率（グルーピング）はひどく悪いが、音と見た目の派手さにかけては、右に出るものがない。打ち上げ花火そこのけの、景気のよさだ。

天井にボコボコ穴が開き、そのついでに、監視カメラが一台、粉々になって吹っ飛んだ。

あたりに、強い硝煙（しょうえん）の臭いが立ち込めた。

客も、行員も、ガードマンも、ほとんどあっけに取られている。

大胆なスリットの入った黒いシルク・サテンのドレスに、真っ白いふわふわのショール。見事な金髪を頭の上にまとめた完璧なレディが、これも黒いシルクの長手袋をはめた手で、世にもぶっそうな代物を、鮮やかに取り扱ってみせたのだ。ジョギングパンツを穿いたカモノハシほどの非現実感があった。

ジェーンは、上に向けていた銃口を、ゆっくりと水平に戻した。

そのまま引き金を引けば、カウンターの向こう側に座っている山羊みたいな顔の出納係は、秒速四百メートルであの世へ旅立つことになる。当のご本人も、さすがに、そこんところは、朧げに理解したらしい。事態を、まだよく呑み込めてない表情ながら、のろのろと両手を挙げた。そして、自分の行動が、これで正しかったのかどうか、ジェーンに訊ねるような目つきをしてみせた。

ジェーンは、お行儀のいい生徒を前にした小学校の先生みたいに、ニッコリと微笑んだ。

出納係は、ホッとした顔つきになった。――やはり、これで間違ってなかったのだ。

続いてジェーンは、視線をついと動かして、銀行の中を見回した。

他の客や行員たちも、出納係を見習うことにしたらしい。おとなしく両手を挙げた。

「ちょーっと、派手すぎるんでないの?」

パワー・ガン片手に、ジェーンの背後をカバーしていたレイクが、まるで緊迫感というものの感じられぬ声で、言った。トリオの最後の一人、ジムは、表に停めた車の中で、携帯用ECMの面倒を見ているはずだ。

レイクは、スキップでもするような足取りで、ひょいとジェーンの前に回り込んだ。ジェーンのスタイルに合わせたのだろう。スチール・ブルーのスーツをぴしりと決め、ステットソンのソフトを被り、おまけに襟にバラの花なんぞ差して気取っている。

レイクは、パワー・ガンの先で帽子の縁(ブリム)をぐいと押し上げて、ニヤリと笑ってみせた。

「そうやってると、まるで禁酒法時代の女ギャングだぜ。――でも、なかなか似合ってるよ」

「そ。ありがと」

ジェーンは、おつにすまして応えた。

「あなたも、なかなかのもんよ、レイク。――立派な使い走りのチンピラに見えるわ」

レイクは苦笑した。

トンプソンを入れてきたボストンバッグを床から拾い上げて、カウンターの上に放り投げる。

生きてる毒蛇でも投げつけられたような表情の出納係に、レイクは、にこやかに笑いかけた。

「毎度おなじみの銀行強盗だ」

と、レイクは言った。ボストンバッグを、パワー・ガンで示しながら、

「やることとは、分かってるだろ？」

「は。あの……？」

出納係は、おたおたしている。

レイクは、親切に教えてやった。

「そのカバンに──」

金を入れるんだよ、と言いかけた時。

レイクの背後で、別の声がした。

「サイン下さい」

「そうだよ。サインだ」

レイクは、思わず頷いた。

「早くサインしろよ」

一瞬の間があって、

──え？

レイクは、はっと気がついた。

後ろを振り返る。


中学生くらいの女の子が、猫のイラストのついたノートとボールペンを、両手で差し出して立っていた。

彼女は、もう一度、言った。

「サイン下さい」

「なんだって？」

「サイン下さい」

女の子は、決意の塊みたいな目で、レイクの顔を、きっぱり見上げている。

レイクは、半ロ開けて、女の子を見つめた。

なんと言っていいのか分からなかったので、レイクは何も言わなかった。

黙ってジェーンに目を移す。

ジェーンも、どこかぼんやりした表情で、レイクを見つめ返した。

女の子を真ん中に、二人は無言で見つめ合った。

「あたし、本物の銀行強盗さんに会うのって、初め

てなんです」

女の子は、二人の顔を交互に見上げながら、言った。

「お願いします。記念にしたいんです。――クラスの子たちだって驚くわ。こないだマチルダが、ジミー・リードのサインもらってきた時なんか――あ、ジミーって知ってます？　有名なロック歌手なんですけど、その時なんか、一月くらい、みんなで大騒ぎしてて――」

「ちょ、ちょっと待ってくれないか、お嬢ちゃん」

レイクは、軽い目まいを感じて、額に手をやった。

――どこの世界に、仕事中の銀行強盗にサインを求めるような人間がいるんだ？

レイクには信じられなかった。

いや。信じたくなかった。

できれば、夢だと思いたかった。

しかし、目の前の現実は、おいそれとは消えてくれそうになかった。

「ほんのちょっとだけでいいんです」

現実は、言い張った。

「きっと大事にしますから！」

現実は、あくまでも真剣だった。おまけに、まるで邪気がないのだ。開けっ広げの無邪気さほど、始末におえないものはない。

「あのねー、お嬢ちゃん？」

レイクは、赤毛で、ちょいとソバカスのある現実に、話しかけた。

「すまないけど、今、取り込み中なんだよ。分かるだろ？　それに、強盗ってものは、普通、サインなんかしないものなんだ」

「あのー、ミスタ？」

出納係が、おずおずと声をかけた。

「なんだ？」

振り返ったレイクに、出納係は、ボストンバッグを差し出しながら、言った。

「これで、いいんでしょうか？」

バッグの表面に、マジックで黒々と、アルフレッド・ペイズンと書いてあった。

頭に血が上った。

レイクは、カウンター越しに出納係の胸ぐらを摑んで、ぐいと引き寄せた。

「ペイズンさんよ」

一語一語、岩に刻み込むような調子で、レイクは、言った。

「あんたにゃ、常識ってもんがないのか？　拳銃片手に、わざわざ銀行員のサインをもらいにくる強盗が、どこにいるっ！」

「はあ。私も、おかしいなとは思ったんですが……」

ペイズン氏は、口ごもった。

「ねー、サインしてよー」

例の赤毛娘が、ノートでレイクの背中をつっついた。

「何、ぐずぐずしてんのっ！」

ジェーンの鋭い叱責も飛んできた。

レイクは、ため息をついた。

その時、銀行の表で、クラクションが二回連続して鳴らされた。ジムだ。

引き揚げの時間だった。

ジェーンとレイクは、顔を見合わせた。

レイクの目に、絶望の色が浮かんでいた。

「なんてこった」

レイクは、首を振った。

力ない声で、

「行こう、ジェーン」

「なんですって？」

ジェーンが、柳眉(りゅうび)を逆立てた。

「まさか、このままお金も取らずに、逃げ出そうっていうんじゃないでしょうね？」

「ジムの合図が聞こえただろう？　奴は警察無線を盗聴してるんだ。それが、どういう意味か分からない君じゃないはずだ。ぐずぐずしてたら、身動きとれなくなっちまう」

「警察が何よ！」

ジェーンが、トンプソンを振り回しながら、息巻いた。

「なんのために、こんな格好までしたと思ってるの！　このドレスと、トンプソンに、いくらかかったか、あんたも知ってるでしょ！」

「行くんだ」

レイクが、強い口調で言った。

「いやよっ!!」

ジェーンが、喚いた。

レイクは、それには取り合わずに、ペイズンの手から、空のバッグをひったくった。

「また来るからな。そん時は、しっかりしてくれよ」

そう言い捨てて、レイクは歩きだした。

「本気じゃないんでしょ？」

さっさと銀行を出ていくレイクの背中に、ジェーンが声をかけた。

あいにく、レイクは本気だった。

ジェーンは、きっとなって、ペイズンを睨みつけた。ペイズンが、どうして石にならないのか、不思議なくらいだった。

また、クラクションが聞こえた。

「ジェーン、警察だ！　早く!!」

レイクが、出口のところで叫んだ。

ジェーンは、さも忌ま忌ましげに銀行の中をぐるりと見回した。トンプソンを持つ手に、力みが入っていた。

てっきり撃ち殺されるものと早合点して、心の中で十字を切った者も多かったろう。

ジェーンは、トリガーを再び引き絞った。

トンプソンが、手の中で跳ねた。

銃弾は、ことごとく、客や行員の頭上を通過して、壁にめり込んだ。全員が、慌てふためき、悲鳴を上げて、床に伏せた。

「ふふん」

ジェーンは、鼻の先で笑った。

くるりと踵を返すと、昂然と顔を上げて、出口に向かった。

パトカーのサイレンが、はっきりと聞こえてくる。

「なんて日なのかしら」

レイクが口を広げて持っているボストンバッグの中にトンプソンを落とし込みながら、ジェーンが言った。

「まったくだ」

バッグのジッパーを閉めながら、レイクも頷いた。

二人は銀行を出ると、小走りにジムの待つ車に急いだ。

銀行の少し先に、後部扉を開けて、一台のイエローキャブが停まっていた。昨日の夜、ある大手のタクシー会社のカーポートから盗み出しておいたものだ。銀行の前で、扉を開けて待っていても、誰にも怪しまれない車といえば、これしかない。

ジェーンとレイクが飛び乗るのと同時に、イエローキャブは、急発進した。

後ろからは、サイレンで他の車を蹴散らしながら、二台のパトカーが、信号を無視して驀進してくる。

「遅かったな」

運転手の帽子を被ったジムが、前を向いたままで言った。もちろん、アクセルはべた踏みだ。

「なんか、あったのかい?」

「とんだ邪魔が入っちまってな」

バックミラーに映るジムの目に、レイクが顔をしかめてみせた。

「まあ、話したって、信じちゃもらえないだろうけどね」

「ほーお」

ジムは、片方の眉を吊り上げた。

ちらりと、バックミラーに目をやる。

ジムは、軽く咳払いをして、言った。

「あー。ところで、レイク」

「なんだ」

「おれには、紹介してくれないのかい？」

「紹介？」

レイクが、けげんな顔つきで、訊き返した。

「さっきから気になってたんだが——」

と、ジムは言った。

「おたくの隣に座っている、もう一人のご婦人は、一体何者なんだ？」

「なんだって!?」

レイクの表情が、一瞬にして、凍りついた。

油の切れたロボットみたいに、レイクは、ぎこちなく首を回した。

まず、赤毛が見えた。

そして、声が聞こえた。

声は、こう言っていた。

「ねー。早く、サインしてよー」

教訓その二

『トラブルは肥大する』

または、

『二度あることは、三度ある』


「どっ、どっ——」

レイクは、狭い車の中で、可能な限り、その女の子から遠ざかろうともがきながら、素っ頓狂な声を張り上げた。

「どこから湧いて出た⁉」

「どこって――」

女の子は、可愛く肩をすくめて、言った。

「あなたの、すぐ後ろにずーっといたわよ、あたし」

「ちょっとレイク！」

ジェーンの肘が、レイクの脇腹にめり込んだ。

息が詰まった。

呟き込んでいるレイクの耳を引っ掴んで、ジェーンが語気鋭く囁いた。

「あんた、その子がついてきてるのに、気がつかなかったのっ⁉」

レイクは、呼吸を整えて、おもむろに頷いた。

「気がつかなかった」

ジェーンの唇から、ため息が漏れた。

ジェーンは、何も言わなかった。

ただ、レイクの顔を、ものすごい目つきで睨みつけただけだ。

――この大馬鹿者。

彼女の瞳は、はっきりと、そう語っていた。

レイクは、力なく笑って、肩をすくめた。

「急いでたんだ」

ジェーンは、そっぽを向いた。

「おいでなすったぞ」

バックミラーを気にしながら、ジムが呟いた。

とたんに、

『前のタクシー、停まりなさい！』

追いついてきたパトカーのスピーカーから、ひび割れた警官のダミ声が聞こえてきた。

『車輛ナンバー、314のタクシー！　速やかに停車しなさい！』

振り返ってみると、二台のパトカーは、今や五台に、その数を増しており、タクシーとの距離も、ぐんと縮まっていた。

『停まりなさいっ！』

スピーカーが喚き続けた。

『停まれっ！　停まれと言ってるんだ！』

突然、リアの窓ガラスが真っ白になり、吹っ飛んだ。

『停まらんと撃つぞ！』

「撃ってから、言わないでよねー」

ジェーンが、誰にともなく呟いた。

「飛ばすぞ！」

ギアを一段落としながら、ジムが叫んだ。

「ねー、サイン〰〰〰」

女の子が、大胆不敵な発言をした。

「どーゆー状況か、分かって言ってるのかい、お嬢ちゃん」

レイクが、半ば呆れるような口調で言った。

「それに、銀行でも話したけど、おれたちは俳優でもアイドル歌手でもないんだ。ましてや、こんな時にサインなんて——」

どうかしてるんじゃないのか？

レイクの言葉を、ジェーンが途中で遮った。

「ちょっと」

「なんだい？」

「なんだいじゃないわよっ！」

ジェーンは、厳しい口調で、囁いた。

「いつまで、そんな子と関わり合ってる気なの!?」

「だけど——」

「お黙んなさい。——だいたい、あんたが、ぐずぐず言ってるから、銀行でも時間がなくなったのよ。まあ、あんたなんかのサインが欲しいなんて、相当イカれてるとは思うけど、欲しいって言ってるんだから、さっさと書いてあげれば、それですむじゃない。最初っからそうしておけば、こんな面倒なことにも、ならずにすんだのよ。何もったいぶってんの！」

「いや、別に、そういうわけじゃ——」

「いいから、サインするのよ！　——今すぐ！」

レイクは、途方に暮れたような表情で、言った。

「サインなんて、したことないよ、おれ」

「サインするのよ、レイク。したことがあろうと、なかろうと」

「それに、おれ、字が下手だし」

「サインするのよ、レイク。字が下手だろうと、なんだろうと」

「でも——」

「とにかくサインするのよ!!　——さもなきゃ、あんたの喉笛を噛み切ってやるわ！」

レイクは、思わず自分の首に手をやった。

ジェーンは、腹を減らしたライオンみたいな目つきで、レイクを睨みつけている。

——ＯＫ。

レイクは、ため息交じりに言った。

「いいだろう」

女の子からノートを受け取り、その真ん中に、下手くそな字で、『《高飛び》レイク』とサインした。

レイクの手元を、熱心にのぞき込んでいた女の子が、おずおずと言った。

「あのー」

「なんだい？」

「その下に、『ウェンディへ』って書いて下さい」

「ウェンディ？」

「あたしの名前」

「ああ」

レイクは、言われたとおりにした。

「あのー、それから、日付も入れて下さい」

「なるほど」

レイクは、日付を入れた。

「これだけで、いいのかな？」

「はいっ」

ウェンディは、力一杯、頷いた。

「ありがとーございましたあ♡」

「いや。何」

これだけ素直に喜ばれると、レイクも、まんざら悪い気はしない。そういえば、昔、感化院の先生が『人に喜ばれるような人間になりなさい』って言ってたっけ。

思わずほのぼのしているレイクの横っ面を、ジェーンの声が思い切りひっぱたいた。

「レイク！　ほけーっとしてる場合じゃないわよっ！」

ジェーンは、トンプソンを再び取り出して、盛大におっ始めていた。

先頭のパトカーが、突然、コントロールを失って、道路脇のビルに突っ込んだ。

「きゃ――っ！」

ウェンディが、突拍子もない声を、張り上げた。

「おねーさま、すてき〰〰〰っ♡」

両方の拳を口元に当てて、きゃおきゃお言い始める。

――おねーさま？

レイクは、呆然とした。

それ以上に、ジェーンも呆然としていた。

トンプソンを撃つ手を止めて、きゃぴきゃぴしているウェンディを振り返る。その目が虚ろだった。

すかさず、ウェンディがノートを差し出して、叫んだ。

「サイン下さい‼」

ジェーンは、思わず頭が痛かった。

レイクは、そ知らぬ顔で、シートベルトのふりをしている。

「お願いしますぅ。あたし、おねーさまみたいな人、大好きなんです！　銀行で見た時から、わあ素敵

（♡）なんて思ってて。ドレス着てマシンガン撃つなんて、もお最高。あこがれちゃうわ♡」

ウェンディの瞳に、星がきらめいた。

ジェーンは、疲れを覚えた。

こういう相手は苦手だった。まだしも、チェーンソーを振り回す殺人鬼を相手にする方が、何十倍も気が楽だ。

こんな時は、ひたすらおそれ入って、できるだけ速やかに、退散してもらうしか方法がない。

おねーさまは、引きつった微笑を浮かべて、言った。

「わ、分かったわ、ウェンディ。だけど、ちょっと待ってね。今、手が離せないのよ」

「はーい」

と、ウェンディは、馬鹿に聞き分けがいい。

一度は遠ざかったパトカーの集団が、再びじわじわと接近しつつあった。パワー・ガンの火線が、タクシーを掠め、火花を散らす。

とりあえず、あの天敵の大群を、どうにかする必要があった。

ジェーンは、気を取り直して、トンプソンに新しい弾倉をぶち込んだ。

レイクも、パワー・ガンを引っこ抜いた。

タクシーは、さらにスピードを上げた。

＊

「なんとか逃げ切ったな」

週決めの賃貸しマンションの台所で、ジムが、やれやれという顔をして言った。

「もうダメかと思ったぜ」

「おたくの運転技術のおかげさ」

と、レイク。

ネクタイをゆるめ、指先でステットソン（帽子）をくるくる回している。ステットソンには、いくつか円い焼け焦げができていた。

ハイウェイの高架から、隣接するビルの屋上にジャンプするという、ほとんど暴挙に近い荒技で、レイクたちはパトカーの追跡を振り切ったのだ。そこで車を替え、アジトにしている、イーストヴィレッジのマンションまで、なんとかたどり着いたというわけだ。

――単にハンドルを切りそこなっただけだとは、言わない方がいいだろうな。

ジムは、ひそかに考えて、苦笑した。

「それより、あの子、どーすんのよ?」

ジェーンが、居間の方へ視線を動かしながら言った。

ウェンディは、ソファに腰かけて、テレビを熱心に観ている。今日の事件を大々的に取り扱ったニュース番組だ。

途中でウェンディを降ろす暇がなく、とうとう、こんな所まで一緒に連れてきてしまったのだ。

「やっぱり、ビルの屋上で、サイン書いて置いてくるべきだったのかねー」

と、レイクが言った。

「そんなこと、できっこないでしょ」

ジェーンが、気色ばんだ声を出した。

「あの子、着地のショックで気を失ってたのよ。打ちどころでも悪くて、そのまま死んじゃったりしたら、どうなるのよ。あたしは、人質を見殺しにして逃げ出したなんて、いわれのない中傷を受けたくなかっただけよ」

「分かってるよ」

レイクが言った。

「あの場合、ああするしかなかった。車も、いつ爆発するか、分からなかったし。――それより、問題は」

「これから、どうするか」

と、ジム。

「そのとおり」

と、レイク。

「どうするもこうするも、さっさと、あの子を家へ送り返して、もう一度、銀行を襲うのよ。トンプソンだのなんだの、今度の計画に、あたしはもう十万クレジットも使ってるのよ」

ジェーンは、恨みがましい目つきで、レイクを見つめて、言った。

「あたしの十万クレジットを返してよ」

「そうしたいのは、やまやまなんだけどね」

レイクは、肩をすくめた。

古い話になるが、エリノアでの三十五万の借りは、こないだのアンヴィルで完全に返済したはずであった。ところが、ジェーンは三十五万では足りないと言うのだ。

『どうして足りないんだ?』


レイクの質問に、ジェーンは、当然という顔つきで答えたものだ。

『利子よ』

おかげで、こうしてまた、ここオールドデール市の銀行を、一緒に襲うことになってしまったわけだが……。

ジェーンは、レイクの、いかにも投げやりな口調に、鋭く切り返した。

「レイク。あんた、世の中の物事が、全て、肩をすくめるだけで解決すると思ってんじゃないでしょうね?」

レイクは、慌てて首を振った。

「そう。分かってんならいいのよ。あんたたちは、あたしに借りがあるんですからね。忘れたとは言わせないわよ」

ジムが、こっそりレイクに目くばせを送ってきた。

レイクも、こっそりと頷いた。

「何、こそこそしてんの！」

ジェーンが一喝した。

「いや、別に」

レイクが、聖パウロみたいな、誠実そのものの表情を取りつくろって、言った。

「それより、あの子——ウェンディのことだけど」

「あたしが、どうかした？」

台所の入り口で、ウェンディがニコニコしながら、こちらを見ていた。

「いやね、その……」

レイクは、ちらりとジェーンの表情をうかがった。

ジェーンは、あんたどーにかしなさいという顔で、レイクを見ている。

「あー、ウェンディ？」

レイクは、一つ咳払いをして、言った。

「なーに？」

「サインは、もうもらったんだろ？」

「もっち。ジムおじさんのも、もらっちゃった。キャハ♡」

——ジムおじさん？

横目で見ると、ジムは、ふてくされていた。

やれやれ気の毒に。

レイクは、内心ジムに同情した。

「そうすると、君の望みは一応かなったってわけだ」

「そうね」

「夜も更けてきたことだし」

「知ってるわ」

「そろそろ、いい子はベッドに入る時間じゃないのかな？」

「それを訊きにきたのよ」

ウェンディは、あっさりと頷いた。レイクたちが一瞬ホッとしたのもつかの間。ウェンディは、とんでもないことをサラリと言ってのけた。

「あたし、どこで寝ればいいの？」

「ちょ、ちょっと待った」

レイクは、座っていた椅子から、思わず腰を浮かした。

「どこでって、君、家はあるんだろ？」

「あるわよ」

「じゃあ、今頃は、きっとご両親も心配して——」

「あら。そのことなら、気にしなくてもいいのよ。さっき電話をかけておいたから」

「電話？」

「そ。黙って借りちゃってごめんなさいね」

「いや。それはいいんだが、君、なんて言って……？」

レイクの顔が、心なしか青ざめたように見えた。

ウェンディは、軽く笑って応えた。

「心配しないで。あなたたちのことは、一言も喋ってないわ。ただ、今夜は、お友達のところに泊まるからって言っておいたの。クラブへ行く時なんかに、よく使う手よ」

クスッと笑った。

ジェーンが、横から訊ねた。

「ウェンディ。あなた、今、いくつなの？」

「十三よ」

「十三ってことは、中学生？」

「そう」

「中学生が外泊なんて、感心しないわね」

「あら、常識よ」

ウェンディは、すましている。

レイクは、こめかみを指先でもみながら、言った。

「一つ訊かせてもらってもいいかな、ウェンディ？」

「どうぞ」

「どうして、そんな嘘までついて、ここへ泊まる気になったんだ？　君も経験しただろう？　おれたちと一緒にいたら、どんな危険な目に遭うか、分かったもんじゃないんだ。警察も神経を尖らせてる。ここも、いつ発見されるか分からない。そうなったら、また銃撃戦だ。下手すりゃ、死ぬかもしれないってのに――」

「痺れるわ」

「そう。痺れるかもしれ――なんだって？」

「スリルよ。こんな経験、めったにできるもんじゃないわ。断然、コーフンしちゃう！　もう一度、銀行襲うんでしょ？　あたし、絶対に離れないわよ。ええ、そうですとも。見逃してたまるもんですか」

一人で盛り上がっているウェンディ。

レイクもジムもジェーンも、半口開けて、点目状態だ。――呆れて物も言えないどころか、息をするのも忘れちまいそうだった。

ウェンディは、委細構わず、言葉を続けた。

「あっ、そうだわ。あたしも何かお手伝いするわよ。なんでも言いつけてちょうだい。こう見えても、運動神経はいいんだから」

「いーかげんにしなさいっっ！」

ついにジェーンが爆発した。

「あんたねー、銀行強盗は、遊び事じゃないのよ？　洒落や冗談で、おいそれとできるほど、甘い仕事じゃないの。いいこと、ウェンディ？　これは映画やテレビの世界とは違うのよ。撃たれれば死ぬし、捕まれば一生を棒に振ることになるのよ？　分かってるの？」

「分かってるわ」

「じゃあ、話は早いわ。――怪我をしないうちに、お家に帰りなさい」

「いやよ」

「ウェンディ！」

「あたし、もう決めたんだから」

「強情な子ねっ！」

「大きな声出しても、怖くないわよ」

ウェンディは、まったく動じる気配がなかった。てこでも動かないという表情で、ジェーンを見上げている。

「ウェンディ？」

代わってレイクが、なだめすかしにかかった。

「ひょっとしたら、学校でまだ教わってないのかもしれないけど、銀行強盗ってのは悪いことなんだよ？」

「下らない常識だわ」

「いや。下るとか下らないとかの問題じゃなくてね。やっぱり、人のお金を盗るのは、よくないと思うんだよね。うん」

——我ながら、説得力のかけらもないな。

と、レイクは自分の言葉にうんざりしながら、言った。自分で思うくらいだから、ウェンディに効き目のあろうはずがない。ウェンディは、しれっとした顔で、応えた。

「月並な道徳論を振り回さないで」

——お手上げだ。

レイクは、天井を見上げて、嘆息した。

——警察を呼んだ方が早いかもしれない。

その時。

玄関のドアに、ノックの音が聞こえた。かなり乱暴に叩いている。

レイクたちの表情に、さっと緊張の色が走った。

ジェーンはトンプソンを手にし、レイクとジムもそれぞれのパワー・ガンを握った。

素早く窓辺に駆け寄ったジムが、カーテンの隙間から外をのぞいて、言った。

「パトカーは見えない」

「覆面かもしれない」

レイクは、パワー・ガンを背中で隠すようにして、慎重にドアノブに手をかけた。

ジェーンが、バックアップに回る。

ドアが、またノックされた。

――いいか？

レイクは、後ろの二人に目顔で頷いてみせた。無言の合図が返ってくる。

ロックを外しながら、レイクが硬い声で訊ねた。

「誰だ？」

そのとたん。

ドアが外側から、強い力で引っ張られた。

レイクが、思わずたたらを踏む。

無理やり開かれたドアの隙間から、にぎやかな嬌声とともに、女子中学生の集団がなだれ込んできた。

「リッキー！」

ウェンディが、台所から飛び出してきた。

「きゃーっ、ウェンディ！」

「あんた、怪我ないのぉ？」

「来ちゃったわよぉ。ウェンディ」

「すっごいじゃない。本物の銀行強盗さんたちと一緒だなんてぇ」

ウェンディと、その女の子たちは、お互い抱き合ったまま、ぴょんぴょん飛び跳ねた。

その様子を、レイクたちは、ただ呆然と見つめた。

――他に、どうしろっていうんだ⁉

「ねえねえ、カメラ持ってきてくれた？」

「もち」

「着替えも持ってきたげたわよ、ウェンディ」

「パジャマもね」

「わあ。ありがとー、リッキー、マチルダ」

「だけど、あんたも大胆ねー」

「へへー」

ウェンディは、ぺろりと舌を出した。

それから、虚ろな目をして突っ立っているレイクたちを振り返った。

ウェンディは、五人の女の子たちを順に紹介した。

「あのね、これ、みんな、あたしの親友なの。えーと、そっちの端から、リッキー。ジョディ。マチルダ。クリス。それからルーシー」

五人は、声を揃えて、言った。

「よろしくお願いしまーす♡」

教訓その三

『完全な計画などありえない』

あるいは、

『予想しなくては、予想外のことは見い出せない』

（とはいえ、こいつは、あんまりだ）


「ここは、いつから託児所になったんだ?」

と、レイクがぼやいた。

「何が悲しゅうて、記念撮影なんぞ、せにゃならんのだ?」

ジムも、負けずにぶつくさ言った。

「ジムおじさーん。笑って、笑って」

インスタント・カメラの自動シャッターをセットしながら、ウェンディが叫んだ。

「おじさん呼ばわりされて笑うのは、かなり難しいな」

「二人とも、いい加減に黙ったら?」

と、ジェーン。

「いくわよー」

ウェンディが、カメラの所から駆け戻ってきた。

ジ――ッ。

「ハイ、チーズ」

パシャッ。

トンプソンを抱えたジェーンを真ん中に、両脇に仏頂面をしたレイクとジム。その周りを、六人のきゃぴきゃぴ娘たちが思い思いのポーズで取り巻いて

いるという、心暖まる写真ができ上がった。

カメラは、何枚でも同じ写真がプリントできるタイプのものだ。

レイクたちも、一枚ずつ写真を渡された。

その写真を、しみじみと見つめて、ジムが呟いた。

「やっぱ、おじさんかねー」

「気にするなよ、ジム」

レイクはジムの肩をぽんと叩いた。

「あの年頃の女の子から見たら、おれたちは、みんなおじんおばんなんだから」

「誰が、おばんですって〜〜〜〜〜?」

ジェーンが、二人の間に、ぬっと顔を出した。

背景(バック)に、おどろ線を背負っている。

「い、いや。単なる一般論さ。君のことじゃないよ、ジェーン」

レイクは、慌てて取りつくろった。

「なんたって君は、彼女たちのおねーさまだもんな」

「その、おねーさまってやつを、もう一回でも口にしてごらん」

ジェーンは、地獄の底から這い上がってくるような、陰々滅々とした声で、言った。

「レイク、あんた生きちゃいないからね」

「誓うよ」

「ねー、そんなところで、暗く固まってないで、こっちきて騒ぎましょうよー」

ウェンディの笑顔は、思わず殺意を抱くほど、屈託がなかった。

「すぐ行くよ」

レイクが応えると、ウェンディは、ひょいと肩をすくめ、親友たちの方へ帰っていった。

そして、今日の午後の出来事を、面白おかしく喋り始めた。何かウェンディが言うたびに、『うそ〜〜〜』とか『やだ〜〜〜〜』とかの歓声が、沸き上がった。にぎやかというのを通り越した騒ぎ方だ。

もう真夜中に近い時間帯だ。

「他の部屋から苦情がこなきゃいいが」

首を傾けながら、ジムが呟いた。

「うっかりしてたよ」

レイクが言った。

「オールドデールの学校は、今、夏休みなんだ」

「まいったね」

「警官の一連隊より、始末が悪い」

「このまま、つきまとわれたんじゃ、仕事どころじゃなくなるぞ」

ジム、レイク、ジェーンは、頭を低くし、お互いの目に中にある、共通した思いを、それぞれ確認した。

――逃げよう！

それしか、方法はない。

天下の銀行強盗が、女子中学生相手に尻尾を巻いたなんて、いいお笑い種だが、この際、格好をつけてはいられない。

そうと決まれば、事は早い方がいい。

ウェンディたちは、遅かれ早かれ、騒ぎ疲れて眠り込んでしまうだろう。

その隙に、こっそり逃げ出すのだ。

「情けなさに涙が出るね」

レイクの言葉が、三人の心情を、見事に要約して捉えていた。

「あんな騒ぎのあとだけに、今夜は、市警もパトロールが厳しいだろうな」

「当然だな」

「本当なら、今頃は〈メリー・ウィドウ〉で、札束の勘定で忙しいはずなんだ」

「人生ってのは、計画どおりにいかない方が、面白いって、誰かが言ってたよ。ジム」

「ああ。しかし、それにも限度ってもんがある」

二人は、しみじみと頷き合った。

「ねえ。あっち、やけに静かじゃない?」

ジェーンが、声をひそめて言った。

「もう寝ちゃったのかしら?」

さっきまで聞こえていた嬌声が、ぴたりとやんで、居間は不気味な静けさに包まれている。

「のぞいてみよう」

レイクが、足音を忍ばせて、居間に近づいた。

六人の女の子たちが、車座になって、何事かひそひそと話している。

——何をやってるんだ?

レイクは、少し背伸びした。

とたんに、全身の血が凍った。

ウェンディが手にしているのは、ジェーンのトンプソン・サブマシンガンではないか!

「でね。ジェーンさんが、これをこうやって構えて——」

危なっかしい持ち方だったが、ウェンディは、得意げに銃を構えて、コッキング・ボルトを引いてみせた。ジェーンになりきったつもりなのだろう。しかも、まずいことに、トリガーに指までかけているのだ。

「銀行の天井目がけて——」

ウェンディの指先に、力がこもった。

「や、やめてくれ〰〰〰っっ!」

レイクが叫んだ。

その時には、すでに手遅れだった。

安全装置(セイフティ)がロックされているのではないかという、レイクの希望も、しょせん虚しかった。

狭い室内では、銃声は、一層けたたましく響いた。

ウェンディの手の中で、トンプソンは暴れ回った。

ガラスが割れ、棚は落ち、電灯が破裂した。

女の子たちは、髪の毛を押さえて、悲鳴を上げた。

誰一人、怪我をしなかったのが、奇跡のように思われた。

レイクが、ウェンディの手に飛びついてトンプソンを奪わなかったら、きっと誰かが血を流していただろう。

「何事なのっっ！」

ジェーンとジムが、すっ飛んできた。

半ば自失状態で床に座り込んでいるウェンディと、レイクが手にしたトンプソンを見て、すぐに事情を悟ったらしい。

「ああ。もうっ！」

ジェーンは、地団駄を踏みながら、叫んだ。

「なんてことをしてくれたのっ。銃はおもちゃじゃないのよっ。誰かにあたったら、どうするつもりなのっっ！」

レイクは、トンプソンをジェーンに手渡して、言った。

「セイフティを、かけておかなかったのかい？」

「もちろん、かけておいたわよ」

ジェーンが、憮然(ぶぜん)とした表情で答えた。

「でも、あたしのミスね。こんな物を、そこらに投げ出しておくべきじゃなかったわ」

「それより、急ごう。今の銃声で、近所の連中を一人残らず叩き起こしちまった。すぐに警察(サツ)が来る」

「ええ。そうね……」

「ジム？」

「こっちはＯＫだ」

ジムは、携帯用ＥＣＭなどの装備を詰め込んだスーツケースを手に、頷いてみせた。

レイクは、ウェンディに優しく言って聞かせた。

「ウェンディ。これで分かっただろう？　君は、もう少しで、自分の友達をハチの巣にしちまうところだったんだぞ。これにこりたら、もう馬鹿な考えは捨てて、おとなしくお家に帰るんだ」

——勝った。

と、レイクは思った。

しかし。

ウェンディは、ぶるっと一回身震いすると、まるで夢から覚めたみたいな顔つきで、こう言ったのだ。

「あー。びっくりした！」

他の女の子たちも、ほぼ同時に、口を開いた。

「やーねー、ウェンディったら。ほんとに弾が出るなら出るって、最初から言っといてくれればよかったのにー」

「そーよお。びっくりしちゃったわ」

「でも、すごいもんねー。見てー、部屋がメチャメチャ！」

「あたしも撃ってみたいわ」

「あっ。あたしもあたしも！」

「ウェンディ、ちょっと格好よかったわよー」

「ほんと？」

「ほんとほんと」

レイクは、こめかみを押さえて、ゆっくりと首を振った。

——こいつら、おれの話を、まるで聞いてない。

ふと顔を上げると、玄関のドアのところで、手招きしているジェーンと目が合った。ジェーンの顔つきは、こう言っていた。

——今よ、レイク。

ウェンディたちには勝手に盛り上がらせておいて、こっそり出ていこうってわけだ。

レイクも、一つ頷いて、彼女たちのそばを、さりげなく離れ始めた。

しかし、そんな企みを見逃してくれるほど、女子中学生は甘くなかった。

＊

フルサイズのＴバードとはいえ、九人も乗ると、さすがに窮屈だった。

――オイルサーディンてのは、いつも、こんな気分でいるんだろうな。

レイクは、陰気に考えた。

マンションを急いで離れる必要があったし、駐車場で、ウェンディたちを相手に目立つようなことはしたくなかった。置いていくと言えば、一マイル四方に響くような金切り声で、喚き立てるに違いないからだ。といって、子供相手に本気で凄むのは、あまりにも大人気ない。

結局、こういうことになってしまうのだ。

沈みきっているレイクたちとは反対に、ウェンディたちは、まるでピクニックにでも出かけるみたいに、はしゃいでいた。

レイクは、ハンドルを握っているジムに、そっと耳打ちした。

「ジム」

「ああ？」

「ちょっと訊くけど、どこか行く当てがあって走ってるのか？」

「奇遇だなー」

ジムは、さも意外だという顔をしてみせた。

「実は、おれも、さっきから、それを考えてたんだ」

レイクはため息をついた。

バックレストに、ぐったりと背中を預ける。

夜の夜中に、陽気すぎる女子中学生を六人も詰め込んで、行く当てもなく走るＴバード。

検問にでも引っかかったら、一体なんて説明すりゃいいんだ？

「レイク」

「ああ？」

「検問だ」

――こういうものだ。

レイクは、ほとんど悟りに近い境地で、近づいてくる赤い回転灯を、ぼんやりと眺めた。

バリケードの脇に、パトカーが三台。それも、ハイウェイ・パトロールが使う高速エアパトだ。九人も乗せたTバードで、逃げ切れる相手ではない。

「ねー、どして、スピード落とすの？」

ウェンディが、運転席に体を乗り出すようにして、言った。

「強行突破しましょうよ」

「これだけ乗ってて、どうやって強行突破できるんだ？」

「あたしたちを人質にすればいいのよ。警察には、分からないわ」

「それいいわ、ウェンディ」

ルーシーという、ブルネットの子が、ウェンディの横に身を乗り出してきた。両手を組み合わせ、声色(こわいろ)を作って、言った。

「お願いです、お巡りさん。見逃して下さい。さもないと、あたしたち、殺されるんですぅ」

Tバードの車内で、笑い声が渦巻いた。

ジムは、ゆっくりとブレーキを踏んだ。

防弾服(ボディ・アーマー)を身に着けた警官が、ライトを振り回しながら近づいてきた。

ウェンディたちは、せーので、黄色い声を目一杯張り上げた。

「おっま、わっり、さ〰〰〰〰〰ん♡」

それぞれ、笑みを満面に浮かべて、手を振ってみせる。

警官が、ぎくりと立ち止まった。

さぞかし、異様な集団だと思ったことだろう。

窓から身を乗り出して、ルーシーが敬礼した。

「お勤め、ご苦労様でございます！」

「あ、ども……」

警官も思わず敬礼を返した。

少女たちが、キャタキャタ笑った。

「あ、あのー」

まだ若いその警官は、いかにも言い出しにくそうに、言った。

「すみませんが、免許証を見せていただけませんか？」

ジムは、グローヴボックスを開いた。

手を突っ込むと、指先にパワー・ガンの銃把(グリップ)がさわった。免許証（もちろん偽造だ）は、その下だ。

ジムは、言われたとおり、免許証を引っ張り出して、警官に渡した。一言も喋らない。

「あ、あのー」

警官は、しきりに上唇をなめながら、言った。

「失礼ですが、お子さんですか？」

ジムは、思い切り不機嫌な声で応じた。

「そんな年に見えるのか？」

「あ、いえ。しかし、それじゃ――」

「あたしたちねー、ピクニックに行くのよ」

ウェンディが、代わって答えた。

「ピクニック？」

「そう」

「こんな時間に？」

「そーおよー」

ウェンディは、重大な秘密でも打ち明けるみたいな口調で、言った。

「実はねー、あたしたち、吸血鬼なの」

「はあ……」

「ほら、吸血鬼って、お日様の光にあたると、灰になっちゃうでしょ？」

「はあ……」

「だから、真夜中しか行けないの。分かった？」

「はあ……」

車内からは、クスクス笑いが漏れてくる。

「えー、あのー」

警官は、免許証にちらりと目を落として、言った。

「ミスタ・ブラウン?」

「ああ」

ジムが頷いた。

「ご存知でしょうが、その車は定員をオーバーしておりまして——」

「分かってるよ」

それがどうしたという目つきで、ジムがひと睨みすると、警官は黙り込んだ。

ジムは、言った。

「なんだったら、ここで降ろしたっていいんだぜ? パトカーで送ってやってくれよ。その方が、こっちも助かる」

『えーーっ』『いやよーーー』というような声が、沸き上がった。

「えー、分かりました」

警官は、汗をかいていた。

「今日は、大目に見ましょう」

少女たちが歓声を上げた。

「かっこいーわよー」

「すてき~~~」

なんて声も、聞こえてくる。

「その代わり、気をつけて下さいよ。二十四丁目のオールドデール第一銀行を襲った兇悪犯が、いまだに逃亡中なんです」

『まあ、こわいわー』なんて声を後ろに聞きながら、ジムは頷いてみせた。免許証を受け取り、車を出す。

「お気をつけて!」

警官が叫んだ。——かわいそうに、三カ月の減俸だ。

みるみる小さくなっていく警官に、ウェンディたちが、にぎやかに手を振った。

しばらく走ったあとで、レイクが、感慨深げな声で言った。

「ジム」

「ああ？」

「考えたんだけどな」

「なんだ？」

「高い金払って銃を買うより、グラマーなビキニの女の子を車の屋根に寝そべらして銀行襲った方が、効果的なんじゃないかな？　目の前で金を盗られたって、誰も銀行強盗だとは思わないぜ」

「いい考えだな」

ジムが頷いた。

「それで、グラマーなビキニの女の子ってのは、どこで調達してくるんだ？」

「そりゃあ、やっぱり——」

レイクは、最後まで喋ることはできなかった。

ジェーンが、トンプソンの銃床で、レイクをぶっ飛ばしたのだ。

教訓その四
『**失われたチャンスは、二度と戻らない。失われた青春も、二度と戻らない**』

——夜明かしするんなら、絶対ここよォ。

ウェンディの案内で、レイクたち一行がやってきたのは、ハロウィン通りにある〈クレイジー・キャット〉というクラブだった。ハロウィン通りというのは、オールドデールでも、一番いかがわしい店の集まっている界隈だ。

——この不良少女め。

レイクが、そう言うと、ウェンディは、すまして応えたものだ。

——あら。ここなんか、おとなしい方よー。麻薬飲料は扱ってないし、音楽もそんなにうるさくないし。

ところが。

二重の防音扉をくぐったとたん、鼓膜が痺れた。

「これで、うるさくないのかね?」

レイクは、誰にともなく呟いた。誰かに聞かせるつもりなら、ここでは、大声を張り上げなくてはならない。

しかも、流している曲は、ほとんどがサブソニック・ロックだ。こいつは、主旋律の下に、人の耳は聞こえない、もう一つの旋律を隠していて、識閾下の領域をくすぐり、一種の麻薬的な快感をもたらす。亜音波による副旋律は、心理学的効果を精密に計算された上で、作曲される。下手な作曲家の手にかかると、メガトン級の二日酔いにかかったような気分になることすらある。

ストロボがきらめき、レーザー光線が、刻々と変化するホログラフィを、空中に描いている。

フロアは、八割ほどの入りだろうか。ほとんどが、十代の若者ばかりだ。

レイクたちは、ひどく目立つ。

しかし、サブソニックの速いリズムに合わせて、体を揺すっている若者たちは、気にも留めていない様子だ。

レイクたちは、比較的静かな、奥のボックスに席を占めた。

呆れるほど元気のよい女子中学生グループは、席を温める暇もなく、フロアに飛び出して、踊り始めた。

それと対照的に、我らが愛すべき三人の悪党たちは、それぞれ疲れきって、ソファにへたり込んでいた。

レイクとジェーンにバーボンのダブル、ジムにはジンジャーエールのグラスが運ばれてきた。

三人は、互いの顔を見合わせ、力なく笑い、そして、なんとなく乾杯した。

アルコールとサブソニックが、疲れた神経を、ゆっくりともみほぐしていく。

「ふあ〰〰〰」

レイクが、大あくびをして、言った。

「しかし、タフな連中だな」

「うんざりするほどね」

ジェーンは、やけくそ気味にバーボンをあおった。

熱い息を吐き出しながら、レイクをジロリと睨む。

「そんなことより、本気で、あの子たちを引き連れて、銀行をやるつもりなの？」

「まあ、犯罪史上には残るだろうけどね」

レイクは苦笑した。

その時、ウェンディとリッキーが、フロアから駆け戻ってきた。

「ねー。踊らないのォ？」

「いや。今は、ちょっとね」

レイクは、口ごもった。――隙を見て、クラブを抜け出し、明日の朝もう一度、オールドデール第一銀行を襲いにいくつもりだから、とは口が裂けても言えない。

「そ、それに、ほら、酒飲んでるし、急に運動すると、心臓の調子がね……」

レイクは、胸に手を当てて、わざと咳き込んでみせた。

「んじゃ、ジェーンさんは？」

「あ、あたしも、ほら」

ジェーンは、バーボンのグラスを手に、ぎこちなく微笑んだ。

ウェンディとリッキーは、揃って、ジムの方に向き直った。

ジムは、ぎくりと身を硬くした。

二人は、ジムの前に置かれたジンジャーエールのグラスを、意味ありげに見つめている。

差し迫った危機を敏感に察知して、ジムが後ずさりした。

「あ、あのね――」

「さー。ジムおじさん、踊りましょっ」

「そうそう。ほら、早く立って！」

二人は、有無を言わせず、ジムの手を引っ張った。

「え？　おい。あの。ちょっと――」

とかなんとか言ってるうちに、ジムはフロアの中央に、引きずり出されてしまう。

最初は、照れくさそうな顔で、リズムに合わせて、ぎこちなく手足を動かしていたが、ウェンディたちに、

「きゃ〰〰。ジムおじさん、若い〰〰」

「すてき。しぶいわ〰〰」

などと、黄色い声ではやし立てられて、すっかりハ、ハ、ハ、ハ、ハッてしまったのだ。

もともと体が大きい上に、動きがダイナミックなので、ジムは、たちまち店中の注目を集めた。店の方も気を利かせて、ジムにスポット・ライトを当てたりしたもんだから、フロアは余計に盛り上がった。

「いえー。いいぞ、おっさん」

周りの客からも、かけ声が飛ぶ。

ジムは、Vサインなぞ返して、余裕たっぷりだ。ますます、動きが大胆になる。

ウェンディを両手で抱え上げ、頭の上で振り回したりもする。

そのたびに、客の間から歓声が上がった。

――甦る青春!!

ジムの背中で、字幕が燃えていた。

「どーゆーんだ、あれ」

レイクが、ほとんど呆然とした口調で、言った。

「気でも狂ったのかな？」

「さあね」

呆れ果てたという表情で、ジェーンは肩をすくめ

てみせた。

「あの子たちに、さんざんおじさん呼ばわりされて、傷ついてたんじゃない？　ジムって、ほら、わりと老けた顔してるから、どうしても実際より年上に見られちゃうのよね」

「だけど、クラブで踊り狂うほどの年でもないぜ？」

「ストレスがたまってたんでしょ」

「なるほどね」

レイクは、フロアに視線を戻した。

曲が終わり、ジムはポーズを決めた。

拍手が起こった。

「うまいもんだな」

レイクは、感心して言った。

「ジムに、あんな才能があったなんて、少しも知らなかったよ」

「人間、誰でも意外な一面があるってことね」

「意外すぎて、目が回りそうだ」

レイクは、バーボンのグラスに手を伸ばした。ひと息に飲み干して、言った。

「昔、サーカスで、アイススケートをする白熊を見たことがあるけど――それ以上だな」

「そんなこと言っちゃ、かわいそうよ」

ジェーンが、たしなめた。

目が笑っていた。

＊

いつの間にか、眠り込んでいたらしい。

「起きてよ、レイク！」

ジェーンに肩を揺すられて、目が覚めた。

「ん……？」

レイクは片目を開けて、ぼんやりした顔で、あたりを見回した。

隣では、踊り疲れたジムが、これまた座ったままで船をこいでいる。

店内の客も、三分の一ほどに減っていた。

「何時だい？」

「八時半」

「朝の？」

「そう」

「この店、一体、何時までやってるんだ？」

「二十四時間営業なのよ」

「へえ。朝っぱらから、ご苦労さんなことだねえ」

「感心してる場合じゃないわよ！」

「へえ？」

ジェーンは、テーブルの上にあった、アイスバケットの中身（ほとんど溶けて水になっていた）を、レイクとジムの頭に、ぶっかけた。

「うおっ」

奇声を発して、二人が飛び上がった。

腰に手を当てて、ジェーンが言った。

「どお？ これで目が覚めたでしょ？」

「どうしたっていうんだ、ジェーン」

「なんかあったのかい？」

わけが分からんという表情の二人を、きつい目で睨みつけながら、ジェーンが言った。

「いないのよ」

「いないって、誰が？」

「まだ寝てんの、レイク」

ジェーンが、空になって転がっているバーボンのボトルを手にしながら、凄味のある声で言った。

「今、目が覚めた」

レイクが、慌てて言った。

「だけど、いないって……」

「あの子たちよ！」

ジェーンが、喚いた。

「ウェンディも、リッキーも、一人残らずいなくなってるの！」

「へえ」

レイクは、もう一度、店の中を見回した。――確かに、いない。

「確かに、いないいな」

と、レイクは、頷いた。

「そうよ。おかしいと思わない？　あたしが、お手洗いに立って、ちょっとして戻ってきたら、六人とも消えてたのよ」

「ママが恋しくなったんだろうさ」

レイクは、笑った。

「追っ払う手間が省けて、よかったじゃないか。

――なあ、ジム？」

「ああ、そうだな。実にめでたい」

「うん、めでたいめでたい」

「おめでたいのは、あんたたちの頭よっ！」

と、ジェーン。

「そんなことで、簡単に諦めるような子たちじゃないわ。分かってるでしょ？　あれだけ、しつこかったのが、急に自分からいなくなるなんて。――絶対、何かあるのよ」

レイクとジムは、お互いの顔を見合わせた。

不吉な予感がした。

「まさか……？」

ジェーンが、おそろしく静かな声で、言った。

「ジム。車の鍵は、ちゃんと持ってるでしょうねえ」

ジムは、一瞬、虚をつかれたような表情になった。

「いや」

「どこへやったのっ！」

「ルーシーって子が、車の中に忘れ物をしたからって……」

そこまで言うと、ジムは、いきなり身をひるがえして、駆けだした。

レイクとジェーンも、慌ててあとを追う。

建物の裏手に、〈クレイジー・キャット〉の専用駐車場がある。

息せき切って駆けつける三人。

Tバードは、ちゃんとそこにあった。

鍵も、残っていた。

トンプソン・サブマシンガンを入れた、ボストンバッグだけが、なくなっていた。

「なんてこった」

レイクは、片手でぴしゃりと顔を覆った。

ジェーンが、確信ありげに呟いた。

「自分たちで、やるつもりなんだわ」

「やる？ やるって、まさか……」

「そのまさかよ」

ジェーンが、生真面目な顔つきで、きっぱりと頷いた。

レイクは、笑った。

「いくらなんでも、そんな馬鹿な……」

しかし、ジェーンの顔つきを見ながら、ウェンディたちの行状を思い出すうちに、笑いが尻すぼまりに消えていった。

——あの連中なら、やりかねない。

「ジム。すぐに車を出すんだ」

レイクは、顔色を変えて、叫んだ。

「ウェンディたちを止めないと、えらいことになる！」

「どうして止めるの？」

「なんだって？」

「やらしときゃ、いいじゃない。——いい薬になるわ」

「まあ。確かに、そういう考え方もあるけどね」

レイクは、渋い表情で頷いた。

「だけど、ほっとけないよ。——何人か死ぬかもしれないんだ」

ジェーンは、レイクの顔を、じっと見つめた。

それから、不意に表情をゆるめて、言った。

「あんたって、ほんとにお人好しね」

レイクは、ニヤリと笑った。

「そこがいいって言ってくれる女の子も、たくさんいたけどね」

「要するに、手におえない馬鹿だってことよ」

ジェーンは、そう言い捨てて、Tバードに乗り込んだ。ジムが、エンジンをかけた。

「何してんの、レイク。早くしないと間に合わないわよ」

レイクは、肩をすくめ、助手席のドアを開けた。

Tバードのエンジンが吼えた。

道路は、朝のラッシュで、ひどく混んでいた。

ジムは、可能な限り速く車を走らせた。

あらゆる追い越しのテクニックが使われた。

あちこちにすり傷を作りながら、やっとのことで中心街にたどり着くと、今度は交通規制にぶつかった。

「ついてないぜ」

ジムが、言った。

バーレン・スクエアの手前で、警察が道路を完全に遮断しているのだ。

「どうしたのかしら?」

「さあねえ」

車をのろのろと進める。

やがて、交通整理にあたっている警官の声が聞こえてきた。

「えー、この道は直進できません。他の道へ迂回して下さい。繰り返します。ただ今、交通を遮断しております。直進はできません。他の道へ迂回して下さい」

「何かあったんですか?」

ジムが、窓から首を突き出して訊ねた。

「いやあ。この先で、銀行が襲われましてねぇ。犯人が立てこもっとるんですよ」

警官は、お天気の話でもするような口調で、あっさりと言った。

「ご存知でしょう。オールドデール第一銀行。昨日の今日だってのに、まったく忙しいこってすよ。まあ、そんなわけですんで、どうかご協力をお願いしますよ」

ジムは、能面のような顔を振り向かせて、言った。

「遅かった」

教訓その五

『人間、辛抱だ』

（他に何が言える？）


「ねー。外は、お巡りさんで、いっぱいだよー」

ブラインドの隙間から、表の様子をのぞいたクリスが、戻ってきて言った。

「どーしよー。ねー、ウェンディ〜〜〜」

「どーにかなるわよ」

ウェンディは、のほほ〜〜〜んとした顔で、カウンターに腰かけ、足をぶらぶらさせている。体のすぐ横に、トンプソンが転がっていた。弾倉は、もうほとんど空だ。

ルーシーが言った。

「ねーねー。今から、ごめんなさいって謝ったら、許してくれると思う？」

「やってみればあ」

と、ウェンディ。

「それより、クリス。テレビ局来てなかった？」

「ううん。まだみたい」

「あーあ。せっかく受けを狙って、家からセーラー服持ってきたのになー」

「そーよねー」

「ねー」

ウェンディたちは、お互いに、頷き合った。

彼女たちは、全員セーラー服に着替えていた。なぜかオールドデール市の中学校は、セーラー服が制服なのである。なぜそうなのかは、誰も知らない。永遠の謎なのである。

「やー、疲れた、疲れた」

銀行の奥から、リッキーとジョディが、帰ってきた。

もちろん、二人ともセーラー服姿だ。

顔には、アニメの主人公を象った、安っぽいセルロイドのお面を着けている。

「あつっくるしー」

リッキーが、お面を外して、言った。

「あーあ、せいせいする」

「みんな、金庫室に閉じ込めてきた?」

「うん。簡単だったわ。誰も、これがおもちゃだとは思わなかったみたい」

リッキーは、手にしたモデルガンを、軽く振ってみせた。お面を外して、汗をぬぐっているジョディを振り返って、

「壊さないでよ、ジョディ。兄貴のコレクション、こっそり借りてきちゃったんだから」

「へー。あんたのお兄さんって、意外と暗い趣味持ってんのねー」

「そーなの。モデルガンとプラモデルが生きがいなんだって。――黙って持ち出したなんて分かったら、あたし殺されるわ」

『犯人に告ぐ! 君たちは完全に包囲された! 銃を捨てて、おとなしく出てきなさい!』

外から、警官の呼びかけが、スピーカーを通じて聞こえてくる。

「なーに、あれ」

「あれこそがいわゆる、必死の説得工作ってやつ

よ」

「陳腐ねー」

「創造性のかけらもないわねー」

「外からは、こっちの様子、分かんないんでしょ？」

「窓にはブラインド、扉には裏口も含めてシャッターが下りてるわ。まず、分かんないわね。それに、人質だっているし」

「だけど残念ねー。この勇姿を見せられないなんて」

『犯人に告ぐ！　要求があるのなら、こちらにも聞く用意がある。その代わり、人質を解放しなさい！』

「うっさいわねー」

「ウェンディ。ちょっと、からかってみたら？」

「でも、もう弾がほとんどないのよ」

「いーじゃない。あたしにも、いっぺん撃たしてよ」

「いーけどー」

ウェンディは、マチルダに、しぶしぶトンプソンを手渡した。

「だけど、いーい？　しっかり握ってないと、銃口が跳ね上がって、弾がどこへ飛んでくか分かんないわよ？　あ、それと、顔見られないよーにね」

「分かってるってば」

＊

「警部！」

「おう。どうだ？　電話は通じたか？」

パトカーの陰で、ハンドマイクを握っている男が、スイッチをOFFにして、振り返った。

腰をかがめ、小走りに駆け寄ってきた制服警官は、強く首を振った。

「ダメです。電話線を切ってるらしく、一切の通信に応答しようとしません！」

「そうか。――中の様子は、分からんのか？」

「さっぱりです」

「襲撃時間は、八時三十七分。開店前だな。通用口から押し入った。その時、銀行には何人いたんだ？」

「七名です」

「家族に連絡は？」

「しました。おっつけ駆けつけてくるでしょう」

「犯人の人数も、人質の状況も一切不明か。――とりあえずは、気長にマイクで説得するしかないか」

男は、ため息をついて、マイクを構え直した。

『犯人に告ぐ！』

そのとたん。

けたたましい銃声が、響きわたった。

銀行を取り巻く警官たちが、いっせいに地面に伏せた。

男の耳元を、跳弾が、ひゅんと風を切って飛んでいった。

ガラスの割れる音がした。

「くそったれ（サノバビッチ）が！」

男は、口汚く罵った。

警官が言った。

「あの珍奇な銃（シロモノ）は、一体なんなんですか、警部」

「骨董品（こっとうひん）だ。レプリカだろうがね。――昨日の未遂事件でも、同じ物が使われてる」

「じゃあ、昨日の犯人が、また――」

「という線が濃厚だな。連邦警察の手配リストによれば、《高飛び》レイクとかって一味らしい。――君、煙草持ってるか？」

唐突に男が言った。

「あ。はい」

警官は、胸ポケットから、ソフトパッケージを取り出した。

「どうぞ」

「すまんな」

男が一本くわえる。

警官がライターの火を近づけようとすると、男は首を振って、言った。

「いや、火はいい。禁煙中なんだ。——しかし、どうも落ち着かなくてね」

「はあ。自分にも、よく分かります」

男は、しばらくの間、銀行の建物を、じっと睨みつけていたが、やがて自分自身に言い聞かせるように、頷いた。

「よし。特殊部隊に連絡してくれ。向かいのビルに狙撃手を配置するんだ。それから、突撃隊を、悟られないように、銀行の裏と屋上に集めろ」

「強行策ですか?」

「あと一時間、説得を続けて、それでも応答がなかったら……。まあ、やむをえまい」

男は肩をすくめた。

また、銃声が聞こえた。

「今のは、建物ン中ですよ」

「ああ。強行策を早くした方がいいかもしれんな」

「しかし、中の連中、一体何を考えてんですかね?」

*

中の連中は、もちろん、な〜〜〜んにも考えてなかった。

「弾なくなっちゃったよ、ウェンディ」

「あーそー」

「何撃ってたの、ルーシー」

「んー、別にー」

「クリス、あんた、お化粧してんの?」

「そ」

パフをはたきながら、クリスが頷いた。

「テレビに映るかもしれないでしょ?」

「馬っ鹿ねー。テレビに映る時って、要するに捕まる時なのよ」

「それならそれで、刑事さんに印象悪くしちゃ、いけないじゃん。——女のたしなみよ」

「へーえ」

「リッキーって、最近、胸大きくなったわねえ」

「なんなのよ突然、ジョディ」

「んー。あたしも、これくらいあるといーなと思って。ちょっとさわらして」

「きゃっ。だめよォ、痛いんだからァ」

「いーじゃない、優しくすっからさァ」

「だーめだってばァ」

リッキーが逃げ、ジョディがどたばたと追いかけ始める。

「さわらせろー」

「きゃんきゃんきゃんきゃん」

「待てこのー」

「にゃんにゃんにゃん」

と、不意に、ジョディが立ち止まった。

ポカンとした表情になって、リッキーを見つめる。

いや。

リッキーの向こう側の空間をだ。

リッキーは気づかずに、そのまま走って、どんとぶつかった。

「え?」

自分が何にぶつかったのか、いぶかしげな顔を上げる。

数瞬の間をおいて、リッキーは叫んだ。

「え〰〰〰〰〰っ!?」

何事かと振り返るウェンディたちの耳に、信じられない声が、飛び込んできた。

「さあ、この魔女っ子ども。たっぷり、お尻をぶっ叩いてやるぞ」

「レ、レ……」

「どうしたリッキー。猫に舌を取られちまったのか？」

「レイクさん！」

ウェンディが、カウンターから飛び下り、走ってきた。

「どうやって、入ってきたの？　周りは、あんなにお巡りさんが囲んでるっていうのに」

「あんなものは、プロにとっては、なんでもない」

レイクは、ここぞとばかりに、プロというところを強調した。

「分かったかね、お嬢ちゃんたち。一人前の銀行強盗になるには、十年早いってことが」

「ええ。だけど……」

ウェンディは、いまだに自分の見ているものが信じられないとでもいうように、レイクの洋服にさわってみた。確かに、レイクはここにいる。扉も窓も、閉まっている。完全な密室に、一体どうやって……？

ウェンディには、さっぱり分からなかった。

それは、リッキーたち他の四人にしても、ご同様だ。ただ一人、ジョディを除いて。

ジョディは、確かに見たのである。

無から踏み出すように、レイクが何もない空間から、銀行の中へと現れる、その瞬間を。

「さあ、お嬢ちゃんたち。遊びの時間は、おしまいだ」

と、レイクは言った。

「ここから、どうやって脱出するつもりなのか、何か考えてるのかい？　――ウェンディ？」

「うーと、そうね」

ウェンディは、腕組みをして、小首をかしげた。

「レイクさん？」

と、リッキーが言った。

「なんだい?」

「あなたが、ここへやってきた道を、逆にたどるってことは、できないの?」

「あの道を通るのは、君たちには無理だ」

レイクは、きっぱりと言った。

亜空間の道は、普通の人間の神経をズタズタに引き裂いてしまう。レイク自身、何度もそこを通過しながら、決して慣れることがないのも、そのためだ。

「ねー、こーゆーのは、どうかしら」

ルーシーが提案した。

「外にいる人たちって、あたしたちのこと知らないじゃない?」

「多分ね」

「じゃあ、簡単よ。表の扉から堂々と出ていけば、誰もあたしたちが犯人だなんて、考えもしないわ。『きゃーん、こわかったですぅ、人質にされたんですぅ』なーんちゃってね。――どお?」

「あっ。それいい考え!」

マチルダが手を打って言った。

「いたいけな女子中学生のふりをすればいいんでしょ? どお? そーゆーの得意よ、あたし」

「どお? レイクさん」

「悪くない」

レイクは、頷いて、言った。

「だけど、一つ忘れてることがある。――銀行員たちだ。君たちの顔は見ていないだろうが、姿は見てる。驚いただろうな。セーラー服着た女の子が、マシンガンぶっ放しながら入ってきたんだから。――君たちが被害者の顔をして出ていく。警官が黙って帰してくれると思うかい? 当然、内部の様子を訊き出そうとするはずだ。君たちは、ばっちりマークされる。その後、銀行員たちが解放され、セーラー服の話をする。――さあ、どうなる?」

少女たちは、一様に黙り込んだ。

「皆殺しにするかい？」

レイクは、上着の下につけたウェストバッグから、新しいドラム弾倉を取り出しながら、言った。

「弾丸はいくらでもある。殺しちまった方が、あとくされがないぜ？」

レイクは、少女たちの顔を、一人一人、順に見回した。

全員がうつむいて、床を見つめた。

レイクは、ルーシーの手から、トンプソンをそっと取り上げ、新しい弾倉をセットした。

コッキング・ボルトを引く時の、ガシャッという音が、やけに大きく響いた。

ウェンディが、ビクッと顔を上げた。

その表情を見て、レイクは少し安心した。

――少しは、こりたらしい。

レイクは、腕時計を確認して、言った。

「警察（サツ）の特殊部隊が、配置につくころだ。もう、あまり時間がない。――計画を説明する」

＊

「警部！」

「ああ？」

「犯人から、連絡が入りました」

「ついにきたか。――で？」

「人質を解放するそうです」

「ほう。――で、要求はなんだ？」

「道路の封鎖を解くことと、逃走用の車一台だそうです」

「ふふん。やっぱりな」

男は、ニヤリと笑った。

「要求を呑むと伝えろ。特殊部隊には、いつでも動けるよう待機させておけ」

「分かりました。しかし、逃がしてやるつもりですか？」

「誰が逃がすもんかよ」

「あ。それから、人質の中に、重傷者が出ているそうです」

「なんだと？」

「今、市立病院から、救急車が、こっちへ向かっています」

「ド素人のやり方だな。《高飛び》レイクが聞いて呆れる」

「はっ」

「よし。パトカーを下がらせろ。車にトレーサーを取り付けるのを忘れるなよ」

「早速、手配します」

警官隊の退去は、五分で終了した。

もちろん、あくまでも表向きの話で、ビルの上には、狙撃手が残り、突撃隊も、いざという時に備えて、息をひそめて待機しているのだ。

救急車が到着し、怪我人を運び出した。

解放された人質たちも、一緒に乗り込む。

「一、二、三――全部で六人か」

遠いビルの屋上から、高性能の望遠鏡で、警部たちは、その一部始終を監視していた。

「銀行員は、七名だったな？」

「はっ」

「あと一人は、最後まで連れていくってことか」

「そのつもりらしいですな」

「病院へ、捜査官は派遣してるだろうな？　一応、事情を聴く必要がある」

「もちろんです」

「よし。――お。車が着いたな」

銀行の前に横づけされた、マーキュリー・クーガーから、私服刑事が降りて、走り去った。エンジンは、かけっ放しのままだ。

銀行の扉が動いた。

「出てくるぞ！」

あらゆる物陰から、視線が集中した。

狙撃手が、ぐっと身を乗り出した。彼らには、チャンスがあれば、いつでも撃っていいという許可が下りていた。

突然、ドアの向こうの人影が、マシンガンを乱射した。

トランシーバーに耳を当てていた警官が、叫んだ。

「警部！　突撃隊から、突入の許可を求めてきておりますが!?」

「人質は、あと一人か」

「突入させますか!?」

銃声は、ますます激しくなる。

警部は、決断した。

「やれ」

警官が、トランシーバーに向けて、怒鳴った。

「突入!!」

銀行に、ガス弾が撃ち込まれ、同時に、ガスマスクを着けた突撃隊員たちが、窓ガラスを破って、建物になだれ込んだ。

閃光弾が爆発し、行動不能剤（インキャパシタント）が行内に充満した。

突撃隊員たちは、犯人の姿を求めて、右往左往した。

一時間後。

ガスの効力が消えるのを待って、さらに徹底的な捜索が行われたが、彼らが見つけ得たのは、大量の空薬莢と、ガスにやられ失神している七人の銀行員だけだった。

不思議なことに、出納係のアルフレッド・ペイズンを除く全員が、下着姿のままだった。

犯人の姿は、どこにも見られなかった。

教訓その六

『銀行強盗にだって明日はある』

（あって悪いか！）

ドアを開けて、その部屋に入っていくと、いっせいに拍手と黄色い歓声が巻き起こった。

市の外れにある、ホリディ・インの一室だ。

ウェンディが、リッキーが、それぞれレイクの首っ玉に抱きついて、キスの雨を降らせた。

部屋の奥のソファに座って、ジェーンとジムも、微笑んでいた。

「お疲れさん」

ジムが、白い歯を見せて笑った。

レイクの表情に、どことなく疲れたような色が見えるのは、間をおかずに二度もテレポートしたせいだ。

レイクは、ソファの空いたスペースに、どすんと腰を下ろした。

「そっちも、うまくやってくれたらしいな？」

「ギリギリ間に合ったってとこだな」

と、ジムが言った。

「道路が混んでたでしょ？　一時は、どうなることかと思ったわ」

ジェーンも上機嫌だ。

「救急車に乗った時、ジェーンさんとジムおじさんを見つけて、あたしたちが、どんなにびっくりしたか、分かる？」

ウェンディが、声を上ずらせて言った。興奮の余韻冷めやらぬって表情だ。

「まあ、とにかく、みんな無事でめでたいよ」

レイクが言った。

「あのー、レイクさん？」

ジョディが、ためらいながら言った。

「あの、間違ってたらごめんなさいね」

「……………？」

「あたし、見たんです。いえ、見たと思うんです」

「何を？」

「あなたが、銀行に現れた時のこと」

「ああ……」

「あれって、ひょっとして——？」

レイクは、ジェーンと、次にジムと顔を見合わせた。

「そうだよ。テレポーテーションさ」

「やっぱり！」

「何、何なになに？　なんの話？」

「あのね、レイクさんって、実は、超能力者だったの!!」

「ええ〰〰〰っ！」

ウェンディたちの声の語尾が、揃って跳ね上がった。

「どういうことォ？」

「あたし見たのよ！　あのね、あのね——」

ジョディの周りに、他の五人が寄り集まる。

ジョディが何か一言言うたびに、少女たちの間から、

『え〰〰〰っ。うっそォ！』

『信じらんな〰〰い』

とゆーよーな声が上がった。

——あの時と、まったく一緒だ。

レイクは、やれやれと首を振った。

「そっか！」

ウェンディが、ぽんと手を打って言った。

「やっぱ、一流の銀行強盗になるには、超能力の一つくらい持ってなきゃ、ダメなのよ！」

「うん。あたしも、そう思う」

リッキーが、大きく頷いた。

「そうと決まったら、さっそく練習よ、リッキー！」

「がんばりましょうね、ウェンディ！」

二人は、お互いの肩に手を置き、目と目を見交わ

した。

その二人に、他のメンバーが、次々と加わる。

「がんばろうね！」

「うん！」

今にも、夕陽に向かって走っていくんじゃないかと思われた。

——なんて連中なんだ？

レイクは、呆れるのにも疲れ果てたという表情で、呟いた。

——まるで、こりてないんだ。

「あのね、君たち——」

何か言いかけたレイクを、ジェーンが横から押さえた。

あたしにまかしといて、というような目で、レイクに頷きかける。

「ねえ、ウェンディ？」

「はい？」

「あなたたちの言うとおりよ。銀行強盗になるには、必ず一つは超能力を持ってなきゃいけない決まりなの」

「やっぱり、そうなんですか？」

「そおよ〜〜〜」

ジェーンは、言った。

「レイクはテレポーテーション。あたしは物体引き寄せ（アポート）、それに、このジムはテレパシーが使えるの」

「すっごい」

「だからね、あなたたちも、もう二度とあんな無茶な真似しちゃダメよ？　ちゃんとした能力を身につけてからじゃないと、銀行強盗って商売は、リスクが大きすぎるの。分かった？」

六人の少女は、こっくりと頷いた。

「はい。じゃあ、これは、あたしからのプレゼント。一生懸命やんなさい」

ジェーンは、ハンドバッグの中から六本のスプーンを取り出して、一人一人に手渡した。

少女たちは、熱心にスプーンを指でこすり始めた。

ジェーンは、レイクを振り返り、クスッと笑った。

レイクは、片目をつむって、それに応えた。

「ところで、レイク」

ジムが、ふと思い出したように、言った。

「一つ訊きたいことがあるんだがな」

「なんだい、ジム」

「あー、つまり……」

ジムは、少しためらった。

横目でチラチラとジェーンを気にしている。

「何よ、ジム。はっきり言ったらどう？」

「あー、いや、つまんないことなんだけどね。まあ、どうでもいいようなことで……」

「なんなんだ、ジム」

「…………」

ジムは、レイクを見つめた。

そして言った。

「金は、どうしたんだ？」

「金……？」

「そうさ。銀行へいったんだろ？」

「ああ」

「金があっただろう？」

「ああ」

「その金さ」

「ああ」

「どうしたんだ？」

レイクは、ぼおっとした表情で、ジムを見つめ返した。

次に、ジェーンに視線を移す。

ジェーンは、ぶっそうな目の色をしていた。

レイクは、なんとなく天井を見上げた。

そして、言った。

「忘れた」

ジェーンは、レイクをぶっ飛ばした。

＊

翌日――

部屋の掃除にやってきたメイドが、テーブルの下に落ちている、一本のスプーンを拾った。

そのスプーンは、首のところが、ぐにゃりと曲がっていた。

最後の教訓

『素人ほどコワイものはない』

昏（くら）い横顔の天使 ―ダーク・エンジェル―

1

パサディナからの団体客で、ラウンジはひどく混み合っていた。

首からカメラをぶら下げ、ホテル発行の観光パンフレットを後生大事に握り締めた、〈泣く子も黙る〉おのぼりさんの大集団だ。

彼らは、グループごとにテーブルの周りに寄り集まって、熱に浮かされたみたいに喋りまくり、何かというと大声で笑い、向かうところ敵なしとばかりに盛り上がっている。

隅っこの席で小さくなっている一般の泊まり客を尻目に、いきなり記念撮影をおっ始める無謀な集団も、一組や二組ではない。

ところが、そんな騒ぎをよそに、一人だけ落ち着き払って、新聞を読んでいる男がいた。

ホテルの中庭を見下ろす窓際の席。

テーブルの上には、ずいぶん前に空になったコーヒー・カップ。それに、細巻きのシガリロ数本がもみ消された灰皿が置いてあった。

新聞に隠れて、男の表情までは見えないが、周りの喧噪（けんそう）が、その男にはなんの影響も与えていないことは確かだ。

まるで、そこの一画だけが、リッツのメンバーズ・クラブにでも属しているかのような印象さえあった。

男は時々、右手首の時計にちらりと目をやるだけで、それ以外の動きは、ほとんど見せなかった。

男は待っていた。

あるところから、連絡が入るのを。

そして、その連絡は、もう二十分も遅れているのだ。

——何か、まずいことが起こったのでなければいいいが。

その時、観光客の集団を掻き分けながら、ボーイが近づいてきた。

「失礼します。お客様の中に、ウォーカー様、いらっしゃいませんか」

ボーイは、人ごみにもみくちゃにされながら、大声で叫んでいる。

「失礼します。ちょっと通して下さい。すいません。——ウォーカー様。お電話が入っております。ウォーカー様」

男は、新聞を折り畳んで、ゆっくりと立ち上がった。

「私だ」

「あ。ウォーカー様でいらっしゃいますか——」

小走りに駆け寄ってきたボーイは、男の顔を見上げ、一瞬、ぽかんとしたような表情になった。

男の目で見てさえ、ウォーカーの容貌には文句のつけようがなかった。

一流のスポーツ選手を思わせる均整のとれた体格。一分(いちぶ)の隙もない身なりが、少しも気障(きざ)に感じられない。それほど、男の二枚目ぶりは、きわ立っていた。

しかも、浮いた感じは、どこにもない。

年齢が、男の容貌に、奥行きと落ち着きを加えていた。

いつの間にか、周りの観光客たちも、お喋りをやめて、男の姿を、ちらちらと盗み見ている。

『どこその、ムービースターじゃないか?』

そんな囁きも聞こえてきた。

男は、ぼんやりしているボーイに、穏やかな声で、言った。

「電話が、かかってるそうだが……?」

「あっ。失礼しました」

ボーイは、慌てて頭を下げた。

「どうぞ、こちらでございます」

先に立って案内するボーイのあとを、男は大股でついていった。

いくつもの視線が、その後ろ姿を追った。

途中、フロアにまではみ出して立ち話に興じている団体客の間を、何度もすり抜けなくてはならなかった。

「失礼……マダム」

肘がぶつかった五十年配の女に、男は軽く会釈をしてみせた。

「あら、まあ、いえ、そんな……」

派手なワンピースを、樽のような体に巻きつけたおばはんは、不気味なしなを作って、ホホホと笑った。水道の蛇口の方が、まだしも可愛らしかっただろう。

観光客の一団から離れると、ボーイが小腰をかがめながら、言った。

「本当に、騒がしくて申し訳ありません。いつもは、こんなことはないのですが」

忌ま忌ましげに後ろを振り返って、

「まったく。あの連中ときたら……」

「いや。気にしないでくれ」

軽く笑って、男は首を振った。

「にぎやかな方が、私は好きなんだ」

──それに。

と、男はひそかに考えた。

──こういった場所の方が、よそ者がうろついても、目立たずにすむ。

もちろん、口に出しはしない。

「まァ、私どもも、あの人たちのおかげで食ってんですからね、文句は言えませんが……」

ボーイは、男が気さくに口をきいてくれるので、安心してグチをこぼし始めた。

「最近の観光客のマナーってのは、ひどいもんですよ。ボーイの顔見りゃ、用を言いつけなきゃ損だと思ってる。チップは値切る。そのくせ、ホテルの備品は、ちゃっかりいただいていっちまう。――ああいった団体客がチェック・アウトしたあとに、どれくらいの数のハンガーやらタオルがなくなると思います？ しかし、まあ、マナーの悪い奴は、運も悪いんでしょうな。あの連中、はるばるパサディナからやってきたってのに、グラン・フェール美術館は、閉館中だ」

「おや。そうなのかい？」

男が、初めて聞くという口ぶりで、言った。

「ええ。なんでも、館内の改修とかで。一週間前から、閉館になってるんですよ」

「そいつは残念だ。私も商用がすんだら、グラン・フェールを訪ねて帰るつもりだったのに。あそこのコレクションは、連邦でもトップレベルにあると聞いて、楽しみにしていたんだ」

「そいつは、お気の毒でした」

ボーイは、まるで〝あいつらが悪い〟とでもいうように、騒いでいる団体客の方を睨んでみせた。

「連中にゃ猫に小判でしょうがね。どう見ても、美術館よりキャバレーって口だ。――そうだ、お客様、カポック渓谷（けいこく）へは、もう……？」

「いや、まだだ。奇岩で有名だそうだね？」

「ええ。そりゃあ、たいした眺めですよ。せめて、あそこをご覧になってお帰りになっちゃどうです？」

「ありがとう。そうしよう」

電話のブースの前で、男は、ボーイにたっぷりと心づけをやった。

ボーイが最敬礼して下がる。

それまで、穏やかに微笑んでいた男の顔が、ブースに向き直ったとたんに、厳しいものに一変した。

受話器を手に取る。

「ハロー？ ウォーカーだが？」

しかし、電話の声の主は、男をまったく別の名前で呼んだ。

『ブラムか？』

身分証明書の上では、確かにウォーカーのはずの、その男は、とまどう様子もなく、頷いて、言った。

「そうだ」

『手違いがあった』

電話の向こう側の声は、ひどく切迫していた。

『取引は、お流れだ』

「どういうことだ」

『マックスが殺られた』

「なんだって？」

『おれも七番街で、妙な奴らに尾けられた。ブローエンとは連絡が取れねぇ。ひょっとしたら殺られちまったのかもしれねぇ』

「落ち着け、アーチー。最初から話してみろ。一体何があったんだ」

『分からねぇ。とにかく、電話じゃ詳しい話は無理だ。ブラム、例の場所、覚えてるか？』

「ああ。もちろんだ」

『あそこで落ち合おう。今夜、九時だ』

「分かった」

『あんたも、早くそこを引き払った方がいい。——じゃあ、九時に』

電話は、一方的に切れた。

ありえないことだが、確かにアーチー・ギブスンは、怯えていた。

ヘンリー・ウォーカーこと、ブラム・ルーイー（その筋では、かなりの名の通ったプロの一人だ）は手の中で虚しく発信音を響かせている受話器を、しばらくの間、じっと見つめた。

——どういうことだ？

胸の内で、そっと呟いてみる。

しかし、当然のことながら、受話器から答えが返ってくるはずもなかった。

ブラムは、受話器を架台に戻し、ブースを出た。

ラウンジでは、例の団体客が、相変わらず大騒ぎを演じている。

ブラムは、まっすぐエレベーター・ホールに足を向けた。

『早く、そこを引き払った方がいい』

アーチーの声が、生々しく脳裏に甦った。

2

一週間前のことになる。

フォートワース市の近郊に建つ、グラン・フェール美術館が襲われ、一枚の油絵が展示ケースから姿を消した。

二十号サイズの、どちらかといえば小さな絵だったが、美術館に与えた衝撃は、あまりにも大きかった。

〈昏い横顔の天使（ダーク・エンジェル）〉が盗まれたのだ！

ネオ・バロック派に属する近代画壇の巨匠（きょしょう）、ダニエル・ロシェの最高傑作。

金色の草原をバックに、寂しげな横顔を見せる黒髪の少年——その妖しいまでの美しさは、若きルシファーの姿を描いたものといわれ、見る者の魂を惹（ひ）きつけずにはおかなかった。

他星系からの訪問者も、年間百五十万人におよび、カポック渓谷と並んで、フォートワースの重要な観光資源の一つでもあった。

その〈昏い横顔の天使（ダーク・エンジェル）〉が盗まれたのである。

襲撃は、二つのグループによって行われた。

閉館後の深夜。ガスマスクで顔を隠した二人組の男が、まず別棟の警備本部を襲った。十二人のガードマンは、HBTを主成分としたノックアウト・ガスで、一瞬のうちに昏倒させられた。

時を同じくして、もう一組の賊（ぞく）が、美術館北棟の天窓からやすやすと侵入し、赤外線レーザー、対人レーダー、静電容量センサーなどの罠を、ことごとくくぐり抜け、強化ガラスを破り、〈昏い横顔の天使（ダーク・エンジェル）〉を、あっさりと奪っていった。

この間、五分とかかっていない。驚くべき手際のよさだった。

二時間後、ガードマンたちが、手ひどい頭痛とともに目覚めた時、全ては終わっていた。

連絡を受けた市のお偉いさん連中は顔色を変えた。ただちに全警察力が動員され、大規模な非常線が敷かれた。事件は一切、公表されなかった。警察には、それなりの目算があった。

グラン・フェールの美術品には、全て、IT（イット）（それ）と呼ばれる特殊な塗料が、カンバスの裏などに塗りつけられていた。無色透明なこの塗料は、人体には無害な放射性同位元素（アイソトープ）を含んでいて、幹線道路や宇宙港の検問所のセンサーで、容易に探知できるようになっていた。センサーはパトカーにも搭載され、フォートワース中を嗅（か）ぎ回った。犯人逮捕は時間の問題と思われた。

ところが。

次の日、宇宙港では、未曾有（みぞう）の大騒動が持ち上がっていた。ゲートをくぐろうとした観光客から、一人残らずITの反応が検出されたのである。

犯人グループは、警察の一枚上手（うわて）をいっていた。彼らは、あらかじめ同種の塗料を手に入れ、フォートワース中のみやげ物屋、無税店、グラン・フェールの絵葉書売場などに、手当たり次第スプレーして回っていたのである。

捜査はデッドロックに乗り上げた。

その頃、警察とは別に、独自の捜査活動を開始した組織があった。ユニバーサル保険会社——連邦全域に支社を持つ、最大手の保険会社である。

〈昏い横顔の天使(ダーク・エンジェル)〉には、一億クレジットの保険がかけられていたし、警備を請け負っているのも、ユニバーサルの子会社だった。このまま絵が見つからなかったり、あるいは万一、傷つけられでもしたら、会社の損失は莫大なものになる。

　ユニバーサル保険会社は、犯罪者社会(アンダー・グラウンド)のルートを通じて、ひそかに犯人グループとの接触を図った。

　いわゆる、裏取引ってやつだ。

『五百万クレジットで、どうだ？』

　ブラムの元に、第三者を通じてユニバーサルからの申し出が、非公式に伝えられたのは、事件から四日後のことだった。

　もちろん、それこそがブラムたちの、最初からの計画だったわけで、確実に金になると分かっていなければ、プロが美術品を扱うはずがない。

　ユニバーサルとしても、五百万で絵が戻ってくるのなら、安い買い物といえた。正札(しょうふだ)のわずか五パーセントなのだ。あとは、二度とこのようなことが起こらないように警備を強化し、保険金を吊り上げれば、十分に元が取れる。

　美術館も喜ぶし、保険会社も助かる。そしてブラムたちも儲(もう)かって、みんなが幸せになれるというわけだ。もちろん、血眼になって犯人を追っている警察にとっては、いい面(つら)の皮だが、誰がそんなことを気にするというのだ？

　OK。

　取引は成立した。

　受け渡し方法も、その場所も決まった。

　万事うまくいけば、今日中に、ブラムたちは五百万クレジットを山分けにして、めでたくフォートワースをあとにできる予定だった。必要経費を除いても、一人頭、百万クレジットは残る。

　安全で、間違いのない計画だ。

　しかし、どこかで、その歯車が狂ったのだ。

——そいつが、どこなのか？

十一階まで昇るエレベーターの中で答えを出すには、その問題は、あまりにも難しすぎた。

「お待ちどうさまです」

エレベーター・ボーイのお仕着せを着た三十男が、かしこまってケージの扉を開けてくれた。プラザは、こういうホテルなのだ。先ほどのボーイが団体客のマナーを嘆くのも、無理はない。

ブラムは、チップを渡して、ケージを出た。

部屋の前で鍵を取り出したところで、声が聞こえた。

「動かないでくれよ。新品のスーツなんだ。返り血なんかで汚したくねぇ」

くわえ煙草のまま、口の端っこから声を出してるみたいな、けだるい喋り方だった。

背中に銃口を押しつけるような、素人くさい真似もしなかった。

次の瞬間にブラムがどう動こうと、正確に心臓をぶち抜けるように、少し離れて立ち、静かに拳銃を構えているのだろう。

掛け値なしのプロだった。

ブラムが言った。

「両手を挙げなくてもいいのかい？」

「顔が赤くなるようなセリフはやめてくれ」

背中の男が言った。

別の男が、ブラムの手から鍵を奪って、素早く扉を開けた。ナイフを使わせると上手そうな、ジーンズ姿の若い男だった。

「あんたの部屋だぜ？　遠慮しないで入ったらどうだ？」

相手は二人組。——どうやら逃げ道はなさそうだ。

ブラムは言われたとおりにした。

部屋の中で、若い方がブラムの体を調べた。

「銃は持っていない」

ブラムは、身体検査をされながら、言った。本当のことだった。仕事の時以外は、持ち歩かないようにしているのだ。

若い男も、それを確認して、頷いた。

「OK。こっちを向きな、ウォーカー」

思ったとおりだ。ドアに背中で寄りかかっているその男は、片手にゆったりと拳銃を構え、口の端から煙草をぶら下げている。白い麻の上下は、確かに仕立て下ろしらしい。紺のニットタイをだらしなく締め、濃いサングラスをかけていた。

男は、言った。

「お互い、忙しい身だ。要点だけ言おう。――ブツはどこだ?」

「ブツ……?」

「おいおい。時間を無駄にさせねえでくれ。こっちは、あんたがウォーカーなんて名前じゃねえことも、商用でフォートワースに立ち寄ったビジネスマンでもねえことだって、知ってるんだぜ」

ブラムの背後では、若い男が、乱暴な家捜しを始めていた。トランクの中身が、床にぶちまけられる音を耳にしながら、ブラムは言った。

「それだけ詳しいんなら、おれの伝記が書ける。――今さら何を訊こうっていうんだ?」

「分かってねえようだな。あんたを眠らせてから、ゆっくり捜したって、こっちは一向に構わねえんだぜ?」

男は意味ありげに、銃口を動かしてみせた。

「どこにもねえ!」

若い男が、喚いた。

「どこに隠しやがったんだ、この野郎!」

首すじの後ろで、何かが風を切る音がした。

目の前が、血の色に染まった。

ブラムは、思わず片膝をついた。

何で殴られたのかは、すぐに分かった。

ブラックジャックだ。

鼻の奥で、キナくさい臭いがした。

「言わねえか！」

今度は、逆の首すじに、重い衝撃がきた。

全身から、力という力が抜けていくように感じられた。

ブラムは、気を失うまいと、歯を食いしばった。

若い男が、舌打ちをした。

「ちっ。しつこい野郎だ。指を一本ずつ、潰してやろうか？　それとも、その二枚目面を、切り刻んでやろうか？」

ニヤニヤ笑いながら、その様子を見つめていた男が、言った。

「やめときな、ジョッシュ。時間の無駄だ。こちらのお兄さんは、そんな生やさしい玉じゃねえよ」

「でもよォ、兄貴……」

ジョッシュは、不服そうな顔つきで、ブラムを見下ろした。狂気じみた光を帯びた両眼が、ブラムの棺桶の寸法を測っていた。根っからのサディストなのだ。

ブラムは、やっとのことで立ち上がった。ともすれば、膝が崩れそうになったが、こんなことくらいで音を上げるわけにはいかなかった。もっと苦しいことは、いくらでもあった。

男が言った。

「ジョッシュ。おめぇ、どこを捜した？」

「どこって……そこら中だよ」

「トイレのタンクの中は見たか？　テレビセットの裏側は、どうだ？」

「兄貴、そんな所に、絵は隠せねえよ」

ジョッシュは、当惑したような顔で、言った。指を空中で四角く動かしながら、

「だって、これくらいの大きさ、あるんだろ？」

「ジョッシュ。ジョッシュ。ジョッシュ」

男は、首を振った。

「ちったあ頭を働かせてみたらどうだ。——この兄さんがブツを握っているのは確かだ。だけど、それを現物のまま、手元に置いとくほどトンマじゃねえってことも、やっぱり確実なんだ。賭けてもいい。

——貸し金庫か、コイン・ロッカーのキーだ」

もちろん、ブラムは顔色を変えたりはしなかった。ただ、今すぐになんとかしなければ、五百万クレジットどころか、生命だってフイになりかねないと、痛む頭で冷静に考えただけだ。

まるで、その考えを読んだみたいに、男が言った。

「頼むから妙な真似はしないでくれよ。このスーツは八百クレジットもしたんだ」

「あんたたち、何者なんだ」

「人生ってのは、時々わけの分かんねえことが起こる。そういうことさ、ウォーカー」

——気取ってやがる。

ブラムは、舌打ちしたい気分だった。

その時、洗面所の方から、歓声が聞こえた。

「あったぜ、兄貴！」

ジョッシュが飛び出してきた。

「ビニールにくるんで、沈めてありやがった！」

しかし、ジョッシュは、ほんの少し喜びすぎた。まっすぐ男の元へ駆け寄ったために、一瞬、その体で銃の射線を遮ってしまったのだ。

ブラムは、迷うことなく後ろに跳んだ。

「どけっ、馬鹿野郎！」

男の声と同時に、ブラムのすぐ脇を、パワー・ガンの火線が、掠めていった。

ブラムは、ベッドの陰に転げ込んだ。

ぴったり床に腹這いになる。

マットレスの端を引き裂いて、ブラムの頭上ギリギリのところを、パワーボルトが通過していった。

髪の毛が焦げる臭いが鼻をついた。

ブラムは、ベッドの下を必死で手さぐりした。

男が三発目を外すということは、ありそうもなかった。

ブラムの指先に、何か硬いものが触れた！

万一を考えて、ベッドの下にテープで貼りつけておいた、パワー・ガンの銃把だ。

ブラムは、ほとんど勘だけを頼りに、三回引き金を引いた。

三本の青白いパワーボルトが、ベッドを下から斜めにぶち抜いて、飛び出していった。

くぐもった呻き声が聞こえた。

ドアが開く音と、誰かが走り去る音も。

ブラムは、慎重にベッドの陰から身を起こした。

戸口のところに、ジョッシュが背中を向けて倒れていた。

左の肩甲骨の下あたりに、握り拳大の射出孔が口を開けていた。際限なく血が流れ出している。

近づいてみると、ジョッシュは、まだ息があった。

ブラムは、ジョッシュの耳に顔を近づけて、大声を出した。

「おい。お前ら何者なんだ？　どうやって、おれたちの計画を嗅ぎつけた⁉」

ジョッシュは、何か言いかけた。

その口から、突然、大量の血が溢れ出した。

ジョッシュの体を、死の痙攣が襲った。

ブラムは、ゆっくりと立ち上がって、ジョッシュの死体を見下ろした。同情する気にはなれなかった。

血だまりが、床の敷物を、黒く汚している。

――また、あのボーイが嘆くことだろう。

ブラムは、少し胸が痛んだ。

しかし、のんびりしている時ではない。

誰かが銃声を聞いただろうし、警察が駆けつけてくるのも、時間の問題だ。三年近く使ってきたヘンリー・ウォーカーという偽名も、捨てなければいけないだろう。ずいぶんと、元手をかけた名前だったが。

　大急ぎで、必要なものだけを取りまとめている時に気がついた。

　キーがなくなっていた。

3

『ああ、ジョージ！』

『バーバラ！』

『あたしたち、こうなる運命だったのね、ジョージ！』

『もう我慢できないよ、バーバラ！』

『ジョージ、愛してるわ！』

『愛してるよ、バーバラ！』

『ジョージ、ジョージ、ジョージ！』

『バーバラ、バーバラ、バーバラ！』

『ジョージ、ジョージ、ジョージ!!』

『バーバラ、バーバラ、バーバラ!!』

　スクリーンの上では、バーバラが、これで十三回目だか十四回目だかのオルガスムスを迎えようとしていた。

　五十人も入れば満席になりそうな、場末(ばすえ)の映画館だった。共同便所が臭い、硬いベンチの足元は、ゴミだらけだ。立ち見客が出たことなど、一度もないのだろう。

　暗闇に目が慣れるのを待って、ブラムは歩きだした。片手に小さなケースを提(さ)げていた。

　客は四人。お互いに、百マイルも離れてる南洋の小島みたいに、ポツンポツンと席を占めている。アーチー・ギブスンは、最後列の真ん中に座って、ポップコーンをつまんでいた。短く刈り込んだ金髪に、野球帽。ブロンクスの悪童が、そのまま大きくなったような顔つきだ。

ブラムが、その隣に黙って腰をかける。ケースは膝に置いた。

「ひでェ映画さ」

前を向いたままで、アーチーが言った。

「『ある愛の旅立ち』ってんだ。たった四十五分の間に、七人も男を取り替えておいて、その上、どこへ旅立とうってのかね？」

ブラムは、肩をすくめた。

「そっちは大丈夫だったかい？」

アーチーが訊いた。

「妙な二人組に襲われた」

ブラムが、簡潔に答えた。

「一人は始末したが、もう一人には逃げられた」

「マックスを殺った奴らかな」

「分からんな」

「スコアは一対一ってわけか。しかし、無事で何よりだ」

アーチーは、相変わらず前を向いたままで、ポップコーンの袋を片手で差し出しながら、言った。

「ポプコーン、食うかい？」

「いや。それより、一つまずいことが起こった」

「なんだ？」

「ロッカーのキーだ」

アーチーが首を回して、ブラムを見た。

「まさか……」

「そのまさかさ」

ブラムが頷いてみせると、アーチーは、その中にうまい考えでも入ってるんじゃないかというような顔つきで、ポプコーンの袋の中を、じっとのぞき込んだ。

「そいつは、まずいな」

「まずい」

「うーん」

考え深げな表情で、ポプコーンを嚙みながら、アーチーが言った。

「どこで情報が漏れたのかな」

「そいつが、分かればね」

四人、別々のホテルをとり、さらに、連絡には、わざわざラウンジや、外の公衆電話を使っていたくらいだ。部屋の電話は交換手に盗み聞きされる可能性があるし、セルラーフォーンでは互いの履歴が残り、誰かがドジれば芋づる式になる恐れがある。アーチーにしろブラムにしろ、あるいは他の仲間にしろ、ひとかどのプロだ。酔ったはずみにでも、仕事の話を漏らすなんてことは、ありそうもない。

「ユニバーサルの方は、大丈夫なんだろうな？」

「一番気を遣うのは、あちらさんだろう。一般にはもちろん、警察にも極秘の取引だ」

「奴らが裏切るってことはないかな？　おれは、どうも昔から、スーツにネクタイ締めた連中ってのは、信用できねぇんだ」

アーチーは、また一口、ポプコーンを頰張り、それから、ふと気づいて、慌ててつけ加えた。

「いや。もちろん、あんたは別だぜ」

「ユニバーサルとしては、こっちを信用するしかないんだ」

ブラムは、軽く笑って言った。

「連中にとって、考えうる最悪の事態ってのは、おれたちが逮捕される時に、警官隊と撃ち合いにでもなって、絵が傷ついちまうってことさ。そうなったら、取り返しがつかない」

「おい！　そこの連中、うるせぇぞ!!」

突然、中ほどの席に座っていた黒人の客が、こちらを振り返って、怒鳴った。

「ちったあ真面目に、映画を観ねぇか！」

ブラムとアーチーは、思わず顔を見合わせた。

肩をすくめ、スクリーンを見つめる。

『バーバラ、バーバラ、バーバラ！』

『ロバート、ロバート、ロバート!』

『バーバラ、バーバラ、バーバラ!!』

『ロバート、ロバート、ロバート!!』

バーバラは、八人目を相手に、奮戦中だ。

「こんな脚本書いた奴の顔が見てみたいよ」

アーチーが、こっそりと囁いた。

ブラムは、噴き出すのを抑えるのに、ひどく苦労した。

ややあって、アーチーが再び小声で話しかけてきた。

「ブラム……?」

「なんだ……?」

「あんたを襲った男だけどな——」

「ああ……」

「どんな奴だった?」

ブラムは、手短に説明して、逆に訊き返した。

「そっちはどうだ。尾けられたってのは、やっぱり、同じ奴か?」

「確信は持てないが——」

アーチーは、ゆっくりと頷いて、言った。

「だけど、全然、見覚えのない奴だったぜ」

「一つ分かってるのは、奴もプロの一人だってことだ。素人じゃない」

「汚ねぇ奴の噂なら、いくつも聞いてるんだがな……」

アーチーは、首をひねって、言った。

「これからどうする?」

ブラムは、ある種の信念を込めた口調で、きっぱりと言った。

「絵を取り返す」

「手がかりもねぇのに、どうやって?」

「一つだけある」

アーチーは、口元にポプコーンを運ぶ手を止めて、ブラムを振り返った。

ブラムは、言った。

「キーが鍵(キー)だ。——いや、洒落を言ってる場合じゃないが」

「盗られちまったんだろ?」

「ああ。——だけど、絵まで盗られたかどうかは、明日の朝になってみないと分からない」

「なんだって!?」

「うるせぇぞ!!」

思わず声を張り上げたアーチーに、さっきの男が、振り返りもせずに喚いた。

「たびたび、すいません」

素直に謝って、アーチーは、声を低くして、言った。

「なんだって?」

「フォートワースに、あの手のコイン・ロッカーが、いくつあると思う? 鍵もみんな似たようなもんだ。しかも、おれたちが〈昏い横顔の天使(ダーク・エンジェル)〉を市内に隠したとは限らない。隣のデイトン市かもしれないんだ。そして、奴には、それを知る手段はない。とすると、奴は、どうすると思う? この星にあるコイン・ロッカーを、一つ一つ訪ねて回るか? ノーだ」

「まず、製造元に問い合わせるだろうな。シリアル・ナンバーを手がかりに」

「フォートワースに、その製造元が、いくつあると思う?」

「さあ……。百くらいか?」

「三つだ」

アーチーは、低く口笛を吹いた。

「どうやって調べたんだ?」

「簡単さ」

ブラムは、片目をつむってみせた。

「電話帳だよ」

「なるほどね」

『あたしたち、こ、う、な、る運命だったのね、エリック！』

『ああ、もう我慢できないよ、バーバラ！』

『エリック、愛してるわ！』

『愛してるよ、バーバラ！』

アーチーが、しみじみした口調で言った。

「なんだか、この映画、最後にどうなるのか、すごく楽しみになってきたよ」

「同感だね」

『エリック、エリック、エリック！』

『バーバラ、バーバラ、バーバラ！』

スクリーンに目をやったまま、アーチーが言った。

「まだ訊いてなかったけど」

「なんだい」

「あんた、絵を、どこに隠してたんだ？」

「マークス・ガーデン」

「五番街にある、あのでっかいスーパーか？」

「三階と四階の間の、階段の踊り場だ。——奴がどんなに急いでも、閉店時間までに駆けつけることはできなかったろう。だから朝までは、あそこにあるはずだ。少なくとも九〇パーセントの確率で」

「じゃあ、なんで——」

「ポプコーンを、くれないか」

アーチーは、ブラムの掌に、ポプコーンを袋から出してやった。そいつを、一つつまんで、ブラムが言った。

「なんで、今、取り返しにいかないのかってことだろ？」

「そうだよ。今すぐマークス・ガーデンに忍び込んで、奴の裏をかいてやろうぜ！」

「しっ……。また怒鳴られるぞ。——そいつは、おれも真っ先に考えた。だけどな、アーチー。マークス・ガーデンのお向かいに、何があるか知ってるか？」

「いや」

「フォートワースの市警本部さ」

アーチーは、ため息をついた。

この一週間、警察が必死で捜している〈昏い横顔の天使〉は、彼らの目と鼻の先にあったということだ（もちろん、木枠から外したカンバスを、放射線をカットするフィルム用のパッケージに包んだ上で、だが）。確かに、隠し場所としては最高だったかもしれない。灯台下暗しの見本みたいなもんだ。しかし、それが今となっては、逆に障害になっている。

『バーバラ、バーバラ、バーバラ!!』

『エリック、エリック、エリック!!』

しばらくして、アーチーが言った。

「少なくとも、明日の朝、マークス・ガーデンを張ってれば、奴が現れることは、確実ってわけだな」

「ブローエンは、どうしたんだ？　奴は一流の錠前屋だ。奴がいれば、鍵なんかなくとも、ロッカーを開けられる」

「言ったろう。連絡がつかねえんだ。だけど、奴も、いざって時の集合場所は分かってる。そのうち、現れるだろうさ」

「ああ。生きてればな」

『愛してるわ、チャーリー！』

『バーバラ、僕もだよ！』

「やれやれ。十人目だ」

アーチーが、呆れたような声で言った。

その時。

二人の上に、スッと影がさした。

目を上げると、ランニングシャツ姿の黒人の大男が、仁王立ちになって、二人を睨み据えていた。頭は、つるつるに剃り上げており、黒光りしている。

丸太のような腕は、ブラムの足ほどもあった。

大男は、肩の筋肉を、もりもりと動かしながら、言った。

「なんべん言っても、分からねぇらしいな。え？　おい」

二人は、目くばせを交わし合った。――こんなところで、面倒に巻き込まれるわけにはいかない。

アーチーが、相手をなだめるような手つきをしながら、言った。

「ちょ、ちょっと待って下さいよ」

見事な白い歯を見せて、お愛想笑いを浮かべてみせる。はなから逃げ腰だ。

「これから気をつけますから。ねぇ、旦那」

「うるせぇんだよ。せっかくの映画を台無しにしやがって。――行儀作法ってやつを教えてやるから、表へ出な！」

「ま、ま、そうおっしゃらずに……」

騒ぎを聞きつけたらしい。急に館内の明かりが点いて、支配人らしき男が、慌てて飛んできた。

「お客さん、お客さん。こんなところで、大声出さないで下さいよ。他のお客さんの迷惑だ」

「他のお客って、どこにいるんだ？」

「こいつらが、迷惑かけやがったんだ。ボソボソボソボソくっ喋りやがって」

「とにかく、喧嘩なら外へ出てやって下さいよ」

「なんだと。悪いのは、こいつらだぞ！」

大男、支配人、アーチーの三人が、大もめにもめている間、ブラムは、最前列の客を、じっと見つめた。

――何かおかしい。

椅子からずり落ちるような格好で腰かけ、身動き一つしないから、ブラムは、最初、オールナイト館をねぐら代わりにしている、よくいる酔っ払いの一人だと思っていたのだ。暗くて、よく見えなかったし。

だが、明かりの下で、もう一度見てみると……。

ブラムは、喚き合っている三人をその場に残して、一人で前席へと歩いていった。

そして。

一歩ごとに、予感が確かさを増していった。

ブラムは、座席に腰かけている物を見下ろし、低く呟いた。

「ブローエン……」

4

黒っぽい服を着ているから目立たなかったが、ブローエンは、下腹を撃ち抜かれていた。

血を流しながら、ここまでやってきて、力尽きたのだろう。シート・クッションの底まで、血がしみ通っており、通路にも、ところどころ血痕が見えた。

今日一日だけで、仲間が、すでに二人も殺された。ジョッシュも数に入れるとすれば、三人の人間が、〈昏い横顔の天使(ダーク・エンジェル)〉を巡って、生命(いのち)を落としたことになる。

襲撃までの一月間、ブラムは、老画家に変装して、グラン・フェールに通い詰めた。警備状況、防犯システムをさぐるのが目的だったが、そのたびに〈昏い横顔の天使(ダーク・エンジェル)〉は、まったく別の表情を見せて、彼を出迎えた。ある時は冷ややかに、ある時は穏やかに、〈昏い横顔の天使(ダーク・エンジェル)〉は、ガラスケースの向こうで、微笑んでいた。——確かに偉大な作品だ。しかし、それを自分の居間に飾る気には、とてもなれなかった。その美しさには、何か、この世ならぬところがあった。ひょっとしたら、晩年のダニエル・ロシェは、人間ではなくなっていたのかもしれない。

そして、今。

ブラムの耳には、闇の天使ルシファーの哄笑(こうしょう)が聞こえてくるような気がしてならなかった。

マックスが死に、ブローエンが死んだ。

キーは盗まれ、しかも、敵の正体は、まったく掴めないでいる。

第一ラウンドが始まったとたんに、カウント8の(エイト)ダウンを食らったボクサーみたいなものだ。

しかし、まだまだ試合を投げるつもりはない。

ブラムは、アーチーのところへ戻った。

三人は、大声で喚き合っている。

「お得意様の、このおれを、叩き出そうってのか、え、ペイル?」

大男が、支配人の胸を指先でつっつきながら、言った。

「とにかく、ここじゃ困るんだよ!」

額の汗をふきながら、支配人は、弁解した。

「いつになったら、映画の続きが観られるんだい?」

と、アーチー。

「てめぇなんかに、アン・マシューズの映画を観る資格はねえ!」

大男が、すかさず振り返って、決めつけた。

アーチーは、きょとんとしたような顔になって、言った。

「アン・マシューズって誰だい?」

「天使だよ。世界一の女さ!」

大男は、真っ白いスクリーンを指さしながら、吼(ほ)えた。

「てめぇ、今まで、何を見てやがったんだ!」

「ああ……」

アーチーは、半口開けて、頷いた。

「あれが……天使、ね……」

「あれたァなんだ、あれたァ!!」

大男は、額に青すじを立てて怒鳴った。今にも、掴みかからんばかりの勢いだ。どうやら、アン・マシューズの熱狂的なファンらしい。——どう見ても、金髪とバストだけが取り柄の、三流ポルノ女優としか見えなかったが。

　大男の相手はアーチーにまかせておいて、ブラムは、支配人の元に歩み寄って、言った。

「あんたが、ここの責任者か?」

「ああ、そうだよ」

「前の席にいる、あの客だけどな――」

　ブラムは、肩越しに親指で示しながら、言った。

「死んでるみたいだぜ」

「なんだって!?」

　支配人は、飛び上がって叫んだ。

　ばたばたと前席まで駆けていき、そこで、もう一度、飛び上がった。

「なんてこった!」

　両手で、頭を掻きむしる。

　この世の終わりという表情だ。

　支配人は、あたふたと駆け戻ってきて、言った。

「ここを動かないで下さいよ! 今、警官を呼んできますからね。証人になってもらわなきゃ。うちにはなんの責任もないって。――こないだも、ジャンキーが薬(ヤク)の打ちすぎでくたばりやがって、こっちは痛くもない腹をさぐられて、えらく迷惑してるんだ。それなのに、また――」

　支配人は、忌ま忌ましくてたまらないとばかりに、床に唾を吐いた。

「冗談じゃない! うちは健全な映画館で、浮浪者の死に場所じゃないんだ! ――とにかく、ここにいて下さいよ! どこにも行かないで!」

　慌ただしく、支配人が走り去る。

　その後ろ姿を、大男も含めて、三人は毒気を抜かれたような表情で見送った。

　大男が、ブラムの方を向いて、言った。

「よお、兄さん。ペイルの奴、何を雌鶏(めんどり)みたいに、ギャーギャー喚いてやがったんだ?」

「あそこで、客が死んでるんだ。――腹を撃たれてね」

大男は、まるで自分が腹を撃たれたみたいな顔をした。

同時に、アーチーの表情も、微妙に変化した。

その目が、何かを訊ねていた。

ブラムは、沈鬱な面持ちで、一つ頷いた。

アーチーは、頬を強張らせて、うつむいた。

「奴は、警察を呼びにいったんだな？」

大男が、ひとり言のように、呟いた。

眉間にしわを寄せ、何事か考え始める。

ブラムは、アーチーの耳に囁いた。

「今のうちだ」

「ずらかるか？」

「ああ」

ブラムは、ブローエンの死体を一度振り返って、頷いた。

「もう、ここにいる意味はなくなった」

出入り口を覆うカーテンの隙間から、一目、外をのぞいて、アーチーが舌打ちした。

「まずい」

「なんだ」

「見なよ」

アーチーは、ブラムと位置を替わった。

なるほど、映画館の前には、すでに警官が二人。身ぶり手ぶりで何事か説明している支配人の話を聞いている。

と、
警官の一人が、支配人と一緒に、こちらにやってきた。もう一人は、肩につけたトランシーバーで、指令センターに報告を送り始めた。すぐに、このあたりは警官でいっぱいになることだろう。

そして彼らは、プラザ・ホテルから姿を消した、ヘンリー・ウォーカーという旅行者に、とても興味を示すはずだ。

座席に置きっ放しのケースの中に、ノックアウト・ガスのスプレーは、入っていただろうか……？

ブラムが、懸命に思い出そうとしている時、背後から、声がかかった。

「ヘイ。そこのお二人さんよ」

振り返ると、例の大男が、スクリーンのそばで、おいでおいでをしていた。掌だけがやけに白い。

ブラムとアーチーは、思わず顔を見合わせた。

「早く」

大男は、押し殺した声で言った。

「こっちへ！」

二人の決断は早かった。

同時に、走りだす。ブラムは途中で、ケースをさらっていった。

「この裏に、抜け道があるんだ」

大男は、先に立って歩きながら、言った。スクリーンの奥は、資材置き場になっていて、壊れたベンチだの、ポスター用の看板だののガラクタが、乱雑に積み上げられていた。

前を行く大男の背中に、ブラムが訊ねた。

「どうしてだ？」

「あんたら、ポリ公と顔を合わせたくねぇんだろ？」

ガラクタの間を、巨体に似合わぬ軽い身のこなしで、くぐり抜けながら、大男は応えた。

「実は、おれもポリ公とは、ちっとばかし相性が悪くてな」

器用に肩をすくめてみせる。

「なんにせよ助かったよ。ありがとう」

「まだ、助かったと決まったわけじゃねぇぜ」

資材置き場の奥に、埃だらけの鉄の扉があった。半分はげかけたペンキで、非常口と書いてある。

大男は、扉のノブに手をかけて、力を込めた。岩から彫り出したみたいな筋肉が盛り上がった。

扉は、錆びついた音を立てて開いた。じめじめした路地に、人気(ひとけ)はまったくない。みじめな建物の裏側だけが、左右に続いている。

「さっさと火をつけて、保険金もらった方が、儲かると思うんだけどよ」

大男は、笑いを含んだ声で、言った。

「さっきは悪かった。せっかくの映画を邪魔しちまって」

アーチーが謝った。

「今度、アン・マシューズのポスターを見かけたら、きっと入るよ」

「ヘッ」

大男は、妙に照れて、首すじを掻いた。

「下らねぇ映画だってことは、分かってるんだ。脚本はクズだし、監督はイモだ。だけど、おれが裏通り(バック・ストリート)でナイフを振り回して粋がってた時分は、アン・マシューズっていやあ、純情スターの一人だったんだ。あのアン・マシューズがだぜ？　信じられるかい？」

ほとんど明かりもない、入り組んだ狭い道を、大男は迷うこともなく歩きながら、言葉を続けた。

「みっともねぇ話だが、ファンレターだって出したことがあるんだ。もちろん、返事なんざきやしなかったがよ。だけど——いや、おれとしたことが、つまんねぇ話を聞かせちまったようだ」

「あんたみたいなファンがいて、彼女は幸せな女優だな」

ブラムが、言った。

「よしてくれよ」

大男は、苦笑いを漏らした。真っ白い歯が、闇に光った。

「だけど、こんなことをして、あんたの立場が悪くならなきゃいいんだが」

ブラムは、それが心配だった。

「どってことねぇよ。ペイルは、何も喋りゃしねぇさ。おれ以外に、誰があんな小汚ねえ映画館に入るってんだ。それに、奴が薬の売人に、場所を貸してるのは事実なんだ。うまくごまかすさ」

路地は、唐突に行き止まりになった。

今にも壊れそうな、薄い木のドアがついている。ドアの隙間から、明かりと音楽が漏れていた。

そこを入ると、いきなり細長いカウンターだけのバーの中だった。客は二‐三人。いずれも、堅気の人間じゃないことは、一目で知れる。

やけに背のひょろ高いバーテンが、興味のなさそうな顔を振り向かせて言った。

「よお。チェイス」

「通るぜ」

大男は、さっさと店を横切った。他の客たちは、顔も上げなかった。

店の表は、フォートワースでも、一番にぎやかな繁華街で、歩道を、ひっきりなしに人々の群れが流れていく。扉に小さく、『ザ・ドア』と書いてあった。ぴったりのネーミングだ。

「ここは、ペイルの映画館から、一ブロック離れてる。あの迷路をたどれる奴は、警官にゃいねえ。もう安心だぜ」

「ありがとう」

ブラムは、心から言った。右手を差し出しながら、

「なんてお礼を言っていいか、分からないくらい感謝してるんだ」

「いいってことよ。お互いに、ポリ公は好きになれねぇ。それでいいじゃねぇか」

大男は、体つきにふさわしい、大きな笑顔を作って、ブラムの手を強く握り返した。

「このあたりで、何かもめ事に巻き込まれたら、おれの名前を出してくれ。おれはチェイス。ビッグ・チェイスって言ってもらえば、すぐ分かる」

「おれはブラム。ブラム・ルーイー」

「大いなる追跡(ビッグ・チェイス)たァ、縁起(えんぎ)のいい名前じゃねえか」

アーチーが、右手を出した。

「おれはアーチー。アーチー・ギブスン。映画のことは、本当に悪かったよ」

「気にしないでくれ。おれは、あの映画はもうこれで、五十回目くらいなんだ」

チェイスは、照れくさそうに笑った。

小山のような黒人の大男、ぴしりとスーツの決まった二枚目の白人、野球帽を被ったこれまた正体不明の白人。三人が道端で気持ちよさそうに笑い合っているのを、酔客(すいきゃく)たちがいぶかしげに眺めて通っていった。

しばらくして、黒人が手を振って離れていった。

白人の二人組も、その反対方向へと歩き始める。

せわしないパトカーのサイレンが、どこか遠くで鳴っている。


と、野球帽を被った方が、突然、黒人を追いかけて走りだした。

人通りに、頭一つ――いや、二つぶんくらいは突き出ている黒人が、野球帽を振り返った。

二人は、ほんの少しの間、立ち話をしていた。大男の白い歯が光って見えた。

野球帽が、駆け戻っていく。

息を切らせながら、隣に肩を並べたアーチーに、ブラムが訊ねた。

「何しにいってたんだ?」

「いや、なんでもないことさ」

アーチーは、空っとぼけた顔で、口笛を吹いている。

およそ一分間。二人は黙って歩いていた。

ブラムが言った。

「アーチー?」

「つまんねぇことだって」

次の沈黙は、三十秒しか保たなかった。

ブラムは、足を止め、アーチーをまっすぐに見つめて、言った。

「アヽチヽーヽ」

「分かったよ」

アーチーは、笑いだした。

「結末を訊いてたんだ」

「なんだって?」

「見そこねた映画の結末さ。『ある愛の旅立ち』だよ。気になってたんだ。あんたもだろ? ブラム」

「あ、ああ……」

ブラムは、あいまいに頷いた。アーチーが、言った。

「男漁りを続けてたバーバラは、その後、どうなったか? ――分かるかい?」

「男漁りに飽きて、女漁りを始めた、なんていうんじゃないだろうな?」

ブラムが、投げやりに言った。

アーチーは、目をまん丸にして叫んだ。

「どうして分かったんだ!?」

アーチーの聞いた話では、バーバラは、映画の終了まぎわになって、なんの伏線もなく、唐突に修道院に入ってしまうのだそうだ。そして、尼(あま)さん相手のレズビアンが始まる。つまりそれが、愛の旅立ちってわけだとか。

ブラムは、ため息をついて、言った。

「やれやれ」

5

一泊三クレジットの夜が明けた。

硬いマットレスと、消毒液くさい毛布におさらばして、ブラムとアーチーは、安ホテルを出た。

通勤客で混み合う地下鉄で、フォートワースを横断する。

マークス・ガーデンの開店は十時だが、のんびりとそれを待つつもりはない。

麻のスーツの気取り屋は、鍵を持っている。開店と同時に、客の顔をして堂々と入っていき、ロッカーを開いて、〈昏い横顔の天使(ダーク・エンジェル)〉を持ち出せば、それでOKだ。

しかし、ブラムたちは、そうはいかない。

相手を出し抜くためには、それなりの工夫(くふう)がいるってわけだ。

「自分たちの物を取りにいくのに、なんでわざわざ……」

アーチーは、ぶつくさ文句を言った。——奴が現れるのを待って、銃に物を言わせれば、それですむという考えだ。

しかし、マークス・ガーデンの中で銃をぶっ放しでもしたら最後、ブラムたちは警官隊を掻き分けて、一階に下りなきゃいけなくなる。おまけに、建物の外で待ち受けてるのは、これまた、大勢の警官たちだ。

そうならないために、まず必要なのは情報だ。

「あー、もしもし。こちら、マークス・ガーデンの者だが、おたくのロッカーが一つ、壊れちまってね」

ブラムは、声を作って、業者に電話をかけた。

二つ目で、当たりがきた。

『ロック&タイト・ハードウェアInc.』

三番街の小さなビルだ。

「ここで待っててくれ。すぐ戻る」

ブラムは、アーチーをその場に残して、出社するサラリーマンに交じって、ビルの中へ消えた。

アーチーは、その後ろ姿を見送りながら、ぼんやりと考えた。

——時々、感心するよ。どんな時でも、着替えのシャツだけは用意してるんだからな。

アーチーは、街灯の支柱に寄りかかって、近くのスタンドで買った朝刊を広げた。

『プラザ・ホテルで殺人⁉』

赤字のヘッドラインが、いきなりアーチーの目に飛び込んできた。

被害者は、ジョッシュ・サドル。二十二歳。無職。過去にも何度か傷害で挙げられている。札つきのチンピラだ。捜査当局は、行方の分からない同室の宿泊客ヘンリー・ウォーカー氏（食器販売業。三十七歳）を、重要参考人として手配中。『こんなおそろしい事件に関係するような人には見えなかった』という、ホテル従業員（匿名）の談話が載せられていた。

マックスとブローエンの一件も、紙面の片隅に、小さく載っていた。身元不明。行きずりの犯行という、お定まりの結論だ。

――何が行きずりなもんか！

アーチーは、新聞を手の甲でひっぱたいた。

その時、

「アーチー！」

ブラムが、ロック&タイトの社名が、でかでかと入ったバンの運転席で、合図をしている。

アーチーは、新聞を丸めながら、バンに駆け寄った。

素早く助手席に乗り込む。同時に、バンが発進した。ブラムは、上着を脱いで、代わりに、これまた背中に社名の入ったベージュ色の作業ジャンパーを着ていた。

「あまり時間がない」

ブラムが、緊張した声で言った。

「さっき、受付の女の子に訊いてきた。刑事だとかいう男が、例のキーを持ち込んで、ロッカーの設置場所を訊ねていったそうだ。重要な盗難事件だとかなんとか、適当なことを言ってな」

「いつのことだ？」

「今朝だ。朝一番に出社した社員を捉まえて、コンピュータを操作させたんだ」

「相変わらず、奴は、おれたちの一歩前を歩いてるってわけか」

「歩いてるんじゃないぜ、アーチー」

ブラムは、ステアリングを操作しながら、忌ま忌ましそうに言った。

「奴は走ってるんだ。それも、全速力でな」

アクセルを、ぐっと踏み込む。

「後ろのシートに、ロック＆タイトのジャンパーがある。あんたも着てくれ。それから、工具箱だ」

「ＯＫ」

言われたとおりにしながら、アーチーが訊ねた。

「一つ訊きたいんだけど、どうやって、この車を盗んだんだ？」

「ビルの裏手が、倉庫と駐車場になっている。で、そこに並んでた車に堂々と乗り込んで、受付に『やあ』って手を振って、出てきたのさ」

ブラムは、肩をすくめてみせた。

「誰も、おかしいとは思わなかったようだ」

アーチーは、ニヤニヤ笑った。

「計画は細心に、行動は大胆に」

ブラムが、信条の一つを口にした。

開店まで、あと二十分。

二人を乗せたバンは、マークス・ガーデンの通用口に着いた。

「おはようさん」

ブラムは、気楽な調子で、ゲートのガードマンに声をかけた。

赤ら顔のガードマンが、ビール腹を揺らしながら近づいてきた。

バンの横っ腹に描かれた社名と、ブラムの顔をつ

くづくと見て、

「ロッカー屋さんが、なんの用だ?」

「おたくのロッカーが故障したって聞いたもんでね」

「おれは、何も聞いてない」

「頼むよ。こっちだって忙しいんだ」

ブラムは、両手を広げてみせた。

「そっちだって、開店前に修理が終わってなきゃ都合が悪いだろ? 十分で終わるんだよ」

ガードマンは、少しの間、考え込んで、言った。

「主任さんに、一応訊いてくる」

今にも、回れ右して、建物の奥へ戻っていきそうな雰囲気だ。

ブラムは、慌てて言った。

「待ってくれよ。分かったよ。あんたが聞いてないのも無理はないんだ。実は……」

ブラムは、わざと言い淀んだ。相手の気を持たせてから、何か重大な秘密でも打ち明けるような口調で、

「実は、この仕事、昨日のうちに終わってなきゃいけなかったんだ。いや、終わってることになってたんだ。――ちょっと、よんどころない事情があってね……」

分かってくれよ、という表情をしてみせる。

ガードマンは、難しい顔つきのまま、腕組みをしている。

助手席から身を乗り出すようにして、アーチーが言葉を添えた。

「こいつ、先週結婚したばかりなんだよ。新婚ホヤホヤってわけ。今度のことが会社にバレたら、クビだ。新妻(にいづま)の旦那を失業者にしたくねぇだろ?」

ガードマンの鬼瓦(おにがわら)みたいな顔が、ガサゴソと動いた。――笑ったらしい。

「OK、通んなよ、色男。カミさんを大事にしてや

「おおかた、今頃は、開店待ちのおばさん連中と一緒に、入り口の前でそわそわしてやがんだろう」

喉の奥で笑った。

「浮かれるのは、絵を取り返してからだ。アーチー」

ブラムが、冷静に指摘した。

「そうだな」

アーチーは、工具箱を足元に置いて、その中から、バールを取り出した。

「時間がねぇ。手っ取り早くやろう。どうせ、警報装置なんかは――」

「ああ。ない」

「OK」

アーチーは、サム・アップして、ロッカーの扉と外枠の隙間に、バールの先端をこじ入れ、一気に力を加えた。

天使でなければ悪魔が囁いたのだろう。


るんだぜ」

「恩に着るよ」

ブラムは、サイドブレーキを外した。

地下駐車場へのスロープを、駆け降りる。

業務用の、味もそっけもないエレベーターで三階へ。

婦人服売り場を突っ切って、階段の踊り場に向かう。アーチーが、工具箱を片手に、続く。

開店まぎわの店内では、業者が最後の飾りつけに忙しそうに動き回ってる。女子店員も、お化粧のチェックに余念がない。

ブラムたちは、誰にも見とがめられずに、ロッカーの前に着いた。

『308』

右端の中段のロッカーは、閉まったままだ。

「まだ、奴は来てないらしいぜ、ブラム」

アーチーが、囁いた。

その瞬間、ブラムの体内を、一種異様な悪寒が走った。

「気をつけろ、アーチー！」

ブラムの叫びは、しかし、耳を聾する爆音に半ば掻き消されてしまった。

コイン・ロッカーが火を噴いたのだ！

「ぎゃあ〰〰っっ!!」

アーチーが、顔を両手で覆って倒れた。

指の間から、血が溢れ出てくる。

「アーチー、大丈夫か!?」

ブラムが、駆け寄る。

ほんのわずか、ブラムの立つ位置がずれていたら、彼もアーチーと同じ運命をたどっただろう。

針金を使った、単純なブービー・トラップだ。ロッカーの扉が引っ張られると、爆弾の信管が作動する。

幸いなことに、爆発のタイミングが、ほんの少し、早すぎた。そのために、致命的な弾体の直撃をまぬがれたのだ。おそらく、仕掛ける方も、慌てていたのだろう。さもなければ、ブラムとて、ただ爆風に打ち倒されるだけでは、決してすまなかったはずだし、アーチーは即死していたに違いない。

店内は、一気に騒然となった。

女子店員の、かん高い悲鳴が、長く長く続いた。

白煙に包まれた踊り場から、アーチーを抱き抱えるようにして、ブラムが現れると、遠巻きにしていた店員たちが、どっとざわめいた。

「コイン・ロッカーに、爆弾が仕掛けられてた！」

ブラムは叫んだ。

「すぐ警察に知らせるんだ！　おれは、相棒を病院に運ぶ。道を開けてくれ！」

「なんだ。何があったんだ！」

フロアの責任者らしい七分ハゲが、人垣を掻き分けて、ブラムの前にやってきた。ほとんど半狂乱だ。

「爆弾だよ！」

ブラムは、七分ハゲを押しのけて、歩きだした。

「手伝おう」

「おれもだ」

二－三人の男子店員が、ブラムに手を貸した。ブラムは親切を、ありがたく受けることにした。——とにかく、一刻を争うのだ。連絡なんぞしなくたって、市警本部は、お向かいだ。爆発音も十分に届く距離だ。

ブラムは、今にも、エレベーターの扉が開いて、警官の大群が現れるのではないかと、気が気ではなかった。怪我人を抱えていては、抵抗のしようがない。

——奴め！　うまくハメやがった！

ブラムは歯軋りした。

しかし、一体、どうやってブラムたちの先回りができたのだろう？

そう。もちろん、そうだ。

奴も、同じ手を使ったのだ。決まっている。おそらくは、ロック＆タイト社でも使ったように、また刑事だとかなんとか言って、開店前のマークス・ガーデンに入り込んだのだ。

ブラムは、手伝ってくれている店員の一人に訊ねた。

「おれたちが来る前に、あのロッカーに近づいた奴がいたかい？」

「さあてな」

店員は、もう一人と顔を見合わせた。

「誰かいたっけ？」

「ああ。そういえば、フロア主任のところへ、刑事が一人来てたよ」

「麻のスーツを着て、サングラスをかけた奴かい？」

「サングラスはかけてなかったけど、麻のスーツはそうだよ。あんたの言うとおりさ。だけど——」

その店員は、けげんな顔つきになって、言った。

「どうして、あんたが、そんなこと知ってるんだ？」

「いや。なんでもない。そういう刑事を、ちょっと知ってるもんでね」

ブラムは、ごまかした。

その時、店員の一人が、なんでもないような口調で、こう言った。

「ああ。あんたもか？」

ブラムは、三歩あるいて、その言葉の持つ意味に気がついた。

「なんだって？」

思わず立ち止まりかける。

その店員は、妙な奴だとでもいうような目つきで、ブラムの蒼白な顔を、じろじろと見た。

軽く肩をすくめながら、

「ガッティさんのことだろ？　あんたが言ってんのは。マリオ・ガッティ。市警本部（おむかい）の刑事さんだよ。おかげさんで、ここは世界一安全な店——のはずだったんだが。いやはや、爆弾騒ぎとはねえ」

ブラムは、店員の言葉の半分も聞いてなかった。

——刑事だって⁉

横っ面を、力一杯、張り倒されたような思いだった。——それも、ヘビー級のチャンピオンに、だ。

なるほど、それなら全てつじつまが合う。

刑事ならば、当然、〈昏い横顔の天使（ダーク・エンジェル）〉盗難のことは知ってるはずだ。銃の扱いにかけても、ブラムたちとは逆の意味で、プロには違いない。

マリオ・ガッティ。奴が、なんらかの方法でブラムたちのことを知り、そして、それを本部に報告する代わりに、自分がうまい汁（しる）を吸うことに決めたとしたら……？

奴は、〈昏い横顔の天使（ダーク・エンジェル）〉を奪い、全ての罪をブラムたちに着せて、知らん顔を決め込むに違いない。

ブラムは、自分が今、どれほど危険な立場にいるかに改めて気づき、慄然とした。

マリオの顔を見ているブラムを、奴が生かしておくはずがないからだ。

と、すると……?

――罠だ。

ブラムは、直感した。

――罠が待ち受けている。

「ああ。ここまででいいよ」

業務用エレベーターの前で、ブラムは店員たちを振り返って言った。

「これから先は、おれ一人で大丈夫だ。――ありがとう」

「えー、最後まで手伝うよ」

「そうだ。無理すんなよ」

店員たちは口々に言った。

「いいや。もう大丈夫だから。あとは、おれ一人でやりたいんだ。エレベーターもあるし。車もすぐそばに停めてるから」

ブラムは、必死で言い訳した。――まさか、おれたちと一緒にいると、あんたたちの生命も危なくなるから、とは言えない。店員たちをそこでまくのに、ブラムは大汗をかかなければならなかった。

ブラムたちを乗せたエレベーターの扉が閉まるのと、ほぼ同時くらいに、警官たちが現場に到着した。実に、きわどいタイミングだった。

動き始めたエレベーターの中で、ブラムは、アーチーに呼びかけた。

「アーチー、聞こえるか?」

「う、ああ……」

アーチーは、呻いた。顔を両手で、しっかりと覆ったままだ。

「畜生。目が……目が見えねぇ!」

「いいか。おれの考えどおりだとすると、下には警官が待ち受けてる。少し走ることになるかもしれんが、耐えられるか?」

「おれのことは構わねぇで、あんた一人で逃げてくれ」

「そんなわけにいくか。しっかりしろ、アーチー。まだ望みはある」

ブラムは、エレベーターを一階で停めた。

声をかけて、ケージを出る。

「行くぞ」

店員たちのほとんどは、物見高く階段の方へ集まっていて、フロアのこちら側に、人気はない。

中央入り口では、やじ馬たちを押し返すのに警官たちが声を嗄らしていた。幸い、外のやじ馬に気を取られていて、背後に関心を払う暇人は一人もいない。

ブラムは、アーチーの体を支えながら、防火用の非常階段まで、素早く移動した。

地下駐車場のエレベーター前にも、すでに警官が数人、待機していた。思ったとおりだ。

ブラム一人ならば、なんとでもなるが、怪我人を抱えていては、バンの所まで、気づかれずに行くことは、不可能に近い。

「警察だ」

ブラムは、アーチーの耳に囁いた。

「体を低くして、足音を立てるな」

「無理だよ。何も見えねぇんだ」

「おれを信用しろ。言うとおりにすれば大丈夫だ」

アーチーは、力ないため息を吐き出した。

ブラムは、アーチーを導いて、まず、手近のパネル・トラックの陰まで移動した。肉屋のトラックだ。窓から運転席をのぞいてみる。

うまい。キーがつけっ放しだ。

ブラムは、そっとドアを開け、アーチーの体を、高い位置にある座席に押し上げた。

「伏せて待ってるんだ。すぐ戻る」

バンには、変装道具のケースも、身分証明書の入った上着も置きっ放しだ。放っていくわけにはいかない。

ブラムは、トラックのグローヴボックスを開けて、懐中電灯を取り出した。

コンクリートの床を這うようにして、ブラムはバンに近づいた。

手にした懐中電灯を、反対側に放り投げる。

「なんだ?」

「ちょっと見てくる」

警官たちの注意が、それた。

ブラムは、身を低くして、できる限りのスピードで走った。

バンの座席から、ケースと上着を引っ摑む。

その時、警官がブラムに気づいた。

「おい。そこで何をしている!」

ブラムは、走った。

速さだけが、今、ブラムの生命(いのち)を守る全ての鍵だ。

「止まれ! 止まらんと撃つぞ!」

言葉と同時に、警官は発砲を始めていた。

ブラムの周りを、灼熱の火線が、何本も掠め飛んでいく。

トラックの運転席に駆け上がる。

サイドウィンドウが、砕け散った。

ブラムは、アーチーの腰のホルスターから、パワー・ガンを抜き取って、警官たちに数発、発射した。

警官たちが、とっさに床に伏せる。

今だ。

トラックのエンジンをかけ、重いクラッチを踏み、ギアを入れる。

ブラムは、トラックを、警官たちの真ん中に乗り入れた。

「うわっ」

慌てて、横に転がる警官たち。

「くそっ。撃て撃て～～～っ」

スロープに消えていくトラックに向けて、警官たちは、やけくそのようにパワー・ガンを発射した。パネルに描かれた子豚のイラストが、穴だらけになった。

地上に出たところで、お次がひかえていた。

ゲートの前には、二台のパトカーが並んで停まり、バリケードを形作っていた。

その向こうに、パワー・ガンを両手で構えた警官たち。

ブラムは、ステアリングに顔を伏せ、思い切りアクセルを踏み込んだ。

集中砲火の中を、トラックは驀進（ばくしん）した。

スピードに乗った二トン・トラックは、パトカーを、コマのように弾き飛ばした。

その衝撃で、フロントグラスが割れ、後ろの荷台の扉が、口を開いた。

大量のソーセージが、路上に散乱した。

ブラムたちは、強行突破に成功した。

トラックは、ソーセージをまき散らしながら、さらにスピードを上げた。

猛スピードで驀進する、穴だらけのパネル・トラックに、他の車が慌てて道を開ける。

ブラムは、バリケードを突破する時に、チラリと目に入った光景を思い返して、唇を噛んだ。

パトカーから少し離れて立っていた男。

麻のスーツを着て、ポケットに両手を突っ込み、ニヤニヤ笑っていた、あの男は……。

――間違いない。マリオ・ガッティだ。

ブラムは、血が逆流する思いだった。

絶対、無事に逃げ延びて、奴に思い知らせてやる！

ブラムは、固く心に誓った。

しかし、その前に、片づけなくてはならない問題が、山ほどあった。

まず、フォートワース中のパトカーが集まってくる前に、車を替えなくてはならない。

そして、アーチーの手当てだ。

身を隠す場所もいる。

行き先は、一つしかなかった。

ブラムは、強くステアリングを握り締めた。

――笑ってられるのも、今のうちだけだぜ。マリオ！

6

「ぶっ殺してやる！」

でき立てのミイラ男が、ベッドの上で、喚き散らしていた。麻酔から覚めて以来、ずっとこの調子だ。

「絶対に見つけ出して、この手で叩っ殺してやる！」

「そんなに興奮すると、傷にさわるぜ、アーチー」

ベッドサイドのパイプ椅子に腰を下ろしているブラムが、のんびりと煙草を吹かしながら、言った。

ぐるぐる巻きの包帯の隙間から、片目だけのぞかせたアーチーが、横目でジロリと見る。

「あんた、馬鹿に落ち着いてるな？」

ブラムは、肩をすくめただけで、何も答えなかった。

医者は、もぐりにしては腕のいい男で、アーチーは生命を取り留めた。今は、それだけでよしとしなければならないだろう。たとえ、片方の目は失ったとしても、あの爆発に巻き込まれて、それだけですんだのは、奇跡みたいなものだ。

ブラムは、短くなった煙草を、床で踏み消した。

コンクリートのかけらが、足元でジャリッと音を立てた。

　このあたりでは珍しくもない、廃ビルの一室だ。ガランとしたその部屋に、スプリングのいかれたベッドと、ゴミ捨て場で拾ってきたようなテーブルと椅子。これが、間に合わせの病室代わりってわけだ。

「ひでぇもんだぜ、ったく」

　アーチーが、吐き捨てるように言った。

「たかが刑事一人に、ここまでコケにされるなんてよ。マックスとブローエンが殺られ、絵も盗られちまって、おれたちに残ってるのは、ありがたい警察の指名手配書だけってわけだ。おまけに、おれはこのザマだし……最悪を箱に詰めてリボンをかけたみたいなもんだぜ」

「物は考えようさ」

　ブラムが、なぐさめ口調で言った。

「確かに最悪の状況だけど、これ以上悪くなるってことはないと考えれば、少しは気休めになる。それに、相手の正体が分かっただけでも、前よりは、ずっといい」

「なるほどね」

　アーチーは、頷いた。そして、ため息交じりに言った。

「大いに励まされたよ」

　その時。

「もう起きていいのかい」

　ドアもついてない入り口から、チェイスが身をかがめて、入ってきた。山ほど食べ物を抱えている。

「絶対安静って言われてる」

と、アーチーは答えた。

「だけど、寝てなんかいられないよ」

「ははあ」

　チェイスは、食料品の入った紙袋を床に置くと、腰に手をやって、アーチーをつくづくと見た。そして言った。

「その格好で、博物館の前なんかは歩かない方がいいだろうな」

「その冗談は、これで三回目だ。まず医者が言った。ブラムも言った。そして、あんただ。今日中に、あと何回聞けるのか、今から、楽しみにしてるんだ」

「そいつは悪かったな」

チェイスは、白い歯を見せて笑った。

「まあ、それだけ減らず口がきけるんなら、大丈夫だ。たくさん食って、早く元気になってくれ」

「すまんな」

ブラムが言った。

「また、世話をかけちまった」

「いいってことさ。こんな所しかなくて、こっちこそ、すまねぇと思ってるんだ」

「身を隠せるだけで十分だ」

「ああ。その点なら、確かにここは保証付きだ。スラムのこんな奥まで入ってくるほど、勇気のあるポリ公は一人もいねぇ。仮に、入ってきたとしても、そのとたんに誰かの目に留まって、必ず連絡がくることになってるんだ。安心してくれ」

チェイスは、ニヤリと笑った。

「なんせ、あんたらは有名人だからな。夕刊にも派手に出てたぜ。ソーセージ事件だとよ。知ってるかい？　あんたらは、フォートワースの〝話題の人〟ナンバー・ワンだ。今、立候補したら、知事選だって当選間違いなしだぜ」

ブラムとアーチーは、顔を見合わせて苦笑した。

ブラムが言った。

「ところで、チェイス……？」

「ああ。調べてきた」

「なんの話だい？」

と、アーチー。

「おたくが、手当てを受けてる間に、マリオのことを、少し調べておいてくれって頼んだんだ。チェイスの方が、フォートワースに関しては詳しいし、動きやすいからな」

　ブラムが説明した。チェイスを振り返って、

「で？　どうだった？」

「ああ、それがな——」

　チェイスは、顔をしかめて、言った。

「悪いニュースと、悪いニュースと、悪いニュースがある。——どれから聞きたい？」

「最初の悪いニュースってのはなんだ？」

「マリオが消えちまった」

「なんだって？」

「顔見知りの、風俗課の刑事（デカ）に訊いたんだ。間違いねぇ。奴は、警察（サツ）もやめちまったらしい。アパートも引き払ってる」

「そりゃあ、いつのことなんだ？」

「アパートは三日前。退職届は今日んなって、郵便で届いたってことだ」

　チェイスの話では、マリオはバッジを使って、かなりあくどく稼いでいたらしい。警官仲間の評判もよくない。出世の見込みもない。その上、内部調査班がマリオの収入に興味を持ち始めていた。そんな時に、グラン・フェールの盗難事件だ。マリオにとっては、まさに渡りに船。〈昏い横顔の天使（ダーク・エンジェル）〉ならば、全てを捨てて、一発大勝負をかけるだけの価値は十分にある。うまくいけば、もう二度とセコく稼ぐ必要もなくなるし、ドブの中を這い回るような刑事生活とも、おさらばだ。そして、マリオは、見事におさらばしちまったってわけだ。

「奴に家族は？」

「いないんだ。特定の女もいない」

「友達もいなかったのか？」

「あんな奴と、誰が友達になりたがると思う？　おれたちの間じゃ、ダニ野郎で通ってた。それに、おそろしく頭の切れる男だ。下手なことを漏らしてる

はずはねぇ」

「すると、奴がどこへ消えたのか、たどる線は全然ないってわけか？」

ブラムは、ため息を吐き出した。

「ところが、全然ないってわけでもない」

チェイスは首を振った。

「あんた言ったろ？　マリオの周りに、誰か金持ちの美術品愛好家はいないかって？　それも、盗品でも承知で買いそうな奴」

「いたのか？」

「ああ。だけど、それが二番目の悪いニュースってやつなんだ」

「どういう意味だ？」

「フォートワースから、西へ二百キロばかり行ったところに、ウェストフィールドって町がある。人口千人ばかりの小さな町だ。そこに、オーク卿（きょう）って大金持ちの爺（じい）さんが住んでるんだ。噂では、気違いじみた絵画のコレクターらしい」

「それが、マリオとつながってると……？」

「いや。奴は用心深い男だったからな」

チェイスは、ニヤリと笑って、言った。

「この線が出てきたのは、奴の腰巾着（こしぎんちゃく）の方からさ」

「腰巾着って——ジョッシュか？」

「ああ。奴には姉貴が一人いてな、うまい具合に話が聞けた。それによると、ジョッシュは、近いうちに大金が手に入るって吹きまくってたらしい。まあ、姉貴は、いつものことだと聞き流してて、よくは覚えてねえそうだが、ジョッシュの話の中に、ウェストフィールドって言葉が、何回も出てきたことは、はっきりと覚えてた」

チェイスが、意味ありげな目くばせをしてみせた。

ブラムは、頷いて、言った。

「確実だな」

「間違いねぇ」

「だけど、それが、どうして悪いニュースなんだい？」

ベッドの上から、身を乗り出すようにして、アーチーが言った。

「オーク卿ってのは、この星の最初の植民者の末裔でな、名門なんだよ。フォートワースの三十倍ぐらいはある農場をウェストフィールドで経営してる。城みたいな家に住んでて、絶対に表には出てこない。少し変わってるんだ」

チェイスは、軽く肩をすくめて言った。

「その城ってのが問題の一件さ。おそろしく警備が厳重だ。よく訓練されてるゴロツキを四‐五十人も飼っていて、許可なく近づこうとする者には、無警告で撃ってくる。しかも、ウェストフィールドって町も、ほとんどオーク卿の持ち物みたいなものだし、よそ者が入り込める余地はねぇ。一応、あそこも、フォートワース市警の管轄なんだが、人里離れてる上に、相手は名門だ。何が起ころうと、見て見ぬふりってのが実情さ。——よそ者の一人や二人殺されたって、何も起きやしない」

チェイスは、ブラムとアーチーを順に見回して、言った。

「これで、悪いニュースって言った意味が分かっただろ？」

「ああ、十分に納得したよ」

と、アーチー。

ブラムも無言で頷いた。

マリオが〈昏い横顔の天使〉を手みやげ代わりに、ウェストフィールドへ逃げ込んだとしたら、正攻法で見つけ出すのは不可能に近い。町の連中に訊いても、誰も知らないと言うだろうし、オーク卿の屋敷では門前払いを食わせられるのがオチだ。フォートワース市警も、事が〈昏い横顔の天使〉となれば、放っておきはしないだろうが、それとても、よほど確かな証拠がなくては、捜査令状一つ下りないだろう。オーク卿は、政財界に友人も多い。

状況は、聞けば聞くほど、悪化する一方のようだった。

「それで？」

ブラムは、ため息交じりの声で、言った。

「もう一つの悪いニュースってのは？」

「そうだ。早いとこ聞かせてくれよ、チェイス」

アーチーが、やけくそのような声で言った。

「もう何がきたって驚くもんじゃねぇ。これ以上、世の中にどんな悪いことがあるのか、知りたくって、うずうずしてるんだ」

「OK」

チェイスは、苦笑して頷いた。

「こいつは、偶然、おれの耳に入ったんだが、あんたたち、ユニバーサル保険と、何かもめ事を起こしたかい？」

「ユニバーサル保険？」

「そうだ」

ブラムとアーチーは、顔を見合わせた。

アーチーが言った。

「ユニバーサル保険が、どうかしたのか？」

「いや。ユニバーサルのエージェントが、目の色を変えて、誰かを捜してるって話を、友達の一人から聞いたのさ。——で、それが、どうも、あんたたちらしいんだな。五百万クレジットって大金が、からんでるとかいう話だったそうだ」

チェイスは、言葉を切って、二人を見つめた。

チェイスは、説明を求めていた。

チェイスには、〈昏い横顔の天使(ダーク・エンジェル)〉の件は、まだ話していなかった。ただ、マリオと、その身辺を洗ってくれと頼んであっただけだ。しかし、これ以上、何も知らせないままにチェイスを利用するとすれば、それはフェアなやり方じゃなくなってしまう。

ブラムは、これまでのいきさつを、手短に説明した。

「〈昏い横顔の天使〉だって!?」

チェイスは、目をまん丸にして、叫んだ。

高く口笛を吹き鳴らす。

「やれやれ。最初見た時から、ただ者じゃねぇとは思ってたが。――こいつは、どうやら、とんでもねぇ大物を、かくまっちまったらしい」

「今なら、まだ、聞かなかったふりができるぜ?」

ブラムが言った。

仮に、今ここで、チェイスが、これ以上、二人をかくまうことはできないと宣言したとしても、ブラムはチェイスを恨むつもりは、毛頭なかった。

「おいおい。今さら、このおれに降りろってのかい? よしてくれよ」

チェイスは、両方の掌をこちらに向けて、首を振った。――おもしれぇじゃねえか。笑った目が、そう言っていた。

「危険だぜ?」

と、ブラム。

「危険は承知の上さ」

と、チェイス。

「分かった」

ブラムが破顔した。

「あんたは、仲間だ」

「そうこなくっちゃ、いけねぇ」

「しかし、ブラム。ユニバーサルが動きだしたってのは、どういうことだろうな?」

アーチーが、ベッドの上から言った。

「マリオだよ」

ブラムが、振り返って答えた。

「おれたちの名を騙って、保険会社を出し抜いたんだ。――どうやったのかは知らんが、金だけ受け取って、そのまま、ずらかっちまったんだろうさ。

〈昏い横顔の天使（ダーク・エンジェル）〉を抱えたままでね」

「まずいな」

アーチーの声は、えらく深刻だった。

「まずいぜ、そいつは。――ユニバーサル側は、こっちの事情については、何も知らないんだ。おれたちが、裏切ったと思われちまう」

ブラムが、言った。

「もう思われてるさ」

アーチーが、うろたえるのも、無理はなかった。

ある意味では、警察より保険会社の方が、やっかいな存在なのだ。例えばフォートワース市警は、ブラムたちが星を出てしまえば、それ以上の追及はできない。管轄が違うからだ。しかし、ユニバーサルくらいの大会社となると、その組織力は、連邦警察をはるかにしのぐものがある。どんな辺境の惑星にもユニバーサルの支社があり、優秀な調査員（エージェント）を数多く抱えている。そして、調査員の多くは、犯罪者社会（アンダー・グラウンド）とも、深いつながりを持っている。仕事の性質上、持たざるをえないのだ。その彼らが、組織を挙げて、裏切り者を追い詰める気になったとしたら……。ブラムたちは、ひどく不愉快な立場に追い込まれることになる。

しかし、本当に問題なのは、もっと別の所にあった。

ブラムたちもプロだ。その気になれば、保険会社を手玉に取るくらいのことは、簡単にやってのける。

肝心なのは、〝信用〟だ。

どこの世界でもそうだが、信用を失くした連中の末路（まつろ）は、一つしかない。

破滅だ。

「どうするよ、ブラム」

アーチーが、言った。

「道は一つしかない」

ブラムが応えた。

「絵を見つけ出す。それだけだ」

「しかし、どうやって？　仮に、本当に絵がオーク卿の所にあるとしても、話を聞いた感じじゃ、忍び込むのは不可能だぞ。よそ者は、どうしたって目につい ちまう。といって、襲撃をかけようにも、おれはこのザマだし」

「忍び込むつもりはない」

ブラムが言った。

「それに、絵を取り返すつもりもない」

「なんだって？」

「そりゃあ、どういう意味だ？　あんた、さっき――」

アーチーとチェイスは、面食らったような表情になって、お互いの顔を見合わせた。

「いいか？　肝心なのは、〈昏い横顔の天使〉(ダーク・エンジェル)が、無事にグラン・フェール美術館に戻ることであって、おれたちの手に戻ってくることじゃないんだ」

「同じことだろ？」

「全然違う」

また顔を見合わせている二人に、ブラムが説明した。

「ウェストフィールドのような小さな町で、よそ者が何かしようったって、無理なことは分かってる。グラン・フェールの時と決定的に違ってるのは、その点だ。じっくり腰を落ち着けて、計画を立ててる時間はない。〈昏い横顔の天使〉(ダーク・エンジェル)が、広い屋敷の中の、どこに隠されてるのか、それさえ、前もって知ることはできないんだからな。下手に襲撃をかけても、絵を捜してウロウロしてるうちに、殺られちまう」

「つまり、それは、お手上げってことか？」

「いや。つまり、こういうことさ。――おれたちの受け持ちは、絵の隠し場所を見つけることだけで、そいつを奪い返し、美術館に返却するのは、警察なり保険会社なりにまかせておけばいいってこと。――分かるかい？」

「しかし、まかせるったって、おいそれと、引き受けちゃくれないぜ？」

「そいつを、これから交渉にいくのさ」

「交渉？　どこへ？」

「ユニバーサル保険」

「ちょ、ちょっと待ちなよ。それは、いくらなんでも無謀だぜ？」

「おれも、そう思うな」

チェイスも、頷いて言った。

「それに、まだ宵の口だ。人通りも多い。どこで誰が見てるか分かったもんじゃねぇ。悪いことは言わねぇ。もう少し、ほとぼりがさめるのを待っちゃどうだい？」

「残念ながら、そうも言ってられないんだ」

ブラムは、変装道具のケースを手元に引き寄せながら言った。

「警察が痺れを切らして、公開捜査に乗り出したんじゃ、取引は成立しなくなる。あくまでも、内密にやるから、取引になるんだ」

ブラムは、ケースを開いて、手早く変装の準備に取りかかった。

まず、ブラシ式のヘア・カラーで、髪の毛を茶から黒に染め変える。眉と口ひげもだ。次に、特殊なパテを使って、頬骨を高くし、鼻の印象を作り変える。メイク用のテープで、目を吊り上げ、瞼も腫れぼったい一重のものにする。そして、黄褐色のファウンデーションを、全体にむらなく伸ばし、しわを描き加え、最後に、黒いコンタクトレンズで仕上げをする。

時間にして、ほんの二十分あまり。

ブラムの顔は、五十年配の東洋人のそれに、完全に変化していた。元の顔つきを連想させる要素は、どこにも残っていない。

「こいつは、たまげた……」

呆然とした表情で、チェイスが呟いた。

「魔法を見てるみたいだよ。――これじゃあ、街で肩を叩かれたって、絶対にあんただとは分かりっこねえ！　目の前で見ててさえ、信じられないくらいだ。一体、どうやったら、そんなことができるようになるんだ？」

「訓練ですよ」

ブラムは、オリエンタル・スマイルというやつを浮かべてみせた。

「それと観察力」

「なんてこったい」

チェイスは、生まれて初めてサーカスの手品を見た小学生みたいに、興奮しきった声で叫んだ。

「声まで、まるっきり違ってる！　喋り方もだ。いやはや、こいつはまいったぜ」

「ブラムは、変装の名人なんだ」

アーチーが、ベッドの上から、得意げに解説した。

「だけど、何度見ても、感心させられるよ」

「ああ。まったくだ」

深く頷いているチェイスに、ブラムが、元の声に戻って言った。

「チェイス。また頼まれてくれるかい？」

「なんでも言ってくれ」

「ウェストフィールド周辺の地図が必要だ」

「すぐに手に入る」

「それから、オーク卿が取引している画商が、必ずフォートワースにいるはずだ。そいつを調べてほしい」

「画商？」

「そうだ」

「ちょいと難しいが、やってみよう」

「どれくらいかかる？」

「三時間くれ」

「OK」

「おい」

アーチーが、言った。

「おいおいおい」

「なんだ、アーチー」

「なんだじゃねぇよ、ブラム。おれにも何かやらせろ」

「おたくは、早く怪我を治してくれれば、それでいい」

「冗談じゃねぇ。そっちが盛り上がってんのに、一人で寝てられっかよ」

「寝てるんだ、アーチー。あんたがタフなのは知ってるが、バケツ一杯ぶんの血を流したあとなんだぞ」

「これっくらいの傷、屁でもねえよ」

「ベッドに縛りつけられたいのか？　アーチー」

「分かったよ」

アーチーは、しぶしぶと頷いた。

「おとなしく、あやとりでもして待ってりゃいいんだろ？」

「元気を出しなって、アーチー」

チェイスが、笑いながら言った。

「おみやげに、新品の野球帽を買ってきてやっから」

手を振って出ていきかけるチェイスを、アーチーが呼び止めた。

「ああ、チェイス」

「なんだ？」

「ヤンキースのにしてくれ」

チェイスは、大きな笑顔を残して、ブラムとともに姿を消した。

アーチーは、枕を叩いて、ゆったりと背中を預けた。

やはり、怪我がこたえていたのだろう。階段を下りていく二人の足音を聞いていると、たちまち眠くなってきた。

ぼんやりした意識の中で、アーチーは、彼の右目を奪った絵のことを、思い浮かべていた。〈昏い横顔の天使(ダーク・エンジェル)〉が、嘲笑(わら)っているような気がした。

7

「素晴らしい！」

サー・デイヴィッド・オークは、感きわまったような声で叫んだ。

カンバスを捧げ持つ手が、感動のあまり、ぶるぶると震えている。

影のように付き従っている執事は、主人が心臓発作を起こすのではないかと、一瞬、真剣に危惧(きぐ)したほどだ。

しかし、老人の心臓は、枯れ木のような外見から想像する以上に、丈夫らしかった。厚手のナイトガウンで、すっぽりと体をくるみ、巨大な自画像を背に、自走式の浮揚椅子(ホーバー・チェア)に腰かけている。

――この老人が、最後に自分の足で歩いたのは、一体何年前のことになるのだろうか。

マリオは、ぼんやりと、そんなことを考えた。

人員点呼をするのに、ハンドマイクが必要なほど、だだっ広い部屋だった。

高い天井には、一トンもありそうなシャンデリアがぶら下がっている。

象でも通れそうな巨大なマホガニー製の扉。その外には、屈強な二人の衛士が、両脇を固めている。他にも、二十名以上の衛士が、館(やかた)の内外を常にパトロールしているはずだが、そんな気配は、ここにはまったく伝わってこない。

何しろ、この館には、ここと同じくらいの部屋が他にも十いくつあり、小さな部屋まで含めると、その数は優に百を超す。ほとんど城と呼んでもいいくらいの規模なのだ。

そして、その壁の全てに、絵画が並べられていた。玄関にも、ホールにも、居間にも、客間にも、廊下にも……。壁という壁は、ことごとく絵画で覆われているのだ。数だけでいったら、グラン・フェールと張るだろう。

もっとも、こうやって表に並んでいるのは、たいした絵ではない。はっきりいって、ろくでもないものも多い。

本当に貴重な絵、あるいは、人の目に触れるとまずい絵などは、どこか館の奥深くにある特別な収蔵室に納まっている。そこに入れるのはオーク卿一人であり、余人は、その位置さえ知ることはできない。

マリオも、噂に聞くだけで、まだ、その所在を確かめられないでいるくらいだ。もう何度も、この館には足を運んでいるというのに。

話によると、その収蔵室は核シェルター並みの強度と、完璧な空調装置を備えており、老人は一日の大半を、そこで名画に囲まれて過ごすのだという。

――その名画の中には、マリオの運んできた盗品もいくつか交じっているはずだ。

――しかし、その名画とやらも、〈昏い横顔の天使(ダーク・エンジェル)〉を前にしては、ずいぶんと色あせることだろう。

マリオは、カンバスに頬ずりしている老人を眺めて、薄笑いを浮かべた。

「素晴らしい！　まさに、素晴らしい!!」

老人は、恍惚とした表情で、うわ言のように、同じ言葉を繰り返している。こうなると、もはや、単なる美術愛好家ではなく、フェティシズムの領域だ。

――死ぬまで、ああやってるつもりなんだろうか？

マリオは、皮肉っぽく考えた。

――まあ、そうだとしても、そんなに長く待つ必要はないだろうがね。

やがて、老人は、ほうと長いため息を吐き出した。

上気した顔を、こちらに向けて、

「礼を言うぞ、マリオ。まさか、この手で本物の〈昏い横顔の天使（ダーク・エンジェル）〉を抱くことができようとは、思いもせなんだ」

「礼なら、間抜けな強盗どもに言って下さい。それと、幸運の女神にもね。――奴らを見つけられたのは、ほんの偶然だったんですから」

「いや、なんにしろ、よくやってくれた。いくら欲しい。好きなだけやるぞ」

「金はいりません」

マリオは首を振った。ユニバーサルから、だまし取った五百万クレジットがある。

「その代わりと言ってはなんですが……」

「なんだ？　なんでも言ってみろ」

「私を、ここに置いていただけませんか？」

「ここにって、マリオ、お前、警察はどうした」

「やめました。今頃、退職届も届いてるはずですよ」

「なんと」

オーク卿は、目を丸くした。

「もう、あそこにいても、意味はないでしょう。フォートワースで〈昏い横顔の天使（ダーク・エンジェル）〉以上の絵が、手に入るとも思えませんしね。それに、内部調査班の動きも、鼻につき始めた矢先ですから」

「ふうむ。――まあ、仕方あるまいな。お前には、ずいぶん便宜（べんぎ）を図ってもらった。ケチな美術品泥棒の件で、ここへやってきたのが最初だったかな？　あれは確か……」

「三年前ですね」

「もうそんなになるか。早いもんだ」

老人は嘆息した。

「しかし、お前をここに置くとして、名目はなんとつけようか？」

「閣下のボディガードでは？」

「衛士が四十人からおるからの」

老人は、口をすぼめて考え込んだ。ややあって、一つ頷き、言った。

「うん、そうじゃ。警備顧問ということでどうだ？館の警備は、もっともっと厳重にする必要があるからの。お前なら、何かと役に立つ助言をしてくれるじゃろうて」

「もちろんです」

「年棒は、五万クレジットでいいかの？」

「十分です」

「よかろう。話は決まった。今夜は、もう休め。ジェームスに部屋を用意させよう」

老人は、後ろの執事を振り返って、言った。

「ジェームス。マリオを部屋に案内してやれ。それから、ほれ、用意しておいた木枠と額縁をここへ」

「かしこまりましてございます。――ガッティ様、こちらへどうぞ」

ソファから立ち上がったマリオに、オーク卿が、照れくさそうな顔で言った。

「すまんな。本当ならば、一席設けて、ねぎらいの酒をくみ交わすところなんじゃが、どうにも待ちきれなくてな」

「分かりますよ。一刻も早く、壁に飾りたいんでしょ。どうぞ、ご遠慮なく。それに私は一人で飲むのが好きですから」

「いや、すまん。この日のために、収蔵室の壁を一枚、わざわざ空けて待っておったんだよ。〈昏い横顔の天使〉を、他の絵と並べてかけるなんて、もってのの外だからな。――しかし、これを見ると、あの部屋にある絵がみんなガラクタに見えてこんかと思ってな。それが心配じゃ」

老人は、子供のように無邪気に笑った。

執事に案内された客室(ゲストルーム)も、これまた馬鹿っ広かった。中央に豪勢な応接セット。キャビネットには、あらかじめ酒瓶がぎっしり詰め込まれている。一方は南向きの庭園に面しているが、残り三方の壁には、ことごとく絵がかけられていた。シュールな抽象画もあれば、その隣には、平凡な風景画もあるという具合だ。

マリオは、ネクタイをゆるめ、キャビネットからカミュのバカラを取り出した。

酒瓶とグラスを手に、次の間の寝室に向かう。中央に、天蓋(てんがい)付きのでかいベッドが、でんと置いてあった。

浴室のドアをチラリと見る。

――まあ、今日はいいか。

マリオは、ベッドに腰かけて、最高級のコニャックを、スニフターに注ぎ込んだ。

一息に飲み干した。

祝杯のつもりだった。

ベッドに寝っ転がって、二杯目のグラスを、腹の上で支えた。

万事、マリオの思惑どおり、うまく運んだ。

オーク卿とのつながりは、まだ誰にもバレていないは(ヽ)ず(ヽ)だった。仮に、分かったとしても、誰にも手は出せない。金も十分にある。そして、これで安全も確保した。

言うことはない。

一つ気になるとすれば、ウォーカーを始末しそこねたことだけだ。

奴は危険な男だ。

もう少し、フォートワースに踏みとどまって、殺しておくべきだったかもしれない。

――奴は追ってくるだろうか?

コニャックを、ちびちび飲りながら、マリオは考えた。

奴は、よそ者だ。フォートワースの事情にはうとい。それに、奴は、市警だけじゃなく、ユニバーサル保険からも追われる身になった。逃げ回るのに忙しくて、それどころじゃないだろう。

しかし、それでも来るとしたら？

「その時は、今度こそ、おれがぶち殺してやる」

マリオは、凄味ある笑いを浮かべ、呟いた。

三杯目のバカラを、グラスに注ぐ。

何はともあれ、マリオにとって、これが人生最高の夜であることに、間違いはないのだ。

疲れた体に、コニャックがほどよく回ってきて、いつしか、マリオの手からグラスが転げ落ちた。ぶ厚い絨毯のおかげで、コトリとも音を立てずに、グラスは転がった。

深い満足感とともに、マリオは眠りに落ちた。

ちょうどその頃。

二百キロほど東のビルの一室に、また別の夜が訪れていた。

＊

人生は徒労だと、つくづく思い知らされたような夜に、一人で飲むのには、ペルノーはいい酒だ。舌に触れる硫酸のような刺激が、背骨をしゃんとさせてくれる。

エドガー・スミスには、そんな夜が、もう一週間も続いていた。

特に今日はひどかった。

部下のエージェントたちが、五百万クレジットを、まんまと、してやられたのだ。

もちろん、会社は彼を責めたりはしないだろう。この手の取引に、危険はつきものだ。そのための予算も、あらかじめ別枠で組んである。――しかし、彼は自分を責めた。

犯人グループとの接触が一旦途切れた時、何かおかしいと思わなければならなかったのだ。

彼が、現場の第一線で活躍していた頃なら、こんな間違いは犯さなかっただろう。しかし、今や、彼も本社の重役の一人だ。——連邦のどこかで、今度のような事件が起きると、特別調査員として派遣され、現場の指揮をとる。そんな日々が、もう何年も続いていた。

若い時分は、重役にあこがれたものだ。その頃は、重役のなんたるかも知らなかった。しかし、今は、うんざりするほどよく知っている。

夜、明かりを消した重役室で、痛む胃をいたわりながら、一人でアブサンをすすること——それが、重役になるってことだ。

エドガーは、ペルノーのグラスを飲み干した。ニガヨモギで作った薄緑色のリキュールは、彼の心と同じように、ひどく苦かった。

二杯目を注いでいる時に、気がついた。

エドガーは、グラスを宙に支えながら、言った。

「年のせいか、最近、酒に弱くなってね」

一口、すすって、グラスを置いた。

「人が入ってきたのにも気づかないようになっちゃ、おしまいだ」

窓から射し込む、街の灯だけが、その部屋を照らす唯一の光源だった。

その男は、影の中から、にじみ出てくるように、光の中へ姿をさらした。

東洋人のようだった。

「君は、誰だ？」

「あなたが、部下に捜させている男ですよ」

「なるほど」

エドガーは、片方の眉を上げて言った。

「下に、警備の者がいたと思うが？　どうやって入ってきたのかね？」

「古典的な追い出し詐欺の手口ですよ」

男は、肩をすくめた。

「ビルの入り口に、何枚か百クレジット紙幣をばらまいておく。それを拾わせている隙にっていう……」

「確かに古典的だな。しかし、今でも十分に有効な手だ。昔は、私もよく使った」

エドガーが言った。

「もっとも、私の時代は、たいてい十クレジット紙幣を使ってたもんだがね」

「話があるんですよ」

「そうだろうとも。――私が、机の上のボタンを一つ押すだけで、君は袋の鼠だ。それを承知の上で、やってきたんだろうからな」

「そのとおりです」

「ふむ」

エドガーは、少し考え込んだ。そして、言った。

「君は、どうして私のところへ来たのかね？　このビルに残ってるのは、私一人ではないはずだが？」

「あなたが、明かりを消した部屋で、一人でペルノーを飲んでいたからですよ」

エドガーは、声を立てて笑った。

二十年ぶりに笑ったような気がした。

「君も、飲るかね？」

「いいですな」

「そこのキャビネットに、グラスが入ってる。すまんが、自分で取ってきてくれないか。秘書は帰しちまったもんでね」

男は言われたとおりに、自分のグラスを取って戻ってきた。小憎らしいほど落ち着き払っていた。

エドガーは、男にペルノーを注いでやり、自分のグラスに注ぎ足した。

お互いに軽くグラスを挙げて、口をつける。

「ここは、本来、フォートワース支社の副社長室でね。なかなか、いい酒を揃えてる」

エドガーは、残りを飲み干して、言った。

「さあ。話とやらを聞こうじゃないか」

男は話し始めた。

街の灯に照らされて、男の顔は、はっきり見て取ることができたが、エドガーは、その人相を覚えようとはしなかった。無駄な努力は、十年前からやめている。

普通の人間なら、絶対に見抜けないだろうが、エドガーには、それがおそろしく巧妙な変装だと分かっていた。おそらく声の調子も、仕草も、ことごとく変えているのだろう。天才的な俳優でも、こうまでうまく他人に化けられるものではない。エドガーは、内心、舌を巻いた。

男の顔は偽物だが、男の話は、信じられるものだった。

エドガーは、言った。

「それで、君は私に、どうしろというのかね？」

「まず、あなたの部下に、我々の捜査をやめさせてもらいましょう」

「見返りは？」

「〈昏い横顔の天使〉だけでは、十分ではないと、おっしゃるつもりですか？」

「とんでもない。――ただ、私たちは、一度裏切られているからね」

「それは、さっきも言ったように――」

「分かってる、分かってる。私も、君たちが優秀な悪党ではあっても、卑劣な悪党ではないと判断したから、取引にも応じたんだ。――分からんかね？　私は、なんらかの保証が欲しいと言ってるんだよ。一度だまされた者は、用心深くなる。そういうことだ」

「残念ながら、保証は差し上げられませんな」

男は、冷静な口調で言った。

「あなたは一度、信用した。この次も、信用していただくしかない。さもなければ、この取引は、ご破算です」

「ほう。えらく強気だな？」

「たとえ取引が流れても、我々には、失うものはありませんから」

「ユニバーサルが君たちを追い詰めるぞ。真っ先に捕まるのは、君だ。それも、今、この場で」

「私は捕まりませんよ」

男は、謎めいた微笑を浮かべて、言った。

「それに、我々は、常にいくつもの組織から追われている。連邦警察も含めてね。——今さら、それが一つ二つ増えたところで、気にするつもりもありませんな」

「本当にそうかな？」

二人の男は、薄闇の中で、激しく睨み合った。言わば、これは、名人同士のポーカーの勝負に似ている。お互いにブラフをかけ、手の内を読み合うのだ。

しかし、この勝負は、最初から結果が見えていた。

エドガーには、本社の至上命令——〈昏い横顔の天使（ダーク・エンジェル）〉を取り戻せ——が、重くのしかかっていたからだ。

エドガーは、ため息を吐き出して、言った。

「OK。分かったよ。部下は、引き揚げさせよう」

「結構」

「だが、本当に〈昏い横顔の天使（ダーク・エンジェル）〉を見つけ出せるんだろうな？」

「そっちが、やるべきことを、ちゃんとやってくれさえすれば」

「なんだね？」

「決して無理な注文じゃない。一つは、ある特定の日時に、ウェストフィールドの近くに、警官隊を張り込ませておいてほしい。そして、こっちの合図と同時に、オーク邸に突入させるんだ」

「捜査令状もなしにかね？」

「屋敷の中に、れっきとした証拠を用意しておく。それに、名目は他になんとでもつくだろう。――たとえば、例のソーセージ事件の犯人を追跡して、とか」

「なるほど。それなら、うまく市警の上層部も丸め込めそうだ。――で、次は？」

「あなたの権限で、グラン・フェールの絵を、一枚貸してほしい」

「なんだって⁉」

今度こそ、エドガーは大声を張り上げた。

男は、お構いなく言葉を続けた。

「国宝級じゃなくていいんだ」

「ちょっと待て」

「ただし、時価にして、百万クレジット以上のものじゃないと、意味がない」

「百万クレジットだと？」

「それと、できれば、グラン・フェールにあることを、あまり知られていない、地味な絵がいい」

「地味な絵……」

エドガーは、自分の声が、どこか虚ろに響いていることに気づいていた。

目の前に立っている、この東洋人の顔をした男は、事もあろうに、ユニバーサル保険の重役であり、エマージェンシー・スタッフのリーダーである、このエドガー・スミスに、コソ泥の片棒を担がせようとしているのだ！

「君が私にやれと言ってることは、立派な背任（はいにん）行為なんだぞ。どんなボンクラの判事でも、十秒で有罪を宣言できるくらいだ」

男は、耳のないような顔で、平然と言った。

「あれだけたくさんあるんだ。一日や二日、なくなっても、誰も気づきゃしない。それに、あなたたなら、誰に怪しまれることもなく、絵を持ち出せる」

「私がそんなことをすると、本気で思ってるのか？」

「手に入れるのは、できるだけ早い方がいい」

男は、本気らしかった。

エドガーは、ため息をついた。

自分のために、ペルノーを、もう一杯。

「どうやら、その絵を手みやげに、オーク卿に近づくつもりらしいが、それでオーク卿が狂喜して、〈昏い横顔の天使(ダーク・エンジェル)〉の秘蔵場所へ、案内してくれると考えてるんじゃないだろうな？」

「ミスタ・スミス。相手をペテンにかける時、最も大切なことが何か、ご存知ですか？」

エドガーが、首をひねりながら、言った。

「相手を、信用させることかな……？」

男は、ニヤリと笑った。

「あなたは、優秀な詐欺師には、なれそうにない」

「違うというのか？」

「相手には、疑わせるだけ疑わせておけばいいんですよ。あなたにしろ、心から信用してる人が何人います？　どっちみち、完全な信用など得られっこない。――大切なのは、信用させることより、相手に、欲を出させることです」

「たいへん勉強になったよ」

「それじゃあ、私はこれで」

男は、丁寧にお辞儀をして、踵(きびす)を返した。

その背中に、エドガーが声をかけた。

「一つ教えてくれ！　絵を貸し出すのは、いいとして、どうして君がそれを持ち逃げしないと、分かるんだね？」

「どうして私が〈昏い横顔の天使(ダーク・エンジェル)〉を持ち逃げしないと、分かるんです？」

男は、ドアの所で振り返って、言った。

「理由は同じですよ。絵なんか持ってても、我々には一文にもならない。我々は我々の五百万クレジットをマリオから取り返す。あなたは〈昏い横顔の天使（ダーク・エンジェル）〉を取り返す——そういうことです。じゃ、また連絡しますから」

男は姿を消した。

もともと、そんな男など、どこにもいなかったみたいな、唐突な消え方だった。

エドガーは、ペルノーの最後のひとしずくを、口の中に放り込んだ。

——この私が、泥棒をね。

エドガーは、さかんに首を振りながら、一人苦笑した。

——あの男なら、多分、うまくやるだろう。だが、その先は、どうする？　〈昏い横顔の天使（ダーク・エンジェル）〉が、私の手に入ったと同時に、取引は終了する。その後、警官だらけのウェストフィールドから、どうやって脱出する気だ？　フォートワースと違って、あんな小さな田舎町では、隠れる場所はどこにもない。

もちろん、ユニバーサルとしては、〈昏い横顔の天使（ダーク・エンジェル）〉さえ戻ってくれば、犯人の逮捕など、どうでもいいことだ。しかし、だからといって、犯人の逃亡の手助けをするほど、甘くはない。

——まあ、エールくらいは送るがね。

エドガーは、肩をすくめ、ペルノーをもう一杯、グラスに満たした。

そして、もうそこにはいない男に向かって、グラスを挙げながら、言った。

「チェリオ」

8

『セプテンバー・アヴェニュー知ってるか？』

ブラムの脳裏に、チェイスの声が、甦ってきた。

『パーク・サイドから、イースト・エンドの方へ歩いてくと、左にメラク銀行の建物が見えてくる。パルテノンみたいな、ぶっとい大理石の柱が並んでるから、すぐ分かる』

――OK。すぐ分かった。

ブラムは、パルテノンみたいな、ぶっとい大理石の柱が並んでいる建物の前を歩きながら、一つ頷いた。

『そのあたりは、オフィス街ってやつだから、この時間だと、まず人気はない。巡回のパトカーにさえ気をつけてれば、まず大丈夫だが、中には、泊まり込みのガードマンがいるビルもある。注意してくれ』

――確かに、猫の仔一匹いないいな。

ブラムは、首を回して、周りの景色を確認した。

空はちょうど、黒から青へと変化する端境（はざかい）にあり、夜明け前の静けさが、耳に痛いほどだ。

ビルの谷底を、こうやって一人で歩いてると、なんとなく、首すじのあたりを誰かにライフルで狙われてるような気分になる。

――ぞっとしないね。

ブラムは、微かに顔をしかめた。――まだ、東洋系の仮面を着けたままだ。

『銀行の次の通りを左へ折れる』

ブラムは、左へ折れた。

道の片側に、ずらりとパーキング・メーターが並んでいる。駐車中の車は、もちろん一台もない。

『すると右側に、五階建てのショボいビルが見えてくる。そこの三階と四階が〈ルイス商会〉の事務所なんだ。うっかりすると見すごしちまうような建物だけど、フォートワースでもトップクラスの画商なんだそうだ』

ブラムは、一回その前を行きすぎた。

はっと気がついて、慌てて引き返してくる。

確かに地味な建物だ。

看板すら出していない。

ギャラリーは、五番街に大きなのを構えていて、そっちは誰でも知っているが、本社がここだと知る者は、フォートワースの人間でも意外と少ないはずだ。よほどの金持ちでない限り、〈ルイス商会〉に用はないからだ。

ブラムは、建物の裏手に回り、二階部分まで下りているファイア・エスケープに、飛びついた。体操選手のような身のこなしだ。

腕の力だけで一気に体を持ち上げて、階段の踊り場に着地した。

足音を殺して、鉄製の階段を上った。

屋上には、エレベーターのシャフト・ルームが、突き出ている。磁気浮揚型ではなく、旧式のワイヤーを使うタイプのエレベーターだ。

『あのビルは、夜中は誰もいない』

チェイスの話を思い出しながら、ブラムは作業を進めた。

『窓には鉄格子がはまってるし、金庫には警報装置が接続されている。――だけど、それ以外の防犯システムは、一切ないんだ。嘘みたいな話だが本当だ。二千クレジットの情報だぜ？　間違いはねぇ。何しろ、金は置いてないし、金庫には書類しか入ってねえ。誰が、そんな所へ空き巣に入る？　近所にゃ、もっと金目のもんがありそうなオフィスが、いっぱい転がってるってのによ。――まあ、もっとも、さすがに鍵はかかってるだろうがね』

ブラムは、シャフト・ルームの鍵をバールで壊した。

ポケットから革の手袋を取り出して、両手にはめる。ペン・ライトは口にくわえた。

暗く、深い竪穴をのぞき込むと、はるか下の方に、エレベーター本体の天井部分が見えた。

――落ちたら、死体が発見されるまで、かなり時間がかかるだろう。

そう思いながら、ブラムは、ワイヤーに手をかけた。

決して、高い所が苦手というわけではなかったが、奈落の底へ降りていくような、いやな気分だった。

三階まで降りてきて、エレベーターの外扉を無理やりこじ開けた。

中央のすりガラスに、金文字で小さく〈ルイス商会〉と書かれたドアが、目の前にあった。

再びバールが活躍して、ブラムは事務所に足を踏み入れた。

外に光が漏れないよう、ペン・ライトを節約して使いながら、ブラムは事務所の中を捜索して回った。

本当に、金目の物の置いてない部屋だ。

そういえば、美術商のオフィスなのに、壁には、一枚の絵もかかっていない。

――おれが空き巣だったら、きっとこう叫ぶだろうな。……詐欺だ！

ブラムは、苦笑を浮かべた。

隣の部屋に、場違いに大きな金庫があった。

『金庫に手をつけるつもりなら、プロの錠前屋を呼んだ方がいい。素人の手におえるようなもんじゃねえぜ』

もちろん、手を出すつもりはない。

金庫に保管しなければいけないほど、重要な機密書類の類には、用はないのだ。

ブラムが探しているのは、もっとありきたりで、つまらない情報だった。

そこいらの机の上に、広げて出しっ放しにしておいても、誰も気にも留めないような、そんな、ありふれた代物だ。

いくつ目かの机の上で、それを見つけた。

受注伝票の控えの束である。

ありふれたファイルに、未整理のまま綴じてあった。

ごく最近のものばかりだったが、ブラムに必要なのは、まさにそれなのだ。

ブラムは、伝票をめくった。

目ざす情報は、すぐに見つかった。

オーク卿からの発注の記録だ。

ブラムは、薄く笑った。——思ったとおりだ。

ブラムは、一時間ほど前の、チェイスとの会話を思い出した。

『〈ルイス商会〉なんか調べて、どうしようってんだい？　ただの画商だぜ？　——まさか、マリオが〈昏い横顔の天使（ダーク・エンジェル）〉を、〈ルイス商会〉に持ち込んだなんて、考えてんじゃねぇだろ？』

『マリオとオーク卿のつながりは、昨日や今日できたもんじゃないと、おれは睨んでる。もう何年も前からの、付き合いに違いない。あんた、言ったろ？　オーク卿は、盗品だろうとなんだろうと、構わず買う、美術品マニアだって。——おそらく、その辺で、二人のつながりができたんだと思う。さもなきゃ、初対面の人間が本物の〈昏い横顔の天使（ダーク・エンジェル）〉でございって言ってきても、買うはずがない。事件を知ってるのは、まだ、ほんの限られた連中なんだから、なおさらだ。——もっとよく調べてみれば、二人の結びつきの証拠も、必ず見つかるはずさ』

『そうかもしれねぇ。——だけど、やっぱり、分かんねぇなあ。どうして画商なんか調べるんだ？』

『〈ルイス商会〉が売ってるのは、絵だけじゃないってことさ』

『なんだって？』

考えてみれば、当たり前のことなのだ。

ブラムたちは、〈昏い横顔の天使（ダーク・エンジェル）〉をカンバスだけにして、ゆるく丸めてRPのフィルム・パックで包み、ロッカーに保管しておいた。

推測どおりに、マリオがウェストフィールドに逃げ込んだとしたら、オーク卿の手元に届くのは、剝き出しのカンバスだけだ。

　そいつを元通りにして壁に飾るためには、当然、もう一度、カンバスを木枠に張り直し、さらに、それにふさわしい額縁が必要になってくる。

　もちろん、これは一か八かのギャンブルだ。

　オーク卿は、そこらに転がっている額縁で間に合わせるかもしれない。

　あるいは、ほとぼりがさめるまでは、カンバスのままで、金庫にでもしまっておくつもりかもしれない。

　しかし、話に聞くオーク卿の性格からして、美術マニアの彼が、間に合わせの額で、〈昏い横顔の天使（ダーク・エンジェル）〉を飾るはずがない。一億クレジットの名画なのだ。必ず、それに見合った額縁を用意するに違いない。

　問題は、その時期だった。

　しかし、ブラムは賭けに勝ったのだ。

　二十号サイズの最高級品。値段は二万七千クレジット。注文主は、サー・デイヴィッド・オーク。間違いない。

　伝票の日付は、彼らがグラン・フェールを襲った翌日のものだ。おそらく、マリオからの連絡を受け取って、すぐさま発注したのだろう。美術品マニアにとって、本物の〈昏い横顔の天使（ダーク・エンジェル）〉が手に入るかもしれないと聞けば、居ても立ってもいられなくなるのは、まあ無理からぬ話だ。

　ブラムは、伝票に記載された額縁の商品コードを、手近にあったメモ用紙に書き写した。

　額縁だけで、二万七千というのは、破格の値段だ。それだけあれば、一家四人が一年間暮らせて、その上、夏休みにはアンティーヴにバカンスに行ける。

　普通、どんなに高くても、千クレジットを超すことはないのだから、よほどの名画でない限り、格負けしてしまうだろう。しかし、〈昏い横顔の天使（ダーク・エンジェル）〉には、ふさわしい。

――やれやれ。それにしても、張り込んだもんだ。

ブラムは、ゆっくりと首を振った。

額縁だけに二万七千クレジット。

同じものを、短時間で手に入れようとしたら、おそらくそれ以上の金を出さなければならないだろう。

ウォーカー名義のクレジット・カードは使えない。

しかし、こればかりは、ちゃんと金を払って、本物を手に入れなければならないのだ。

――とんだ出費だ。

ブラムは、メモをポケットに入れて、ため息をついた。

＊

全ての準備が完了するまで、二日かかった。

グラン・フェールで使った物は全て処分していたから、改めて手に入れなければならない品物も多かった。

ブラムとチェイスは、フォートワースを駆けずり回った。

カフス・ボタンに見せかけた、マイクロ・トランスミッターと、その受信器。

不整地走行用の４ＷＤピックアップ。――ＴＯＹＯＴＡ製だ。

二百ポンド級の強力な石弓。

無線信管付きのプラスチック爆弾一キロ。

発煙弾。

偽造した身分証明書。

シグナル・ピストル。

赤外線バイザー。

アルミ製の自在梯子二組。

他にもハトロン紙に包まれた、大きな荷物があった。

「こいつは、なんなんだ?」

チェイスが、両手で荷物の重さを量りながら、訊ねた。かさばる上に、かなりの重量だ。

「額縁だよ」

装備の点検をしていたブラムが、振り返りもせずに答えた。相変わらず、例の東洋人の変装姿のままだ。

「全部で四万近くかかってるんだ。丁寧に扱ってくれよ」

「額縁だって? 額縁に四万クレジット?」

「そうだよ。必要なんだ」

「ああ。そうだろうともさ」

チェイスは、呆れたような声で、言った。

部屋の中に、乱雑に置かれた、さまざまの品物を眺め回して、

「これで、全部なのかい?」

「だいたい揃ったな」

ブラムは、カフス・ボタンをつけながら、頷いた。作動は良好だ。

「あとは、囮(おとり)用の絵だけだ」

「本当に信用できるのか?」

「信用してなんかいないさ」

ブラムは肩をすくめた。

「だけど、スミスも馬鹿じゃない。おれたちに頼る以外、〈昏い横顔の天使(ダーク・エンジェル)〉を取り返す手段はないって、よく知ってるよ。——何しろ、相手はオーク卿だ。うっかり警察も手を出せない。仮に令状を取って強制捜査に持ち込んでも、絵が見つからなかったら、それまでだ。下手をすりゃ、長官の首がすげ替わっちまう破目になる。その点、おれたちなら——」

「令状も証拠も関係なく、踏み込める」

「そういうことだ」

その時。

「こっちの準備はできたぜ」

アーチーが、戸口に現れて、二人に声をかけた。

まだ包帯は取れていないが、体力だけは回復したらしい。

新品の野球帽をあみだに被り、濃いレイバンをかけ、ジーンズにアロハ・シャツを着ている。カリフォルニア産の透明人間みたいな格好だ。

「本当に、大丈夫なのか?」

ブラムが言った。

「寝てていいんだぜ?」

「マリオのくそ野郎の泣きっ面を見るためなら、棺桶の中からだって、這い出してやるさ」

アーチーは、勢い込んで言った。

胸を張り、右腕を折り曲げながら、

「心配しなさんな。立ちくらみなんか起こしゃしねぇ。絶好調なんだ。片目の運転にも慣れた。まかしといてくれ」

「OK。じゃ、二人は、ピックアップで先に出発してくれ」

「あんたは、どうするんだ?」

「絵を受け取ったら、すぐにレンタカーであとを追うよ。こっちは道路を走るから、そっちより早く着くしな」

「銃は持ってかないのか?」

チェイスが、テーブルに置きっ放しの、パワー・ガンを目で示して言った。

ブラムは逆に訊き返した。

「オーク邸に、銃を持ち込めると思うかい?」

「まあ、そうだな」

三人は、ピックアップに、必要なものを全て積み込んだ。食料や寝袋も忘れない。

カポック渓谷を突っ切って、オーク邸の裏手に回り込むのだ。ひどい荒野を走らなければならない。

そのためのロールバー、バケットシート、フルハーネスのシートベルトなどを装備している。その上さらに、夜間の隠密（おんみつ）行動に備えて、強力な赤外線サーチライトを、ロールバーにセットしてあった。

先にハンドルを握ったチェイスが、エンジンを吹かしながら、言った。

「じゃあ。ウェストフィールドで会おうぜ」

「気をつけてくれよ。あんたたちが途中で事故ったりしたら、計画はパーだ」

「分かってるよ」

「手はずは呑み込んだな？」

「バッチリ」

助手席のアーチーが、指で円を作った。

「OK。じゃあ、行ってくれ」

「合図を待ってるぜ」

チェイスが、アクセルを踏み込み、ピックアップが出発した。

ブラムは、腕時計を確認した。

まだ朝の六時だ。

夕方までには、チェイスとアーチーもウェストフィールドへ着けるだろう。

ブラムは、廃ビルに戻り、全体の計画をもう一度チェックし直した。

たった三人（それも、そのうちの一人は病（や）み上がりだ）で、オーク邸を襲おうというのだ。少しでも下手なことをすれば、確実に生命（いのち）はないだろう。グラン・フェールのガードマンと違って、オーク邸を守っているのは、いきなり撃ってくるぶっそうな連中だ。

計画は万全を期す必要があった。

成功するか、裏目に出るか。

確率は五分五分か、それより少し悪いくらいだろう。

しかも、計画が成功したとたんに、彼らの周りは、警官でいっぱいになる。それも考えに入れておかねばならない要素の一つだ。
——時間があれば、もう少し安全で確実な計画が立てられたんだが……。
ブラムは、ポケットから一クレジット銀貨を取り出した。
「表なら成功。裏なら失敗」
呟いて、コインを弾いた。
激しく回転する銀貨に、朝陽が跳ねた。
落ちてきたところを、素早く手の甲に伏せた。
——表か、裏か。
ブラムは、コインを覆っている左手を見つめた。
真剣な表情だ。
しばらく動かない。
と、不意に、ブラムは苦笑した。
「らしくもない」
一言呟いて、コインを握り込んだまま、左手をポケットに突っ込んだ。
弱気になった時は死ぬ時だ。
そうやってくたばっていった連中を、ブラムは大勢知っている。
ブラムは、立ち上がって、思い切り伸びをした。
スミスとの約束の時間が近づいていた。
隠れ家を出たブラムには、もうなんの迷いもなかった。

＊

『エリック、エリック、エリック!』
『バーバラ、バーバラ、バーバラ!』
『エリック、エリック、エリック!!』
『バーバラ、バーバラ、バーバラ!!』
「そろそろ、クライマックスですね」
斜め後ろの席に座り、ブラムはエドガー・スミスに声をかけた。
スミスの肩が、ぴくっと動いた。しかし、さすがに振り返るようなヘマはしない。

前を向いたままで、

「絵は用意した」

「いただきましょう」

シートの隙間から押し出された包みを、ブラムが受け取った。

客は、他に二－三人。ペイルの映画館は、今日も閑古鳥が鳴いている。

「扱いには、くれぐれも注意してくれよ」

「もちろん」

「冷や汗ものだったよ。部下に見つかるんじゃないかと思ってな」

ブラムは、スミスが絵を持ち出そうとしている情景を想像して、少しおかしくなった。

「昼間っから、こんな映画をこそこそ観るなんて、高校生にでもなったような気分だ」

「今時の高校生は、もっと進んでますよ」

「おや、そうかね」

『あたし、修道院に入るわ！』

エリックとの真っ最中に、バーバラが、突然、叫んだ。

――これだよ。

ブラムは苦笑した。

スミスが、言った。

「しかし、なかなか面白い映画だな」

「そうですか？」

「シナリオがいい」

「そ、そうですか？」

「それに、この女優がいいよ」

「それを聞いたら喜ぶ奴を、一人知ってますよ」

「そうかね」

やがて、バーバラが尼さん相手に、ベッドの中で運動を始め、エンドマークが、それに被さった。

映画が終わり、館内が明るくなる。

スミスは、後ろの席を振り返った。

そこには、もう誰もいなかった。

9

レンタカーは、クラッチの具合がおかしかった。

インターステーツを西へ向かうと、その途中で、カポック渓谷の景観が見えてくる。

巨大な岩のアーチや、地面に何本も煙突を立てたみたいな岩の尖塔群(せんとうぐん)。中には、そのてっぺんに大きな岩を載っけているものもある。——自然が造り出したアントニオ・ガウディといったところだ。

それから、〈テラス〉と呼ばれる標高二 - 三千メートル級の岩山の群れ。——この〈テラス〉は、どれも垂直に切り立った岩壁を持ち、ちょうど、巨大な缶詰を並べたようにも見える。〈テラス〉の上は平坦で、下の世界とは、まったく異なった生態系を有している。しかもそれが、各〈テラス〉ごとに、まるで共通点がないほど違っていて、世界中の生物学者の論議の的(まと)になっているという話だ。

カポック渓谷へ向かう観光客の団体バスに別れを告げ、インターステーツを降りた。

ひどい田舎道が、はるか地平線の消失点まで、まっすぐに延びている。

道端の標識で、もうオーク卿の土地を走っているのだと知らされた。

そこから、ウェストフィールドの町まで、二時間はかかった。たいへんな広さだ。

オーク邸は、緑の濃い丘の中腹に建っている。ウェストフィールドの町は、その膝元に、こじんまりと固まっていた。住民の九〇パーセントまでが、オーク家の使用人で占められている。この町全体が、まずオーク家の私有物と考えた方が早いだろう。一応、保安官(シエリフ)もいることはいる。しかし、こんな町の保安官だ。彼の忠誠は、法律ではなくオーク家に捧げられていると考えておいた方がいい。

町に入ったとたん、ブラムは、いくつもの視線を感じた。

二階の窓でカーテンが動き、鎧戸の向こうを人影が横切った。

雑貨屋の前のポーチに置かれた揺り椅子が、風もないのに、ゆらゆらと揺れている。たった今まで、誰かがそこに座っていた証拠だ。

こんな町にも、たった一軒だが、宿屋があった。一階のホールが酒場になっているタイプの宿屋だ。

ブラムは、宿屋の前で、車を停めた。

絵の包みだけを持って、車を降りた。

ブラムの一挙手一投足に、視線は執拗にからみついてきた。

監視されるのは、初めから分かっていた。

ブラムはよそ者だったし、おまけに、今は東洋人の姿をしている。――賭けたっていい。町中の人間が（オーク卿も含めて）ブラムの到着を知るのに、三十分とかからないはずだ。

ブラムは、しかし、そんな視線にはまるで気づいてないように振る舞った。

彼は、今、オーク卿に絵を買ってもらいにやってきた、美術品にはド素人の、ごく平凡な人間なのだ。――家に帰れば妻と、子供が五人。父親が死んで、遺品を整理していたら、何枚か絵が出てきた。よくは分からないが、古い物のようだ。値打ち物かもしれない。彼の経営している下町の洗濯屋は、最近、設備投資をしたばかりで、このところ生活も苦しい。いくらかにでもなればと、町の画商に持ち込んでみたが、けんもほろろに扱われた。人の噂では、ウェストフィールドのオーク卿というお方は、大層美術品がお好きらしい。そこで、最後の望みを託して、この町にやってきた……。

そういう筋書きだ。

ブラムは、宿屋の看板を、ぼんやりと見上げ、それから、のろのろした足取りで、建物に入っていった。

長いバー・カウンターの端っこが、フロントもかねていた。

この店の主人らしい男が、カウンターの中で、新聞を広げ、熱心に読むふりをしていた。――ブラムの存在を、十分に意識した熱心さだ。

「あの……」

ブラムは、どことなく気弱そうな声を出した。

「あの、すいません……」

「なんだ」

横柄(おうへい)さを絵に描いたような返事が戻ってきた。

ブラムは、お愛想笑(あいそわら)いを浮かべながら、言った。

「すいませんが、部屋をお願いしたいのですけど……」

「ねえよ」

男は言下(げんか)に、はねつけた。

宿帳を調べてみるふりをするのも大儀(たいぎ)だとみえる。

男の後ろにあるキー・ボックスの数は八つ。そのいずれにも、キーが納まっていた。

「あー、しかし……そのキーは――」

「キーなんか関係ねえ。おれが満室だと言ってんだから、満室なんだ。よそを探してくれ」

それで会話は終わったとばかりに、男はそっぽを向いた。蛇だって、これよりは愛想がいいだろう。――ピストルの台尻で、軽く撫でてやりたくなる顔つきだ。

内心の思いを、羊の皮で包んで、ブラムは言った。

「よそと言われましても……」

困惑した表情を作ってみせる。

その時、ブラムは、背後に人が立ったのを感じた。

後頭部のあたりの、チリチリする感覚を無視して、男に懇願した。

「お願いしますよ。物置の隅だっていいんです」

「物置だと！」

男が、血相を変えた。新聞をカウンターに叩きつける。

「うちは、ちゃんとした宿屋なんだ。物置なんかに、人を泊めると思ってんのか!?」

「そのとおりだ」

後ろの男が、ようやく口を開いた。

ブラムは、ちょっとびっくりしたような顔をして、男を振り返った。

男は胸にシェリフのバッジをつけていた。腰のホルスターには、大口径のパワー・ガンをぶち込んでいた。

「客か？」

カウンターの中の男に訊ねる。

「ああ。物置に泊めてくれなんて、ふざけた野郎だ。営業許可を取り消させようってつもりなんだ」

「いえ、私はそんな――」

言い訳をしかけるブラムの顔の前に、シェリフが、肉厚の掌を突き出した。

「身分証明書」

「あ。はい」

「カジワラ・アルベルト・Jr.？」

「そう。カジワラです」

「職業は？」

「フォートワースで、クリーニング店を」

「ここに、クリーニングのチェーン店でも出すつもりなのかね？」

「洗濯屋なら、ボブの店がある」

宿屋の亭主が、横から口を出した。

「この町に、二軒はいらねえよ」

「いえ、そうじゃないです。チェーン店なんて、そんなお金ありません。私は、オーク卿に絵を買っていただけないかと――」

ブラムは、例の筋書きを、哀れっぽく並べ立てた。

「絵だと？」

シェリフと亭主は、顔を見合わせた。

シェリフが言った。

「そこに持っている、それかね」

「そうです」

ブラムは、包みを開いてみせた。

厳密にいえば、それは絵ではなかった。版画の一種だろう。海と山が描かれている。おそろしく古そうだったが、色は、さほどあせていない。構図と筆遣いに、力強い何かが感じられた。

「なんだい、こりゃ」

カウンター越しに、首を伸ばした亭主が、露骨に馬鹿にした声で言った。

「御前様が、こんな小汚ねえ絵を買うはずがねえぜ」

「ここに、なんて書いてあるんだ？」

シェリフが、左隅の落款を指さして、訊いた。

「昔の表意文字で、私もよく読めないのです。父ならば、知っていたでしょうが……」

「ふん」

シェリフが鼻を鳴らした。

「電話を借りるぞ、ケリー」

「ああ。使ってくれ」

シェリフは、カウンターの奥にある電話で、どこかに連絡を入れ始めた。

話しながら、時々、ブラムの方をチラチラと盗み見る。

「ええ……。はい。……いや、別に不審な点は……。そうです。……そうです。分かりました」

シェリフは、受話器を器用に肩で支え、胸ポケットから煙草を取り出した。

煙草一本ぶんの時間が経過した。

相手が、また電話口に出たらしい。シェリフは、煙草を投げ捨て、慌てて応対した。

「はい。……なるほど。……分かりました。そうします。はい。……ええ、分かってますすよ。……はい。それじゃ」

受話器をフックに戻して、シェリフは、こちらに向き直って、言った。

「おい、あんた。カジワラとか言ったな」

「はい」

「ついてきな。オーク卿が、お会いになるそうだ」

＊

ブラムは、パトカーでオーク邸まで送ってもらった。こんな小さな町に、どうしてパトカーが必要なのか、不思議な気がした。

オーク邸の周りには、高さ五メートルほどの、鉄柵がぐるりと張り巡らされていた。柵の先端は、鋭く尖っている。

ゲートのそばには、時代錯誤的な制服を着た警備員が二人、立ち番をしていた。あとで知ったことだが、ここでは彼らを衛士と呼ぶのだそうだ。服装は時代遅れだが、装備は最新式だ。腰にパワー・ガンをぶら下げ、肩にはハイパワーのレーザーライフルを担いでいる。羽根飾りのついたヘルメット（というより鉄兜（てつかぶと）だ）には、高性能の赤外線バイザーが隠されている。金モール付きの制服の下には、セラミック装甲のボディ・アーマーを着けているらしい。服が妙にふくらんで見える。

――まともに襲撃しようとしたら、軍隊が必要だな。

パトカーの助手席で、ブラムはひそかに舌を巻いた。

顔見知りのシェリフは、『やあ』と手を振ってゲートを通過した。

ゲートから、館の表玄関まで、また数分あった。

館の前にパトカーをつけたシェリフは、二度、クラクションを鳴らした。

「ここだ」

「はあ。すごいお屋敷ですね」

「中へ入ったら、もっとびっくりするさ」

シェリフが、言った。

「それは、どういう――？」

「ほら。お迎えだぜ」

と、玄関の方へ顎をしゃくってみせた。黒のお仕着せ姿の執事が、出てくるところだった。

ブラムが車を降りると、シェリフは窓から顔を突き出して、言った。

「うまくやんな」

「ありがとうございます」

引き返していくパトカーを見送っていると、肩口のところで、執事の声がした。

「カジワラ様でございますね？」

「ええ。はい。そうです」

「こちらへ」

先に立って歩きだした執事のあとを、ブラムは慌てて追った。

玄関を入ったとたんに、さっき、シェリフの言った言葉の意味が、分かった。

あらゆる壁に、絵がかかっていた。

効果などあったものじゃない。

むやみやたらと、絵を並べ立てたという印象だ。見てると、目がチカチカしてきそうになる。雑然とした色彩の洪水だ。

――どうやら、オーク卿ってのは、絵画を、切手のコレクションか何かと、間違えているらしい。

やがて通された部屋も、壁は絵で埋め尽くされていた。一方の壁に、特別巨大な老人の肖像画が飾ってあった。これがオーク卿なのだろう。

やたら広々としたその部屋の中央には、ロココ調の応接セットが置いてあった。

「ここで、お待ち下さい」

ブラムを一人残して、執事は去った。

入れ替わりに、ティ・セットを抱えたメイドがやってきた。

「どうぞ」

メイドも去る。

広すぎる部屋。高すぎる天井。多すぎる壁の絵。妙に落ち着かない雰囲気だった。

ブラムは、下町の洗濯屋にふさわしく、きょろきょろそわそわして、時を過ごした。紅茶はおいしかった。カップも温めてあった。

ひどく長い時間、待たされたような気がした。地獄の門もかくや、というような陰気な音とともに、両開きの巨大な扉が開いた。

浮揚椅子（ホーバー・チェア）に乗った、オーク卿が執事と、もう一人の男をともなって現れた。

マリオ・ガッティだった。

ブラムは、一瞬、自分の目が光らなかっただろうかと、心配になった。

オーク卿は、ブラムの正面まで椅子を走らせてきた。

「絵を売りたいそうだが？」

「ええ。そうです」

ブラムは、例の筋書きを喋り始めた。

マリオの存在が、神経に触れた。

マリオは、老人の後ろで、腕組みをしてブラムの話を聞いている。濃いサングラスの下に隠れて、目の表情が読めない。

「なるほど、なるほど。それはお困りでしょう」

ひと通りブラムの話を聞き終えて、オーク卿が、さも同情しているかのような声で言った。

「私で、お役に立てるかどうか、分かりませんが、とりあえず、その絵を拝見いたしましょう。本来、私は、画商を通してしか、絵は買わないことにしているのですがね。まあ、特別に」

「ありがとうございます」

ブラムは最敬礼してみせた。

包みから絵を取り出して渡すと、とたんに、オーク卿の表情が変化した。

「む、う……」

思わず感嘆の声を上げかけるところを、無理やり呑み込んだ。

鼻孔が開き、眼球が濡れている。明らかに、老人は興奮していた。そして、それをブラムに悟られまいと、必死になっていた。

「どうでしょうか?」

ブラムが、おずおずと訊ねた。

「ああ、いや」

老人は、一つ咳払いをした。

「カジワラさん、とか申されましたな? この絵は、どのような所に保存されていたのですか?」

「木の箱に入ってました。父の話では、カジワラ家の祖先が、地球を出る時に一緒に持ってきたものだそうです。父は口ぐせのように、我が家は名門の出だと言っておりましたからね。だけど、私は信じちゃいません。——まあ、仮にそうだったとしても、今の私は、ただの洗濯屋の親父(おやじ)ですからね」

「ああ。そうですな」

オーク卿は、上の空で相槌(あいづち)を打った。

「先ほどのお話では、確か、他にも何枚か残っているとか……」

「ええ。あと五-六枚。でも、それが一番、見栄えがよかったので」

「ああ。なるほど。あと五-六枚もね」

オーク卿は、しきりと唇をなめた。

「あー、カジワラさん。これは、なかなか珍しい作品です。しかし、はっきりいって、芸術的価値はゼロに等しい。これ一枚だけでは、どうにも値段のつけようがないのです。そこで、残りの五－六枚と込みでということなら、思い切って一万クレジット出しましょう。私にとっては、ほとんど慈善事業みたいなものですがね。――いかがです？」

――引っかかった。

ブラムは、心の中でほくそ笑んだ。

ブラムには、老人の心理が手に取るように分かっていた。――こっちが、その絵の価値を知らないと思って、安く買い叩こうというつもりなのだ。しかも、全部まとめて。オーク卿の性格からいって、たとえ他の絵の実物を見ていなくても、一枚残らず欲しいと思うはずだ。

何しろ、老人の手にあるそれは、ホクサイなのだから。

版画にしようと言い出したのは、エドガー・スミスだった。絵は一点限りだ。オーク卿が、グラン・フェールの在庫全てを把握しているとは思えないが、万一ということがある。

その点、版画ならば、他に同じ物が見つかったとしても、言い逃れができるからだ。

ブラムは、思い切りもったいをつけて、言った。

「お気持ちは、ありがたいのですが、何しろ、父の遺品でもありますし……全て手放すというのは――」

考え込むふりをしてみせる。

とたんに、オーク卿は浮き足立った。

「じゃあ、二万でどうです？　いや、三万！　――これ以上は、とても出せませんよ」

カモを相手にポーカーをしているようなものだ。

ブラムは、さんざん気を持たせた揚げ句、言った。

「一日、考えさせて下さいませんか？」

「あ、ああ。もちろん、いいとも。やはり、父君の遺品となれば、考えるのももっともだ。よく考えてくれ。しかし、これは決して損な取引ではないと思うよ。三万だ三万。そこを忘れないでくれたまえ」

「じゃあ、私はこれで……」

ブラムは、ソファから腰を浮かしかけた。

オーク卿が、慌てて言った。

「ちょっと待ちたまえ。一体どこへ行こうというのかね」

「はあ。宿の方へ戻りまして――」

「何を言ってるんだ。君は、オーク家の客人だよ。あんな安宿に泊まらせるわけにはいかん。ゲスト・ルームなら、いくらでもある。今夜は、ぜひうちに泊まっていってくれ。そして、一晩ゆっくり考えてほしいのだ」

――これだ。

これを待っていた。

オーク卿から、この言葉を引き出すことが、最初からの狙いだったのだ。――相手の言うことを、こちらが決めてしまう。これが詐欺の醍醐味というものだ。

ブラムは、しかし、一応、遠慮してみせた。

何度かの押し問答の末、ブラムは、半ば強制的にオーク卿のもてなしを受けることになってしまった。

「晩餐までは、まだ少し時間がある。それまで部屋で休んだらいい」

オーク卿が、浮き浮きした口調で言った。

「ジェームス。カジワラさんを、お部屋の方へ」

「かしこまりました。カジワラ様、どうぞこちらへ」

「あ。どうも」

執事のあとをついて、部屋を出かけたブラムの背中に、突然、マリオの鋭い声が飛んだ。

「**ウォーカー！**」

10

「ライトを消せ！」

チェイスが大声で喚いた。

地図を振り回しながら、必死で叫ぶ。

「あの丘の向こうが、オーク邸だ！　ライトを消せ！　スピードを落とせ！　死んじまうぞ！　——神様！」

「丘？　丘って、どの丘だ！」

ヘッドライトも届かない、闇の彼方を睨みつけながら、アーチーが叫び返した。十五時間、交代で運転してきて、今は、アーチーがステアリングを握っている。アクセルはべた踏みのままだ。激しく揺れるコクピット。まるでコンクリート・ミキサーの中で話してるようなものだった。

「右だ右！」

チェイスが喚いた。

「それから、ライトを消せ！　スピードを落とせ！」

「ＯＫ」

アーチーは、バイザーを下ろして、ライトを赤外線に切り替えた。しかし、アクセルは一ミリだって戻さない。

予定より三時間も遅れているのだ。ある場所へ寄り道して、そこに無線信管付きのプラスチック爆弾を仕掛けていたためだ。

夜の荒野を、ピックアップはフルスピードで疾走し続けた。

「ブラムから、まだ合図はないか？」

前を向いたままで、アーチーは叫んだ。

視界は、一面グリーンで、時々、野生動物の目が白く光るのが見えた。昼間吸収した熱を、地面が放出しているので、比較的明るく見える。

チェイスは、ダッシュボードにセットされた受信器に目をやり、首を振った。

「まだだ！」

アーチーは、ステアリングを操りながら、呟いた。

「頼むぜ、ブラム。おれたちが着くまで、おっ始めないでくれよ」

*

「さっきのは、なんの真似だ、マリオ」

オーク卿が、けげんな顔つきで言った。

「ウォーカーとか叫んだが」

広い接客室に、今は、オーク卿とマリオの二人きりだ。

マリオは、カジワラが出ていったあとの扉を、じっと見つめたままで答えた。

「ちょっと、私の知ってる奴と、後ろ姿が似てたんですよ」

「カジワラさん、妙な顔をしとったぞ」

老人は上機嫌で笑った。

——そうだ。奴は、なんのことか分からねえって顔で、振り向きやがった。

マリオは、先ほどカジワラが見せた表情を、心の中で反芻（はんすう）してみた。演技とは思えない表情だった。

しかし……。

——おれの勘違いかもしれねぇ。だけど、仮に奴がウォーカーじゃないとしても、ただの洗濯屋じゃないことは確かだ。

マリオは、長年の刑事（デカ）生活で、ペテンの手口については、よく知っていた。

——奴の喋り方。あれは、巧妙な誘導尋問と同じだ。

マリオは、オーク卿を振り返って言った。

「奴の身元を、もう一度洗った方がいいですな」

「なんじゃと？」

「どうも臭います」

マリオは、顔をしかめた。

「何が狙いなのか分かりませんが、その絵を囮にして、私たちを引っかけようとしてる。そんな気がしてなりません」

「構わんじゃないか」

オーク卿は、平然と言った。手の中の版画を、うっとりと見つめながら、

「それならそれで、こっちにも出方がある。それに、これは本物のホクサイだ。そいつだけは、間違いのないことだ。――もし、あのカジワラが私をだまそうとしているのなら、その時は、始末するまでだ」

オーク卿は、ホクサイから目を上げて、言った。

「ただし、あの男が握ってる他の絵も手に入れてからだぞ、マリオ。それまでは、だまされたふりをしておくのだ」

「とにかく、私は、奴から目を離さないようにします。その間に、シェリフに言って、奴の身元を調べ直させるといいでしょう。フォートワースに問い合わせるんです。賭けてもいいが、そんな洗濯屋は、どこにもありませんね」

＊

――いい勘をしてる。

ゲスト・ルームのベッドに寝っ転がって、ブラムは、ニヤリと笑った。

もちろん、疑われることは、最初から計算に入ってる。

しかし、いくら疑われようと、屋敷に入ってしまえば、こっちのものだった。欲ボケを起こしたオーク卿は、残りの絵も全部手に入れるまでは、ブラムに手を出すことはないだろう。その間に、作戦は全て完了している。

ブラムは、右のカフス・ボタンに、ちらりと目を

やった。

安物のガラス細工。

しかし、その中には、超小型のトランスミッターが内蔵されていて、石をひねると、電波が発信される。そうすると、どこかこの近くにひそんでいるアーチーたちが、行動を開始する。

問題はマリオだった。

奴とは、いずれ決着をつけなくてはならない。

その時、ドアにノックの音が聞こえた。

「どうぞ」

メイドが顔を出して、言った。

「カジワラ様。お食事の用意ができましたので、食堂の方へおいで下さるよう、旦那様が」

「はい。分かりました」

ブラムは、ベッドから跳ね起きた。

メイドのあとをついて歩きながら、さりげなく切り出した。

「あの、オーク卿のそばに立っていた人だけど、黒眼鏡をかけた。——あの人、フォートワースの刑事さんじゃなかったかな?」

「え? マリオさんですか?」

「マリオっていうのかい」

「ええ。ここの警備顧問をなさってますわ」

「じゃあ、違ったかな。一度、うちの近所で殺人事件が起きた時、見かけたような……」

「あら。その人よ。だって、元刑事さんだって話だもの」

「やっぱりね。——ここに住み込んでるの?」

「そう。南の曲がりの貴賓室を使ってらっしゃるわ」

「南の曲がり?」

「ほら、あの先よ。すっごい豪華なお部屋」

「へえ、一度見てみたいもんだな」

「あら、だめよ。お掃除する時だって、断りもなく入ったら、すごく怒られるんだから」

「なるほど」

若いメイドは、よく喋った。

ウェストフィールドから、毎朝通ってくるとかで、代わり映えのしない毎日に、退屈しきっていた。本当は、フォートワースに出て働きたいのに、両親が許してくれないとグチをこぼした。

ブラムは、真剣に相槌を打ち、同情して話を聞いてやった。

「ねえ、カジワラさん」

メイドが言った。いつの間にか、様がさんになっていた。

「あなた、クリーニング店を経営してらっしゃるんでしょ？　あたし、雇ってくれない？」

「いや、うちは、家族だけでやってる小さな店だし。それに、今は、人を雇うような余裕はないんだ。――残念だけど」

「でも、絵が売れれば大丈夫じゃない？　絵を売りにいらしたんでしょ？　旦那様は、必ずお買い上げになるわ。今までだって、ずっとそうだったもの。この壁を見れば分かるでしょ？　病気なのよ。買わずにおれないの」

「おいおい。仮にも自分の雇い主だろ」

「だって本当だもん」

メイドは舌を出した。

ブラムは苦笑した。

メイドが不意に真面目な顔に戻った。

扉の両脇に衛士が立っていた。

「カジワラ様をお連れいたしました」

メイドが、作り声で言った。

衛士は無言で扉を開いた。

晩餐が始まった。

マリオは、相変わらず黙りこくっていたが、オーク卿は、よく喋りよく食べた。ブラムを疑っていることなど、おくびにも出さなかった。たいしたタヌキだとブラムは思った。

「どうしましたカジワラさん。さあ、飲んで下さい。ロスチャイルドの三四年物ですぞ」

すすめられるままに、ブラムはワインをガブ飲みした。

コースがデザートに移る頃には、へべれけになっていた。

フォークを床に落っことすたびに、給仕が素早く新しいものを持ってきた。

「いやー、すいませんねー」

呂律の回らない口調で、ブラムは謝った。

「久しぶりに、長時間、車を運転したもので、疲れてましてね。なんだか、酒の回りが早くって……」

しゃっくりをして、ふらふらと立ち上がる。

給仕が、慌てて椅子を引いた。

「どうも、これ以上いただくと、失礼なことをしてしまいそうですので。私は、このへんで、ご免をこうむりますです。はい」

「ああ、どうぞ、どうぞ。――おい誰か、カジワラさんを、お部屋へお連れして差し上げろ」

「いえ。私、一人で帰れます。――大丈夫、大丈夫」

そうはいっても、ブラムの体は、嵐の中の柳の木みたいに大きく揺れているのだ。給仕が二人、両脇を支え、引きずるようにして食堂を出ていった。

「他愛のない奴じゃないか。――お前の考えすぎじゃないのか、マリオ」

オーク卿が、マリオの方へ顔を振り向かせて、言った。

「奴が本当に酔っ払ってると思ってるんですか？　オーク卿」

「あいつ一人で、二本もロスチャイルドを空けおったんだぞ」

「顔が赤くなってましたか？」

「うん？　――いや。そう言われてみると、変わっとらんかったな。しかし、顔に出ない奴なら、いくらでもいる。お前もそうじゃないか。それに、東洋人ってやつは、元々、酒を飲んでも赤くならないのかもしれんし」

「そうかもしれない。そうでないかもしれない。もし、そうでないとしたら……？」

　マリオは、何かを見すかすような目つきで、空中の一点を見つめた。

　不意に、その瞳に理解の光がきらめいた。

「そうか」

　マリオは、むしろ嬉しくてたまらないという様子で、ナプキンを外し、立ち上がった。

「そういうことか」

「どうした、マリオ。どこへ行くつもりだ」

「あいつの化けの皮をはがしてご覧にいれましょう。――文字通りの意味の、化けの皮をね」

「いかん」

　オーク卿が、慌てて手を振った。

「いかん、いかん。まだ早い。他の絵も手に入れてからだ」

「そんなものは、最初からありゃしませんよ、オーク卿」

　マリオは、ニヤリと笑って、懐からパワー・ガンを抜き出した。

「奴は、おれを追いかけてきたんです。おれと〈昏い横顔の天使(ダーク・エンジェル)〉をね」

「な、なんじゃと!?」

「たいした男ですよ。こんなに早いとは思ってもみなかった」

「お前、きゃつを知っとるのか？」

「カジワラとかいう、チンケな洗濯屋は知りませんがね」

マリオは、肩をすくめた。

「だけど、東洋人の仮面の下の素顔なら、よく知っているつもりですよ」

*

自分の部屋に担ぎ込まれた時には、ブラムは、いびきをかき始めていた。

二人の給仕は、正体をなくしたブラムの体をベッドに寝かせ、部屋の明かりを消して、出ていった。

ドアが閉まり、足音が遠ざかる。

それまで大いびきをかいていたブラムが、パチッと目を開けた。

素早く立ち上がって、ドアに駆け寄る。

耳をすませて、外の気配をうかがった。

アルコールは、ブラムの神経に、まったく影響を与えていなかった。

ドアに鍵をかけ、クッションと毛布を使って、ベッドに人の寝ている形を作った。

窓を開けて、南の曲がりの方を眺めた。

窓の下についている、小さな張り出し部分を伝って、なんとか行けそうだ。

ブラムは、そう判断して、窓枠に片足をかけた。

館は四階建てで、ここは三階だ。

下の庭を、時々、衛士がパトロールしている。

――上を見るんじゃないぜ。

ブラムは、体を外に出し、壁に張りついた。

張り出しの端まで移動して、片足を伸ばす。隣の窓の張り出しに、何度か爪先が引っかかりかけるが、届かない。

ブラムは、ほとんど片腕で支えるようにして、体全体を伸ばした。

今度は届いた。

思い切りよく体重を移動させる。

そして次の窓へ。

五分後に、ブラムは、マリオの部屋に到着した。
窓は閉まっていたが、ブラムが掌底を使って強く押すと、あっけなく鍵が壊れた。
ブラムは、明かりの消えている貴賓室に、ひらりと降り立った。
窓を閉めると、まず、ドアのそばに行き、鍵がかかっていることを確かめた。
「さて」
ブラムは、室内をぐるりと見回して、呟いた。
「おれがマリオなら……」
ユニバーサルから受け取った五百万クレジットの現金を、どこに隠しておくだろうか？
ベッドの下？
ドレッサーの中？
キャビネットの陰？
あるいは、天井裏か？
いや。
ブラムは、でっかい天蓋付きのベッドに注目した。
――袋にでも詰めて、あの天蓋の上に投げ上げておいたら、まず、分からないな。
ブラムは、ベッドに近寄った。
その時――
「そこでいいんだよ、ウォーカー」
部屋の明かりが、いっせいに点もった。
「うかつだったなあ。ここは次の間の方からも、出入りできるんだ」
振り返ってみるまでもなかった。
マリオだ。
声の調子からすると、またニヤニヤ笑いながら、パワー・ガンを構えているのだろう。
事実そのとおりだった。
「両手を挙げて頭の後ろで組みな。それから、ゆっくりこっちを向くんだ」
ブラムは言われたとおりにした。

「前にも、これと似たようなことがあったよなあ。ウォーカー」

マリオが近寄ってきた。五歩ほど離れた所で立ち止まる。

「私は、ウォーカーなんて名前じゃありませんよ」

「だけど、カジワラって名前でもねぇ。分かってんだぜ？ そいつが変装だってことはな。顔が赤くならねぇはずさ。——しかし、見事なもんだ。もうちょっとで、うっかりだまされるところだった」

「なんのことです？」

ブラムは、とぼけるふりをしながら、頭の後ろで、カフスの石を回した。

シグナルが発信された。

あとは、待つしかなかった。

その間に殺されたとしたら……？

今朝のコインは、裏を向いていたのかもしれない。

ブラムは、頭の隅で、そんなことをチラと考えた。

11

「本当に、こやつが、グラン・フェールから〈昏い横顔の天使(ダーク・エンジェル)〉を盗み出した本人なのか？」

オーク卿が、ブラムの周りを、浮揚椅子(ホーバー・チェア)で、ぐるぐる回りながら、言った。

ブラムは、後ろ手に手錠をかけられていた。そのそばに、二人の衛士も立っていた。

「わしには、どうしても、ただの洗濯屋にしか見えんが？」

「今、素顔を見せてあげますよ」

マリオは、部屋の隅に合図を送った。

メイドが、クレンジング・クリームの瓶をお盆に載せて、やってきた。

あの時のメイドだった。

何か言いたげな目で、ブラムを見た。

――就職口がダメになって、がっかりしたのかもしれない。

ブラムは思った。

頭を下げ、メイドは立ち去った。

「おい」

マリオは、二人の衛士に顎をしゃくってみせた。

衛士は、ブラムの腕と肩をガッチリと摑み、身動きできないように支えた。

「見てて下さいよ」

クレンジングの瓶を手に、マリオが言った。

今、オーク卿に素顔を見られるのは、まずかった。

仕事がやりにくくなる。

ブラムが身じろぎした。

衛士たちの手に、力がこもった。

マリオが近づいてきた。

クレンジングがブラムの頬に触れた。

その時、オーク邸全室の明かりが、いっせいに消えた。

耳をすましていれば、少し時間をおいて、遠くから微かに爆発音が響いてくるのが聞こえたはずだ。

アーチーたちが、ウェストフィールドへの送電線を、無線信管付きのプラスチック爆弾で爆破したのだ。

室内が真っ暗になると同時に、ブラムは行動を起こした。

停電に気を取られ、衛士たちの力が一瞬ゆるんだ。

その隙に、ブラムは体を振り払った。体術を得意とするブラムに、手錠から手首を抜くことなど、朝飯前だった。

「わっ」

「に、逃げた！」

衛士が、うろたえた声で叫んだ。

その声が、すぐにくぐもった呻き声に変わった。

ブラムが、二人の喉仏に、孤拳（こけん）をぶち込んだのだ。

衛士たちは、息を詰まらせて気絶した。

「くそっ！」

足音目がけて、マリオがパワー・ガンを発射した。

「いかん！　やめろ！」

オーク卿の声が、悲鳴のように響いた。

「ここで銃はいかん！」

「早く、自家発電に切り替えるように、命令するんです！」

暗闇の中で、マリオが鋭く言った。

「じ、自動的に切り替わるんじゃ。もうすぐ、明るくなる——」

オーク卿の言葉が終わらぬうちに、部屋に明かりが戻ってきた。

床に、衛士たちが転がっていた。顔が紫色になりかけていた。

ブラムの姿は、どこにもない。

「あの野郎」

マリオは、食いしばった歯の間から、言葉を押し出した。

「ぶち殺してやるぞ」

「たっ、大変です」

一人の衛士が、転げるように走ってきた。

「どうした？」

「あ、あちこちで、煙が上がっています。す、すごい量です」

「どうなってるんだ！」

「わ、分かりません」

庭の衛士たちは、右往左往していた。

ガラスの割れる音がしたかと思うと、そこから、大量の煙が溢れ出し始めたのだ。

警報が、耳をつんざいて、鳴りわたった。

どこからか、発煙弾を撃ち込まれているらしいのだが、その方向が、まるで掴めない。

発煙弾は、まったく音を立てず、次々とオーク邸に飛来し続けた。それは、接客室にも飛び込んできた。

邸内は、大混乱になった。

執事や給仕たちも、消火器を持って走り回った。

「ひ、火を消せ！　わ、わしの絵が、絵が――‼」

オーク卿は、半狂乱になって、喚き続けた。

「大丈夫だ。こいつは火事じゃねえ！　発煙弾だ！」

マリオが叫んだ。

「警備隊長はいないか⁉」

「はっ。ここに……」

煙の中から、一際体格のよい衛士が進み出た。

「五－六人連れて、外の柵を調べてこい。誰かが、外から撃ち込んでるんだ！」

「かしこまりましたっ」

衛士は、敬礼して、走り去った。

「くそったれウォーカーめ。まだ、あの相棒が生きていたのか！」

少しずつ薄れていく煙の中で、マリオは目をギラギラ光らせながら、立ち尽くしていた。

＊

「こんなもんかな？」

鉄柵に立てかけた梯子の上から、チェイスが、下のアーチーに声をかけた。

「そろそろだろうな」

と、アーチーも頷いた。

アーチーは、発煙弾を、チェイスは石弓をそれぞれ手にしていた。

「それじゃあ、最後の仕上げといきますか」

チェイスは、石弓を投げ落とした。

「ほいよ」

アーチーが受け取る。

ピックアップの荷台に放り込み、もう一組の自在梯子を引っ張り出して、チェイスに手渡した。

「あらよ」

「ほいきた」

チェイスは、そいつを伸ばして、鉄柵の内側にも、立てかけた。

その間に、アーチーは、ハトロン紙の包みから、例の額縁を取り出した。額縁は、それ一つではなく、他にもいくつか用意してあった。

「ほい、お次」

アーチーが、手渡す。

「ほいきた」

チェイスが、庭の中に投げ込む。

「あらよ」

「こらよ」

「そらよ」

二人は、息の合った連係プレーで、額縁を次々と、オーク邸に投げ入れた。

地面や立ち木に当って、壊れるものもあったが、その方が、むしろ都合がいい。

「これで最後だ」

「なんだい、これ」

チェイスは、手渡された小さなケースを見て、首をひねった。掌に載るほどのサイズだった。

「ブラムの変装道具」

「なるほどね。投げちゃっていいのかい？」

「大丈夫だって言ってた」

「OK」

チェイスは、ケースを、草むらの中に投げ込んだ。

「よし、引き揚げだ」

梯子から飛び下りて、アーチーの肩を叩く。

「さっさとずらかろうぜ、相棒」

「OK。――あの梯子は残しとくんだったな？」

「そうだ。さあ、急ごう。うるせぇ連中がやってきたぜ」

鉄柵の向こうから、数人の衛士たちが、走ってくるのが見えた。

「よし。乗ってくれチェイス。おれが運転する」

「なんだって？」

チェイスが、うんざりしたような顔で言った。

「また、あの運転をやらかそうってのか？」

「ぐずぐず言ってる暇はない」

アーチーは、さっさと運転席に乗り込みながら、言った。チェイスを振り返って、

「さあさあ。楽しいドライヴの時間だぜ」

ニヤリと笑った。

チェイスは、大きなため息を吐き出して、助手席側のドアを開けた。

衛士たちが、ピックアップを発見して、ライフルを撃ち始めた。

「行くぜ」

「行ってくれ。おれは、覚悟を決めた」

チェイスが、言った。

アーチーは、アクセルを思い切り踏んづけた。

「撃て撃て〜〜〜っ！」

警備隊長が、やけくそのように喚いた。

みるみる小さくなっていくピックアップ目がけて、衛士たちは、ライフルを撃ちまくった。

ピックアップは、道路を外れ、荒野をどんどん遠ざかっていった。

立ち木や、ブッシュに邪魔されて、たちまち、その姿を見失った。

「くそ！」

警備隊長は、手にしていた指揮棒を、地面に叩きつけた。

「すぐに、浮揚ジープ(ホーバー)を出せ。絶対に捕まえてやる！」

「隊長！」

衛士の一人が、びっくりしたような声を上げた。

庭園の植え込みの陰に、しゃがみ込んでいる。

「なんだ?」

「これを見て下さい」

とたんに、隊長の顔色が変わった。

額縁だ。

額縁が散乱している。

もちろん、そこに入っているべき絵の姿はない。

額縁は、壊れたものも含めて、全部で八点あった。

「あ、あの連中……!」

ピックアップの消え去った方向を、キッと睨みつける。

「あ、あの—」

その衛士が、おそるおそるといった感じで、声をかけた。

「御前様に、このことを報告してまいりましょうか?」

「よし行け!」

隊長は、無造作に片手を振ってみせた。

「他の者は、ガレージの前へ! すぐに追跡する!」

「あっ、あれは——?」

衛士の一人が、何かを指さして、言った。

夜空に、一筋の白煙が昇っていき、やがて、それは夜目にも鮮やかな、オレンジ色の光球を作って爆発した。

——信号弾?

隊長は、首をひねった。

位置からすると、さっきの賊が打ち上げたものらしいが、一体、誰に対する信号(シグナル)なのだ?

＊

「わしの絵が、わしの絵が……」

オーク卿は、頭を抱え、うわ言のように呟いていた。

「火事じゃないんですよ。絵は、どうにもなっちゃいませんって」

マリオが、うんざりしたような口調で言った。

老人は、煙によって絵が汚れてしまったと、嘆いているのだ。確かに、煤くらいはついただろう。しかし、このへんにあるものは、どうせたいした絵ではない。それなのに、世界の終わりがきたような有り様だ。

マリオは、老人から目をそむけた。

その視線の先に、一人の衛士が映った。

衛士は、何やら大荷物を両手に抱えて、よたよたと近づいてくる。ずいぶん重そうだ。

「なんだ、そりゃあ」

マリオが言った。

その声に、オーク卿も顔を上げた。

衛士は、二人の間に、それをどさどさと落っことして、言った。

「これが、庭に落ちていました」

「額縁？」

マリオが、眉をひそめて言った。

「はっ。それと、鉄柵に梯子が残っていました」

衛士は、敬礼して言った。

「賊は、ピックアップ・トラックに乗って逃亡中。現在、追跡の準備を急いでおります」

その時、人間のものとも思えぬ絶叫が、二人の耳を打った。

オーク卿だった。

オーク卿は、床に落ちてる一つの額縁を指さして、喚き続けた。

目が、張り裂けんばかりに見開かれている。

言葉の意味など、まるで聞き取れない。

「これが、どうかしましたか？」

マリオが、その額縁を拾い上げて、言った。

ブラック・オニキスとプラチナを使った、高価そうな額縁だ。シンプルで、いいデザインだった。

オーク卿は、マリオの手から、それをひったくった。

食い入るように見つめ始める。

マリオと衛士は、思わず顔を見合わせた。

老人の顔は、まだらになっていた。唇のあたりが、激しく痙攣している。

「どうしたんです？」

マリオが訊いた。

「こっ、こんな馬鹿な……………！」

オーク卿は、呻くように言った。

「オーク卿――」

マリオが口を開きかけた時、オーク卿は突然、浮揚椅子(ホーバー・チェア)の向きを変えた。

すごいスピードで、椅子を走らせ始める。

「あっ。オーク卿――!!」

マリオが叫んだ。

衛士に、

「ここにいろ」

と言い置いて、マリオは、老人のあとを追って駆けだした。

いくつもの角を曲がり、階段を上り下りした。

老人の浮揚椅子(ホーバー・チェア)は、信じられないようなスピードで、屋敷の奥へ奥へと進んでいく。

マリオは、ついていくのが精一杯だった。

そして、ついに見失った。

マリオは、きょろきょろと、あたりを見回した。

地下室らしかった。ひどく暗い。

ゴウン……。

通路の先で、重々しい音がした。

――こっちか？

マリオは、足音を忍ばせて、音のする方向へ歩いた。

前方に光が見えた。

石の壁が、四角く切り取られたように、口を開いていた。

その奥に――

マリオは、目を見張った。

広く明るい部屋に、さまざまな名画が並べられていた。マリオでさえ知っている、有名な絵も何点かあった。そして、彼が扱った盗品の数々も。

――ここが、オーク卿の秘密の収蔵室なのだ！

マリオは、いささかの興奮を覚えながら、収蔵室に足を踏み入れた。

石の壁は、油圧で動くようになっていた。

老人は、収蔵室の一番奥にいた。

驚いたことに、老人は泣いていた。

嬉し泣きというやつだ。

そんな老人を、〈昏い横顔の天使（ダーク・エンジェル）〉が冷ややかに見下ろしていた。

――どういうことだ？

マリオが、事情を悟るのに、数秒かかった。

〈昏い横顔の天使（ダーク・エンジェル）〉は、ブラック・オニキスとプラチナでできた額縁の中に入っていた。

マリオの体を、理解が、電撃のように貫いた。

――謀（はか）られた!!

マリオは、とっさに後ろを振り返った。

収蔵室の入り口に、さっきの衛士が立っていた。

マリオは、強張った笑いを片頬に浮かべて、言った。

「ウォーカーだな？」

衛士は、顔を覆っているバイザーを、無言で引き上げた。

ブラムの素顔が、そこにあった。

「何度言ったら分かる。おれはウォーカーじゃない。本当の名前は、ブラムだ。ブラム・ルーイー」

「なるほど」

マリオの息遣いが、次第に速くなってきた。

「本名を教えてくれて、嬉しいぜ、ブラム。――お前の墓になんて書きゃいいのか、これで分かった」

「やめた方がいい」

ブラムが、落ち着いた口調で言った。

「仲間が合図をした。市警とユニバーサル保険の合同部隊が、もうじきここにやってくる」

「ほう。そういうことか?」

マリオは、異様に昂(たかぶ)った声で叫んだ。

「うまく考えたな、ブラム。ご立派だよ。――だが、まだ勝負はついちゃいないぜ」

マリオの右手が、ぴくっと動いた。

マリオの銃は、ショルダーホルスターの中。

一方、衛士を殴り倒し、どさくさに紛れて手に入れた制服を着ているブラムは、右の腰に銃をぶら下げている。

本来なら、圧倒的にブラムの方が有利だった。ショルダーから抜くより、ヒップホルスターの方が数段速い。

しかし、ブラムは左利きだった。右手も使えるよう、訓練してあったが、こういう時は、どうしても本来の利き腕でなければ、うまくない。

勝負は五分と五分。

ブラムとマリオは、相手が動きだす瞬間を狙って、お互いに激しく睨み合った。

その時。

「やめろ!」

マリオの背後で、オーク卿が怒鳴った。

老人は、狂ったような目をして、浮揚椅子(ホーバー・チェア)を突進させた。

「ここで撃ち合いなど、わしが許さん!」

マリオが、振り返りざま、パワー・ガンを抜き撃ちにした。

パワーボルトが、老人の額を貫いた。

しかし、マリオも無事では、すまなかった。

コントロールを失った浮揚椅子（ホーバー・チェア）が、マリオの体を捉えたのだ。

ぐしゃっ。

肉の潰れる音がした。

浮揚椅子（ホーバー・チェア）は、収蔵室を飛び出し、通路の壁に激突して、大破した。

――最初は、マックス。

ブラムは、収蔵室を、奥へと歩きながら、考えた。

――次に、ジョッシュ。

ブラムの持ってきたホクサイも、ここにあった。

――そして、ブローエン。

ブラムは、〈昏い横顔の天使（ダーク・エンジェル）〉の前で、立ち止まった。

美しい黒髪の少年を見上げる。

――また二人死んだ。

ブラムは、〈昏い横顔の天使（ダーク・エンジェル）〉に話しかけた。

「これで満足かね？」

若きルシファーは、何も応えなかった。

12

途中で一度、野宿をして、アーチーとチェイスが、フォートワースに戻ってきたのは、翌日の午後遅くになってからだった。

二人とも、埃だらけで、疲れきっていた。

待ち合わせの場所に決めておいたのは、ダウンタウンの『ザ・ドア』だ。映画館から脱出するのに使った例の店だ。

二人は、お互いに支え合うようにして『ザ・ドア』の扉を開けた。

そこに、ブラムがいた。

「やあ。お帰り」

ブラムは、ひとっ風呂浴びたみたいに、シャキッとしていた。

「ブ、ブラム……」

アーチーが、目を丸くして叫んだ。

「どうやって、帰ってきたんだ?」

「たいしたことはない」

ブラムは肩をすくめてみせた。ブラムの前には、マティニのグラスが汗をかいている。

「おれたちの方が、先に出たんだぜ?」

チェイスが、言った。

「あんたは、ポリ公の真っただ中に残ってたんだ」

「ああ。あのあと、すぐに来たよ。一連隊でね。ずいぶんにぎやかだった」

ブラムは、落ち着き払って、マティニを飲んだ。

「おいおいおい」

アーチーが、言った。

「教えない気か、ブラム?」

「そうだ。聞かせろよ。どうやって逃(ふ)けたんだ?」

「ヘリだ」

「ヘリ? なんのヘリ」

「ユニバーサルのイオンジェット・ヘリさ。お偉いさんが、お見えになったんだよ。——何しろ、オーク卿の収蔵室には、色々と物議(ぶつぎ)を醸しそうな作品が多かったもんでね。もちろん、〈昏い横顔の天使(ダーク・エンジェル)〉を、すぐにでもフォートワースへ持ち帰るってためでもある」

「それで?」

「それだけさ。——おれは、ユニバーサルのお偉いさんの一人と、どういうわけか顔見知りでね。頼んだら、快くヘリを飛ばしてくれたよ」

「そういうわけだったのか?」

「そういうわけだったのさ」

ブラムは、すましてマティニを飲んだ。

その横顔を見つめながら、アーチーが言った。

「エドガー・スミスに化けるのは、大変だっただろう?」

「たいしたことはなかったよ」

と、ブラムは答えた。

「彼のことは、よく知ってるんでね」

二人は同時に噴き出した。

チェイスも、それに加わった。

背の高いバーテンだけが、ぼんやりしていた。

「ビールでも、もらおうか」

アーチーが、言った。

「おれも、ビールだ」

と、チェイス。

アーチーは、小声で囁いた。

「金は、見つかったかい」

「ここにある」

ブラムは、隣のストゥールに置いた布製のバッグを叩いてみせた。

「五百万。一クレジットも欠けていないよ」

「三で割って、一人頭——」

「五だ」

ブラムが訂正した。

「マックスと、ブローエンのことを忘れちゃいけない。——二人には、カミさんはいたのか?」

「ブローエンは、いたな」

アーチーが、考え考え言った。

「マックスは独り者だ。だけど、お袋がまだ生きてるはずだ」

「届けてやらなきゃいけないな」

「ああ……」

アーチーは、沈んだ声で頷いた。

「そうだな。忘れてたよ。すまねぇ」

「おいおい。何、辛気くさい顔してんだ、二人とも」

チェイスが、大声で笑った。

二人の肩を、ばんばん叩きながら、

「景気よくやろうじゃねぇか。——そうだ。こんなしけた店じゃなくて、もっと派手に遊べる所へ行こうぜ」

「チェイス。すまないが――」

「なあ、お二人さんよ」

チェイスは、穏やかな表情で、言った。

「おれたちの習慣では、通夜とか葬式ってのは、できるだけにぎやかにやることになってるんだ。――特に親しい友人の時は、なおさらさ」

ブラムとアーチーは、顔を見合わせた。

チェイスは、二人の気持ちを、よく分かっていた。今度の仕事では、人がたくさん死にすぎた。

「OK」

ブラムが、ニヤリと笑って、立ち上がった。

アーチーも、それに続く。

金の袋を肩にかけ、三人は『ザ・ドア』を出た。

その時。

「おい」

「ああ」

「おれも聞いた」

銃声だ。

間違いない。

それも、この近所だ。

また聞こえた。今度は、もっと近い。

三人は、同時に走りだした。

表通りへ出たとたんに、何が起こってるのか分かった。

道路の向こう側、フォートワース市民銀行から、大男が走りだしてきた。銃を持っている。

男は、表に停めてあった、コンバーティブルの運転席に、飛び乗った。

「おい」

「ああ。同業者だ」

大男に続いて二人。どっちも、片手に金の袋を持ち、片手で銃を振り回しながら現れた。

一人は、ひょーきんそうな兄ちゃんだったが、もう一人は、目の覚めるようなブロンドの、若い女だった。なかなかの美人だ。

女は、呆れるほどでかい音を立てる、大昔のピストルを使っていた。遠目でよく分からないが、黒っぽいリボルバーだ。

ブラムたちが、半口開けて見守る中、そのおかしな二人組も、コンバーティブルに飛び乗って、スタコラ逃げ始めた。

通報を受けたパトカーが、サイレンを喚かせながら現れ、ただちに追跡に移った。

コンバーティブルの上に立ち上がった女が、パトカー目がけて、でっかいリボルバーを発射した。

弾丸は、見事にエンジンブロックを貫通した。

パトカーが、つんのめるように停まった。

どういうわけか、道端のヤジ馬たちの間から、歓声と拍手が沸き上がった。

女は、投げキッスで、それに応えた。

そして、コンバーティブルは見えなくなった。

ブラムたちは、呆然と立ち尽くして、その後ろ姿を見送った。

「ブラムよ……」

アーチーが、どこかから空気の抜けているような声で言った。

「なんだ？」

「今のは、一体なんだったんだ？」

「さあ」

「ニュータイプってやつじゃねぇのか？」

と、チェイスが言った。

「おれたちは、もう古いのかねぇ」

と、アーチー。

ブラムは、何も応えなかった。

もちろん、あの連中と、将来チームを組んで、宇宙に浮かぶ、巨大なカジノを襲撃することになるかもしれない——などと考えるはずもなかった。

ブラムは、ただ、ゆっくりと首を振って、口の中で小さく呟いただけだ。

「やれやれ」

高飛びレイク・特別篇

バンザイCITYの顔役

「E＝――」

数え切れないほどの銃口に囲まれながらも、レイクの表情に、焦りの色は見えなかった。

「MC^2」

「うおっ！」

「きっ、消えやがった！」

「あわてんな！」

追っ手の間に広がるざわめきを、リーダー格の男が一喝して制した。

イタリア仕立ての小粋なスーツに身を包んだ人殺し。――そんな形容がぴったりくる男。名前はヨナス。――マッカレロ一家の実質No.2だ。

レイクが消えたあとの空間を見据えながら、ヨナスは言った。

「先生。お願えしやす！」

その声に応じて、人垣の間から現れたのは、盲導犬を連れたサングラス姿の老人だった。白髪頭で、片手に黒いギターケースを提げていた。顔をやや上向きにしたまま、危なげもなく歩いてくる。

――で、どっちが先生なんだ？　犬の方か？

と、誰かが囁き、密やかな失笑が、あたりに広がった。

――いや、待て。そういや、昔、刑務所ん中で聞いたことがあるぞ。どっかの惑星に、神レベルの腕を持つ、盲目のスナイパーがいるって噂を……。

――盲目のスナイパー？

――確か、名前は『レイ』だったか『イチ』だったか……。

――マジでか？

――ていうか、それ、どうやって狙いをつけるんだよ？

――心の眼ってやつじゃね？

「やかましい！　静かにしねえかい！」

ヨナスが怒鳴った。

そんな周囲の雑音をものともせず、サングラス姿の老人は、落ち着いた様子で、ギターケースから組み立て式の重火力ライフルを取り出した。

ヘビーバレル。ボルトアクション式の軍用狙撃銃だ。

盲導犬を横に座らせ、素早く膝撃ちの体勢を取ると、真っ黒いサングラス越しに、どこかこの世ならざる場所を移動中の標的に、照準を合わせる。

銃口を向けられた下っぱが、あわてて横に飛びのいた。

途端に。

凄みのある銃声が響きわたり、何もない空間から、男が一人、ラーメン丼と一緒に転がり落ちてきて、地べたに激突した。

驚くべきことに、ラーメンは無事だった。

スープの一滴すら、丼の外にこぼれてはいない。

「危ないところだった」

小さなため息とともにそう呟くと、男は、何事もなかったかのように、丼に割り箸をつっこんだ。

その丼を、ヨナスが横から蹴り飛ばした。

「誰だ、てめーっ！」

＊

「で、誰なの、これ」

店の名前は、ギルガメッシュ・タバーン。

ボックス席奥のソファに横たえられた、血だらけの若い男を見下ろしながら、ミリアムが言った。

男を担ぎ込んできたのは、そめのすけ、そめたろーの二人組である。

「うちの屋台で、キースの旦那が、いつものよーにラーメン食ってたんだよね」

「大盛りね」

「そう、大盛り」

「したら、どっかで銃声が聞こえて」

「この兄ちゃんが、いきなり降ってきたってわけ」

「旦那の、ちょうど頭の上にね」

「そう。直撃」

「天気予報じゃ、今日は一日晴れだって言ってたのにね」

きつねのお面が二つ。うんうんとうなずき合っている。

「急所は外れてる」

血糊(ちのり)の付いた医療用手袋をゴミ箱に放り込みながら、ジョーカーが言った。

「いや、わざと外して撃ったんだな。いい腕だ」

「救急車、呼ばなくて平気?」

「ポケットにこんな物が入ってた」

ミリアムの問いに応えて、ジョーカーは、一丁のパワー・ガンを示してみせた。

「どうやら、同業者か何からしい。――事情がはっきりするまでは、下手に動かさねえ方がいいだろう。お互いに」

ミリアムは、ちょっと考えてから、小さく頷いた。トリガーマンも闇の稼業。できれば、警察沙汰(ざた)は避けたいところだ。

ミリアムは、店内を見回して、言った。

「それで、キースは? まさか、撃った奴を追いかけて行ったとか……?」

「いやー。それがどうも、よく分かんないんだけどねー」

そめのすけは、そめたろーを見た。

そめたろーは、そめのすけを見た。

二人そろって肩をすくめた。

そして、言った。

「消えちゃったみたいなんだ」

「消えちゃったァ……?」

「そう。うちの丼ごと」

「消えちゃったって、どういうことよ!」

「あの丼、ちゃんと戻ってくるかなあ」

「フチが欠けてなきゃいいけどねー」

「お〜ま〜え〜ら〜」

　ミリアムが、この世の終わりみたいなおっかない声を絞り出すと、二人は、急に早口になった。

「えーっと、だから」

「この兄ちゃんが、どっかから飛んできて、旦那にぶつかって」

「兄ちゃんは残って、代わりに旦那が、どっかに飛んでったってゆー」

「まあ、あれ。ビリヤードの玉、みたいな？」

「そう、ビリヤードの玉」

「これが本当の玉突き事故」

「なんちゃって」

　あはははは。

　二人は、お気楽そうに笑った。

　言うまでもないことだが、その笑い声は、さほど長くは続かなかった。

　ミリアムが、二人の頭上めがけて、お店のソファを（ケガ人もろとも）投げつけたからである。

＊

「食べ物を粗末にしたら罰が当たると、学校で教わってこなかったのか？」

　壊滅したマッカレロ一家の雑魚集団に向かって、そう告げるキースの声は、むしろ哀しげですらあった。

　寂寥感に満ちた双眸が、砕け散ったラーメン丼を、じっと見つめている。

　泥まみれの麺とチャーシュー。海苔、ナルト。

　——まだ、一口しか食べてなかったのに……。

「こ、この野郎……」

　足をふらつかせながらも、ただ一人、かろうじて立ち上がることに成功したヨナスが、血走った目に憎悪をみなぎらせて、叫んだ。

「ぶっ殺してやる！」

右手に拳銃が握られていた。

キースの表情は動かない。

心拍数の上昇もなし。

アドレナリンの分泌もなし。

銃口と普通に向き合っている。

戦いは、キースにとって、朝起きて顔を洗うのと同じくらい、自然な行為に他ならないからだ。

その時。

「やめておけ。死ぬぞ？」

かすかに笑いを含んだ声が聞こえてきた。

先生と呼ばれる、あの老人だった。

引き金にかかるヨナスの指先から、ふっと力が抜けたのが、キースには分かった。

老人は、分解した狙撃銃を、慣れた手つきでギターケースにしまい終えると、盲導犬を伴って、まっすぐキースに近づいてきた。

「やるな、お若いの」

「あんた、目が……」

「昔、戦場でね」

老人は白い歯を見せて笑った。

サングラスと頬骨の間にできるわずかな隙間から、火傷によるものと思われる古い傷痕が、一部、顔をのぞかせていた。

老人は、キースの肩を軽く叩いた。

「グッド・ラック」

背中を向け、ゆっくりと歩き始めた老人が、まるでひとり言のような口調で、こう呟くのを、キースは聞き逃さなかった。

『惜しいかな。好漢、未だ不射の射を知らず』

「ちょ、ちょっと待ってくれ、先生」

ヨナスが、あわてて老人のあとを追った。

「いったい、どういうことだ。レイクの野郎は、どこなんだ」

「標的は間違いなく撃ち落とした」

「いや、撃ち落としたって、現実、落ちてきてねえじゃねーか。落ちてきたのは、あのトンチキだけで。おりゃー、レイクの野郎に、どうしても用があるんだよ！」

「最初に言っておいたはずだ。私は撃つだけだと。——落ちた獲物を銜えてくるのは、君ら番犬の仕事だ」

「おい、先生。そりゃあないぜ」

「残りの金は、銀行に振り込んでおいてくれたまえ」

「いや、待てったら。話はまだ終わっちゃいねえ」

二人の声は次第に遠く、聞こえにくくなっていく。

その後ろ姿を無言で見送りながら、キースは、自分がいつの間にか背中に汗をかいていたことを知り、少し驚いた。どんな危険や強敵を前にしても、かつて一度もなかったことだったからである。

『好漢、未だ不射の射を知らず』

——あの老人、ただ者ではない。

キースの心に、その存在を深く刻みつけて、老人は去った。

この後、二人の宿命の糸は、別の場所で再び交錯することになるのだが、残念ながら、今はまだそれを語る時期ではないようだ。

話を先に進めよう。

＊

「よお。気がついたかい、大将」

不意に、目の前に見慣れた男の顔があらわれた。

ジム・ケース。

長年のレイクの相棒だ。

レイクは、思わずあたりを見回した。

身体を動かすと、傷口が痛んだ。

「ここは……」

〈メリー・ウィドウ〉の船内だった。

後方(シックス)モニターの中で、バンザイCITYが、みるみる遠ざかっていく。

「おい。いくらなんでも、話を進めすぎなんじゃないのか？　てゆーか、おれが気を失ってる間に、いったい何があったんだ？」

呆然と呟くレイクの耳に、信じられない声が飛び込んできた。

「色々なことがあったのよ、レイク」

ジェーンだった。

ジェーンは、それは可愛らしく微笑みながら、繰り返し言った。

「それはもう、ほんとに色々なことがね♡」

火浦の部屋
——あとがき——

みなさま、こんにちは。

火浦の部屋の時間です。

本日は、このシリーズの主人公、レイク・フォレストさんを、ゲストにお招きいたしました。

「ご利用は計画的に」

ありがとうございます。

さて、レイクさんは、テレポート能力を有する銀行強盗だそうですが、ご自身の職業（設定）には、満足していらっしゃいますか？

「ご利用は計画的に」

なるほど。やはり、エスパーで泥棒という設定は、さすがにオールマイティすぎた、と。キャラ作りは、もっと計画的に、先のことも考えて、その場の思いつきで決めるものじゃないということですね。——はい？　今は反省している？　そうですか。ありがとうございます。

続いて、語られることなく終わった巡洋艦〈ハーミット〉と〈消された星〉の謎についてですが……。

「ご利用は計画的に」

ああ、そうですね。これも、いわゆる『つい筆が滑っちゃった』というやつですね。何も考えずに伏線を張ると、こうなるという見本のような……。今は反省している？　なるほど、なるほど。でも大丈夫です。この作者の書くものは、そーゆーのばっかしですから。

ところで、番外篇の方に出てくるフクダ警部には、実在のモデルがいるというのは……。あ、本当なんですか。某社の編集者で、夏でもトレンチコートを離さず、当時、ビルの三階にあった仕事場に、非常階段からベランダに飛び移るという無茶な手口で侵入。寝ていた作者を叩き起こして原稿を取っていった、と。──豪快ですねえ。大人のやることじゃないですね。感服します。え？　今は反省している？　いや、ここは反省するところと違うでしょう。もしかして、そう言っとけば、なんでも大目に見てもらえるとか思ったりしてません？

「ご利用は計画的に」

そうですね。言い訳もＴＰＯをよく考えて使わないといけませんね。

では、最後に、今後の予定について、一言お願いします。

ズバリ、ジェーンさんとの再婚の可能性は？

「Ｅ＝──」

銃声。
テレポートも決して万能ではない。
（ご、ご利用は計画的に……）

今は反省している。　火浦功

【Special Thanks】遅々として進まない原稿にも決して諦めることなく、最後までつき合ってくれたソノラマノベルス編集部の太田和夫氏に、最大限の敬意と感謝を込めて。

SONORAMA NOVELS

高飛びレイク【全】

二〇〇七年一〇月一日　新版第一刷発行

著者　火浦功

発行者　矢部万紀子

発行所　朝日新聞社

郵便番号　一〇四-八〇一一
東京都中央区築地五-三-二
電話(〇三)三五四五-〇一三一(代表)
振替〇〇一九〇-〇-一五五四一四

印刷製本　図書印刷株式会社

この本の初版は2006年6月に朝日ソノラマ社から発行されました。
定価はカバーに表示してあります。

ISBN978-4-02-273810-3